R.H.

Zum Buch

Nicht nur in der Geschichte »Die andere Seite des Glücks« kümmert sich Dr. Norden mit viel Liebe und Verständnis um seine
Patienten. So etwa um die verzweifelte Martina, die unerwartet zu
ihrer Mutter Vicky flieht. Eigentlich war ihre Ehe bisher sehr
glücklich und voll Leidenschaft, doch Martinas sehnlichster
Wunsch nach eigenen Kindern blieb unerfüllt. Seit sie sich deshalb einer Hormonbehandlung unterzogen hat, leidet sie unter
den starken Nebenwirkungen, die ihre Ehe einer schweren Bela-
stungsprobe aussetzt. Dr. Norden nimmt sich der jungen Frau an
und unterstützt sie zugleich in medizinischen Belangen und bei
der Bewältigung ihrer Ehekrise. Langsam beginnen die neuen
Medikamente zu wirken, aber Martinas Liebesglück stellt Dr.
Norden vor eine große Herausforderung.
Auch in den weiteren Romanen gelingt es Dr. Norden, seinen
Patienten in jeder Lage des Lebens zu helfen und auch die aus-
weglosesten Schwierigkeiten zu meistern.

Zur Autorin

Patricia Vandenberg ist mit ihren romantischen Geschichten eine
der meistgelesenen deutschen Autorinnen geworden. In mehr als
30 Jahren schrieb sie über 750 Bände mit Dr. Daniel Norden, die
eine Gesamtauflage von 120 Millionen Exemplaren erreichten.

Lieferbare Titel
»Wege zum Glück«
»Der Moment der Wahrheit«
»Eine Stimme verzaubert die Herzen«

Patricia Vandenberg

Dr. Norden – Die andere Seite des Glücks

Fünf Romane in einem Band

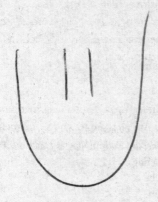

WILHELM HEYNE VERLAG
MÜNCHEN

Umwelthinweis:
Das Buch wurde auf
chlor- und säurefreiem Papier gedruckt.

Vollständige Taschenbuchausgabe 02/06
*Sie sagte Mitleid und meinte Liebe, Die andere Seite des Glücks, Wenn Du
nicht gewesen wärest, Ein böses Spiel um Kathrin, Junges Glück auf Zeit*
Copyright © by Martin Kelter Verlag
Coypright © 2006 dieser Ausgabe by
Wilhelm Heyne Verlag, München,
in der Verlagsgruppe Random House GmbH
Printed in Germany 2006
Umschlagillustration: © Ronnie Kaufmann/CORBIS
Umschlaggestaltung: Nele Schütz Design, München
Satz: KompetenzCenter, Mönchengladbach
Druck und Bindung: GGP Media GmbH, Pößneck
ISBN-10: 3-453-49046-0
ISBN-13:978-3-453-49046-8

http://www.heyne.de

Inhalt

Die andere Seite des Glücks

Der Herbst hatte noch schöne Tage gebracht. Man sprach sogar von einem »Goldenen Oktober«, was die Weinlese anbetraf. Eigentlich hatte Vicky Horlach dazu ins Elsaß fahren wollen, um auch gleichzeitig ihre Tochter Martina zu besuchen, die seit zwei Jahren mit ihrem Mann in Straßburg lebte, aber dann hatte sie sich bei ihrer letzten Bergtour einen Knöchelbruch zugezogen, der ihre Pläne zunichte machte.

In der Klinik hatte sie es nicht lange ausgehalten, dazu war sie eine zu lebhafte Frau, die ständig Betätigung brauchte. Vicky war sechsundvierzig, aber sie wurde stets jünger geschätzt. Sie war eine schlanke attraktive Frau, und sie hätte nach dem Tod ihres Mannes vor acht Jahren schon zehnmal wieder heiraten können, aber sie genoß ihr Alleinsein, denn ein leichtes Leben hatte sie mit dem sehr schwierigen Schauspieler Gunter Horlach nicht gehabt.

Dr. Norden schaute immer bei ihr herein, wenn er in der Gegend Hausbesuche machte. Er mochte diese lebensfrohe, weltoffene Frau, die auch der einzigen Tochter nicht nachgejammert hatte, als Martina mit ihrem Mann nach Straßburg folgte, wo Manfred Jörgen als Chefredakteur tätig war. Es war eine Liebesheirat gewesen, und wenn es Vicky auch nicht ganz recht gewesen war, daß Martina schon mit knapp zwanzig Jahren vor den Traualtar trat, so hoffte sie doch, daß der sehr tüchtige und schon gereifte Manfred der richtige Partner für sie wäre.

Manfred war zwölf Jahre älter als Martina, und als sie sich auf dem Presseball kennenlernten, war es Liebe auf den ersten Blick gewesen. Martina, damals Volontärin in einem Verlag, brachte auch viel Verständnis für Manfreds Beruf mit. So meinte Vicky optimistisch, daß die Ehe gutgehen müsse.

Vicky war Visagistin und auch sonst eine vielseitige Frau, sportlich und auch sehr musikalisch, ein Allroundgenie, wie sie scherzhaft von Martin Delbrügg bezeichnet wurde. Er war Martinas Pate und Vickys guter, zuverlässiger Freund seit der Jugendzeit. Er war auch von Gunter akzeptiert worden, wenn auch vielleicht mehr als Alibi für seine eigenen Seitensprünge.

An diesem grauen, trüben Novembermorgen machte sich Vicky jedoch Sorgen um ihre Tochter. Seit zwei Tagen hatte Martina nicht angerufen, und Vicky hatte sie auch nicht erreichen können. Wenn sie verreist waren, hatte sie sonst immer Bescheid gesagt. Der innige Kontakt zwischen ihnen blieb und wurde gepflegt. Daran änderte auch die Entfernung nichts.

Vicky betrachtete das Foto von Martina, das sie vor einem halben Jahr selbst aufgenommen hatte, als das junge Paar in München gewesen war. Eine strahlend schöne und glückliche junge Frau lachte sie an. Ja, Vicky war stolz auf ihre Tochter, und sie freute, sich, daß es in der Ehe überhaupt keine Probleme zu geben schien.

Der Türgong schlug an und riß sie aus ihren Gedankengängen. Vielleicht war es Dr. Norden, der mal wieder auf einen Sprung hereinschauen wollte. Aber der war es nicht. Vicky wich gleich bestürzt einen Schritt zurück, als sie sah, wer da vor ihr stand, denn auf Anhieb war Martina nicht zu erkennen, wenn man gerade das Foto von ihr betrachtet hatte.

Und die junge Frau brach auch gleich in Tränen aus. »Du bist auch entsetzt, Mami. Ja, schau mich nur an, wie ich aussehe! Ich bin so unglücklich. So schrecklich unglücklich! ‹

Was Vicky sah, war wirklich beängstigend. Ein aufgequollenes Gesicht, eine Figur, die man kaum noch als solche bezeichnen konnte – aber Vicky riß sich zusammen.

»Jetzt beruhige dich erst einmal, Tinimaus«, sagte sie weich. »Dann sagst du mir, was los ist. Bist du etwa schwanger?«

»Wenn es das doch wäre, Mami!« schluchzte Martina. »Ich wünschte mir doch so sehr ein Kind und Manfred auch, und da habe ich mich einer Behandlung unterzogen. Das Ergebnis siehst du. Ich bin dick geworden, aber ein Kind bekomme ich nicht.«

Vicky war erschüttert. Liebevoll hielt sie Martina in den Armen.

»Es ist gut, daß du zu mir gekommen bist«, sagte sie aufmunternd. »Ich werde Dr. Norden rufen. Er wird schon Rat wissen.«

»Ich will keinen Arzt mehr, sie haben mich verkorkst. Wie soll Manni mich jetzt noch lieben? Er schaut mich nur noch mitleidig an.«

Vicky drehte nicht gleich durch. Der erste Schrecken war schon ausgestanden.

»Du kennst Dr. Norden, er würde nie etwas tun, was dir schaden könnte, aber getan werden muß etwas. Dieser Zustand wird nicht von Dauer sein. Du darfst jetzt nur nicht resignieren.«

Das war leichter gesagt als getan. Vicky wußte das auch. »Warum hast du es mir nicht früher gesagt, Liebes?« fragte sie sanft. »Du hast immer so getan, als sei alles in Ordnung.«

»Ich wollte dich nicht beunruhigen. Ich habe von Tag zu Tag gehofft, daß es besser werden würde, aber es wurde immer schlimmer.«

»Wahrscheinlich auch deshalb, weil du dich hineingesteigert hast. Die Psyche spielt da auch eine große Rolle.«

»Ich war so glücklich mit Manfred. Jetzt kann ich doch gar nicht mehr erwarten, daß er noch mit mir zusammenleben will. Er kann sich nicht mehr mit mir sehen lassen. Ich habe mich ja auch nicht mehr aus dem Haus getraut. Was meinst du, wie die Leute mich anschauen.«

»Man bildet sich in solchem Zustand auch viel ein, Tinikind.« Sie hatte ja Verständnis für Martina, aber sie wollte nicht auch noch jammern.

Martina weinte erst einmal gehörig, was ihr Aussehen noch

verschlimmerte, aber dann ließ sie sich wie ein kleines Kind zu Bett bringen, und erschöpft schlief sie dann auch gleich ein.

Vicky rief Dr. Norden an und bat ihn um seinen Besuch. Er war überrascht, aber schnell erklärte sie ihm ihr Anliegen. Da war er allerdings erschrocken.

»Ich komme gleich mittags. Es bringt nichts, wenn ich nur auf einen Husch erscheine.«

Auf ihn war Verlaß. Vicky wußte das, und sie setzte auch alle Hoffnung auf ihn.

Leise ging sie in ihr Schlafzimmer, in dem jetzt Martina schlief. Das Kopfkissen war tränennaß, und Vicky überkam ein unendliches Mitgefühl. Dr. Norden würde bestimmt genauso erschrocken sein, denn auch er kannte Martina nur als bildhübsches Mädchen.

Aber Dr. Norden war nicht so leicht zu erschrecken. Martina war erwacht. Die Augen waren noch verquollener vom vielen Weinen, aber sie nahm sich nun zusammen, als sie in das ihr noch vertraute Gesicht von Dr. Norden blickte.

»Sie können mir auch nicht helfen«, sagte sie dennoch trotzig.

»Das wollen wir doch mal sehen«, meinte er aufmunternd. »Jetzt erzählen Sie mir mal Ihre Leidensgeschichte. Wie lange geht das eigentlich schon?«

»So schlimm ist es erst seit vier Wochen. Zuerst dachte ich doch wirklich, daß ich ein Kind bekommen würde, aber dem war nicht so.«

»Wer hat sie behandelt?«

»Dr. Denis und Dr. Rosband.«

Diese beiden Ärzte konnte Dr. Norden freilich nicht kennen, aber er fragte sich, wie sie eine solche Behandlung verantworten wollten, denn eine Erklärung waren sie auf jeden Fall schuldig.

»Es sind bekannte Ärzte«, fuhr Martina leise fort.

»Und was haben Sie über die Wirkung der Spritzen gesagt?« fragte Daniel Norden.

»Sie meinten, daß ich wohl zuviel gegessen hätte und sich nun

Wasser im Gewebe sammeln würde. Ich hatte schreckliche Angst, wieder etwas nehmen zu müssen.«

»Das wird aber nicht zu vermeiden sein, wenn sie wieder so werden wollen, wie Sie früher waren, Frau Jörgen«, stellte Daniel fest.

»Habe ich denn überhaupt noch eine Chance?« fragte Martina bebend.

»Aber gewiß. Sie dürfen den Mut nicht verlieren. Schnell wird es nicht gehen, und Sie werden sich auch in eine Klinik begeben müssen.«

»Ich will aber nicht. Ich habe Angst.«

»Sie kennen mich doch, und Ihre Mutter kennt mich sehr gut. Sie wird Ihnen sagen, daß ich nichts tun werde, was Ihnen schaden könnte. Wir müssen ganz behutsam vorgehen. Sie müssen erst genauestens untersucht werden. Das ist nur in der Klinik unter ständiger Kontrolle möglich, aber ich werde immer mit dabeisein.«

»Und in welche Klinik muß ich gehen?«

»Zu Dr. Leitner, er ist ein sehr guter Gynäkologe und wird auch feststellen können, warum Sie noch keine Kinder bekommen konnten.«

»Ich habe allen Glauben verloren«, sagte Martina tonlos.

»Sie werden ihn wiedergewinnen. Sie sind jung, und Sie wollen doch froh und glücklich leben.«

»Bisher war ich das, bis ich mich zu dieser Kur entschloß. Aber wie konnte ich annehmen, daß sie solche Folgen haben würde. Es ist ja auch nicht schlagartig gekommen, sondern im Laufe von Wochen. Und dann hat Dr. Denis gesagt, das würde sich schon beheben, wenn ich Diät lebe, dabei habe ich schon gar nichts mehr gegessen, sondern nur noch Wasser getrunken.«

»Und wenn der Stoffwechsel nicht mehr funktioniert, setzt sich auch Wasser in Gewichtszunahme um. Aber wir werden den Dingen auf den Grund gehen. Sie dürfen sich nur nicht weigern, diese Therapie durchzuhalten, weil Sie anfangs auch nicht gleich einen Erfolg bemerken werden.«

»Es ist doch sowieso alles aus. Manfred hat längst eine andere.«

Dr. Norden und Vicky Horlach tauschten einen langen Blick. Bestimmt kam der seelische Kummer zu allem andern hinzu, und der Arzt wußte, wie abhängig der Körper von der Psyche sein konnte.

»Nichts ist aus, das werden wir Ihnen beweisen. Ich werde mit Dr. Leitner sprechen, und sobald er ein Zimmer frei hat, werde ich Sie zu ihm bringen. Und jetzt werden wir die Behandlung gleich einleiten. Ich schreibe ein Rezept, Ihre Mutter wird die Sachen holen. Von den Kapseln nehmen Sie zwei, eine am Morgen und eine mittags. Und von dem Tee trinken Sie drei Tassen, morgens, mittags und abends. Er schmeckt nach gar nichts. Sie brauchen nicht gleich wieder auf Abwehr zu gehen. Jedenfalls ist das momentan besser als Wasser, solange wir nicht wissen, wie groß das Durcheinander in Ihrem Körper ist. Aber Sie dürfen den Kopf nicht in den Sand stecken. Es gibt noch Schlimmeres.«

Aber als Vicky ihn zur Tür begleitete, sagte er ihr, daß Martinas Zustand durchaus zur Sorge Anlaß gäbe, denn nach seiner ersten Diagnose deutete alles auf eine Überbelastung der Nierenfunktion hin. Auf keinen Fall durften jetzt noch Fehler gemacht werden. So direkt hatte er es ihr nicht sagen wollen. Die Hoffnung auf Genesung mußte genährt, nicht zerstört werden.

Von seinen Kindern wurde Daniel Norden schon sehnsüchtig erwartet. Die Zwillinge standen an der Gartentür. Putzig sahen sie aus in ihren Overalls.

»Kommst'n du her?« fragte Jan, weil Daniel aus einer anderen Richtung kam als sonst.

»Ich habe noch einen Hausbesuch gemacht«, erwiderte er lachend. In den letzten Wochen hatte sich der Wortschatz der Zwillinge enorm vergrößert.

»Mussen das sein?« fragte Désirée schelmisch. Das hatte sie von den »Großen« übernommen.

»Manchmal muß es sein, Schätzchen«, erwiderte Daniel.

Fee wird erschrecken, wenn ich ihr sage, was mit Martina los ist, dachte er, und da erschien Fee schon in der Tür.

Schlank, schön und taufrisch lächelte sie ihm entgegen. Wer hätte ihr fünf Kinder zugetraut?

Es war himmlisch, eine solche Frau zu haben, die schön und klug und dazu auch noch eine wundervolle Mutter und Ehefrau war. Daniel Norden schätzte sich glücklich. Für ihn war seine Frau das vollkommendste weibliche Wesen unter Gottes weitem Himmel.

Aber vielleicht war das Martina auch für ihren Mann gewesen, und ihre Veränderung mußte ihm Bestürzung verursachen. Vicky Horlach hatte immer davon gesprochen, welch große Liebe die beiden verbinde. Wenn es so war, mußte sich das doch eigentlich jetzt beweisen, und er konnte sich nicht einfach eine andere Freundin nehmen, wie Martina dachte.

»Schön, daß du da bist, Liebster«, sagte Fee und gab ihm einen innigen Kuß. So war es immer, und dennoch konnte man es nicht einfach als Gewohnheit bezeichnen.

Fee erfuhr nach dem Essen, was ihn beschäftigte. Sie war sehr erschrocken.

»Und was kann die Ursache sein?« fragte sie.

»Ich muß erst herausfinden, was für Mittel sie bekommen hat. Sie hat keine Ahnung. Das sind die vertrauensvollen Patienten, die alles dem Arzt überlassen und dann so maßlos verschreckt werden. Ich verstehe auch nicht, daß diese Ärzte nicht erst einen Test auf Verträglichkeit durchgeführt haben.«

»Nutzt denn das wirklich was?« fragte Fee.

»Zumindest sollte man Hormongaben sehr vorsichtig machen, aber ich will nicht ausschließen, daß auch ein organisches Leiden mitspielen könnte.«

»Oder daß sie psychisch leidet. Stimmt es in der Ehe?«

»Jetzt anscheinend nicht mehr, wenn man ihr Glauben schenken darf. Aber wahrscheinlich sieht sie auch alles überspitzt.«

Sie sprachen auch über die Pille, und Anneka fing es auf, als sie hereinkam, um etwas zu fragen.

»Gibt es eigentlich auch für Hunde Antibabypillen, Papi?« fragte sie aber jetzt zuerst. Daniel sah sie verdutzt an.

»Monika hat es nämlich gefragt«, fuhr Anneka fort, »weil Corri doch eine Hündin ist, und ihre Mami hat gesagt, daß sie weg muß, wenn sie Junge kriegt.«

»Da sollen sie besser den Tierarzt fragen, der will auch was verdienen«, erwiderte Daniel.

»Das meine ich auch«, warf Danny ein, der sich ihnen nun auch zugesellte. »Dr. Huber ist nämlich mächtig nett, und sein Auto fällt bald auseinander. Der braucht bestimmt Geld.«

»Du bist natürlich bestens informiert«, stellte Daniel schmunzelnd fest. »Wahrscheinlich hängt er an seinem Auto. Not leidet er sicher nicht, aber abgesehen davon, fühle ich mich für Tiere wirklich nicht zuständig.«

Anneka hatte vergessen, was sie ihre Eltern hatte fragen wollen, und es war auch keine Zeit mehr, weil Daniel wieder in die Praxis mußte.

»Kümmerst du dich mal wieder ums Haus, Fee?« fragte er, und damit meinte er den Neubau, der nun endlich langsam dem Ende zuging.

»Mache ich doch jeden Tag«, erwiderte sie.

»Und jeden Tag kommen Rechnungen, da muß man doch wenigstens wissen, was dafür geleistet wird.«

Ganz so schwierig hatte sich Fee die Bauerei allerdings auch nicht vorgestellt. Sie war nur bemüht, daß Daniel nicht zuviel von den kleinen Ärgernissen mitbekam. Ihm wäre es schnell über den Kopf gewachsen, aber sie dachte vor allem daran, daß sie bald mehr Platz haben würden und dann die Praxis in diesem Haus einrichten konnten, das sie jetzt bewohnten, denn die Miete für die Praxisräume war inzwischen auch schon wieder gestiegen, und das wurmte wiederum sie. Sie machte mit den Kindern einen Spaziergang zu dem Neubau. Der Garten sah jetzt zwar wüst aus, und im Winter konnte auch nichts mehr angepflanzt werden, aber das Haus selbst war jetzt verputzt, Fenster und Türen waren eingesetzt und drinnen waren die Installateure am Werk. Dann sollten die Maler kommen, und anschließend sollten die Teppichböden gelegt werden.

Die Kinder waren begeistert bei der Sache. Anneka erklärte schon, wo ihr Bett und ihr Schreibtisch stehen sollten. Fee machte sich natürlich auch schon Gedanken über die Inneneinrichtung, auch für Lennis kleines Reich, denn für sie war eine richtige kleine Wohnung eingeplant mit einem hübschen Bad. Die immer Bescheidene hatte das zwar nicht gewollt, aber darin waren sich Fee und Daniel einig, daß Lenni es immer schön bei ihnen haben sollte.

Fee redete freundlich, aber bestimmt mit den Handwerkern, und auch da verfehlte sie ihre Wirkung nicht. Es brachte nie einer fertig, aggressiv zu werden, wenn sie etwas zu bemängeln hatte. Natürlich gab es manches zu bemängeln, aber selbst der Architekt sagte, daß sie mit den Handwerkern besser umgehen könne, als er.

Ganz zufrieden war sie auch an diesem Tag nicht, weil die Heizung noch immer nicht in Betrieb und die Nächte schon sehr kalt waren, aber es wurde ihr versprochen, daß sie noch am Abend in Betrieb gesetzt werden sollte.

»Ich werde mich gleich morgen früh überzeugen«, sagte sie mit ihrem charmantesten Lächeln, und das verfehlte auch seine Wirkung nicht.

～

Manfred Jörgen kam um diese Zeit nach Hause. Seit einigen Wochen betrat er seine Wohnung mit sehr gemischten Gefühlen, aber keineswegs in der Absicht, Martina spüren zu lassen, welche Gedanken er sich machte.

Als er sie nicht antraf, war er zutiefst erschrocken, hatte sie doch nie mehr das Haus verlassen, seit sich ihr Aussehen so verändert hatte.

Dann erst schaute er in die Garage, um festzustellen, daß ihr Auto nicht da war. Wo konnte sie sein?

»Mein Gott, sie wird sich doch nichts antun!« sagte er laut vor sich hin, aber er wußte auch nicht so recht, was er unternehmen sollte.

Nach langem Zögern entschloß er sich, Vicky anzurufen. Er wußte zwar nicht, was er ihr erklären sollte, aber er konnte sie ja wenigstens vorerst mal fragen, ob sie mit Martina telefoniert hätte.

Vicky konnte es nur recht sein, daß er anrief. Martina war zum Glück durch die Beruhigungstropfen wieder eingeschlafen, und so hoffte sie, offen mit Manfred sprechen zu können.

»Martina hat nicht nur angerufen, sie ist bei mir«, erklärte sie ruhig. »Und ich werde alles tun, daß sie wieder gesund wird.«

»Das will ich doch auch, Vicky«, sagte er kleinlaut. »Aber sie war so abweisend. Man konnte überhaupt nicht mehr mit ihr reden.«

»Und was ist mit deinem Gespusi?« fragte Vicky ganz direkt.

»Ich weiß nicht, was du meinst.«

»Martina sagt, daß du eine Freundin hast.«

»Das bildet sie sich nur ein, weil sie mich mal mit meiner Sekretärin gesehen hat. Das ist schon ein paar Wochen her, aber sie verrennt sich total in solche Ideen.«

»Ich bin weit entfernt, mich in deine Privatangelegenheiten einzumischen, aber in Anbetracht der Umstände muß Martina sehr geschont werden. Dr. Norden war schon hier, und sie wird demnächst auch einen längeren Klinikaufenthalt auf sich nehmen müssen.«

»Ist sie denn einverstanden? Wenn ich etwas dergleichen anregte, war sie aggressiv.«

»Sie hat sich überreden lassen, aber es wird am besten sein, du läßt sie in Ruhe.«

»Damit sie denkt, ich wolle nichts mehr von ihr wissen? Und denkst du etwa, daß es mir gleichgültig ist, wie sie leidet? Es ist schrecklich für mich, daß ich ihr nicht helfen kann.«

»Vielleicht hättest du ihr zeigen sollen, daß du sie trotzdem liebst.«

»Du hast ja keine Ahnung, wie sie immer reagiert hat, Vicky. Ich will mich nicht rechtfertigen, aber ich habe alles versucht, um sie zur Vernunft zu bringen, aber sie hat nur auf die Ärzte geschimpft und wollte von keinem mehr etwas wissen.«

»Dazu hatte sie auch allen Grund. Es wird noch geklärt werden müssen, was da falsch gemacht oder versäumt wurde.«

»Das kann mir nur recht sein, aber ich habe von beiden Ärzten keine Auskunft bekommen. Du kannst mir jedenfalls keinen Vorwurf machen, daß ich etwas versäumt habe.«

»Du hättest mich benachrichtigen können, wie es um Martina steht.«

»Aber sie hat doch selber mit dir gesprochen. Jedenfalls hat sie es gesagt.«

Vicky kam der Gedanke, daß Martina so manches gesagt und getan hatte, was nicht richtig war, aber sie dachte auch an die tiefe Verzweiflung, die daran schuld war.

»Wenn ich schon nichts von hier aus für Martina tun kann, würdest du mich dann bitte auf dem laufenden halten, Vicky?« bat er.

»Okay.«

»Grüß sie bitte, und sag ihr, sie möge mich auch anrufen.«

»Ich will sehen, was sich machen läßt.«

Nach diesem Gespräch hatte Manfred wieder einmal das Gefühl, als würde die Decke auf ihn herabfallen. Er befand sich schon seit Wochen in einer zwiespältigen Stimmung, die ihn auch öfter verführt hatte, sich mit einigen Bekannten im »Violon«, einem Nachtlokal, zu treffen. Jetzt hatte er freilich das unbehagliche Gefühl, daß Martina es ihm nicht geglaubt hatte, daß er nur mit Freunden dort war, oder sich überhaupt nur mit Männern getroffen hatte, aber momentan war daran nichts zu ändern, und er mochte nicht allein zu Hause sitzen und Trübsal blasen. Im Grunde war er nämlich ein recht nüchtern denkender Mensch und niemals übermäßig pessimistisch. Aber er hatte sich gern mit seiner schönen Frau gezeigt, und es war ihm unheimlich, daß seine Martina sich so verändern konnte.

Freilich machten sich ihre gemeinsamen Bekannten auch schon einige Zeit Gedanken, warum sich Martina nirgends mehr blicken ließ und Manfreds Aussage, daß sie krank sei, glaubte niemand so recht. Er wollte freilich nicht ausposaunen, was ihr wirklich fehlte, aber es hatte sich dann doch herumgesprochen. Dafür hatte Dana Porter gesorgt, Manfreds Sekretärin, die Martina mal gesehen hatte, als sie vom Arzt kam.

Dana war raffiniert. Manfred gegenüber tat sie mitfühlend, aber hinterrücks unternahm sie schon alles, um ihrem Ziel näherzukommen, ihn sich zu angeln.

Bescheid wußte jetzt auch Dolly, die Bardame im »Violon«, das Manfred kurz nach neun Uhr betrat.

»Hallo, Manni«, begrüßte sie ihn. »Siehst ja so finster aus. Ärger mit deinem Dickerchen?«

»Du sollst nicht so reden«, stieß er hervor.

»Sei nicht gleich beleidigt. Nimm erst mal einen Drink, das hebt die Stimmung.«

»Gib mir einen«, sagte er gedankenlos. »Ist noch einer von meinen Leuten hier?«

»Bis jetzt nicht, bist auch ziemlich früh«, sagte Dana mit einem frivolen Lächeln. »Warum bist du so früh?«

»Meine Frau ist nicht da.«

»Was du nicht sagst. Ist sie durchgebrannt?« fragte Dolly kichernd.

Sie ist ordinär, dachte Manfred. Warum rede ich eigentlich mit ihr, warum duzen wir uns? Er mußte einmal einiges zuviel ge-

trunken haben, daß es dazu gekommen war. Er starrte sie tiefsinnig an.

»Hast wohl einen Moralischen?« spottete sie.

»Quatsch«, erwiderte er abweisend, aber seine Miene widersprach dieser Reaktion.

Er war ein sehr gut aussehender Mann, und nicht nur Dana
Porter war hinter ihm her. Dolly gefiel er auch, und sie hätte
sonst was darum gegeben, ihn an sich zu fesseln. Bisher ergeb-
nislos.

An diesem Abend sah sie eine Chance, denn seine Bekannten
kamen nicht. Manfred hatte vergessen, daß an diesem Abend ein
Treffen im Tennisclub stattfand. Er merkte auch gar nicht, wieviel
er trank. Dolly schob ihm ein Glas nach dem Ändern hin. Sonst
war auch nicht viel Betrieb, und als Manfred beinahe am Tresen
einschlief, sah sich Dolly ihrem Ziel nahe.

»Ich bring dich rauf in meine Wohnung, da kannst du dich
hinlegen«, sagte sie. »Wenn ich hier fertig bin, wecke ich dich.
Dann fühlst du dich wohler. Ich mache dir dann noch einen
Kaffee.«

Er nahm gar nicht richtig war, was mit ihm geschah. Er hatte
Sachen getrunken, die ihm fremd waren und einen schweren
Kopf machten. Er war froh, als er auf Dollys Bett sank. Um ihn
drehte sich alles, aber dann sank er auch gleich in tiefen Schlummer.

Vicky saß bei Martina am Bett und hielt ihre Hand. »Manfred hat
angerufen, er ist besorgt um dich«, sagte sie.

»Er tut doch bloß so. Er hat eine andere, Mami. Sie ist Bardame im ›Violon‹. Ich habe es zuerst nicht glauben wollen, als
ich es erfuhr, aber dann habe ich mich selbst davon überzeugt.
Ich habe Manfred verloren, das ist das schlimmste.«

»Manchmal weinen sich Männer bei Bardamen nur aus«, sagte
Vicky resolut, »ich kenne das!«

»Wieso?« staunte Martina.

»Dein Vater war kein Heiliger, mein Kind. Er war viel unterwegs. Meine Güte, was habe ich mich manchmal aufgeregt, und dann sind die Fetzen geflogen, aber was soll's, wir blieben doch zusammen, und als er krank war, war er froh, mich zu haben.«

»Findest du, daß das die richtige Einstellung ist, Mami? Na ja, du hast nicht so scheußlich ausgesehen wie ich.«

»Das spielt dabei doch gar keine Rolle. Wenn Männer fremd gehen wollen, kann die eigene Frau noch so schön und lieb sein.« Sie streichelte Martinas Wange. »Laß uns den Tatsachen ins Auge blicken, Kleines. Du gehst in die Klinik und wirst sehen, wie es bald bessergeht, und Dr. Norden wird sich bei den beiden Ärzten erkundigen, was sie dir gespritzt haben. Du mußt mit dem Vorsatz an die Behandlung herangehen, schöner zu werden als je zuvor. Wo ein Wille ist, ist auch ein Weg.«

Sie redete sich aber auch selbst solche Zuversicht ein, denn insgeheim hatte sie auch große Angst, daß Martina gar nicht mehr richtig zu helfen sein könnte.

Was allerdings ihre Ehe anbetraf, wollte sie die Sache in die Hand nehmen, wenn Martina erst in der Klinik war.

Sie dachte zurück. Auch Manfreds Eltern waren sehr mit der Heirat einverstanden gewesen, obwohl Martina noch so jung gewesen war. Sie lebten im Schwarzwald, und Karl Jörgen war als Oberstaatsanwalt in Pension gegangen. Sie konnten ihren Ruhestand genießen, sie hatten keine Sorgen und sich gefreut, daß Manfred die richtige Partnerin gefunden hatte.

Nein, Vicky konnte sich nicht vorstellen, daß ihr Schwiegersohn eine Affäre mit einer Bardame hatte, und Manfred hatte daran auch zu allerletzt gedacht.

Um so entsetzter war er, als er am nächsten Morgen in Dollys Bett erwachte und sie neben ihm lag. Er meinte zu träumen, aber es war ein Alptraum.

Er stand auf: Sie merkte es nicht. Es beruhigte ihn nur einigermaßen, daß er Hose und Hemd anhatte. Er zog seine Schuhe und das Sakko an und schlich zur Tür. Dolly schlief, sie hörte anscheinend gar nichts.

Manfred atmete auf, als er draußen war. Es war sieben Uhr, und die Straßen waren menschenleer. Sein Auto stand allein auf dem Parkplatz.

Ihm wurde es heiß und kalt bei dem Gedanken, was seine Freunde und Kollegen wohl denken mochten, wenn sie das erfuhren. Nur gut, daß keiner anwesend gewesen war. Und Martina? Daran durfte er erst recht nicht denken.

Er fuhr nach Hause und duschte erst einmal ausgiebig. Dann überlegte er, ob er Urlaub nehmen solle. Das würde wohl das beste sein, um erst einmal von hier wegzukommen. Und wenn Vicky es auch für besser hielt, Martina jetzt erst mal in Ruhe zu lassen, hatte er doch das Bedürfnis, mit ihr zu sprechen. Er hatte ein unruhiges Gewissen, obwohl er sich überhaupt nicht mehr an den Verlauf der Nacht erinnern konnte, und jetzt kam ihm auch der Gedanke, daß Dolly ihm etwas in das Getränk geschüttet haben könnte. Er erinnerte sich auch nicht mehr, wie er in ihre Wohnung gekommen war. Er hatte jetzt, trotz der kalten Dusche, noch mächtige Kopfschmerzen.

Dann kam ihm in den Sinn, daß er am vergangenen Abend lieber in den Tennisclub hätte gehen sollen. Dort hätte er wohl zumindest Dr. Denis getroffen und mit ihm über Martina sprechen können. Vielleicht war er gar schuld an Martinas Zustand.

Weil er mit sich selbst uneins war, steigerte sich Manfred immer mehr in den Zorn auf andere, und auch das paßte überhaupt nicht zu ihm.

Dann mußte er auch noch an seine Eltern denken, die eine strenge moralische Anschauung hatten. Niemals würden sie ihm verzeihen, daß er sich mit einer Bardame eingelassen hatte. Aber so konnte man es doch eigentlich nicht nennen. Dolly mußte ihn in ihre Wohnung gelockt haben.

Sein Zorn richtete sich jetzt auf sie. Am liebsten wäre er zu ihr gefahren und hätte sie zur Rede gestellt, aber dann siegte die Vernunft. Sie war schlau und würde alles verdrehen. Aber was hatte sie bezweckt, und was hatte sie noch vor?

Manfred fuhr ins Büro. Er fühlte sich wie zerschlagen und sah auch entsprechend aus. Man glaubte ihm, als er sagte, daß er Urlaub brauche, und da er noch viele Tage gut hatte, konnte er den auch nehmen, da er andeutete, daß seine Frau krank sei und in München behandelt würde, und er bei ihr sein wolle.

Das wieder gefiel Dana Porter gar nicht.

»Wieso plötzlich wieder deine Frau?« fragte sie anzüglich. »Du kannst dich doch mit ihr gar nicht sehen lassen. Hast du etwa Gewissensbisse?«

»Bitte, keine Vertraulichkeiten«, sagte er mit klirrender Stimme. »Ich weiß nicht, was ihr Weiber euch gleich immer einbildet, wenn man einmal mit euch zum Essen geht oder ein paar Späßchen macht.«

Ihre Augen begannen zu funkeln. »Du hast aber durchaus den Eindruck in mir erweckt, daß du sehr gern mit mir zusammen bist«, fuhr sie ihn an.

»Aber nur auf rein kollegialer Basis«, konterte er. »Ich bin verheiratet und bleibe es.« Und schon war er draußen. Dana schickte ihm einen giftigen Blick nach.

Er fuhr wieder nach Hause, packte einen Koffer und fuhr los. Erst mal weg sein, und dann alles ruhig überdenken. Er konnte ja auch einen Tag bei seinen Eltern bleiben und mit ihnen über Martinas Zustand sprechen.

Ich bin ein Feigling, dachte er, wenn ich nur gute Stimmung für mich erzeugen will. Ich habe mich auch Martina gegenüber schäbig benommen. Ich hätte sie liebevoll trösten müssen, anstatt abends immer außer Haus zu sein.

Aber er hatte es einfach nicht ertragen, sie so verändert zu sehen. Und auch im Wesen war sie verändert gewesen. Aber hätte er dafür nicht mehr Verständnis haben müssen? Hatten sie nicht vor dem Altar geschworen, auch in schlechten Zeiten zueinander zu stehen? Er stöhnte in sich hinein. Er kam einfach innerlich nicht zur Ruhe.

An der Grenze gab es keine Schwierigkeiten, und zu seinen Eltern war es nicht weit.

Sie wohnten wunderschön, weitab von allem Lärm in herrlicher waldreicher Umgebung. Hier könnte sich Martina erholen, dachte Manfred, aber darauf hätte er auch schon früher kommen können.

Seine Mutter staunte, als er plötzlich vor der Tür stand. »Ja, was machst du denn hier? Ist das eine Überraschung, Manfred!« rief sie aus.

»Hoffentlich keine unangenehme«, brummte er.

»Wie kannst du so was denken! Ich staune nur, daß du ohne Tina kommst.«

»Tina ist in München bei ihrer Mutter.«

Regine Jörgen warf ihrem Sohn einen schrägen Blick zu. »Gibt es Differenzen?« fragte sie stockend.

»Nein, es geht Martina nicht gut«, erwiderte er.

»Was fehlt ihr?« fragte Regine besorgt.

»Ich erzähle es dir ausführlich, Mama. Darf ich erst mal reinkommen?«

»Natürlich. Liebe Güte, ich bin verwirrt.«

»Papa ist nicht da?«

»Nein, er mußte nach Bonn.«

»Ist er noch viel unterwegs?«

»Das kann man sagen, aber er braucht das, und ich genieße dann meine Ruhe.«

»Aber zwischen euch hat es nie was gegeben!«

Sie horchte auf. »Nichts Gravierendes, aber wenn du denkst, wir hätten niemals Meinungsverschiedenheiten, hast du dich getäuscht.«

Komisch, daß ich früher daran nie dachte, ging es ihm durch den Sinn, und geredet wurde darüber auch nicht.

»Es stimmt also doch nicht bei euch«, fuhr Regine fort.

»So ist es nicht, Mama. Martina hat sich einer Hormonkur unterzogen, weil sie sich unbedingt ein Kind eingebildet hat, und das war ein glatter Fehlschlag. Sie hat sich äußerlich sehr zu ihren Ungunsten verändert, ist aufgedunsen und unförmig, nicht wiederzuerkennen, und sie wagt sich auch nicht mehr unter Menschen.«

»Diese bildschöne junge Frau!« rief Regine aus. »Da ist es doch verständlich, wenn sie verstört ist. Mein Gott, warum hast du uns das nicht mitgeteilt und sie hergebracht, wir haben hier doch sehr gute Ärzte.«

»Sie wollte zu keinem Arzt mehr gehen, sie war unansprechbar und unbelehrbar. Ja, unser Leben hat sich schwierig gestaltet, aber ich mache mir auch bittere Vorwürfe, daß ich mich nicht richtig verhalten habe. Ich war so geschockt, daß ich mich blöd benommen habe. Und plötzlich hatte sie den Entschluß gefaßt, zu ihrer Mutter zu fahren, und Vicky scheint sie überredet zu haben, in eine Klinik zu gehen.«

»In solchem Fall können Mütter wohl am ehesten etwas erreichen«, sagte Regine nachdenklich. »Das alles tut mir sehr leid. Du weißt, daß wir Martina sehr mögen. Ich hoffe nur, daß ihr bald zu helfen ist und ihr wieder ein Leben wie früher leben könnt.«

Er stand jetzt wie ein schuldbewußter Schuljunge vor ihr, mit gesenktem Kopf und hängenden Schultern.

»Ich bin ein Esel, Mama, wie ein Idiot habe ich mich benommen, weil ich es nicht verkraften konnte, keine schöne und begehrenswerte Frau mehr zu haben. Es ist doch immer noch meine Frau Martina.

»Sie muß zu allem wohl auch noch zutiefst verletzt sein«, sagte Regine leise.

Aber was nutzten jetzt alle Schuldgefühle und alles gute Zureden. Es blieb nur die Hoffnung, daß Martina geholfen werden konnte und sich dann alles wieder einpendeln würde. Regine merkte wohl, daß ihr Sohn unglücklich war, aber über Dolly hatte er natürlich nicht gesprochen.

~

Dolly war erst spät erwacht, und als sie dann bemerkte, daß Manfred nicht mehr da war, rief sie gleich in der Redaktion an.

Herr Jörgen hat Urlaub, hieß es. Sie war so verblüfft, daß sie gar nichts mehr fragte.

Sie rief in der Wohnung an. Das hatte sie schon oft getan, und wenn sich Martina gemeldet hatte, hatte sie sich davon auch nicht einschüchtern lassen.

Jetzt meldete sich niemand, und sie wurde wütend. Sollte sie wieder nichts erreicht haben? Was mochte er denn gedacht haben, als er erwacht war? Sie war wütend auf sich, daß sie nichts gehört hatte. Skrupel kannte Dolly zwar nicht, aber jetzt war sie sich doch nicht sicher, ob sie bei ihm überhaupt etwas erreichen konnte.

Sie hatte sich das nun einmal zum Ziel gesetzt, und sie war besessen von dieser Idee gewesen, und dazu hatte sie sich auch noch eingebildet, ihm zu gefallen, weil er so oft bei ihr an der Bar gesessen hatte.

Hätte sich die Bar in München befunden, wäre Vicky sofort dorthin gegangen, um sich die Dolly anzusehen, von der Martina gesprochen hatte. Aber Straßburg war weit. Einen Begleiter hätte Vicky auch sofort gewußt, denn Martin Delbrügg war zu allem bereit, was sie anregte. Aber Vicky hatte auch noch eine andere Idee, wobei Martin behilflich sein konnte. Sie rief ihn an und bat ihn um seinen Besuch. Er ließ sich das nicht zweimal sagen. Vicky hatte ihn schon benachrichtigt, daß Martina bei ihr sei, und sie sich deshalb nicht täglich treffen könnten, und liebe Gewohnheiten gaben beide ungern auf. Sie verstanden sich einmalig gut, ohne wie Kletten aneinander zu hängen.

Martin Delbrügg war ein vermögender Mann. Er konnte sein Leben so gestalten, wie er es für gut hielt. Er war nie verheiratet gewesen. Seine heimliche Liebe hieß seit langer Zeit Vicky, aber er hatte mit seiner herrschsüchtigen Mutter zusammengelebt, der keine Frau für ihren Sohn recht gewesen war, und er hätte keiner zugemutet, diese Frau zu ertragen. Er hatte es aber auch nicht fertiggebracht, sie ihrem Schicksal zu überlassen, da sie durch den schweren Unfall, bei dem sein Vater sein Leben verlor, behindert war, und sein Vater war schuld an diesem Unfall gewesen. Vor fünf Jahren war Luise Delbrügg gestorben, und seither begann Martin richtig zu leben. Er war ein Jahr älter als Vicky und war noch einmal jung geworden, seit er soviel mit ihr zusammen sein konnte, so jung, wie er vorher eigentlich nie gewesen war.

Vicky brauchte nicht lange auf ihn zu warten. Kurz nach sieben Uhr stand er vor der Tür, Martina schlief schon wieder. Er küßte Vicky auf beide Wangen.

»Erzähl erst mal, was mit dem Dirndl los ist«, sagte er leise.

Vicky erzählte es ausführlich, und er schüttelte ein über das andere Mal den Kopf.

»Diesen Ärzten müßte man wirklich mal auf den Zahn fühlen«, sagte er unwillig.

»Darum wollte ich dich gerade bitten, Martin. Du fährst doch öfter mal nach Offenburg zu deiner Tante, und Straßburg ist nicht weit.«

»Soweit, so gut, mein Herzblatt«, sagte er, »aber Ärzte sind an die Schweigepflicht gebunden.«

»Doch nicht, was die Medikamente anbetrifft, die sie verabreichen.«

»Es liegt aber auch diesbezüglich in ihrem eigenen Ermessen, darüber Auskunft zu geben.«

»Nun, einem Professor werden sie diese doch nicht verweigern. Du bist doch ein schlaues Kerlchen, Martin.«

Er mußte lachen. »Na schön, es kommt auf einen Versuch an.«

»Und ich hätte noch eine andere Bitte. Da gibt es nämlich einen Nachtclub ›Violon‹, und in diesem ist eine Bardame tätig, die Dolly heißt. Martina hat gesagt, daß Manfred etwas mit ihr hätte, und ich möchte wissen, ob das stimmt. Vielleicht hängt er jetzt dort herum.«

»Das soll ihm schlecht bekommen, wenn es stimmt und ich dahinterkomme, Vicky«, sagte Martin grimmig. »Als Pate habe ich die Pflicht, meine Kleine zu beschützen. Ich fliege gleich morgen.«

»Du bist ein wahrer Schatz«, sagte Vicky.

»Ich wäre gern dein alleiniger Schatz«, meinte er neckend.

»Das bist du doch.«

»Aber nur stundenweise.«

»Was unsere Rendezvous immer wieder spannend und interessant macht«, erwiderte sie lächelnd.

Er seufzte leicht, sagte aber nichts. Sie tätschelte ihm die Wange. »Solange du noch Chancen hast, eine Junge zu bekommen, will ich dir nicht im Wege stehen.«

»Ich will aber keine andere, wie oft soll ich dir das noch sagen.«

Sie versank in Schweigen. Kann ich mir denn etwas Besseres wünschen, als ihn zum Mann zu haben, ging es ihr durch den Sinn. Er hatte sich doch als einmalig guter Freund bewiesen, er hatte Charakter, er war eine Persönlichkeit, genauso vielseitig interessiert wie sie.

Früher war er ihr zu jung erschienen, heute fühlte sie sich zu alt für ihn, denn er hatte tatsächlich noch große Chancen bei jungen Frauen, die ihm sogar noch ein Kind hätten schenken können. Mußte es sie nicht glücklich machen, daß er sie wollte?

»Was denkst du, Vicky?« fragte er.

»Daß du der liebste Mensch für mich bist.«

»Nach Martina«, meinte er.

»Martina ist meine Tochter, da ist es selbstverständlich, daß ich sie liebe. Du hast eine ganz besondere Stellung in meinem Herzen eingenommen, Martin, das leugne ich gar nicht. Nun, jetzt muß ich aber erst an Martina denken.«

»Immerhin besteht Hoffnung, daß unsere Beziehung legalisiert wird?«

»Ist das denn so wichtig?«

»O ja, für mich schon. Ich möchte dich gesichert wissen, wenn mir mal was passiert.«

»Wenn du so anfängst, denken wir lieber nicht mehr daran. Ich will keine Sicherheit, ich will meinen besten Freund behalten.«

»Den wirst du nie los«, sagte er und gab ihr einen langen, zärtlichen Kuß. »Für mich bist du halt die Schönste, die Beste, die Liebenswerteste, und wenn ich dir den zehnten Heiratsantrag mache, soll er erhört werden.«

»Wann machst du den?« fragte sie neckend.

»Wenn ich von Straßburg zurück bin.«

»Jemine, neun hast du schon gemacht?«

»Genau, du hast nie hingehört.«

Er munterte sie auf. Er verstand es immer wieder, und sie wußte ja auch, was er ihr bedeutete.

Er wollte Martina sehen, aber Vicky winkte ab. »Du würdest nur erschrecken. Dann wacht sie auf und zerfließt wieder in Tränen. Vielleicht kann ich sie morgen schon in die Klinik bringen, damit die Therapie beginnen kann. Ich verstehe schon, daß Manfred kopfscheu geworden ist, aber mit einer Bardame muß er sie nicht betrügen.«

»Mit Bardamen betrügt man seine Ehefrau nicht. Bei denen weint man sich nur aus. Sie sind meist gute Zuhörerinnen.«

»Vielleicht bei alten, fetten Männern, aber Manfred ist ein sehr gut aussehender junger Mann. Aber laß dich nicht verführen«, sagte sie warnend mit erhobenem Zeigefinger.

Er lachte auf.

»Keine Sorge, Vickyschatz. Ich rufe dich an, wenn ich etwas erreicht habe, und du paßt gut auf die Kleine auf.«

»Du brauchst nicht so schnell zu gehen, Martin.«

»Wenn ich morgen starten will, muß ich noch einiges erledigen, Vicky. Aber es ist lieb, daß du mich zum Bleiben aufforderst.« Sie bekam noch einen Kuß, und er bekam ihn zurück, und dann ging er schon wieder.

Vicky ging langsam durch den Garten, auf den sich nun wieder Nebel herabsenkte. Es fröstelte sie. Der Winter stand vor der Tür und Weihnachten, und wenn es Martina nicht besserging, würde es ein trauriges Weihnachten werden. Welche gute Mutter konnte ihr Kind schon leiden sehen!

Auch Manfred tat seiner Mutter leid. Sie spürte, daß ihn weit mehr quälte, als nur die Sorge um Martina, und sie überlegte, ob da doch eine andere Frau im Spiel war. Aber auf vorsichtige Andeutungen hatte er gar nicht reagiert.

»Bleib ein paar Tage bei uns«, schlug sie vor.

»Ich fahre wohl doch besser nach München«, sagte er. »Ich bin unruhig.

»Du kannst doch mit Vicky telefonieren.«

»Das mag ich auch nicht. Sie sagt zwar, daß ich nicht kommen soll, aber wahrscheinlich erwartet sie es doch.«

»Vicky ist eine vernünftige Frau. Und Mütter wissen am besten, was ihren Kindern guttut.«

Er starrte wieder vor sich hin. »Ich bin ein Blödmann«, sagte er laut.

»Inwiefern?«

»Alles in allem, ich kann es dir nicht erklären.«

»Also doch eine andere Frau.«

»Nicht, was du meinst, Mama.«

»Aber es ist eine Frau.«

»Die ohne Bedeutung ist. Aber sie ist raffiniert, und ich weiß nicht, worauf sie aus ist.«

Regine sah ihren Sohn zweifelnd an. »Kannst du mir das nicht näher erklären?«

»Es bringt nichts, Mama. Ich muß da selber klar kommen. Ich fahre morgen nach München.«

Sie spürte, daß er mehr nicht sagen wollte, und sie fragte nicht, weil sie eine kluge Frau war. Schließlich war Manfred erwachsen, und er war kein dummer Junge.

Und er fuhr am nächsten Morgen, aber er fuhr kreuz und quer, auch jetzt kein Ziel im Auge. Was sollte er in München, wenn er doch wieder weggeschickt wurde? Irgendwo Ruhe finden, das wünschte er sich. Von niemandem angesprochen werden und mit sich endlich ins reine kommen.

⁓

Vicky hatte am frühen Morgen den Anruf bekommen, daß sie Martina in die Leitner-Klinik bringen könnte.

Dr. Norden sagte ihr, daß er bereits ausführlich mit Dr. Leitner den Fall besprochen hätte, und er würde auch zugegen sein, wenn Dr. Leitner ihn brauchen sollte.

Martina war in einem apathischen Zustand. Sie sagte zu allem ja und amen. In einen weiten Mantel gehüllt, das Gesicht unter einer großen Sonnenbrille versteckt und dazu noch von einem Kopftuch verhüllt, betrat sie an Vickys Seite die Leitner-Klinik. Sie schaute nicht rechts noch links, und erst im Krankenzimmer befreite sie sich dann von den Hüllen.

Dr. Leitner kam. Martina sah einen schlanken Mann mit schmalem Gesicht, hoher Stirn, angegrauten Schläfen, dessen warme graue Augen sie durch eine goldgeränderte Brille freundlich anblickten. Warm wie seine Augen war auch seine Stimme, und er gab sich ganz väterlich. Das tiefe Mitgefühl, das ihn beim Anblick dieser jungen Frau sofort erfaßt hatte, zeigte er nicht.

»Ich hoffe, daß Sie Vertrauen zu mir gewinnen, Frau Jörgen, das gleiche Vertrauen, das Sie auch meinem Freund Daniel Norden entgegenbringen, denn nur auf der Vertrauensbasis können wir das erreichen, was wir uns jetzt vornehmen.«

Martina nickte stumm und streckte ihm ihre Hand entgegen, die zart und schön und kein bißchen geschwollen war.

Dr. Leitner betrachtete diese Hand. Er konnte sich zwar nicht vorstellen, wie Martina früher ausgesehen hatte, aber er ahnte, daß sie zart und anmutig wie diese Hand gewesen sein mußte. Er konnte sich vorstellen, wie sie litt, wenn sie auch jetzt alles so apathisch über sich ergehen ließ.

Zuerst mußte die Nierentätigkeit angeregt werden, und da konnte Dr. Leitner dann gleich einen Erfolg verzeichnen. Er hoffte, daß Daniel bald erfahren würde, mit welchen Medikamenten Martina behandelt worden war, damit die Therapie gleich in die richtigen Bahnen geleitet werden konnte, aber Daniel Norden mußte wieder einmal die Erfahrung machen, daß ein Kollege nicht kooperativ war. Dr. Denis gab ihm arrogant zur Antwort, daß sich ja jeder als Arzt ausgeben könnte, um Auskünfte zu verlangen.

»Sie können bei mir zurückrufen«, erklärte er, »aber wenn Sie mir die Auskunft verweigern, müssen Sie damit rechnen, daß Sie für den besorgniserregenden Zustand der Patientin verantwortlich gemacht werden. Ich habe kein Verständnis für Kollegen, die nicht zum Wohle der Patienten zur Zusammenarbeit bereit sind.«

Da erklärte sich Dr. Denis doch bereit, die Medikamente zu nennen. Und er hätte sie nach bestem Wissen und Gewissen verabreicht. Er könne sich wahrhaftig nicht erklären, daß sie am bedrohlichen Zustand von Frau Jörgen schuld sein könnten.

»Irren ist menschlich, auch bei Ärzten«, sagte Daniel Norden sarkastisch. Gleich nach diesem Telefonat rief er Dr. Leitner an und gab auch ihm die erwartete Auskunft.

Der war mit seiner Untersuchung schon weitergekommen. Er hatte festgestellt, daß Martina eine Zyste am Gebärmutterhals hatte, die baldigst operativ entfernt werden mußte.

Er hatte es Martina ganz schonend beigebracht. Sie zeigte keine Regung.

»Dann werde ich wohl niemals Kinder bekommen können«, sagte sie schleppend, »aber jetzt ist das ja auch egal.«

»Natürlich können Sie später Kinder bekommen. Sie dürfen nicht resignieren«, sagte Dr. Leitner eindringlich.

Sie versank wieder in Schweigen, und er wollte sich jetzt die Zusammensetzung der Präparate verschaffen, die ihr verordnet worden waren. Da es französische waren, kannte er sie nicht. Aber als er dann die Zusammensetzung erfuhr, mußte er feststellen, daß es eine ähnliche war, wie er sie Frauen in den Wechseljahren verabreichte, die aber einer so jungen Frau, die Kinder haben wollte, nicht verabreicht werden durften. –

Er ging wieder zu Martina. Sie war sehr matt nach der ersten Behandlung, aber die Schwellung des Gesichtes war schon leicht zurückgegangen. Von den Augen war mehr zu sehen.

»Was waren das eigentlich für Ärzte, bei denen Sie in Behandlung waren?« fragte er. »Ältere?«

»Nein, Dr. Denis ist nicht viel älter als mein Mann. Dr. Rosbaud mag so Mitte Vierzig sein. Wir kennen sie vom Tennisclub.«

»Beide kannten Sie also gut?«

»Na ja, wie man sich so kennt. Ich werde es aber ewig bereuen, daß ich da hingegangen bin, aber sonst kannte ich keine Ärzte persönlich, und ich bin da auch ein bißchen komisch.«

Er fragte nicht weiter. Er dachte nur, daß diese beiden Ärzte sicher nicht besonders erfahren waren.

Da hatte er eine junge Patientin vor sich, die etwa vierzig Pfund Übergewicht hatte, die so aufgedunsen war, daß man meinte, die Haut müsse zerspringen und deren Organe schon in Mitleidenschaft gezogen waren, weil nichts mehr funktionierte, vor allem auch die Drüsentätigkeit nicht. Aber es konnte sein, daß schon durch die Operation die größte Gefahr gebannt werden konnte.

Er wollte aber erst noch mit Vicky Horlach sprechen, um alles über etwaige Erkrankungen von Martina zu erfahren, die auch Folgen hinterlassen haben könnten.

Er rief sie an. Vicky versprach, sofort zu kommen. Den ganzen Morgen waren ihre Gedanken abwechselnd bei Martina und bei Martin gewesen. Der mußte jetzt schon fast in Straßburg sein. Sie war sehr gespannt, was er erreichen würde, aber sie setzte größtes Vertrauen in ihn, daß er nicht ohne Ergebnis zurückkehren wollte. Ihn konnte man nicht so leicht bluffen. Er war diplomatisch, aber zugleich auch zielbewußt.

Es war für sie sehr beruhigend, ihn zum Freund zu haben,

aber jetzt konnte sie sich auch schon langsam an den Gedanken gewöhnen, ihr Leben ganz mit ihm zu teilen.

~

Vicky war schon bald in der Leitner-Klinik erschienen. Und Dr. Leitner hatte auch gleich Zeit für sie.

Was sie dann von ihm hörte, beunruhigte sie sehr, aber sie sah auch sofort ein, daß diese Operation nicht auf die lange Bank geschoben werden sollte.

»Hoffentlich willigt Martina ein«, sagte sie nachdenklich.

»Momentan ist sie so apathisch, daß sie keinen Widerspruch erhebt, und sie resigniert auch, was einerseits jetzt nicht mal negativ zu bewerten ist, weil sie derzeit nicht daran denkt, Kinder haben zu wollen. Steht es schlecht um die Ehe?«

»Das kann ich nicht glauben, wenngleich mein Schwiegersohn sicher auch geschockt ist durch diese Entwicklung. Für mich ist es ja auch nicht einfach, Martina anzuschauen. Und Mitleid ist schwer zu ertragen, wenn man einmal strahlender Mittelpunkt war.«

»Wir werden alles tun, daß sie wieder froh und glücklich sein kann, aber es könnte natürlich die Fürsorge des Mannes mit dazu beitragen, daß die Genesung beschleunigt wird.«

»Sie wollte Manfred nicht sehen«, erklärte Vicky zögernd.

Man muß Geduld haben, wie sie auch Geduld haben muß. Von heute auf morgen wird sie nicht die frühere Martina sein.«

»Wenn sie nur wieder Mut bekommt«, sagte Vicky verhalten.

»Ich denke schon, daß wir das schaffen werden.«

»Hoffen wir also, daß sie in eine baldige Operation einwilligt.

»Sie hatte also keine gravierenden Krankheiten?« fragte Dr. Leitner.

»In der Pubertät hatte sie öfter mal Beschwerden, aber sie waren immer nur vorübergehend. Sie war sehr dünn, obgleich sie gut aß. Es wurde aber nichts festgestellt. Ich habe darauf gedrungen, daß sie regelmäßig untersucht wurde.«

Dr. Leitner mußte feststellen, daß es ein ungewöhnlicher Fall war, und dieser Meinung war Daniel Norden ebenfalls.

»Stoffwechselschwierigkeiten können auch mitspielen«, meinte er, »und die sind ja häufig auch psychisch bedingt, aber es kann natürlich auch die Bereitschaft zu allgemeinen Störungen durch die Hormongaben noch verstärkt worden sein. Jedenfalls müssen wir mit äußerster Vorsicht vorgehen, damit es nicht noch schlimmer wird.«

»Ich werde baldmöglichst operieren«, erklärte Dr. Leitner. »Ich glaube nicht, daß sie widerspricht.«

Martina war in einem Stadium, in dem ihr alles gleichgültig war. »Operieren Sie meinetwegen heute noch«, sagte sie.

»Sagen wir morgen«, erwiderte er.

Martin war in Straßburg angekommen und hatte sich ein Apartment reservieren lassen. Aber er wollte erst schnellstens die beiden Ärzte aufsuchen, die eine Gemeinschaftspraxis hatten.

Er schaffte es bis halb zwölf Uhr, aber er wurde keineswegs freundlich empfangen, als er sagte, in welcher Angelegenheit er käme.

Dr. Denis, Martin fand, daß er wie ein Playboy aussah, setzte gleich eine abweisende Miene auf.

»Ein Dr. Norden hat diesbezüglich schon telefonische Auskunft von mir bekommen«, sagte er herablassend. »Und ich weiß nicht, wieviel Frau Jörgen gegessen hat, daß sie so zunahm. Das habe ich nicht kontrolliert.«

»Ist es Ihnen nicht merkwürdig vorgekommen? Es muß Ihnen als Arzt doch zu denken gegeben haben«, sagte Martin unwillig.

»Als sie das letzte Mal bei mir war, war sie noch nicht so dick, daß es besorgniserregend war. Jörgen hätte ja dafür sorgen können, daß der Grund erforscht würde, aber er hatte anscheinend anderes im Sinn.«

Das klang anzüglich, fast hinterhältig, und Martin merkte, daß es eine Anspielung war. Anscheinend war es nicht aus der Luft gegriffen, was Martina dachte und fürchtete.

Gut, Dr. Norden wußte Bescheid, so konnte er sich den anderen Nachforschungen widmen. Er fuhr zum Hotel zurück und stärkte sich erst einmal. Dann wählte er Manfreds Nummer, doch da meldete sich niemand. Er rief in der Redaktion an und erfuhr, daß Manfred Urlaub genommen hatte.

Vielleicht ist er doch nach München gefahren, dachte er, aber als er dann bei Vicky anrief und erfuhr, daß Manfred sich noch nicht wieder gemeldet hätte, packte ihn doch ein unheiliger Zorn, weil er dachte, daß er mit einer anderen Frau verreist sei.

Reiß dich am Riemen, Martin, redete er sich dann selbst ins Gewissen. Man darf nicht urteilen, bevor man Beweise hat.

Er ruhte sich aus für den Abend. Er hatte sich schon nach der Bar »Violon« erkundigt und war beruhigt, daß sie wenigstens einen guten Ruf hatte.

Er betrachtete sich eingehend im Spiegel, bevor er das Hotel verließ, und er war ganz zufrieden mit sich. Ein bißchen eitel durfte er schon noch sein.

Dollys Blick fiel jedenfalls gleich auf ihn, als er die Bar betrat, obgleich sie eben noch mit einem grauhaarigen Kavalier geturtelt hatte.

Na, wenn das Dolly ist, ist Manfred wenigstens nicht der einzige, der sich ihres Wohlwollens erfreuen kann, dachte Martin, aber es sollte nicht lange dauern, bis er merkte, daß er auch in diesen Kreis einbezogen wurde.

»Sie wünschen?« fragte Dolly mit einem verführerischen Augenaufschlag.

Martin stellte fest, daß sie nicht übel aussah. Schwarzes, schulterlanges Haar, das wie Lack glänzte, umrahmte ein herzförmiges Gesicht. Schräggestellte dunkle Augen und ein sinnlicher, voller Mund, verliehen ihr ein exotisches Flair.

»Einen Drink und nette Gesellschaft«, sagte Martin lässig.

Er dachte an Vicky. Liebe Güte, was würde sie denken, wenn sie mich sehen würde, ging es ihm durch den Sinn.

Dolly hatte ihn abschätzend gemustert. Er sah nach einer vollen Brieftasche aus, und er war keiner, der gleich deutlich wurde.

»Kummer?« fragte sie mitfühlend.

»Wie man es nimmt. Nicht so direkt, mehr wegen meiner Tochter.«

Ihre Augenbrauen hoben sich leicht. »Kann sich da nicht Ihre Frau kümmern?«

»Ich habe keine mehr, und meine Tochter ist verheiratet. Sie hat zu jung geheiratet, und jetzt wackelt die Ehe.«

»Es ist immer ein Fehler, wenn man jung heiratet«, sagte Dolly. »Wann sind Männer schon mal treu.«

»Sie können sicher ein Liedchen davon singen.«

»Und ob. Sie sind nicht von hier?«

»Nur auf der Durchreise. Ich sollte einen Bekannten treffen, traf ihn aber zu Hause nicht an. Vielleicht kommt er her. Er erzählte mir, daß er oft hier ist.«

»Wie heißt er denn? Vielleicht kenne ich ihn.«

»Jörgen, Manfred Jörgen.«

»O ja, den kenne ich, sehr gut sogar. Er ist öfter hier. Aber soviel ich hörte, hat er jetzt Urlaub.«

»Das muß aber ziemlich plötzlich gekommen sein, denn er wußte, daß ich heute und morgen hier sein werde.«

»Kann ja sein, daß er schnell wiederkommt. Vielleicht ist was mit seiner Frau.«

»Was soll denn sein?«

»Mit ihr stimmt was nicht. Genaues weiß niemand.«

»Sie meinen, daß es in der Ehe nicht stimmt?«

»Kann schon sein.«

»Aber sie ist doch eine ganz reizende Person«, sagte Martin.

»Das war einmal. Mit der kann er sich nicht mehr sehen lassen. Sie kennen Martin gut?«

»Nun ja, wir haben beruflich miteinander zu tun. Über sein

Privatleben weiß ich nicht Bescheid. Aber man sagte, daß die Ehe sehr glücklich wäre. Doch wie es scheint, geht es auch bei anderen nicht glatt, nicht nur bei meiner Tochter.«

Er zwinkerte ihr zu. »Sie kennen Manfred vielleicht besser«, sagte er mit einem hintergründigen Lächeln.

»Er sitzt oft bei mir, möchte auch mit jemandem reden. Mit ihr kann er das anscheinend nicht mehr.«

»Bei Ihnen sprechen sich anscheinend viele aus. Ich heiße Martin.« Er tätschelte ihre Hand, und sie schenkte ihm ein betörendes Lächeln.

»Ich heiße Dolly, und ich gestehe, Sie gefallen mir.«

»Du gefällst mir auch, Dolly, aber hoffentlich wird Manfred nicht eifersüchtig, wenn er jetzt aufkreuzt.«

»Wie kommst denn darauf, Süßer? Er ist doch ein Langweiler. Hängt bloß so rum, und seine Freunde sind auch meistens da.«

Dolly hatte nicht die Absicht, sich neue Chancen durch Manfred verderben zu lassen. Auf ihn hatte sie immer noch eine Wut, daß er sich so heimlich davongestohlen hatte. Sie ließ nichts anbrennen, wenn sie einen Vorteil witterte.

»Noch einen Drink?« fragte sie.

»Champagner für uns beide.«

Dolly dachte schon an eine Nacht, die mehr bringen konnte als die mit dem halb bewußtlosen Manfred. Aber Martin war auf der Hut. Er ließ keinen Handgriff von ihr aus den Augen.

Aber Dolly war nur darauf bedacht, ihn bei Stimmung zu halten, und sie hegte auch die Hoffnung, daß er bleiben würde. Sie verstand zu plaudern und hatte auch ihre Reize, aber dagegen war Martin gefeit.

Die Flasche Champagner war geleert. Er hatte nicht viel getrunken.

»Ich muß mal was aus meinem Wagen holen«, sagte er, als es fast Mitternacht war. Er spürte, daß sie mißtrauisch wurde. Er schob ihr ein paar Geldscheine zu. »Nicht, daß du meinst, ich will mich so verdrücken«, fügte er anzüglich hinzu. »Bis gleich.«

»Ich hoffe es«, sagte sie, aber ihr Blick war lauernd.

Er war froh, als er draußen war und in dem Mietwagen saß. Er hatte genug, aber immerhin hatte er wenigstens so viel in Erfahrung gebracht, daß Dolly Manfred nicht festnageln konnte, sollte sie das vorhaben. Aber er hatte Dr. Denis gesehen, der ziemlich spät gekommen war, und auf keinen Fall wollte er mit ihm zusammentreffen. Dann war es ja möglich, daß Dolly erfahren würde, daß er Martinas wegen hier war.

Martina schlummerte schon dem nächsten Tag entgegen. Sie hatte eine Vollnarkose bekommen und war selbst schweren Träumen entrückt. Um acht Uhr sollte sie operiert werden.

Manfred saß in einem Gasthof im Gebirge auf dem Bett und starrte vor sich hin. Er hatte mit dem Wirt und ein paar Einheimischen gebechert und war alles andere als nüchtern. Dennoch hatte er schon lange nicht mehr so klar denken können wie jetzt. Er fand es selbst fast zum Lachen.

Er überlegte jetzt ganz nüchtern, was in jener Nacht geschehen sein konnte, die er in Dollys Bett verbracht hatte. Gar nichts konnte passiert sein, zu dieser Überzeugung kam er. Er hatte geschlafen wie ein Toter, nein, wie betäubt. Ja, sie mußte ihn betäubt haben, anders war es gar nicht zu denken.

Plötzlich dachte er auch, wie unüberlegt es von ihm gewesen war, diese Bar so oft aufzusuchen. Gewiß, die andern gingen auch hin, aber die waren nicht verheiratet, bis auf Matthieu, und dessen Frau lebte auch, wie sie wollte.

Aber Martina saß daheim mit ihrem Kummer und wurde immer einsamer, und er hatte nichts getan, sie richtig zu trösten und aufzumuntern. Er hatte sie nur immer wieder ermahnt, endlich zu einem andern Arzt zu gehen oder irgend etwas sonst zu unternehmen, um wieder normal zu werden. Ja, er hatte es ihr glatt so ins Gesicht gesagt. Normal – unnormal, wie sehr mußte es sie verletzt, wie sehr mußte sie gelitten haben!

Würde er das jemals wiedergutmachen können? Aber wie sollte es denn nur weitergehen, wenn ihr nicht mehr zu helfen war?

Er stöhnte in sich hinein, dann warf er sich ins Bett und vergrub sein Gesicht in den Kissen. Er wollte sie doch so haben, wie sie früher war, und sie waren glücklich gewesen. Wäre sie nur nicht so versessen auf ein Kind gewesen, als ob das sein mußte.

Wir wollten doch eine richtige Familie haben, und Kinder gehören dazu, hatte sie gesagt. Ich fühle mich gar nicht richtig als Frau, wenn ich keine Kinder bekommen kann.

Er mußte nach München, und überhaupt sollte er versuchen, dort wieder eine entsprechende Stellung zu finden, denn in München würde sich Martina bestimmt wohler fühlen.

Er hatte sie geheiratet, weil er sie liebte, über alles liebte, und er durfte sie in dieser schweren Zeit nicht im Stich lassen. Schlafen, nur schlafen, und morgen fahre ich nach München, murmelte er, und dann schlief er auch ein.

Vicky war unruhig, weil Martin nicht mehr angerufen hatte. Sie konnte nicht schlafen. Sie war erleichtert, als das Telefon nach Mitternacht läutete.

»Solange habe ich in der Bar gesessen, Vicky«, sagte er seufzend, »aber ich habe eigentlich nur in Erfahrung gebracht, daß die tolle Dolly vielen Männern ihre Gunst schenkt und mich einreihen wollte in diese Kette. Da bin ich lieber getürmt.«

»Das möchte ich dir auch geraten haben, sonst brauchst du deinen zehnten Heiratsantrag gar nicht erst anzubringen.«

»Wirst du ihn annehmen?« fragte er elektrisiert.

»Ich ziehe es in Erwägung. Martina wird morgen früh operiert.«

»Wieso, was ist?« fragte er erregt.

»Sie hat eine Zyste, es ist sicher keine schwere Operation.«

»Ich komme morgen mittag zurück. Jedenfalls ist Manfred nicht hier und auch nicht mit dieser Dolly zusammen.«

»Vielleicht ist es doch eine andere Frau. Wenn er sich nur melden würde, ich werde es schon herausbringen.«

»Dolly hat ihn als Langweiler bezeichnet.«

»Vielleicht nur Taktik. Reden wir über alles, wenn du hier bist.«

»Okay, meine Liebe, meine große Liebe, schlaf gut und träum was Schönes.«

Er konnte Vickys verklärtes Gesicht nicht sehen, aber ihre Stimme klang auch weich und zärtlich, als sie ihm ebenfalls eine gute Nacht wünschte.

~

In der Leitner-Klinik wurde gegen vier Uhr morgens ein Baby geboren. Dr. Leitner konnte sich erst danach für ein paar Stunden ins Bett legen.

»Und jetzt willst du operieren«, sagte seine Frau Claudia, als er dann nur eine Tasse Kaffee trank.

»Das habe ich doch schon öfter gemacht. Sieh mich nicht so strafend an, Claudi. Es geht um eine Frau, die sich auch sehnlichst ein Kind wünscht.«

Er war pünktlich zur Stelle. Sein Team stand bereit. Martina war schon in den OP gefahren worden.

Sie war jetzt blaß, und die Lippen waren schmal. Vicky hatte ihm gestern noch ein Foto von Martina gezeigt, und er wünschte von Herzen, dazu beitragen zu können, ihr die Schönheit wieder zurückzugeben.

Es war eine Routineoperation. Die Zyste war leicht zu entfernen, aber sie war schon ziemlich groß. Sonst ließ aber nichts darauf schließen, daß Martina kein Kind bekommen könnte. Wahrscheinlich war die Zyste auch erst in letzter Zeit durch die Hormongaben gewachsen.

Konnte der Mann an der Kinderlosigkeit schuld sein? Daniel hatte ja schon die Vermutung geäußert.

Er mußte aber erst einmal da und auch zu einer Untersuchung

bereit sein, auf Vermutungen konnte man sich nicht stützen. Schorsch Leitner war froh, als er sich endlich ausruhen konnte.

Vicky kam gegen elf Uhr in die Klinik. Sie hatte vorher angerufen und erfahren, daß die Operation beendet und auch gut verlaufen sei. Martina lag noch im tiefsten Narkoseschlaf, aber irgendwie schien sie Vicky schon entspannter. Sie blieb, bis Dr. Norden kam. Er erzählte ihr von dem Telefongespräch, daß er mit Dr. Denis geführt hatte und ließ durchblicken, daß er diesem gegenüber mißtrauisch war.

»Er hätte wissen müssen, daß diese Präparate in anderen Fällen anzuwenden sind«, sagte er. »Ich bin zwar kein Gynäkologe, aber soweit muß man informiert sein oder sich erst informieren, bevor man diese Mittel anwendet.«

»Nicht jeder Arzt ist eben wie Sie und Dr. Leitner. Ich bin sehr froh, daß ich Martina jetzt in guten Händen weiß.«

Sie fuhr anschließend zum Flughafen, um Martin abzuholen. Dem waren während des Rückfluges viele Gedanken durch den Kopf gegangen. Ihm war bewußt geworden, wie schnell auch unter Liebenden Mißtrauen wachsen konnte. Er wußte nicht, ob sich Manfred wirklich schuldig gemacht hatte, aber er selbst hatte Vicky bisher auch etwas verschwiegen. An sich war es für sie und das erhoffte gemeinsame Leben bedeutungslos, aber er konnte es doch nicht einfach abschütteln.

Er hatte immer Angst gehabt, Vicky zu verlieren, wenn er ihr erzählte, daß es in seinem Leben auch eine Schwachstelle gab. Aber jetzt war ihm bewußt geworden, daß es keine Heimlichkeiten, keine Unklarheiten zwischen ihnen geben durfte und daß zu einer Partnerschaft auch unbedingtes Vertrauen gehörte.

Vicky muß es verstehen, dachte er. Es liegt ja so lange zurück. Aber würde sie nicht böse werden, wenn er jetzt erst davon sprach? Und dann landete die Maschine auch schon, und als er dem Ausgang zustrebte, sah er Vicky stehen. Er hatte nicht damit gerechnet, daß sie ihn abholen würde. Aber sie war da, und er liebte diese Frau über alles. Er hatte gelitten, weil sie einen anderen geheiratet hatte, obgleich er gewußt hatte, daß sie sich niemals mit seiner Mutter verstanden hätte. Keine Frau konnte sich mit ihr verstehen, die ihren Sohn immer als ihr Eigentum betrachtet und stets Mittel und Wege gefunden hatte, ihn in die Pflicht zu nehmen.

»Lieb von dir, daß du mich abholst«, sagte er heiser. »Wie geht es Martina?«

»Die Operation ist gut verlaufen. Ich war in der Klinik. Sie schläft noch.«

»Dann können wir ja gemütlich essen gehen«, schlug er vor.

»Ich habe zu Hause etwas vorbereitet, da ist es wirklich gemütlich.«

Es war alles schon so selbstverständlich zwischen ihnen, daß er sich das Leben gar nicht mehr anders vorstellen konnte.

»Du bist so schweigsam, Martin. Hast du doch etwas herausgefunden, was du nicht erzählen willst?«

Wie gut sie ihn doch kannte? Sie spürte, daß er etwas verschwieg, aber wieso hatte sie das vorher nie gespürt?

»Es ist etwas anderes, Vicky«, sagte er stockend. »Etwas, was mich selbst betrifft. Eigentlich hätte ich es dir schon längst erzählen sollen, aber es erschien mir nicht wichtig. Es ist mir jetzt erst bewußt geworden, wie wichtig es werden könnte.«

»Sprich nicht in Rätseln, sondern frei heraus«, sagte sie. »Du kennst mich doch. Ich mag das Drumherumgerede nicht.«

»Zu Hause erzähle ich es dir.«

»In Ordnung. Hast du doch mit der Dolly angebandelt?« fragte sie aber doch gleich neugierig.

»Gott bewahre mich! So was traust du mir hoffentlich nicht zu.«

Sie lächelte hintergründig. »Nun, ein Mönchsdasein wirst du ja wohl nicht geführt haben.«

»Es ist kaum etwas hängengeblieben«, erwiderte er rauh.

»Aber vielleicht doch etwas.«

Dann herrschte Schweigen zwischen ihnen, bis sie angekommen waren. Martin liebte Vickys Zuhause. Es hatte Atmosphäre.

»Ich brauche nur die Schnitzel in die Pfanne zu legen«, sagte sie, »alles andere ist vorbereitet. Genehmigen wir uns erst einmal einen Sherry. Du bist so blaß, mein Lieber.«

Er trank einen großen Schluck, sie einen kleinen. Dann legte er den Arm um sie.

»Du weißt hoffentlich, wieviel du mir bedeutest, Vicky. Es gibt nichts, was ich nicht für dich aufgeben würde.«

»Ich mag es nicht, wenn du so redest. Ich möchte, daß du der Martin bleibst, der mein bester Freund ist. Und das soll auch so bleiben, wenn wir beide zu einem Zusammenleben bereit sind.«

Sie lächelte und ging zur Küche. »Erst wird gegessen, dann geredet.«

Vicky versuchte, es ihm leicht zu machen, aber er wußte nicht recht, wie er anfangen sollte.

»Ich lege keinen Wert auf Geständnisse«, sagte Vicky aufmunternd, »aber da du nun mal angefangen hast, brauchst du mich auch nicht auf die Folter zu spannen. Und ich bin dir auch nicht böse, wenn du mir den zehnten Heiratsantrag nicht machst, wenn wir dann auch weiterhin Freunde bleiben.«

»Es ist doch ganz anders, Vicky. Es ist so lange her, aber es gibt eben einen lebenden Zeugen.«

»Das klingt ja direkt dramatisch«, meinte sie neckend.

»Ist es auch in gewisser Weise. Du hast nämlich immer noch keine Ahnung, wie sehr ich gelitten habe, als du Gunter geheiratet hast.«

Sie sah ihn nachdenklich an. »Mit der Zeit habe ich schon gemerkt, daß es dir nahe gegangen ist, aber eigentlich warst du doch kein Kind von Traurigkeit.«

»Ich mußte mich ablenken. Es war nicht so einfach, Vicky. Ich habe mich immer damit zu trösten versucht, daß du glücklich bist, und als ich dann Pate bei Martina sein durfte, war ich besonders glücklich, an deinem Leben teilhaben zu dürfen. Aber das Zusammenleben mit meiner Mutter war auch nicht gerade aufmunternd.«

»Warum bist du denn nicht mal für einige Zeit fortgegangen, Martin? Wir waren damals beide noch so jung, und ich muß gestehen, daß ich mir nicht viele Gedanken machte, die machte ich mir dann erst, als ich merkte, daß meine Ehe nicht das reinste Zuckerlecken war.«

»Und ich habe mich in ein Abenteuer gestürzt, das nicht ohne Folgen blieb.«

Vickys Augen wurden ganz weit. Staunend sah sie ihn an. »Ich kriege mich nicht mehr ein, warum erfahre ich das erst jetzt?«

»Weil ich es auch noch nicht lange weiß.« Er atmete tief durch. Nun war es ihm schon ein bißchen leichter, weil sie so gelassen blieb. »Ich werde dir alles genau erzählen.«

»Das hoffe ich auch sehr.« Vicky zersprang fast vor Neugierde, wenn sie es ihm auch nicht so deutlich zeigen wollte.

»Es war so: Ich war damals verreist, wollte mich ins Vergnügen stürzen und fuhr erst mal nach Monte Carlo. Ich hatte Glück im Spiel, wie es ja sein soll, wenn man Unglück in der Liebe hat. Und so erging es auch einer Frau, die einiges älter war als ich, aber sehr flott. Zufällig wohnte sie auch im gleichen Hotel, und so ergab es sich einfach nach einem netten Abend, an dem wir beide einiges getrunken hatten, daß ich bei ihr blieb.«

»Sehr dezent ausgedrückt«, sagte Vicky neckend. »Sicher war sie sehr verführerisch.«

»Eigentlich nicht. Sie hatte Kummer, aber erst, als sie vier Tage später abreiste, sagte sie mir, daß sie verheiratet sei, und daß wir uns nicht mehr sehen würden.«

Er hielt inne und trank einen Schluck Wein. »Du hast sie wohl sehr gern gehabt?« fragte Vicky sanft.

»Sie war sehr nett. Ich konnte mit ihr reden. Ich habe ihr von dir erzählt. Sie hat alles verstanden. Sie war nicht fordernd. Sie war sicher nicht glücklich in ihrer Ehe. Sie hieß Arlette, war Französin, aber mit einem Deutschen verheiratet. Es war ein Industrieller aus dem Rheinland, wie ich erfuhr, als ich mal mit einem Bekannten aus dem selben Ort ins Gespräch kam. Ich hatte sie wenigstens mal anrufen wollen, aber ich ließ es dann. Sie hätte mir ja schreiben können, denn sie hatte meine Adresse, aber sie schrieb nicht.«

»Und dann?« fragte Vicky drängend, als er wieder in Schweigen verfiel.

»Vor zwei Jahren erschien ein junger Mann bei mir. Christian Eycken, stellte er sich vor, und ich fiel aus allen Wolken, als er mir sagte, ich sei sein Vater. Ganz trocken und unverblümt sagte er es, mit einem nahezu umwerfenden Lächeln. Seine Mutter sei vor einigen Monaten gestorben und hätte ihm einen Brief hinterlassen, in dem sie ihm diese Tatsache mitteilte. Er hatte sich mit seinem Vater nie recht verstanden, weil dieser ganz über ihn und seine Zukunft bestimmen wollte. Dann hätte er sich aber erst eingehend nach mir erkundigt, denn er wollte mir keine Schwierigkeiten bereiten, falls ich verheiratet wäre und Kinder hätte.«

»Ein sehr rücksichtsvoller junger Mann, wie mir scheint«, sagte Vicky.

»Mehr als das, er ist sehr liebenswert. Er wollte mich einfach nur kennenlernen, und wir haben uns sehr gut verstanden.«

»Und du hast ihn mir vorenthalten. Wo ist er?«

»In Amerika. Er studiert Chemie, ist bald fertig und arbeitet schon in einem Forschungsteam. Er ist finanziell unabhängig, unverheiratet und sicher eine sehr gute Partie. Bis vor zwei Jahren hatte er nicht annehmen können, einen anderen Vater zu haben als Eycken, aber ich muß sagen, er war richtig froh, daß ich sein leiblicher Vater bin. Ich habe ihm natürlich auch von dir und Martina erzählt, und er meinte, daß ich über ihn nicht zu reden bräuchte, da wir uns ja doch nur selten sehen würden.«

»Ich möchte ihn aber unbedingt kennenlernen, das gehört doch schließlich auch dazu, wenn wir einen gemeinsamen Haushalt haben.«

Er horchte auf, dann ging ein Leuchten über sein Gesicht. »Du sagst also ja?« fragte er atemlos.

In ihren Augen blitzte es. »Erst muß du mir den zehnten Heiratsantrag machen.«

»Und was anderes hast du nicht zu sagen?«

»O doch, eine ganze Menge, wenigstens im Laufe der Zeit. Hast du etwa gedacht, ich würde empört sein?«

»Nein, das nicht so direkt, aber du könntest auch anders reagieren.«

»Eben nicht. Es ist doch wirklich nicht angebracht, dir irgendwelche Vorwürfe zu machen. Tut es dir nicht leid, daß du erst so spät von Christians Existenz erfahren hast?«

Er staunte, daß sie sich auch gleich seinen Namen gemerkt hatte, aber so war sie nun mal.

»Doch, es hat mir leid getan, aber ich habe auch Arlette verstanden. Ihr Mann hat nie erfahren, daß er nicht Christians Vater war. Vielleicht hat das auch die Ehe gerettet. Sie war keine leichtlebige Frau, Vicky. Vielleicht hatte er sie betrogen. Vielleicht ging es ihr wie Martina, daß sie kein Kind bekommen konnte. Christian sagte mir, daß sein Vater einen Erben haben wollte. Mein Gott, ich bin sein Vater, es war für mich so verwirrend.«

»Ist es nicht schön, einen Sohn zu haben, Martin?«

»Er ist jetzt ein Mann. Ich habe ihn nicht heranwachsen sehen wie Martina. Er weiß genau, was er will. Es ist schon viel, daß wir miteinander reden können, aber wir werden uns immer mal kurz sehen. Ich freue mich natürlich, daß er so wohlgeraten ist, klug und zielstrebig. Und er sieht mir sogar ähnlich.«

Er wurde richtig verlegen dabei, und Vicky streichelte schnell seine Hand.

»Ich freue mich, wenn ich ihn kennenlernen kann«, sagte sie. »Du hättest wirklich keine Bedenken zu haben brauchen, mir von ihm zu erzählen.«

»Jetzt bin ich froh. Du bist so wichtig für mich, das habe ich

Christian auch gesagt. Ich liebe dich, ich wünsche mir so sehr, daß du meine Frau wirst. Du sollst es niemals bereuen.«

Er nahm sie in seine Arme und küßte sie lange und innig. »Du bist eine wundervolle Frau, Vicky«, sagte er andächtig.

»Nur in deinen Augen«, scherzte sie, »ich habe auch meine Mucken.«

»Ich nehme alles hin, wenn ich dich nur nicht verliere.«

Ihr brauchten wirklich keine Bedenken zu kommen, denn wer einer Frau solange die Treue hielt, war zuverlässig.

Sie sagte aus tiefstem Herzen ja, als er seinen zehnten Heiratsantrag vorbrachte.

~

Am späten Nachmittag fuhren sie gemeinsam zur Leitner-Klinik, und so geschah es, daß Manfred vor einer verschlossenen Tür stand, als er nach langem Ringen mit sich selbst dort läutete. Plötzlich bekam er höllische Angst. Wenn sich Martina nun etwas angetan hatte? Ihm brach kalter Schweiß aus. Er wußte genau, daß er auch bei seinem Vater kein Verständnis finden würde, da auch seine Mutter spürbar auf Distanz gegangen war. Er war freilich nicht von seinen Eltern abhängig, aber sie bedeuteten ihm doch sehr viel, also war es auch für ihn wichtig, daß Harmonie herrschte.

Dr. Norden! Den Namen hatte Vicky erwähnt. Ob er jetzt noch in der Praxis war? Weit entfernt konnte die ja nicht sein, da es sich um Vickys Hausarzt handelte.

Er machte bei der nächsten Telefonzelle Halt und suchte Dr. Nordens Nummer aus dem Telefonbuch heraus. Er rief auch gleich dort an. Dorthe meldete sich. Er nannte seinen Namen und sagte, daß er Dr. Norden dringend sprechen müsse.

»Sie könnten noch kommen, wenn Sie in der Nähe sind«, sagte Dorthe. »Bis sechs Uhr sind wir hier.«

Das ließ er sich nicht zweimal sagen. Dr. Norden schien ja über Martina Bescheid zu wissen, und mit dem Arzt konnte er vielleicht auch ganz offen reden.

»Na so was«, sagte Daniel, als Dorthe ihm von dem Anruf erzählte. »Hat er sich doch auf die Beine gemacht. Ich bin ja gespannt, was er sagen wird.«

Er brauchte nicht lange zu warten. Mit den letzten beiden Patienten hatte er sich beeilt, und dann erschien Manfred auch schon. Daniel stellte fest, daß er übernächtigt und nervös wirkte.

»Ich bin Ihnen sehr dankbar, daß Sie mich noch empfangen«, begann Manfred hastig. »Was ist mit meiner Frau? Können Sie mir das sagen? Ich wollte zu meiner Schwiegermutter, aber sie war nicht zu Hause.«

»Sie wird vielleicht in der Klinik sein«, sagte Daniel ruhig. »Ihre Frau ist heute operiert worden.«

»Ist es etwas Schlimmes?« fragte Manfred erregt. Er fuhr sich mit dem Taschentuch über die Stirn, und Daniel sah, daß seine Hand zitterte.

»Der Zustand Ihrer Frau war schlimm genug. Sie wurde heute an einer Zyste im Unterleib operiert, nichts Bösartiges, aber belastend. Inzwischen haben wir auch von der falschen Behandlung erfahren. Sie sind mit diesem Dr. Denis befreundet?« Daniel Norden gab sich sehr reserviert, weil er noch nicht so recht wußte, was er von Manfred halten sollte.

»Befreundet kann man es nicht nennen. Man kennt sich vom Club und Geselligkeiten. Er hat keinen schlechten Ruf. Ich konnte nicht wissen, daß Martina falsch behandelt wurde.«

»Es war allerhöchste Zeit, daß ihr geholfen wird, und wir hoffen, daß es gelingen wird. Sie befindet sich aber auch in einem seelischen Tief, dabei ist nicht einmal erwiesen, ob es nicht an Ihnen liegt, daß Sie noch keine Kinder haben.«

»An mir?« wiederholte Manfred konsterniert.

»Oder gibt es Beweise, daß Sie zeugungsfähig sind?«

Bestürzt sah ihn Manfred an. »Sie meinen ein Kind? Nein, das gibt es nicht. Ich bin gesund und ein ganz normaler Mann.«

»Würden Sie sich untersuchen lassen?«

»Selbstverständlich, wenn es Ihnen wichtig erscheint, aber ich möchte auch sagen, daß ich nicht derjenige war, der unbedingt Kinder haben wollte. Martina hat sich damit verrückt gemacht. Ich will mich nicht rechtfertigen, aber sie hat mich manchmal ganz konfus gemacht mit ihren Selbstvorwürfen, als wenn es ein Verbrechen wäre, keine Kinder zu bekommen. Und dann diese Kur, Spritzen, Tabletten, dann wieder Appetitzügler.

Daniel Norden horchte sofort auf. Das also auch noch, dachte er, da muß ja der ganze Stoffwechselhaushalt in Unordnung geraten.

»Hat Ihre Frau früher die Pille genommen?«

»Nein, nie, soviel ich weiß. Sie wollte ja Kinder.«

»Und manchmal ruft das auch Verkrampfungen hervor«, stellte Dr. Norden fest. »Wir haben es schon manches Mal erlebt, daß Ehepaare ein Kind adoptiert haben und dann doch selber eins oder gar zwei bekamen, weil die Frau innerlich freier wurde.«

»Ich bin nicht dafür, ein Kind zu adoptieren«, sagte Manfred.

Dr. Norden runzelte leicht die Stirn. »Haben Sie das Ihrer Frau gesagt?«

»Wir haben mehrmals darüber gesprochen.«

»Und ihr auch diese Hoffnung genommen«, sagte Dr. Norden, und Manfred hörte den Vorwurf heraus.

»Wir haben nur darüber gesprochen, es gab keine Auseinandersetzung. Mit Martina kann man nicht streiten. Es wäre vielleicht besser, wenn sie emotioneller wäre. Ich weiß ja nicht mal, ob und wann sie sich über mich geärgert hat.«

»Gibt es eine andere Frau?« fragte Daniel nun ganz direkt.

»Nein, ich habe meine Frau nicht betrogen.«

»Es muß ja kein intimes Verhältnis sein, aber es könnte doch sein, daß Sie mit einer anderen Frau gesehen wurden, oder daß man es Ihrer Frau zutrug. Es gibt ja manchmal so freundliche Mitmenschen, die gern intrigieren.«

Ein Zucken lief über Manfreds Gesicht. »Es könnte möglich sein, das muß ich einräumen, aber was mich betrifft, hatte ich keine Neigung, mich mit einer anderen einzulassen. Ich hatte genug Sorgen mit Martina.« Er blickte zu Boden. »Ich hoffe nur, daß sie gesund wird und etwaige Mißverständnisse zu beheben sind.«

»Um uns restlose Klarheit zu verschaffen, möchte ich Sie bitten, sich dieser Untersuchung zu unterziehen.«

»Ich bin bereit, aber wenn es an mir liegen sollte, wird sich Martina wohl sowieso von mir trennen.«

»Ich glaube nicht, daß man sich so schnell trennt, wenn Liebe vorhanden ist, und wenn sie nicht mehr da ist, hat es sowieso keinen Sinn, eine Ehe aufrecht zu erhalten.«

»Glauben Sie denn, daß alle Ehepaare sich wirklich lieben, die zusammenbleiben?«

»Dann ist es eben nur eine Interessengemeinschaft oder Bequemlichkeit. Möchten Sie eine solche Ehe führen?«

»Nein, ich habe aus Liebe geheiratet, aber können Sie nicht verstehen, wie bedrückend Martinas Veränderung wirkte?«

»Doch, das verstehe ich, es ist für jeden schwer, der sie anders kannte. Und sie hat wohl am meisten gelitten.«

»Darf ich sie besuchen?«

»Das muß Dr. Leitner entscheiden und natürlich auch Ihre Frau.«

Wenig später verließ Manfred Dr. Nordens Praxis,. aber keineswegs zuversichtlicher als vorher. Er fuhr zur Leitner-Klinik. Er kaufte vorher Rosen, zart lachsfarbene, wie Martina sie liebte. Er kam sich vor wie auf einem schwankenden Schiff, als er die Klinik betrat.

Martina war kurz aufgewacht, aber sie war noch sehr benommen und sah Vicky nur verschwommen. Daß auch Martin im Zimmer war, nahm sie gar nicht wahr.

»Ich möchte schlafen, nur schlafen«, murmelte sie, »nicht mehr aufwachen.«

Vicky drängte es Tränen in die Augen. Zärtlich streichelte sie

Martinas Haar, küßte sie auf die Stirn und hielt dann ihre Hände. Ihre Schultern bebten von einem unterdrückten Schluchzen.

Sanft legte Martin seine Hände um ihre Arme und richtete sie auf. »Sie wird leben wollen, Vicky«, sagte er tröstend. »Es wird ihr von Tag zu Tag bessergehen.«

»Sie ist ohne Hoffnung«, murmelte Vicky, »es tut so weh.«

»Sie ist noch nicht ganz da, du darfst das nicht so ernst nehmen, Liebes. Sie wird schlafen, sie wird der Genesung entgegenschlafen. Schau doch ihr Gesicht an, es ist schon abgeschwollen.«

»Es geht doch nicht nur ums Gesicht.«

»Vorerst schon. Wenn sie sich erst wieder gern im Spiegel anguckt, steigen ihre Lebensgeister. Es ist doch klar, daß auch ihre weibliche Eitelkeit gelitten hat.«

Vicky blickte zu ihm empor. »Du kannst gut trösten, Martin.«

»Ich bin halt ein Mann für alle Lebenslagen, mein Schatz. Wir werden jetzt wieder gehen. Martina wird gut betreut, und sie wird lange schlafen.«

»Ich möchte aber bei ihr sein, wenn sie aufwacht.«

»Jetzt gehen wir erst einmal an die frische Luft.«

Draußen stand Manfred. Vicky starrte ihn an wie einen Geist. »Ich habe dich nicht angetroffen«, stammelte er. »Ich wollte nach Martina sehen.«

»Sie schläft, und ich glaube nicht, daß sie dich sehen will«, erwiderte Vicky aggressiv.

»Was hast du gegen mich, Vicky, was habe ich denn getan? Können wir nicht vernünftig miteinander reden?«

»Ich weiß nicht, ob man mit dir vernünftig reden kann. Martina ist doch nicht umsonst so unglücklich. Sie kann nichts dafür, daß sie von einem deiner Freunde verkorkst wurde. Vielleicht hat er ihr sogar absichtlich das falsche Mittel gegeben.«

»Du darfst jetzt aber nicht ungerecht werden, Vicky«, warf Martin ein, und sie wurde verlegen.

»Mir ist der Gaul durchgegangen«, sagte sie entschuldigend.

»Gehen wir hinaus. In der Nähe ist ein Restaurant. Ich könnte einen Kaffee brauchen.«

Martins Nähe wirkte beruhigend auf Vicky. Sie spürte nun auch, wie bedrückt Manfred war. An einem Tisch in einer ruhigen Ecke konnten sie sich unterhalten.

»Sag nur alles, was du mir vorzuwerfen hast«, stieß Manfred hervor.

»Was ist mit deiner Sekretärin und was mit dieser Dolly?« fragte sie ohne Umschweife.

Er zuckte zusammen. Er war verunsichert. Sollte Dolly schon etwas unternommen haben? Aber wie hätte Vicky davon erfahren sollen? Dolly konnte doch gar nicht wissen, wie sie hieß und wo sie wohnte. Und dann Dana – ja, die kannte die Münchner Adresse.

»Warum sagst du nichts?« drängte Vicky.

»Weil ich überlege, was du meinst. Dana ist meine Sekretärin und sonst nichts. Ich war ein paarmal mit ihr essen, aber es waren immer andere Leute dabei. Es ergibt sich doch, wenn man schon länger zusammenarbeitet.«

»Und Dolly?«

»Das ist eine Bardame. Ich bin öfter mit Kollegen im ›Violon‹, so heißt die Bar. Vicky, es tut mir leid, es sagen zu müssen, aber ich habe die Abende zu Hause nicht mehr ausgehalten. Immer in Martinas Gesicht zu blicken, geredet hat sie ja kaum noch, und gekocht hat sie auch nicht mehr. Es war für mich deprimierend, aber es half ja auch kein Zureden. Ich sehe ein, daß sie verzweifelt war, aber ich konnte ihr nicht helfen. Es mag sein, daß ich mich falsch benommen habe, aber gibt es in deinen Augen dafür gar keine Entschuldigung?«

»Doch«, gab Vicky zu, »für mich ist es auch furchtbar, aber wie muß sie sich gefühlt haben, so allein mit ihren Ängsten, so einsam. Ich bin froh, daß sie hergekommen ist, daß sie nun richtig betreut wird.«

»Ich möchte doch auch, daß ihr geholfen wird, daß alles so

wird wie früher. Der Gedanke, daß alles zu Ende sein könnte, hat mich auch gequält. Aber ich schwöre dir, daß ich mich mit keiner Frau eingelassen habe, und wenn das jemand behauptet, macht er aus der Mücke einen Elefanten.«

»Jedenfalls scheint diese Dolly bei Martina angerufen zu haben und hat ihr so erst das Gefühl vermittelt, daß du etwas mit ihr hast.«

»Aber warum hat Tina mir das nicht gesagt?« fragte Manfred tonlos.

»Ich denke, sie fand alles sinnlos und wurde apathisch. Sie hat resigniert, Manfred. Vorhin war sie kurz bei Bewußtsein, da sagte sie, sie wolle nur noch schlafen und nicht mehr aufwachen.«

Vickys Stimme zitterte, aber Martin griff schnell nach ihrer Hand, und sie beruhigte sich gleich wieder. Aber Manfred sah sie entsetzt an.

»Sie hat keinen Lebenswillen mehr?« stammelte er.

»Es scheint so. Es sah vor der Operation schon wieder ein bißchen besser aus, aber jetzt hege ich auch schlimme Befürchtungen.«

»Kann es ihr nicht helfen, wenn ich ihr sage, daß ich sie liebe und brauche?« fragte Manfred beklommen.

»Sie wird es dir nicht glauben«, sagte Vicky.

Karl Jörgen war wieder zu Hause und hatte von seiner Frau gehört, was geschehen war.

»Keine schöne Geschichte«, sagte er gedankenvoll. »Wie kann man helfen, Gini?«

»Ich weiß auch nicht.«

Das Telefon läutete, und er griff nach dem Hörer. »Jörgen«, meldete er sich.

»Bist du es, Manni? Dolly spricht. Wieso bist du so schnell verschwunden? Ich habe dich schon überall gesucht.«

»Hier spricht Karl Jörgen. Mein Sohn ist nicht hier, aber mich würde interessieren, wer Sie sind.«

Seine Stimme klirrte. Regine zuckte zusammen, denn sie wuß-te, daß er kochte.

Dolly kicherte. »Ich bin eine Freundin, eine sehr gute Freun-din Ihres Sohnes, und ich muß ihn dringendst sprechen, das können Sie ihm ausrichten. Er wird schon wissen warum.«

Sie hatte aufgelegt, und er knallte den Hörer auf die Gabel. Karl Jörgen konnte jähzornig werden, und Regine wußte das. Am besten war es, wenn sie ihn jetzt in Ruhe ließ, denn sein Verstand würde siegen.

Aber er wetterte erst einmal los. »Mein Sohn, das ist ja wohl die Höhe, mit was für einem ordinären Weib hat er sich da ein-gelassen! Aber das wird ihm schlecht bekommen. Wenn ich ihn zu packen kriege, wird er dumm aus der Wäsche schauen. Was hat er dir erzählt von diesem Weib, Regine?«

Wenn er Regine sagte, konnte sie auch mit einigem rechnen, aber sie war fünfunddreißig Jahre mit diesem Mann glücklich verheiratet und wußte, daß die Vernunft siegen würde.

»Er hat mir nur von Martina erzählt, und er wollte nach Mün-chen fahren. Von einer Dolly hat er nicht gesprochen.«

»Jedenfalls hat sie unsere Adresse, und das besagt viel. Es ist unglaublich, uns da auch hineinzuziehen. Was soll Vicky nur denken! Ich fahre morgen nach München.«

»Dann komme ich mit«, sagte Regine sofort.

Er starrte sie aus engen Augen an. »Aber du wirst dein Söhn-chen nicht in Schutz nehmen.«

»Ich werde mich hüten. Denkst du, mir paßt das?«

Manfred konnte nicht ahnen, was sich da zusammenbraute, sonst hätte er sich noch mieser gefühlt. Aber seine Eltern konn-ten nicht wissen, daß Dolly ihre Telefonnummer selbst in Erfah-rung gebracht hatte, weil Manfred einmal beiläufig erwähnt hat-te, wo seine Eltern wohnten. So was merkte sie sich immer, wenn ein Mann sie interessierte. Im Hause Jörgen herrschte jedenfalls dicke Luft, und Regine hatte nun doch Bedenken, daß sich ihr Mann schnell wieder beruhigen würde, wenn er sich alles noch einmal durch den Kopf gehen ließ. Aber warum sollte Manfred nicht mal eine Abreibung bekommen. Er war kein dummer Junge, er war ein gestandenes Mannsbild und hatte einen Beruf, der Klugheit und Cleverneß erforderte und natürlich auch Menschenkenntnis. Zumindest mußte man erwarten können, daß er nicht mit blinden Augen in eine Affäre schlitterte, die seine Ehe und auch das Verhältnis zu seinen Eltern gefährdete.

Am nächsten Morgen starteten Karl und Regine Jörgen nach München, und sie waren auf einen längeren Aufenthalt vorbereitet.

Manfred hatte in einem kleineren Hotel außerhalb der Stadt, aber nicht allzuweit von der Leitner-Klinik, ein Zimmer bekommen. Er vertrieb sich die Zeit mit dem Studium von Stellenangeboten, und er konnte feststellen, daß es gar so schlecht in seinem Bereich in München nicht aussah. Er war entschlossen, sich auch gleich darum zu bemühen. Straßburg war ihm restlos verleidet worden, obgleich er dort beruflich den allerbesten Start gehabt hatte und auch finanziell mehr momentan gar nicht erwarten konnte. Aber lieber wollte er mit etwas weniger zufrieden sein und einen neuen Anfang wagen, fern von allem, was ihm nur Ärger und Sorgen eingebracht hatte, fern von diesen Ärzten, die Martinas Unglück verursacht hatten, fern von Dolly und Dana Porter, mit denen er wohl doch zu vertraulich umgegangen war und so Hoffnungen geweckt hatte, die er gar nicht erfüllen wollte. Wenn er an die Nacht in Dollys Bett dachte, lähmten ihn Beklemmungen.

Er konnte es nicht abschütteln, sich nicht einfach darüber hinwegsetzen. Er machte sich die bittersten Vorwürfe, aber was nutzte das jetzt!

Er hatte gespürt, daß Vicky ihm nicht glaubte. Sie war sehr auf Distanz geblieben, und dabei hatten sie sich früher doch so gut verstanden.

Noch schlimmer würde es sein, wenn Martina ihn wegschickte, wenn sie ihm wirklich keinen Glauben mehr schenkte.

Er mußte sich ablenken, er wollte gleich telefonischen Kontakt wegen eines Angebotes, das ihm gefallen hatte, aufnehmen, und er zögerte damit auch nicht mehr.

Es war ein kurzes Gespräch, sachlich und recht ermunternd. Er sollte zu einem persönlichen Gespräch kommen, noch am gleichen Tag. Er war gleich wieder optimistisch, wie es in seiner Natur lag. An Selbstbewußtsein hatte es ihm nie gemangelt, und das brauchte es auch nicht, denn er wußte, was er zu leisten imstande war und was er bereits vorweisen konnte. Er war kein Sprüchemacher und konnte erstklassige Zeugnisse aufweisen.

Er fuhr in die Stadt, aß in einem Restaurant am Dom, das ihm von früher her in guter Erinnerung geblieben war, Ripperl mit Sauerkraut, was er auch besonders gern mochte und blickte schon zuversichtlicher in die Zukunft, überzeugt, daß er Martina mit seinem Entschluß, in München Fuß fassen zu wollen, wohlwollend stimmen könnte.

Als Martina an diesem Vormittag erwachte, fühlte sie sich schon wohler. Schmerzen hatte sie nicht, das Atmen fiel ihr leichter. Sie tastete ihr Gesicht ab und merkte, daß es nicht mehr so aufgedunsen war. Auch ihre Lippen spannten nicht mehr so.

Dr. Leitner kam und blickte sie freundlich durch seine Brillengläser an. »Nun, wie fühlen Sie sich, Frau Jörgen?« fragte er.

»Eigentlich ganz gut. Ich habe keine Schmerzen.«

»Das freut mich, es wird Ihnen bald noch bessergehen.« Er setzte sich zu ihr ans Bett. »Wir müssen Ihren Stoffwechsel in Ordnung bringen. Sie hatten nicht gesagt, daß Sie Appetitzügler genommen haben.«

»Ich habe dem keine Bedeutung zugemessen. Können die denn auch schaden?«

»Aber sicher, wenn der ganze Stoffwechselhaushalt sich ohnehin schon in Unordnung befindet. Die natürlichen Vorgänge werden gebremst. Haben Sie Antibabypillen genommen?«

»Nein. Ich wollte doch Kinder haben.«

»Haben Sie nicht mal daran gedacht, daß es auch an Ihrem Mann liegen könnte, daß Sie keine Kinder haben?«

»Nein. Manfred ist doch ein ganz normaler Mann.«

»Dennoch gibt es auch da ungewöhnliche Hindernisse, wenn man es so bezeichnen will. Wir werden den Ursachen schon auf den Grund gehen.«

»Meinen Sie, daß er sich untersuchen lassen wird?«

»Er hat es zugesichert.«

Er spürte, wie sie den Atem anhielt. »Manfred ist hier?« fragte sie bebend.

»Momentan nicht, aber er hat sich schon nach Ihnen erkundigt. Gestern schon. Sie haben geschlafen.«

»Kommt er wieder?«

»Sicher, wenn Sie es wünschen.«

»Jetzt noch nicht«, murmelte sie.

»Er wird sich gedulden.«

Dann kam Vicky. Sie gab sich ganz heiter und verbreitete gute Laune.

»Siehst du, Tinimaus, es geht doch schon aufwärts«, sagte sie aufmunternd. »Das Schlimmste ist schon überstanden.«

»Dr. Leitner hat gesagt, daß Manfred hier war« , sagte Martina. »Hast du mit ihm gesprochen?«

»Ja, natürlich. Er ist sehr besorgt um dich.«

»So plötzlich?« Es klang bitter.

»Du hast vielleicht vieles mißverstanden, Tini. Er wußte wohl nicht mehr so recht, was er machen sollte. Er sagte, du hättest keinen Rat mehr angenommen.«

»Hätte ich denn wieder zu diesen Ärzten gehen sollen, damit alles noch schlimmer wird? Die hätten doch nur experimentiert und alles geleugnet, was ihnen selbst schaden könnte. Ich habe mir schon meine Gedanken gemacht, Mami. Sie waren nicht so wie Dr. Norden und Dr. Leitner.«

»Ich bin auch froh und dankbar, daß du hergekommen bist.«

»Dr. Leitner hat angedeutet, daß es auch an Manfred liegen könnte, daß wir keine Kinder haben«, fuhr Martina geistesabwesend fort. »Es würde arg für ihn sein. Vielleicht denkt er dann, ich will mich deswegen scheiden lassen.«

Vicky schrak zusammen. »Willst du dich denn scheiden lassen?« fragte sie hastig.

»Ich glaube, wir haben uns nichts mehr zu sagen, und wer weiß, ob ich jemals wieder so aussehen werde wie früher. Wahrscheinlich hat er mich doch nur deswegen geheiratet. Eine Frau, die man vorzeigen kann. Ich kann ihn sogar verstehen.«

»Ich könnte es ganz und gar nicht verstehen, wenn er dich nur deswegen geheiratet hat, Tini«, sagte Vicky unwillig. »Ich habe gemeint, es sei eine Liebesheirat.«

»Von mir aus schon, aber was Manfred anbetrifft, hege ich Zweifel.«

»Du siehst alles zu schwarz, mein Liebes.«

»Was soll ich denn denken? Mir ist doch auch erst dann bewußt geworden, daß es nicht immer gut gehen kann, daß die ewigen Flitterwochen mal vorbei sind, und dann sollte sich Liebe doch eigentlich beweisen. Aber ich habe mich so im Stich gelassen gefühlt.«

»Das verstehe ich, aber vielleicht war es doch so, daß auch du abweisend wurdest, und vielleicht hat Manfred auch nicht verstanden, daß dir Kinder so wichtig waren. Männer sind da manchmal sehr eigen. Sie fühlen sich gleich zurückgesetzt. Dein Vater war auch so.«

Ein längeres Schweigen trat ein, dann sagte Martina stockend: »Vielleicht mußte das geschehen, damit ich erst mal richtig erwachsen werde, Mami. Meinst du, daß zwischen Manfred und mir alles noch mal in Ordnung kommen kann?«

»Das wird an euch beiden liegen. Ich denke, daß er viel gutzumachen hat, aber man sollte ihm schon eine Chance geben.«

»Jedenfalls würde ich ihn nicht im Stich lassen, wenn es an ihm läge, daß wir keine Kinder haben.«

Sie liebt ihn, dachte Vicky. Sie wünscht es sich ja, daß es wieder so wird wie früher.

Sie streichelte Martinas Wange. »Er soll sich in Geduld fassen und beweisen, wieviel ihm an dir liegt, mein Kind. Willst du, daß er dich besucht?«

»Jetzt noch nicht, das habe ich zu Dr. Leitner auch schon gesagt.«

»Ich werde es ihm sagen.«

»Wird er denn hierbleiben?«

»Ich denke schon. Er hat Urlaub genommen.«

»Wohnt er bei dir?«

»Nein, er wird wohl in einem Hotel wohnen. Und Martin hält das auch für besser.«

»Ihr seid jetzt viel zusammen?«

»Ja, und wir werden bald ganz zusammenziehen. Wir werden heiraten.«

»Das freut mich. Er hatte dich ja schon immer sehr gern. Ich bin ihm dankbar, daß du dich nicht einsam fühlen mußtest, Mami. Ich habe so wenig Zeit gehabt für dich, solange ich glücklich war, und nun verbringst du so viel Zeit bei mir.«

»Was selbstverständlich ist, und ich kann nur immer wieder sagen, daß ich froh bin, daß du jetzt hier bist. Ich habe mich nie einsam gefühlt, Kleines. Du brauchst dir darum keine Gedanken zu machen. Werde bald gesund, das ist mein innigster Wunsch.«

»Wie geht es deiner Patientin?« fragte Fee Norden, als Daniel nach Hause kam.

»Sie macht sich. Sie ist nicht mehr so deprimiert.«

»Habt ihr schon herausgefunden, wie man ihr am besten helfen kann?«

»Alles schon in die Wege geleitet. Die Ursache ist anscheinend ein Zusammenspiel verschiedener Faktoren. Nichts hat mehr funktioniert. Ich muß sagen, daß sie gerade noch auf den letzten Drücker kam.«

»Schrecklich zu denken, daß ein Arzt mitschuldig wäre, könnte man ihr nicht mehr helfen.«

»Wir wollen uns mal keine Illusionen machen, Feelein, Ärzte sind nicht unfehlbar, und ich möchte nicht wissen, wie viele Tote es schon durch falsche Behandlung gegeben hat, von denen wir nichts erfahren.«

Sie zog fröstelnd die Schultern zusammen. »Wir brauchen ja nur an jene Medikamente zu denken, die zu spät aus dem Handel gezogen wurden«, sagte sie tonlos.

»Und an all die chemischen Produkte, die zu einem qualvollen Leiden führen können. Wie lange wurden die Menschen darüber im unklaren gelassen oder gar wissentlich getäuscht.«

Die Tür sprang auf. »Kommt ihr endlich? Essen ist fertig«, rief Danny. Die Kinder hatten Hunger, und alle Sorgen wurden verdrängt, als sie dann in fröhlicher Runde am Tisch saßen.

Danny berichtete stolz, daß er einen Zweier in Latein geschrieben hatte, Felix hielt sich da lieber zurück, denn seine Noten waren nie so besonders, bis auf die Nebenfächer, aber er trug es gelassen und seine Eltern auch.

Anneka wußte zu berichten, daß in der Klasse sechs Kinder krank wären, und zwei Lehrerinnen fielen auch schon wieder aus.

»Sie kriegen bestimmt Kinder«, meinte Danny.

»Wieso kriegen Lehrerinnen eigentlich dauernd Kinder, Papi?« fragte Felix. »Es wird doch immer geredet und geschrieben, daß Frauen lieber ihren Beruf ausüben.«

»Die kriegen eben lieber eigene Kinder, als sich mit anderen herumzuärgern«, meinte Anneka. »Aber ich finde es ungerecht, weil wir drunter leiden müssen.«

»Ein wahres Wort«, sagte Daniel, »wobei ich nichts gegen kinderkriegende Lehrerinnen sagen will.«

Er hatte Fee zugezwinkert, und sie wußte, was er damit sagen wollte. Zu seinen Patientinnen gehörten nämlich auch mehrere Lehrerinnen, die Kinder hatten.

Das Thema Schule wurde bald beendet, denn so erbaulich fand es keiner, und die Zwillinge konnten noch nicht mitreden. Sie verlangten schon ihre Rechte, und natürlich mußte sich der Papi vor dem Zubettgehen noch mit ihnen beschäftigen.

Die Mami und Lenni hatten sie ja öfter.

~

Manfred hatte Erfreuliches erreicht, und gar zu gern hätte er es gleich Martina erzählt, daß er die Stellung bekommen hatte, und schlechter dotiert als die in Straßburg war sie auch nicht.

Er fuhr zu Vicky, um mit ihr zu sprechen und sie zu fragen, ob Martina bereit sei, ihm einen Besuch zu gestatten, da sah er den Wagen seiner Eltern vor dem Haus stehen, und sein Herz sank gleich wieder tiefer.

Sei kein Feigling, Manfred, redete er sich selber zu, was können sie dir denn schon vorwerfen, was du nicht längst selber erkannt und verurteilt hast.

Karl hatte allerdings noch nicht viel mit Vicky sprechen können, denn sie waren erst vor einer halben Stunde angekommen. Vorher hatten sie erst noch ein Hotel gesucht, und es war nicht ganz einfach gewesen, Zimmer zu bekommen. Sie wollten es ja bequem haben, da sie länger bleiben wollten.

Überrascht waren sie auch gewesen, einen Mann bei Vicky vorzufinden, aber Martin hatten sie schon bei der Hochzeit kennengelernt, und sie konnten sich nur freuen wenn Vicky einen sympathischen Partner hatte.

Regine unterhielt sich mit Martin, während Karl lieber allein mit Vicky sprechen wollte.

Gerade hatte er von dem Anruf erzählen wollen, denn er wollte Klarheit um jeden Preis, als nun auch Manfred erschien.

Martin hatte ihm die Tür geöffnet, und das hatte Manfred auch schon irritiert.

Vicky und Karl unterbrachen ihre Unterredung. An der düsteren Miene seines Vaters konnte Manfred schon erkennen, daß ein Gewitter drohte.

»Welche Überraschung, euch hier vorzufinden«, sagte er heiser.

»Das hat seinen Grund«, erwiderte Karl Jörgen gereizt.«

»Du gestattest, Vicky, daß ich jetzt erst mit Manfred spreche?«

»Selbstverständlich.« Sie warf Manfred einen forschenden Blick zu, aber er hatte sich jetzt gefangen und zeigte ein beherrschtes Gesicht.

»Ihr könnt ja ins Bauernzimmer gehen«, schlug sie. vor. »Getränke findet ihr im Eckschrank.«

Manfred dachte sich schon sein Teil, weil es zu gar keiner richtigen Begrüßung gekommen war und auch seine Mutter reserviert blieb.

»Jetzt will ich hören, was du dir eigentlich denkst«, fauchte Karl seinen Sohn an.

»Darf ich dich darauf aufmerksam machen, daß ich erwachsen bin, Papa, und kein Schuljunge«, sagte Manfred aggressiv. »Ich unterhalte mich gern vernünftig mit dir, aber für Standpauken bin ich schon zu alt. Was hast du mir vorzuwerfen?«

»Allerhand, und bei mir dauert es wahrhaftig lange, bis ich mich einmische, aber schließlich geht es um mehr, als um dein lockeres Leben, es geht um Martina. Und ich werfe dir vor, daß du dich nicht gescheut hast, dieser Dolly unsere Telefonnummer zu geben, damit sie dich ja auch erreichen kann. Sie will dich übrigens dringend sprechen.«

Manfred war kreidebleich geworden. »Das ist – ich weiß nicht, was ich sagen soll«, stieß er hervor. »Ich habe ihr keine Nummer gegeben, überhaupt keine, und ich weiß nicht, wie sie die in Erfahrung gebracht hat, und ich bitte dich, mir wenigstens das zu glauben.«

»Jedenfalls hat sie angerufen, und ich will genau wissen, was das für eine Person ist, und welche Rechte du ihr eingeräumt hast.«

»Überhaupt keine, ich schwöre es dir. Ich habe auch nicht gewußt, daß sie Martina angerufen hat. Das habe ich erst von Vicky erfahren. Und das, was ich dazu zu sagen habe, können wir auch im Beisein von den anderen erörtern. Ich brauche kein Geheimnis daraus zu machen. Zudem darfst du sicher sein, daß ich gegen diese Person vorgehen werde, wenn sie Lügen über mich verbreitet und so tut, als hätte ich ein Verhältnis mit ihr. Du kannst mir vorwerfen, daß ich in diese Bar gegangen bin, daß ich mich mit ihr unterhalten habe, aber ich habe mir nichts dabei gedacht. Man redet mit einer Bardame eben, wenn man sie kennt, und ich war ja meistens mit Bekannten dort.«

»Anstatt bei deiner Frau zu sein und ihr das Gefühl zu geben, daß du ihren Kummer mit ihr teilst«, warf Karl ihm vor.

»Du hast recht, Papa. Ich schäme mich, daß sich Martina im Stich gelassen fühlen mußte, aber es war so schlimm, sie so zu sehen, und sie war auch so abweisend zu mir, daß ich es zu Hause nicht ausgehalten habe.«

»Eine feine Einstellung ist das.«

»Ich möchte nicht wissen, was du getan hättest.«

»Bestimmt wäre ich nicht in Bars gegangen und hätte mit Bardamen angebandelt.«

»Weil du nie mit Freunden in einer Bar warst«, konterte Manfred. »Okay, ich habe mich miserabel benommen, aber ich habe Martina nicht betrogen. Und ich denke, es ist meine Angelegenheit, mit Martina klarzukommen, und es geht nur uns beide etwas an, was ich sonst noch zu sagen habe.«

»Und ich sage dir, daß du von uns kein Verständnis erwarten kannst, wenn es jetzt zu einer Trennung zwischen euch kommt. Wir haben Martina ins Herz geschlossen und waren glücklich, diese Schwiegertochter zu bekommen, wir ergreifen ihre Partei.«

»Ihr wißt doch noch gar nicht, was Martina sagen wird, wenn ich ihr erkläre, daß ich mir hier in München eine Stellung gesucht habe, damit wir alles hinter uns lassen, was uns bedrückt hat.«

»Ist das wahr? Du hast hier eine Stellung bekommen?« staunte Karl.

»Auf Anhieb, und ich werde heute noch meine Kündigung nach Straßburg schicken. Und jetzt sag nur nicht, daß wir dann ja viel weiter weg von euch sind.«

Karl verschlug es jetzt doch die Sprache. Er lief im Zimmer auf und ab, dann öffnete er die Tür zum Wohnzimmer und rief: »Ich glaube, Manfred hat euch etwas Wichtiges zu sagen.«

◔ Er wollte sich jetzt erst mal einen kräftigen Schluck genehmigen.

Die Neuigkeit ließ eine andere Stimmung aufkommen. Vicky war sehr erleichtert, daß Manfred so bemüht war, Martina zu beweisen, wie ernst es ihm war, die Ehe zu retten. Sie wußte ja, daß Martina es auch wollte.

Martin war sowieso tolerant und betrachtete alles ganz objektiv. Er nahm sich vor, einmal mit Manfred von Mann zu Mann zu sprechen, denn er wußte am besten, in welcher Bedrängnis er sich befinden mochte, wenn er auch kein Verhältnis mit Dolly gehabt hatte. Aber diese Frau konnte ihm zu schaffen machen, und es würde gut sein, wenn er gewarnt und darauf vorbereitet sein würde.

Und Vicky nahm sich vor, gleich morgen mit Martina zu reden und gute Worte für Manfred einzulegen. Inzwischen tröstete sie ihn damit, daß Martina eigentlich noch niemanden sehen wollte.

»Es ist für sie einfach zu quälend, einen solchen Anblick zu bieten. Es würde uns auch so gehen, selbst den Männern, und schließlich können wir uns wohl nicht von einer gewissen Eitelkeit befreien, wenn wir Wert auf unser Äußeres legen.«

»Ist es denn wirklich so schlimm?« fragte Regine beklommen.

»Schlimmer durfte es nicht mehr kommen, es hätte ihr Tod sein können.«

Schweigen herrschte. Manfred starrte auf den Boden. In seinem Gesicht arbeitete es.

»Ich habe doch immer wieder zu Martina gesagt, daß etwas getan werden müsse«, sagte er tonlos, »aber sie wollte nicht. Sie hat mir auch Vorwürfe gemacht. Ich hätte ja keine Kinder gewollt, und das würde ich wohl Dr. Denis gesagt haben, und deshalb hätte er ihr die falschen Mittel verordnet. Ich will ihr jetzt doch deshalb keinen Vorwurf machen, und ich will mich auch nicht rechtfertigen, aber ich wußte nicht mehr aus noch ein. Wenn man vernünftig mit ihr hätte reden können, wäre alles vielleicht nicht so schlimm gekommen.« Er starrte wieder vor sich hin. »Ich wünsche nur, daß Martina bald wieder gesund wird. Ich wünsche es für sie, ich will gern warten.«

Sie glaubten es ihm, daß es ihm ernst war, und sie waren halbwegs wieder versöhnt, wenn auch Karl meinte, daß sie sich noch einmal eingehend unterhalten müßten.

~

Bitte, verzeih mir, stand auf der Karte, die Manfred mit einem neuen Rosenstrauß zu Martina bringen ließ.

Drei Tage waren seit dem Gespräch im Familienkreis verstrichen, und Martina hatte von Vicky davon erfahren.

Sie wollte Manfred ja so gern glauben, aber sie war ihrer selbst nicht sicher, seit sie sich das erste Mal wieder im Spiegel gesehen hatte. Sie hatte bereits acht Pfund abgenommen, aber nun wirkte sie viel älter, als sie war und sah sehr erschöpft aus. Natürlich war die Therapie anstrengend, und es mußte ja auch strengste Diät eingehalten werden, um den Erfolg nicht zu gefährden, der sich nun doch langsam anbahnte, aber sie wurde ungeduldig.

Bisher hatte Vicky ihr noch nicht verraten, daß Manfred seine alte Stellung gekündigt und in München bereits eine neue gefunden hatte, aber da sie jetzt so niedergeschlagen war und Manfred trotzdem nicht sehen wollte, erzählte sie es ihr.

»Ist das wahr?« fragte Martina aufgeregt, und gleich belebte sich ihr Gesicht.

»Ich würde es doch nicht sagen. Er will dir beweisen, daß er alles tut, um einen neuen Anfang für euch beide zu schaffen. Du darfst es ihm glauben, Martina, wir glauben es auch.«

»Das hätte ich nicht gedacht. Er war doch so gern in Straßburg.«

»Warst du auch gern dort?« fragte Vicky.

»Eigentlich schon, aber ich habe dich und München vermißt. Ich habe auch keine Freundin gefunden. Was ist eigentlich mit Ricki, ich habe lange nichts von ihr gehört.«

»Aber du weißt, daß sie weggezogen sind.«

Martina nickte. »Ihr Vater wurde nach Bonn versetzt, und Ricki ging nach England als Aupair-Mädchen.«

Ricarda Welling war drei Jahre jünger als Martina, aber als Nachbarkinder waren sie aufgewachsen und Freundinnen geworden.

»Ich habe ihr auf den letzten Brief nicht geantwortet, weil ich so mit dem Einrichten unserer neuen Wohnung beschäftigt war. Ja, was wird jetzt aus der Wohnung, wenn wir in München leben werden?«

Sie sagte »wir«, und das beruhigte Vicky.

»Die Wohnung wird aufgelöst, so einfach ist das«, erwiderte sie, »und es wird wohl auch festzustellen sein, wo Ricki jetzt ist.«

»Man sollte Freundschaften pflegen«, sagte Martina leise. »Ich war zu sehr auf Manfred konzentriert, deshalb habe ich an nichts anderes gedacht.«

»Vielleicht geht es Ricki genauso«, meinte Vicky. »Mach dir jetzt nicht auch darüber Gedanken.«

»Ich habe viel Zeit, über alles nachzudenken, und natürlich auch über das, was ich falsch gemacht habe.«

»Bitte, denk jetzt positiv, Kleines. Verstrick dich nicht in Schuldgefühle!«

»Ich war doch so glücklich, Mami, viel zu glücklich«, flüsterte sie, und dann rollten dicke Tränen über ihre Wangen.

»Du wirst auch wieder glücklich sein, wenn du das Deine dazutust, Tini, wenn ihr beide es wünscht.«

»Will es denn Manfred?«

»Das denke ich schon. Sonst hätte er sich hier wohl kaum die Stellung gesucht. Es ist vielleicht alles ganz anders, als du es in deiner Niedergeschlagenheit gesehen hast.«

»Aber wie kommt diese Dolly dazu, bei uns anzurufen und so zu tun, als wäre ich schon längst abgeschoben?«

»Es gibt eben solche Frauen, die durch Intrigen das erreichen wollen, was sie sonst nicht erreichen können. Das gibt es sogar sehr oft. Du warst in dieser Beziehung wohl zu naiv, Tini. Manfred wird sicher ganz offen mit dir darüber sprechen, wenn du dich dazu in der Lage fühlst. Und Offenheit ist bestimmt der beste Weg zur Verständigung. Du fühltest dich im Stich gelassen, er fühlte sich zurückgestoßen, und die Kluft vertiefte sich.«

Martina schloß die Augen. »Immer wenn ich in den Spiegel schaute und die scheußliche Fratze sah...«Sie schluchzte auf, und Vicky legte ihr einen Finger auf den Mund. »Es wird nicht mehr daran gedacht und nicht mehr davon geredet. Es wird dir mit jedem Tag bessergehen.«

~

Manfred ließ unterdessen eine recht langwierige Untersuchung bei Dr. Norden über sich ergehen. Dr. Norden hatte ihm eingehend erklärt, warum auch manche organisch ganz gesunde und normale Männer nicht Vater werden konnten und wie das möglicherweise doch behandelt werden könnte. Und solch ein Fall war Manfred, wie sich durch die Untersuchung herausstellte.

»Leicht zu schlucken ist das nicht«, sagte er bedrückt. »Da quält sich Martina ewig lange herum, und sie muß so leiden, und dann liegt es an mir.«

»Daß sie so leiden mußte, liegt nicht an Ihnen, sondern an den Ärzten, denen sie vertraut hatte«, erklärte Dr. Norden. »Sie hätten doch feststellen müssen, daß bei ihr die Voraussetzungen vorhanden waren, Mutter werden zu können und daß sie keine Hormontherapie brauchte. Ich meine, diesbezüglich sollte man sie doch zur Rechenschaft ziehen.«

»Ich muß sowieso nach Straßburg, um dort alles zu regeln, da ich in sechs Wochen hier eine neue Stellung antreten werde.«

»Das steht schon fest?« fragte Dr. Norden überrascht.

»Es hat auf Anhieb geklappt, und ich bin sehr froh darüber. Ich denke, es wird für Martina besser sein.«

Es gefiel Daniel, daß er so dachte, und er glaubte jetzt auch, daß diese Ehe zu retten war.

»Was nun mich betrifft, meinen Sie, daß man da etwas tun kann?« fragte Manfred stockend.

»Eine Garantie kann man nicht geben, aber auch diesbezüglich sind wir bedeutend weiter als früher. Sie sind ein gesunder Mann, und man kann es einfach als eine böse Laune der Natur bezeichnen.«

»Für die Martina gestraft wurde. Es tut mir so entsetzlich leid. Ich könnte es ihr wirklich nicht verdenken, wenn sie nichts mehr von mir wissen will.«

»Wie ich Ihre Frau kenne, wird Ihre Ehe daran gewiß nicht scheitern, anders wäre es, wenn eine andere Frau im Spiel wäre.«

»Das ist nicht der Fall, da ist nur eine böse Intrige im Gange gewesen, aber auch das werde ich restlos ausräumen. Ich möchte Martina nur vorher sehen, ganz gleich, wie sie jetzt aussieht. Ich muß ihr sagen, wie sehr ich mich schäme, sie so oft allein gelassen zu haben, daß sie auf den Gedanken kommen mußte, es gäbe eine andere. Ich habe Fehler gemacht, aber ich will sie gutmachen.«

»Ein lobenswerter Vorsatz«, sagte Dr. Norden anerkennend. »Ich werde Ihre Frau heute besuchen und ihr sagen, wie wichtig es für Sie ist, mit ihr zu sprechen. Ich denke, sie wird auf mich hören.«

»Ich wäre Ihnen unendlich dankbar.«

Für Vicky und Martin gab es an diesem Tag eine riesengroße Überraschung. Sie waren zu Martins Wohnung gefahren, um sich darüber zu einigen, welche von seinen Sachen sie mit ins Haus nehmen wollten, da sie sich einig darüber waren, in Vickys Haus zu wohnen. Martins Eigentumswohnung war nicht so geräumig wie das Haus, aber sehr hübsch, und Martin hatte gemeint, daß vorerst ja Martina und Manfred darin wohnen könnten, wenn sich zwischen ihnen alles einpendelte. Darüber wollten sie dann mit beiden sprechen. Christian würde ja wahrscheinlich für lange Zeit in Amerika bleiben, das hatte er schon durchblicken lassen.

Aber die große Überraschung kam, als es läutete und Christian vor der Tür stand. Er kam nicht allein, eine sehr hübsche junge Dame war bei ihm.

Vicky riß die Augen auf. »Ricki!« rief sie. »Christian!« rief Martin, und alle schauten sich völlig konsterniert an.

»Nun mal mit der Ruhe«, sagte Martin, der sich als erster faßte. »Vicky, das ist mein Sohn Christian, und Vicky ist meine zukünftige Frau.«

»Ich habe schon von Ihnen gehört«, sagte Christian mit einer höflichen Verbeugung und einem Lächeln, das ihn Martin noch ähnlicher machte. Er gefiel Vicky sofort.

»Ja, und diese junge Dame ist Martinas Freundin Ricarda Welhing«, sagte Vicky dann atemlos, »aber wieso kommt sie hierher? Ich bin völlig verwirrt.«

»Sie ist meine Freundin«, erwiderte Christian lachend.

»Ich lernte diesen netten jungen Mann in Amerika kennen, und als er mir erzählte, daß er nach München fliegen würde, sagte ich ihm, daß ich dort auch gute Bekannte hätte, da hat er mich mitgenommen.«

»Unsinn, ich hätte dich auch so mitgenommen, Ricki«, sagte Christian, »aber ich habe natürlich nicht annehmen können, daß wir uns hier treffen.«

Nun ging es aber bei einem Glas guten Weines erst mal ans Erzählen. Eßbares war in der Wohnung nicht mehr vorhanden, aber es war auch schon beschlossen, daß sie einen Grund hatten, ganz fürstlich zum Essen zu gehen. Allerdings war Ricki zutiefst betrübt, als sie hörte, was Martina widerfahren war.

»Und grad neulich hat sie von dir gesprochen, Ricki. Es hat ihr so leid getan, daß ihr so lange nicht mehr voneinander gehört habt, und sie gab sich die Schuld.«

»Ich war genauso schuld. Erst England, dann Amerika. Ich arbeite als chemotechnische Assistentin dort, und da lernte ich Chris kennen. Es fällt einem leicht, wenn man sich auch deutsch unterhalten kann.«

»Wie ich mich freue«, sagte Vicky aus tiefstem Herzen. Sie nickte auch Christian zu. »Ich war ja schon so gespannt auf dich. Gell, wir sagen doch gleich du allesamt?«

Dagegen hatte niemand etwas einzuwenden, und dann fuhren sie zum Jagdschlössl, denn ein besseres Restaurant gab es in der Nähe nicht. Christian und Ricki freuten sich auf die deutsche Küche, und dann wollte Ricki auch gleich danach Martina besuchen.

War das mal wieder eine Freude! So richtig schön und aufmunternd war es. Vicky und Martin genossen es, so lebhaft unterhalten zu werden, und sie konnten mal ganz den Kummer der letzten Zeit vergessen.

Martin freute sich natürlich besonders, daß Christian eine so reizende Freundin gefunden hatte.

Er blieb dann mit Christian im Klinikpark, während Vicky mit Ricki zu Martina ging. Ricki war gut vorbereitet. Sie zeigte nicht das leiseste Erschrecken, obwohl es ihr nahe ging, ihre bildhübsche Freundin so zu sehen. Ganz weit wurden Martinas Augen, als Ricki an ihr Bett trat.

»Ricki, wo kommst du denn her«, flüsterte sie bebend. »Schau mich bloß nicht an.«

»Habe ich doch schon. Ist gar nicht mehr so schlimm. Ich bin so froh, daß es dir bessergeht. Ich hatte ja keine Ahnung, daß du in München bist.«

»Und was machst du in München?«

Da ging es auch hier ans Erzählen, und Vicky war überflüssig. Sie war glücklich, wie schon lange nicht mehr, und Martina lebte jetzt richtig auf. Vicky ging zu den beiden Männern.

»Die beiden können sich ausratschen«, meinte sie lächelnd. »Es ist so schön, daß ihr gekommen seid, Christian, wir alle können Aufmunterung brauchen.«

»Vielleicht kann ich noch mehr dazu beitragen, Vicky. Wir haben ein Präparat entwickelt, das in solchen Fällen, wenn die Drüsen in Mitleidenschaft gezogen sind, helfen kann. Ich werde gleich mit Dr. Leitner darüber sprechen. Es ist getestet und hat schon gute Erfolge zu verzeichnen.«

»Dann bist du wahrhaftig zur rechten Zeit gekommen«, sagte Vicky atemlos.

»Das scheint mir jetzt allerdings auch so, aber solche Zufälle werden von Gott geschickt.«

»Daß du Ricki kennenlerntest, ausgerechnet Ricki, muß schon mehr als nur ein Zufall sein«, sagte Vicky gedankenvoll. »Daß Martina ausgerechnet vorgestern von Ricki anfing – es ist schon seltsam.«

»Wir können uns freuen, Vicky, mal wieder richtig freuen«, sagte Martin, seinen Arm um sie legend.

Christian betrachtete sie lächelnd. »Jedenfalls hat Martin auch einen sehr guten Geschmack«, stellte er fest. »Und nun hat er es doch noch gepackt, dir einen Heiratsantrag zu machen.«

»Es war der zehnte, da konnte ich nicht mehr nein sagen«, erwiderte Vicky. »Er ist ja auch ein richtiger Schatz.«

»Das kann ich nur bestätigen«, nickte Christian, und Martin strahlte.

~

Die beiden Freundinnen hatten sich alles erzählt, was wichtig war. Ricki hatte berichtet, wie sie Christian kennenlernte, und es war nur gut, daß Martina inzwischen schon erfahren hatte, daß Martin Vater eines Sohnes war.

»Er ist also auch so nett wie sein Vater«, sagte Martina nachdenklich.

In Rickis Augen kam ein schwärmerischer Ausdruck. »Er ist einmalig«, sagte sie fast andächtig. »Noch so jung und schon eine solche Persönlichkeit. Er könnte die tollsten Frauen haben, und ausgerechnet mich hat er vorgezogen. Ich kann dir gar nicht sagen, wie glücklich ich bin.«

»Ich war auch einmal so glücklich, Ricki«, sagte Martina traurig.

»Und du wirst es wieder sein. Manfred kann sich nicht so geändert haben. Du mußt ihm eine Chance geben.«

»Das will ich ja, aber du siehst ja, wie ich aussehe.«

»Setz dich darüber mal hinweg. Es kommt nicht auf die Schale an, sondern auf den Kern. Und Manfred weiß doch, wie du ausgesehen hast und wie du wieder aussehen wirst.«

»Daran hege ich aber große Zweifel.«

»Ich nicht, und wenn sie es hier nicht schaffen, kommst du mit nach Amerika, da machen sie einen ganz neuen Menschen aus dir.«

»Ich möchte aber lieber Ich sein.«

»Ist ja recht, Tini, ich verstehe dich. Du sollst nur zuversichtlicher sein. Ich nehme an, daß Christian mit den Ärzten sprechen wird, da er nun deinen Fall kennt, und vielleicht weiß er ein Mittel, das es hier noch nicht gibt. Sie sind sehr weit in der Forschung bei Drüsenkrankheiten.«

»Es sind ja nicht nur die Drüsen, es ist alles durcheinander.«

»Dann muß man es eben hübsch der Reihe nach beheben. Ich bin da sehr optimistisch, Tini. So ein bißchen Ahnung habe ich ja auch, wenn ich natürlich Chris nicht das Wasser reichen kann. Du wirst ihn auch mögen. Ihr werdet ja verwandt.«

»Und du wohl auch?« meinte Martina bedeutungsvoll.

»Soweit ist es noch nicht, aber ich wäre die glücklichste Frau der Welt, wenn wir immer zusammenbleiben würden. Du wirst mich verstehen, wenn du ihn kennenlernst.«

Sie erreichte, daß Martina neugierig wurde, und Neugierde war immer gut, um etwas zu beschleunigen. Als dann noch Dr. Norden kam und ihr zuredete, doch mit Manfred zu sprechen, da er ihr wirklich etwas sehr Wichtiges zu sagen hätte, war sie nicht mehr ablehnend.

Manfred bekam gleich Herzklopfen, als Dr. Norden ihm Bescheid sagte. Er hatte draußen gewartet und dort Vicky, Martin und Christian getroffen, und dann hatte sich Ricki auch noch zu ihnen gesellt. Sie hatten sich seit der Hochzeit nicht mehr gesehen, und wenn Manfred ehrlich mit sich selbst war, mußte er zugeben, daß er damals auf diese Freundschaft eifersüchtig gewesen war und einen engen Kontakt auch gar nicht wünschte. Jetzt sah er ein, wie egoistisch er gewesen war.

Ricki betrachtete ihn kritisch. Es hatte aber mal eine Zeit gegeben, wo sie Martina um diesen Mann beneidet hatte, wenn sie es auch nicht gezeigt hatte. Jetzt aber fühlte sie sich beneidenswert. Für Manfred war es sehr überraschend, daß Martin einen Sohn hatte und daß Ricki mit diesem befreundet war. Vicky war noch dabei, ihm die Zusammenhänge zu erklären, als Dr. Norden kam und ihn zu sich winkte. Und nun war für ihn der Augenblick gekommen, zu Martina gehen zu können.

»Ich bin zwar sehr gespannt, aber wir gehen trotzdem«, sagte Vicky energisch. »Manfred wird sich dann schon blicken lassen. Wir machen es uns zu Hause gemütlich.«

»Wir müssen noch unser Gepäck holen«, sagte Christian. Daran hatte bisher keiner gedacht.

»Wo ist es?« fragte Martin.

»Am Hauptbahnhof deponiert.«

»Wieso am Bahnhof? Ihr seid doch geflogen?«

»Aber mit dem Bus bis zum Bahnhof gefahren, und dort haben wir das Gepäck gelassen. Wir wußten ja nicht, ob wir dich gleich antreffen würden, und daß Vicky bei dir war, konnten wir auch nicht ahnen.«

»Aber ihr werdet selbstverständlich bei uns wohnen«, sagte Vicky.

»Oder in meiner Wohnung«, schlug Martin vor. »Ein teures Hotel können wir uns sparen.«

»Wohnt Manfred nicht bei euch?« fragte Ricki.

»Nein, wir waren sehr auf Distanz.«

»Tini hat mir einiges erzählt«, gab Ricki zu, »aber ich glaube nicht, daß Manfred sie betrogen hat. Er sieht sehr angegriffen aus.«

Das war Martina natürlich auch gleich aufgefallen, und bei allem eigenen Kummer machte sie sich nun mehr Gedanken um ihn.

Seine Stimme wollte ihm nicht recht gehorchen, als er sagte: »Es ist lieb von dir, daß ich dich besuchen darf.«

Zaghaft ergriff er ihre Hände und drückte seine Lippen darauf.

»Es geht mir schon ein bißchen besser«, flüsterte Martina.

»Ich wünsche es so sehr. Ich bin schuld, ich bin an allem schuld, das werde ich mir nie verzeihen.«

»Du konntest es doch nicht wissen, Manfred. Dr. Norden hat es mir gesagt, aber wie hätten wir denn auf den Gedanken kommen sollen. Denis hat ja daran auch nicht gedacht.«

»Es ist nicht wiedergutzumachen, Tini. Es tut mir so entsetzlich leid.«

»Hier sind ja Ärzte, die es wiedergutmachen wollen, und sie haben ja schon allerhand erreicht. Die Operation war ganz einfach, hat Dr. Leitner gesagt. Ich habe jetzt ja schon Hoffnung, und ich habe mich mächtig gefreut, Ricki wiederzusehen. Sie ist sehr verliebt in Christian. Da hat Martin einen Sohn, von dem er solange keine Ahnung hatte, und er muß sehr nett sein.«

»Ich habe ihn gerade kennengelernt. Er hat wohl auch mit Dr. Leitner gesprochen wegen eines Präparates.«

»Ricki hatte etwas angedeutet, vielleicht kann man das anwenden. Ich möchte doch wieder so wie früher sein.«

»Und ich möchte, daß du immer meine Frau bleibst, Tini«,

sagte er stockend. »Ich will gutmachen, was ich falsch gemacht habe. Bitte, gib mir die Chance.«

»Ich war genauso schuld wie du, das weiß ich nun auch. Ich habe dich ja aus dem Haus gegrault. Aber was ist mit dieser Dolly? Du mußt mir alles sagen, Manfred. Ich muß die Wahrheit wissen.«

»Ich werde dir alles sagen, wenn es auch nicht so war, wie du vielleicht denkst. Du hättest mir sagen müssen, daß sie angerufen hat, dann wäre ich da nie wieder hingegangen. Aber zu mir war sie zuerst nur freundlich. Wir haben geredet, wie das so ist an einer Bar, und meistens waren doch die Andern dabei.«

»Aber auf dich hatte sie es abgesehen.«

»Das ist mir erst spät bewußt geworden. Es gab da einen sehr peinlichen Vorfall, und ich kann dich nur von Herzen bitten, es wirklich nicht anders aufzufassen, als es aus meiner Sicht geschah.«

Er erzählte ihr, wie er in ihr Bett gekommen und dort aufgewacht war.

»Ich hatte einen Brummschädel. Ich habe geschlafen wie ein Toter, nichts habe ich gemerkt. Sie hat mir bestimmt etwas in den Champagner getan. Und sie hat nicht gemerkt, wie ich aufgestanden und gegangen bin. Es kann gar nichts passiert sein, Tini, bitte, glaube mir. Und dann besaß sie noch die Frechheit, bei meinen Eltern anzurufen. Wie sie an die Telefonnummer gekommen ist, ist mir ein Rätsel.«

»Nun, es gibt Telefonbücher und es gibt eine Auskunft bei der Post, und sicher hattest du mal erwähnt, wo deine Eltern wohnen.«

»Ja, so dämlich muß ich auch gewesen sein.«

Da flog ein Lächeln über ihr Gesicht, das schon lange nicht mehr so starr war und auch wieder Ausdruck bekam.

Er griff wieder nach ihren Händen und drückte sie an seine Brust, und sie spürte den harten Schlag seines Herzens unter ihren Fingern.

»Bitte, glaube mir, daß ich dich liebe, Tini. Ich war so verzweifelt, weil ich nichts tun, dir nicht helfen konnte und du dich immer mehr zurückgezogen hast. Da habe ich einen Fehler nach dem Ändern gemacht.«

»Ich verstehe ja, daß du mich nicht mehr anschauen konntest, und je mehr ich tat, desto schlimmer wurde es. Dr. Leitner sagt, daß die Appetitzügler auch mit dazu beigetragen haben. Ich hätte halt gleich nach München fahren sollen. Mütter wissen doch den besten Rat.«

»Ich bin auch froh, daß du es getan hast, und wir werden in München bleiben. Wir werden uns ein hübsches Haus suchen, und du wirst dich hier nicht einsam fühlen.«

»Du willst es meinetwegen so, Manfred?«

»Vor allem deinetwegen, aber auch meinetwegen. Ich werde manches anders machen. Ich werde nie mehr mit weiblichen Wesen so reden, daß sie sich auch nur das geringste einbilden könnten. Und ich werde auch nie mehr mit einer Sekretärin oder Kollegin essen gehen.«

»Damit sie dann sagen, daß du einen rechten Drachen zu Hause hast?« meinte sie mit einem Anflug von Humor.

»Damit du nie mehr auf den Gedanken kommst, daß da etwas im Busch sein könnte.«

Sie lehnte sich zurück und schloß die Augen. Er meinte es so. Manfred konnte nicht lügen, nein, belogen hatte er sie nie. Es war ihr Schweigen gewesen, das diese Konflikte hervorrief.

»Was machen wir mit der Wohnung in Straßburg? Wir haben doch so viele Sachen, Manfred.«

»Die werden eingeladen und hergebracht. Ich suche ein Haus.«

»Hier ist alles schrecklich teuer«, gab sie zu bedenken.

»Ich werde auch hier sehr gut verdienen, und außerdem brauchst du dir darüber keine Gedanken zu machen. Vertraust du mir wieder ein bißchen, mein Liebes?«

Tränen drängten sich in ihre Augen. »Ich möchte doch, daß du mich wieder gern anschaust, Manfred«, sagte sie bebend.

Er nahm sie in die Arme. »Es wird alles gut werden, Tini. Hab'
Vertrauen«, bat er, und dann küßte er sie. Ein heißes Glücksgefühl durchströmte sie.

»Und wenn die Psyche wieder in Ordnung kommt, wird es
mit der Genesung schneller gehen«, sagte Dr. Leitner später zu
Martina, als sie ihm mit leuchtenden Augen sagte, daß Manfred
sie doch noch liebe. Und dann erzählte er ihr von dem Mittel,
von dem Christian gesprochen hätte und daß er schleunigst kommen lassen wollte.

»Aber ich möchte kein Risiko mehr eingehen«, sagte sie bittend.

»Das bestimmt nicht, aber ich denke, Dr. Eycken weiß, was
Sache ist. So was ist ein Glücksfall, Frau Jörgen.«

Fee freute sich, daß Daniel mal gute Neuigkeiten mitbringen
konnte, und er erzählte auch von dem Mittel, das Christian aus
Amerika schicken ließ.

»Sie sind eben doch weiter als wir hier«, sagte er.

»Sie setzen auch mehr Geld ein«, meinte Fee. »Hier wird zuerst an anderes gedacht, für wichtige Dinge fehlt das Geld.«

»Für den Schulhausneubau auch«, warf Danny ein. »Nächste
Wochen ist Elternversammlung, da mußt du hingehen, Mami, da
muß mal Dampf gemacht werden.«

»Ich kann das Geld auch nicht herbringen«, erwiderte Fee.
»Wir brauchen es für unser Haus.«

»Gambonis sind schon Millionäre«, sagte Felix.

»Nun mach aber 'nen Punkt, Gamboni ist Hausmeister«, erklärte Daniel.

»Sie könnten ja im Lotto gewonnen haben«, vermutete Fee.

»Norina sagt, daß sie mindestens zwei Millionen Lire habe.
Das ist doch massig, sagte Felix.

»Das klingt nur so viel. Tausend Lire sind etwa eine Mark fünfzig«, erklärte Fee.

»Dann kriegen wir siebentausendfünfhundert Lire Taschengeld«, brummte Danny. »Und eine Million Lire sind tausendfünfhundert Mark.«

»Da spricht der Mathematiker«, lächelte Daniel.

»Kopfrechnen gut«, nickte Danny. »Mami sagt, das trainiert die Gehirnzellen.«

»Ich finde es doof, wenn es solche Währungen gibt«, warf Felix ein, »das klingt soviel und ist gar nichts. Dabei sind Gambonis so sparsam, und sie sind auch sehr nett.«

»Sparsam ist unser Fiskus leider nicht«, meinte Daniel, aber nun wollten die Kinder wissen, was Fiskus ist. Dafür hatte Anneka aber eine ganz einfache Deutung. »Fis ist eine Note, und Kuß ist eben Kuß.« Und alle lachten, auch die Zwillinge, obgleich sie gar nichts verstanden, aber wenn alle lachten, lachten sie eben mit, und dann wollten sie mit ihrem Papi schäkern. Ihm gefiel das sehr. Er fühlte sich rundherum wohl. Er konnte abschalten und neue Kräfte schöpfen für seinen verantwortungsvollen Beruf, und weil sie so glücklich waren mit ihren Kindern, verstanden sie auch, daß sich Martina Jörgen so sehr Kinder wünschte.

Hoffnung würde ja bestehen, meinte Daniel, als er mit Fee über Manfred Jörgen sprach.

»Für solche Fälle ist es gut, wenn die Genforschung vorangetrieben wird. Man sollte sich jedoch mehr darauf konzentrieren, nach Heilungschancen in so besonderen Fällen zu suchen, als mit Föten zu experimentieren. Aber ich denke, sie würden auch ein Kind adoptieren.«

»Und danach klappt es dann bestimmt«, meinte Fee.

Manfred hatte mit seinen Eltern gesprochen, und die hatten sich nun auch wieder beruhigt und waren bereit, zu ihrem Sohn zu halten.

»Wenn du hierbleiben willst und mit Martina alles in Ordnung kommt, kannst du ein Haus kaufen. Ich gebe dir die Anzahlung, damit die monatliche Belastung dann nicht zu hoch wird. Außerdem könnt ihr Steuern sparen, was sich bei deinem Gehalt auch günstig auswirken wird. Die Mieten sind hier ja enorm, und das sehe ich nicht ein.«

»Das ist nett von dir, Papa, aber ich mag es eigentlich nicht.«

»Ach was, das tun wir auch für Martina, und außerdem bist du unser Einziger, und wir sind froh, wenn du dich aus dem Dilemma herausfindest.«

»Das werde ich schnellstens. Ich werde nach Straßburg fahren und Dolly zur Rede stellen. Sie wird bestimmt nicht mehr versuchen zu intrigieren. Dann werde ich mich auch gleich um einen Nachmieter für die Wohnung kümmern und alle nötigen Formalitäten regeln.«

»Das tust du, und wir kommen mit«, erklärte sein Vater.

»Mir soll es recht sein, wenn ihr wollt. Ich habe wirklich nichts zu verheimlichen. Ich habe Martina alles gesagt, und sie vertraut mir auch wieder.«

Wie erleichtert Regine war, drückte sich in ihrem Mienenspiel aus, und sie war heilfroh, daß auch Karl nun wieder guter Dinge war.

»Wann wollen wir fahren?« fragte sie.

»Übermorgen. Ich werde noch mit Vicky und Martin sprechen, und möchte mich auch mal mit Christian unterhalten wegen der Medikamente.«

»Und wie ist es mit deiner Kündigung? Mußt du nicht den Termin einhalten?« fragte Karl.

»Natürlich muß ich das, aber ich habe noch soviel Urlaub gut,daß ich mich nicht noch mal hinsetzen muß. Ich habe ihnen auch schon geschrieben, daß sie sich nach einem Ersatz umsehen sollen.«

Das hatte Dolly inzwischen auch schon erfahren, und es wurmte sie gewaltig. Aber sie wußte nicht, wo sie Manfred erreichen konnte. Sie hatte es sich nun mal in den Kopf gesetzt, ihn an sich zu binden, und wenn sie das nicht erreichte, wollte sie ihm ordentlich einheizen. Aber dazu mußte sie ihn erst einmal zu fassen kriegen.

Drei Tage später war es soweit. Manfred hatte lange Gespräche mit Vicky, Martin und Christian geführt. Er hatte Martina noch einmal besucht und sie schon recht munter gesehen. Er wollte schnellstens wieder zurück sein und ihr auch ihre Sachen mitbringen.

»Wer weiß, wann ich sie mal wieder tragen kann«, meinte sie, aber es klang schon nicht mehr so hoffnungslos.

»Dann kaufen wir eben alles neu«, sagte er.

Er war froh, daß seine Eltern mitgekommen waren, denn Regine begann gleich mit dem Einpacken. Auch alle Wertsachen, Teppiche und Bilder sollten gleich zur Spedition gegeben werden.

Ins »Violon« wollte Karl ihn begleiten, wenn auch in gemessener Entfernung. Dolly kannte ihn ja nicht, so hatten sie keine Bedenken.

Dolly war überrascht, aber da schon mehrere Männer an der Bar saßen, benahm sie sich nicht auffällig.

Sie fragte ihn erst, was er trinken wolle, und als sie ihm den Whisky hinschob, zischte sie: »Da bist du ja endlich wieder. Geh rauf, hier können wir nicht reden.«

»Ich werde nicht raufgehen, und in meine Getränke wirst du mir auch nicht wieder was hineinschütten.«

»Rede nicht solchen Blödsinn.« Dann mußte sie sich wieder um die anderen Gäste kümmern, und die schienen Wert auf sehr persönliche Betreuung zu legen.

Sie kam wieder zu ihm zurück, nichtahnend, mit welchen Argusaugen sie von Karl beobachtet wurde, der sich an einem Tisch niedergelassen hatte.

»Ich muß mit dir reden wegen neulich Nacht. Dir würde es doch nicht gefallen, wenn es deine Frau erführe«, raunte sie ihm zu.

»Ich habe es ihr bereits erzählt.« Momentan blieb ihr der Mund offenstehen.

»Und wenn ich nun ein Kind kriege?«

»Von mir bestimmt nicht, dafür gibt es deutliche Beweise. Meine Frau ist nämlich nicht schuld, daß wir keine Kinder haben.«

»Wenn du meinst, daß ich mich aufs Kreuz legen lasse, täuscht du dich.«

»Ich falle auf deine krummen Touren nicht herein, da mußt du dir einen Dümmeren suchen.«

»Ich kann dich unmöglich machen.«

»Versuch es doch, aber treib es nicht zu weit, du gehst baden. Und unterlasse es, bei meinen Eltern anzurufen.«

»Die werden sich vielleicht auch interessieren, wie du es hier getrieben hast«, stieß sie zwischen den Zähnen hervor.

»Du kannst es meinem Vater gleich selbst sagen. Er sitzt da an diesem Tisch. Und er weiß auch über alles Bescheid. Du hast dir den Verkehrten ausgesucht, Dolly. Und ich habe dich leider etwas zu gut eingeschätzt. Meine Ehe bringst du nicht auseinander.«

Ein böser Blick traf ihn. »Scher dich zum Teufel«, zischte sie.

Karl Jörgen hatte sich schon erhoben und nahte. Er maß Dolly mit einem vernichtenden Blick.

»Alles erledigt, Manfred?« sagte er ruhig.

»Soweit schon, nur zur Hölle werde ich nicht fahren«, erwiderte Manfred spöttisch. »Ich bin nur um eine böse Erfahrung reicher.«

»Passen Sie mal weiterhin schön auf Ihr Söhnchen auf«, sagte Dolly giftig, aber dann nahm sie sich doch zusammen, weil man schon auf sie schaute.

Als Karl und Manfred gingen, kamen ein paar Bekannte von Manfred.

Es gab kein großes Hallo wie früher, er wurde skeptisch gemustert. Einer fragte: »Wieder im Lande, Manfred?«

»Nur vorübergehend«, erwiderte Manfred.

»Und wie ist dir jetzt zumute?« fragte sein Vater draußen.

»Es liegt schon alles hinter mir, Papa. Ich fühle mich freier und sehr erleichtert.«

»Das ist gut.«

In der Redaktion mußte er allerdings allerhand einstecken. Dana Porter hatte alle aufgestachelt, aber auch das machte Manfred nichts mehr aus. Für ihn war nichts wichtiger als Martina und ihre Ehe. Er hatte begriffen, was er gedankenlos aufs Spiel gesetzt hatte. Er hatte nicht nur seine Ehe, sondern auch sich selbst in eine Krise manövriert und war nun dankbar, einen Weg gefunden zu haben, der wieder einen Blick in die Zukunft öffnete.

Alles verstehen, heißt alles verzeihen, sagte eine Lebensweisheit, aber so einfach war das nicht. Und so konnte er nur immer bemüht sein, Martina zu danken, daß sie die Tür nicht für immer zugeschlagen hatte.

»Ich habe mich ziemlich mies benommen, Papa«, sagte er rauh.

»Das kann man wohl sagen. Aber Selbsterkenntnis ist ja der erste Schritt zur Besserung.«

»Ich werde es Martina beweisen wie sehr ich bereue.«

»Nun zerfließe nicht in Selbstanklagen, das wird sie auch nicht wollen.«

»Vielleicht will sie sich doch von mir trennen, wenn sie wieder gesund ist. Sie wird nach wie vor Kinder haben wollen, und wer weiß denn, ob bei mir die Behandlung erfolgreich sein wird. Kannst du verstehen, wie so was überhaupt möglich ist, Papa?«

»Man sieht, daß nichts unmöglich ist«, stellte Karl tiefsinnig fest, »und man lernt auch nie aus. Nur gut, daß du das vorher nicht gewußt hast, sonst wärest du vielleicht noch leichtsinniger gewesen.«

»Was denkst du eigentlich von mir?« fragte Manfred empört.

»Versuchungen lauern überall, aber ich bin froh, daß du nicht unter die Räder gekommen bist.«

»Hattest du Angst um mich?« fragte Manfred anzüglich.

»Ich war wütend auf dich, als dieses Weib anrief, und jetzt, wo ich sie gesehen habe, frage ich mich, ob du Tomaten auf den Augen hattest.«

»Du siehst alles ganz falsch, Papa. Ich wollte nicht mit ihr anbandeln. Sie hat das Talent, manches aus einem herauszulocken,
wenn man in trister Stimmung ist, und ich fühlte mich verstanden, wie ich mich von Martina nicht mehr verstanden fühlte.
Aber dieses Thema können wir jetzt wirklich lassen. Ich habe
nicht mit ihr geschlafen. Diesbezüglich habe ich ein reines
Gewissen.«

»Und in bezug auf deine Sekretärin?«

»Da bin ich nicht mal auf den Gedanken gekommen, seelische
Unterstützung zu suchen. Ich dachte wirklich die meiste Zeit nur,
was werden soll, wenn Martina nicht zu helfen ist. Kannst du dir
nicht vorstellen, wie hilflos man sich da selber fühlt?

»Doch, das kann ich.«

Es gab eigentlich keine großen Schwierigkeiten mehr zu überwinden. Ein Nachmieter für die Wohnung war schneller gefunden als erwartet, und der war auch bereit, einige Sachen zu übernehmen, die Manfred nicht nach München mitnehmen wollte.

Er hatte jeden Tag mit Martina telefoniert und sich auch bei
Vicky erkundigt, ob Martina Fortschritte mache. Es ging langsam,
aber stetig aufwärts. Nun war aber auch die Sendung aus Amerika eingetroffen, mit detaillierten Angaben über die Zusammensetzung und Wirkung der Präparate. Christian hatte Dr. Leitner
und Dr. Norden zusätzlich noch genauestens aufgeklärt, welche
Versuche damit bei anscheinend hoffnungslosen Fällen schon erfolgreich gemacht worden waren. Es war für die beiden Ärzte
hochinteressant, von anderen Forschungsarbeiten zu erfahren,
und sie bekamen auch noch von Christian Hinweise auf mehrere
andere Medikamente, die bei schwersten Erkrankungen eingesetzt wurden.

Es war beeindruckend, welche Möglichkeiten Chemikern und
Ärzten geboten wurden und wie gut die Zusammenarbeit klapp-
te. Und so wunderten sie sich auch nicht, daß Christian in den
Staaten bleiben wollte.

»Hier mangelt es einfach an Kommunikation«, sagte er. »Jeder will sein eigenes Süppchen kochen, und gespart wird immer am falschen Ort.«

Das wußten die Ärzte auch, aber zu ändern war das nun mal nicht. Es lag ja nicht mal allein in ihrem Ermessen, das Bestmögliche für ihre Patienten zu tun. Da hatten auch die Krankenkassen mitzureden.

Vorsichtig wurde nun dieses neue Präparat bei Martina eingesetzt, und schon bald konnten sie sich über die positive Wirkung freuen. Sicher spielte es auch mit eine Rolle, daß ihr Innenleben wieder in ruhigere Bahnen gelenkt wurde und daß Hoffnung und Zuversicht sie bewegten, aber die bisherige medikamentöse Behandlung hatte nicht so schnell sichtbare Erfolge zu verzeichnen gehabt.

»Du bist wirklich zur rechten Zeit gekommen, Christian«, sagte Vicky glücklich und dankbar, und er konnte sich freuen, wie ihm von allen Seiten Anerkennung gezollt wurde.

Ricki war jeden Tag bei Martina, und so wurde ihr die Zeit auch nicht langweilig, bis Manfred wiederkam.

Sie ging jetzt täglich im Klinikpark spazieren, warm angezogen, aber nicht mehr so verhüllt wie vorher. Die frische klare Luft tat ihr gut, und sie erlaubte es nun auch schon, daß Martin und Vicky sie bei ihren Spaziergängen begleiteten. Sie schlief nun auch besser, aber sie las auch wieder und interessierte sich für das Weltgeschehen.

Als Manfred kam, war sie gerade im Park, diesmal allein, weil es um die Mittagszeit war.

Er war zuerst maßlos erschrocken gewesen, als er ihr Zimmer leer fand, aber dann hatte Schwester Gerda ihm gesagt, wo er Martina finden würde. Ihre Augen leuchteten auf, als sie ihn gewahrte. Mit schnellen Schritten kam er auf sie zu und nahm sie in seine Arme.

»Gut schaust du aus, Liebes«, sagte er erfreut, und dann küßte er sie zärtlich. Für sie war in diesem Augenblick alles vergessen, was sie gequält hatte.

»Es ist schön, daß wir wieder zusammen sind«, sagte sie leise.

Auch die Hemmungen waren verschwunden. Sie konnten ganz locker miteinander reden.

Manfred erzählte, was er alles in Straßburg abgewickelt hatte. »Dann brauche ich ja gar nicht mehr hin«, meinte Martina erfreut.

»Nein, du brauchst nicht mehr hin. Mama hat alles eingepackt. Deine Sachen sind schon hier, und wie ich sehe, wirst du sie auch bald wieder tragen können.«

»So schnell geht es nicht«, erklärte sie errötend, »aber jetzt habe ich wenigstens schon wieder eine Figur. Ich kann es immer noch nicht begreifen, wie das so schnell gehen konnte, aber das meiste war Wasser, und das muß immer noch langsam abgebaut werden.« Sie scheute sich auch nicht mehr, offen über alles zu sprechen, was mit der Therapie zusammenhing, die noch mindestens vier Wochen streng durchgeführt werden mußte.

Aber sie konnte schon mit Manfred Häuser besichtigen, denn allein wollte er einen Kauf nicht entscheiden.

Sie war zuerst sehr überrascht gewesen, als die Rede davon war, daß ein Haus gekauft werden sollte, aber es freute sie natürlich auch, daß ihre Schwiegereltern so fürsorglich dachten und auch für sie das Beste wollten.

Durch Zufall kam Manfred dann auf ein Haus, das nicht allzuweit von Vickys entfernt lag.

Er war auf dem Weg zu einem Makler gewesen, der ihm schon mehrere Häuser angeboten hatte. Er traf ihn nicht an, und als er ging, stieß er mit einer älteren Dame am Eingang zusammen, die sichtlich in schlechter Verfassung war.

»Kann ich Ihnen behilflich sein?« fragte er besorgt.

Sie sah ihn an, als käme er von einem anderen Stern. »Gibt es so was heutzutage auch noch?« murmelte sie. »Wenn man alt ist, wird man doch nur geschubst und gestoßen.«

»Es tut mir leid, wenn Sie so schlechte Erfahrungen gemacht haben. Darf ich fragen, zu wem Sie wollen, dann begleite ich Sie.«

»Das ist sehr liebenswürdig. Ich wollte zu dem Makler.«

»Ich komme von dort. Er ist nicht anwesend. Den Weg brauchen Sie sich nicht zu machen.«

»Dann sollte es wohl nicht so sein. Könnten Sie mir bitte ein Taxi schicken, dann brauche ich nicht bis zur nächsten Straße zu laufen. Ich hätte auf den guten Dr. Norden hören und noch zu Hause bleiben sollen, aber ich muß doch jetzt etwas unternehmen«, sagte sie mehr zu sich selbst.

»Ich kenne Dr. Norden«, sagte Manfred. »Soll ich Sie zu ihm bringen? Mein Wagen steht gleich hier.«

»Ich möchte lieber heim«, sagte sie leise. »Dr. Norden kommt dann schon.«

»Dann bringe ich Sie heim. Sie müssen mir nur den Weg weisen.«

»Sie sind wirklich sehr freundlich, und ich nehme es auch dankend an. Ich hatte nämlich eine schwere Grippe.«

Manfred geleitete sie zu seinem Wagen. Sie war klein und zierlich und so richtig der Typ, der zur Hilfsbereitschaft aufforderte, ohne darum zu bitten. Sie wohnte nicht weit entfernt, nur ein paar Straßenzüge weiter in dem Villenviertel, das ihm so gut gefiel. Sie zeigte ihm dann das Haus, in dem sie wohnte, eine hübsche kleine Villa.

»Eine schöne Wohngegend«, stellte Manfred fest, »und ein sehr schönes Haus. Ich bin erst auf der Suche.«

»Sie wohnen nicht hier?« fragte sie.

»Noch nicht, wir wohnten in Straßburg, aber jetzt habe ich hier eine Stellung.«

»Sie wollen ein Haus mieten?« fragte sie.

»Nein, ich möchte eins kaufen, aber es ist nicht so einfach. Was uns gefällt, ist meist zu teuer. Wollen Sie Ihr Haus vermieten, wenn ich fragen darf?«

»Nein, ich will es verkaufen. Ich habe schon eine Wohnung im Seniorenheim gekauft. Darf ich Sie hereinbitten? Vielleicht gefällt Ihnen dieses Haus?«

Manfred war momentan sprachlos, denn damit hatte er wirklich nicht gerechnet.

»Es wird wahrscheinlich für uns zu teuer sein«, sagte er zögernd.

»Darüber könnten wir reden. Mir wäre es offengestanden lieber, wenn ich keinen Makler bräuchte der dauernd irgendwelche Leute schickt. Sie waren so hilfsbereit, Sie sind mir sympathisch.«

Sie war jetzt bedeutend lebhafter und hatte ein liebes Lächeln.

Es war ein schönes Haus, sehr gepflegt, und es hatte auch schöne Räume. Die Einrichtung war stilvoll.

Schade, dachte Manfred, es würde auch Martina gefallen, aber es ist bestimmt zu teuer.

Er sagte es auch, und sie sah ihn nachdenklich an. »Welche Preisvorstellung haben Sie?« fragte sie.

»Wir dachten an etwa sechshunderttausend Mark. Das würde mein Vater mitfinanzieren. Meine Schwiegermutter wohnt nicht weit entfernt, das wäre auch für meine Frau gut. Sie hat nämlich gerade erst eine sehr schwere Krankheit halbwegs überstanden. Aber ich habe ganz vergessen, mich vorzustellen.« Er holte es nach. In ihren Augen war ein kleines Funkeln, als sie ihn nach seinem Beruf fragte. Auch das sagte er ihr.

»Wie interessant, mein Mann war Literaturprofessor. Er ist vor einem Jahr verstorben. Unsere beiden Kinder habe ich auch überlebt. Da fragt man sich, wozu man noch auf der Welt ist.« Sie unterbrach sich kurz und ließ ihren Blick über den Garten schweifen. »Es macht alles so viel Arbeit, ich bin dem nicht mehr gewachsen, und es ist mir auch zu groß. Ich dachte an einen Verkauf mit einer Anzahlung und Leibrente. So empfahl es mir mein Anwalt. Wenn Sie Interesse haben, könnten wir uns sicher einigen, auch ohne Anwalt. Ich werde mit Dr. Norden sprechen, wenn es Ihnen recht ist. Er weiß gut zu raten.«

Manfred konnte sich von seiner Verblüffung noch nicht ganz erholen. »Sie würden uns das Haus verkaufen?« fragte er fassungslos.

»Ihnen sehr gern. Ich weiß es zu schätzen, wenn jemand hilfsbereit ist, denn ich habe es selten erlebt. Die meisten Menschen waren zu mir nur freundlich, wenn sie etwas haben wollten, Sie konnten ja nicht wissen, daß ich ein Haus zu verkaufen habe, als Sie mir Ihre Hilfe anboten. Es hat mir gutgetan, Herr Jörgen.« Sie hatte sich seinen Namen gleich gemerkt. Sie lächelte jetzt. »Ich heiße Leonore Schöller, um das nicht zu vergessen. Überlegen Sie es sich gut, Herr Jörgen, ich werde morgen gleich mit Dr. Norden sprechen. Wo sind Sie zu erreichen?«

»Über meine Schwiegermutter, Victoria Horlach.«

»Oh, ich kenne Frau Horlach. Sie ist auch Dr. Nordens Patientin. Sehen Sie, so klein ist die Welt.«

Manfred zögerte. »Vielleicht könnten wir auch bis siebenhunderttausend Mark gehen«, sagte er stockend. »Ich verdiene gut. Wir sind auch nicht unvermögend.«

»Über Geld reden wir später. Für heute schulde ich Ihnen Dank. Ich würde mich freuen, wenn ich auch Ihre Frau kennenlernen könnte.«

»Martina ist noch nicht wieder hergestellt, sie geht noch nicht unter Menschen.«

»Sie wird hoffentlich bald wieder gesund sein. Meine besten Wünsche. Sie hören bald von mir, Herr Jörgen.

Manfred war noch immer ganz benommen, als er auf der Straße stand, und er mußte sich zusammenreißen, als er sich hinter das Steuer setzte. Hatte er das wirklich erlebt? Es erschien ihm unglaublich. So was passierte doch eigentlich nur in Märchen. Aber Frau Schöller hatte schon etwas von einer guten Fee an sich. Diese lieben Augen, die sanfte Stimme, ihr verträumt wirkendes Lächeln. Es mußte schrecklich sein, Mann und Kinder zu überleben, aber dennoch war sie so voller Güte.

Bevor er losfuhr, betrachtete er das Haus noch einmal. Es war kein Traum, es stand wirklich da, so schön anzusehen, und sie könnten es haben.

Auf keinen Fall durfte sich Frau Schöller übervorteilt vorkommen. Er wollte sich erkundigen, was das Haus wert sein mochte, wenn man den augenblicklichen Marktwert zugrunde legte.

Sie wollte ihm entgegenkommen, das fühlte er. Nur, weil er etwas getan hatte, was doch eigentlich selbstverständlich war? Wie oft mußte diese Frau schon von den Menschen enttäuscht worden sein. Aber wie stand es denn um ihn? War er bis vor kurzem anderen Menschen gegenüber nicht auch gleichgültig gewesen? Hatte er nicht Martina tief enttäuscht? Würde Frau Schöller noch gut über ihn denken, wenn sie das wüßte? Vielleicht wollte sie Dr. Norden fragen, was er von ihm hielt. Man konnte es ihr nicht verdenken, wenn sie schon oft ausgenutzt worden war.«

Manfred sah Leonore Schöller auch noch vor sich, als er die Leitner-Klinik betrat. Diesmal fand er Martina in ihrem Zimmer vor. Sie war müde. Sie war schon lange an der frischen Luft gewesen und hatte sich, in Begleitung von Ricki auch über den Klinikpark hinaus zum nahen Wald gewagt.

Sie sah frisch und hübsch aus. Ihr Gesicht war noch rundlich, aber das stand ihr gar nicht übel.

»Jetzt habe ich schon ganz schön abgenommen«, sagte sie, als er sie so eingehend betrachtete. »Jetzt kannst du mich auch wieder anschauen, Manfred.«

»Du mußt es verstehen, Tini, es hat so weh getan, diese Veränderung sehen zu müssen.«

Sie lächelte, und das Lächeln erinnerte schon sehr an die frühere Martina.

»Ich kann es mir doch vorstellen, Manfred, ich war selber immer entsetzt, wenn ich in den Spiegel schaute. Christians Mittel bewirkt Wunder, das sagen die Ärzte auch. Vielleicht weiß er auch eins, das dir helfen kann«, fügte sie scheu hinzu.

»Er sorgt schon dafür, aber ich weiß nicht, ob ich mir eine Chance ausrechnen kann, daß mir auch geholfen werden kann. Es liegt dann bei dir, Tini, ob wir zusammenbleiben.«

»Wie kannst du daran zweifeln, Manni. Ich habe nie einen anderen Mann gewollt.«

Er nahm ihre Hände und küßte ihre Fingerspitzen. »Und du vertraust mir auch wieder?«

»Eigentlich habe ich dir doch immer vertraut.«

»Und wenn ich dich betrogen hätte, wie würdest du dann denken?«

»Was soll ich sagen? In diesem Monaten war ja alles verändert. Und wenn du mich betrogen hast, vielleicht war es dann eine Flucht vor meinem Anblick, der dir einen Schock bereiten mußte.«

»Ich habe dich nicht betrogen, ich schwöre es dir. Irgendwie muß ich naiv sein, denn ich habe nicht mal bemerkt, daß diese Dolly mehr erwartet hat, als Gespräche an der Bar.«

»Und Dana Porter?«

»Vielleicht hat sie erwartet, daß ich was anfangen würde, aber sie hätte nicht den Anfang gemacht, dazu hat sie sich zu hoch eingeschätzt. Sie war eine gute Sekretärin. Meine neue ist vierzig und verheiratet, wenn dich das beruhigt.«

Martina nahm seine Hand und legte sie an ihre Wange. »So schnell kann mich jetzt nichts mehr aus dem Gleichgewicht bringen, Manni«, sagte sie leise. »Ich hatte mich schon aufgegeben, aber jetzt denke ich an die wunderbaren Jahre, die wir schon zusammen verbracht haben, und es soll noch schöner werden, weil ich jetzt weiß, was man verlieren kann.«

»Weil wir es wissen, mein Liebling«, sagte er zärtlich. »Und nun eine gute Nachricht. Wir werden mit größter Wahrscheinlichkeit ein wunderschönes Haus bekommen. Es wird dir gefallen.«

Als sie ihn erwartungsvoll anblickte, erzählte er von seinem Erlebnis, und sie lauschte aufmerksam.

»Das klingt märchenhaft«, sagte sie.

»So kam es mir auch vor, aber es ist Wirklichkeit, Tini.

»Ich bin ja überzeugt, daß du auch alte Damen becircen kannst, aber vielleicht hat sie es gar nicht ernst gemeint.«

»Das wird sich herausstellen, aber sie meinte es ernst.« Er

schilderte ihr das Haus, den wunderschönen Garten und auch Leonore Schöller so bildhaft, daß sie sich alles vorstellen konnte.

»Wenn es klappt, werden wir es als ein gutes Omen nehmen.« Sie schmiegte sich in seine Arme. »Es wäre schön, aber ich bin schon froh, daß wir in München bleiben. Dafür danke ich dir ganz besonders.«

»Ich habe ja gewußt, daß du dich heimgesehnt hast.«

»Es hat mir in Straßburg auch gefallen, aber es ist dann so viel passiert, ich möchte nicht mehr zurück.«

»Das brauchst du auch nicht.«

»Hier hat sich alles zum Guten gewendet. Mami und Martin werden heiraten. Sein Sohn hat zu meiner Genesung beigetragen, und Ricki habe ich auch wiedergetroffen. Jetzt wird der Kontakt nicht mehr abreißen, auch wenn sie bei Christian in Amerika bleibt.«

»Und wir könnten ein Kind adoptieren, wenn du es willst. Oder auch zwei.«

»Jetzt denke ich nicht daran. Wir haben ja noch Zeit, Manni. Wenn wir erst mal zehn Jahre verheiratet sind, und es tut sich nichts, können wir immer noch daran denken. Ich habe mich auch diesbezüglich geändert. Ich habe begriffen, daß man nichts erzwingen kann und soll. Es ist wichtiger, das festzuhalten, was man von einem gütigen Schicksal geschenkt bekommt.«

»Wie weise du geworden bist«, sagte er gedankenvoll.

»Man beginnt wohl erst nachzudenken, wenn man auf der Schattenseite steht, und es ist gut, so meine ich jetzt, wenn man schon in jungen Jahren bemerkt, welche Tiefen man oft durchwandeln muß. Man hat dann noch Zeit, das Gute dankbarer zu genießen.«

Zart streichelte er ihre Stirn, ihre Wangen und dann auch ihre Lippen, bevor er sie küßte.

»Ich liebe dich, Tini«, sagte er innig.

~

Leonore Schöller rief Dr. Norden noch am Abend zu sich. Sie machte es nicht dringend, sie bat nur um seinen Besuch, wenn er sowieso zufällig in der Gegend sein sollte.

Aber um ihretwillen wäre er auch spät abends gekommen, denn sie war eine rücksichtsvolle und geduldige Patientin, und er mochte sie sehr.

Was sie ihm nun aber erzählte, machte auch ihn sprachlos. Er hatte seine Meinung über Manfred schnell korrigiert und war wieder mal zu der Erkenntnis gekommen, daß man keine Vorurteile hegen durfte.

»Ich möchte diesem jungen Paar mein Haus gern verkaufen, aber Herr Jörgen scheint über die Preise gut informiert zu sein.«

»Er sucht ja schon länger«, bestätigte Dr. Norden diese halbe Frage.

»Schauen Sie, ich bin nicht mehr die Jüngste, und ich habe niemanden mehr, was soll ich da noch mit so viel Geld. Ganz arm bin ich ja ohnehin nicht. Und mir ist es sehr lästig, wenn geistliche Herren jetzt schon bei mir anklopfen, was mit meinem Nachlaß geschehen soll. Ich finde das durchaus nicht christlich. Meinen Sie nicht, daß ich den jungen Leuten das Haus zu einem Preis geben soll, der erschwinglich ist?«

»Das ist sehr großzügig, an welchen Betrag dachten Sie, Frau Schöller?«

»Vielleicht zweihundertfünfzigtausend Anzahlung, und dann eine Leibrente von zweitausend Mark.«

»Das ist mehr als großzügig.«

»Es könnte ja sein, daß ich hundert Jahre werde bei der guten Betreuung, die Sie mir angedeihen lassen, und dann wären das in fünfundzwanzig Jahren mehr als fünfhunderttausend Mark.«

Er sah sie von der Seite her an. Sie wußte genau, daß sie nicht mehr lange zu leben hatte, aber sollte er das jetzt sagen?

»Sie sind eine wundervolle Frau«, sagte er voller Wärme. Und er erzählte ihr, was Martina durchgemacht hatte.

»Wie bedauernswert«, sagte sie leise, »um so mehr wird sie

jetzt Freude brauchen. Mein Entschluß steht fest, und Sie werden Herrn Jörgen sagen, daß er meinen Vorschlag annehmen soll. Bitte!«

»Das werde ich liebend gern tun. Und ich denke, daß die Freude, die Sie geben, zu Ihnen zurückkommt.«

~

So sollte es auch sein, denn Manfred und Martina kümmerten sich liebevoll um Frau Schöller. Sie hatten ihr auch angeboten, im Haus wohnen zu bleiben, aber das wollte sie nicht. Sie war doch schon recht gebrechlich, wenn sie sich das auch nur ungern anmerken ließ. Sie hatte es auch schön in ihrem Seniorenheim und wurde dort vorbildlich betreut. Dr. Norden besuchte sie, sooft er in der Nähe war und natürlich sofort, wenn er zu ihr gerufen wurde.

Martinas Genesung machte große Fortschritte. Schon zu Weihnachten konnte sie in einem hübschen festlichen Kleid leichtfüßig umherlaufen, nicht mehr ganz so schlank wie früher, aber reizend anzuschauen.

Eine Woche vor Weihnachten hatten sich Martin und Vicky das Jawort gegeben, und sie wollten nach den Festtagen nach Amerika fliegen, um mit Christian und Ricki nachzufeiern.

Aber Weihnachten wurde in Manfred und Martinas neuem Heim gefeiert. Karl und Regine waren gekommen, denn sie wollten diesmal nicht fehlen, und die beiden Mütter blickten sich mit feuchten Augen an, als Manfred und Martina sich vor dem Tannenbaum innig küßten. Das Fest des Friedens und der Freude hatte in diesem Jahr eine besondere Bedeutung für sie alle.

Drei Jahre später sollte die Freude noch größer sein, als ein kleiner Sohn in seiner Wiege strampelte. Christian sollte er heißen, und das junge Ehepaar Christian und Ricarda Eycken kamen zur Taufe, um Paten zu sein.

»Erfüllte Liebe«, sagte Vicky leise. »Herrgott, wir danken dir.«

Sie sagte Mitleid und meinte Liebe

Mit gesenktem Kopf saß Michaela Kunz an ihrem Schreibtisch und dachte angestrengt nach. Wie soll ich es nur Peter sagen, ging es ihr wieder, wie schon so oft, durch den Sinn. Aber heute würde er zurückkommen von seiner Geschäftsreise, und sie würde es ihm sagen müssen.

Vielleicht ist alles auch für ihn gar nicht so schlimm, dachte sie weiter. Manche Männer sind plötzlich ganz närrisch, wenn sie Vater werden. Das hatte Dr. Norden auch zu ihr gesagt.

Sie schrak zusammen, als sie jetzt die Stimme ihres Chefs vernahm. »Es tut mir leid, gnädige Frau, aber ich kann Ihren Fall nicht übernehmen. Ich habe meine Prinzipien, und mit falschen Karten spiele ich nicht. Es gibt sicher Anwälte, die bereit sind, Ihnen zu helfen. Ansonsten würde ich Ihnen empfehlen, lieber Ihrem Gatten reinen Wein einzuschenken.«

Michaela wußte, daß Dr. Kraemer wollte, daß sie das mithörte. Er schaltete manchmal die Sprechanlage unauffällig ein, wenn er einen Klienten nicht loswerden konnte. Für sie war es der Zeitpunkt, einzugreifen. Sie raffte sich auf und ging zu seinem Zimmer, klopfte an, und auf sein »Bitte, herein«, betrat sie den großen getäfelten Raum.

»Ich muß leider stören, Herr Doktor«, sagte sie, »ich möchte Sie an Ihren Termin erinnern. Sie sind schon knapp in der Zeit.«

»Danke, Frau Kunz. Frau Burger wollte sowieso gerade gehen.«

Nun blieb Frau Burger auch gar nichts anderes übrig.

»Vielleicht überlegen Sie es sich doch noch«, sagte sie spitz zu Dr. Kraemer, maß Michaela mit einem herablassenden Blick und rauschte hinaus.

Er atmete auf.

»Das war unerfreulich«, sagte er. »Meine Schlußworte haben Sie ja mitbekommen. Was sich nur manche Frauen alles ausdenken, um die Scheidung zu erreichen und sich dabei noch gesundzustoßen, obwohl sie den Mann nach Strich und Faden betrogen haben. Entschuldigen Sie, Michaela, das mußte einfach heraus.«

»Ich habe es schon vergessen.« Sie zwang sich zu einem Lächeln, aber er sah sie forschend an.

»Fehlt Ihnen etwas? Sie sind so blaß«, stellte er fest.

»Es ist sicher der Föhn. Ich bekomme da leicht Kopfschmerzen«, redete sie sich heraus.

»Sie können für heute auch Schluß machen. Ich muß tatsächlich noch fort. Ruhen Sie sich am Wochenende aus. Mir ist offengestanden auch nicht ganz wohl. Es war eine schlimme Woche.«

Zwischen ihnen herrschte ein Vertrauensverhältnis. Seit vier Jahren war Michaela bei ihm als Anwaltsgehilfin tätig. Gleich nach dem Abitur war sie zu ihm gekommen. Studieren konnte sie nicht, weil sie bald Geld verdienen mußte, aber sie hatte sich schon immer für die Rechtswissenschaften interessiert und war sehr froh, einen Chef wie Dr. Kraemer gefunden zu haben, der selbst erst Anfang Dreißig war, aber sich als sehr guter Lehrmeister erwies.

»Gönnen Sie sich wirklich mal Ruhe«, sagte er besorgt, »und wälzen Sie nicht wieder schlaue Bücher. Sie wissen ja schon bald mehr als ich.«

»Das stimmt aber nicht«, erwiderte sie. »Ich habe von Ihnen nur schon sehr viel abgeguckt.«

Er lächelte, was sein ernstes Gesicht sehr anziehend machte. Er lächelte selten. Michaela wußte, daß er in seinem Leben schon viel Leid erfahren hatte, und auch diesbezüglich fühlte sie sich ihm irgendwie verbunden.

Dr. Kraemer sollte Michaela an diesem späten Nachmittag aber nochmals sehen, und da war er sehr überrascht, aber auch froh, daß sie ihn nicht bemerkt hatte, denn sie kam aus Dr. Nordens Praxis, und er wollte ihn gerade aufsuchen.

Michaela hatte sich zu Dr. Norden geflüchtet. Da sie früher als sonst die Kanzlei verlassen konnte, war es noch Zeit, ihn in seiner Praxis aufzusuchen. Er war der einzige Mensch, den sie um Rat fragen konnte. Er war der Einzige, der wußte, daß sie schwanger war. Ihre Eltern waren geschieden, und beide hatten wieder andere Partner. Für Michaela war die Welt in Unordnung geraten, als dies geschehen war, und so hatte sie sich an Peter Stoll geklammert, ihren Jugendfreund, den sie schon seit ihrem fünfzehnten Lebensjahr kannte. Und dann war es auch ein Glück für sie gewesen, die Stellung bei Dr. Kraemer zu bekommen, denn einen verständnisvolleren Chef konnte sie sich nicht wünschen.

Sie konnte auch keinen verständnisvolleren Arzt als Dr. Norden finden, und als sie jetzt vor ihm saß, blaß und nervös, war er sehr besorgt.

»Was bedrückt Sie, Michaela?« fragte er.

»Es ist wegen des Babys. Ich weiß nicht, wie ich es Peter sagen soll. Er denkt doch jetzt an seine Karriere, und er wollte nie früh ein Kind haben. Meinen Sie nicht, daß ein Schwangerschaftsabbruch besser wäre?«

Es hatte sie viel Überwindung gekostet, und das merkte Dr. Norden auch.

»Wollen Sie das wirklich?« fragte er behutsam.

»Wenn es nur nach mir ginge, nicht. Aber was soll ich tun, wenn Peter dagegen ist, daß ich das Kind austrage? Was soll ich denn machen, wenn er mich sitzen läßt?«

»Da würde sich immer ein Weg finden lassen, Michaela. Sie könnten es auch zur Adoption geben, wenn Sie es dann wirklich nicht behalten wollen. Aber ich glaube nicht, daß Sie diese Einstellung haben.«

»Aber was soll ich Dr. Kraemer sagen? Wenn er mich nun entläßt?«

»Das dürfte er gar nicht, und außerdem würde er es auch nicht tun, wie ich ihn kenne.«

»Sie kennen ihn?« fragte Michaela erstaunt.

»Er ist ab und zu auch mal mein Patient.«

»Das wußte ich nicht.«

»Oft kommt er auch nicht.« Auf keinen Fall wollte Dr. Norden jetzt sagen, daß er damals die Stelle für Michaela vermittelt hatte. Als sie Dr. Norden gesagt hatte, daß sie sich bei ihm bewerben wollte, hatte er Christoph Kraemer auf sie aufmerksam gemacht, und er wußte, daß sie es beide nicht bereuen mußten.

»Dr. Kraemer ist ein so feiner Mensch«, sagte Michaela gepreßt. »Er wird es sicher nicht verstehen. Ich schäme mich doch so, aber ich habe bestimmt gedacht, daß Peter mich heiraten würde.«

Dr. Norden betrachtete sie nachdenklich. Sie war nicht ausgesprochen hübsch zu nennen, aber dafür hatte er sowieso nicht viel übrig. Michaela hatte ein ausdrucksvolles Gesicht und wunderschöne topasfarbene Augen, eine zierliche Figur, sehr schöne Hände und ansehnliche Beine. Er kannte sie schon lange genug, um beurteilen zu können, daß sie sich von einem schlaksigen Teenager immer vorteilhafter entwickelt hatte, aber jetzt war sie traurig und in sich zerrissen, und das drückte sich auch in ihrem Gesicht aus.

»Gerade weil Dr. Kraemer ein wirklich feiner Mensch ist, wird er Sie verstehen, Michaela«, sagte er ermutigend. »Will Ihr Verlobter denn nicht heiraten?«

»Später mal, sagt er immer. Seine berufliche Karriere ist vorrangig. Er will Verkaufsleiter werden. Da ist er viel unterwegs, und Kinder behindern nur, wenn man öfter mal umziehen muß, meint er auch.«

»Aber Sie lieben ihn?«

Michaela senkte den Blick. »Ich habe mich nie für einen anderen Mann interessiert. Wir kennen uns schon so lange und haben uns auch immer vertragen. Er hat keine Eltern mehr und mit meinen verstehe ich mich nicht mehr. Ich kenne keine anderen Männer, da hat man auch keine Vergleichsmöglichkeiten«, fügte sie stockend hinzu.

Es sind ihr also schon Zweifel gekommen, ging es Dr. Norden durch den Sinn.

»Sie kennen doch zum Beispiel Dr. Kraemer und auch mich«, meinte er lächelnd.

»Damit ist doch Peter nicht zu vergleichen. Das sind andere Welten.«

»Liebe Güte, Sie sind eine gebildete junge Frau, und Sie haben aus Ihrer schwierigen Situation das Bestmögliche gemacht. Sie brauchen Ihr Licht doch nicht unter den Scheffel zu stellen.«

»Sie können gut trösten, Herr Dr. Norden, aber Männer wie Sie oder Dr. Kraemer schauen mich doch gar nicht an.«

»Jetzt ist es aber genug, Michaela. Ich schaue Sie sehr gern an, und wenn ich nicht glücklich verheiratet wäre und fünf Kinder hätte, würde ich Sie auch mal zum Essen einladen. Und vielleicht würde das auch Dr. Kraemer tun, wenn er nicht wüßte, daß Sie gebunden sind.«

Michaela errötete. »Das sagen Sie doch nur so, aber es ist sehr nett von Ihnen, nur nutzt es mir nicht viel in meiner Lage. Sie würden mir also von einer Schwangerschaftsunterbrechung abraten?«

»Aber gewiß. Sie würden es später sehr bereuen, davon bin ich überzeugt. Ich kenne Sie, Michaela. Ihr Gewissen würde Sie plagen. Aber was ich Ihnen sage, ist kein Dahingerede. Sie können sich auf mich verlassen. Ich werde Ihnen helfen. Und wenn Sie einverstanden sind, werde ich auch mit Dr. Kraemer reden, wenn Sie sich nicht trauen.«

Sie straffte sich. »Ich werde erst mit Peter reden«, sagte sie. »Vielleicht geht alles besser, als ich denke.«

Hoffentlich, dachte Dr. Norden, denn er wünschte Michaela einen Mann, der ihrer wert war.

Dr. Norden dachte noch über Michaela nach, als sich draußen vor der Tür Christoph Kraemer ebenfalls Gedanken über seine Mitarbeiterin machte. Sie hatte ihn nicht bemerkt, und darüber war er erleichtert. Sie brauchte nicht zu wissen, daß er Dr. Norden aufsuchen wollte. Aber was fehlte Michaela? Ihm war aufgefallen, daß sie schon ein paar Tage blaß und bedrückt war. Und auch jetzt schien sie völlig geistesabwesend zu sein. Er wollte Dr. Norden fragen, ob ihr etwas fehle.

Dr. Norden dachte indessen, daß Michaela nicht der Typ Frau war, der leicht über eine Schwangerschaftsunterbrechung hinwegkommen würde. Aber die Erfahrung hatte ihn auch gelehrt, daß es für manche Kinder tatsächlich besser sein mochte, wenn sie gar nicht erst geboren wurden. Aber er hatte auch Frauen kennengelernt, die aus ähnlichen Gründen wie Michaela auf ein Kind verzichteten und es später bitter bereuten. Zudem war er ein guter Psychologe und wußte, daß Michaela gegen ihre innere Überzeugung redete. Er hätte ihr noch viel mehr sagen wollen, aber vielleicht konnte er das später noch tun. Er erwartete ja Dr. Kraemer, und dem war es gewiß nicht recht, hier mit Michaela zusammenzutreffen. Das sollte er auch gleich bestätigt bekommen.

»Ich wäre fast mit Frau Kunz zusammengestoßen«, sagte er leicht verlegen. »Zum Glück hat sie mich nicht bemerkt. Sie war bei Ihnen?«

»Ja, sie war bei mir.«

»Sie ist doch hoffentlich nicht ernsthaft krank? Sie ist schon seit ein paar Tagen so blaß.« Echte Besorgnis klang jetzt aus seiner Stimme.

»Sie ist nicht eigentlich krank«, erwiderte Daniel Norden ausweichend.

»Dann hat sie Kummer. Würden Sie mir sagen, warum und wie man ihr helfen könnte?«

»Momentan weiß ich es auch nicht.«

Christoph Kraemer sah ihn forschend an. »Ist sie etwa schwanger?« fragte er heiser.

»Das haben Sie gesagt, ich nicht. Ich dürfte es nämlich nicht sagen.«

»Aber wäre das denn ein Problem? Sie ist doch verlobt.«

»Anscheinend hapert es da aber an Übereinstimmung. Ich darf mich dazu nicht weiter äußern.«

»Doch das dürfen Sie. Ich bin Anwalt. Betrachten Sie mich also als Michaelas Anwalt. Ihr Wohl liegt mir sehr am Herzen. Sie wissen, in welche Situation ich bald kommen kann. Ich könnte noch einiges für sie tun.«

»Sie braucht viel Verständnis. Sie fürchtet, ihre Stellung zu verlieren. An dem Mann hat sie bestimmt keinen Rückhalt.«

»Sie hat nie über ihn gesprochen. Sie ist sehr zurückhaltend.«

»Sie ist eines jener gutgläubigen Geschöpfe, die sich aus einem Gefühl der Einsamkeit an einen Mann klammern, den sie lange kennen und gut zu kennen glauben. Und es gibt leider genügend Männer, die solche Anhänglichkeit schamlos ausnutzen, aber keinerlei Verantwortung übernehmen wollen.«

»Sie hat viele Qualitäten, die ich zu schätzen weiß«, sagte Christoph. »Es gibt ja nicht nur Männer, denen man nicht vertrauen kann, es gibt auch Frauen, die ehrliche Zuneigung schamlos ausnutzen. So gesehen habe ich mit Michaela mehr gemeinsam, als ich bisher wußte. Ich bin Ihnen jedenfalls dankbar für Ihre Andeutungen. Und nun zu mir. Was sagte der Befund?«

»Daß Sie sich einer klinischen Untersuchung unterziehen müssen, da eine eingehende Röntgenuntersuchung gemacht werden muß, auch eine Gastroskopie.«

»Es ist also Krebs?« sagte Christoph dumpf.

»Es könnte sich um ein Karzinom handeln, aber die Symptome sind unklar und nicht hilfreich. Es liegt keine Anämie vor, und auch die Blutsenkung ist fast noch normal zu nennen. Es gibt solche ungewöhnlichen Fälle, aber ich kann Ihnen auch sagen, daß dann eine Operation zu einem vollen Erfolg führen kann.«

»Kann«, wiederholte Christoph tonlos. »Auch mein Vater ist an Magenkrebs gestorben und meine Mutter aus Kummer über seinen Tod. Mir wird wenigstens niemand nachweinen.«

»Sie dürfen nicht resignieren. Ich habe nur den Ernst der Situation deshalb betont, um Sie möglicherweise zu einer baldigen Generaluntersuchung und auch Operation zu bewegen.«

»Wie lange darf ich überlegen?« fragte Christoph.

»Die genaue Untersuchung sollte möglichst sofort durchgeführt werden, und dann werden die Ärzte beraten, wieviel Zeit Sie sich noch mit einer möglichen Operation lassen können.«

»Ich habe nächste Woche ein paar wichtige Prozesse. Ich kann meine Mandanten nicht im Stich lassen.«

»Ich kann mit Dr. Behnisch sprechen, daß er die Röntgenaufnahmen nachmittags macht, und die Gastroskopie am frühen Morgen. Wir sind befreundet, er würde eine Ausnahme machen.«

»Sie meinen es gut, Dr. Norden«, sagte Christoph tonlos.

»Sie sind noch jung und dürfen nicht resignieren! Es ist dazu kein Anlaß vorhanden.«

»Der Kreislauf macht mir aber auch zu schaffen. Deshalb bin ich ja eigentlich zu Ihnen gekommen.«

»Und das kann Ihr Glück sein, denn eine Früherkennung kann zur Genesung führen.«

»Sind Sie davon überzeugt?«

»Aber gewiß, wenn sich herausstellt, daß das Karzinom begrenzt ist, und das nehme ich an, weil die Laborwerte noch keine Gefahr erkennen lassen.«

»Ich möchte genauestens informiert werden«, sagte Christoph mit erzwungener Ruhe. »Jedenfalls habe ich jetzt noch viel zu erledigen.«

»Positives Denken ist sehr wichtig«, erklärte Daniel. Sie sprachen noch lange darüber.

~

Währenddessen war Michaela auf dem Heimweg. Sie hatte noch für das Wochenende eingekauft und dabei versucht, jetzt nicht an das Baby zu denken, sondern erst einmal Peters Meinung zu erforschen.

Sie schaute auf die Uhr. Er konnte schon da sein. Sie beeilte sich trotzdem nicht und hoffte, daß sie noch ruhiger werden würde.

Durch Dr. Kraemers Vermittlung hatte sie eine hübsche Dachgeschoßwohnung bekommen. Die Miete war günstig, die Vermieterin eine nette ältere Dame. Sie hatte auch nichts dagegen gehabt, daß Peter vor sechs Wochen einzog, weil er seine Wohnung räumen mußte. Angeblich war ihm gekündigt worden, und Michaela hatte ihm das freilich geglaubt.

Daß er bei ihr billiger wohnen konnte und auch noch versorgt wurde, kam ihr nicht in den Sinn. Sie war völlig ahnungslos, welch übles Spiel er schon seit einiger Zeit mit ihr trieb.

Im Haus war es still, als sie kam. Peters Wagen stand auch nicht vor der Tür. Frau Wegner ließ sich nicht blicken, und sonst wohnte niemand im Haus.

In der Wohnung kam ihr gleich etwas verändert vor, aber sie war so nervös, daß sie nicht gleich merkte, was fehlte. Dann sah sie einen Zettel auf dem Tisch liegen.

Liebe Michaela, ich habe nur meine Sachen geholt. Ich werde für längere Zeit abwesend sein. Es ist besser, wenn wir uns trennen. Ich brauche meine Freiheit, um meine Ziele zu verwirklichen. Laß es Dir gutgehen, Peter.

Sie sank auf einen Stuhl und starrte mit tränenblinden Augen auf diesen Zettel. Sie konnte es nicht fassen. Er hatte nicht einmal den Mut aufgebracht, mit ihr zu sprechen, oder sollte sie es als eine Nichtachtung auffassen, daß er nichts als einen Zettel hinterließ?

Es wäre ja so und so aus gewesen, dachte sie nach einer Weile.

Wenn ich ihm gesagt hätte, daß ich nicht abtreiben lasse, wäre es aus gewesen. Aber so wußte er gar nichts von dem Kind. Sie konnte ganz allein entscheiden, was geschehen sollte. Aber wie sollte sie sich jetzt entscheiden?

Sie öffnete weit die Fenster, damit der Zigarettendunst, den er hinterlassen hatte, abziehen konnte. In der kleinen Küche stellte sie fest, daß er noch zwei Bierflaschen geleert hatte, und sie ordnete in den Kühlschrank, was sie eingekauft hatte.

Nun siehst du, wie blöd du warst, Michaela Kunz, sagte sie zu sich selbst. Nicht mehr wert als für so einen Zettel.

Seine Sachen waren fort. Er hatte alles mitgenommen, auch das Sparschwein, in das sie für die nächste Urlaubsreise hineingespart hatte.

Jäh waren ihr die Augen aufgegangen. Überzeugend hatte er reden können, und damit machte er wohl auch berufliche Karriere, oder gab es da auch eine andere Frau?

Aber es war müßig, sich darüber noch den Kopf zu zerbrechen, denn eines war ihr gewiß: Er würde nicht wiederkommen, es war endgültig aus. Und sie wollte auch nicht mehr, daß er wiederkäme. Es war eine befreiende Erkenntnis, doch damit waren ihre Probleme nicht beseitigt.

Plötzlich zog es sie hinaus an die frische Luft. Sie konnte jetzt nicht in der Wohnung bleiben, die sie mit so viel Liebe eingerichtet hatte. Sie hatte sich selbst kaum etwas gegönnt. Alles hatte sie in die Einrichtung gesteckt, und jetzt dachte sie auch daran, daß sie auch für sein Essen gesorgt hatte, wenn er in München war. Er hatte nie etwas dazugegeben. Aber sie hatte ja auch nichts haben wollen.

Sie schlug den Weg zur Würm ein und ging am Kanal entlang. Es waren nicht mehr viele Leute unterwegs. Es war Fernsehzeit, das merkte man schon, aber sie wollte ja möglichst allein sein und nicht angestarrt werden.

Von einer kleinen Brücke aus blickte sie in das Wasser. Unwillkürlich dachte sie an die Großhesseloher Brücke, von der schon so mancher in den Tod gesprungen war, der sich in einer aussichtslosen Lage wähnte.

Nein, das war kein Ausweg, nicht für sie! Schließlich hatte sie sich selbst zuzuschreiben, daß sie Peter vertraut hatte und nun sogar schwanger war. Hatte sie ihn denn wirklich so geliebt, wie sie immer gemeint hatte? Waren ihr nicht schon manchmal Zweifel gekommen? So allerdings hatte sie sich das Ende nicht vorgestellt.

~

Michaela erwartet ein Kind, dachte Dr. Kraemer. Er hatte sich Kinder gewünscht, aber Karin hatte keine gewollt. Er war, was sie betraf, auch erst spät zur Erkenntnis gekommen, daß eine Ehe zwischen ihnen zum Scheitern verdammt sein würde, aber es hatte doch geschmerzt, daß er sich so in ihr getäuscht hatte. Sie hatte ihn ausgelacht, als er sie mit einem Andern in Flagranti ertappte, noch dazu in seiner Wohnung, in der sie sich schon eingenistet hatte. Sie hatte ihm ins Gesicht gesagt, daß sie nicht geneigt sei, immer nur auf ihn zu warten, und daß er ihr schon einige Freiheiten gestatten müsse. Sie war tatsächlich überzeugt gewesen, daß er alles dulden würde, um sie zu halten.

Es war trotzdem kein Triumph für ihn gewesen, wie bestürzt sie gewesen war, als er sie vor die Tür gesetzt hatte, aber alles Bitten und Betteln hatte ihr da nichts mehr genutzt, denn zum Narren ließ er sich nicht machen.

Sie würde sich jetzt ins Fäustchen lachen, dachte er, wenn sie wüßte, was mir bevorsteht. Wenn wir verheiratet wären, würde sie mir einen schnellen Tod wünschen, damit sie tun und lassen konnte, was sie wollte und dazu auch Geld genug hatte.

Er stammte aus einer vermögenden Familie, und er hatte nichts vergeudet, sondern alles gut angelegt und auch dazuverdient. Er hatte ein schönes Haus am Kanal, Frau Liebl, die Haushälterin, die wirklich lieb für ihn sorgte, und finanzielle Nöte waren ihm fremd. Aber was nutzte das alles, wenn man den Tod vor

Augen hatte, oder ein langes, schmerzhaftes Leiden? Das Schicksal kannte kein Pardon.

Frau Liebl war nicht da. Sie war übers Wochenende zu ihren Verwandten nach Niederbayern gefahren. Zweimal im Jahr nahm sie diese Freizeit in Anspruch, wenn ihre Geschwister Geburtstag hatten, sonst war sie immer da.

Christoph beschloß, zum Essen zu gehen. Es war reine Gewohnheit, obgleich er gar keinen Hunger hatte, aber Freitags ging er immer zum Fischessen.

An diesem Abend sollte es aber wohl auch Schicksal sein, daß er das Haus verließ, denn er traf Michaela. Gedankenverloren wanderte sie zum Park. Er erkannte sie sofort, als er die Straße überquerte.

»Welch ein Zufall«, sagte er, und sie schrak zusammen.

»Herr Doktor«, stammelte sie, »wo kommen Sie denn her?«

»Geradewegs aus meiner Wohnung, und ich wollte zum Fischessen gehen. Darf ich Sie einladen, Michaela?«

Sie errötete und sah ihn verwirrt an. »Ich bin so überrascht«, sagte sie bebend.

»Und ich freue mich, Sie zu sehen. Ich habe heute mal gar keine Lust, allein zu sein. Meine Haushälterin ist nicht da. Haben Sie Zeit?«

Sie nickte mechanisch. Irgendwie erschien er ihr wie ein rettender Engel.

Ihre Hemmungen hatte sie schnell überwunden. Sie kannte ihn ja lange genug. Er war ein Gentleman, bei ihm gab es keine Anzüglichkeiten.

»Im ›Pelikan‹ ißt man sehr gut, waren Sie schon einmal dort?« fragte er.

»Das ist doch so teuer«, wandte sie ein.

Er mußte lächeln. »Ich habe Sie doch eingeladen. Machen Sie sich keine Gedanken.«

Sie gingen eine Weile schweigend nebeneinander. Bevor sie das Restaurant betraten, blieb sie stehen.

»Habe ich Ihnen eigentlich schon mal gesagt, daß Sie ein sehr netter Chef sind?« fragte sie leise.

»Bisher noch nicht, aber es freut mich. Wir wollen ja auch noch länger zusammenbleiben.« Und als er das ausgesprochen hatte, kam ihm blitzartig eine Idee, die sich in seinem Kopf festsetzte.

Sie bekamen einen kleinen Tisch zugewiesen, an dem sie allein sitzen konnten, und das war ihm sehr angenehm. Er war hier bekannt, aber noch niemals in Damenbegleitung hiergewesen.

»Möchten Sie auch Fisch essen?« fragte er.

»Sehr gern, aber keinen mit Gräten. Ich habe mich nämlich mal als Kind an einer Karpfengräte verschluckt, und das war schrecklich.«

»Das kann ich mir vorstellen. Dann nehmen wir doch lieber etwas anderes, damit Sie mit Appetit essen können. Ich sehe gerade, daß es eine Wildplatte gibt, wie wäre es damit?«

Sie hatte den Preis gesehen und sagte: »Lieber ein Schnitzel. Ich habe auch keinen großen Hunger.«

»Gut, dann essen wir Schnitzel, aber vorher eine Pilzrahmsuppe, die ist hier besonders gut. Und was möchten Sie trinken?«

»Nur ein Wasser.«

Er warf ihr einen schrägen Blick zu. »Nicht vielleicht einen leichten Wein?«

»Lieber einen Apfelsaft.«

Ihm kam es in den Sinn, daß sie ein Kind erwartete. Warum war sie allein, und warum sah sie so traurig aus?

»Geht es Ihnen gut, Michaela?« fragte er behutsam.

»Jetzt schon«, erwiderte sie, »und ich bin eigentlich froh, außerhalb der Kanzlei mit Ihnen sprechen zu können.«

»Was haben Sie auf dem Herzen? Sie wollen mich doch nicht etwa verlassen und heiraten?«

»Ich werde bestimmt nicht heiraten, er hat mich sitzenlassen, und ich möchte Sie fragen, ob Sie mich trotzdem noch behalten. Ich erwarte nämlich ein Kind.«

Jetzt war es heraus, und er war auch erleichtert, daß er nicht davon anfangen mußte.

»Und darum sollte ich Sie nicht behalten? Das brauchen Sie wirklich nicht zu denken. Es ist doch ein Grund zum Freuen, und nicht um traurig zu sein. Sie haben schon die letzten Tage so blaß und traurig ausgesehen. Will er das Kind nicht?«

»Er weiß gar nichts davon und wird es auch nie erfahren. Er hat mir nur einen Zettel hinterlassen und ist weg auf Nimmerwiedersehen.«

Er legte seine Hand auf ihre, und sie empfand ein beruhigendes Gefühl.

»Aber Sie wollen doch das Kind«, sagte er.

Sie nickte. »Mein Arzt hat mir eine Predigt gehalten und nun weiß ich auch, was ich will, und Sie wissen es auch, das erleichtert mich.«

»Und ich bin froh, daß Sie Vertrauen zu mir haben. Von mir brauchen Sie keine Predigt zu erwarten. Ich bin kein Moralapostel. Sie sind gewiß nicht das einzige Mädchen, dem es so ergeht. Aber immerhin passiert es auch Männern, daß sie enttäuscht werden. Nicht immer treffen die richtigen Partner auf Anhieb zusammen. Nun, jetzt werden wir unsere Schnitzel essen, und dann suchen wir uns ein ruhiges Plätzchen, wo wir ganz ungestört reden können. Es gilt ja, wichtige Entscheidungen zu treffen.«

Was meint er damit, dachte sie, aber als sie ihn anblickte, sah sie in Augen, die voller Güte waren. Sie fragte sich, wie ein noch so junger Mann schon so abgeklärt sein konnte.

Sie war plötzlich innerlich ganz ruhig. Sie fühlte sich geborgen und das war ein Gefühl, das sie bei Peter nie empfunden hatte.

Sie hatte auch nicht den leisesten Hintergedanken, als er ihr vorschlug, zu ihm zu gehen.

Er erzählte ihr, daß er in diesem Haus zur Welt gekommen war. »Es war ein frostklirrender Tag, und das Auto meines Vaters war eingefroren, obgleich es in der Garage stand. Bei meiner Mutter hatten die Wehen eingesetzt, sie kamen nicht mehr weg. Der Arzt konnte gerade noch gerufen werden, aber da ich ein rücksichtsvoller Sohn war, verursachte ich meiner Mutter keine allzu großen Schmerzen. Schauen Sie, diese Blautanne pflanzte mein Vater nach meiner Geburt. Sie war sechzig Zentimeter, als sie gepflanzt wurde, genauso groß, wie ich war, als ich geboren wurde. Und was ist das für ein Riesenbaum geworden.«

»Aber eine wundervolle, bleibende Erinnerung«, sagte Michaela leise.

»Ich liebe dieses Haus, ich möchte nirgendwo sonst wohnen.«

»Und der Garten ist herrlich. Leben Ihre Eltern schon länger nicht mehr?«

»Mein Vater starb vor acht Jahren, meine Mutter vor fünf. Sie haben sich sehr geliebt. Sie konnten nicht ohne einander sein.«

Tränen drängten sich in ihre Augen. »Es gibt auch solche Liebe, die unvergänglich ist«, flüsterte sie. »Warum sind Sie nicht verheiratet?«

»Ich habe auch eine Enttäuschung erlebt und war sehr verletzt. Und das schließt sicher die Gefahr ein, daß man am wahren Glück blind vorübergeht.«

»Was ist denn eigentlich Glück?« fragte Michaela sinnend.

Er griff nach ihrer Hand. »Vielleicht ist es das größte Glück, neues Leben schenken zu dürfen«, sagte er verhalten.

Er schloß die Haustür auf, eine wunderschöne geschnitzte Eichentür. Michaelas Füße versanken gleich in weichen Teppichen, und sie meinte, niemals ein so schönes Haus gesehen zu haben. Hier konnte man frei atmen, durch wunderschöne große Räume führte er sie, die überaus geschmackvoll eingerichtet waren.

Doch am wichtigsten war ihr seine beruhigende Nähe. »Sie wollen mir Mut machen«, sagte sie gedankenvoll.

»Sie beweisen doch schon Mut, Michaela. Jetzt machen Sie es sich bequem. Wir haben viel zu besprechen. Jetzt müssen Sie aber ein Gläschen Sekt mit mir trinken, das muntert auf. Und das vertragen auch werdende Mütter, das weiß sogar ich.«

»Wenn Sie meinen«, sagte sie schüchtern, doch es tat ihr gut, daß er so fürsorglich war. Peter war es nie gewesen, aber sie hatte eben keine Vergleichsmöglichkeiten gehabt, wie sie es auch zu Dr. Norden gesagt hatte.

Ihre Gläser klangen hell aneinander, und in seinen Augen war ein seltsamer Ausdruck, als er sie betrachtete.

Es fiel ihm nicht leicht, einen Anfang zu finden, denn einfach war es für ihn auch nicht, über seine Krankheit zu sprechen.

»Ich muß Ihnen leider erst eine unerfreuliche Mitteilung machen, Michaela. Sie werden nämlich aller Wahrscheinlichkeit nach einige Wochen mit einem Vertreter auskommen müssen, wenn ich mich einer Operation unterziehen muß.«

»Eine Operation?« fragte sie entsetzt. »Sie haben nie etwas verlauten lassen, daß Sie sich nicht wohl fühlen.«

»Ich fühle mich auch nicht schlecht, aber Dr. Norden meint, daß ich erst einmal klinisch untersucht werden muß, und dann wäre eine Operation nicht auszuschließen. Ich werde selbstverständlich einen älteren, zuverlässigen Vertreter in die Kanzlei nehmen, mit dem Sie auch zurechtkommen können. Ich konnte mich nie für einen Sozius entscheiden, weil manche Kollegen eine eigenartige Rechtsauffassung haben, die ich nicht teilen kann. Sie wissen ja mittlerweile schon, daß ich ein eigenwilliger Mensch bin.«

»Ich finde, daß Sie ein sehr toleranter und warmherziger Mensch sind.«

Sie wollte nicht fragen, an welcher Krankheit erlitt, das wäre wohl doch zu indiskret gewesen, aber plötzlich war sie sehr besorgt, daß es was Ernstes sein könnte.

»Ich bin auch bei Dr. Norden Patientin«, sagte sie leise. »Er ist ein sehr guter Arzt und Sie sollten auf ihn hören, dann ist es in Ordnung.«

»Ich werde auf ihn hören, Michaela. Und Sie werden auch weiterhin auf ihn hören. Wann ist das Baby zu erwarten?«

»Im Mai.«

»Da haben wir ja noch Zeit«, meinte er, und mit Staunen und einem Gefühl des Glücks hörte sie, daß er wir sagte. Und er fuhr gleich fort: »Sie wissen hoffentlich, wie sehr ich Sie schätze, und deshalb möchte ich Ihnen auch einen Vorschlag machen. Dieses Haus ist groß und hat viel Platz. Für mich eigentlich zu groß. Sie könnten hier wohnen. Frau Liebl würde sich bestimmt freuen, wenn sie nicht allein ist, wenn ich in die Klinik muß.«

Michaela kam aus dem Staunen nicht mehr heraus. »Ich soll hier wohnen?«

»Es würde mich freuen. Ich brauche Sie. Sie wissen mit allem Bescheid, und ich möchte vor allem, daß Sie sich keine Sorgen zu machen brauchen. Sie sollen nicht allein sein.«

»Und ich wünsche nur, daß Sie bald gesund werden, Herr Doktor.«

»Jetzt lassen Sie mal diese Anrede weg. Wir sind gute Freunde, Michaela.«

Sie sah ihn an wie ein beschenktes Kind, und er fragte sich, was das für ein Schuft gewesen sein mußte, der dieses Mädchen im Stich gelassen hatte.

Was er noch auf dem Herzen hatte, behielt er noch für sich.

»Ich werde jetzt gehen. Es ist schon spät«, sagte sie.

»Ich bringe Sie heim. Es kommt gar nicht in Frage, daß Sie zu Fuß durch die Nacht gehen.«

»Sie brauchen auch Ihre Ruhe«, sagte sie leise.

Er streichelte rasch ihre Wange. »Wir wollen uns doch nicht mit gegenseitiger Fürsorge umbringen, Michaela. Ich glaube, daß wir uns brauchen, ich Sie und Sie mich, und es wäre sehr schön, wenn Sie das auch so selbstverständlich betrachten würden, wie ich es schon tue. Wir sind uns doch nicht fremd.«

»Aber Sie sind mein Chef.«

»Können Sie das nicht mal vergessen? Sagen wir doch lieber, wir sind Partner. Einverstanden?«

»Wenn Sie es wollen?«

»Ja, ich will es.«

Er brachte sie heim, aber mit dem Wagen. »Es war gut, daß wir uns getroffen haben, Michaela«, sagte er, als sie am Ziel angelangt waren, »ja, ich denke, es sollte so sein. Und wenn Sie nichts anderes vorhaben, könnten wir das Wochenende zusammen verbringen. Ich möchte Dr. Brendel aufsuchen, der mich vertreten soll. Dann könnten Sie ihn auch gleich kennenlernen und mir einen Hinweis geben, ob er Ihnen sympathisch ist.«

Daran denkt er sogar, ging es ihr durch den Sinn, und eine weiche, wohlige Welle erfaßte sie.

Er ist ein guter Freund, dachte sie, und hätte sie je so etwas zu denken, ja, nur zu hoffen gewagt?

»Kommen Sie mit?« fragte er drängend, als sie noch nach einer Antwort suchte.

»Ja«, erwiderte sie leise.

»Fein, dann hole ich Sie morgen gegen zehn Uhr ab. Ist es Ihnen recht?«

Sie nickte scheu. Ihn bewegte eine tiefe Rührung, und er hatte beinahe seinen eigenen Kummer vergessen. Er freute sich auf den nächsten Tag. Positives Denken hilft, hatte Dr. Norden gesagt. Konnte es wirklich helfen? Aber jetzt gab es ja noch einen anderen Menschen, dem er helfen konnte und von diesem Wunsch war er beseelt.

❦

»Was beschäftigt dich?« fragte Fee Norden ihren Mann, als sie allein und alle Kinder im Bett waren.

Sie hatte es natürlich gemerkt, daß er nicht ganz mit den Gedanken gegenwärtig war, und er hatte auch nicht so heiter mit den Kindern gespielt, wie sie es sonst gewohnt waren.

»Es geht um Christoph Kraemer«, sagte er gedankenvoll. »Ich fürchte, daß es ein Magenkarzinom ist.«

»Keine genaue Diagnose?« fragte Fee.

»Es ist das Latenzstadium, meine ich, die Laborwerte sprechen nicht eindeutig dafür. Er muß klinisch untersucht werden. Es geht mir nahe. Er ist ein feiner Mensch, und dann auch noch Michaela«, fuhr er geistesabwesend fort.

»Seine Sekretärin? Was ist mit ihr? Sind sie befreundet?«

»Sie ist seine Anwaltsgehilfin, nicht mehr und nicht weniger, aber er ist ein sehr fürsorglicher Chef. Sie erwartet ein Kind.«

Bei dieser Formulierung konnte selbst Fee auf falsche Gedanken kommen.

»Liebe Güte, du hast doch eben gesagt, daß er nur ihr Chef ist. Jedenfalls habe ich das so aufgefaßt, Daniel.«

»Ist auch so, das Kind ist doch von ihrem Verlobten, und der will anscheinend noch keine feste Bindung und kein Kind.«

»Das kann sich ändern«, meinte Fee.

»Sie ist da auch skeptisch. So ein nettes Mädchen.«

»Kennst du ihren Verlobten?«

»Ich habe sie einmal zusammen gesehen. Nicht mein Fall, so ein aalglatter, gutaussehender Bursche. Ich weiß nicht, warum die nettesten, anständigsten Mädchen so oft an miese Burschen geraten.«

»Dafür gibt es eine ganz einfache Erklärung«, meinte Fee. »Sie sind nicht raffiniert genug, um solche zu durchschauen, sie haben keine Erfahrung mit anderen Männern.«

»Ich muß ihr helfen, denn ich nehme an, daß sie das Kind doch behalten will.«

»Ich bin ja auch noch da, mein Schatz«, sagte Fee. »Kann man für Kraemer noch etwas tun?«

»Ich hoffe es sehr, aber ich kann nicht sagen, ob sich nicht doch schon Metastasen angesiedelt haben. Das muß die klinische Untersuchung ergeben. Ich hoffe, daß er sich dazu bald entschließt.«

»Ein Schock ist es auf jeden Fall, wenn man so etwas erfährt. Du hast es ihm hoffentlich schonend beigebracht, Schatz.«

»So schonend wie möglich, aber man soll es nicht auf die lange Bank schieben, sonst kann es zu spät sein.«

Fee nickte. »Ich hoffe, daß ihm zu helfen ist, sonst wirst du dir wieder ewig Gedanken machen.«

»Er ist dreiunddreißig Jahre, Fee, und er ist ein guter Mensch.«

»Ich weiß, daß du wieder mal an Gottes Gerechtigkeit zweifelst, Daniel, aber noch ist sein Urteil ja nicht gefällt.«

~

Pünktlich um zehn Uhr am nächsten Vormittag stand Christoph Kraemers Wagen vor dem Haus. Als Michaela herunterkam, traf sie mit Frau Wegner zusammen. Allerdings drängte sich ihr der Verdacht auf, daß Frau Wegner es so gewollt hatte, wenngleich sie weder neugierig noch klatschhaft war.

»Darf ich fragen, ob Herr Stoll wieder verreist ist, Frau Kunz? Es war nämlich gestern abend jemand da, der sich nach ihm erkundigt hat.«

»Herr Stoll kommt nicht mehr zurück, Frau Wegner«, erwiderte Michaela ruhig. »Wir haben uns getrennt.«

»Vielleicht ist das gut so«, erwiderte Frau Wegner freundlich. »Nichts für ungut, Frau Kunz, Sie sind mir eine liebe Mieterin.«

»Ich wohne auch sehr gern hier.«

Frau Wegner kannte Dr. Kraemer, und ihr war es nicht entgangen, daß er Michaela abholte, aber das sah sie mit Wohlwollen. Er stellte doch etwas anderes dar als dieser Stoll, der ihr einfach nicht gut genug für Michaela erschienen war.

»Entschuldigung«, sagte Michaela zu Christoph, »Frau Wegner hat mich noch aufgehalten.«

»Eine nette Frau, neugierig ist sie doch eigentlich nicht.«

»Nein, sie hat auch nur gefragt, ob...«, sie geriet ins Stocken, denn eigentlich wollte sie nicht verraten, daß Peter bei ihr gewohnt hatte.

»Ob wir befreundet sind?« fragte Christoph arglos.

»Ob ich länger ausbleibe«, redete sich Michaela schnell heraus. »Sie ist wirklich sehr nett.«

Michaela fand, daß Christoph angegriffen aussah. Sie sagte es aber nicht. Er war ein Muster an Selbstbeherrschung und wollte sich auch nicht anmerken lassen, wie schlecht er geschlafen hatte.

Dr. Brendel wohnte am Schliersee. Er war zwar erst sechzig, aber er hatte sich vorzeitig zur Ruhe gesetzt, als er nach einem verlorenen Fall an sich selbst verzweifelte. Dabei konnte man ihm gar keine Schuld geben, denn da war einmal mehr die Macht des Geldes und der Beziehungen ausschlaggebend gewesen. Es ging dabei um einen tragischen Verkehrsunfall, bei dem ein Mann und sein Sohn von einem betrunkenen Autofahrer getötet worden waren, als sie auf einem Fahrradweg erfaßt wurden. Der Fahrer hatte Fahrerflucht begangen, war aber bald gefaßt worden, da ein Zeuge sich das Kennzeichen gemerkt hatte. Aber es handelte sich um einem millionenschweren Fabrikanten, der alle möglichen ärztlichen Atteste erbringen konnte, daß er sich in einer Streßsituation befunden hätte, daß er einem Hund ausgewichen wäre und einiges andere, das zu diesem Unfall führte. Er war mit einer Geldstrafe und Führerscheinentzug für ein paar Monate davongekommen, und eine verzweifelte Frau mit einem noch kleinen Kind war zurückgeblieben und fragte sich auch nach Gottes Gerechtigkeit.

Später hatte Dr. Brendel erfahren, daß der Unfallverursacher mit dem Richter befreundet war, und da war ihm sein Beruf verleidet worden.

Er arbeitete jetzt für kleine Unternehmer und Handwerker, die Ärger mit Kunden oder Lieferanten hatten und führte sonst mit seiner Frau ein geruhsames Leben.

Sie bewohnten ein hübsches Landhaus, das in einem großen Blumengarten lag, denn Dr. Brendel hatte nun auch Zeit, seinem Hobby nachzugehen.

Dr. Kraemers Besuch kam ihm nicht überraschend, denn der hatte vorher angerufen, aber daß er mit Michaela kam, setzte das Ehepaar doch in Erstaunen. Es kam aber keine Fremdelei auf, denn Michaela gefiel ihnen.

»Schön, daß du dich wieder mal blicken läßt«, sagte Max Brendel. »Was hast du denn auf dem Herzen?«

»Lassen wir die Männer allein«, schlug Melanie Brendel vor. »Gehen wir inzwischen in den Garten, Frau Kunz.«

Michaela konnte es recht sein. Zum ersten Mal hatte sie nämlich beim Autofahren eine leichte Übelkeit verspürt. Frische Luft konnte da nur guttun, und es war ihr auch gleich wieder besser.

»Sie sind schon ziemlich lange bei Christoph«, begann Melanie Brendel.

»Vier Jahre.«

»Und solange wohnen wir nun schon hier. Ich vermisse die Stadt nicht. Ich bin froh, daß Max all den Ärger vom Hals hat.«

»Dr. Kraemer will ihn bitten, ihn einige Zeit zu vertreten«, erklärte Michaela stockend. Ein Geheimnis brauchte sie daraus ja nicht zu machen. »Meinen Sie, daß er ablehnen wird?«

»Er wird es Christoph kaum ablehnen können«, erwiderte Melanie. »Er ist sein Pate, und sicher hat Christoph schwerwiegende Gründe, ihn darum zu bitten. Einen längeren Urlaub würde er wohl auch mal brauchen.«

»Darum geht es nicht, aber das soll Dr. Kraemer Ihnen lieber selber sagen.«

»Er wird es Max sagen, und bis der es mir sagt, vergeht der Tag. Ich werde es für mich behalten.«

»Dr. Kraemer muß sich einer klinischen Untersuchung unterziehen und wahrscheinlich operiert werden müssen. Ich habe es auch erst gestern erfahren. Ich wäre sehr froh, wenn Dr. Brendel zustimmen würde. Ich bin halt an meinen Chef sehr gewöhnt und durch seine ruhige Art auch verwöhnt.«

Melanie war still und nachdenklich. »Christoph soll krank sein, das will mir nicht in den Sinn. Ist es etwas mit dem Herzen? Seine Mutter war ja herzkrank.«

»Ich weiß nicht, was es ist«, sagte Michaela bedrückt. »Ich kann es mir auch nicht vorstellen, daß er krank sein soll.«

»Sie mögen ihn«, sagte Melanie.

»Ich kann mir keinen besseren Chef wünschen.«

Melanie wollte etwas sagen, behielt es dann aber doch für sich. Währenddessen hatte Christoph seinem alten Freund schon das Wichtigste gesagt, und Max Brendel mußte sich höllisch zusammennehmen, um Fassung zu bewahren. Es ging ihm sehr nahe, was er da erfuhr, und da konnte er Christophs Bitte nicht abschlagen.

»Michaela weiß über alles Bescheid«, erklärte Christoph. »Du kannst dich ganz auf sie verlassen, wie ich mich auf sie immer verlassen konnte.«

»Ist sie mehr für dich als eine Angestellte?«

»Leider nicht, aber ich bezeichne sie dennoch als meine Partnerin.«

»Du sagst leider. Es könnte doch mehr werden, wenn du es wünschst, Christoph.«

»Was soll ich mir denn noch wünschen? Ich kann ihr nur eine gewisse Sicherheit mitgeben.«

»Du darfst nicht resignieren, du mußt eine positive Einstellung gewinnen.«

»Das sagt Dr. Norden auch. Positives Denken – aber momentan muß ich erst einmal damit zurechtkommen, daß auch das nichts nutzen könnte.«

»Siehst du, so darfst du eben nicht denken. Schau dir Melanie an. Es ist jetzt fast zehn Jahre her, daß sie Brustkrebs hatte und operiert werden mußte. Damals war sie noch keine Fünfzig und es war auch hart für sie, aber sie hat nicht gehadert, sie wollte leben, und sie hat es geschafft.«

»Ich wußte das gar nicht«, sagte Christoph.

»Liebe Güte, du warst noch ein junger Hüpfer, hast noch studiert, und an die große Glocke haben wir es nicht gehängt. Da war die Geschichte mit deinem Vater, und ihr hattet selbst genug Sorgen. Aber an deiner Mutter hast du ja gesehen, wie schnell sich ein Mensch aufgeben kann.«

»Sie wollte ohne Vater nicht mehr leben.«

»Sie hatte aber auch noch einen Sohn. Ich will ihr nichts nachsagen, aber man sollte auch an die denken, die zurückbleiben.«

»Ich habe ja niemanden.«

»Vergißt du uns jetzt auch, Christoph? Das finde ich aber gar nicht lustig. Und ich glaube auch, daß diese kleine Michaela dich lieber behalten möchte. Versprich mir, daß du alle Energien mobilisieren wirst.«

»Ich werde mich bemühen.«

»Dann zeig jetzt mal eine zuversichtliche Miene. Bleibt ihr hier bis morgen? Es wäre für uns auch mal eine nette Abwechslung.«

»Wenn Melanie einverstanden ist?«

»Aber sicher. Sie freut sich, wenn Leben im Hause herrscht. Die Kinder kommen viel zu selten. Sie haben ja so viele Verpflichtungen. Aber sie sollen auch so leben wie sie wollen und es genießen. Wenn sie dann auch erst Kinder haben, müssen sie auf manches verzichten.«

»Will Christl weiter berufstätig bleiben?« fragte Christoph.

»Sie ist karrieresüchtig. Bernd ist es nicht recht, aber du kennst meine Tochter. Sie ist stur wie ein Maulesel. Aber sie ist auch unbestreitbar tüchtig, das muß man ihr lassen. Früher hatte ich ja den heimlichen Wunsch, daß aus euch mal ein Paar wird. Doch da hattest du dann Karin.«

»Erinnere mich bitte nicht daran, aber für Christl wäre ich auch nicht der Richtige gewesen.«

»Eher wohl für Michaela«, meinte Max verschmitzt.

Christoph drehte sich um. »Ich will nicht mehr daran denken, Max. Sie hatte bisher auch kein Glück.«

Melanie und Max taten alles, um keine trübe Stimmung aufkommen zu lassen. Am Nachmittag, nach einem guten Essen, machten sie einen Ausflug zur Alm. Es war kein allzu weiter aber schöner Weg. Melanie und Max ließen den beiden Jüngeren auch Gelegenheit, sich allein zu unterhalten, indem sie zügiger vorangingen.

»Sie sind doch einverstanden, Michaela, daß wir bis morgen hierbleiben?« fragte Christoph.

»Ja, es ist schön hier, und Brendels sind sehr freundlich.«

Sie war nicht mehr so schüchtern und gehemmt und ging auch mehr aus sich heraus. Christoph wagte es nun sogar, ihr ein paar Fragen zu stellen.

»Wie lange kannten Sie Herrn Stoll?« war die erste.

»Acht Jahre, seit ich fünfzehn war. Wir hatten denselben Schulweg. Er war aber in einer anderen Schule. Es war lange nur so eine lose Freundschaft. Er war immer sehr nett. Ich durfte ja abends nicht ausgehen, und sicher hatte er da auch andere Freundinnen. Darüber haben wir nie gesprochen. Ich weiß gar nicht mehr, wann es ernster wurde. Und wenn ich jetzt nachdenke, frage ich mich, ob er es überhaupt ehrlich gemeint hatte. Er hatte so ganz andere Vorstellungen von seiner Zukunft und Ambitionen, die mir nichts bedeuteten. Er wollte zum Jet-Set gehören, schwärmte von teuren Autos und Weltreisen. Ich habe das gar nicht so ernst genommen. Wünschen kann man ja viel, aber ich denke, ihm war es ernst, und ich war ihm viel zu spießig.«

»Hat er das etwa gesagt?« fragte Christoph bestürzt.

»Nein, aber aus manchen Bemerkungen habe ich das doch herausgehört. Ich war ganz schön dumm, aber die Einsicht kommt zu spät.«

»Man lernt aus den Erfahrungen, die man macht, Michaela. Bei mir war es auch so. Dann ist der Stolz angeknackst, und man läuft mit Scheuklappen herum. Ich hätte schon früher mal mit Ihnen reden sollen, vielleicht wäre dann manches anders gekommen.«

»Es hilft mir sehr, daß ich jetzt mit Ihnen reden kann«, sagte sie.

»Mir auch. Und ich bin beruhigt, daß Max Sie unter seine Fittiche nimmt, oder auch umgekehrt.« Er lächelte, und sie mußte ihn unentwegt ansehen. Wenn er doch nur öfter lächeln würde, dachte sie.

»Mit Frau Liebl werden Sie auch auskommen. Nun, wir werden schon noch Zeit haben, alles genau zu besprechen. Genießen wir diese schönen Tage.«

Und sie konnten sie genießen. Unaufdringlich trugen Melanie und Max dazu bei. Es wurde dann auch davon gesprochen, daß sie beide in Christophs Haus wohnen würden, solange Max die Vertretung machte.

»Ich bin nur gespannt, was Frau Hackel sagen wird«, warf Michaela plötzlich ein.

Frau Hackel war die Schreibkraft, die aber als Sekretärin bezeichnet werden wollte. Sie war nicht mehr taufrisch, aber sie hielt sich für sehr attraktiv.

Christoph warf Michaela einen schrägen Blick zu. »Wir stehen doch über den Dingen«, sagte er ironisch.

»Und ich bin nicht eifersüchtig«, lachte Melanie. »Mein Maxi weiß, was er an mir hat.«

Viel zu schnell verging die Zeit, und am frühen Sonntagnachmittag fuhren Christoph und Michaela zurück nach München.

Eine leicht melancholische Stimmung kam auf der Heimfahrt auf.

Sie wollte nicht weichen, obgleich sich Michaela große Mühe gab.

»Sicher ist Frau Liebl schon zurück«, sagte Christoph, »dann kann ich Sie gleich mit ihr vertraut machen.«

»Wollen Sie nicht lieber mit ihr allein sprechen? Vielleicht denkt sie anders«, meinte Michaela vorsichtig.

»Sie sagt, was sie denkt, auch wenn Sie dabei sind, und daran müßten Sie sich halt gewöhnen, Michaela, aber sie ist eine wahrlich gute Seele.«

Aus der Ruhe zu bringen war Lotte Liebl auch nicht so leicht. Sie schien sogar hocherfreut, daß mehr Betrieb im Hause herrschen würde, und daß sie sich Sorgen um Christoph machte, zeigte sie nicht.

Sie hatte Schinken, Butter und Eier mitgebracht und bestand darauf, ein leckeres Abendbrot zu richten. Michaela konnte sich als dazugehörig betrachten, und für sie war es ein wundervolles Gefühl. Es hatte sich soviel verändert in dieser kurzen Zeit, daß sie nur daran glauben wollte, daß Christoph schnell gesund werden würde. Ganz fest wollte sie daran glauben.

Sie rief am Montagmorgen in der Praxis von Dr. Norden an, bevor sie zur Kanzlei fuhr, denn sie wollte möglichst bald einen Termin haben, und für ein wichtiges Gespräch brauchte sie auch Zeit.

Dr. Norden war gerade gekommen. Er hatte mit seiner Familie ein ungestörtes Wochenende verbringen können, aber er hatte trotzdem viel an Dr. Kraemer und Michaela gedacht. Als er bemerkte, daß Dorthe mit Michaela sprach, nahm er ihr den Hörer aus der Hand.

»Geht es am Nachmittag nach Büroschluß, Michaela?« fragte er. »Da habe ich Zeit.«

»Ich bin Ihnen sehr dankbar, Herr Doktor. Ich habe mir alles durch den Kopf gehen lassen.«

»Gut, wir sprechen darüber«, erwiderte er.

»Sie bereitet Ihnen Sorgen, Chef?« fragte Dorthe.

»Jetzt nicht mehr.« Er sah ganz zufrieden aus und dann begann auch schon die Sprechstunde, und wie immer am Montag, ging es sehr lebhaft zu.

Dr. Kraemer hatte schon früh einen Gerichtstermin, und das war mal wieder Anlaß für Isolde Hackel, sich wichtig zu machen, wenn Anrufe kamen. Dann stellte sie grundsätzlich nicht zu Michaela durch.

Michaela hatte Frau Hackels Bestreben, sich eine Sonderrolle zuzuschreiben, immer ignoriert, aber sie dachte jetzt doch darüber nach, wie sich die Zusammenarbeit gestalten würde, wenn Dr. Brendel vorübergehend Dr. Kraemers Platz einnahm.

Michaela war felsenfest überzeugt, daß es nur vorübergehend sein würde. Sie ahnte nicht, daß Christoph schon in der Behnisch-Klinik gewesen war, bevor er zum Gericht fuhr. Die Röntgenaufnahmen waren gemacht. Dr. Behnisch wollte sie in aller Ruhe auswerten und mit Dr. Norden besprechen. Christoph sollte dann mittags vorbeikommen.

Da erfuhr er dann, daß beide Ärzte zu einer schnellen Operation rieten. Er konnte die Aufnahmen betrachten. Deutlich war das Karzinom zu erkennen, pflaumengroß und fest umrissen.

»Es wird gut zu entfernen sein« erklärte Dr. Behnisch. »Je früher, desto besser, denn manchmal beginnen diese Dinger schnell zu wachsen. Ich kann Ihnen aber sagen, daß diese Operationen meist erfolgreich verlaufen.«

»Aber eine Garantie können Sie mir nicht geben?«

»Ein Risiko ist nie auszuschließen. Es wäre falsch, wenn ich das leugnen würde.«

»Dann werde ich mal besser gleich mein Testament machen«, sagte Christoph tonlos.

»Ich habe mein Testament gemacht, als ich geheiratet habe«, sagte Dieter Behnisch ruhig, »und da war ich kerngesund.«

»Das sind Sie ja wohl heute noch.«

»Man kann kerngesund sein, und das Leben kann von Minute zu Minute durch unabwägbare Umstände ausgelöscht werden. Das sollte man niemals vergessen. Als Arzt habe ich die Pflicht, das Bestmögliche für meine Patienten zu tun, und nehme mir auch das Recht, Ihnen die Wahrheit zu sagen, wenn ich es für angebracht halte. Sie können viel dazu beitragen, daß die Operation gelingt, indem Sie Vertrauen und Zuversicht mitbringen. Wir werden einen Teil des Magens entfernen müssen, aber das braucht für Ihr weiteres Leben keine einschneidende Rolle zu spielen. Denken Sie an andere, die schlimmer dran sind, die einen Arm, ein Bein verlieren, die gar ihr restliches Leben im Rollstuhl verbringen müssen, die von Geburt an blind sind. Sie haben eine größere Chance.«

»Okay, Sie brauchen nicht mehr zu sagen. Ich werde mich damit abfinden. Ja, ich möchte noch ganz gern leben. Wann soll ich kommen?«

»Sagen wir Donnerstag. Bis dahin haben Sie Zeit, alles zu erledigen, was getan werden muß.«

»Bis Donnerstag«, sagte Christoph heiser.

Gott gebe, daß alles gut ausgeht, dachte Dieter Behnisch.

～

Dr. Norden hatte den letzten Patienten versorgt, als Michaela kam. Er hatte sich mit ihm auf keine lange Debatte eingelassen, denn es war einer von der Art, die immer wieder neue Beschwerden fanden, die sie genau erklärt wissen wollten.

Michaela brauchte nicht zu warten. Dr. Norden musterte sie forschend und begrüßte sie mit einem festen Händedruck.

»Gut nachgedacht?« fragte er.

»Ich brauchte nicht viel nachzudenken. Als ich am Freitag heimkam, war Peter auf und davon. Er hatte nur seine Sachen geholt und mir einen Zettel hinterlassen. Ich kam mir zwar blöd vor, aber jetzt bin ich geheilt. Dennoch werde ich das Kind bekommen. Ich habe bereits mit Dr. Kraemer gesprochen.«

Nun war Dr. Norden doch überrascht. »Alle Achtung«, sagte er.

»Es ergab sich eigentlich von selbst.« Sie erzählte, wie sie sich getroffen hatten.

»Wir haben uns lange unterhalten, und er deutete mir auch an, daß er operiert werden muß. Er hat schon einen Vertreter bestellt. Ich war mit Dr. Kraemer am Schliersee bei Dr. Brendel.« Sie machte eine kleine Verschnaufpause. Was sie nun fragen wollte, war der schwierigere Teil.

»Würden Sie mir sagen, was Dr. Kraemer genau fehlt?« brachte sie stockend über ihre Lippen.

»Das darf ich nicht, Michaela.«

»Aber es ist eine ernste Sache.«

»Ja, das ist es.«

Sie wurde noch blasser. »Er ist ein so gütiger Mensch«, sagte sie bebend. »Er will mir helfen. Ich möchte ihm helfen. Ich möchte ihm Mut machen.«

»Das können Sie. Er braucht Energie und Zuversicht. Er

braucht Zuwendung. Er ist im Grunde ein einsamer Mensch. Der Tod seiner Eltern hat schmerzhafte Narben hinterlassen.«

»Und er hat auch eine schwere Enttäuschung mit einer Frau erlebt, das hat er mir angedeutet, als ich erzählte, wie es mir ergangen ist. Er hat so viel Verständnis. Für mich ist es sehr wichtig, daß er am Leben bleibt. Bitte, sagen Sie mir, wie ich ihm am besten helfen kann.«

»Sie sind ein Mensch, auf den er sich verlassen kann, das ist sehr wichtig. Sie müssen ihn oft besuchen und ihm Mut machen. Er braucht Freunde, die nicht jammern und ihre eigenen Leiden ausspielen, sondern positiven Einfluß, viel Freude, kein Mitleid.«

»Ich habe aber großes Mitleid.«

Er sah sie nachdenklich an. »Dann sollten Sie es ihm nicht sagen. Worte, wie ›du Armer, du tust mir ja so leid‹, können das Gegenteil bewirken. Man kann Mitgefühl auch anders ausdrücken, aber Sie werden bestimmt die richtigen Worte finden.«

»Das will ich hoffen. Ich will auch fest daran glauben, daß er wieder ganz gesund wird. Warum sollen immer die guten Menschen zugrunde gehen? Ich finde es ungerecht. Das wäre für mich ein Grund zu verzweifeln«, schloß sie bebend.

»Ich habe Ihnen aber nichts gesagt.«

»Nein, das nicht, aber ich spüre, wie besorgt Sie sind. Ich bete zu Gott, daß alles gut wird.«

Als sie nach Hause kam, wartete er in seinem Wagen vor der Haustür. Das überraschte sie doch.

»Ich muß noch mit Ihnen sprechen, Michaela«, sagte er. »Ich habe jetzt den Bescheid, daß ich am Donnerstag operiert werde.«

Sie überlegte nur eine Sekunde. »Kommen Sie doch mit hinauf«, schlug sie vor. »Ich mache uns einen Tee.«

»Hat Frau Wegner nichts dagegen?«

»I wo, Sie kennen sie doch.«

Frau Wegner war gar nicht da. Montags und Donnerstags hatte sie ihre Seniorenrunde, die versäumte sie nie.

»Hübsch haben Sie es hier«, stellte Christoph fest.

»Habe ich so nach und nach eingerichtet. Ich war sehr froh, daß Sie mir die Wohnung vermittelt haben.«

»Werden Sie sich in meinem Haus nicht wohl fühlen?« fragte er gepreßt.

»O doch, es ist ja wunderschön.«

»Frau Liebl wird mit dem Essen warten. Haben Sie etwas vor, Michaela?«

»Was sollte ich denn vorhaben? Ich bin doch allein. Das wissen Sie.«

»Frau Liebl denkt, daß ich Sie mitbringe.« Er war verlegen. »Sie freut sich, daß wir uns so gut verstehen.«

»Mich freut es auch«, erwiderte sie herzlich. »Dann kann ich Ihnen also nicht mal einen Tee anbieten.«

»O doch, das können Sie.«

Der Tee war schnell aufgebrüht. Leichtfüßig huschte sie hin und her, und er freute sich an ihren Bewegungen. Er kannte sie nun vier Jahre, aber für ihn war jetzt alles anders geworden. Jetzt war Michaela die Frau, der er einen Platz in seinem Leben einräumen wollte, und sollte es nur ein kurzes Leben für ihn sein.

Er wollte ihr soviel sagen und wußte doch nicht, wo er anfangen sollte. Vielleicht konnte er es besser in seinem Haus.

Michaela wußte nicht so recht, was sie davon halten sollte, daß sie noch mit zu ihm kommen sollte, aber sie hätte ihm keinen Wunsch abgeschlagen.

Frau Liebl öffnete ihnen die Tür. Sie lächelte mütterlich. »Ach, Sie bringen Frau Kunz gleich mit, das ist gut. Dann kann sie auch gleich sagen, was sie in den Zimmern noch geändert haben möchte.«

Michaela war verwirrt. »Meinetwegen braucht doch nichts geändert zu werden«, meinte sie kopfschüttelnd.

»Sie sollen sich wohl fühlen, aber vielleicht möchten Sie lieber erst essen. Es gibt Rinderfilet und Pfifferlinge.«

»Das ist ja ein Festessen«, sagte Michaela spontan.

»Das Lieblingsessen vom Herrn Doktor.«

»Ich muß noch mal telefonieren«, warf Christoph ein.

Frau Liebl sagte, daß es aber nicht zu lange dauern solle.

Aber sie setzte die Unterhaltung gleich fort. »Ich bin heilfroh, wenn Sie und die Brendels im Hause sind, wenn der Doktor in die gräßliche Klinik muß«, sagte sie. »Für mich kam das ein bißchen plötzlich.«

»Es ist eine sehr gute Klinik«, stellte Michaela fest.

»Ich weiß nicht, ich kann den Geruch nicht ausstehen.«

»Das ist nicht mehr so wie früher«, sagte Michaela.

»Ich zeige Ihnen jetzt Ihre Zimmer«, fuhr Frau Liebl fort.

»Das hat doch Zeit. Dr. Kraemer soll sein Essen pünktlich bekommen.«

»Das wird er schon. Sie können sich inzwischen alles in Ruhe anschauen. Es waren die Räume von der gnädigen Frau. Sie war so lieb, aber ohne ihren Mann hatte sie keine Freude mehr am Leben. Es war alles sehr traurig.«

Es waren wunderschöne Zimmer. Es raubte Michaela fast den Atem, daß sie in diesem Hause leben sollte.

Ihr Blick wanderte zu den Bildern, die an der Wand hingen, auf die das Licht fiel. Das Bild eines Mannes, der Christoph sehr ähnlich sah. Dann die Fotografie eines kleinen Jungen am Meer. Das mußte Christoph sein, ein lachendes Kind. So müßte mein Sohn aussehen, wenn ich einen bekomme, dachte Michaela.

»Das war einmal«, ertönte Christophs Stimme hinter ihr. Leise war er eingetreten. Sie hatte es nicht bemerkt, so versunken war sie. »Da war ich fünf Jahre. Wir waren an der Nordsee. Kennen Sie die Nordsee, Michaela?«

»Nein, ich kenne nur München und Umgebung und ein bißchen Österreich.«

»Wir fahren einmal hin. Es ist schön dort und es ist ein sehr gesundes Klima.«

»Wir?« Fragend blickte sie zu ihm auf.

»Ja, wir, Michaela. Ich möchte Sie fragen, ob Sie meine Frau werden wollen. Das hatte ich mir für diesen Abend vorgenommen.«

Ihre Kehle war trocken, und ihr Atem stockte. »Ihre Frau«, flüsterte sie kaum vernehmbar.

»Freundschaft kann eine gute Basis für eine Ehe sein«, sagte er betont, »und ich würde Ihrem Kind ein guter Vater sein, das verspreche ich Ihnen.«

Michaela war es, als würde sie in einen Wirbel geraten. Alles um sie begann sich zu drehen wie ein Karussell. Aber sie meinte Dr. Nordens Stimme zu vernehmen: Er braucht einen Menschen, der ihm Mut macht, auf den er sich verlassen kann.

»Sind Sie sich bewußt, was Sie da gesagt haben?« fragte sie.

»Natürlich weiß ich das, sonst hätte ich es nicht gesagt.«

»Sie wissen doch, daß ich ein Kind von einem anderen Mann bekommen werde«, stammelte sie.

»Ich weiß jetzt, daß Sie das Kind behalten wollen, und das ist gut. Und mir würde es viel bedeuten, wenn ich dem Kind meinen Namen geben könnte, meine Liebe und meine Fürsorge. Wenn wir verheiratet sind, wird das keine Schwierigkeiten bereiten, da das Kind automatisch meinen Namen bekommen wird.«

Er sagt das alles, weil er meint, daß er sterben muß, ging es Michaela durch den Sinn. Aber er darf nicht sterben. Es geht nicht an, daß Peter Stoll leben darf, wenn dieser Mann sterben sollte. So ungerecht kann das Schicksal nicht sein!

»Und wenn ich ja sage, was denken Sie dann von mir? Daß ich berechnend bin?«

»Das ganz bestimmt nicht, Michaela. Ich würde mich unendlich freuen. Allein der Gedanke, daß in diesem Haus ein gesundes, fröhliches Kind heranwachsen wird, macht mich glücklich.«

»Es wird aber Klatsch geben. Frau Hackel weiß, daß ich verlobt war.«

»Es sind schon manche Verlobungen auseinander gegangen, und gegen irgendwelchen Klatsch ist man nie gefeit. Mich tangiert so etwas nicht. Für mich zählt nur, wie ich Sie einschätze. Und ich möchte heiraten, bevor ich in die Klinik gehe.«

»Aber so schnell geht das doch nicht.«

»Doch, ich habe mich erkundigt. In diesem Fall geht es schon. Am Mittwoch könnten wir heiraten. Melanie und Max können unsere Trauzeugen sein.«

Sie ließ Ihren Blick durch den Raum wandern. »Wie hieß Ihre Mutter, Christoph?« fragte sie stockend.

»Dorothee.«

»Wenn ich eine Tochter bekomme, werde ich sie Dorothee nennen. Dorothee Kraemer klingt gut.«

Er zog ihre Hand an seine Lippen. »Das war das schönste Ja, Michaela«, sagte er weich, »ich danke dir. Michaela Kraemer klingt aber auch gut.«

Es ist ja alles nur ein Traum, dachte sie. Es kann gar nicht wahr sein.

Aber sie saß an seinem Tisch, ihm gegenüber, und als er zu Frau Liebl sagte, daß sie am Mittwoch heiraten würden, sagte die nur: »Na, so was!«

»Gratulieren tu ich aber erst hinterher«, erklärte sie, und dann wünschte sie guten Appetit und verschwand.

»Siehst du, so einfach ist das«, sagte Christoph.

Tränen stahlen sich aus ihren Augenwinkeln, wie Perlen rollten sie über ihre Wangen.

Lieber Gott, laß ihn gesund werden, dachte sie unentwegt. Und auch Frau Liebl betete. Ihr brauchte man nichts zu sagen. Sie wußte auch so, daß es um Leben und Tod ging, und daß es der Wille von Christoph Kraemer war, Michaela versorgt zu wissen. Aber sie war eine resolute Frau, und sie stand sogar mit dem lieben Gott manchmal auf Kriegsfuß.

»Das tät' dir so passen, Gottvater«, brummelte sie vor sich hin. »Da darfst schon mal einen Schutzengel schicken. Die beiden verdienen ein glückliches Leben.«

∼

»Wird Kraemer operiert?« fragte Fee Norden am nächsten Tag ihren Mann.

»Am Donnerstag, aber am Mittwoch heiratet er erst noch.«

»Mach nicht solche Späßchen«, sagte sie unwillig.

»Es ist voller Ernst, Schätzchen. Was meinst du, was für ein Gesicht ich gemacht habe, als er bei mir war und es mir sagte. Ich bin fast vom Stuhl gekippt.«

»Und wen heiratet er auf die Schnelle?«

»Michaela Kunz. Er will sie versorgt wissen, sie und ihr Kind.«

Fröstelnd zog Fee die Schultern zusammen. »Er denkt ans Sterben«, murmelte sie.

»Er sorgt vor, weiter nichts.«

»Und sie sagt ja.«

»Ich habe ihr vorher ins Gewissen geredet, und sie wird alles tun, um zu seiner Genesung beizutragen.«

»Hoffentlich gelingt es ihr.«

»Redet ihr heute auch wieder stundenlang?« rief Anneka durch die Tür. »Papi kann ruhig mal wieder mit uns spielen.«

»Papi mit uns spielen«, riefen die Zwillinge im Duett.

Was können wir froh sein, daß es uns gutgeht und niemand so krank ist, dachte Fee, während Daniel sich nun mit seiner Kinderschar beschäftigte. Aber auch sie mußten darauf gefaßt sein, daß dies und jenes daherkommen konnte, was Schatten auf ihr Leben werfen würde. Sie mußten dankbar sein für jeden Tag, der ihnen geschenkt wurde.

Melanie und Max Brendel waren gar nicht so sehr überrascht von Christophs Entschluß, Michaela zu heiraten. Von dem Baby wußten sie allerdings nichts. Christoph hatte mit Michaela verabredet, darüber nicht zu sprechen.

»Es wird mein Kind sein«, sagte er, »es wird meinen Namen tragen, wie du auch, und niemand braucht etwas anderes zu erfahren. Dr. Norden wird bestimmt nicht darüber reden.«

Sie konnte ihm nur dankbar sein, aber seine Großherzigkeit erschütterte sie, und die Angst um ihn wuchs. Sie ließ es sich nicht anmerken, sie sprach nicht darüber, daß sie seine innersten Gedanken ahnte. Zu ihm sagte sie nur, welch großes Vertrauen sie zu Dr. Norden hätte und daß sie wüßte, daß er mit Dr. Behnisch befreundet war und schon lange eng mit ihm zusammenarbeitete.

Melanie und Max waren also Trauzeugen bei der schlichten Zeremonie, und Michaela verließ als Frau Kraemer das Standesamt.

Lotte Liebl hatte daheim ein festliches Essen zubereitet. Es war allen lieber so, als in einem Restaurant zu speisen. Lotte Liebl machte nicht viel Worte, aber man sah ihr an, wie gerührt sie war. Sie hatte den Tisch wunderschön gedeckt, und sie schenkte dem jungen Paar eine schöne handgeschnitzte Madonna.

»Sie soll Ihnen Glück bringen«, sagte sie feierlich.

Von Christoph bekam Michaela eine goldene Halskette mit einem Medaillon aus dem Besitz seiner Mutter. Ihr kamen die Tränen, aber dann nahm sie ihre Kette mit dem Kreuz vom Hals und legte es ihm um.

»Es soll dich immer erinnern, daß ich mit meinen Gedanken und innigsten Wünschen bei dir bin, Christoph«, sagte sie bebend.

Dann küßten sie sich zum ersten Mal, und in der Angst, daß sie ihn wieder verlieren könnte, umarmte Michaela Christoph, von einem lautlosen Schluchzen geschüttelt.

»Ich habe dich sehr lieb, Michaela«, sagte er weich. »Ich wünschte ...«, er unterbrach sich. Er wollte jetzt nicht daran denken, daß ein kurzer schöner Traum bald ausgeträumt sein könnte.

Sie blickte in seine traurigen Augen. Sie legte ihre Hände um sein blasses Gesicht, und sie wußte genau, daß es nicht Mitleid war, was sie fühlte, sondern Liebe, eine tiefe, innige Liebe.

»Wenn es doch immer so sein könnte«, sagte er nun doch gedankenvoll. »Nicht nur diesen Tag.«

»Wir werden noch viele Tage miteinander verbringen können,

Christoph«, sagte sie zärtlich. »Ich weiß es. Du und ich, was könnte ich sonst noch wünschen!«

»Du und ich bedeutet Liebe, Michaela«, sagte er mit dunkler sehnsüchtiger Stimme.

»Eine wunderbare Liebe«, flüsterte sie, und dann küßte sie ihn wieder voller Zärtlichkeit.

Er wollte jetzt nichts anderes mehr denken. Morgen konnte schon alles anders sein, aber warum sollte er nicht auch Hoffnung haben dürfen?

~

Am nächsten Morgen brachte Michaela Christoph zur Behnisch-Klinik. Sie kam mit seinem großen Wagen viel besser zurecht, als sie gemeint hatte. Ihr kleiner Wagen wäre wohl doch zu unbequem für ihn gewesen.

»Du fährst gut«, sagte er anerkennend. »Du machst alles gut.«

»Wir wollen jetzt nicht darüber reden, aber alles habe ich bestimmt nicht gut gemacht, Christoph.«

»Ich hatte nie etwas an dir auszusetzen.«

Hätten wir uns nicht früher finden können? Warum dachte ich nur, uns würden Welten trennen, ging es ihr durch den Sinn.

Warum habe ich mich nur nicht früher um sie bemüht? fragte sich Christoph. Aber was würde das an der jetzigen Situation schon ändern? Freilich, sie hätten ein paar schöne Jahre haben können. Aber es war müßig, darüber nachzudenken.

Sie mußte sich sehr zusammennehmen, als sie sich von ihm verabschiedete. Sie brachte nur ein leises »ich komme bald zu dir«, über ihre Lippen, und der letzte Kuß wurde von schmerzhaftem Herzklopfen begleitet.

Dr. Jenny Behnisch begleitete sie zum Ausgang. »Kopf hoch«, sagte sie ermunternd, »noch ist nichts verloren.«

»Es darf nichts verloren sein« sagte Michaela nun mit erstickter Stimme, aber dann lief sie schnell hinaus, weil sie weinen mußte.

Um elf Uhr war sie in der Kanzlei. Dr. Brendel hatte die Angestellten bereits von der Hochzeit informiert und war auf sprachloses Staunen gestoßen.

»Da Dr. Kraemer zu einer Operation in die Klinik mußte, wurde die Heirat vorverlegt«, sagte er diplomatisch.

Frau Hackel machte ein langes Gesicht. »War sie nicht mit einem andern Mann verlobt?« fragte sie spitz.

»Na und«, sagte Dr. Brendel gelassen, »jetzt ist sie jedenfalls mit Dr. Kraemer verheiratet.«

Als Michaela kam, wurde sie von Frau Hackel mit »Guten Tag, Frau Kraemer« begrüßt, aber im boshaftesten Ton. Sie überhörte es.

»Die Hackel wäre doch leicht zu ersetzen, Michaela«, sagte Dr. Brendel.

»Warum, ihre Arbeit macht sie, und mich stört ihre Art nicht. Solche Leute tun mir nur leid. Christoph gewöhnt sich schwer an neue Gesichter und er ist die Toleranz in Person.«

»Du bewunderst ihn.« Das Du zwischen ihnen war seit dem gestrigen Tag selbstverständlich.

»Ich liebe ihn«, erwiderte sie schlicht, »und ich hoffe, daß er seinen Platz hier bald wieder einnehmen kann. Aber ich bin froh, daß er jetzt von dir eingenommen wird, von einem Menschen, der ihn auch nicht aufgibt.«

Zur gleichen Zeit sagte Christoph zu Dr. Behnisch: »Bringen wir es gleich hinter uns.«

»Wir müssen Sie erst vorbereiten. Operiert wird morgen früh.«

»Sie müssen mir alles genau erklären.«

»Wie Sie wünschen. Sie werden heute eine Injektion bekommen, und es wird Ihnen alles viel leichter werden. Am Abend bekommen Sie noch eine, dann werden Sie schlafen, und morgen früh werden Sie kaum noch etwas spüren.«

»Und wenn ich nicht mehr aufwache, dann …«

»So etwas will ich nicht hören«, fiel ihm Dr. Behnisch ins

Wort. »Sie sollen sagen: Wenn ich aufwache, wird ein neues Leben beginnen.«

»Schön wär's«, murmelte Christoph.

In dieser Nacht konnte Michaela nicht schlafen. Sie wälzte sich hin und her. Gegen zwei Uhr ging sie in die Küche und trank ein Glas Milch, aber auch das hatte keine beruhigende Wirkung.

Christoph schlief tief und traumlos und wußte nicht, was um ihn und mit ihm vor sich ging. Er spürte nicht, wann der Morgen kam und wie er in den OP gefahren wurde.

Zu dieser Zeit stand Michaela am Fenster und starrte hinaus in den trüben Morgen. Nebel lag über dem Rasen, und der Himmel war grau. Es paßte zu ihrer Stimmung.

Dr. Behnisch und seine Frau Jenny betrachteten noch einmal die Röntgenbilder. Dr. Norden war gekommen. Er wollte bei der Operation assistieren. Es war ihm eine Herzensangelegenheit. Michaela hatte ihn gestern noch einmal angerufen und ihn flehentlich gebeten, alles für Christoph zu tun. Und er wußte, daß sie einen Trost von ihm am ehesten annehmen würde.

Sie fuhr mit Max Brendel in die Kanzlei, aber sie konnte sich nicht konzentrieren. Sie schaute immer wieder zum Telefon.

In Anbetracht der Umstände vertrat Fee Norden ihren Mann mal wieder in der Praxis. Selten genug geschah es, aber mit ihrem gewinnenden Wesen konnte sie auch jene Patienten beruhigen, die allein auf ihren Dr. Norden schworen. Dorthe und Franzi meinten, daß sie es prima mache. Sie verstand schließlich auch genug von der Medizin, da sie auch Ärztin war. Die Kinder hatten zwar Vorrang, aber sie hielt sich auf dem laufenden und sprach auch mit Daniel über alles, was der medizinische Fortschritt mit sich brachte.

Um elf Uhr wurde auch sie unruhig, weil sie noch nichts von Daniel hörte. Und zu dieser Zeit hielt es Michaela auch nicht mehr in der Kanzlei aus.

Sie fuhr zur Klinik. Die Operation war noch immer nicht beendet.

Daniel Norden hatte aufmerksam jede Bewegung seines Freundes und Kollegen Dr. Behnisch verfolgt. Er zollte ihm höchste Anerkennung. Nicht einen winzigen Augenblick verlor er die Ruhe, mit größerer Präzision konnte man solche Operation nicht durchführen, aber er war auch erleichtert, als Dr. Behnisch das Skalpell aufatmend Schwester Maria reichte.

»Sieht doch ganz gut aus«, murmelte er. »Er hat kein schwaches Herz wie seine Mutter. Und eine Nachnarkose haben wir auch nicht mehr gebraucht.« Er machte einen zufriedenen Eindruck.

»Und was meinst du sonst?« fragte Daniel leise.

»Wir werden diesen verdammten Fremdkörper untersuchen lassen. Metastasen sind nicht ersichtlich, aber selbstverständlich werden wir genaueste Nachuntersuchungen machen. Die Operation ist geglückt, der Patient lebt, und der Magen ist immer noch groß genug, um ein normales Leben zu garantieren, wenn keine Komplikationen auftreten.«

»Die werden doch hoffentlich zu verhindern sein?« meinte Daniel.

»Das hoffe ich. Wenn die Psyche mitspielt…«

»Für die wird seine Frau sorgen«, meinte Daniel.

»Du setzt ernsthaft auf sie?« fragte Dieter skeptisch.

»Das wirst du auch, wenn du sie richtig kennenlernst.«

»Mitleid kann man schon haben, wenn es sich später auszahlt«, stellte Dieter hintergründig fest.

»Michaela ist aber nicht so. Sie ist ihm sehr zugetan.«

»Du warst immer schon ein Romantiker, mein lieber Daniel.«

»Übertreib mal nicht, du Spötter.«

Jenny hatte die Wunde versorgt und ging dann mit Daniel in den Waschraum.

»Dieter ist immer so, wenn er sich innerlich aufregt«, sagte sie.

»Das weiß ich doch, Jenny, ich kenne ihn. Jetzt muß ich aber Fee Bescheid sagen, sie nimmt auch Anteil.«

Aber draußen lief Michaela hin und her. Sie war kreidebleich, als Dr. Norden herauskam. Mit weit aufgerissenen, angstvollen Augen blickte sie ihn an, und die Hände, die er ergriff, waren eiskalt.

»Es ist alles gutgegangen«, sagte er beruhigend.

Sie schluchzte auf. »Ich habe solche Angst«, stammelte sie. Er hielt ihre Hände fest umschlossen.

»Sie dürfen hoffen und vertrauen, Michaela. Er wird Sie aber brauchen, weil die Zweifel in ihm wohl tief sitzen.«

»Ich werde alles tun, um ihm zu helfen. Ich möchte auch bei ihm sein, wenn er aufwacht.«

»Das wird aber noch ziemlich lange dauern, Sie sollten lieber frische Luft tanken.«

»Was bedeutet Zeit«, sagte sie leise. »Ich habe Geduld. Ich kann warten. Ich bin so voller Dankbarkeit, wenn sein Leben erhalten bleibt.«

»Dankbarkeit ist aber kein Ersatz für Liebe«, sagte Daniel Norden leise.

»Es ist aber Liebe, Dr. Norden. Sie müssen es mir glauben. Ich will ihn nicht verlieren. Und ich will ihm danken können.«

»Sie werden bestimmt viel Zeit dafür haben«, erklärte er mit fester Stimme.

Er rief Fee nicht an, sondern fuhr gleich in die Praxis. Sie atmete auch erleichtert auf, als sie sein Lächeln sah.

»Und wie ging es hier?« fragte er.

»Ich habe mein Bestes getan, aber du bist eben nicht zu ersetzen.«

»Ich würde mich lieber von dir verarzten lassen«, scherzte er.

»Meine Güte, dich möchte ich nicht als Patienten haben«, konterte sie neckend.

»Meinst du, ich wäre so unerträglich?«

»Ich möchte es lieber nicht darauf ankommen lassen.«

In der Behnisch-Klinik wurde ein älterer Patient eingeliefert, der anscheinend eine Kolik hatte. Michaela bekam es mit, weil sie immer noch auf dem Gang herumlief.

Seine Frau lief neben der fahrbaren Trage her. »Er wird doch nicht sterben, lieber Gott«, jammert sie, »so helfen Sie doch!«

»Wenn mich was umbringt, dann ist es dein Gejammer«, knurrte der Kranke. »Halt endlich den Mund, Lina.«

Er wurde gleich in den Vorbereitungsraum gefahren. Michaela dachte besorgt, daß Dr. Behnisch sich anscheinend keine Ruhepause gönnen konnte. Aber das war oft so, aber diesmal handelte es sich »nur« um einen Gallenstein, und diesem Patienten konnte schnell geholfen werden.

Schwester Maria kam zu Michaela. »Dr. Kraemer wird bald zur Intensivstation gebracht werden«, sagte sie.

»Zur Intensivstation«, wiederholte Michaela tonlos.

»Das ist üblich nach einer solchen Operation. Er muß ständig beobachtet werden.«

»Darf ich dann zu ihm?«

»Ausnahmsweise … Sie werden Kittel und Mundschutz anlegen müssen. Eine Vorsichtsmaßnahme wegen der Infektionsgefahr.«

»Ich tue alles, was verlangt wird.«

Eine jüngere Schwester begleitete sie dann zehn Minuten später zur Intensivstation. Sie sah das Bett schon durch die Glastür. Christophs Gesicht war fast so weiß wie das Kissen, auf dem der Kopf ruhte. Daneben stand das Gestell mit dem Tropf, aus dem die Infusionsflüssigkeit in die Vene geleitet wurde.

Sie erlebte das zum ersten Mal, aber sie dachte nur, daß alles, was hier getan wurde, ihm helfen sollte. Und still, mit gefalteten Händen saß sie bewegungslos auf dem Stuhl und beobachtete Christoph unausgesetzt.

Dann erinnerte sie sich plötzlich daran, daß sie doch versprochen hatte, Max anzurufen.

Sie bat Schwester Maria, das für sie zu tun. »Sie sollten lieber noch ein paar Stunden gehen, Frau Kraemer. Der Patient wird bestimmt nicht vor dem Abend erwachen. Hier können Sie jetzt gar nichts tun. Ihnen wird die Zeit nur endlos werden. Es ist viel besser, wenn Sie frisch und munter sind, wenn Ihr Mann aufwacht.«

Sie ließ sich tatsächlich überreden. Vielleicht war es besser, sie lenkte sich ab, um dann nachher, wenn Christoph erwachte, nicht erschöpft auszusehen. Sie hatte ja auch eine schlaflose Nacht hinter sich.

Sie fuhr zur Kanzlei. Frau Hackel kam ihr gleich entgegengestürzt.

»Wie geht es dem Chef?« fragte sie hastig.

»Zufriedenstellend«, erwiderte Michaela, denn sie wollte keinesfalls zugeben, welch schwere Operation das gewesen war, denn es wußte hier ja keiner, außer Max. Und der war auch blaß und nervös.

»Die Ärzte sind zufrieden«, sagte sie beruhigend. »Vor Abend wird Christoph nicht aus der Narkose erwachen. Ich fahre dann wieder zur Klinik.«

»Du solltest eine Runde schlafen und auch etwas essen, Michaela. Zuzusetzen hast du sowieso nichts.«

Ich muß ja auch an das Baby denken, dachte sie. Christoph möchte es doch haben.

Ja, er wollte es, und sie konnte es sich jetzt gar nicht vorstellen, das Kind eines anderen Mannes zur Welt zu bringen. Nie zuvor war ihr das so intensiv bewußt geworden, daß sie sich nicht darauf freuen konnte. Christoph war ihr jetzt viel wichtiger als alles andere. Aber hätte er sie denn geheiratet, wenn das nicht so gewesen wäre? Damit hatte sie doch sein Mitgefühl geweckt.

Aber nun war alles anders. Nun war es Liebe, was sie verband, und nicht das Kind.

Sie fuhr heim, und da dachte sie daran, daß sie mit Frau Wegner wegen der Wohnung sprechen mußte.

Wird denn alles so bleiben, wenn Christoph wieder gesund wird, überlegte sie. War es nicht so, daß er sich dem Tode nahe fühlte und deshalb solche Entscheidungen traf? Daß er meinte, nichts mehr zu verlieren zu haben und schon mit dem Leben abgeschlossen hatte?

Aber was redete sie sich da jetzt ein? Sie dachte wieder an seine weiche Stimme, seinen zärtlich, sehnsüchtigen Blick. Er wollte doch leben, mit ihr leben. Er wünschte es, wie sie es auch wünschte.

Lotte Liebl empfing Michaela und sagte gleich energisch, daß sie sich jetzt aber unbedingt ausruhen müsse, und Melanie sorgte dafür, daß sie etwas aß.

Und da schlief sie fast während des Essens ein, so erschöpft war sie.

»Das fehlte noch, daß sie auch krank wird«, brummte Frau Liebl. »Wir müssen schon auf sie aufpassen.«

Michaela legte sich nieder und schlief sofort ein, aber um fünf Uhr war sie wieder munter, und ihr erster Gedanke war Christoph. Wenn er nun doch schon erwacht war, und sie war nicht bei ihm, wie sie es ihm versprochen hatte?

In fliegender Hast kleidete sie sich an, trank nur einen Schluck Kaffee und war wieder aus dem Haus, ohne noch etwas zu sagen.

»Sie macht sich schreckliche Sorgen um Christoph«, sagte Melanie zu Frau Liebl.

»Sie weiß, was sie an ihm hat, und sie ist für ihn Medizin«, war Lotte Liebls Meinung.

Abgehetzt kam Michaela in die Klinik, und sie atmete erst auf, als sie erfuhr, daß Christoph noch immer schlief. Auf Zehenspitzen schlich sie an sein Bett.

Sie sah, daß sich seine blassen Lippen bewegten. »Christoph«, sagte sie bebend, »ich bin bei dir. Hörst du mich?«

Seine Lippen öffneten sich leicht. »Michi«, wie ein Hauch kam es an ihr Ohr. Wann hatte man sie so genannt? Die Großmama war es gewesen, ihre geliebte Großmama, die viel zu früh gestorben war.

Wie kam er auf Michi? Hatte er sie in Gedanken so genannt?

Eine heiße Zärtlichkeit nahm sie gefangen, und sie lag in ihrer Stimme, als sie wieder seinen Namen nannte.

Da hoben sich seine Lider langsam. »Du bist da«, flüsterte er.

»Ja, ich bin bei dir, Christoph.«

»Und ich lebe?« Es klang ungläubig.

»Natürlich lebst du. Du wirst daran doch nicht gezweifelt haben!«

»Michi«, sagte er wieder, und dann überkam ihn auch wieder der Schlummer.

»Es wird alles gut, Christoph, ich weiß es«, sagte sie eindringlich, und diese Worte nahm er noch mit in den Schlaf.

Sie drückte auf die Klingel. Dr. Jenny Behnisch kam gleich angeflitzt.

»Christoph hat mit mir gesprochen«, sagte sie freudig bewegt. »Ich muß es Ihnen gleich sagen.«

»Das ist ja bestens, und früher als erwartet. Er wird es schaffen, Frau Kraemer.«

Es war Michaela schon gar nicht mehr ungewohnt, so angesprochen zu werden. Sie war stolz, diesen Namen tragen zu dürfen.

Jenny wollte nicht sagen, daß noch postoperative Folgen eintreten könnten.

Sie wußte, daß es für Michaela keine Pflichtübung war, sich hier ans Bett zu setzen, es war ehrliche Sorge. Sie mochte diese junge Frau, die unter so verwirrenden Umständen Christoph Kraemers Frau geworden war.

»Sie fahren jetzt wieder heim und ruhen sich aus. Wenn Ihr Mann in sein Krankenzimmer verlegt wird, stellen wir Ihnen eine Liege hinein, damit Sie sich dort ausstrecken können. Hier auf der Intensivstation ist es nicht möglich. Es ist ohnehin ein Zugeständnis, das es Ihnen erlaubt wurde, hier zu sein, aber es könnte bald ein anderer Patient dazukommen und dann fordern die Angehörigen das gleiche Entgegenkommen. Das geht nicht an. Sie sehen es hoffentlich ein.«

»Aber wenn Christoph aufwacht, wird er erwarten, daß ich bei ihm bin.«

»Ich werde ihm erklären, daß Sie bald lange bei ihm sein können. Er wird es einsehen und in den nächsten Tagen sowieso die meiste Zeit schlafen.«

»Werden Sie mir dann alles genau erklären?«

»Sobald wir alle Untersuchungsbefunde haben.«

Daheim wurde sie erwartet. »Jetzt wird sich aber richtig ausgeruht«, sagte Frau Liebl energisch, »und nicht gleich wieder fortgelaufen.«

»Wo ist Melanie?«

»Sie wollte ein paar Besorgungen machen.«

»Ich werde mit dem Essen warten«, erklärte Michaela.

»Das werden Sie nicht. Sie essen jetzt, und dann gehen Sie zu Bett. Ich schaue es mir nicht an, daß Sie zusammenklappen.«

»Das tue ich schon nicht. Christoph hat mit mir gesprochen, und er hat mich erkannt.«

»Er wird schon immer an Sie gedacht haben«, meinte Frau Liebl schmunzelnd.

Ob sie Karin Hermann gekannt hat? überlegte Michaela. Aber sie wagte nicht zu fragen. Warum dachte sie überhaupt daran? Christoph hatte doch gesagt, daß es längst vorbei war.

Sie aß die gute Grießnockerlsuppe und danach tatsächlich auch noch ein kleines Steak, das Lotte Liebl schnell gebraten hatte.

»Und jetzt wird geschlafen«, forderte sie dann energisch. »Dem Herrn Doktor würde es bestimmt nicht gefallen, wenn Sie dauernd auf den Beinen sind.«

»Er ist wichtiger als ich.«

»Das ist bestimmt nicht seine Meinung. Er hat mir ans Herz gelegt, daß ich auf Sie acht gebe, und das tue ich auch.«

Michaela nahm allen Mut zusammen und stellte die Frage, die ihr schon lange auf der Zunge lag.

»Haben Sie sich eigentlich nicht gewundert, daß Christoph mich so schnell geheiratet hat, Frau Liebl?«

»Nein, er weiß, was er tut, das war schon immer so.« Mehr sagte sie nicht, und Michaela hörte dann Melanie und Max gar nicht mehr kommen, so schnell war sie wieder eingeschlafen. Die beiden waren auch in der Klinik gewesen, aber sie hatten nicht zu Christoph gedurft. Sie hatten nur mit Dr. Behnisch sprechen können, aber was sie erfuhren, hatte auch sie beruhigt.

Und sie waren zufrieden, als Frau Liebl ihnen sagte, daß Michaela gleich eingeschlafen war.

Sie konnten sich jetzt den Freitagskrimi im Fernsehen anschauen, der sie zusätzlich ablenkte.

Christoph schlief die ganze Nacht, und als er erwachte, kroch die Morgendämmerung gerade zum Fenster herein. Momentan wußte er gar nicht, wo er war, doch die Erinnerung kam schnell.

Ich lebe, dachte er, und es schien ihm unbegreiflich, da er doch schon mit dem Leben abgeschlossen hatte. Er wußte aber nicht, ob Michaela bei ihm gewesen war, oder ob er das nur geträumt hatte, denn die letzten Stunden der Nacht waren von wirren Träumen bewegt gewesen.

Seine Gehirnzellen arbeiteten. Ein bißchen war er noch benommen, und seine Kehle war trocken. Er spürte den Schlag seines Herzens, er konnte den Kopf bewegen und fühlte keine Schmerzen.

»Ich lebe«, sagte er laut, um seine Stimme zu hören. »Michi, ich lebe.«

Michi! Wie kam er dazu, sie so zu nennen? Plötzlich hatte ihn der Wunsch gepackt, ihr einen Kosenamen zu geben. Michaela klang so streng.

Michi, seine Frau, er war mit ihr verheiratet! Er hatte sie geheiratet, weil er meinte, sein Leben sei zu Ende, und sie und ihr

Kind sollten leben, und nun würde er sie wieder in den Armen halten können. Ein betäubendes Glücksgefühl nahm ihn gefangen.

Jenny Behnisch kam herein, und ein Lächeln erhellte ihr Gesicht. »Wir sind ja schon munter«, sagte sie heiter, »wie mich das freut! Ihre Frau wird Sie bald besuchen. Sie wollte hierbleiben, aber das können wir leider nicht erlauben, solange Sie auf der Intensivstation liegen.«

»Und wie lange muß ich hier liegen?« fragte er.

»So, wie es jetzt aussieht, gar nicht lange. Mein Mann wird es entscheiden.«

»Wie ist die Operation verlaufen?«

»Bestens. Wir sind überaus zufrieden. Und Sie haben schon gestern nachmittag um fünf Uhr mit Ihrer Frau gesprochen.«

»Dann habe ich es nicht geträumt«, sagte er leise.

»Nein, sie war hier.«

In seinen Blick kam Leben und sein Gesicht entspannte sich. »Ich habe Durst«, sagte er leise.

»Trinken dürfen Sie leider noch nicht, aber ich tupfe Ihnen die Lippen ab, und dann bekommen Sie wieder eine Infusion, die das Durstgefühl nimmt.«

»Werde ich jetzt etwa künstlich ernährt?«

»Vorerst schon, das muß sein. Ein bißchen Geduld brauchen Sie schon, wenn Sie wieder ganz gesund werden wollen.«

»Werde ich das?« Er hatte es auch schon mal Dr. Norden gefragt, daran erinnerte er sich jetzt auch.

»Wenn Sie weiter mithelfen, ganz sicher«, erwiderte Jenny Behnisch mit fester Stimme.

Er schloß wieder die Augen. Er hatte Sehnsucht nach Michaela, nach seiner Michi. Warum nur konnte ich das nicht früher erkennen, dachte er, warum habe ich mich so dagegen gesperrt, einer Frau Gefühle entgegenzubringen. Aber es mußte wohl auch auf Gegenseitigkeit beruhen, und Michaela war immer genauso zurückhaltend gewesen wie er.

Und nun? Jetzt war sie seine Frau, und er bereute diesen Entschluß nicht eine Minute.

Um acht Uhr war Michaela schon da, und sie war bekümmert, als sie hörte, daß er schon soviel früher bei Bewußtsein gewesen war. Inzwischen hatte er schon wieder ein bißchen geschlafen, aber er war gleich ganz da, als sie eintrat.

Das Blut strömte heiß durch seine Adern, als sie ihm über das Haar strich.

»Einen Kuß darf ich dir noch nicht geben, Christoph«, sagte sie entschuldigend. Zarte Röte hatte ihre Wangen überhaucht. »Wie geht es dir?«

Sie wollte so gern mehr sagen, aber sie war einfach noch zu scheu.

»Es geht schon aufwärts. Man ist zufrieden. Mir wird es hier schnell langweilig werden.«

»Aber ich werde dich oft besuchen. Max kommt auch ohne mich zurecht, und die Post kann ich abends erledigen.«

»Das sollst du aber nicht. Du sollst dich nicht übernehmen.«

»Ich möchte aber bei dir sein. Es wird besser sein, wenn du in deinem richtigen Zimmer bist. Dann kann ich dir auch Blumen bringen.«

»Vielleicht wird das morgen schon sein. Ich möchte deine Hand halten, wenn ich sonst schon nichts darf, Michi.«

Nun sagte er es wieder, und ihre Augen leuchteten auf. »Es klingt lieb, wie du es sagst«, flüsterte sie. »Darf ich Chris sagen?«

»Natürlich darfst du.« Er lächelte.

»Liebster Chris.« Nun hatte sie Mut, und sie konnte sehen, wie glücklich es ihn machte.

»Es ist schön, daran zu denken, daß es für uns doch ein gemeinsames Leben gibt.«

»Ich habe fest daran geglaubt, aber werde ich dir auch genügen?«

»Wie kannst du nur so etwas sagen«, fragte er erschrocken.

»Ich weiß nicht. Ich habe immer nur zu dir aufgeblickt. Du bist der Chef.«

»Still, ich bin jetzt dein Mann.«

»Aber du wirst einmal daran denken, warum du mich geheiratet hast. Ich habe ein bißchen Angst.«

Sie ahnte nicht, daß gerade dies ihm half. Das Gefühl, daß sie ihn brauchen würde, genauso wie er sie, mobilisierte seine Kräfte. Ja, sie hatte genau zum richtigen Zeitpunkt das Richtige gesagt, wenn auch nur spontan, und ohne daran zu denken, wie er es begreifen würde.

»Es tut mir leid, Chris«, sagte sie nun, »ich will dir Mut machen und rede von meinen Ängsten.«

»Es ist gut so, Michi. Du sollst sagen, was du denkst, wie es dir ums Herz ist. Es ist doch beglückend für mich, wenn ich für dich da sein kann. Gut, ich hatte triste Gedanken vor der Operation, und noch weiß ich ja nicht, wie es letztlich für mich ausgehen wird, aber jetzt werde ich beherzigen, was Dr. Norden mir sagte, positiv zu denken.«

»Dann wollen wir mal eins klarstellen, Chris. Du wolltest mich versorgen, aber ich will keine Versorgung. Du hast mir einen Haufen Geld in den Schreibtisch gelegt, wortlos, vornehm wie du nun mal bist, aber ich will kein Geld. Ich wollte meine Stellung behalten, weil ich mir keinen besseren Chef wünschen kann, du hast mich geheiratet. Ich möchte deine Frau sein und alles mit dir teilen, aber Geld interessiert mich dabei wahrlich nicht. Das darfst du niemals denken, das würde mir weh tun. Du und ich, das bedeutet Liebe, hast du doch neulich auch gesagt. Und ich liebe dich, wie man einen Menschen nur lieben kann.«

»Es ist kein Mitleid, Michi?«

»Du müßtest mehr Mitleid mit mir haben, und vielleicht hattest du es auch, aber jetzt glaube ich, daß wir uns lieben.«

»Ich möchte dich so gern küssen«, sagte er leise.

Sie schickte ihm eine Kußhand. »Bald mehr«, sagte sie mit einem zärtlichen Lächeln, das sie unendlich anziehend machte.

Auf seinem sonst so ernsten Gesicht lag ein Lächeln, als er wieder einschlief.

Michaela war glücklich, wie nie zuvor in ihrem Leben.

~

Die Tage gingen dahin. Morgens fuhr Michaela zur Klinik und blieb zwei Stunden bei Christoph, der bald in ein Einzelzimmer verlegt worden war, wo sie durch nichts und niemand gestört wurden. Jetzt konnten auch Küsse getauscht werden, und sie wollten beide gar nicht mehr daran denken, daß Christoph und ihrem Glück noch eine Gefahr drohen könnte.

Michaela fuhr dann in die Kanzlei. Es gab viel zu tun, und es gab auch Ärgernisse, weil manche Klienten darauf bestanden, von Christoph vertreten zu werden, obgleich Max sich die erdenklichste Mühe um sie gab. Davon erzählte Michaela nichts. Sie berichtete nur Erfreuliches, was ihn allerdings zu der Bemerkung veranlaßte, daß es anscheinend auch ohne ihn gehen würde.

»Bei mir ging es nicht ohne Probleme ab«, erklärte er. »Ihr braucht mich nicht wie ein rohes Ei zu behandeln. Ich kann allerhand vertragen.«

Als dann aber die Lymphographie bevorstand, war es ihm doch wieder mulmig. Dr. Norden besuchte ihn, und dem legte er eindringlich ans Herz, daß er auf Michaela aufpassen solle.

»Sie kümmert sich viel zu sehr um mich und zu wenig um sich selbst«, meinte er.

»Die kritische Zeit hat sie recht gut überstanden«, stellte Dr. Norden fest.

»Was ist die kritische Zeit?« fragte Christoph.

»Bis zum vierten Monat, da kann es bei Aufregungen und Überanstrengung noch zur Fehlgeburt kommen.«

Christoph versank in Schweigen. »Bei mir wird es wohl noch eine kritische Zeit geben«, sagte er gedankenvoll. Seine Zuversicht war dennoch ungebrochen, und als die Lymphographie ergab, daß sich keine Metastasen angesiedelt hatten, wurde er noch optimistischer.

Er durfte aufstehen, auch leichte Nahrung zu sich nehmen. Er war dünn geworden, aber Dr. Behnisch bereitete dies weniger Sorgen als der Gedanke, daß er sich gleich wieder zuviel zumuten könnte.

Darüber sprach er mit Michaela, und die erklärte ihm, daß sie schon auf Christoph aufpassen würde.

Über diese Ehe, die unter so seltsamen Umständen zustande gekommen war, zerbrachen sich die Ärzte den Kopf nicht mehr. Das Schicksal trieb manchmal halt ein merkwürdiges Spiel, um zwei Menschen zusammenzubringen.

Christophs Allgemeinzustand hatte sich normalisiert. Dr. Behnisch konnte hoch zufrieden sein, denn er hatte sich doch große Sorgen um diesen Patienten gemacht, der noch ein langes Leben vor sich haben konnte, wenn auch weiterhin alles gutging.

Er hatte seine Chance bekommen, und er wollte sie nutzen, weil er glücklich mit Michaela war.

Ausgerechnet da sollte wieder einmal Karin Hermann in Erscheinung treten. Sie hatte es schon öfter mal versucht, wieder Verbindung zu ihm aufzunehmen, aber er hatte es immer strikt abgelehnt. Sie erinnerte sich immer dann an ihn, wenn ihr wieder mal eine Hoffnung auf eine reiche Heirat zunichte gemacht worden war.

Sie rief in der Kanzlei an und wünschte Christoph zu sprechen. Dr. Brendel war auf dem Gericht, Michaela war noch in der Klinik. Frau Hackel war wieder mal ein bißchen boshaft und sagte, daß Dr. Kraemer in der Klinik liegen würde.

Was ihm denn fehle, wollte Karin wissen. Er sei operiert worden. Genaues wisse sie nicht, erklärte Isolde Hackel. Aber sie verriet Karin auch, in welcher Klinik er lag. So konnte sie vielleicht doch einmal erleben, wie Michaela reagieren würde, meinte sie.

Bald nach diesem Anruf kam Michaela, aber da sagte Isolde Hackel lieber nichts. Sie dachte allerdings auch nicht daran, daß Karin schon auf dem Wege zur Klinik sein könnte.

Karin hatte keine Ahnung, daß Christoph geheiratet hatte. Sie meinte, daß er besonders versöhnlich gestimmt sein könnte, wenn sie ihn in der Klinik besuche. Sie erkundigte sich nach seinem Zimmer und erwischte gerade eine Schwester, die es sehr eilig hatte und ihr die Nummer ohne zu überlegen sagte.

An diesem Vormittag herrschte Hochbetrieb, weil ein Unfallopfer eingeliefert worden und der ganze Dienstplan dadurch durcheinander geraten war.

Karin wurde nicht aufgehalten. Sie betrat das Krankenzimmer nach schnellem Anklopfen. Christoph hatte sich nach einem kurzen Spaziergang im Zimmer gerade wieder hingelegt.

Er war konsterniert, als sie in der Tür stand. Sie hatte ihr süßestes Lächeln auf den Lippen.

»Was machst du denn hier?« fragte er barsch.

»Ich möchte dich besuchen, da ich erfahren habe, daß du hier liegst.«

»Von wem hast du es erfahren?«

Sein Ton hätte sie warnen sollen, aber Karin hatte ein dickes Fell.

»Frau Hackel war so nett.«

»Ach so. Hat sie dir nicht gesagt, daß ich verheiratet bin?«

»Du bist verheiratet?« Ihr blieb der Mund offen, und sie sah unglaublich töricht aus. »Darf man fragen mit wem?« stotterte sie.

»Aber gewiß. Mit Michaela Kunz.« Er wollte ihr gleich ordentlich Bescheid sagen. Er kannte sie und wußte genau, daß er für sie den Rettungsanker nach vielen Fehlschlägen bedeutete, und daß sie ihn für so töricht hielt, sie wieder mit offenen Armen aufzunehmen.

Er sah ihr verlebtes Gesicht, den gehässigen Ausdruck in ihren Augen. »Deine Hilfe also«, sagte sie höhnisch. »Für so raffiniert hätte ich sie nicht gehalten.«

»In punkto Raffinesse kann dir Michaela allerdings nicht das Wasser reichen, aber sie hat ganz andere Qualitäten. Ich weiß nicht, warum du immer wieder versuchst, an mich heranzukommen, aber du kannst dir die Mühe sparen. Ich bin sehr glücklich, und daran wirst du nichts ändern können.«

»Wolltest du dich nicht nur an mir rächen?« fragte sie spitz.

»Wieso denn das? Du bildest dir eine Menge ein. Du bist schon lange für mich erledigt und vergessen. Und nun geh, du fällst mir auf die Nerven. Wir haben uns nichts mehr zu sagen.«

Sein Blick sagte noch mehr als diese Worte. Sie zog es vor, wortlos zu verschwinden.

Christoph griff gleich zum Telefon und rief Michaela an.

Sie meldete sich.

»Sitzt du?« fragte er.

»Freilich, was gibt es denn?«

»Ich hatte Besuch, Karin war hier. Ich traue ihr alles zu, auch daß sie dich belästigt. Wirf sie einfach hinaus und die Hackel hinterher. Die hat ihr nämlich gesagt, in welcher Klinik ich liege.«

»Das ist aber kein Kündigungsgrund, Herr Rechtsanwalt«, meinte Michaela scherzhaft. »Reg dich nicht auf, ich mache das schon.«

Sie war über sich hinausgewachsen in diesen Wochen. Sie staunte selbst, wie sicher sie sich fühlte.

»Ich war wütend«, sagte er.

»Ich möchte mal erleben, daß du wütend bist«, scherzte Michaela.

»Das wirst du nie. Ich liebe dich. Vergiß es nicht einen Augenblick. Ich liebe dich von Tag zu Tag mehr.«

～

Michaela ließ sich ein paar Minuten Zeit, dann ging sie zu Frau Hackel.

Sie hatte schnell gelernt, sich so zu geben, wie Christoph es wünschte.

»Auf ein Wort, Frau Hackel«, sagte sie freundlich, »geben Sie bitte niemandem Auskunft, in welcher Klinik sich mein Mann befindet. Er mag es nicht, von plötzlichen Besuchen belästigt zu werden, und sollte Frau Hermann nochmals anrufen, soll sie sich an mich wenden.«

Isolde Hackel lief rot an. »Es tut mir leid, daß ich es Frau Hermann gesagt habe. Ich war so überrascht.«

»Ist in Ordnung. Sie wissen Bescheid. Mein Mann war sehr verärgert. Er braucht jetzt noch seine Ruhe.«

An diesem Tag unterhielt sie sich zum ersten Mal mit Max und Melanie über Karin Hermann. Deren Besuch bei Christoph konnte sie als Anlaß nehmen.

»Dieses Weib hat doch ein verdammt dickes Fell«, knurrt Max. »Himmel, bin ich froh, daß Christoph nicht an ihr hängengeblieben ist.«

»Jetzt würde sie sich wohl gern einnisten«, meinte Melanie. »Aber es ist doch bezeichnend, daß sie keinen halten konnte. Christoph hat sie wenigstens noch zur rechten Zeit durchschaut.«

»Warum hat es eigentlich erst so spät bei euch gefunkt, Michaela?« fragte Max unbefangen.

Heiße Glut schlug in Michaelas Wangen. Christoph hatte also auch mit ihnen nicht darüber gesprochen.

»Ich habe auch eine schlechte Erfahrung machen müssen«, erwiderte sie stockend. »Wir hatten wohl beide daran zu knabbern, und das verbindet.«

»Na, ich glaube, daß euch mehr verbindet«, meinte Melanie lächelnd.

Und solche Frau wie Michaela hat Christoph verdient, dachte Max. Solche Frau findet man nicht so leicht.

Auf diesen Gedanken war Peter Stoll inzwischen auch gekommen. Die glänzende Partie, deren er sich schon sicher wähnte, hatte sich nämlich als Seifenblase erwiesen. Es gab doch noch Frauen, die ihn schneller durchschauten, als Michaela es getan hatte. Und so schnell war auch keine bereit, soviel für ihn zu tun. Bei ihr hatte er nur die Beine unter den Tisch zu strecken brauchen, und er meinte, daß das auch wieder so sein könnte. Sie müsse, so meinte er, doch froh sein, wenn er zu ihr zurückkehren würde.

Also wollte er erst einmal bei ihr anrufen. Er war jetzt in Köln, und umsonst wollte er auch nicht gleich nach München starten, denn auch beruflich konnte er sich keinen Rückschlag mehr leisten.

Da sich niemand meldete, rief er bei Frau Wegner an, aber die war glücklicherweise an diesem Tag auch nicht zu Hause.

Michaela hatte keine Ahnung davon, und das war gut so, denn sie sollte an diesem frühen Abend doch noch mit Karin Hermann zusammentreffen.

Wenn Karin etwas wurmte, mußte sie etwas Boshaftes tun. Und da es sie maßlos ärgerte, daß Christoph Michaela geheiratet hatte, richteten sich ihre Rachegelüste auf sie.

Als Michaela die Kanzlei verließ und zu Christophs Wagen ging, den sie jetzt ständig fuhr, weil ihrer endgültig sein Leben ausgehaucht hatte, kam Karin auf sie zu, tückisch blickend, und Michaela ahnte sofort, daß die andere ihr aufgelauert hatte. Allein das fand sie geschmacklos und lächerlich, aber früher hätte sie es wohl doch eingeschüchtert. Auch das war jetzt anders geworden.

»Ach, die junge Frau Kraemer«, sagte Karin zynisch, »ich muß noch meine Glückwünsche zur Hochzeit anbringen.« Ihr Blick glitt an Michaela herunter. »Und der Nachwuchs ist auch schon unterwegs. Deshalb die überraschende Heirat. So kann man es auch erreichen. Sie waren schlauer als ich.«

Das war nicht nur boshaft, das war hundsgemein, aber Michaela bewahrte Ruhe. Sie war sehr froh, daß Christoph sie gewarnt hatte und sie sich seiner Liebe sicher fühlen konnte.

»Ich glaube, wir sprechen verschiedene Sprachen, Frau Hermann«, sagte sie eisig. »Christoph hat mir von Ihrem Besuch berichtet. Sie werden doch gemerkt haben, daß Sie nichts erreichen können. Wozu also dieses Theater?«

Da verschlug es Karin doch die Stimme.

Michaela ließ sie stehen, setzte sich in ihren Wagen und fuhr los.

Was könnte mich erschüttern, dachte sie. Ich liebe Christoph, er liebt mich, und wir werden jeden Tag unseres Lebens fortan gemeinsam verbringen. Nichts und niemand soll uns trennen. Und sie fuhr wieder zu ihm in die Klinik.

Er lief noch herum, kam ihr schon auf dem Gang entgegen und umarmte sie.

»Du konntest doch gar nicht wissen, daß ich komme«, sagte sie zärtlich.

»Ich habe es aber gefühlt. Zwischen uns gibt es eine Antenne, merkst du das nicht auch?«

»Ich habe sehr intensiv an dich gedacht.«

»Na, siehst du?« Er lächelte vielsagend. »Was gibt es Neues?«

»Frau Hermann hat mir zur Hochzeit gratuliert und mir einige Freundlichkeiten gesagt.«

»Dieses Biest«, stöhnte er, »sie kann keine Ruhe geben!«

»Reg dich nicht auf, Chris, ich bin ganz gut mit ihr fertiggeworden. Sie hat ganz schön dumm geschaut, als ich sie einfach stehenließ.«

»Du darfst dich nicht von ihr einschüchtern lassen.«

»Das wird ihr auch nicht gelingen. Ich fühle mich stark mit dir zur Seite.«

»Aber jetzt bist du auf dich allein gestellt.«

»Nein, du bist mir immer nahe. Es gibt mir Kraft. Es hat sich alles verändert.«

»Für mich auch, Michi.«

»Und nun werde ich mit Dr. Behnisch sprechen, wann ich dich heimholen kann.«

»Hoffentlich bald«, seufzte er.

Dr. Behnisch meinte, daß er diese Woche noch bleiben solle. »Er macht gute Fortschritte, aber ich möchte ihn doch noch unter Kontrolle haben und eine abschließende Untersuchung durchführen. Ich möchte Ihnen aber auch eindringlich sagen, daß er auch künftig zu Kontrolluntersuchungen kommen muß. Fünf Jahre soll er das durchhalten, womit ich aber nicht sagen will, daß er fünf Jahre in ständiger Gefahr schwebt. So, wie es jetzt aussieht, hat er das Schlimmste schon geschafft.«

»Ich bin Ihnen und Dr. Norden so dankbar, daß Sie geholfen haben.«

»Wie gern tun wir das, wenn es nur möglich ist«, sagte er gedankenvoll.

Sie sah ihn bittend an. »Kann ich meinen Mann am Samstag heimholen? Dann könnten wir schon das Wochenende zusammen verbringen. Ich muß jetzt auch länger in der Kanzlei sein. Dr. Brendel schafft es zur Zeit nicht allein.«

»Aber Ihr Mann wird auch gleich wieder arbeiten wollen.«

»Ich werde schon darauf achten, daß er sich nicht anstrengt. Ich kann ihm ja ab und zu mal was mit nach Hause nehmen, damit er beschäftigt ist, aber ich verspreche Ihnen, daß es nicht zur Anstrengung wird.«

»Und Sie sollten sich auch nicht zu sehr anstrengen«, sagte er väterlich.

Sie wurde nun schon runder, aber Karin mußte Argusaugen haben, daß sie dies schon hatte sehen können. Aber vielleicht hatte sie es auch nur vermutet und auf den Busch klopfen wollen.

Michaela wollte nicht mehr über diese Frau nachdenken. Wenn sie jedoch an das werdende Kind dachte, war sie von zwiespältigen Empfindungen bewegt. Aber wichtiger war ihr Christoph. Wie er sich auf Zuhause freute, es war rührend!

Lotte Liebl machte schon einen Essensplan. Es sollte ihm ja schmecken, wenn er auch noch nicht alles essen durfte. Insgeheim freute es sie aber am meisten, daß Michaela ein gemeinsames Schlafzimmer einrichten wollte. Es sollte eine Überraschung für Christoph werden, aber es blieben nur ein paar Tage Zeit. Sie sagte, daß sie so immer schnell zur Stelle sein würde, wenn er etwas brauchte.

Lotte Liebl meinte dagegen, daß es für ein jungverheiratetes Paar doch gar nicht anders sein dürfe. Und Melanie sagte, daß sie es immer am schönsten gefunden hätte, nach einem langen Tag, an dem sie Max vermißt hatte, noch die Zweisamkeit auskosten zu können. Es sei so schön, am Morgen zusammen aufwachen zu können.

Ob Christoph auch schon darüber nachdachte? Wollte er überhaupt ein gemeinsames Schlafzimmer? Der Gedanke kam Michaela dann allerdings auch, als das Schlafzimmer von Christophs Eltern hergerichtet war. Es waren schöne Möbel. Das Zimmer war nie mehr benutzt worden, weil Christoph ein fast spartanisch eingerichtetes Zimmer, das er schon als Student bekommen hatte, genügte. Für den großen Schlafraum hatte Michaela neue Gardinen gekauft. Melanie hatte ihr dabei geholfen, und sie wurden am Donnerstag angebracht. Ansonsten war der Raum vor drei Jahren mit den anderen Räumen vollkommen renoviert worden. Lotte Liebl meinte zufrieden schmunzelnd, daß der Herr Doktor wohl niemals daran gedacht hätte, dieses Zimmer einmal selbst zu nutzen.

»Vielleicht will er es gar nicht«, meinte Michaela zweifelnd.

»Ich denke, daß er sich mächtig freuen wird«, sagte Lotte Liebl.

Sie hatte Michaela gebeten, von ihr mit ihrem Vornamen angeredet zu werden. Sie sei nun schon so lange in diesem Hause, aber beim Herrn Doktor hätte sie es halt nicht gewagt.

»Warum denn nicht?« fragte Michaela.

»Weil er ein Mann ist. Da ist man eben gehemmt«, sagte Lotte. »Denken hätte er sich bei mir ja nichts müssen, und wenn er von selber drauf gekommen wäre, hätte es mir nur recht sein können, aber er war immer so korrekt, in jeder Beziehung. Vielleicht hat er auch was dagegen, wenn Sie mich Lotte rufen.«

Christoph hatte nichts dagegen, er staunte nur. »Das hätte sie wirklich längst haben können, aber ich konnte es ihr doch nicht anbieten.«

»Siehst du, so kommt es, wenn man aneinander vorbeiredet«, stellte Michaela fest. »So ähnlich war es doch auch bei uns. Nur alles vermeiden, um nur ja nicht zu vertraulich zu erscheinen oder gar anzuecken.«

»Und damit habe ich mich fast um das Schönste in meinem Leben gebracht«, sagte er zärtlich, »um dich.«

Wären wir doch nur früher darauf gekommen, dachte sie, dann würde ich jetzt sein Kind unter dem Herzen tragen. Sie konnte es nicht ändern, daß eine tiefe Wehmut sie erfüllte. Dazu kam die Angst, daß dieses Kind als eine mahnende und warnende Erinnerung doch einmal zwischen ihnen stehen würde.

Konnte ihre Liebe durch dieses Kind gefährdet werden? Nein, sie wollte nicht daran denken, nicht einen Augenblick! Es gab ja keine Heimlichkeiten, keine Lügen zwischen ihr und Christoph. Alles war klar zwischen ihnen.

Christoph konnte es kaum noch erwarten, nach Hause zu kommen. Am Freitag war Michaela noch einmal zu Dr. Norden gegangen, der die häusliche Betreuung für die nächsten Wochen übernehmen sollte, und sie wollte sich von ihm sagen lassen, wie sie es selbst damit am besten handhaben sollte. Sie wollte ja nichts falsch machen.

»Sie machen nichts falsch, Michaela, Sie machen schon instinktiv alles richtig. Man spürt und sieht es doch auch, wie Sie auf Ihren Mann eingehen.«

»Hätten Sie je gedacht, daß Christoph mich heiraten würde, Dr. Norden?« fragte sie.

»Ich freue mich darüber. Etwas Besseres konnte Ihnen beiden nicht passieren, denke ich.«

»Für mich ist und bleibt es ein Wunder«, sagte sie andächtig. »Ich kann es nur nicht begreifen, daß ich ihn nicht schon früher geliebt habe.«

»Ja, es ist etwas Seltsames mit unseren Gefühlen. Es muß immer der richtige Augenblick kommen, um das auszulösen, was Erfüllung verspricht. Ich kann Ihnen verraten, daß es auch bei meiner Frau und mir ziemlich lange gedauert hat, bis der wirklich zündende Moment kam, obgleich wir uns schon sehr lange sehr zugetan waren. Aber immer wieder war ein Störfaktor dazwischen, ein Mißverständnis oder gar Eifersucht. Und es ist eine so glückliche Ehe geworden. Aber das behalten Sie mal hübsch für sich. Es soll nur ein Beispiel dafür sein, daß nicht gleich immer alles in Butter ist, aber ich glaube, daß die Beziehungen, die langsam wachsen, die beständigsten sind.«

»Es ist lieb von Ihnen, daß Sie mir das gesagt haben. Natürlich behalte ich es für mich.«

Ihre Augen strahlten, und er stellte fest, wie hübsch sie geworden war. Es stimmte, daß Frauen erst richtig schön durch die Liebe wurden.

Am Abend saßen Daniel und Fee vor dem Fernsehapparat, um sich eine medizinische Sendung anzuschauen. Danny hatte sich zuerst auch dafür interessiert, aber es war ihm bald zu langweilig geworden, und auch Daniel begann zu stöhnen.

»Dieses Blabla geht mir auf die Nerven. Ich möchte wissen, wer das wieder verbrochen hat. Das sind doch alles Dilettanten, die sich wunder wie wichtig nehmen. Wem soll denn damit eigentlich gedient sein, den Kranken, die viel erwarten, doch bestimmt nicht. Und dazu auch noch so eine aufgetakelte Person. Du könntest das besser, Fee.«

»Ich höre aber lieber dir zu, Schatz«, sagte sie lächelnd.

»Hast du nichts zu erzählen, Feelein?«

»Bei mir gibt es keine Neuigkeiten, auch in der Schule läuft alles gut, nicht mal Felix mault. Anscheinend haben sie jetzt alle drei nette Lehrer. Es wird schon fast langweilig.«

»Es wird noch spannend genug, wenn sie abends herumzigeunern.«

»Unsere Kinder zigeunern nicht herum.«

»So denken alle Eltern, aber sie werden an den Discos auch nicht vorbeikommen, und wenn sie dann nach den hübschen Mädchen gucken, macht sich die Mami erst recht Sorgen.«

»Ach was, ich lade alle zu mir ein und begucke sie genauestens.«

»Ja, du wirst es schon machen.«

»Was anderes, wie geht es Kraemer?«

»Seine Frau holt ihn morgen heim.«

»Ist das nicht eine seltsame Ehe?«

»Das kann man wirklich nicht sagen. Da ist Liebe vorhanden. Nicht nur Nächstenliebe und Mitgefühl, mein Schatz, sondern wirklich Liebe.«

»Und wenn dann das Kind da ist?«

»Wir werden es abwarten, aber er wußte ja, was er tat.«

Heiter ging es auch im Hause Kraemer zu. Lotte war beim Kuchenbacken, denn ganz frisch durfte der nicht sein, wenn Christoph ihn essen sollte, und er aß Marmorkuchen für sein Leben gern.

Zum Willkommen war das Haus festlich hergerichtet. Überall standen Blumen, und Michaela wünschte jetzt nur noch, daß die Sonne scheinen sollte, damit sich Christoph auch eine Weile auf die Terrasse setzen konnte. Im Garten blühten die Rosen noch in herrlicher Pracht, und ihr Duft drang bis ins Haus hinein.

Sie schlief in dieser Nacht unruhig und war richtig aufgeregt, denn nun sollte auch für sie und Christoph das gemeinsame Leben beginnen. Verheiratet waren sie nun schon fünf Wochen, aber ihre Ehe konnte nun erst beginnen.

Sie war auch ganz früh munter, aber es zog schon Kaffeeduft durchs Haus. Man konnte sagen, daß Lotte mindestens so aufgeregt war wie Michaela.

Sie freute sich unheimlich, daß Christoph nichts dagegen hatte, sie Lotte zu nennen, und jetzt konnte sie auch darüber nur den Kopf schütteln, daß es nicht schon früher so gekommen war, aber so war es nun mal, wenn keiner wagte, den Anfang zu machen.

Der Abschied in der Behnisch-Klinik zog sich lange hin. Dieter und Jenny wurden zu einem Besuch eingeladen, aber sie meinten seufzend, daß ihnen dazu wohl kaum Zeit bleiben würde, denn zusammen konnten sie gar nicht weg. So war das bei einem Arztehepaar, das auf den guten Ruf seiner Klinik bedacht war.

Petrus zeigte sein freundlichstes Gesicht. Die Sonne lachte vom wolkenlosen Himmel, und es war auch angenehm warm.

Ein über das andere Mal sagte Christoph während der Heimfahrt, wie sehr er sich auf das Zuhause freue.

Michaela überlegte, was er wohl zu dem gemeinsamen Schlafzimmer sagen würde. Sie wagte nicht, jetzt auch nur eine Andeutung zu machen.

Melanie, Max und Lotte standen schon in der Haustür, als sie kamen. Der Empfang war so herzlich, daß Christoph tief gerührt war. Und er atmete tief durch, als er seinen Arm um Michaela legte und mit ihr über die Schwelle trat.

»Tragen kann ich dich leider nicht«, sagte er, »noch nicht, aber das kommt vielleicht auch noch.«

Wer wollte zweifeln, daß sie glücklich waren. Nach dem Essen wurden sie taktvoll allein gelassen. Melanie und Max wollten mal an den Schliersee fahren, um in ihrem Haus nach dem Rechten zu schauen.

Sie wollten erst am Sonntag zurückkommen, So war alles vorher verabredet worden, und Michaela war ihnen dankbar.

»Und wenn ihr ein bißchen Zeit habt, überlegt doch mal, ob es nicht besser ist, ihr nehmt einen Sozius in die Kanzlei. Ich könnte euch einen empfehlen«, sagte Max. »Mir wird es auf die Dauer zu stressig.«

»Man kann darüber reden«, sagte Christoph.

Sie legten sich auf die Terrasse. Die Liegen waren so gestellt, daß die Köpfe im Schatten ruhen konnten. Es war warm und windstill, aber Michaela deckte Christoph doch noch mit einer leichten Decke zu.

»Verpäppele mich nicht zu sehr«, meinte er lächelnd.

»Du wirst sicher schlafen, und da friert man leicht«, erwiderte sie.

»Die Sonne ist herrlich warm. Wie habe ich mich nach Hause gesehnt! So nett auch alle zu mir waren, ich habe es doch vermißt, in der gewohnten Umgebung zu sein.«

»Jetzt kannst du es genießen, Chris.«

»Mit dir, das ist das Schönste. Wir werden uns das mit dem Sozius wirklich überlegen, Liebes. Ich möchte Familienleben haben. Das Leben ist zu wertvoll, als nur immer zu arbeiten, wie ich es bisher getan habe, aber da hatte ich ja niemanden, der auf mich gewartet hat.«

Sie streckte ihre Hand nach ihm aus. Er ergriff sie und legte seine Wange darauf. »So ist es schön«, murmelte er, und dann schlief er ein.

Sein Gesicht war gelöst, sein Mund lächelte im Schlaf, die Leidensfalten hatten sich schon geglättet. Sie mußte ihn dauernd anschauen, seine Gesichtszüge studieren. In all den Jahren war er immer nur der kluge Chef für sie gewesen, jetzt war er ihr Mann.

Es war ein wunderbares Gefühl, aber würde es nicht noch schöner sein, wenn das Kind nicht wäre?

Zum Nachmittagskaffee war er wieder munter. »Ich hätte nicht gedacht, daß ich fast wieder normal leben kann«, sagte er gedankenvoll.

»Ich passe schon auf, daß du nicht leichtsinnig wirst«, meinte sie neckend.

»Du bist die Stärkere«, stellte er fest.

»Nun, ich war ziemlich schwach, bis ein gewisser Dr. Kraemer mir Mut eingeflößt hat«, sagte sie betont.

»Und ich habe mir selber Mut gemacht, als du den heroischen Entschluß faßtest, meine Frau zu werden.«

»Hast du nicht gedacht, daß es ein egoistischer Entschluß sein könnte, Chris?«

»Nicht eine Sekunde.«

Sie griff nach seiner Hand, und ihre Augen hatten einen träumerischen Ausdruck.

»Wir sind dem Himmel nahe, wenn wir lieben«, sagte sie mit weicher Stimme.

»Wie schön du das sagst, ganz poetisch«, stellte er zärtlich fest.

»Es kommt mir viel in den Sinn, seit ich deine Frau bin, Chris. Ich denke und fühle ganz anders.«

»Aber richtig bist du noch nicht meine Frau. Bisher ist es eine sehr platonische Liebe. Aber vielleicht willst du es nicht anders.«

Bestürzt sah sie ihn an. »Wie kommst du denn darauf? Ich fühle mich ganz als deine Frau. Du kannst dich gleich davon überzeugen. Ich werde dir etwas zeigen.«

Er folgte ihr wortlos, als sie ihn die Treppe hinaufführte.

»Jetzt mach die Augen zu«, bat sie, und er tat es. Dann öffnete sie die Tür zum Schlafzimmer, und er konnte die Augen wieder aufmachen.

»Ich möchte es so«, sagte sie innig. »Ich möchte auch nachts bei dir sein.«

In überströmendem Glück schloß er sie in die Arme und bedeckte ihr Gesicht mit zärtlichen Küssen.

»Tag und Nacht, bis ans Ende unserer Tage«, flüsterte er und küßte sie wieder.

～

Für Michaela brachte der nächste Morgen ein glückliches Erwachen. Ganz dicht lag ihr Kopf an Christophs Schulter, so wie sie eingeschlafen war. So ruhig hatte sie die ganze Nacht geschlafen, in dem Bewußtsein, seine geliebte Frau zu sein. Welch ein Gefühl war das! Es gab nichts Schöneres, als einem geliebten Menschen so nahe zu sein, seine Nähe so beglückend zu empfinden.

»Mein liebster, geliebter Mann«, flüsterte sie.

Er blinzelte ein bißchen. »Ich höre es gern«, murmelte er.

»Du schläfst ja gar nicht mehr.« Sie küßte ihn auf die Nasenspitze und fand es himmlisch, gleich so fröhlich sein zu können. Alle Erdenschwere schien von ihr abgefallen zu sein, und sie meinte tatsächlich, im siebenten Himmel zu schweben.

»Es war ein wundervoller Gedanke von dir, dieses Zimmer herzurichten«, sagte er. »Ich hätte nicht daran gedacht, es dir auch nicht vorzuschlagen gewagt.«

»Es ist ein schönes Zimmer, und deine Eltern waren glücklich darin. Sie haben einem wundervollen Sohn das Leben geschenkt, der mich zur glücklichsten Frau der Welt macht. Ich kann es noch immer nicht begreifen, daß du mich haben willst.«

»Ich will dich behalten, für immer, Michi. Ich will nicht, daß du Schuldgefühle hast.«

»Ich wünschte dennoch, manches ungeschehen machen zu können.«

»Das sollst du auch nicht mehr denken. Wir haben einen Umweg gemacht, aber damals warst du nicht die Michi von heute und ich nicht der Chris, der ich jetzt bin.«

»Den ich als Vater unserer Kinder lieben werde. Ich möchte wenigstens drei haben, Chris.«

»Ich habe nichts dagegen, aber ich werde mich wahrscheinlich mächtig aufregen.«

»Ach was.« Ihre Gedanken irrten ab, denn da kam der Gedanke, daß sie die Kinder mehr lieben würde, deren Vater er war. Aber so durfte sie nicht denken. Das Kind konnte nichts dafür, daß sie einmal Gefühle an einen anderen Mann verschwendet hatte.

»Ich weiß, was du denkst«, sagte Christoph leise, »aber wir werden keinen Unterschied machen, Michi.«

»Du kannst tatsächlich Gedanken lesen«, sagte sie verlegen.

»Ich kann in deinem Gesicht lesen wie in einem offenen Buch. Und ich bin sehr froh darüber.«

»Ob Lotte auch bei uns bleibt, wenn wir viele Kinder haben?« meinte Michaela nachdenklich.

»Auf einmal kommen sie ja nicht, und ich denke, Lotte wird es sehr gern haben, wenn hier Leben herrscht und gelacht wird. Sie mag dich sehr, Michi.«

»Darüber bin ich auch sehr froh. Ich habe sie auch sehr gern, sie ist wie eine Mutter zu mir.«

»Apropos Mutter. Meinst du nicht, daß wir deinen Eltern mitteilen müßten, daß wir geheiratet haben?«

»Nein, sie haben sich auch nicht um mich gekümmert. Verstehst du, daß ich es nicht begreifen konnte, daß sie nichts anderes zu sagen hatten, als daß ich nun erwachsen sei und für mich selbst sorgen könne?«

»Auch deine Mutter?«

»Sie lebt mit einem jüngeren Mann zusammen, und sie möchte nicht daran erinnert werden, daß sie eine erwachsene Tochter hat.«

Es klang bitter, und gleich legte er seinen Arm wieder fester um sie.

»Wir wollen nicht mehr davon sprechen, wenn es dir weh tut, mein Liebes.«

»Es tut nicht mehr weh, aber deswegen habe ich den größten Fehler meines Lebens gemacht.«

Sie verlebten trotzdem einen wunderschönen Sonntag, und Lotte war sehr zufrieden, wie sich nun alles anließ.

Am Montag kam Max allein zurück. Melanie war zu Hause geblieben, denn es gäbe vor dem Winter im Hause allerhand zu richten, erklärte Max. Und er fing auch gleich wieder mit dem Sozius an. Ein junger Anwalt namens Tobias Mehring, der ihm gut bekannt war, wurde Christoph und Michaela wärmstens empfohlen, und er sollte sich dann auch bei ihnen vorstellen.

Dann kündigte Isolde Hackel zum nächstmöglichen Termin. Das kam überraschend. Aus privaten Gründen, sagte sie. Nun, unersetzlich war sie gewiß nicht, aber niemand wußte, ob sie etwas in die falsche Kehle bekommen hatte. Aber dann erfuhr Michaela hintenherum, daß sie sich bei einem älteren, vermögenden Witwer als Hausdame verdingt hatte. So mußten sie dann auch eine Sekretärin suchen.

Es tat sich viel in den kommenden Wochen. Tobias Mehring wurde eingestellt, Max kehrte wieder an den Schliersee zurück, und Michaela entschied sich für Ulrike Weiß als Sekretärin, die ihr sofort sympathisch gewesen war, ganz ihr Schlag, wie sie zu Christoph sagte.

Es ging alles seinen Gang, ohne Probleme, bis dann Frau Wegner in der Kanzlei anrief und Michaela um einen Besuch bat. Sie müsse etwas mit ihr besprechen, sagte sie.

Mit Frau Wegner war Michaela übereingekommen, daß sie die Möbel, die ihr gehörten, in der Wohnung zurücklassen konnte, und Frau Wegner wollte die Wohnung dann so weiter vermieten, sobald sie wieder eine ihr genehme Mieterin gefunden hätte. Freilich war auch sie über diese plötzliche Heirat überrascht gewesen, aber sie hatte es Michaela gegönnt, einen solchen Mann zu finden.

Michaela hatte nur ihre ganz persönlichen Sachen abgeholt, aber davon wollte sie auch nur ganz wenig behalten. Sie sollte an nichts mehr erinnert werden, und sie wollte es auch nicht.

Frau Wegner hatte zwar gesagt, daß ihr nur an einem persönlichen Gespräch liegen würde, aber nicht, warum.

Es ist bestimmt wegen Peter, dachte Michaela, und so war es auch. Frau Wegner hatte am Telefon nicht darüber sprechen wollen.

»Er hat bei mir angerufen und sich nach Ihnen erkundigt«, erzählte sie beklommen. »Ich habe gesagt, daß ich nicht wüßte, wohin Sie verzogen wären, aber er hat nicht locker gelassen. Irgendwohin hätten doch die Möbel transportiert werden müssen, hat er gesagt. Ich habe gesagt, daß alles hiergeblieben ist. Und dann hat er damit angefangen, daß ihm ja auch einiges gehören würde, und das wolle er jetzt abholen.«

Irgend etwas mußte ja passieren, dachte Michaela. Bestimmt ist ihm wieder mal was schiefgegangen, und nun wäre ich wieder gut genug. Warum habe ich ihn nur nicht früher durchschaut!

»Ich habe nicht gesagt, daß Sie geheiratet haben«, fuhr Frau Wegner fort, »aber ich wollte Sie doch vorwarnen, falls er persönlich herkommt.«

»Das ist lieb von Ihnen, Frau Wegner. Sie waren immer so nett zu mir, daß es mir doppelt leid tut, wenn Sie jetzt Ärger meinetwegen haben.«

»Ach, darum geht es doch nicht. Ich will nicht, daß Sie Ärger bekommen.«

»Ich werde damit auch fertig. Mein Mann weiß, welchen Fehler ich gemacht habe, da gibt es zwischen uns keine Konflikte.«

Frau Wegner atmete auf. »Da bin ich sehr froh. Manchmal bringt das ja viel Ärger mit sich, aber ich bin auch froh für Sie, daß Sie einen guten Mann gefunden haben. Ich werde jedenfalls nichts herausgeben.«

»Und wenn er herkommen sollte, schicken Sie ihn zur Kanzlei. Sagen Sie, daß man ihm dort wohl am ehesten Auskunft geben könnte.«

»Ja, so gefallen Sie mir«, sagte Frau Wegner anerkennend, »nur nicht unterkriegen lassen.«

»Das ist vorbei, Frau Wegner. Solchen Fehler macht man nicht zweimal.«

»Sie bestimmt nicht, aber andere tappen von einem Unglück ins andere, da könnte ich Ihnen genug Beispiele sagen. Ich bin sehr froh, daß ich mit Ihnen sprechen konnte.«

»Ich stecke den Kopf nicht in den Sand und tue nicht so, als hätte es Peter Stoll nicht gegeben. Ich weiß jetzt nur, wie töricht und gutgläubig ich war, und es tut mir leid, daß Sie da mit hineingezogen werden.«

»Darum brauchen Sie sich nun auch keine Gedanken zu machen. Ich wollte es nur vermeiden, daß es in Ihrer jungen Ehe gleich zu Differenzen kommt.«

»Das brauchen Sie nicht zu fürchten. Ich habe einen wundervollen Mann.«

Aber nach diesem Besuch war es ihr doch richtig elend zumute, und eine bange Ahnung kam ihr, daß Peter ihr noch zu schaffen machen würde.

Sie meldete sich für den nächsten Tag bei Dr. Norden an, denn eigentlich war eine Kontrolluntersuchung überfällig, und Christoph hatte sie auch schon mehrmals daran erinnert.

Sie erzählte ihm aber nichts von dem Besuch bei Frau Wegner. Vielleicht tauchte Peter doch nicht auf, und dann machte sich auch Christoph wieder umsonst Gedanken. Er befaßte sich jetzt wieder mit den schwierigen Fällen, war aber so vernünftig, sich nicht zu übernehmen. Der junge Dr. Mehring hatte sich schnell eingearbeitet und auch schon Sympathie bei den Klienten erworben. Man konnte sich auf ihn verlassen. Ebenso auch auf Ulrike Weiß. Sie war bedeutend tüchtiger als Frau Hackel und außerdem immer freundlich. Aber sie konnte auch sehr energisch sein, was sich in einem ganz besonderen Fall auch bald erweisen sollte.

Michaela war zu Dr. Norden gefahren. Christoph hatte sie am Abend noch eindringlich daran erinnert, und sie hatte ihm gesagt, daß sie sich schon angemeldet hätte. Da war er zufrieden gewesen.

Er nahm an diesem Tag zum ersten Mal nach der Operation einen Gerichtstermin wahr. Dr. Mehring und Ulrike Weiß waren allein in der Kanzlei. Sie hatten sich schon aneinander gewöhnt, wenngleich sie auch beide äußerst reserviert waren. Michaela hatte schon mal den Vergleich zu Christoph und sich selbst gezogen, wie es zwischen ihnen früher gewesen war.

Tobias hatte Ulrike einen Schriftsatz diktiert, als es an der Tür läutete. Sie blickte auf die Uhr. »Mittagszeit, wer könnte das sein?« meinte sie.

»Vielleicht will mich jemand erinnern, daß Sie Anrecht auf eine Mittagspause haben«, erwiderte er.

»Wer denn schon?« gab sie zurück.

Sie ging zur Tür, und vor ihr stand Peter Stoll in Lebensgröße, ein an sich gutaussehender Mann von der Art, auf den viele Frauen flogen. Ulrike mochte diesen Typ Mann überhaupt nicht, denn auch sie hatte schon eine böse Erfahrung hinter sich.

»Ein Gesicht, das ich nicht kenne«, sagte Peter forsch.

Ulrikes Miene wurde erst recht abweisend. »Was wünschen Sie?«

»Ich möchte Fräulein Kunz sprechen.«

Ulrike hatte keine Ahnung, daß Michaela einmal Kunz hieß. »Gibt es nicht hier«, erwiderte sie kurz angebunden.

Peter ärgerte sich immer, wenn er mal bei einer Frau nicht ankam, aber es reizte ihn auch erst recht.

»Früher hat es sie hier gegeben«, erklärte er. »Ich würde gern wissen, wohin sie verzogen ist.«

»Da ich das nicht weiß, kann ich es Ihnen auch nicht sagen.«

»Ist denn Frau Hackel nicht mehr hier?«

Den Namen kannte Ulrike, weil sie ihre Nachfolgerin war. »Nein, Frau Hackel ist auch nicht mehr hier.«

»Vielleicht könnte ich dann Dr. Kraemer sprechen?«

»Er ist auf dem Gericht.«

»Dann komme ich später noch einmal wieder.«

»Melden Sie sich aber vorher an«, sagte Ulrike abweisend.

Tobias erschien. »Ist was, kann ich helfen?« fragte er.

Peter Stoll ging jetzt schnell. »Wer war das?« fragte Tobias.

»Er hat sich nicht mal vorgestellt, doofer Typ«, erwiderte Ulrike. »Er wollte Fräulein Kunz sprechen.«

»Ich glaube, Frau Kraemer hieß früher Kunz.« Ulrike zuckte die Schultern. »Ich glaube nicht, daß Sie Wert auf diesen Besucher legt. Jedenfalls scheint er nicht zu wissen, daß sie mit dem Chef verheiratet ist, also kann es kein guter Bekannter sein.«

Peter hätte es umgehauen, wenn er das jetzt erfahren hätte, aber er sollte es dann doch erfahren, obwohl Frau Wegner, die er nun aufsuchte, kein Sterbenswörtchen verlor.

Er gab sich von seiner charmantesten Seite, und damit war er schon oft erfolgreich gewesen, doch Frau Wegner war vorbereitet und gewappnet. Und sie konnte auch sehr abweisend sein.

Als er davon anfing, sich in der Wohnung umschauen zu wollen, erklärte sie energisch, daß diese bereits vermietet sei und sie sei auch sicher, daß Frau Kunz das Mobiliar nicht verkauft hätte, wenn es nicht ihr rechtmäßiges Eigentum gewesen wäre.

»Sie hat ja in der Kanzlei auch keine Adresse hinterlassen. Wer weiß, warum sie alle Brücken hinter sich abgebrochen hat. Ich war ja selbst wie vor den Kopf gestoßen, daß sie sich von mir trennte.«

»Ich denke, daß es sich etwas anders verhalten hat«, erklärte Frau Wegner, »aber lassen wir das.«

»Sie wissen also doch etwas!« stieß er hervor.

»Ich weiß nur, daß Sie verschwunden sind und nur einen Zettel hinterlassen haben.«

Er preßte die Lippen aufeinander. Das hatte Michaela also nicht für sich behalten. Er konnte dieser Frau nichts vormachen.

»Sie kennen die Hintergründe nicht«, sagte er gereizt.

»Ich will auch gar keine wissen. Ich kann nichts sagen, also gehen Sie jetzt bitte.«

Was blieb ihm auch anderes übrig! Unnütze Zeit wollte er nicht vergeuden. Er fragte sich dann auch, was er eigentlich hier noch wollte, da er anscheinend doch nicht bei Michaela unterkriechen konnte. Aber wie es der Teufel wollte, sah er sie dann, als er nochmals an der Kanzlei vorbeifuhr.

Michaela kam von ihrem Besuch bei Dr. Norden. Sie hatte noch ein paar Besorgungen gemacht und sich in einem Kindergeschäft aufgehalten. Es war ja an der Zeit, auch mal an Babysachen zu denken. Auch daran hatte sie Christoph erinnert.

Sie war immer noch mit gemischten Gefühlen dabei und darauf bedacht, die Sachen von ihrem Geld zu kaufen.

Dr. Norden hatte gesagt, daß alles bei ihr in Ordnung sei, sie nun aber doch Dr. Leitner aufsuchen und sich in der Klinik anmelden solle. Manchmal käme es doch zu einer Frühgeburt.

Da hatte sie tapfer gesagt, daß es doch so aussehen solle, als wäre es eine Frühgeburt und deshalb dürfe das Baby nicht vor dem Termin kommen.

Peter Stoll sah, wie Michaela aus dem großen Wagen stieg, und ihm fielen fast die Augen aus dem Kopf. Sie war mit schlichter Eleganz gekleidet, ein weiter Mantel umspielte ihre runden Linien, aber man sah sowieso nicht, wie weit die Schwangerschaft schon fortgeschritten war.

Er fand nicht so schnell einen Parkplatz, und so war Michaela schon im Haus verschwunden, als er dorthin zurückkam. Aber jetzt war der Hausmeister dabei, etwas an der Tür zu richten.

»Entschuldigen Sie bitte, war das nicht Fräulein Kunz, die eben ins Haus ging?« fragte Peter.

Der Hausmeister grinste. »Das war mal Frau Kunz, jetzt ist sie Frau Kraemer.«

Peter war fassungslos. »Schon länger?« fragte er hastig.

»Schon vier Monate, aber sie ist noch genauso nett wie früher.«

Peter war hier nie in Erscheinung getreten, und so brauchte er nicht zu fürchten, daß Michaela gleich Mitteilung von seinem Erscheinen gemacht wurde. Er mußte jetzt erst überlegen. Das konnte er so schnell nicht verkraften. Michaela war verheiratet. Sie hatte eine glänzende Partie gemacht. Und was war mit dem Kind?

Sie hatte ja nicht direkt gesagt, daß sie schwanger wäre, aber er hatte doch gefürchtet, daß es sein könnte, und auch deshalb hatte er sich so schnell aus dem Staube gemacht. Immer wieder hatte sie ja gefragt, was er denken würde, wenn sie ein Kind bekäme.

Seine Gedanken überstürzten sich. Wenn sie nun Kraemer dazu gebracht hatte, mit ihr zu schlafen und sie ihn mit dem Kind zur Heirat bewegt hatte?

Mit seiner miesen moralischen Einstellung konnte er sich nicht vorstellen, daß ein Mann eine Frau heiraten konnte, die ein Kind von einem anderen Mann erwartete, wie oft schon hatten Frauen so eine Heirat erzwungen. Es zeugte von seiner Charakterlosigkeit, daß er auch Michaela dies zutraute, aber ausschlaggebend war seine Wut, daß sie solche Partie gemacht hatte und ihm nicht nachtrauerte. Er wollte ihr diesen Triumph gehörig versalzen. Aber es schien ihm angebracht, alle weiteren Schritte genau zu überlegen. Gewissensbisse bekam er dabei nicht. Daß Michaela viel für ihn getan hatte, war für ihn ja immer selbstverständlich gewesen, und es war vergessen.

Er mußte sie allein treffen. Er mußte sie unter Druck setzen. Es wurmte ihn maßlos, daß sie sorglos in einem prachtvollen Haus leben konnte, verheiratet mit einem prominenten Anwalt. Aber da mußte doch auch etwas herauszuholen sein, wenn er es geschickt anfing. Ganz würde sie ihn ja wohl nicht vergessen haben.

Jedenfalls war sie jetzt in der Kanzlei. Er hatte den Eingang noch immer im Auge. Und schräg gegenüber, an der Ecke, befand sich eine Telefonzelle.

Er wählte die Nummer der Kanzlei, die er schnell im Telefonbuch gefunden hatte. Er hatte Michaela früher dort niemals angerufen.

»Mein Name ist Stoll«, sagte er, »ich möchte Frau Kraemer in einer dringenden Angelegenheit sprechen.«

Ulrike nahm den Anruf entgegen. Sie hatte noch keine Gelegenheit gehabt, Michaela von dem Besuch des ihr unsympathischen Mannes zu berichten, und sie merkte auch nicht, daß seine Stimme jetzt an ihr Ohr tönte, weil sie ganz anders klang.

»Einen Augenblick bitte, ich muß sehen, ob Frau Kraemer da ist«, sagte sie.

Michaela war bei Christoph. Sie erzählte ihm gerade von ihrem Besuch bei Dr. Norden. Sie meldete sich, und momentan erblaßte sie doch, als sie hörte, wer sie sprechen wollte.

»Stoll«, raunte sie Christoph zu.

»Rede nur mit ihm«, erwiderte er.

»Stellen Sie bitte durch, Frau Weiß«, sagte Michaela mit erzwungener Ruhe, aber Christophs aufmunternder Blick beruhigte sie wirklich.

»Sieh da, habe ich dich doch gefunden«, sagte Peter Stoll zynisch. Christoph konnte mithören, und Michaela sah ihn an. »Wir sollten uns einmal unterhalten, bevor ich deinem lieben Mann einiges flüstere. Das hast du ja raffiniert angefangen, aber deinen lieben Peter wirst du doch nicht vergessen haben.«

»Und wie ich ihn vergessen habe«, sagte sie unwillig. »Ich verbitte mir derlei Belästigungen.«

»Die gnädige Frau sitzt auf dem hohen Roß, aber es könnte

sein, daß du bald heruntersteigen wirst, wenn dein Mann einiges erfährt, zum Beispiel von dem Kind.«

Sie hielt den Atem an. »Ich habe ihm nichts gesagt«, flüsterte Michaela Christoph zu, die Hand auf die Muschel legend.

»Triff dich mit ihm«, raunte er zurück.

»Jetzt verschlägt es dir die Sprache«, sagte Peter.

»Was willst du?« fragte sie heiser.

»Mich mit dir treffen.«

»Wo?«

»Im Jagdschlössl, standesgemäß natürlich. Sagen wir achtzehn Uhr?«

Christoph nickte ihr zu, als sie ihm einen fragenden Blick zuwarf.

»Okay«, erwiderte sie.

Er lachte sich ins Fäustchen, wähnte sich schon wieder auf der Gewinnerseite.

»Warum soll ich das tun, Chris?« fragte Michaela.

»Damit wir ihn ein für alle Mal loswerden. Ich werde selbstverständlich auch dort sein und diesem Burschen klarmachen, daß er sich zum Teufel scheren soll. Vielleicht ist es ein bißchen viel für dich, mein Liebes, aber es ist der beste Weg, irgendwelchen Erpressungsversuchen vorzubeugen. Denn so etwas scheint er doch im Schilde zu führen.«

»Es ist so schäbig, ich schäme mich so«, sagte sie bebend.

»Du brauchst dich nicht zu schämen. Du erwartest unser Kind, etwas anderes wird er nicht erfahren, und mein Auftritt wird ihn schon überzeugen, daß ich bereits alles weiß: Aber wenn du Angst hast, können wir auch gleich gemeinsam hingehen. Der Auftritt wäre dann aber nicht so spektakulär, denn wir wollen ihn doch auch blamieren.«

»Was bist du für ein Mann«, sagte sie leise, und dann küßte sie ihn zärtlich.

»Und du bist meine über alles geliebte Frau. Ich habe dir doch gesagt, daß uns nichts trennen kann.«

～

Daß Michaela dennoch innerlich erregt war, als sie das Jagd-schlössl betrat, kam daher, daß es ihr einfach vor dieser Begegnung grauste. Sie fühlte Ekel, wenn sie an Peter dachte, und quälte sich mit Selbstvorwürfen. Immer wieder fragte sie sich, wie und weshalb sie sich so in die Irre begeben konnte und erst so spät zur Erkennt-nis kam, daß diese Beziehung jeder Vertrauensbasis entbehrte.

Peter saß schon da, an einem Tisch am Fenster, und im herein-fallenden Licht wirkte sein Gesicht fahl und verlebt.

Hatte sie das vorher nie gesehen? War sie so blind gewesen? Früher war er nie pünktlich gewesen, jetzt sprang er schon ner-vös auf.

»So sieht man sich wieder«, sagte er heiser.

»Meinetwegen hätte es nicht zu sein brauchen«, erwiderte sie gleichmütig und staunte über ihre Selbstbeherrschung.

»Willst du deine Jacke nicht ausziehen?« fragte er.

»Ich werde nicht lange bleiben.«

»Oder soll ich nicht sehen, wie weit die Schwangerschaft schon ist?«

»Das kannst du ruhig sehen. Du hast ja damit nichts zu tun. Mein Mann wünscht sich Kinder.«

»Und nimmt auch eins von einem andern Mann in Kauf?« fragte er mit einem frivolen Grinsen.

»Wer sagt denn so was? Was willst du eigentlich? Hat es mit deiner reichen Partie nicht geklappt? Denkst du, daß das Dumm-chen Michaela dich wieder durchfüttert?«

»Was bist du arrogant geworden, die Frau Rechtsanwalt spielt sich auf, aber es wird dir schon noch vergehen!« sagte er wütend.

»Tatsächlich? Und warum?«

»Ich möchte dir einiges in Erinnerung rufen. Du wolltest mich mit einem Kind zur Heirat zwingen, aber bei mir gelang es dir nicht. Du hast dir einen anderen Dummen gesucht und anschei-nend gefunden. Warte ab, bis er aufgeklärt ist.«

»Das kannst du gleich hier tun«, sagte Michaela. Sie drehte sich um, was für Christoph das Zeichen war, von seinem Tisch aufzustehen und nun zu diesem zu kommen. Er war mit dem Taxi gekommen und auch ein bißchen ungeduldig. Aber seine Miene verhieß jetzt nichts Gutes, als er Peter ins Auge faßte, der sichtlich zusammenschrumpfte.

»Mein Mann würde gern hören, was du ihm über unsere Beziehung zu sagen hast«, sagte Michaela ruhig.

Es war anders gekommen, als sich Peter ausgerechnet hatte, und nun wußte er nicht mehr, was er sagen sollte. Aber jetzt war er nur noch von rachsüchtigen Gedanken bewegt.

»Wenn Sie nichts zu sagen haben, kann ich Ihnen ja eine Geschichte erzählen«, begann Christoph ruhig. »Aber wenn Sie meinen, Sie könnten meine Frau zur Lügnerin stempeln, haben Sie sich schwer getäuscht. Ich hoffe sehr, daß Sie das einsehen.«

Peter hatte sich halbwegs gefangen. »Ich wollte Michaela doch nur mal wiedersehen«, redete er sich heraus. »Warum gleich so aggressiv? Schließlich kennen wir uns so lange, daß ich doch erwarten konnte, daß sie mir mitteilt, wenn sie heiratet.«

»Wir hätten es Ihnen auch sicher mitgeteilt, wenn wir Ihre Adresse gewußt hätten«, sagte Christoph sarkastisch. »Nun wissen Sie Bescheid. Und Sie wissen auch, daß wir keinen Wert auf weitere Zusammentreffen legen.«

Peter Stoll schnappte zweimal nach Luft, aber bevor er noch etwas sagen konnte, gingen die beiden schon. Christoph drückte dem Ober einen Geldschein in die Hand, der verbeugte sich, und Peter kniff die Augen zusammen, wie immer, wenn er etwas ausheckte. –

Wie hieß doch der Arzt, zu dem Michaela immer gegangen war? Dr. Norden, richtig, und der mußte eigentlich Bescheid wissen, wie lange Michaela schon schwanger war.

In seiner maßlosen Wut begriff Peter schon gar nicht mehr, in was er sich da hineinsteigerte und welch klägliche Figur er erst vor Dr. Norden abgeben mußte!

Als Christoph und Michaela zum Auto gingen, spürte sie zum ersten Mal ein schmerzhaftes Ziehen. Die innere Erregung war wohl doch zuviel für sie gewesen.

Ungewollt stöhnte sie auf.

»Liebling, was ist?« fragte Christoph erschrocken.

»Ich weiß nicht, mir ist so komisch.« Kalter Schweiß trat ihr auf die Stirn.

»Wir fahren sofort in die Klinik«, sagte er. »Es war zuviel für dich. Ich hätte es nicht gestatten dürfen.« Jetzt machte er sich Vorwürfe.

»Es wird schon nichts sein«, beruhigte sie ihn, aber das unbehagliche Gefühl blieb ihr.

»Vorsicht ist besser. Du hast dich doch hoffentlich schon angemeldet, wie es Dr. Norden geraten hat.«

»Ich habe angerufen und einen Termin für übermorgen.«

»Ich möchte aber jetzt wissen, was los ist. Nein, du widersprichst nicht«, sagte er energisch. »Du hast mir auch keine Zugeständnisse gemacht. Jetzt bist du an der Reihe mit dem Parieren.«

»Ich habe mich nur über mich geärgert, Chris. Er war so ekelhaft, und ich kann mich überhaupt nicht mehr verstehen. Das zehrt an mir. Du müßtest mich verachten.«

»Rede nicht solchen Unsinn. Ich liebe dich, und das solltest du mittlerweile genau wissen. Du wirst dich doch nicht von diesem Kerl ins Bockshorn jagen lassen.«

»Es ist so demütigend für mich, daß ich so blind war, Chris. Du bist so verständnisvoll, so gut …«

»Ich will nicht, daß du dich erniedrigst«, unterbrach er sie. »Muß ich dir erst genau erzählen, wie blind ich auf bezug von Karin war? Ich habe sie angebetet, ich habe nicht mal gemerkt, wie sie mich an der Nase herumgeführt hat, daß sie nebenbei noch andere Männer hatte, von mir zu einem anderen Liebhaber ging, mit dem sie sich halbtot lachte über den Trottel Christoph, der ihr auch noch das Geld für einen Urlaub gegeben hatte, weil er selbst nicht wegkonnte, und sie amüsierte sich dort mit anderen.

Als ich sie dann durchschaute, sie war schrecklich betrunken, sagte sie mir das alles auch noch ins Gesicht. So, nun weißt du Bescheid, mein Liebes. Der Vorteil des Mannes ist eben, daß er keine Kinder kriegen kann.«

»Hättest du sie geheiratet, wenn sie ein Kind bekommen hätte?«

»Natürlich, und ich hätte ihr wahrscheinlich vorerst alles verziehen. Aber sie wollte gar kein Kind, sie wollte sich amüsieren, ihre Figur nicht verlieren. Sie war sehr erfahren, mein Liebes, nicht so naiv wie du. Aber das ist auch das Einzige, was ich sagen kann, daß du eben naiv warst, und du hattest keine Erfahrung mit anderen Männern und so allein. Wenn ich das doch nur früher gewußt hätte! Diesen Vorwurf mache ich mir.«

Sie lehnte sich an *ihn*. »Jetzt geht es mir schon besser. Wir brauchen nicht mehr zur Klinik zu fahren«, sagte sie.

»Doch, ich will wissen, was los ist und will dabeisein.«

Dr. Leitner war überrascht, aber er wußte schon von seinem Freund Daniel mehr über Michaela, und dies war in solchen Fällen immer gut.

Er nahm eine Ultraschalluntersuchung vor und sagte ihr, daß sie sich in den nächsten Tagen Ruhe gönnen solle, da die Bereitschaft für eine Frühgeburt vorhanden sei. Sie hätte schon die ersten Senkwehen gespürt. Diese würden zwar manchmal früh einsetzen bei so zierlichen Frauen, aber man müsse da eben auch besonders vorsichtig sein. So sagte er es auch zu Christoph, der sofort genauestens informiert werden wollte, was alles zu beachten sei, denn er hatte ja bisher überhaupt keine Ahnung, wie der Ablauf einer Geburt war. Dr. Leitner empfahl ihm ein paar Bücher, die besonders werdende Väter ansprachen. Es berührte ihn sehr angenehm, daß Christoph so besorgt war.

Michaela war froh, daß sie wieder mit heimfahren konnte, aber zuvor hatte sie noch ein sehr ernstes Gespräch mit Dr. Leitner, der allerdings ziemlich bestürzt war, als sie ihm ihre erste Frage stellte.

»Wenn Sie bei einer Geburt vor der Entscheidung stünden, das Leben der Mutter oder zuerst das des Kindes zu retten, was würden Sie da tun, Herr Dr. Leitner.«

»Es kommt auf die Umstände an«, erwiderte er zögernd.

»Auf welche Umstände? Ich habe mal gehört, daß die Kirche das Leben des Kindes wichtiger nimmt.«

»So kraß darf man das nicht auslegen. Ich würde mich auch nicht danach richten, sondern danach, welches Leben am meisten gefährdet ist. Zum Beispiel bei einer operativen Entbindung. Wenn für das Kind geringe Überlebenschancen bestehen, würde ich zuerst das Leben der Mutter zu retten versuchen, aber zum Glück passiert es höchst selten, daß man eine so schwerwiegende Entscheidung treffen muß.«

»Standen Sie schon einmal vor solcher Entscheidung?«

»In einem Fall. Eine schwerverletzte Patientin wurde nach einem Autounfall zu mir gebracht. Sie war auf dem Wege zur Entbindung. Es bestand wenig Hoffnung, ihr Leben zu retten, aber das Kind gab noch starke Herztöne von sich. Wir haben es geholt.«

»Aber es mußte dann ohne Mutter aufwachsen«, sagte Michaela leise.

»Andernfalls hätten sie aber beide nicht überlebt. Und so war das Kind für den Vater ein Vermächtnis.«

Michaela schloß die Augen. »Sie wissen, daß mein Mann an Krebs operiert wurde. Er braucht mich, Herr Dr. Leitner. Und in diesem besonderen Fall könnte man das Kind nicht als Vermächtnis betrachten. Also bitte ich Sie inständig, daran zu denken, daß er mich braucht. Ich denke nicht an mich, ich denke an ihn. Wenn ich nicht leben darf, soll das Kind auch nicht leben.«

»Sie sollten so etwas jetzt aber gar nicht denken, Frau Kraemer«, sagte Dr. Leitner bestürzt.

»Ich muß es denken. Es gibt einen Menschen, der mir alles

Böse wünscht, das weiß ich seit heute. Er führt etwas im Schilde, das ahne ich. Er will mir schaden.«

Dr. Leitner betrachtete sie forschend. Er spürte, daß dies keine Schwangerschaftspsychose war. Sie sorgte sich mehr um ihren Mann als um sich selbst, und da er ihre Geschichte kannte, ahnte er auch, daß sie einen ernsthaften Grund zu solcher Besorgnis hatte.

»Jetzt sehen Sie nicht zu schwarz«, sagte er aufmunternd. »Es geht Ihnen und dem Baby gut, und auch, wenn es früher kommen sollte, sehe ich keine Gefahr für Ihr Leben. Sie müssen nur rechtzeitig kommen, damit keine Komplikationen auftreten.«

»Man weiß nie, was kommt. Ich weiß es nicht, und Sie wissen es auch nicht. Ich wollte Ihnen nur sagen, was ich denke und auch wünsche.«

»Sie dürfen sich aber nicht in Ängste hineinsteigern«, sagte er eindringlich.

»Das tue ich nicht. Ich liebe meinen Mann, ich denke immer zuerst an ihn.«

Und er an sie, dachte Dr. Leitner. Wer konnte dieses Glück gefährden?

Er kannte Peter Stoll nicht.

Von Rachedurst und Haßgefühlen bewegt war Peter nicht fähig, klar zu denken. Daß Michaela sich so überlegen gezeigt hatte, daß sie jetzt all diese Sicherheit besaß, der er immer nachgejagt war, ließ ihn nicht zur Ruhe kommen.

Seine letzten Geldreserven waren schon zusammengeschmolzen, ohne daß er erreicht hatte, was er erhoffte, und er würde es auch nicht erreichen, wenn er es nicht auf ganz andere Weise versuchen würde.

Am nächsten Tag suchte er die Praxis von Dr. Norden auf. Dorthe kannte ihn nicht. Er sagte, daß er Kreislaufstörungen hätte, und er sei nur vorübergehend in München.

Er konnte sich ins Wartezimmer begeben. Dr. Norden war noch beschäftigt, und im Wartezimmer saßen auch noch drei Patienten. Aber Peter hatte ja nichts anderes vor. Seine Gedanken kreisten nur um Michaela und Christoph Kraemer. Einige Ideen kamen ihm, aber er verwarf sie wieder. Michaela war gewarnt, und sie war vorsichtig geworden, und ihr Mann stand ihr zur Seite. Also konnte er sie nur mit Tatsachen erpressen, mit seinem Kind, auf das er Anspruch erheben wollte. Er hatte sich in diese Idee förmlich verbissen.

Daniel Norden stutzte gleich, als er den Namen Stoll auf der Karte las, die Dorthe ihm auf den Schreibtisch legte. Und er wappnete sich auch gleich für dieses Gespräch.

Peter Stoll gab sich höflich und zuvorkommend, als er bei Dr. Norden eintrat.

»Wir sind uns schon einmal begegnet, Herr Doktor, Sie erinnern sich?«

»Ja, ich erinnere mich. Was fehlt Ihnen, Herr Stoll?«

Man konnte Dr. Norden nicht ansehen, wie gespannt und wie wachsam er war.

»Ich bin psychisch am Ende«, begann Peter. »Sie wissen doch, daß ich lange mit Michaela Kunz befreundet war. Was heißt befreundet, wir haben wie ein Ehepaar zusammengelebt. Dann mußte ich beruflich ins Ausland, und sie war darüber gekränkt. Sie hat alles mißverstanden, und jetzt ist sie mit einem anderen Mann verheiratet. Ich bin aus allen Wolken gefallen. Sie erwartet ein Kind von mir und heiratet einen anderen, und ich muß annehmen, daß sie ihn in dem Glauben läßt, daß er der Vater ist. Sie wissen doch, daß es mein Kind ist, Sie sind doch schon lange Michaelas Arzt. Ich werde nie auf mein Kind verzichten.«

Daniel Norden mußte sich sehr beherrschen, um ihn nicht gleich hinauszuwerfen, aber er wußte, daß er ganz geschickt taktieren mußte, um diesem abgefeimten Kerl den Wind aus den Segeln zu nehmen.

»Wie kommen Sie denn darauf, daß es Ihr Kind sein könnte, Herr Stoll?« fragte er sarkastisch.

»Das kann man sich doch ausrechnen. Ich habe Michaela

gestern gesehen. Sie ist bestimmt im sechsten Monat, und das käme doch genau hin.«

»Wieso?«

»Weil wir da noch zusammen waren.«

Dr. Norden überlegte blitzschnell. »Dorthe, bringen Sie mir bitte mal die Karte von Frau Kraemer«, sagte er, und zu Peter Stoll gewandt: »Wir werden es gleich haben, wann die Schwangerschaft eingetreten ist«, sagte er ruhig, und er wäre bereit gewesen, einen Schwur zu leisten, um diesen skrupellosen Mann mattzusetzen.

»Jetzt sagen Sie mir erst einmal, wann Sie zuletzt mit Frau Kunz zusammen waren. Sie müssen verstehen, daß in einem solchen Fall Tage zählen.«

»Das war vor sechs Monaten, und drei Wochen vorher war ich auch bei ihr. Ich bin eben beruflich viel unterwegs und konnte nicht immer in München sein. Deshalb wollte ich ja auch mit der Heirat noch warten, weil ich ja nicht wußte, wo wir uns niederlassen würden. Aber es stand natürlich für mich fest, daß wir heiraten würden.«

»Und wann sollte sie Ihnen gesagt haben, daß sie schwanger ist?«

»Vor sechs Monaten natürlich, ja, vor sechs Monaten.«

Dorthe hatte die Karte gebracht. »Vor sechs Monaten, ja, da war Frau Kunz bei mir, aber nicht wegen einer Schwangerschaft, sondern, weil sie sich in einem tiefen seelischen Zwiespalt befand.« Das stimmte allerdings sogar, aber Dr. Norden wollte freilich nicht die Wahrheit sagen. »An diesem Tag hatten Sie sich nämlich sang- und klanglos aus dem Staube gemacht, Herr Stoll. Sie erinnern sich?«

»Wieso sang- und klanglos?« fragte Peter frech.

»Nun, sich mit so einem Zettel zu verabschieden, ist doch wohl nicht die feine Tour. Andererseits aber bedeutete das für Frau Kunz die Lösung eines Konfliktes, denn inzwischen hatte sich zwischen ihr und Dr. Kraemer etwas angebahnt, was ihr sehr über die Enttäuschung hinweghalf, die Sie ihr bereitet haben. Sie hat mir alles anvertraut und ich denke, Ihnen das zur Kenntnis bringen zu müssen.«

»Sie hat nie was davon gesagt, daß ihr der Kraemer gefällt«, stieß Peter hervor.

»Sie waren doch auch nicht aufrichtig zu ihr. Aber sie wollte fair sein. Sie wollte mit Ihnen sprechen, doch sie waren verschwunden.«

»Sie hat dauernd davon geredet, was sein würde, wenn sie ein Kind bekommt.«

»Es war vielleicht eine prophylaktische Frage, um Ihre Meinung dazu zu hören. Sie wollten kein Kind, aber sie sehnte sich nach einem Familienleben, das sie nicht hatte. Sie wünschte sich Kinder, und Dr. Kraemer wünscht sich auch Kinder. Es steht außer Zweifel, daß Michaela Kraemers Kind ehelich geboren wird. Sie können sich ja auf dem Standesamt erkundigen, wann die Ehe geschlossen wurde. Wenige Tage, nachdem Sie aus Michaelas Leben verschwunden waren. Sie hatte es Ihnen an diesem Tag sagen wollen«, schwindelte er munter drauflos, »aber dazu hatte sie ja keine Gelegenheit mehr.«

»Sie wissen aber sehr genau Bescheid«, sagte Peter höhnisch.

»Nun, Ärzte sind manchmal wie Beichtväter. Und Sie müssen sich mit der Tatsache abfinden, daß das Ehepaar Kraemer eine sehr glückliche Ehe führt.«

»Ich werde trotzdem beweisen, daß es mein Kind ist. Ich warte die Geburt ab, dann sehen wir weiter.«

»Und wie wollen Sie es beweisen? Sie müßten sich einem Bluttest unterziehen, Sie müßten genaue Angaben machen, und ich kann Ihnen sagen, daß Sie nichts erreichen werden. Dr. Kraemer ist der Vater, und das Kind wird seinen Namen tragen. Und jetzt möchte ich gern meine Mittagspause machen.«

Auch diese Niederlage mußte Peter Stoll hinnehmen. Dr. Norden rief aber schleunigst bei Michaela an, um sie eingehend zu informieren, und sie war ihm wieder einmal unendlich dankbar.

Sie hörten jetzt nichts mehr von Peter Stoll. Während der kommenden Wochen sollte ihnen viel Freude beschieden sein. Tobias und Ulrike hatten sich angefreundet und arbeiteten auch harmonisch zusammen, und für Michaela war es schön, dies zu erleben, weil sie alle Menschen um sich herum glücklich sehen wollte. Sie hatte auch ihren beiden Elternteilen eine offizielle Mitteilung über ihre Heirat zukommen lassen.

Ihr Vater schickte ihr dreihundert Mark. Mehr könne er leider nicht entbehren, aber sie wäre ja wohl nun gut versorgt. Ihre Mutter schrieb, sie würde bald nach München kommen, um sie zu besuchen, wenn sie ihr das Reisegeld schicken könnte.

»Nimm es dir nicht zu Herzen, Liebes«, sagte Christoph. »Es ist sicher besser, daß sie weit weg ist.«

Sie schmiegte sich in seine Arme. »Ich möchte so gern eine solche Familie haben wie die Nordens«, sagte sie leise.

»Wir werden eine Familie sein, Michi, eine glückliche Familie.«

Am zweiten Advent brachte Michaela in der Leitner-Klinik eine Tochter zur Welt, ein niedliches kleines Mädchen, das knapp über fünf Pfund wog.

Es war alles glattgegangen. Christoph war aufgeregter als seine Frau, als er sie in der Frühe zur Klinik brachte, und selbst Lotte wurde davon angesteckt. Aber das Baby kam gerade zur rechten Zeit, damit Michaela Weihnachten zu Hause mit ihrem Mann feiern konnte und mit ihrem Töchterchen, das den Namen Dorothee erhielt.

Die Freude war auch bei Nordens groß, und Max und Melanie kamen gleich in die Klinik, um das Baby zu bestaunen.

»Sie wird genauso werden wie du«, sagte Christoph, und es war verständlich, daß es sein innigster Wunsch war. Aber er benahm sich genauso, wie jeder glückliche Vater sich benahm, und das Weihnachtsfest sollte zum glücklichsten in ihrer beiden Leben werden, wie sie einstimmig feststellten.

Kein Schatten fiel auf dieses Glück. Auch jetzt ließ Peter Stoll nichts von sich hören.

Im Frühjahr erfuhr Michaela von Frau Wegner, daß Peter geheiratet hätte. Eine Nachbarin hatte ihn in Oberstdorf getroffen, beim Skifahren. Eine flotte Vierzigerin sollte es sein, die er sich da gekapert hatte, aber für Michaela war es nur eine Erleichterung, daß er sie nun wohl doch endgültig in Ruhe lassen würde.

Sie wünschte sich nun nichts mehr als ein Kind von Christoph, und auch dieser Wunsch sollte ihr bald erfüllt werden.

Liebe war die beste Medizin, das erwies sich auch bei ihnen, denn die Ärzte hegten jetzt auch keine Bedenken mehr, daß er noch ein langes Leben vor sich haben konnte, und er war überzeugt, daß positives Denken verbunden mit Liebe die beste Therapie sei.

Rührend war es, wie liebevoll er mit der kleinen Dodo umging. Er wickelte sie, gab ihr das Fläschchen, brachte sie auch zu Bett, und er kam an keinem Kindergeschäft und keinem Spielzeugladen vorbei, ohne ihr etwas mitzubringen.

Daran änderte sich auch nichts, als Dr. Norden ihnen die frohe Nachricht geben konnte, daß Michaela wieder schwanger sei. Die Freude war groß, aber ebenso auch die Freude an der heranwachsenden Dorothee.

Papi war das erste Wort, das sie sagte, dann kam erst Mami hinterher. Dodo sagte sie und schlug sich dabei auf die Brust und Lollo wurde Lotte gerufen, die nur so flitzte, wenn die Kleine nach ihr rief.

Diese neun Monate vergingen so viel schneller. Wenn Michaela zur Untersuchung in die Leitner-Klinik fuhr, machte Christoph einen Besuch in der Behnisch-Klinik, und wenn Dodo auch nur die geringste Kleinigkeit fehlte, wurde Dr. Norden aufgesucht.

Aber sie war ein gesundes Kind und wurde ihrer Mutter von Tag zu Tag ähnlicher. Doch sie blieb ein Papikind, auch als ihr Brüderchen zur Welt kam.

Christoph Daniel sollte er heißen, Kiko sagte Dodo. Konnte es noch mehr Freude, noch mehr Glück in diesem Hause geben?

Und doch dachten sie an jenen Abend zurück, als sie sich an der Brücke trafen, wenn sie mit ihren Kindern spazierengingen.

»Es war von Gott gewollt, daß wir uns finden, meine Michi«, sagte Christoph zärtlich. Und da küßte sie ihn mitten auf der Brücke.

»Dodo auch Bussi haben«, sagte die Kleine, »und Kiko auch.«

»Siehst du, so kann es auch sein«, hörten sie da jemanden sagen, und Michaela lachte leise. »So viel Glück hat eben nicht jeder«, raunte sie ihrem Mann zu.

Wenn du nicht gewesen wärest

Es war Carola Heidebrink nicht an der Wiege gesungen worden, welche Höhen und Tiefen ihr Leben einmal haben würde. Sie war, wie man sagte, in eine goldene Wiege gelegt worden, hatte eine glückliche Kindheit und Jugend, liebevolle Eltern, und war auch mit äußeren Vorzügen ausgestattet, die sie zu einer umschwärmten jungen Dame machten. Aber sie hatte immer Sinn für Realitäten, wie es ihr vom Vater anerzogen worden war, und das sollte ihr letztlich immer von Nutzen sein.

Sie war neunzehn Jahre alt, als ihre Eltern auf tragische Weise ums Leben kamen. Ein Sportflugzeug war auf ihr Haus gestürzt und in Flammen aufgegangen. Zum ersten Mal traf Carola ein solcher Schicksalsschlag. Sie war zu dieser Zeit zu Besuch bei ihren Großeltern in Bamberg gewesen. Als einziges Kind erbte sie ein beträchtliches Vermögen, aber wie hätte ihr das den Verlust der geliebten Eltern ersetzen können! In dieser für sie so unendlich traurigen Zeit lernte sie Jochen Heidebrink kennen, einen jungen Rechtsanwalt, der es verstand, ihr die Freude am Leben zurückzugeben. Sie heirateten bald, und ein Jahr später wurde der Sohn Lutz geboren. Dank Carolas Vermögen hatten sie keine Geldsorgen, denn viel verdiente Jochen noch nicht, bis er Sozius seines schon bejahrten Chefs wurde.

Sie kauften ein hübsches Haus am westlichen Stadtrand von München, für das dann aber ein Großteil von Carolas Erbe angelegt wurde. Sie waren glücklich und zufrieden, drei Jahre später wurde Anemone geboren und wieder zwei Jahre später Jasmin. Für Carola war das Leben wieder hell und fröhlich. Sie waren fünfzehn Jahre verheiratet, als der nächste Schicksalsschlag Carola traf, denn Jochen verunglückte bei einem schweren Verkehrsunfall tödlich.

Für sie stürzte die Welt zusammen. Lutz war noch nicht ganz vierzehn, Anemone elf und Jasmin neun Jahre.

Aber die Kinder brauchten sie, und sie brauchte auch die Kinder, um sich wieder aufzuraffen. Die Lebensversicherung, die Jochen abgeschlossen hatte, war nicht gerade hoch, die Rente auch nicht, da er ja nur knapp vierzig Jahre alt geworden war, und da die Kinder sie auch brauchten, konnte sie keine Stellung annehmen, um zum Lebensunterhalt beizutragen. Wer hätte denn auch eine Frau mit drei Kindern, die keine Berufserfahrung hatte, eine Stellung gegeben?

Aber nachdem sich Carola gefangen hatte, machte sie das Bestmöglichste aus ihrer Situation. Sie kratzte alles Geld zusammen und übernahm ein Kindermodengeschäft, dessen Besitzerin aus familiären Gründen von München wegzog. Dadurch kam sie auch preiswerter zur Kleidung für ihre Kinder, und sie konnte sich auch über Zulauf nicht beklagen. Ihr natürliches und liebenswürdiges Wesen und ihre mütterliche Ausstrahlung waren ihr Erfolg.

Jochens Kanzlei wurde von seinem Sozius Dr. Jonas Hamann übernommen, und von ihm bekam Carola auch einen Zuschuß für die Kinder, die er so gern hatte und die ihn auch mochten.

Jonas Hamann war verheiratet, hatte aber keine Kinder. Erst mit der Zeit erfuhr Carola, daß diese Ehe ein Drama war, denn Ilse Hamann litt an Knochenkrebs und mußte lange leiden, bis sie dann im Alter von vierzig Jahren starb.

Leid läßt sich gemeinsam besser ertragen, und dadurch entstand eine enge Freundschaft zwischen Jonas Hamann und Carola Heidebrink. Zu einer Heirat hatte sich Carola aber nicht entschließen können, obwohl Jonas sie von Herzen wünschte. Erst sollten die Kinder auf eigenen Füßen stehen können, das war Carolas Wille.

Lutz studierte Jura und brauchte noch zwei Semester, wenn er auch sehr fleißig und zielstrebig war. Anemone hatte die Meisterschule für Mode besucht, und sie wollte auch eigene Modelle für Kinderkleidung auf den Markt bringen. Für Carola war das Geschäft ein Jungbrunnen, meinte sie, und zu Hause würde sie sich jetzt nur langweilen. Später können sie es ja immer noch übernehmen, wenn sie nicht den Erfolg hätte, den sie sich versprach. Doch Carola war überzeugt, daß sie Erfolg haben würde.

Jasmin dagegen war verspielt. Sie hatte die Schule mit Mittlerer Reife verlassen und nicht recht gewußt, welchen Beruf sie ergreifen sollte. Fotomodell, ja, das hätte sie gereizt, aber sie war klein und zierlich, und auch als Stewardeß war sie nicht geeignet. Sie besuchte die Handelsschule, wenn auch lustlos, aber diesbezüglich war Carola streng, denn aus eigener Erfahrung wußte sie, daß man eine Berufsausbildung brauchte.

Jasmin hatte zwar ihren eigenen Kopf, aber sie fügte sich und bekam dann sogar recht gute Zeugnisse.

So verlief Carolas Leben wieder in recht ruhigen und zufriedenstellenden Bahnen, wenn es in ihrem Geschäft in der Vorweihnachtszeit auch recht turbulent zuging. Sie hatte jetzt auch durchgehend geöffnet und beschäftigte eine Aushilfe. Jasmin sprang auch manchmal ein.

An diesem kalten Dezembertag kam sie mittags ins Geschäft gewirbelt, als Carola gerade eine kleine Pause einlegen wollte.

»Zwei Neuigkeiten gibt es, Mami«, platzte sie gleich heraus. »Stell dir vor, ich kann bei einem Film mitspielen. Morgen muß ich zu Probeaufnahmen.«

»Wieso denn das?« fragte Carola verblüfft.

»Felicias Vater ist doch Filmregisseur, und er hat mich auf einem Foto gesehen, und heute hat mich Felicia ihm vorgestellt.«

»Und wer bitte ist Felicia?«

»Die Neue in der Sprachschule.«

Jasmin besuchte diese seit zwei Monaten. Aber Carola konnte sich nicht erinnern, schon mal von einer Felicia gehört zu haben.

Jetzt wurde die Unterhaltung durch das Läuten des Telefons unterbrochen.

Carola meldete sich. »Frau Dr. Norden, gut daß Sie anrufen! Ich bin noch nicht dazu gekommen, aber die Sendung ist da. Am besten wäre es, wenn Sie gleich am frühen Nachmittag kommen würden. Selbstverständlich mache ich das. Auf Wiedersehen .

»Sie ist anscheinend eine gute Kundin«, meinte Jasmin.

»Meine beste, aber bei fünf Kindern braucht man auch allerhand. Und Frau Norden ist froh, wenn sie nicht in die Stadt fahren muß.«

»Für dich ist es gut, daß du das Geschäft hast, Mami, da triffst du nette Leute.«

»Alle sind nicht nett, Lütte. Also, du willst Filmstar werden.«

»Nicht gleich ein Star, Mami, aber vielleicht haut es hin. Talent habe ich ja, wie du selber oft gesagt hast.«

»Aber gedacht habe ich nie daran. Bekomm bloß keinen Höhenflug. Und was ist die zweite Neuigkeit?«

»Felicia hat mich zu einer Party eingeladen. Sie findet schon am Samstag statt, auf Schloß Traven. Ist das nicht toll?«

Nun kam wieder Kundschaft. »Wir reden heute abend weiter, Jasmin. Machst du bitte die Besorgungen? Den Einkaufszettel habe ich auf den Küchentisch gelegt.«

»Wird gemacht, Mami, bis dann.«

Liebe Güte, ist sie gutgelaunt, dachte Carola, denn das war nicht immer so. Aber sie wandte sich nun der Kundschaft zu, und da konnte sie wieder ein gutes Geschäft machen.

～

Daniel Norden war mit Verspätung zum Essen gekommen. Es war Grippezeit, und dann gab es auch schon verdorbene Magen von zu frisch genossenem Weihnachtsgebäck. Er wußte schon aus Erfahrung, wann das losging.

Er sagte es auch seinen Kindern zur Warnung, denn sie hielten sich jetzt auch doppelt gern in der Küche auf, wenn Lenni beim Backen war. Fee hielt sich da raus, denn gegen Lennis Backkünste hatte sie keine Chance. Aber die Vorbereitungen und die Vorfreude aufs Fest waren herrlich, wenn der köstliche Duft durchs Haus zog.

Als Fee ihre Stiefel anzog, waren die Kinder schon wieder bei Lenni in der Küche, um zu fragen, was denn heute gebacken würde.

»Hast du was vor, Fee?« fragte Daniel, als sie ihre Handtasche holte.

»Ich bin mit Frau Heidebrink verabredet. Sie hat Verschiedenes für die Kinder besorgt.«

»Erinnere sie mal daran, daß ihre Vorsorgeuntersuchung fällig ist«, sagte er. »Sie nimmt auf sich zu wenig Rücksicht.«

»Sie macht einen ganz gesunden Eindruck…«

»Sie ist fünfundvierzig.«

»Sie ist doch jetzt im Streß, Daniel. Wie sieht das aus, wenn ich sie ermahne, in die Praxis zu kommen.«

»Ich meine ja nur. Sie hatte vor ein paar Wochen schon mal Beschwerden. Sie ist eine so tüchtige und liebe Frau.«

»Ich werde ihr sagen, daß du dich eingehend nach ihr erkundigt hast«, sagte Fee.

»Tu das, mein Schatz, dann bis heute abend.«

Die Kinder kamen angelaufen. Sie mußten ja dem Papi auf Wiedersehen sagen.

»Du gehst auch fort, Mami?« fragte Anneka vorwurfsvoll.

»Ich muß ein paar Besorgungen machen.«

»Nikolaus holen?« fragte Jan treuherzig.

»Sind doch brav«, plapperte Désirée gleich hinterher.

»Aber er kommt bald«, sagte Danny warnend, »dann werdet ihr gucken.«

»Nich' Angst hab'«, erklärte Jan, und schon lief er wieder zur Küche.

»Auch nich'«, schloß sich sein Schwesterchen an und folgte ihm.

»Sie sind zu niedlich«, sagte Anneka zärtlich. »Heuer erleben sie Weihnachten doch zum ersten Mal richtig. Darauf freue ich mich am meisten.«

Ihr konnte man das glauben. Anneka war so selbstlos, sie hätte den Zwillingen alles gegeben. Die Buben waren doch ein bißchen anders, wenngleich sie die Kleinen auch liebten.

Es war gut, daß Fee so früh bei Carola war, denn der Betrieb ging erst richtig los, wenn alle Geschäfte, die die Mittagszeit einhielten, wieder geöffnet hatten. Fee konnte in Ruhe aussuchen. Sie kannte sich aus. Carola brauchte sich um sie nicht zu kümmern und konnte die anderen beiden Kundinnen abfertigen.

Schwer fiel Fee die Wahl dennoch, denn die Sachen waren durchweg entzückend. Bei den Buben mußte sie mehr auf das Praktische bedacht sein, aber Anneka und die Kleinen konnten so richtig hübsch angezogen werden. Bei ihr dauerte es nicht lange, bis sie alles ausgesucht hatte, was gebraucht wurde. Es kam wieder eine ganz beachtliche Rechnung zusammen. Da waren sie zum Glück ein paar Minuten allein, denn man war neugierig, was die Arztfrau wohl für ihre Kinder ausgeben mochte.

»Wenn Sie die Sachen, die zu klein geworden sind, verkaufen wollen, ich wüßte jemanden«, sagte Carola.

»Ich wollte Sie gerade fragen, wem man zum Fest damit eine Freude machen könnte«, entgegnete Fee.

»Da gibt es mehrere, die sich narrisch freuen würden. Ich kann Ihnen ein paar Adressen geben. Manchmal holen sie Sonderangebote, wenn sie recht billig sind, und da helfe ich dann auch ein bißchen nach, weil sie immer so betrübt auf die hübschen Sachen schauen. Aber ich muß ja auch ziemlich teuer einkaufen.«

»Gegen Ihre Preise ist nichts zu sagen, Frau Heidebrink. Übrigens hat sich mein Mann eingehend nach Ihnen erkundigt.«

»Das ist nett. Mein Gewissen rührt mich, ich muß zur Kontrolluntersuchung.«

»Schieben Sie es nicht zu lange vor sich her«, sagte Fee, »aber ich weiß ja, wie das ist, wenn man so im Streß ist.«

»Bis nach Weihnachten muß es jetzt noch Zeit haben«, sagte Carola. »Es geht mir gut, ich habe nur müde Beine, wenn der Tag zu Ende geht.«

»Das kann ich mir gut vorstellen. Kann Jasmin nicht ein bißchen helfen?«

»Ab und zu schon, aber auf der Sprachenschule sind sie streng. Sie hat es jetzt wenigstens begriffen, daß man sich auf die Hosen setzen muß, wenn man etwas werden will. Aber anscheinend hat man ihr wieder einen Spleen in den Kopf gesetzt.«

»Inwiefern?« fragte Fee.

»Sie hat morgen Probeaufnahmen für einen Film, das hat sie mir vorhin verkündet.«

»Hat sie sich beworben?« fragte Fee erstaunt.

»Nein, man ist an sie herangetreten.«

»Sie ist ja auch ein sehr apartes Mädchen«, sagte Fee. »Sie haben sehr nette Kinder, Frau Heidebrink, und die können stolz auf ihre Mutter sein.«

»Ich hoffe, daß es auch weiterhin gutgeht. Danke für den Einkauf, Frau Norden, und wenn etwas zum Umtauschen wäre, Sie wissen ja, daß Sie jederzeit kommen können.«

»Umzutauschen brauche ich nichts, aber brauchen werde ich wohl laufend was, so, wie die Trabanten wachsen.«

»Ich kann Sie nur immer wieder bewundern.«

»Sie verdienen mehr Bewunderung. Drei Kinder allein zu erziehen, das ist schon eine riesige Aufgabe.«

»Aber es ging gut.« Carola lächelte.

Und wie bezaubernd diese Fee Norden immer noch ist, dachte Carola. Fee dagegen dachte, welch attraktive Frau Carola immer noch sei, und warum sie wohl nicht wieder geheiratet hätte. Bestimmt hätte sie doch wieder einen netten Mann finden können.

Jonas Hamann dachte an diesem Tag auch wieder ganz intensiv, daß es nun wirklich an der Zeit wäre, diese Beziehung zu legalisieren. Er liebte Carola, er konnte ihr auch ein sorgenfreies Leben bieten. Er mochte es nicht, daß sie sich im Geschäft abrackerte. Sie hatte für ihre Kinder genug gearbeitet und für sie vorgesorgt. Wann hatte sie schon mal an sich gedacht, und wenn er das sagte, hatte sie nur gelächelt. Sie sei nicht die einzige Mutter, die so denke und handele, hatte sie gesagt.

Jonas griff zum Telefon. Er wählte Carolas Nummer. Sie meldete sich atemlos.

»Ich habe schrecklich viel zu tun, Jon«, sagte sie hastig. »Ruf doch am Abend zu Hause an.«

»Ich werde kommen. Ich muß mit dir sprechen«, erwiderte er.

»Okay, dann komm zum Essen.«

»Nein, wir werden essen gehen. Kein Widerspruch.«

Es war halb sechs Uhr, und es waren noch fünf Kundinnen im Geschäft, die lange herumsuchten und sich nicht entscheiden konnten.

Ein paar Kinder tobten dazwischen herum, und Carola war tatsächlich geschafft, obgleich sie äußerlich ruhig wirkte. Es wurde halb sieben Uhr, bis sie alles zusammengeräumt hatte. Am nächsten Tag würde Frau Wiesner kommen, ihre Aushilfe, dann konnten sie richtig Ordnung machen. Aber der Gedanke, mit Jonas noch Essen gehen zu sollen, entrang ihr einen tiefen Seufzer. Sie wollte ihn aber nicht vor den Kopf stoßen. Er meinte es gut, und es bedeutete ihr auch wirklich viel.

Na gut, das werde ich auch noch überstehen, dachte sie.

∼

Jasmin hatte die Besorgungen gemacht und alles auf den Küchentisch gestellt, was nicht in den Kühlschrank gehörte. Dabei lag ein Zettel.

Bin mit Jens ins Kino gegangen, Mami. Ich habe mir zehn Mark von Dir geliehen. Du bekommst es zurück von meinem ersten Honorar. Ruhe Dich aus, Jasmin.

Na also, dann brauche ich mich nicht ums Abendessen zu kümmern, dachte Carola und ging gleich unter die Dusche.

Sie war mit dem Ankleiden noch nicht fertig, als Jonas kam.

»Laß dir nur Zeit«, sagte er, nachdem er ihr einen Kuß auf die Wange gedrückt hatte. »Wie es aussieht, ist niemand sonst zu Hause.«

»Anemone ist auswärts bis Freitag, Lutz ist im Konzert und Jasmin ist mit ihrem Freund ins Kino gegangen.«

»Ist es noch Jens?«

»Sie hat noch keinen Andern. Ein netter Junge.«

Sie kleidete sich dabei an. Jonas hatte in einem Journal geblättert.

»Wann bist du aus dem Geschäft gekommen, Carola?« fragte er.

»Wie immer.«

»Also kurz vor sieben.«

»Halb sieben.«

»Das muß anders werden.«

»Ich mache derzeit ein sehr gutes Geschäft.«

»Und Weihnachten liegst du auf der Nase.«

»Habe ich Weihnachten schon mal auf der Nase gelegen?«

Er seufzte in sich hinein. »Dir ist nicht beizukommen, aber du kannst nicht mehr so weitermachen.«

»Wer sagt denn das?«

»Ich«, erwiderte er lakonisch. »Gehen wir?«

»Damit du Ruhe gibst«, erwiderte sie lächelnd.

Was Jonas dann zu erzählen hatte, ließ sie aufhorchen. Er hatte eine Klientin, die die Scheidung beantragt hatte, da der Mann ein Verhältnis mit einer anderen Frau hatte, die ein Kind von ihm erwartete.

»Sie hat keine Kinder und kann nicht mit viel Unterhalt rechnen«, erzählte Jonas. »Sie bekommt aber Geld für eine Starthilfe von ihren Eltern, und da sie gelernte Einzelhandelskauffrau ist, würde sie gern ein Geschäft übernehmen.«

Carola warf ihm einen schrägen Blick zu. »Du denkst natürlich an mein Geschäft, Jon, aber ich gebe es nicht auf.«

»Auch nicht, wenn wir verheiratet sind?«

»Gibst du deinen Beruf auf?«

Er lachte trocken auf. »Das Leben ist teuer, Caroherz.« Das war sein Kosename für sie.

»Das meine ich auch«, nickte sie. »Was soll ich zu Hause den ganzen Tag machen, wenn du eingespannt bist? Ich erkläre mich zu Zugeständnissen bereit, aber wenigstens halbtags will ich im Geschäft sein. Du kannst deiner Klientin ja mal den Vorschlag machen, ob sie sich erst mal informieren will, wie es so läuft. Manche machen sich da eine ganz falsche Vorstellung. Ich habe allein Ware für gut zweihunderttausend Mark im Laden. Hübsche Kindersachen sind nämlich teuer, lieber Jon. Du machst dir wohl auch keine rechte Vorstellung.«

»Ich weiß nur, daß du zu wenig Freizeit und Ruhe hast und deine Kinder immer noch bemuttern mußt.«

»Das gefällt mir eben«, erklärte sie kategorisch. »Bist du etwa eifersüchtig?«

»Du weißt genau, daß ich das nicht bin und daß ich deine Kinder mag, aber sie sind erwachsen. Sie fragen dich auch nicht lange nach deiner Meinung, wenn es um ihre Belange geht.«

»Da täuscht du dich aber sehr. Sie fragen mich schon. Jedenfalls dann, wenn es um sehr wichtige Dinge geht. Natürlich sind sie alt genug, um allein zurechtzukommen, wenn die Finanzen stimmen. Aber wenn Jasmin nun auch Geld verdient, werde ich auch nicht mehr viel zubuttern müssen.«

»Du bist mit der Filmerei einverstanden?«

»Was sollte ich dagegen haben? Ich werde mich deshalb nicht mit ihr anlegen, sie hat schon ihren eigenen Kopf. Schau mich nicht so an, ich gebe das ja zu. Sie muß auch ihre eigenen Erfahrungen machen.«

»Und wann werden wir endlich heiraten, Carola?«

»Vor Weihnachten doch wohl nicht mehr«, meinte sie mit einem verschmitzten Lächeln.

Jasmin war mit ihrem Freund Jens ins Kino gegangen. Der Film hatte beiden nicht gefallen, und sie wollten nun beim Italiener noch Spaghetti essen. Das schmeckte ihnen und kostete nicht viel.

»Wenn ich mir vorstelle, ich sollte in so einem Film mitspielen, würde mich schon das kalte Grausen packen«, sagte Jasmin.

»Wie kommst du denn auf so was?« fragte er verblüfft.

»Ich habe morgen Probeaufnahmen.«

Er sah sie völlig konsterniert an. Er war ein Jahr älter als sie. Sie kannten sich zwei Jahre und verstanden sich gut. Jens studierte im ersten Semester Architektur, hatte sehr nette Eltern, die Jasmin auch gern hatten und die beiden waren viel zusammen.

»Du spinnst«, sagte Jens drastisch.

»Was ist denn schon dabei, ich kann massig verdienen«, erklärte Jasmin. »Wenn es hinhaut, kriege ich pro Tag sechshundert Mark. Ist das nicht toll?«

»Was mußt du denn da machen?«

»Weiß ich noch nicht.«

»Und wie bist du dazu gekommen?«

»Durch Felicia, ihr Vater ist Regisseur. Er hat ein Foto von mir gesehen, und anscheinend gefalle ich ihm. Franco Calderon, ein dufter Mann!«

Jens sah nicht erfreut aus. »Ich finde so was blöd«, sagte er rauh.

»Darunter wird doch unsere Freundschaft nicht leiden.« Jasmin sah ihn erschrocken an. »Vielleicht nehmen sie mich auch gar nicht.«

»Bestimmt nehmen sie dich, so, wie du aussiehst«, stieß er zwischen den Zähnen hervor.

»Sei doch nicht gleich böse, Jens.«

»Ich bin nicht böse, ich mag es nur nicht, daß du in solche Gesellschaft gerätst.«

»Du liebe Güte, das sind doch auch nur Menschen, und es gibt sehr nette darunter. Felicia ist jedenfalls ein ganz süßes Mädchen.

Sie hat mich am Samstag zu einer Party auf Schloß Traven eingeladen.«

»Traven? Da gehört doch dieser Playboy Tommy dazu, ein Frauenheld erster Güte. Hab ich es mir doch gedacht, daß du gleich da hineinrutscht.«

»Was du nur hast«, sagte Jasmin jetzt gereizt. »Ich kenne diese Leute doch noch gar nicht. Ich kenne Felica, und sie ist ein ganz besonders nettes und sensibles Mädchen. Und ich möchte mal solche Leute kennenlernen. Stell dich bloß nicht so an, als würde ich gleich unter die Räder geraten.«

»Jedenfalls mußt du dich vorsehen, Jasmin«, sagte er heiser.

»Hast du kein Vertrauen zu mir? Meinst du, ich kann nicht auf mich aufpassen?«

»So ist es doch nicht. Aber ich weiß, was für einen Ruf manche von denen haben, mit denen Traven sich abgibt. Ein paar sind ja auch auf der Uni. Diese Yuppies denken doch, wunder was sie sind.«

»Jedenfalls ist es interessant, auch mal solche Leute kennenzulernen«, sagte sie bockig.

»Wie du meinst. Dann werden wir uns in Zukunft wohl seltener sehen.«

»Das liegt doch nur an dir.«

»Nun, das wird sich ja herausstellen.«

Aber es blieb eine Mißstimmung. Nie zuvor hatten sie sich so reserviert verabschiedet wie an diesem Abend.

Jasmin war ganz froh, daß Carola noch nicht zu Hause war. Lutz saß vor dem Fernseher, Es lief ein spannender Krimi, und er winkte gleich ab, als sie ihn fragte, wo Carola sei.

»Das könntest du doch wenigstens sagen«, fuhr sie ihn beleidigt an.

»Sie wird mit Jonas ausgegangen sein. Ich will den Film sehen.«

Mürrisch ging sie in die Küche und machte sich einen Kakao. Mit dem Glas und einer Packung Kekse ging sie ins Wohnzimmer zurück. Während sie den ersten Keks knabberte, dachte sie plötzlich an ihre Figur. Jetzt mußte sie wohl eine Bremse einlegen. Sie nahm zwar nicht schnell zu, aber jetzt konnte es auf jeden Zentimeter ankommen. Jasmin war nach dem Gespräch mit Jens erst recht fest entschlossen, eine Karriere anzustreben. Sie wollte es ihm schon zeigen, daß seine Vorurteile falsch waren. Aber sie war doch tief gekränkt, daß er so kühl gewesen war.

Der Film war aus, Lutz ließ wieder mit sich reden. »War sehr spannend«, sagte er. »Ihr wart im Kino?«

»War Mist«, erwiderte sie.

»Deshalb brauchst du doch nicht gleich schlechte Laune zu haben.«

»Ich hatte mit Jens Differenzen.«

»Wie gibt's denn so was, ihr seid doch sonst ein Herz und eine Seele.«

»Weil ich morgen Probeaufnahmen habe.«

»Wie denn das?«

Sie sagte wieder ihr Sprüchlein auf. Lutz grinste. »Jasmin, der künftige Star«, spottete er.

»Ihr seid alle blöd«, fauchte sie und verschwand. Er blickte ihr kopfschüttelnd nach.

Wenig später kam Carola. Er sprang auf, half ihr aus dem Mantel und gab ihr einen Kuß.

»Ist Jasmin noch nicht da?« fragte Carola.

»Doch, sie ist beleidigt abgerauscht.«

»Warum beleidigt?«

»Weil ich sie wegen der Filmerei geneckt habe. Mit Jens hat es wohl deshalb auch Streit gegeben.«

»Guter Gott, große Ereignisse werfen ihre Schatten voraus«, sagte Carola gelassen. »Hoffentlich plumpst unsere Kleine nicht schon morgen ernüchtert auf die Erde zurück.«

Anemone Heidebrink war eine sehr selbstbewußte Dame, und

der junge Mann, mit dem sie zu nächtlicher Stunde zusammen saß, machte einen sehr nachdenklichen Eindruck, als er sie betrachtete.

» Ich sollte endlich heimfahren, Phil«, sagte sie.

»Ich denke, deine Mutter weiß noch gar nicht, daß du schon wieder in München bist.«

»Weiß sie auch nicht, aber trotzdem möchte ich heim.«

»Mich hast du wohl bisher auch unterschlagen«, fuhr er fort, ohne darauf einzugehen.

»Wieso unterschlagen, warum hätte ich von dir sprechen sollen?«

»Vielleicht deshalb, weil ich deine Mutter auch gern mal kennenlernen würde.«

Ihre schöngezeichneten Augenbrauen hoben sich leicht. »Man muß doch nicht gleich in Familie machen.«

»Wir kennen uns bereits ein halbes Jahr.«

»Wir haben uns in dieser Zeit zehnmal gesehen.«

»Dafür kann ich doch nichts, Mone. Ich bin nun mal viel unterwegs. Es ist mein Job.«

»Du weißt aber, daß du einen gefährlichen Beruf hast.«

»Pilot ist ein Beruf wie jeder andere.«

»Du weißt genau, wieviel passiert.«

»Schau mal in der Statistik nach, wieviel Menschen bei Autounfällen sterben. Was soll das, Mone! Wir lieben uns doch, oder täusche ich mich?«

»Ich lebe in ständiger Angst um dich«, sagte sie leise.

»Was soll ich da sagen, wenn du mit dem Auto unterwegs bist? Man kann sich damit doch das Leben nicht schwermachen.«

»Aber dieses ständige Warten, wann du mal kommst, ich fühle mich dem nicht gewachsen. Außerdem ist Testpilot noch schlimmer, als wenn du eine Verkehrsmaschine fliegen würdest.«

»Da habe ich aber die Verantwortung nur für mich selbst und für meine Maschine.«

»Und du liebst deinen Beruf mehr als mich.«

»Fang doch nicht so an, Mone. Das sind zwei verschiedene Schuhe, und man kann nicht gleichzeitig in sie hineinschlüpfen. Wenn du mir sagen willst, daß du mich nicht liebst und wir uns trennen sollen, rede bitte nicht herum. Sag es mir direkt. Wenn es mir auch weh tun würde«, fügte er leise hinzu.

Ihr war die Kehle eng. Sie sah ihn an und wußte, daß sie ihn liebte, und es war da auch noch etwas anderes, was sie an ihn band, was sie nicht sagen wollte. Er war aufgestanden und nahm sie in die Arme.

»Wir wissen doch, daß wir zusammengehören, Mone. Ich kann mich nicht so täuschen.«

»Was würdest du denn tun, wenn ich ein Kind bekäme, Phil?« fragte sie leise.

»Lieber Gott, ich würde durchdrehen vor Freude, nehme ich an. Willst du nicht auch Kinder haben, Mone?«

Seine Antwort brachte sie aus dem Gleichgewicht. Damit hatte sie nicht gerechnet. Eher mit Abwehr.

»Du würdest dich freuen?« staunte sie.

»Hast du etwas anderes erwartet? Natürlich müssen wir erst verheiratet sein, eine entsprechende Wohnung haben, möglichst ein Haus mit Garten, und natürlich muß ein Kinderzimmer eingerichtet werden. Du weißt doch hoffentlich, daß ich dich liebend gern heiraten möchte.«

»Das hast du bisher nicht gesagt.«

»Wirklich nicht? Ich habe es aber immer gedacht. Es ist doch eigentlich selbstverständlich, wenn man sich liebt.«

»Viele heiraten nicht, obgleich sie sich lieben.«

»Diesbezüglich bin ich wahrscheinlich altmodisch. Ich möchte ja auch, daß unsere beiden Kinder meinen Namen tragen, meinetwegen könnten wir auch einen Doppelnamen nehmen, wenn du dich von deinem nicht trennen willst. Steiner Heidebrink klingt doch gut.«

»Du legst ein Tempo vor, da komme ich nicht mit. Du überraschst mich offengestanden.«

»Ich würde dich morgen heiraten.

»Oder zwischen zwei Testflügen«, sagte sie nachdenklich.

»Jedenfalls verdiene ich so viel Geld, daß wir uns bald ein Haus kaufen könnten, oder auch gleich, Mone. Ich brauche nicht zu überlegen.«

»Wir wollen nichts überstürzen, Phil. Aber wenn du am Wochenende mal Zeit hast, werde ich dich mit meiner Mutter bekannt machen.«

Nun hatte sie es doch gesagt. Er küßte sie stürmisch, bis sie keine Luft mehr bekam.

»Wir bleiben zusammen immer und ewig«, sagte er. »Ich werde nie eine andere Frau lieben.«

»Dann laß mich bitte am Leben«, scherzte sie. Aber sie wußte, daß sie sich nichts sonst wünschte.

Anemone trennte sich erst am nächsten Morgen von Phil, aber sie fuhr nicht gleich nach Hause, sondern zu Dr. Norden.

»Hallo, welche Überraschung«, wurde sie von Dorthe Harling begrüßt. »Sie werden doch nicht etwa auch die Grippe haben?«

»Nein, davon merke ich nichts. Ich wollte mir nur einen Rat von Dr. Norden holen.«

Dorthe hatte da meist die richtige Vermutung, daß es sich um die Pille handelte, aber bei Anemone lag sie falsch.

Sie war keineswegs verlegen, als sie Dr. Norden erklärte, daß sie vermute, schwanger zu sein. Dr. Norden kannte die Familie Heidebrink lange genug, um zu wissen, daß darüber keine Aufregung entstehen würde. Carola hatte sich diesbezüglich schon einmal mit ihm unterhalten.

»Und wo liegt das Problem?« fragte er.

»Für mich gibt es kein Problem. Ich möchte nur wissen, ob alles in Ordnung ist«, erklärte Anemone. »Das Problem liegt beim Vater des Kindes.«

»Will er es nicht?«

»O doch, er würde ums Sechseck springen«, erwiderte Anemone, »aber er will auch heiraten, und ich will nicht.«

»Warum nicht?«

»Er ist Testpilot und sehr viel unterwegs. Er liebt seinen Beruf, aber ich könnte mir vorstellen, daß er aus Verantwortungsbewußtsein einen Posten auf festem Boden annehmen würde, und dabei wäre er bestimmt nicht glücklich. Er soll mich auch nicht wegen des Kindes sofort heiraten. Ich werde es ihm also vorerst nicht sagen. Bis zum fünften Monat sieht man doch sowieso nicht viel, und dann geht er vielleicht wieder für drei bis vier Monate nach Amerika.«

»Sie wollen das Kind, aber Sie sind sich Ihrer Gefühle nicht sicher, Anemone«, sagte Dr. Norden nachdenklich.

»O doch, ich liebe ihn, und ich weiß, daß er mich liebt, aber ich bin sicher, daß er sich als Konstrukteur nicht wohl fühlen würde, jetzt jedenfalls noch nicht.«

»Vielleicht betrachten Sie das so nur aus Ihrer Sicht.«

Er kannte den eigensinnigen Zug in ihrem Gesicht, der jetzt auch wieder wahrzunehmen war.

»Ich kenne Phil«, erklärte sie mit fester Stimme. »Und ich werde auch meiner Mutter von dem Baby noch nichts sagen, sonst liegt gleich die ganze Babyausstattung unterm Weihnachtsbaum. Sie arbeiten doch mit Dr. Leitner zusammen. Würden Sie mit ihm sprechen? Ich mag ihm nicht die ganze Litanei nochmals vorbeten. Ich kenne ihn ja noch nicht.«

Jetzt mußte Dr. Norden doch lächeln. Wenn er auch manches an Anemones Einstellung auszusetzen hatte, so fand er es doch anerkennenswert, daß sie nicht die leiseste Andeutung machte, daß ihr ein Baby zu dieser Zeit unwillkommen wäre.

»Ich werde mit Dr. Leitner sprechen und mit ihm einen Termin ausmachen. Welcher Tag würde Ihnen denn passen?«

»Montag vielleicht?«

»Das ist bestimmt zu machen. Ich rufe gleich an.« Er konnte

Schorsch Leitner zufällig auch gleich erreichen. Am Montag um halb zehn Uhr konnte Anemone kommen.

»Nähere Informationen gebe ich dir noch«, sagte Daniel Norden. »Hat Frau Schindler ihr Baby schon?«

Er lächelte, als er die Antwort hörte. »Fein, dann komme ich vor der Nachmittagssprechstunde vorbei.«

Er legte den Hörer auf und sah Anemone an. »Da hat eine Patientin von mir nach bereits zehnjähriger Ehe den heißersehnten Sohn bekommen. So was freut einen schon sehr.«

Anemone lächelte auch. »Da ist es mir lieber so wie bei mir. Ich bin ein ungeduldiger Mensch.«

»Aber Sie sind doch im Beruf auch ehrgeizig.«

»Ich habe einen Beruf, den ich auch zu Hause ausüben kann, aber ich könnte mein Baby immer mitnehmen. Sie dürfen nicht denken, daß ich daran nicht auch gedacht hätte.«

»Aber Sie wollen auf den Beruf auch nicht verzichten?«

»Nein, keinesfalls. Ich weiß, wie schwer es Mami hatte, allein mit uns fertig zu werden.«

»Sie hat es aber großartig gemeistert.«

»Ja, sie ist eine wundervolle Mutter.«

Und sie wird wohl auch eine gute Mutter werden. Ihm gefiel es sehr, daß Anemone es so selbstverständlich hinnahm. Sie war doch noch so jung, erst einundzwanzig. War der Mann so, wie sie es sagte? Würde er sich wirklich so über ein Baby freuen? Testpilot, guter Gott, so ein Zitterberuf, aber war es nicht so, daß auch auf der Erde ständig Gefahren im Verkehr drohten? Wo und wann war man eigentlich sicher? Jeden Tag passierte etwas.

Auch an diesem Tag sollte wieder ein schrecklicher Unfall passieren. Es traf einen Jungen aus Dannys Klasse. Er war mit dem Fahrrad auf dem Heimweg gewesen, als er von einem Raser, der die Kontrolle über seinen Wagen verloren hatte, überfahren wurde.

Daniel Norden wollte gerade nach Hause fahren, als der Notruf kam, und er erkannte den Jungen sofort. Es war Peter Rödel, einziges Kind eines Druckereibesitzers. Daniel wurde es heiß und kalt. Der Junge war schwerverletzt. Ein Hubschrauber war angefordert worden. Dr. Norden leistete Erste Hilfe, so weit ihm das möglich war. Ihm war elend zumute, weil er auch an seine Kinder dachte, die Dieter kannten, und natürlich auch an dessen Eltern, die jetzt wohl mit dem Essen auf den Buben warten würden.

Daniel sprach mit den Polizisten. »Ich kenne die Familie«, sagte er. »Ich werde sie benachrichtigen. Es wird ein schwerer Schock sein. Und dann auch noch Fahrerflucht.«

»Wir werden den Burschen schnappen, der Wagen ist bekannt«, wurde ihm erwidert.

Er fuhr zu den Rödels. Frau Rödel stand schon in der Haustür. Sie hatte das Martinshorn gehört und den Hubschrauber gesehen. Sie begann zu zittern, als Dr. Norden auf sie zukam.

»Es ist doch nicht Dieter«, flüsterte sie mit erstickter Stimme.

Daniel ergriff ihre Hände. »Er wird ins Klinikum geflogen, Frau Rödel«, sagte er heiser. »Er war nicht schuld.«

»Das weiß ich«, schluchzte sie auf. »Er ist so vorsichtig. Oh, mein Gott, warum gerade unser Bub!«

Das hätten wohl auch andere Mütter gesagt, wenn es sie getroffen hätte, aber Daniel verstand es nur zu gut. Er wagte nicht zu sagen, wie schwer verletzt Dieter war.

»Ich werde gleich zu ihm fahren«, flüsterte sie. »Mein Mann kann ja nicht weg. Es sind so wichtige Aufträge zu erledigen. Danke, daß Sie gekommen sind, Herr Doktor.«

»Ich weiß, daß Worte nicht trösten können, Frau Rödel. Ich war auch tief erschüttert, als ich Dieter erkannte. Und ich weiß nicht, wie ich es meinen Kindern sagen soll.«

»Sie haben wenigstens mehr Kinder, wir haben ja nur den einen.«

Und sie werden ihn verlieren, dachte er. Er hatte keine Hoffnung, daß Dieter überleben würde.

Fee sah ihm sofort an, wie ihm zumute war. »Ich habe den Hubschrauber gehört«, sagte sie leise. »Unfall?« Er nickte.

»Dieter Rödel«, gab er preßt zur Antwort.

Sie preßte gleich die Hand auf den Mund, und ihre Augen wurden schreckensweit.

»Jetzt nichts sagen«, murmelte sie.

»Ich werde mich hüten.«

Frau Schindler freute sich, als Daniel ihr seinen Besuch machte und persönlich gratulierte.

Sie hatte ihr Baby schon in seinem Bettchen neben sich stehen. »Wenn man solange gewartet hat, möchte man dieses Gottesgeschenk keinen Augenblick mehr missen«, sagte sie innig.

Wie gut konnte er sie verstehen, aber in diesem Augenblick dachte er auch an eine andere Mutter, die nun wohl um ihr Kind weinte. Schorsch Leitner merkte auch, daß ihn etwas bedrückte. Er sagte es ihm.

»Ein Alptraum für alle Eltern, daß so was passieren könnte«, sagte Schorsch leise. Er war auch nicht mehr der Jüngste gewesen, als seine beiden Kinder zur Welt kamen, und seine Frau Claudia war eine überängstliche Mutter.

Daniel erzählte dann von Anemone Heidebrink. »Alle Achtung«, sagte Schorsch, »aber in solchem Fall wäre eine Heirat wohl doch angebracht. Nun, sie kann ihre Meinung noch ändern.«

»Sie ist sehr eigensinnig.«

Schorsch nickte. »Ich kenne solche Frauen auch. Sie wollen vor allem ganz sicher gehen, daß sie ein gesundes Kind haben werden, aber wenn es der richtige Mann und die wahre Liebe ist, gibt es ein Happyend.«

»Das hoffe ich auch.«

Als Daniel in die Praxis kam, erfuhr er, daß Dieter gestorben war. Dorthe hatte es von der Polizei erfahren, und der Unfallverursacher war gefaßt worden. Es war Peter Bruck, der den Porsche seiner Mutter dann im Wald an einen Baum gesetzt hatte. Ihm war nicht viel passiert.

»Dieses verwöhnte Bürscherl«, sagte Dorthe grimmig. »Den Führerschein hat er erst im dritten Anlauf geschafft. Er hätte ihm gar nicht ausgehändigt werden dürfen! Zwei Autos hat er auch schon zu Schrott gefahren. Hoffentlich sperren sie ihn nun ein.«

Ob er sich dann bessern würde, ging es Daniel durch den Sinn. Daß Peter Bruck, der Sohn des Baulöwen, ein Nichtsnutz war, wußte man im weiten Umkreis. In der Schule ein Versager, sonst ein arrogantes Großmaul, hatte er schon manchen verärgert. Aber sein Vater war auch nicht von der feinen Art. Er hatte Geld und besaß Macht, und er kam immer mit einem blauen Auge davon, wenn ihm was schiefging. Seine Frau hatte nichts zu sagen. Sie war gewohnt, den Mund zu halten. Und natürlich war sie in den Augen ihres Mannes schuld, weil Peter ihren Wagen gefahren hatte. Daß sie es ihm nicht erlaubt hatte, spielte dabei keine Rolle. Sie hätte die Autoschlüssel besser aufbewahren sollen, schrie ihr Mann sie an.

»Dann hätte er den Wagen kurzgeschlossen, wie er es schon öfter getan hatte«, sagte sie aufbegehrend. »Es ist ein Kind zu Tode gekommen. Ich möchte nicht wissen, wie du dich aufgeführt hättest, wenn eins von unseren Kindern so was passiert wäre.«

Darauf wußte Bruck zum ersten Mal nichts zu sagen. Aber er wußte, daß es einen mächtigen Skandal geben würde, den er nicht mit Geld und guten Worten besänftigen konnte.

Fee Norden mußte ihre Kinder trösten. Sie hätte es ihnen lieber selber gesagt, bevor sie es von anderen erfahren hätten.

Es ging ihr zu Herzen, wie sie alle drei weinten, ihr war es ja auch traurig ums Herz.

»Papi hat es gewußt, deswegen war er so still«, flüsterte Anneka unter Tränen.

»Da wußte er aber noch nicht, daß Dieter nicht mehr lebte«, sagte Fee leise. »Manchmal geschehen auch Wunder.«

»Diesmal aber nicht«, sagte Danny, »die armen Eltern. Hoffentlich kriegen es die Brucks mal knüppeldick, damit sie sehen, wie so was ist.«

Diesmal rief ihn Fee nicht zur Ordnung, so etwas nicht zu sagen. Sie wußte, was in den Kindern vor sich ging. Sie dachte ja auch, daß Peter Bruck hart bestraft werden sollte.

~

Als Anemone heimgekommen war, fand sie das Haus leer. Das kam ihr nicht ungelegen. So brauchte sie vorerst keine Fragen zu beantworten. Sie duschte und ruhte sich aus, machte sich Kaffee und aß einen Schinkentoast. Dann kleidete sie sich an und fuhr zu »Carolas Kindermoden«.

Es war dort wieder Hochbetrieb, und sie beschloß spontan, ihrer Mutter zu helfen. Carola hatte gar keine Zeit, sie richtig zu begrüßen. Ihre Aushilfe hatte sie im Stich gelassen und ihr kurz und bündig mitgeteilt, daß sie vor Weihnachten nicht mehr kommen könne, weil sie sich nicht wohl fühle.

»Lieb von dir, Mone, daß du einspringst«, sagte Carola hastig, als sie eine Kundin verabschiedet hatte. Aber sie mußte sich gleich der nächsten zuwenden, die ungeduldig war.

Anemone bewahrte Ruhe, und die hatte Wirkung. Sie verstand ja etwas von Kinderkleidung, und die Kundin, die sie nun bediente, wollte für zwei Kleinkinder einkaufen. Das Hübscheste war ihr gerade gut genug, und da machte es Anemone natürlich doppelt Spaß. Sie konnte eine große Rechnung schreiben und lachte ihre Mutter an. Reden wollten sie jetzt nicht viel. Anemone fragte nur, wenn sie etwas nicht gleich fand. Und die Zeit verging wie im Fluge. Dann war Mittagszeit und da hatten sie endlich eine Verschnaufpause.

»Ißt du nicht, Mami?« fragte Anemone.

»Es bekommt mir nicht bei der Hetze.«

»Du mußt aber essen, sonst fällst du um. Ich hole schnell was aus dem Feinkostgeschäft.« Carola widersprach nicht. Sie hatte keinen Hunger, sie hatte, wie schon öfter, wieder die seltsamen Schmerzen in der Leistengegend.

Das kommt nur vom vielen Stehen, beruhigte sie sich. Aber sie war jetzt heilfroh, daß sie sich doch ein bißchen setzen konnte. Sie trank eine Tasse Kaffee, der stand immer bereit.

Anemone war bald zurück. Sie brachte leckere Sachen, trotzdem stellte sich bei Carola kein Appetit ein. Sie mußte jeden Bissen herunterzwingen, aber sie wollte Ermahnungen und auch Fragen ausweichen.

»Wie war die Reise, Mone?« fragte sie.

»Erfolgreich. Meine Entwürfe sind alle angenommen worden und gehen auch bald in die Produktion. Wenn ich nur einen eigenen Betrieb aufmachen könnte, aber es sind ja so schwer Arbeitskräfte zu finden.«

»Mir wäre es lieber, du würdest das Geschäft übernehmen, Mone. Du siehst ja, wie gut es geht.« Eigentlich hätte Carola es nicht sagen wollen, aber nun war es gesagt.

»Willst du doch aufgeben, Mami?« fragte Anemone.

»Jonas will endlich heiraten.«

»Kann ich ihm nicht verdenken, und du solltest ihn nicht mehr warten lassen.«

»Würdest du das Geschäft übernehmen?«

»Allein nicht. Ich habe auch andere Ziele. Aber wir könnten mal darüber reden. Hattest du nicht eigentlich an Jasmin gedacht?«

»Sie hat Flausen im Kopf. Sie hat heute Probeaufnahmen.«

»Liebe Güte, wofür denn?«

»Für einen Film. Franco Calderon hat sie aufgefordert. Seine Tochter ist mit Jasmin auf der Sprachenschule.«

»Was sagt man dazu!« staunte Anemone.

»Mir will es nicht gefallen, aber anscheinend fällt ihr zu, was sie sich einbildet.«

»Sie ist ein Sonntagskind, Mami.«

Aber nun war die Verschnaufpause auch schon wieder zu Ende. Anemone hatte ihrer Mutter noch immer nicht sagen können, daß sie ihr Phil vorstellen wollte. Sie überlegte, ob sie es überhaupt tun sollte, aber sie wollte es Phil nicht antun, jetzt wieder einen Rückzieher zu machen.

Sie hatten wieder viel zu tun bis zum Abend, aber sie waren beide gutgelaunt, weil die Kasse geklingelt hatte.

»Heute abend gehen wir essen« schlug Carola vor. »Mal sehen, was Jasmin zu berichten hat.«

Sie hatte gar nichts zu berichten, sie war nämlich nicht zu Hause. Lutz hatte einen Anruf von ihr entgegengenommen.

»Sie ist zum Essen eingeladen, war mächtig aufgedreht«, berichtete er. »Und für dich hat ein Mann namens Steiner angerufen, Anemone.«

Sie konnte es nicht verhindern, daß sie errötete. Carola warf ihr einen schrägen Blick zu.

»Ein guter Bekannter«, sagte Anemone stockend. »Ein sehr netter Mann. Wenn es euch recht ist, stelle ich ihn euch Samstag oder Sonntag vor.«

»Dann lieber Sonntag«, erwiderte Carola spontan. »Da kann ich ausschlafen. Machen wir einen Brunch oder ein richtiges Mittagessen?«

»Vielleicht einen Sauerbraten mit Klößen?« meinte Anemone. »Den ißt Phil so gern, und im Restaurant bekommt man den nicht so, wie du ihn machst, Mami.«

»Soll mir recht sein«, erwiderte Carola. »Jonas mag ihn auch. Hast du was dagegen, wenn er ebenfalls kommt?«

»Aber nein, dann haben wir mal ein paar Männer am Tisch.«

Lutz grinste breit. »Das laß' ich mir nicht entgehen. Da verzichte ich aufs Skifahren.«

»Ist doch eh' noch kein richtiger Schnee«, stellte Anemone fest.

Ihr gefiel es, daß niemand fragte, wie und was er ist, und wo sie ihn kennengelernt hätte. Es fiel ihr nun auch nicht leicht, mit Phil zu telefonieren, ohne darüber nachzudenken, daß es mitgehört werden könnte.«

»Ja, Lutz hat es ausgerichtet«, hörte Carola sie sagen. »Ich habe Mami im Geschäft geholfen, es war viel zu tun. Es bleibt bei Sonntag, gleich zum Mittagessen. – Okay, morgen abend bei Greg. Tschüs.«

Es klang unverfänglich. Was Phil gesagt hatte, konnte Carola nicht wissen, und sie stellte auch jetzt keine Fragen.

Lutz kam in die Küche und naschte. »Zu jedem Töpfchen findet sich ein Deckelchen«, meinte er anzüglich.

»Mal sehen, ob es paßt«, erwiderte Carola schmunzelnd.

~

Jasmin kam erst nach Mitternacht nach Hause. Nur Lutz hörte sie, denn Carola und Anemone schliefen tief nach dem arbeitsreichen Tag.

Weniger aus Neugier, mehr aus Besorgtheit wollte Lutz seine »kleine« Schwester sehen, Sie war bester Stimmung.

»Du platzt wohl vor Neugierde«, meinte sie neckend.

»Jetzt schon«, gab er zu. »Aber leise, Mami und Mone schlafen. Kriegst du eine Rolle?«

»Mit Sicherheit, wahrscheinlich sogar eine größere. Ich muß noch was lernen und vorsprechen. Aber Calderon ist ein toller Mann!«

Sie sagte es hingebungsvoll, fast andächtig. Ihr Blick schweifte träumerisch in die Ferne.

Lutz hatte ein merkwürdiges Gefühl. Jasmin war begeisterungsfähig, das wußten sie ja, aber Calderon mußte doch mehr als doppelt so alt sein wie sie.

»War Felica auch dabei?« fragte er beiläufig.

»Beim Essen schon, bei den Aufnahmen nicht. Den Videofilm habe ich schon gesehen. Ich wußte gar nicht, daß ich so fotogen bin.«

»Hoffentlich steigt es dir nicht gleich in den Kopf.«

»Sei doch nicht gleich so. Calderon ist bestimmt verwöhnt. Luisa Markoff ist eine Schönheit, aber er war von mir richtig begeistert. Ich sei ein Naturtalent, hat er gesagt.«

»Na dann, ich wünsche dir viel Glück, Kleine.«

In ihren Augen blitzte es auf. »Ich sehe das wirklich ganz realistisch, Lutz. Aber es ist wahnsinnig interessant, mal diese Luft zu schnuppern. Seit wann ist Mone zurück?« lenkte sie dann ab.

»Ich habe sie abends gesehen. Sie hat Mami im Geschäft geholfen. Am Sonntag stellt sie uns ihren Freund vor.«

»Sie hat einen Freund? Das ist ja was ganz Neues. Was ist er denn?«

»Das hat sie nicht gesagt, und wir haben nicht gefragt.«

Sie blinzelte müde. »Aber ich muß gleich alles lang und breit erzählen.«

»Ich würde Calderon auch gern kennenlernen.«

»Wirst du bald können. Nächsten Freitag sind wir bei ihm eingeladen. Felicia wird zwanzig. Er gibt eine große Party.«

»Sie ist wohl recht verwöhnt.«

»Sicher, aber man merkt es nicht. Sie ist kein bißchen eingebildet. Ihre Mutter ist vor zwei Jahren gestorben. Sie vermißt sie sehr. Aber sie versteht sich sehr gut mit Franco.«

»Nennst du ihn schon beim Vornamen?« fragte Lutz.

»Das ist so üblich in diesen Kreisen. Mir gefällt das sehr, wenn es gleich so locker zugeht.«

Dann wollte sie aber ins Bett, und Lutz war nun auch müde.

Mit Spannung erwartete Carola den Sonntag. Sie war heilfroh, als sie Samstag die Ladentür abschließen konnte. Sie wußte, daß es auch zu Hause turbulent zugehen würde, da Jasmin sich ja auf die große Party vorbereitete. Anemone wollte am Abend ausgehen, Lutz würde wohl auch nicht zu Hause sein.

Carola hatte nur kurz mit Jonas telefoniert und ihn über die Neuigkeit informiert. Er wollte am späten Nachmittag zu ihr kommen und etwas mit ihr unternehmen, aber sie sagte, daß sie lieber zu Hause bleiben wolle. Das war ihm auch recht.

Als Carola heimkam, brauchte sie sich nur an den gedeckten Tisch zu setzen. Anemone hatte das Essen zubereitet, Ripperl und Sauerkraut, das mochten sie alle. Lutz hatte schon zwei Stunden

Tennis gespielt und brachte großen Hunger mit. Jasmin hatte bis mittags geschlafen, um für den Abend fit zu sein. Sie diskutierte mit Anemone, was sie anziehen solle, und bei Tisch erzählte sie dann von den Probeaufnahmen und schwärmte wieder so von Franco Calderon, daß Carola einen skeptischen Blick mit Lutz tauschte. Aber was nutzte es jetzt, wenn sie mahnende Worte sagen würde, dadurch würde sie nichts ändern. Sie kannte Jasmin. Dann erst recht, war ihre Devise schon immer gewesen. Aber sie konnte sich auch fast kindlich freuen, nämlich da, als Anemone ihr anbot, ein besonders hübsches Kleid von ihr anzuziehen, das Jasmin schon immer so gut gefallen hatte.

Sie hatten fast die gleiche Figur. Anemone war etwas größer, aber sie dachte mit so ein bißchen Selbstspott, daß sie schon bald solche Kleider nicht würde tragen können.

An ihr fiel aber niemand etwas auf. Nun, sehen konnte man noch lange nichts, und sonst zeigte sie Selbstbeherrschung und war lebhaft, wie man es von ihr gewohnt war.

Dann fing Jonas aber doch an, sie wegen ihres Freundes auszufragen.

»Er heißt Philipp Steiner, ist dreißig Jahre und Testpilot«, erklärte Anemone. »Und ihr werdet ihn ja morgen kennenlernen. Kein weiterer Kommentar.«

»Testpilot«, wiederholte Carola nur irritiert.

»Toll«, sagte Lutz.

Jasmin warf Anemone nur einen schrägen Blick zu. Sie wollte sich in keine Diskussion einlassen, da sie genau wußte, wie empfindlich Anemone reagieren konnte.

Testpilot, das war natürlich auch was, was ihr gefiel. Bestimmt war das ein interessanter Mann. Ob es was Ernstes war? Mochte schon sein, sonst hätte Anemone ihn wohl nicht eingeladen. Jasmin betrachtete die Ältere nachdenklich. Sie war schon ein ganz besonders aparter Typ, und Jasmin konnte sich vorstellen, daß Franco Calderon von ihr entzückt sein würde. Und deshalb war es sicher gar nicht angebracht, sie mit zu der Party am nächsten

Freitag einzuladen, obwohl er gesagt hatte, sie sollte ihre Geschwister mitbringen. Wenn auch Anemone sicher nicht die Absicht hatte, ins Filmgeschäft einzusteigen, so fürchtete Jasmin jetzt doch die Konkurrenz der eigenen Schwester, denn sie mußte neidlos anerkennen, daß man Anemone schön nennen konnte, schön in tieferem Sinn, weil sie ausdrucksstark war.

Es war für Jasmin auch beruhigend, daß plötzlich auch ein Mann in Anemones Leben auftauchte, und sicher war er ein interessanter Mann, denn mit einem Dutzendtyp würde sich Anemone nicht einlassen.

Anemone hatte nicht die leiseste Ahnung, was in Jasmins Kopf vor sich ging. Mit schwesterlicher Liebe half sie Jasmin, sie für den Abend besonders hübsch herzurichten, und da sie einen ausgezeichneten Geschmack und dazu auch Fingerspitzengefühl besaß, war das Ergebnis fast atemberaubend, wie Carola etwas besorgt feststellte.

»Ist doch gut so, Mami«, meinte Anemone lächelnd, »wenn wir auch nicht zu diesen erlauchten Kreisen gehören, können wir doch zeigen, daß wir nicht zu übersehen sind. Vielleicht angelt sich Jasmin einen Millionär.«

»Wenn er auch noch nett ist, warum nicht«, lachte Jasmin, was Carola wiederum beruhigte, weil sie wohl doch nicht auf Calderon fixiert war.

Sie wurde abgeholt, allerdings wurde der Wagen von einem Chauffeur gesteuert, was Lutz wieder zu anzüglichen Bemerkungen veranlaßte, daß Jasmin wohl bald die große Dame spielen würde.

»Laß ihr doch jetzt den Spaß«, sagte Anemone, »sie schnappt schon nicht über.«

Carola freute sich immer wieder, wie gut das Verhältnis zwischen den Geschwistern war, wenn Lutz auch mehr dazu neigte zu spotten, aber er war eben ein junger Mann, der alles ein bißchen anders betrachtete, als Mädchen es taten. Und Lutz war gegen alles Commerzdenken, gegen pompöse Parties und das, was er Geldverschwendung nannte.

»Ich bin jedenfalls gespannt, was Jasmin erzählen wird«, sagte Carola. »So ein bißchen Gesellschaftsklatsch aus erster Hand ist doch auch mal nett.«

»Wie ihr meint, ich gehe jetzt zu unserem Stammtisch«, sagte Lutz. »Da wird ernsthaft diskutiert.«

»Na, immer finde ich das auch nicht gut. Man muß doch auch Spaß haben«, sagte Anemone.

»Recht hast du«, wurde sie von Carola unterstützt.

Anemone verließ das Haus dann auch bald, schlicht und sportlich gekleidet. Sie sagte nicht, wohin sie gehen würde, aber Carola hatte ja schon gestern dem Telefongespräch entnommen, daß sie sich mit Philipp verabredet hatte.

»Er ist Testpilot«, sagte sie gedankenvoll, als Anemone gegangen war. »So ein gefährlicher Beruf!«

»Es ist ihr Bier, Mami«, meinte Lutz gleichmütig. »Wenn du dich ans Steuer setzt, lebst du auch gefährlich, selbst als Fußgänger.«

Carola sagte nichts mehr.

Lutz ging dann auch, und Jonas kam. Sie war ehrlich froh, daß sie ihn hatte. Mit ihm konnte sie über alles reden, auch über ihre innersten Gedanken, und er nahm an allem teil, wenn es um die Kinder ging. Für diesen Abend hatten sie wahrhaftig genug Gesprächsstoff. Ihm mißfiel allerdings, daß Jasmin in diese Gesellschaft geraten war.

»Der junge Traven ist ein Frauenheld, sieht zwar blendend aus, aber vor ihm ist kein hübsches Mädchen sicher.«

»Woher weißt du das?«

»Weil ich eins kenne, das gegen ihn gerichtlich vorgehen wollte, aber sie wurde dann eingeschüchtert.«

»Gut, daß du das weißt. So könnte Jasmin gewarnt werden, wenn er ihr zu nahe treten sollte. Aber sein Interesse gilt jetzt wohl Felicia Calderon.«

»Sicher nicht ihr allein«, sagte Jonas sarkastisch.

Diese Erfahrung sollte Felicia an diesem Abend ebenso machen wie Jasmin, die allerdings Thomas Traven auch unwiderstehlich fand.

Franco Calderon wurde von Anfang an von seinen Verehrerinnen umlagert. Zu diesen schien auch Paola von Traven zu gehören, die sehr attraktive Mutter von Thomas. Jasmin erfuhr später, daß sie seine Stiefmutter sei, und man munkelte, daß er auch mit ihr ein sehr enges Verhältnis hätte.

Felicia schien von alldem nichts zu wissen, nichts zu hören und nichts zu sehen. Sie war so naiv, daß Jasmin nur noch staunen konnte, aber sie mochte sie so sehr, daß sie niemals etwas gesagt hätte, was Felicia hätte verletzen können. Dabei war Calderons einzige Tochter ein reizendes Geschöpf. Felicia sah aus wie eine romanische Madonna mit ihrem sanften, zarten Gesicht, den blauschwarzen Haaren, die vom Mittelscheitel glatt und seidig bis auf die Schultern fielen, mit diesen Rehaugen und dem weichen Mund. Sie trug ein buntes Chiffonkleid in zarten Pastellfarben. Neben der temperamentvollen Jasmin kam sie jedoch nicht zur Wirkung.

Thomas Traven war höflich zu Felicia, aber Jasmin war es schon peinlich, daß er immer nur sie ansah. Es nutzte ihr auch nichts, daß sie ihm verweisende Blicke zuwarf.

Calderon wurde indessen von Paola ausgefragt, wer denn das junge Mädchen sei, das er mitgebracht hätte, und sie setzte eine beleidigte Miene auf, als er erklärte, daß Jasmin wohl ein aufgehender Stern sei. Sie war wohl auch diejenige, die die Bekanntschaft zwischen Thomas und Felicia forcierte und mehr erwartete. Man ahnte jedoch, daß es ihr mehr um Franco dabei ging, auch er selbst ahnte es, aber es behagte ihm ebensowenig wie ihre Art, ihm nicht mehr von der Seite zu weichen.

Er atmete auf, als sie von anderen ins Gespräch gezogen wurde, und er hielt sogleich Ausschau nach Jasmin. Sie tanzte mit einem recht sympathisch aussehenden jungen Mann, winkte ihm aber fröhlich zu, als sie ihn gewahrte. Er war dann auch gleich bei ihr, als der Tanz zu Ende war. Vorher hatte er sich überzeugt, daß Thomas und Felica tanzten. Er hatte nichts gegen eine solche

Verbindung. Er gab nichts auf Gerede, und außerdem war er der Meinung, daß junge Männer, die sich die Hörner abgestoßen hatten, um so bessere Ehemänner wurden. Und außerdem war er sehr interessiert, Felicia so bald wie möglich unter die Haube zu bringen. Er liebte seine Tochter, aber er wollte auch Freiheiten genießen, die man bei einem Vater kritisierte, der eine erwachsene Tochter hatte.

Franco Calderon war ein Mann, dem Frauenherzen zuflogen. Er sah blendend aus, war geistreich und charmant und auch eine sehr elegante Erscheinung, er konnte es mit jedem Jungen aufnehmen, auch was das Tanzen anbetraf.

Jasmin schwebte im siebenten Himmel. Sie schwärmte für diesen Mann, ohne jedoch dabei weiterzudenken. Sie empfand es als Auszeichnung, daß er sich so um sie bemühte.

»Du bist bezaubernd, Jasmin«, sagte er, »ich freue mich schon sehr auf unsere Zusammenarbeit, auf die Aufnahmen in Frankreich und Korsika.«

»Darf ich denn da mit?« fragte sie atemlos.

»Aber sicher.«

»Dann bekomme ich eine Rolle?«

»Eine ganz hübsche sogar, und ich werde sie selbst mit dir einstudieren.«

»Das ist ja toll. Ich weiß nicht, was ich sagen soll«, freute sie sich, und ihre Augen strahlten.

Daß sie sich so freuen konnte, noch so natürlich war, war für ihn auch etwas Besonderes, und es gefiel ihm natürlich sehr, daß sie ihn so schwärmerisch ansah. Er bedauerte es, daß er nicht ausschließlich mit ihr zusammen sein konnte und betrachtete es mit mißtrauischen Augen, als dann Thomas Jasmin auf die Tanzfläche holte. Allerdings wurde auch Felicia sofort aufgefordert.

Thomas Traven wußte genau, wie er sich einschmeicheln konnte. »Ich habe schon gehört, daß Sie von Franco entdeckt worden sind, aber anscheinend hat er auch ein sehr persönliches Interesse an Ihnen.«

»Wie meinen Sie denn das?« fragte Jasmin schnippisch, denn sie wollte sich keineswegs gleich vor Thomas' Erfolgswagen spannen lassen.

»Sollten Sie nicht von ihm beeindruckt sein?« fragte Thomas anzüglich. »Er könnte Ihr Vater sein.«

»Das weiß ich auch, außerdem habe ich Felicia zuerst kennengelernt.«

»Auch das weiß ich, und selbstlos wie die reizende Felicia ist, findet sie nur Gutes an Ihnen.«

»Ich habe sie sehr gern.«

»Dann werden wir uns künftig ja auch öfter sehen.«

»Das weiß ich nicht, wenn ich die Rolle bekomme. Ich muß noch viel lernen.«

»Ach was, Sie brauchen nur so zu sein wie heute abend, dann haben Sie schon gewonnen.«

»So einfach wird das nicht sein.« Sie sah ihn an, mitten hinein in seine nachtdunklen Augen, und sie fand ihn sehr nett. Er war nicht aufdringlich. Allerdings wollte er dann gleich mit ihr weitertanzen.

»Felicia wäre vielleicht gekränkt«, sagte Jasmin.

»Ich bin doch nicht mit ihr verheiratet, nicht mal verlobt. Es wird sicher mal wieder getratscht, aber das bin ich gewohnt. Ich glaube auch nicht, daß Felicia mich besonders mag. Da soll wohl nur ein bißchen gekuppelt werden, und dafür habe ich gar nichts übrig.«

»Ich mag Klatsch auch nicht.«

»Deshalb mag ich Sie«, sagte er, und diesmal verursachte ihr sein Blick und der Klang seiner Stimme ein Kribbeln unter der Haut.

Bloß nicht, dachte sie, nein, ich falle nicht auf ihn rein. Felicia ist meine Freundin.

Aber Felicia war ganz unbefangen, als sie sich später mit Jasmin am Büfett unterhielt, das alle Köstlichkeiten präsentierte.

»Wie gefällt dir Thomas?« fragte sie.

»Er sieht gut aus und tanzt gut.«

»Und ist ein Charmeur. Man sollte mit aller Vorsicht an ihn herangehen.«

»War nicht von Verlobung die Rede, Felicia?« fragte Jasmin nachdenklich.

»Das überlege ich mir dreimal.«

Jasmin war überrascht. Sagte Felicia das nur ihr zur Warnung, oder meinte sie es auch so?

»Ich dachte, es sei ernst«, meinte sie zögernd.

»Man möchte es, seine Mutter und mein Vater.« Sie lachte jetzt leise auf. »Aber Franco ist so von dir fasziniert, daß er sicher nicht über mich nachdenkt.«

Jasmin konnte nicht verhindern, daß sie errötete. »Fasziniert ist er sicher nicht, Felicia, er meint nur, daß aus mir etwas zu machen ist.«

»Das meint er nicht. Er hat ein sicheres Gespür. Er würde sich nicht so um dich bemühen, wenn es ihm nur um den Film ginge. Du gibst ihm das Gefühl der Jugend zurück.«

Jasmin sah sie fassungslos an. »Aber er hat doch eine reizende junge Tochter«, sagte sie verlegen.

»Eine so erwachsene Tochter würde er wohl ganz gern verleugnen«, sagte Felicia lächelnd, »aber eine junge Freundin stärkt sein Selbstgefühl .

»So darfst du das nicht sehen. Du denkst doch nicht etwa, daß ich es darauf anlege?«

»Nein, das tust du nicht, Jasmin, aber ich kenne meinen Vater, und ich weiß, wie unwiderstehlich er sein kann. Paola ist für ihn nur eine Pflichtübung. Deshalb will sie mich ja mit Thomas zusammenbringen, damit auch Dad ihr näher ist. Aber wie sie es anfängt, mag Dad nicht. Er will der Eroberer sein, also hüte dich.«

»Danke für den weisen Rat«, konterte Jasmin neckend. »Ich gebe ja zu, daß ich Franco toll finde, aber ich bin wohl doch ein bißchen zu konservativ erzogen, um solches Spielchen mitzumachen.«

»Und wenn es nicht nur ein Spiel ist?« fragte Felicia ernst.

»Mach mich nicht bange, paß du auf dich auf«, sagte Jasmin leise, denn Thomas nahte.

Ihr gefiel es, daß sie so offen mit Felicia reden konnte, und es gefiel ihr auch, daß Felicia sich distanziert zu Thomas benahm. Sie wollte es vor sich selbst nicht leugnen, daß sie ihn gern auf die Probe stellen wollte. Das war ein Spiel, das sie reizte. Aber an diesem Abend verteilt Thomas seine Aufmerksamkeit sehr gezielt zwischen ihr und Felicia. Aber Franco ließ es sich auch nicht nehmen, noch öfter mit Jasmin zu tanzen und die Gerüchteküche brodelte bereits.

Anemone hatte sich für den Abend mit Phil gar nichts vorgenommen. Sie wollte jedes Gespräch über Heirat oder Zusammenziehen, und auch über seinen Beruf vermeiden. Sie erzählte, wieviel ihre Mutter im Geschäft zu tun hatte und daß sie ihr helfen wolle, so oft sie könnte, wenigstens bis Weihnachten.

»Das ist lieb von dir«, sagte er.

»Es macht auch Spaß, und ich verstehe, daß es Mami schwerfällt, das Geschäft aufzugeben.«

»Will sie es denn?«

»Sie hat einen sehr guten langjährigen Freund, der sie heiraten will. Du wirst Jonas morgen kennenlernen.«

Sobald er ihre privaten Angelegenheiten anschnitt, wußte sie ihm etwas Neues zu erzählen, so auch von Jasmins Plänen und der Party, auf der sie nun tanzte.

»Tommy Traven, meine Güte, das ist ein Filou«, sagte Phil.

»Du kennst ihn?«

»Wer kennt ihn nicht. Er war auch mal hinter meiner Schwester her.«

Phil hatte seine Schwester einmal erwähnt, aber Anemone meinte, daß sie Ende zwanzig sein müsse. Sie deutete es an.

»Sie ist sechsundzwanzig«, sagte Phil mit einem flüchtigen

Lächeln, »aber das macht Thommy doch nichts aus, wenn ihm eine schöne Frau die kalte Schulter zeigt.«

»Deine Schwester ist also schön. Nett, daß man das mal so beiläufig erfährt«, meinte sie anzüglich.

»Kathrin ist dir in gewisser Hinsicht ziemlich ähnlich, schweigsam, was die Familie anbetrifft und reserviert. Aber wir haben keine Eltern mehr und mußten beizeiten auf eigenen Füßen stehen. Unsere Schwierigkeiten und Probleme mußten wir allein bewältigen. Kathrin ist übrigens Pressemanagerin bei Zellermeyer.«

»Und das erfahre ich auch nebenbei.«

»Ich wußte ja nicht, daß du Interesse für meine Familie hast, Mone. Du hast nie danach gefragt.«

Sie wurde verlegen. Er hatte ja recht. Sie hatte einfach nicht so persönlich werden wollen. Sie hatte nicht wahrhaben wollen, daß ihre Gefühle für Phil so stark waren.

»Ich finde es gut, daß wir nun auch über unsere Familie sprechen können, Mone. Ich freue mich auf morgen, aber ich hoffe sehr, daß ich akzeptiert werde.«

»Ist dir das denn so wichtig, Phil?«

»Und wie sehr. Ich werde dich nie aufgeben, damit du es weißt. Ich kann warten. Es lohnt sich für dich.«

Ihr war es ganz weich ums Herz. Sie hörte seine dunkle Stimme so gern, wenn er so sprach.

»Werde ich Kathrin dann auch bald mal kennenlernen?« fragte sie.

»Sie ist jetzt in Australien, und es wird wohl noch einige Zeit dauern, bis sie wiederkommt.«

»Und wo wirst du Weihnachten sein?«

»Bestimmt noch hier, und ich will mit dir zusammen sein, Mone.«

Wünschte sie es sich nicht auch? Sie schloß die Augen, um seinem flehenden Blick auszuweichen.

»Es sind noch drei Wochen«, sagte sie leise.

»Und bald beginnt ein neues Jahr. Ich habe es im Gefühl, daß es ein glückliches Jahr für uns werden wird.«

Sie wollte keine Bedenken geltend machen. Sie wünschte sich jetzt selbst, daß es eine gemeinsame Zukunft, und ein glückliches Leben für sie geben würde. Für sie und das Baby.

Aber jetzt wollte sie darüber noch nicht reden. »Wir sind doch keine Romantiker, Phil«, lenkte sie ab.

»Ein bißchen wohl doch, Liebes. Und ich weiß jetzt, daß ich für dich sehr viel aufgeben könnte, was mir wichtig war, meinen Beruf.«

»Und was willst du dann machen?«

»Vielleicht Aufsichtsratsvorsitzender in einem großen Betrieb werden«, scherzte er. »Würde dir das gefallen?«

»Nein, du bist doch kein Snob. Aber du kannst bestimmt mehr als fliegen.«

Er küßte sie auf die Nasenspitze. »Dein Vertrauen ehrt mich, Mone. Ich denke, du wirst eines Tages mit mir ganz zufrieden sein.«

Sie lehnte sich an seine Schulter. »Schließlich habe ich ja auch einen Beruf, und ich finde es sowieso schöner, wenn beide zum Lebensunterhalt beitragen.«

»Ganz emanzipierte Frau?« fragte er beiläufig.

»Nein, Partnerin«, erwiderte sie ernst. »So, wie es sich gehört, wenn zwei sich lieben.«

Ein weiches Lächeln legte sich über sein Gesicht. »Schön, daß du das gesagt hast, Mone.«

»Gefühl«, flüsterte sie, und da nahm er sie in seine Arme und küßte sie lange und zärtlich.

≈

Für Carola war es auch ein Abend voller Harmonie. Sie war etwas früher zu Hause als Anemone und setzte gerade noch Wasser für einen Schlummertrunk auf. Das brauchte sie immer, wenn es draußen kalt war und sie gut gegessen hatte. An diesem Abend war ihr das Essen auch gut bekommen.

Sie überlegte jetzt, warum ihr manches Essen besser bekam als anderes, und da kam ihr der Gedanke, daß es sich um das Fleisch und die Zubereitung handeln mußte. Gebratenes Fleisch oder Gegrilltes mit Zwiebeln oder Kräutern lag ihr schwer im Magen. Fisch und Kalbfleisch oder Tellerfleisch hatte keine Nachwirkungen.

Ob ich was mit dem Magen habe, ging es ihr durch den Sinn, aber vielleicht ist es nur das vegetative Nervensystem, wie Dr. Norden bei der letzten Untersuchung gesagt hatte. Aber er hatte ihr auch sehr ans Herz gelegt, regelmäßig zur Vorsorgeuntersuchung zu kommen, und eigentlich hatte sie damit schon zu lange gewartet. Nach Weihnachten, dachte sie jetzt. Es ist momentan wirklich keine Zeit dazu.

Nun war Anemone da. »Na, war es schön, Mami?« fragte sie gutgelaunt. »Wie immer«, erwiderte Carola. »Und bei dir?«

»Phil freut sich auf morgen.« Sie blickte auf die Uhr. »Heute muß ich ja sagen. Wann wird unsere Kleine kommen?«

»Vielleicht schläft sie bei Felicia. Sie hat es angedeutet. Sie fühlt sich halt auch sehr erwachsen seit diesem Angebot.«

»Hoffentlich fällt sie nicht auf die Nase«, meinte Anemone besorgt.

»Sie muß ihre Erfahrungen selbst machen, Mone. Es wäre nicht gut, ihr das ausreden zu wollen.«

»Ich habe auch nicht die Absicht. Ich hätte nichts dagegen, einen Filmstar in der Familie zu haben.«

»Na ja, wie man's nimmt. Ich will nur, daß ihr glücklich und zufrieden seid, und ich möchte auch gar zu gern mal Großmama werden, wenn ich das sagen darf.«

»Und ich möchte, daß du eine glückliche und zufriedene Ehefrau wirst.«

»Jetzt trinken wir noch unseren Glühwein, Mone.«

»Ich nicht mehr, Mami. Es ist schon spät. Ich bin mächtig müde.«

»Dann nehme ich mir meinen mit ans Bett. Schlaf gut, Mone.«

»Du auch, Mami.«

Der Sonntag war da, Jasmin war nicht da. Sie rief aber gegen zehn Uhr an und sagte, daß sie bei den Calderons sei.

»Ihr habt ja das Haus voll, da fällt es nicht auf, wenn ich zum Essen nicht da bin«, erklärte sie. »Ich komme dann nachmittags.«

»Es geht schon los«, brummte Lutz, »der große Verführer ist am Werk.«

»Rede nicht solchen Unsinn, Jasmin ist mit Felicia zusammen.«

»Und mit dem überaus charmanten Franco Calderon«, spottete Lutz. »Je älter er wird, desto jünger werden seine Gespielinnen.«

»Wer sagt das? So was höre ich gar nicht gern«, regte sich Carola auf.

»Ich auch nicht, Mami, aber die Spatzen zwitschern es anscheinend von den Dächern. Sogar unser ernstzunehmender Stammtisch weiß davon. Wir haben nämlich einen Dramaturgen dabei.«

»Mach mir nicht Angst!« stöhnte Carola.

»Ich werde mich um unser Nesthäkchen schon kümmern«, murmelte Lutz. »Lassen wir uns aber nicht die Laune verderben. Kann ich dir was helfen?«

»Anemone kommt gleich. Meinst du wirklich, daß Jasmin eine Gefahr droht?«

»Ich halte sie für clever, so schnell vergibt sie sich nichts. Sie weiß sehr gut, daß Zurückhaltung reizvoller ist. Außerdem glaube ich nicht, daß sie sich mit einem um so viel älteren Mann einlassen würde.«

»Aber mir macht es auch Sorge, daß sie sich mit solchem Typen wie Traven einlassen könnte.«

»Dann wird sie aber schnell ernüchtert sein.«

Anemone kam herunter, taufrisch aussehend in ihrem bunten Hosenanzug, und sie begab sich mit Carola in die Küche.

»Laß dich nicht von Lutz aufregen, Mami, er übertreibt doch gern, wenn es um die Verehrer seiner Schwestern geht. Weißt du noch, wie er sich immer aufgeführt hat, wenn mir die Buben nachstiegen, als ich noch zur Schule ging?«

»Das war ja auch manchmal aufregend genug, Schatz.«

»Ich habe die Zeit schadlos überstanden, und so wird es Jasmin auch gehen. Schließlich geraten wir beide nach dir, während Lutz genauso ein nüchterner Jurist ist, wie Papa einer war.«

Carolas Gedanken wanderten in die Vergangenheit. Es stimmte, Jochen war wirklich ein nüchterner Jurist gewesen. Romantisch war ihre Ehe nicht verlaufen, aber es war ein Mann, auf den sie sich verlassen konnte, und ihm würde sie auch immer ein gutes Andenken bewahren, wenn sie sich auch eingestehen mußte, daß Jonas sie mit viel mehr Liebe, Fürsorge und Verständnis umgab.

Während sie nun mit Anemone das Essen vorbereitete, ließ sich Jasmin im Hause Calderon verwöhnen. Da war ein aufmerksamer Butler, eine vornehme, aber sehr liebenswürdige ältere Hausdame, Helena genannt, und sie saß mit Felicia an einem wohlgedeckten Frühstückstisch. Der Hausherr war noch nicht erschienen.

»Dad ist ein Faulpelz, wenn er zu Hause ist«, meinte Felicia lächelnd. »Nett von dir, daß du auch keine Langschläferin bist, obwohl es doch recht spät wurde.«

»Eher früh, um genau zu sein«, meinte Jasmin lachend.

»Hat es dir gefallen?«

»Teils, teils, um ehrlich zu sein. Ich mag es nicht, wenn Männer zuviel trinken und anzüglich werden.«

»War Thommy anzüglich?« fragte Felicia beiläufig.

»Nein, das nicht, aber manchmal sehr direkt.«

Felicia warf ihr einen schrägen Blick zu. »Ich mag das auch nicht. Er meint, alle Frauen müßten ihm zu Füßen liegen. Er ist schrecklich eingebildet.«

»Er sieht eben ein bißchen zu gut aus. Ich bin mehr für harte Männer.«

»Kennst du welche?«

»Meinen Bruder zum Beispiel. Nicht eigentlich hart, aber energisch und kein Schmuser. Bei ihm weiß man woran man ist. Und er ist sehr gescheit, da gibt es kein solches Blabla.«

»Lerne ich ihn mal kennen?«

»Ich habe die Einladung zu deiner Geburtstagsparty schon weitergegeben.«

»Wird er auch kommen?«

»Ein bißchen neugierig ist er schon auf dich und deinen Vater.« Sie schenkte Felicia ein Lächeln. »Aber du könntest ja nachher mit zu uns kommen, wenn du Lust hast.«

»Dad wird sicher wollen, daß du noch bleibst.«

»Ich glaube, er hat heute etwas anderes vor.«

»Keine Ahnung, oder hat er sich mit Luisa verabredet?«

»Ich habe so was gehört. Frau von Traven wollte ihn auch einladen.«

»Sie ist schon mehr als aufdringlich, aber so langsam kommt Dad auch dahinter, daß ich keine Marionette bin, sondern eine eigene Meinung habe.«

»Das freut mich, Felicia. Ich mag dich sehr.«

»Ich mag dich auch. Ich hatte noch nie eine richtige Freundin.«

»Und wie ist es mit den Freunden?«

»Da war ich wohl immer so schüchtern, daß Dad anscheinend meinte, nachhelfen zu müssen. Er liebt mich, aber irgendwie bin ich ihm wohl auch ziemlich lästig.«

»Das darfst du nicht sagen.«

»Ich meine das nicht bös'. Er ist eben so ein Mann, der keine erwachsene Tochter als Anhängsel haben will, da ihn doch so viele hübsche Mädchen anschwärmen. Er ist eitel.«

»Aber er war doch recht lange mit deiner Mutter verheiratet.«

»Sie war die ideale Frau für ihn, großzügig und nachsichtig.

Er hat sie sehr geliebt, aber es war ihm unheimlich, als sie krank wurde und so hilflos war. Er stand dem auch hilflos gegenüber.«

Es war seltsam, aber Felicia erschien Jasmin jetzt plötzlich sehr erwachsen und auch selbstsicherer. Sie brauchte wohl nur die richtige Umgebung und Gesellschaft, um ihre Scheu abzulegen.

Jasmin fühlte sich wohl in diesem wunderschönen Haus, aber sie dachte nicht daran, in Francos Leben eine besondere Rolle spielen zu wollen. Ja, sie wollte gern filmen, der Ehrgeiz hatte sie gepackt, aber sie war realistisch genug eingestellt, um sich keine großen Illusionen von vornherein zu machen.

Auf der gestrigen Party hatte sie viel gesehen und gehört, auch wie läppisch und eingebildet so manche waren, die nicht mal zu einer richtigen Unterhaltung fähig waren.

Oberflächliches Geplapper war es überwiegend gewesen, was an ihre Ohren drang, Klatsch und Anzüglichkeiten, die manchmal schon hinterhältig und mehr als boshaft klangen.

Carola hätte sich sehr gefreut, wenn sie gewußt hätte, wie Jasmin diese Welt schon jetzt betrachtete.

»Würdest du Thomas Traven heiraten, Felicia?« fragte sie plötzlich.

Felicia lachte hellauf. »Man nimmt es an. Seine Mutter will es, um Dad an sich zu ketten, das habe ich wohl schon gesagt, und Dad meint sicher, ich wäre begeistert, Frau von Traven zu werden. Aber ich werde ihm jetzt doch mal beibringen, daß er da ganz falsch denkt. Ich habe auch ein anderes Ideal von einem Mann, und vor allem würde ich niemals einen Künstler heiraten. Mir wäre das viel zu anstrengend. Ich möchte eine normale Ehe führen, Kinder haben und nicht ständig Parties geben müssen.«

Es gefiel Jasmin. Sie dachte daran, mit welchen Vorstellungen sie sich auf diese Party gefreut hatte, und wie anders sie diese ihr bisher fremde Welt nun betrachtete, nachdem sie darüber geschlafen hatte.

Aber mit Felicia war sie gern zusammen und sie freute sich, daß sie sich so gut verstanden und solche ernsthaften Gespräche führen konnten.

Franco erschien erst mittags. Er war nicht besonders gut gelaunt, wenn er sich auch zusammennahm. Felicia meinte später beiläufig zu Jasmin, daß ihm anscheinend eine Laus über die Leber gelaufen sei. Er erhob auch keine Einwendungen, als Jasmin fragte, ob Felicia noch mit zu ihr kommen dürfe. Er wirkte zerstreut.

»Aber morgen mußt du mit dem Rollenstudium beginnen, Jasmin«, sagte er ganz sachlich.

»Ich habe ja noch nicht mal das Drehbuch gesehen«, wandte sie ein.

Er sah sie irritiert an. »Richtig, das hatte ich vergessen.«

»Du wolltest doch mit Jasmin die Rolle selbst einstudieren, Dad«, sagte Felicia mit einem spöttischen Unterton.

»Sie soll sich erst mal selbst mit dieser befassen.«

»Siehst du, so ist er«, raunte Felicia ihrer Freundin zu, »ein Mann mit den verschiedensten Gesichtern.«

Und bestimmt nicht einfach zu nehmen, dachte Jasmin.

Carola war richtig aufgeregt, als sie Phil empfing. Noch ein wenig erhitzt von der Kocherei, hatte sie gerade noch Zeit, sich ein bißchen zurecht zu machen, denn sie wollte ja einen guten Eindruck auf ihn machen.

Ihr erster Gedanke war dann, als sie ihn begrüßte, daß sie Anemone verstehen konnte, denn Phil war genau der richtige Mann, den sie sich für ihre Tochter wünschte. Ein richtiger Mann!

Lutz mochte genauso denken, denn er sagte gleich sehr freundlich: »Hallo, freut mich, dich kennenzulernen.«

Carola hatte sich schon daran gewöhnt, daß sich die jungen Leute gleich duzten, aber immerhin war Phil doch einiges älter als Lutz, und so wartete sie ein wenig besorgt auf seine Reaktion, aber Phil lächelte gewinnend.

»Freut mich auch sehr, Lutz. Und Ihnen danke ich herzlich, daß ich kommen durfte, gnädige Frau.«

»Bitte, nicht so formell«, wehrte sie gleich ab.

Jonas kam wenig später, und Lutz übernahm die Vorstellung. Dann wurde es beim Aperitif gleich ganz locker. Anemone blinzelte Carola zu, und sie blinzelte zurück.

»Jasmin nicht da?« fragte Jonas.

»Sie kommt später. Sie hat bei Felicia geschlafen. Aber ich hoffe, daß das Essen trotzdem schmeckt.«

Und wie es schmeckte! Es war herzerfrischend, wie begeistert es von Phil immer wieder gelobt wurde.

Als Dessert gab es warmen Apfelstrudel mit Schlagrahm, und daran hielten sich vor allem die drei Männer, während Carola und Anemone sich sehr zurückhielten.

»Die Damen achten immer auf ihre Figur«, meinte Phil neckend. Aber beide Damen hatten ihre Gründe, nicht kräftig zuzulangen. Carola verspürte wieder mal ein so merkwürdiges Ziehen im Unterleib, und Anemone hatte momentan gar nichts für Süßigkeiten übrig. Auch das hatte seinen Grund, von dem aber niemand etwas wissen konnte.

Eine angeregte Unterhaltung kam zustande. Man wollte natürlich auch etwas über Phils Beruf erfahren, der ja doch etwas aus dem Rahmen fiel, und man nahm es zur Kenntnis, daß er beiläufig und mit einem Blick zu Anemone bemerkte, daß er diesen Beruf nicht ewig ausüben würde.

»Komm bloß nicht auf den Gedanken, Mami um meine Hand zu bitten«, raunte Anemone ihm zu, als sie mal ein paar Worte allein wechseln konnten.

»Ist das heutzutage noch üblich?« fragte er schmunzelnd zurück.

»Du hast ja auch ›gnädige Frau‹ gesagt«, konterte sie.

»Deine Mutter ist eine Lady, mein Schatz.«

Mehr konnten sie jetzt nicht sagen, denn sie waren nicht mehr allein.

»Jasmin kommt und bringt Besuch mit«, rief Carola von der Tür her.

»Doch nicht etwa Calderon«, entfuhr es Anemone.

»Es ist Felicia.«

Sie kam und wurde sofort von allen ins Herz geschlossen. Sie war so anmutig und natürlich, daß es sich lohnte, Lutz anzuschauen, denn er war momentan völlig versunken, wie in den Anblick eines besonders schönen Gemäldes. Aber niemand sah ihn an, Felicia ausgenommen, denn auch die Blicke der andern ruhten auf ihr.

»Es freut mich sehr, daß ich Sie kennenlernen darf«, sagte sie mit ihrer weichen Stimme. »Jasmin ist mir eine liebe Freundin, und sie hat mir viel von ihrer Familie erzählt.«

»Und wir freuen uns, daß Sie uns besuchen, Felicia«, sagte Carola.

»Sagen Sie bitte du, ich bin es so gewohnt, und hier würde ich es besonders gern hören.«

Für Carola sollte dies ein besonders schöner Tag sein, an den sie sich oft erinnerte. Nie zuvor hatte sie ihren Sohn Lutz so sanft und liebenswürdig erlebt, und es machte sie sehr froh, daß die jungen Leute sich gleich so sympathisch waren, daß keinerlei Fremdheit oder gar Spannung aufkam, und daß ihre Jasmin keine Spur anders war als sonst. Die Party schien sie nicht nachhaltig beeindruckt zu haben, und von Franco sagten beide Mädchen nur, daß er seinen launischen Tag hätte.

Es ging lustig zu.

Wenn sich auch Felicia nichts vergab, so war es doch recht deutlich zu spüren, daß zwischen ihr und Lutz eine ganz besondere Antenne zu bestehen schien. Es ergab sich auch, daß sie sich allein unterhalten konnten, denn dafür sorgte Jasmin mit einem nahezu diplomatischen Geschick. Und sie zog dann Phil in ein Gespräch, was wiederum Anemone nicht ganz ohne Eifersucht sah.

Aber sie war eines solchen Gefühles fähig, und darüber staunte sie doch, denn bisher hatte sie immer gemeint, darüber erhaben zu sein. Ab und zu sah Phil zu ihr herüber, und in seinen

Augen schienen tausend Teufelchen zu tanzen. Er fühlte sich sehr wohl in dieser Situation, er kostete diese aus, besonders als Anemone ihm dann zuzischte, daß es ihm wohl sehr gefalle, mit Jasmin zu flirten.

»Es freut mich, daß es dir nicht paßt, Geliebte«, raunte er ihr zu, »aber es ist eine ganz harmlose Unterhaltung. Jasmin ist ein sehr vernünftiges Mädchen, es braucht uns nicht bange zu sein.«

Felicia bat dann alle, doch zu ihrer Geburtstagsparty zu kommen.

»Bitte ich würde mich so sehr freuen«, sagte sie, »und ich werde Dad sagen, daß keine Leute eingeladen werden, die mir gleichgültig sind. Es wird sich wohl nicht vermeiden lassen, daß auch andere Bekannte kommen, aber die sind mir nicht so wichtig wie Sie alle.«

Lutz hätte sie gern heimgebracht, und er war recht enttäuscht, daß sie mit ihrem Wagen gekommen waren.

»Wir sehen uns ja vormittags noch in der Schule, Jasmin. Du kannst dann gleich mit zu uns kommen und deine Rolle studieren. Sie erlauben es doch, Frau Heidebrink?«

Was sollte Carola dagegen haben, sie war sehr erleichtert, daß es Jasmin nicht um Franco Calderon ging, sondern um Felicia.

»Sie ist doch goldig«, sagte Jasmin, als Felicia gegangen war.

»Ganz reizend«, bestätigte Carola.

»Ist der Vater auch so nett?« fragte Lutz beiläufig.

»Er kann sehr nett sein, aber auch wahnsinnig launisch. Felicia sagt, sie würde nie einen Künstler heiraten.«

»Und diesen Traven?« fragte Lutz.

»Alles Gerede, den will sie auch nicht. Ich habe doch schon gesagt, daß sie ein ganz normales Mädchen ist und überhaupt nicht eingebildet.«

Da mußten ihr alle beipflichten. Carola konnte mit dem Verlauf dieses Sonntags rundherum zufrieden sein. Phil und Anemone machten noch einen Spaziergang, Jasmin ging früh zu Bett, denn viel hatte sie ja nicht geschlafen, und Jonas verabschiedete sich dann auch. Er mußte anderntags aufs Gericht und wollte sich noch auf die Verhandlung vorbereiten.

Er sagte zu Lutz, daß er sehr froh sein würde, wenn er ihn dann in der Kanzlei entlasten könnte.

»Wenn ich mein Examen geschafft habe, kann ich ja aushelfen«, erklärte Lutz.

»Das wäre fein. Ich denke, wir werden gut zusammenarbeiten.«

Das war ja immer sein Wunsch gewesen, und er hatte sich sehr gefreut, als Lutz sich für das Jurastudium entschied. Und Carola dachte, daß es doch besser eigentlich gar nicht sein könnte. Sie verstanden sich alle gut, und auch heute hatte es sich erwiesen, daß die jungen Leute auch keine Außenseiter ins Haus brachten, sondern Menschen, die zu ihnen paßten. Was kann ich mir denn mehr wünschen, dachte Carola vor dem Einschlafen.

Am nächsten Morgen hatte sie heftige Rückenschmerzen, als sie aufstand. Dabei hatte sie sich doch am Sonntag wahrhaftig nicht übernommen. Sie war ärgerlich auf sich selbst, als es auch nach dem Duschen nicht besser wurde. Sie war immer ärgerlich, wenn ihr etwas fehlte.

Anemone kam auch schon herunter. »Du bist so blaß, Mami«, stellte sie sogleich fest, »fehlt dir etwas?«

»Blöde Rückenschmerzen, ich weiß gar nicht, woher.«

»Du gehst heute noch zu Dr. Norden«, sagte Anemone energisch. »Ich kann dich im Geschäft vertreten, also ist das gar kein Problem.«

»Ich gehe nach dem Fest«, erklärte Carola eigensinnig.

»Nein, du gehst heute«, widersprach Anemone. »Du schiebst es nicht mehr vor dir her.«

»Es ist doch bald Weihnachten, Mone.«

»Eben, und da sollst du nicht auf der Nase liegen.«

»Du redest wie Jonas.«

Anemone warf ihr einen schrägen Blick zu. »Dann sind wir ja einer Meinung«, sagte sie zufrieden. »Wir wollen dich beide gesund sehen.«

Jasmin kam, noch verschlafen, aber sie mußte ja in die Schule. »Ist jemand krank?« fragte sie gähnend.

»Mami hat Rückenschmerzen, und ich habe ihr eben klar gemacht, daß sie zu Dr. Norden gehen soll.«

»Vorbeugen ist besser als heilen«, murmelte Jasmin und verschwand im Bad.

»Ich werde jetzt frühstücken«, sagte Carola.

»Ich werde dafür sorgen, daß du zu Dr. Norden gehst«, sagte Anemone wieder, »und wenn ich dich hinschleppen muß.«

»Okay, dann gehe ich eben, aber er wird mich auslachen, weil ich schon gar keine Schmerzen mehr habe.«

»So kannst du es auch drehen, aber ich sehe dich ja vor mir, und ich sehe, daß es dir nicht gutgeht.«

Carola konnte nicht widersprechen. Anemone ließ nicht locker, und sie wurde dann auch noch von Jasmin unterstützt.

»Es wäre doch für uns alle beruhigend, wenn Dr. Norden feststellen würde, daß dir nichts fehlt, Mami«, sagte sie. »Also sei schön brav. Von uns hast du das auch immer erwartet.« Sie drückte Carola einen Kuß auf die Wange und enteilte winkend.

Lutz erschien, als Carola und Anemone das Haus gerade verlassen wollten.

»Mußt du auch schon weg, Mone?« fragte er.

»Ich bringe Mami zu Dr. Norden, sonst drückt er sich wieder. Und dann vertrete ich sie im Geschäft.«

»Nett von dir, ich kann das ja leider nicht. Aber kann ich auch etwas für dich tun, Mami?«

»Du kannst die Blumen gießen«, erwiderte Carola.

»Wird gemacht. Ich komme heute erst später, gehe noch zu einem Vortrag.«

Draußen debattierten Carola und Anemone wegen der Fahrerei.

Carola wollte mit ihrem Wagen fahren, Anemone beharrte weiterhin darauf, sie zur Praxis mit ihrem Wagen zu bringen.

»Dann bin ich nachher aufgeschmissen«, sagte Carola gereizt. Und so kannte Anemone sie auch nicht.

»Na schön, dann fährst du eben mit deinem Wagen«, gab sie nach, »aber du mußt hin, damit du es weißt.«

»Ich möchte wissen, was du sagen würdest, wenn ich dich so kommandieren würde!«

»Mir fehlt ja nichts, aber ich weiß, wie du dich immer angestellt hast, wenn uns mal was fehlte.«

»Das ist auch ein Unterschied, ihr seid meine Kinder.«

»Und wir dürfen um unsere Mutter erst recht besorgt sein.«

Carola gab es auf, zu widersprechen. Zehn Minuten nach acht Uhr betrat sie die Praxis von Dr. Norden, und Anemone blieb an ihrer Seite, bis Dorthe Carola in Empfang genommen hatte.

»Sie passen schön auf, daß meine Mutter nicht weiter davonläuft, Frau Harling«, sagte Anemone eindringlich.

»Versprochen«, erwiderte Dorthe. »Sie wären schon längst fällig zur Kontrolle, Frau Heidebrink.«

Anemone fuhr ins Geschäft. Sie war innerlich unruhig. Sie hatte ein tiefes Einfühlungsvermögen und weil sie sich ihrer Mutter gegenüber selbst ein bißchen schuldbewußt fühlte, ganz besonders besorgt um sie.

∼

»Nun haben Sie sich doch mal aufgerafft, Frau Heidebrink«, wurde Carola von Dr. Norden begrüßt.

»Anemone ließ nicht locker. Ich habe doch jetzt so viel im Geschäft zu tun. Wir könnten die Untersuchung verschieben bis nach den Feiertagen, meinen Sie nicht auch?«

»Jetzt sind Sie hier, und es dauert doch gar nicht lange«, erwiderte er. »Ultraschall und ein Abstrich, und schon sind wir fertig, und übermorgen haben Sie Bescheid. Sie kennen das doch schon.«

Nicht um die Welt wollte Carola jetzt zugeben, daß sie sich

Gedanken machte wegen der immer wiederkehrenden Schmerzen, die sie sich ausreden wollte.

»Also dann«, meinte sie entsagungsvoll.

Sie hatte grenzenloses Vertrauen zu Dr. Norden, aber sie war eben eine Frau, die nicht krank sein wollte und sie hatte ihn nur in Anspruch genommen, wenn es ohne Behandlung und Medikamente gar nicht ging.

Sie hatte die Augen während der Untersuchung geschlossen, das tat sie immer, und so bemerkte sie auch nicht den nachdenklichen Ausdruck, der sich in Dr. Nordens Gesicht widerspiegelte, als er die Ultraschallwiedergabe beoabachtete.

Er sagte aber nichts, sondern machte den Abstrich und erklärte, daß es nun schon geschehen sei.

»Und was können Sie mir sagen?« fragte Carola.

»Ich möchte den Befund abwarten. Ein bißchen Blut lassen Sie uns doch wohl auch hier.«

Sie sah ihn von unten herauf an. »Verschweigen Sie etwas?« fragte sie heiser.

»Sie wissen doch, daß ich gründlich bin. Ich denke, es ist angebracht, sich zu überzeugen, ob doch etwas vorhanden sein könnte, was man nicht außer acht lassen darf. Hatten Sie in letzter Zeit öfter Rückenschmerzen oder welche im Unterleib?«

»Nur manchmal, wenn es ein anstrengender Tag war. Ich achte nicht so darauf. Sie kennen mich doch.«

»Ja, ich kenne Sie und weiß, daß Sie gern jeden Schmerz wegreden wollen. Aber das ist manchmal gar nicht gut. Je früher man etwas dagegen tut, desto besser ist es.«

Sie schwieg ein paar Sekunden. »Aber wenn Sie etwas feststellen würden, dann würden Sie es mir doch hoffentlich auch offen sagen, Herr Doktor.«

»Mit Sicherheit, weil ich Verschweigen für fahrlässig halte. Man kann nur helfen, wenn der Patient sich helfen lassen will und auch mithilft. Wenn man aber schweigt als Arzt, könnte man eines Tages dafür massive Vorwürfe bekommen.«

»Ich bin sehr froh, daß wir einen so guten Onkel Doktor haben«, sagte Carola herzlich. »Und ich werde auch nie vergessen, was Sie für meinen Mann getan haben. Damals dachte ich, was so ein junger Arzt wohl schon tun könnte, aber wir wußten es bald zu schätzen.«

»Mich freut es, daß mir die meisten Patienten aus meinen Anfangstagen treu geblieben sind, und ich hoffe, daß Sie mir auch treu bleiben, wenn die Praxis dann verlegt wird.«

»Ziehen Sie nun doch nicht vor Weihnachten um?« fragte Carola.

»Es muß so viel nachgebessert werden, und wir wollen die Handwerker nicht dauernd im Haus haben, wenn wir schon drinnen wohnen. Es dauert eben alles länger, als man meint und es ist dann auch besser, wenn das Haus durchgeheizt und trocken ist, bevor die Möbel hereinkommen. Es ist ja auch vieles nicht rechtzeitig geliefert worden. Sogar meine Frau hat manchmal die Geduld verloren.«

»Ich weiß, wie das ist. Bei uns war es damals auch so, obwohl wir das Haus fertig gekauft hatten. Aber es gab auch dauernd noch etwas zu richten, und als dann die Küche endlich eingeräumt war, rasselten zwei Hängeschränke mitsamt Inhalt herunter. Da haben wir Sie zum ersten Mal gebraucht. Das vergesse ich nicht.«

»Und ich kann mich daran auch noch erinnern. Das war auch solche Schlamperei, und Sie waren ganz schön zugerichtet.«

»Bloß gut, daß ich nicht direkt etwas auf den Kopf bekam. Aber meine Schulter spüre ich heute noch manchmal. Na ja, das mag Einbildung sein.«

»Das will ich nicht sagen. Es ist tatsächlich so, daß solche Stellen wetterfühlig werden.«

Nun hatten sie sich doch ein bißchen verplaudert, aber Daniel Norden war es nur recht, daß Carola keine bohrenden Fragen mehr stellte. Sollten sich seine Befürchtungen bewahrheiten, würde er doch wünschen, die Untersuchung hätte erst nach dem Weihnachtsfest stattgefunden.

Carola war gegen halb zehn Uhr im Geschäft. Es war noch ruhig. »Na, was ist, Mami?« fragte Anemone.

»Nichts ist, Wetterfühligkeit womöglich, sonst nichts«, erwiderte Carola leichthin.

»Den Befund kannst du doch noch gar nicht haben.«

»Der kommt noch, aber es ist bestimmt nichts weiter.«

Anemone fragte nicht mehr, aber sie nahm sich fest vor, später mal bei Dr. Norden anzufragen. Sie mußte um zwei Uhr gehen, weil sie selbst einen Termin hatte, aber an diesem Montag ließ sich alles recht ruhig an. Die meisten Stammkundinnen hatten sich sowieso schon eingedeckt und die hübschesten Sachen waren auch schon verkauft. Carola konnte sich eingehender mit neuer Kundschaft befassen. Es machte sich bemerkbar, daß wieder viel gebaut und die Wohnungen bezogen worden waren. Niedliche Kinder liefen da in ihrem Geschäft herum, und natürlich gab es in der Vorweihnachtszeit auch für alle eine Kleinigkeit.

Ja, Carola war abgelenkt. Was sie nicht wissen und denken wollte, schob sie von sich fort. Es gelang ihr meistens, sofern es sie selbst betraf. Ging es um die Kinder, war es anders. Da gab es für sie nichts Wichtigeres.

Jasmin und Felicia hatten die Schule hinter sich. Es war der letzte Tag vor der vierwöchigen Pause. Die meisten Schüler und Schülerinnen wollten über die Festtage verreisen, und gelernt wurde sowieso nicht mehr viel. Jasmin und Felicia fiel es leicht, und da sie sich so gut verstanden, unterhielten sie sich dann auch abwechselnd spanisch und französisch. In Englisch waren beide ohnehin perfekt.

Nun waren sie zu Hause in der Villa Calderon. Franco war noch nicht da, aber er hatte für Jasmin das Rollenbuch dagelassen. Das hatte er nicht vergessen.

Die Hausdame Helene hatte für die beiden Mädchen einen Imbiß hergerichtet. Diniert wurde im Hause Calderon abends.

Jasmin hatte die Rolle studiert. Sie lernte leicht, und Felicia hörte sie ab und verbesserte auch manchen Ausdruck. Aber sie sagte auch voller Anerkennung, daß Jasmin es einfach phantastisch beherrsche.

»Du bist ein Naturtalent«, sagte sie.

»Ich habe schon als Kind alles gereimt und lange Gedichte aufgesagt, und ich war höllisch beleidigt, wenn mir einer vorsagen wollte. Es macht mir Spaß, Felicia, aber ich weiß nicht, ob ich es als Lebensaufgabe betrachten wollte.«

»Du wirst einen sehr netten Mann finden und heiraten. Das ist eine schönere Aufgabe. Schau dir doch Luisa an, sie ist nie zufrieden, sie will immer mehr und etwas anderes.«

»Ist Franco eigentlich mit ihr liiert?«

Felicia war über diese Direktheit keineswegs schockiert.

»Liiert nicht, aber sie haben schon ein Techtelmechtel. Franco sitzt da immer schneller drin, als daß er wieder herauskommt. Er ist in dieser Beziehung zu spontan.«

»Wieso?« fragte er von der Tür her, aber es klang nicht empört. »Nehmt ihr mich so richtig auseinander?«

»I wo«, erwiderte Jasmin rasch. Er war gutgelaunt, nahm beide gleichzeitig in die Arme und küßte sie auf die Wangen. Auch das durfte man bei ihm nicht ernst nehmen. Es war einfach Gewohnheit.

»Hast du fleißig gelernt, Jasmin?« fragte er.

»Sie beherrscht es schon«, erklärte Felicia sofort.

»Dann laß mal hören.«

Jasmin fing gleich an, und er hörte schweigend zu. Seine Augen halb geschlossen, die Stirn leicht gerunzelt, beobachtete er sie.

»Wirklich nett«, sagte er. »Du beherrscht es wirklich, Jasmin. Viel brauchen wir da nicht zu verbessern. Das ergibt sich bei den Proben. Wieso lernst du so schnell?«

»Weil sie intelligent ist, und die meisten Starlets sind doof«, warf Felicia ein.

»Jedenfalls hast du in meiner Tochter schon einen Fan«, stellte Franco fest.

»Eine Freundin«, wurde er von Jasmin berichtigt.

»Wir werden noch eine Woche proben, die Aufnahmen beginnen dann im Januar«, erklärte er. »Da kannst du dann aber nicht zur Schule gehen.«

»Mein Diplom möchte ich aber nicht sausen lassen.«

»Man kann nicht auf zwei Hochzeiten tanzen, merk dir das«, sagte er streng. »Ich muß jetzt wieder gehen. Wir sehen uns abends.«

»Ich muß nach Hause«, erklärte Jasmin.

Er runzelte leicht die Stirn. »Okay, ich sage Bescheid, wann die Proben sind. Am Freitag sehen wir uns ja sowieso.«

»Ich möchte noch mit dir über die Party sprechen, Dad«, sagte Felicia.

»Da gibt es nichts mehr zu besprechen.«

»Ich möchte die Familie Heidebrink mit Anhang einladen und sonst nicht so viel Leute, die mir gleichgültig sind.«

»Jasmins Familie kann gern kommen, aber wir können die andern nicht mehr ausladen, Darling.«

»Aber ich brauche mich nicht um alle zu kümmern«, sagte Felicia bockig.

»Es wird dein Tag sein, mein Liebes. Du kannst bestimmen. Muß ich deiner Familie noch eine Einladung schicken, Jasmin?«

»Das ist wohl nicht nötig, ein Anruf wäre aber angebracht, Dad«, sagte Felicia hastig.

»Dann erinnere mich nachher daran. Macht es gut, ihr beiden.«

»Siehst du, so ist er, er kommt und geht, und so war es immer. Wie Mama das ausgehalten hat, ist mir ein Rätsel.«

»Das ist in solchen Berufen nun mal so«, meinte Jasmin.

Fee Norden sah einen nachdenklichen Mann am Mittagstisch,

aber in Anwesenheit der Kinder stellte sie keine Fragen. Sie machten sich jetzt auch schon Gedanken, wenn etwas ihrem Papi Sorgen bereitete.

»Hast du keinen Hunger, Papi?« fragte Anneka auch gleich, als er nachdenklich nach unten blickte.

Er schrak leicht zusammen, so fern waren seine Gedanken gewesen. »Mir fiel nur gerade etwas ein«, sagte er hastig, und dann warf er Fee einen Blick zu, der sehr viel sagte.

Nach dem Essen verzogen sich die Kinder. Sie waren es gewohnt, daß die Eltern gern noch eine Tasse Kaffee allein tranken. Lenni brachte die Zwillinge zu Bett. Sie hielten noch regelmäßig ihr Mittagsschläfchen.

»Was drückt dich?« fragte Fee, als sie den Kaffee eingeschenkt hatte.

»Es geht um Frau Heidebrink. Da stimmt etwas nicht.«

Erschrocken sah Fee ihn an. »So, daß du ernsthaft besorgt bist, Daniel?«

»Allerdings.«

»Inwiefern?«

»Ich will erst noch die Befunde abwarten«, erwiderte er ausweichend.

»Brust?« fragte Fee.

»Nein, Eierstöcke, aber sie verniedlicht ja die Schmerzen. Jedenfalls werden wir es bald genauer wissen.«

»Dann wollen wir mal das Beste hoffen«, sagte Fee beklommen, »sie ist eine so nette Frau, und sie war immer nur für ihre Kinder da.«

»Und jetzt sollte sie mehr an sich denken.«

»Das bringst du solchen Müttern nicht bei, Schatz.«

Jonas erfuhr nichts von Carolas Arztbesuch. Sie dachte gar nicht daran, ihm davon etwas zu erzählen, und Anemone sah jetzt auch noch keinen Anlaß, mit Jonas darüber zu sprechen. So verging der nächste Tag ohne Aufregung, wenn auch wieder abwechslungsreich.

Anemone hatte in eigener Sache viel zu tun, Phil war ein paar Tage abwesend und sollte erst Donnerstag zurückkommen, Jasmin war fleißig beim Rollenstudium, und Jonas hatte dringende Termine. Bei Carola im Geschäft ging es heiß zu. Sie kam gar nicht zum Nachdenken, und abends sank sie müde ins Bett.

An der Geburtstagsparty für Felicia dachte eigentlich nur Lutz, aber er mußte eben sehr viel an dieses Mädchen denken, und wenn er es sich auch selbst nicht eingestehen wollte, er hatte sich verliebt. Davon hatte Felicia freilich auch keine Ahnung, aber sie dachte genausoviel an ihn, wie er an sie.

»Hat Lutz eigentlich eine feste Freundin, Jasmin?« fragte sie, als diese ihr Rollenbuch mal sinken ließ.

»Er interessiert sich überhaupt nicht für Mädchen«, erwiderte Jasmin. »Er ist stur. Ich kann mich manchmal richtig mit ihm streiten, was seine Ansichten in bezug auf Frauen betrifft. Er ist so ein richtiger, nüchterner Jurist, und so war unser Vater auch. Genau das Gegenteil von deinem Vater.«

»Ich meine, daß Dad auch ruhig etwas realistischer sein könnte«, stellte Felicia fest. »Bei ihm weiß man doch eigentlich nie, woran man ist.«

»Er ist eben kreativ, und solche Männer sind doch viel interessanter.«

»Der Freund von Anemone ist ein interessanter Mann, und Lutz auch, obgleich er noch jünger ist.«

Jasmin sah sie überrascht an. »Ist das deine ehrliche Meinung?« staunte sie.

»Sonst würde ich es doch nicht sagen.«

»Der wird sich vielleicht fühlen, wenn ich ihm das sage.«

»Das wirst du nicht tun, auf gar keinen Fall, sonst bin ich dir böse, Jasmin. Das bleibt unter uns, sonst sage ich dir nichts mehr.«

»Und Thommy findest du nicht interessant?«

»Er ist zu hübsch für einen Mann, und seine Allüren dazu, nein, das kann mir nicht imponieren.«

Und Lutz imponiert ihr anscheinend, dachte Jasmin überrascht. Sie hatte ihn immer als ihren großen Bruder betrachtet, aber nicht danach, welche Wirkung er auf andere Mädchen haben mochte. Und er hatte eigentlich nie Anlaß gegeben, darüber nachzudenken, welche Art Mädchen ihm gefallen könnten. Während der Schulzeit hatte er sich hin und wieder mal in Gesellschaft von Schulfreundinnen gezeigt, aber nie eine bestimmte bevorzugt. Seit er studierte, erwähnte er nicht mal einen Namen.

An diesem Abend sollte Jasmin aber auch über ihren Bruder staunen, als sie ihn fragte, wie ihm Felicia gefallen würde.

»Gut, habe ich das nicht schon gesagt?« fragte er.

»Dann habe ich es wohl vergessen. Was findest du gut an ihr?«

»Willst du mich aushorchen? Aber du kannst es ihr ruhig wiedersagen, daß ich bisher noch kein Mädchen kennengelernt habe, das mir so gut gefallen hat. Sie hat Klasse!«

Jasmins Augen wurden ganz groß. »Ich habe die wohl nicht in deinen Augen«, meinte sie irritiert.

»Du weißt ja noch nicht, was du willst. Felicia weiß das schon. Sie ist nur nach außen hin scheu. Sie weiß genau, wo es langgeht im Leben.«

»Mein Bruder, der Menschenkenner!« spottete Jasmin.

»Ich denke schon, daß ich mir diesbezüglich einiges zutrauen kann.«

»In bezug auf Felicia könntest du sogar recht haben«, gab Jasmin zu, »aber es wundert mich schon, daß du dich so genau mit ihr befaßt hast.«

Lutz lächelte hintergründig. »Wenn du es für dich behältst, sage ich dir, daß mir deine Freundin Felicia sogar ausnehmend gut gefällt und ich mich gern öfter mit ihr unterhalten würde.«

»Jetzt haut es mich aber doch um«, sagte Jasmin. »Natürlich wird sich das einrichten lassen. Am Freitag siehst du sie sowieso, aber sei vorsichtig, da kommen wohl auch noch andere junge Männer, die Felicia auch nett finden.«

»Und Traven kommt wohl auch?«

»Das ist nicht zu umgehen. Franco und Frau von Traven sind sehr befreundet.«

»Darf ich bei der Gelegenheit mal fragen, was du eigentlich an ihm findest?«

»An Thommy Traven? Er ist ein Snob, und wie Felicia sagt, zu hübsch für einen Mann.«

»Ich meinte eigentlich Calderon.«

»Er mag seine Mucken haben, und auch seine Macken, aber er ist ein toller Mann.«

»Halt dich lieber an Jüngere.«

Sie lachte hellauf. »Du denkst doch nicht etwa, daß ich in Franco verliebt bin? Man kann so einen Mann auch bewundern, ohne sich dabei etwas auszurechnen.«

»Wenn du so denkst, bin ich beruhigt.«

»Ja, ich denke so, und ich käme mir reichlich albern vor, mit Felicias Vater anbandeln zu wollen.«

»Er hat aber sehr junge Freundinnen, wie man sagt.«

»Man sagt viel, und die jungen Freundinnen werden wohl auch übertreiben. Ich könnte ja auch herumposaunen, daß er mich protegiert, aber ich mache mich doch nicht lächerlich.«

»Dir macht es aber Spaß, dich protegieren zu lassen.«

»Weißt du, Bruderherz, soweit kenne ich Franco schon, daß er mich fallen lassen würde wie eine heiße Kartoffel, wenn ich der Rolle nicht gerecht werde. Sein Erfolg ist ihm wichtiger als ein Starlet. Zufrieden?«

»Ich sehe, daß du keinen Höhenflug antrittst.«

»Ich falle ungern auf die Nase«, lachte sie.

Am Mittwochmorgen wollte Carola nicht daran denken, daß Dr. Norden die Befunde haben würde, aber Anemone dachte daran. Sie mußte zwar zu einer Firma, aber sie rief von unterwegs in der Praxis an, um sich zu erkundigen, was die Untersuchung ergeben hätte.

Die Laborbefunde kämen erst später, erklärte Dorthe gegen besseres Wissen, aber Dr. Norden hatte es ihr so aufgetragen, denn keinesfalls wollte er Anemone vorab einen Bescheid geben, solange er noch nicht mit Carola gesprochen hatte. Er mußte auf jeden Fall erst wissen, wie sich Carola verhalten und was sie entscheiden würde. Er sah eine schwere Aufgabe vor sich.

Aber er hatte das Wartezimmer voll, und andere Patienten brauchten ihn auch.

Jasmin mußte an diesem Tag ins Studio. Franco hatte kurzfristig eine Probe angesetzt, weil Luisa Markoff einige Tage verreisen wollte. Er schien darüber froh zu sein, wie Jasmin für sich dachte. Sie hatte auch so ein Gefühl, als wollte er Luisa ausbooten oder wartete darauf, daß sie ein besseres Angebot bekommen würde.

Jasmin hatte nun auch schon gelernt, die Menschen intensiver zu beobachten und machte sich auch weit mehr Gedanken als früher. Sie ahnte so wenig, wie ihre Geschwister ahnen konnten, daß dieser Tag einen gewaltigen Einschnitt in ihr Leben bringen und es verändern würde.

Carola hatte mittags ein unbehagliches Gefühl, und gleich danach rief Dr. Norden an und bat sie, in die Praxis zu kommen.

Es verursachte ihr einen Schock, obgleich sie sich doch eingeredet hatte, daß sie nichts zu befürchten hätte.

»Ich kann nicht weg«, erklärte sie. »Ich bin allein und habe keine Vertretung.«

»Dann kommen Sie nach sechs Uhr. Ich bin noch in der Praxis.« Er sagte es betont und eindringlich.

»Es ist doch Mittwoch, da haben Sie doch gar keine Sprechstunde«, widersprach sie nun.

»Ich habe Patienten bestellt und bin bestimmt bis sieben Uhr hier. Wir müssen uns ernsthaft unterhalten, Frau Heidebrink.«

»Können Sie es mir nicht am Telefon sagen?«

»Nein, es ist ein Gespräch notwendig. Sie kennen mich. Ich muß andernfalls Anemone einschalten, daß sie wieder dafür sorgt, daß Sie herkommen.«

Ihr wurde die Kehle eng. »Gut, ich komme«, sagte sie tonlos. Für den Rest des Tages war sie nervös und unkonzentriert und heilfroh, daß nicht pausenlos Betrieb herrschte, und auch keine späten Kunden kamen.

Wenn sie nicht Sorge gehabt hätte, daß Dr. Norden wirklich mit Anemone sprechen würde, hätte sie doch noch eine Ausrede gefunden, um sich vor der Unterredung zu drücken. Aber als sie dann vor der Praxis stand, fragte sie sich, was es nutzen würde, wenn sie Tatsachen auswich. Was sein mußte, sollte sein. Sie hatte noch nie kapituliert.

Es kam tatsächlich gerade noch eine Patientin heraus, und sie kannte sie zufällig. Es war Frau Wittich, die Frau eines Oberstudienrates, die manchmal für ihre Neffen und Nichten bei ihr kaufte und zu ihrem Bedauern selbst keine Kinder hatte.

Sie sah Carola verstört an, als diese einen guten Abend wünschte, und sie sah deprimiert und ängstlich aus.

Ob sie eine schlechte Nachricht bekommen hat, ging es Carola durch den Sinn, und sie dachte auch, daß Frau Wittich mindestens zehn Jahre jünger war als sie.

»Guten Abend«, stammelte sie nur und eilte schnell weiter. Seltsamerweise fühlte sich Carola gleich wieder stärker. Sie hatte immer mehr Mitgefühl mit anderen als Sorge um sich selbst, und sie sagte sich, daß man sich nicht unterkriegen lassen dürfe. So betrat sie auch mit einem Lächeln Dr. Nordens Sprechzimmer. Ihn machte dieses Lächeln befangen.

»So, ich bin auf alles gefaßt«, sagte Carola forsch. »Heraus mit der Sprache, Herr Doktor.«

Er starrte auf die Papiere, die vor ihm lagen. »So einfach ist das nicht, Frau Heidebrink«, sagte er rauh, »wenn ich ganz direkt sein soll, müßte ich sagen, daß Sie möglichst gleich morgen operiert werden sollten.«

Es gab ihr einen Stich, der schmerzhaft durch ihren ganzen Körper fuhr.

»Und worum handelt es sich?« fragte sie hastig.

»Um eine Zyste am rechten Eierstock.«

»Ist das denn so schlimm?« fragte Carola.

»Das kann ich noch nicht beurteilen, aber es könnte schlimm werden, wenn Sie zu lange warten.«

»Bis Anfang Januar wird es doch Zeit haben«, meinte sie.

»Ich meine, daß jeder Tag zuviel ist, den Sie verlieren.«

»Ich weiß, daß Sie übervorsichtig sind, aber ich habe eine Familie und ein Geschäft, und Weihnachten steht vor der Tür.«

»Weihnachten könnten Sie längst wieder zu Hause sein, wenn die Operation bald stattfindet.«

»Könnte! Aber wer garantiert mir das? Und wer macht das Geschäft? Ich kann es doch Anemone nicht zumuten. Sie stellen sich das so einfach vor.«

»Ich stelle es mir gar nicht einfach vor, aber ich meine, daß Ihre Gesundheit wichtiger ist.«

»Was wird denn davon noch bleiben? Können Sie mir dafür eine Garantie geben?« Sie schöpfte Atem. »Entschuldigen Sie, ich muß mich jetzt erst damit abfinden. Ich weiß ja, daß Sie das Beste wollen, Dr. Norden.«

»Das Allerbeste für Sie, Frau Heidebrink. Ich denke dabei auch an Ihre Kinder, aber ich weiß, daß sie auch dafür wären, daß es so schnell wie nur möglich gemacht wird.«

»Es wird ein Schock für die Kinder sein. Anemone hat jetzt einen so netten Freund, und ich denke, daß es etwas Ernstes wird. Jasmin träumt von ihrer Filmrolle, und Lutz scheint auch verliebt zu sein. Und nun sollen sie eine kalte Dusche bekommen? Ich muß mir das noch überlegen.«

»Überlegen Sie nicht zu lange«, sagte er wieder eindringlich, aber er war bereits fest entschlossen, Anemone einzuweihen, wenn Carola zögern sollte.

Er hielt Carolas Hand beim Abschied warm umschlossen. »Sie

brauchen nur ein bißchen Mut und Gottvertrauen, Frau Heidebrink. Es gibt Schlimmeres, glauben Sie mir.«

»Auch bei Frau Wittich?« fragte sie gedankenvoll.

»Sie haben sie getroffen?«

Sie nickte. »An der Tür, sie hat mich gar nicht richtig wahrgenommen.«

»Nun, sie ist schlechter dran als Sie, so viel kann ich sagen.«

»Mein Gott, sie ist doch viel jünger als ich«, sagte Carola leise.

»Und sie hat keine Kinder, die die Mutter dringend brauchen.«

Carola sah ihn betroffen an. »Meine Kinder sind groß.«

»Aber sie bleiben Ihre Kinder und werden ihre Mutter immer brauchen.«

»Solange man da ist«, sagte Carola tonlos, und dann ging sie.

Es war spät und schon dunkel. Beleuchtete Sterne hingen über den Straßen, Weihnachtsbäume standen auf den Plätzen.

Carola hielt bei der Kirche an und stieg aus. Sie hatte jetzt das Bedürfnis, dort auch eine Kerze anzuzünden.

In Gedanken versunken blickte sie dann auf die flackernden Lichter. Es waren auch schon andere vor ihr hier gewesen und hatten Kerzen angezündet. Auch mit Kummer im Herzen?

Du würdest es nicht wollen, daß ich dir bald Gesellschaft leiste, Jochen, murmelte sie. Du würdest mir einen Rippenstoß versetzen, damit ich den Kopf in den Nacken lege, und das werde ich auch tun. Ich finde schon eine Erklärung, damit die Kinder sich nicht zu sehr sorgen. Ich will leben, ja, ich möchte es so gern. Und wie soll ich es Jonas sagen? Ich kann ihn nicht heiraten, nicht unter diesen Voraussetzungen.

Als sie zu Hause ankam, stand er vor der Tür. Er kam rasch auf sie zu.

»Wo warst du noch so lange, Carola?« fragte er besorgt. »Ich wollte dich vom Geschäft abholen, da warst du schon fort. Jetzt ist es schon nach sieben Uhr.«

Ihr lag eine aggressive Antwort auf der Zunge, aber als sie in seine gütigen Augen blickte, brachte sie kein Wort hervor. Er nahm ihre Hand und drückte sie an seine Lippen.

»Sag, was dich bedrückt, Liebes«, bat er.

»Sind die Kinder schon da, Jon?« fragte sie.

»Ich weiß nicht, ich habe noch nicht geläutet.«

»Ich schaue mal in die Garage.«

Er wunderte sich darüber. »Anemone ist da«, sagte sie, »Lutz wohl noch nicht. Jasmin kommt sowieso später. Laß uns ein Stück hinausfahren.«

Er spürte, daß sie etwas bedrückte. »Ich wollte dich sowieso zum Essen ausführen«, erklärte er. »Ich habe den Prozeß gewonnen.«

»Wie schön für dich. Ich freue mich, Jon. Ich muß mit dir reden.«

»Willst du nicht erst Bescheid sagen?«

»Nein, will ich nicht. Ich rufe von unterwegs an.«

So was war noch nie passiert, und er wußte, daß es etwas sehr Ernstes sein mußte, worüber sie mit ihm sprechen wollte. Er dachte aber, daß es sich um die Kinder drehen würde.

≈

Anemone lief unruhig im Zimmer auf und ab. Wo bleibt Mami nur, dachte sie und blickte immer wieder auf das Telefon. Endlich läutete es. Sie atmete erleichtert auf, als sie Carolas Stimme vernahm.

»Wo steckst du denn so lange, Mami?« fragte sie heiser.

»Jonas hat mich abgeholt und zum Essen verführt. Ich wußte nicht, daß du schon daheim bist, Mone. Mach dir keine Sorgen, ich komme bald.«

»Es ist ja nicht so wichtig, wenn ich weiß, wo du bist. Warst du bei Dr. Norden?«

»Ja, es ist nichts weiter. Ich erkläre es dir nachher noch genau.«

»Du brauchst dich nicht zu beeilen. Ich setze mich vor den Fernseher. Bis dann, Mami, grüß Jonas.«

So arglos, wie sich Anemone gab, war sie nicht. Es paßte einfach nicht zu Carola, daß sie mit Jonas ausging, ohne vorher noch nach Hause zu kommen.

Aber jetzt war es schon zu spät, um Dr. Norden anzurufen. Und privat wollte sie ihn nicht stören.

Vielleicht war es wirklich nichts Besonderes. Carola würde ja bald kommen, und dann würden sie darüber sprechen.

Jonas wußte schon was einer Entscheidung harrte. Es war momentan für ihn ein entsetzlicher Schock gewesen, aber er wußte sich zu beherrschen und redete Carola dann sofort tröstend und beruhigend zu.

»Ich wüßte nicht, was sich dadurch an unseren Plänen ändern sollte, Roli«, sagte er weich und mitfühlend. »Ich liebe dich, und ich habe lange genug auf dich gewartet.«

»Und wenn es bösartig ist und vielleicht schon um sich gegriffen hat? Daran muß ich doch auch denken, Jon.«

»Nein, daran sollst du nicht denken. Du bist stark, du schaffst das, und Dr. Norden hat recht, wenn er sagt, daß es so schnell wie möglich gemacht werden muß.«

»Aber es wird den Kindern das ganze Weihnachtsfest verderben.«

»Rede dir das nicht ein. Es wäre viel schlimmer für sie wenn sie sich später Vorwürfe machen müßten, daß der Eingriff nicht rechtzeitig gemacht wurde. Denk auch nicht an das Geschäft. Frau Köhler kann Anemone unterstützen. Sie ist umsichtig und findet sich bestimmt schnell zurecht. Überlaß mal mir, da so ein bißchen organisatorisch einzugreifen. Du bist wichtiger als alles andere, auch für mich.«

»Du bist lieb, Jon«, sagte sie bebend. Sie konnte jetzt die Tränen fast nicht mehr zurückhalten.

»Ich liebe dich, ich sage es nochmals. Und wir werden heiraten, sobald du das hinter dich gebracht hast. Ich würde auch vorher heiraten, aber so schnell ist es nicht zu machen. Wir werden ein wundervolles Fest feiern.«

»Am Freitag sind wir zu Felicias Geburtstagsparty eingeladen, das kann ich ihnen doch nicht auch verderben, Jon.«

»Was ist nun wichtiger«, sagte er energisch, »eine Party oder deine Gesundheit?«

»Mir geht es doch gar nicht schlecht.«

»Jetzt fang nicht wieder an! Gott sei Dank geht es dir noch nicht so schlecht, aber es könnte kommen, wenn du zögerst und es vor dich hin schiebst.«

»Bitte, schimpf nicht mit mir.«

»Davon bin ich weit entfernt, mein Liebes. Für mich bist nur du wichtig.«

Sie konnte sich an ihn anlehnen. Es war gut zu wissen, daß er bei ihr war und zu ihr hielt. Ja, es war gut, nicht allein damit fertigwerden zu müssen.

Er streichelte ihr Haar. »Ich glaube fest an unsere gemeinsame Zukunft, Roli. Wir haben noch viele schöne Jahre vor uns, aber du darfst nicht resignieren. Ohne dich wäre mir das Leben nicht lebenswert.«

Und ich will mit ihm leben, dachte sie, ich will gesund werden! Ich will fest daran glauben!

Jonas hatte sich auch vorgenommen, gleich morgen mit Dr. Norden zu sprechen, doch davon sagte er Carola nichts. Er bestand auch nicht darauf, noch mit hineinzugehen, als er sie heimgebracht hatte. Sie sollte allein mit Anemone sprechen und nur soviel sagen, wie sie wollte.

Carola wirkte ganz beherrscht, als sie eintrat, aber schon so abgeklärt, daß Anemone erst recht stutzig wurde.

Sie hat sich gewappnet, dachte sie, sie hat sich etwas vorgenommen, was ihr nicht leicht über die Lippen kommt.

»Nun, was hat Dr. Norden gesagt?« drängte sie. »Heraus mit der Sprache.«

»Es ist eine Zyste am Eierstock, sie muß heraus.« Es war

Carola gelungen, das so zu sagen, daß es tatsächlich harmlos klang.

»Na, dann zögere nicht lange, je eher, desto besser.«

»Nicht vor Weihnachten.«

»Wieso denn nicht? Dann kannst du gesund ins neue Jahr gehen. Stell dich nicht so an mit dem Laden, Mami. Frau Köhler ist tüchtig.«

»Woher kennst du sie?« fragte Carola mißtrauisch.

»Ich kenne sie nicht, aber für mich zählt, was Jonas sagt.«

»Er hat aber schon mit dir gesprochen.«

»Neulich doch schon, tu nicht so beleidigt. Er hat es erwähnt, weil du dich nicht so abrackern sollst, und ich finde das sehr gut. Es beweist, wieviel ihm an dir liegt.«

»Ich weiß es, Mone. Er ist ein lieber Mensch.«

»Deshalb wirst du jetzt auch ganz brav sein, dich operieren lassen, bevor daraus was Schlimmes wird, und ich werde mit Frau Köhler das Geschäft in Schwung halten.«

Carola sagte eine ganze Weile gar nichts. »Ich muß das noch überlegen«, erklärte sie, als sie auf dem Weg zur Küche war. »Kommt Lutz nach Hause?«

»Er holt Jasmin ab. Sie ist bei Felicia. Da kann es sicher später werden.«

»Wir brauchen den beiden vorerst gar nichts zu sagen. Ich muß erst eine Nacht darüber schlafen.«

Sie will es aufschieben, aber ich werde dafür sorgen, daß es gemacht wird, dachte Anemone. Das beklemmende Gefühl war geblieben. Sie spürte, daß Carola wieder mal alles bagatellisieren wollte.

Aber sie sagte nichts. Auch sie nahm sich vor, mit Dr. Norden zu sprechen.

∼

Lutz hatte hin und her überlegt, wie er Felicia treffen könnte, und da war ihm eingefallen, daß Jasmin bei ihr sein könnte. So rief er dort an, und zu seiner Freude war Felicia gleich selbst am Telefon. Er spürte, daß sie den Atem anhielt, als er seinen Namen nannte.

»Ist Jasmin bei euch?« fragte er hastig.

»Nein, sie ist im Studio. Da wäre sie auch schlecht zu erreichen. Sie proben. Gibt es was Wichtiges?«

»Nein, nicht direkt. Ich bin nur gerade in der Gegend und dachte, daß ich sie abholen könnte. Wir hätten dann noch zusammen ins Kino, oder irgendwohin gehen können.«

So naiv war Felicia doch nicht mehr, daß sie nicht merkte, daß er sie einbeziehen wollte. Sie freute sich darüber.

»Wenn du schon in der Gegend bist, könntest du ja mich abholen, und dann fahren wir zusammen zum Studio.«

»Eine gute Idee. Ich bin in zehn Minuten da. Einverstanden?«

»Einverstanden!«

Lutz war obenauf, und Felicia tänzelte beschwingt durchs Haus. »Ich werde abgeholt, Helena«, sagte sie zu der Hausdame. »Dad wird sicher spät kommen.«

»Aber du doch nicht auch?«

»Es wird sicher nicht allzu spät. Wir holen noch Jasmin ab.«

»Und wer holt dich ab?«

»Jasmins Bruder.«

Neugierig war Helena schon, aber sie konnte sich beherrschen. So geschwind war sie aber sonst nie an der Tür, wie jetzt, als es läutete.

Lutz fand auch vor Helenas Augen Gnade. Sie hatte nichts für Thomas Traven und dessen Freunde übrig, wenn sie dies auch nicht sagte. Um Felicia war sie besorgt, aber wenn sie mit diesem jungen Mann ausging, brauchte sie nicht besorgt zu sein, dachte sie zufrieden.

Lutz hatte von unterwegs noch zu Hause angerufen. Er hatte sich zwar auch gewundert, daß Carola noch nicht daheim war, aber nun waren seine Gedanken ganz auf Felicia konzentriert.

»Ich wünschte, ich hätte auch einen großen Bruder«, sagte sie, als sie zum Studio fuhren. »Aber alle sind wohl nicht so nett zu ihren Schwestern wie du.«

»Betrachte mich als deinen Freund, der auch zur Verfügung steht, wenn du ihn brauchst«, erwiderte er.

»Wundere dich nicht, wenn ich von diesem Angebot Gebrauch mache«, sagte sie schelmisch.

»Ich wäre traurig, wenn du es nicht tätest.«

Es fiel ihm überhaupt nicht schwer, so mit ihr zu sprechen, und Felicia gefiel es. Ihr Herz klopfte ganz schön schnell, wenn er sie anblickte, aber sie dachte auch gar nicht daran, sich gegen dieses beglückende Gefühl zu wehren.

Als sie zum Studio kamen , war schon niemand mehr da. Der Portier sagte ihnen, daß vor einer halben Stunde Schluß gewesen sei. Herr Calderon sei mit den Damen zum Essen gegangen. Wohin wüßte er aber nicht.

»Gehen wir auch zum Essen, Felicia?« fragte Lutz. »Wenn du noch Zeit hast?«

»Ich habe doch gesagt, daß ich gern noch mit euch weggehen würde, aber ich bin auch sehr gern mit dir allein.«

Sie errötete, aber ihre Augen strahlten, und Lutz betrachtete sie hingerissen.

»So ein Mädchen wie dich habe ich noch nie kennengelernt«, sagte er stockend.

»Du hast aber doch zwei ganz besonders reizende Schwestern, die viel attraktiver sind als ich«, meinte sie verlegen.

»Es kommt darauf an, wie man es sieht. Für mich bist du etwas Besonderes.«

Er konnte es fast nicht glauben, daß er es war, der das sagte. Er hätte nie gedacht, daß ihm solche Worte über die Lippen kommen könnten.

»Ich mag dich auch sehr, Lutz«, sagte Felicia leise.

Er legte den Arm um ihre Schultern, als sie zu seinem Wagen zurückgingen.

»Ich kann aber nicht mit Thomas Traven konkurrieren«, sagte er gepreßt.

Sie lachte auf. »Du bist ihm haushoch überlegen. Du wirst doch nicht denken, daß er mir gefällt? Ich bin auch gar nicht für Parties. Ab und zu mal mache ich das schon mit, aber ich kam mir immer wie ein Außenseiter vor. Deshalb war ich neulich auch so froh, daß Jasmin mitgegangen ist. Und erst recht bin ich froh, daß ihr am Freitag kommt. Weißt du, Lutz, solche Familie habe ich mir immer gewünscht.«

»Dann brauchst du mich nur zu heiraten, und du hast sie«, sagte er.

Sie hielt den Atem an. »Damit spaßt man aber nicht.«

»Wer spaßt denn? Es muß ja nicht gleich morgen sein. Ein bißchen Zeit müssen wir uns schon lassen. Ich habe noch ein paar Semester, bis ich in die Kanzlei einsteigen kann, aber ich kann mich ja schon als ernsthafter Bewerber anbieten. Ich möchte nicht, daß mir ein anderer zuvorkommt.«

»Und wenn ich dich beim Wort nehme?«

»Dann machst du mich glücklich, Felicia! Es gab noch nie ein Mädchen, dem ich das hätte sagen mögen. Du kannst Jasmin fragen, wie meine Einstellung war.«

»Du bist stur und kein bißchen romantisch, hat sie gesagt. Und an Mädchen nörgelst du nur herum.«

»Es gab eben noch keine wie dich.«

»Dann kann ich mir ja etwas darauf einbilden«, lächelte sie.

»Aber was wird dein Vater sagen?«

Ihre Augenbrauen schoben sich leicht zusammen. »Ich glaube nicht, daß er diesbezüglich wirklich ernsthaft nachdenkt, Lutz. Wozu auch? Es ist mein Leben, da lasse ich mir nicht dreinreden.«

Schnell beugte er sich zu ihr hinab und streifte mit seinen Lippen ihre Schläfe.

»Dann kann ich dir ja auch sagen, daß ich nur angerufen habe, um dich zu sehen. Ich bin noch nie auf den Gedanken gekommen, Jasmin irgendwo abzuholen wenn sie mich nicht ausdrücklich darum gebeten hat.«

Sie lachte wieder leise. »Und ich habe mir fast so was gedacht. Aber es war eine wundervolle Idee.«

Sie waren jung und bis über beide Ohren verliebt. Für sie war die Welt hell und voller Wunder.

~

Jasmin kam kurz nach zehn Uhr heim. Sie war bestens gelaunt. »Wo hast du Lutz gelassen?« fragte Anemone.

»Lutz, wieso?«

»Er wollte dich doch bei Felicia abholen.«

»Ich war im Studio, ich habe ihn nicht gesehen.« Jasmin schlug sich an die Stirn und lachte schallend. »So ein Schwerenöter, er scheint gut zu sein im Ausdenken von Ausreden! Anscheinend hat er es vorgezogen, allein mit Felicia auszugehen. Gönnen wir es ihm. Franco hatte uns zum Essen eingeladen, weil die Proben so gut klappten. Wo steckt denn Mami?«

»Sie hat sich schon hingelegt.«

»Wieso denn das? Fehlt ihr was?«

»Sie muß operiert werden.«

In Jasmins Augen stand blankes Entsetzen. »Operiert, warum?«

Anemone erklärte es ihr. »Und wir müssen ihr zureden, daß sie es noch vor Weihnachten machen läßt. Reg dich nicht gleich auf, Jasmin, das dürfen wir ihr nicht zeigen. Es ist doch nur ein Eingriff.«

»Sie zerredet doch alles, wenn es um sie geht. Sie macht sich Sorgen, ich weiß es. Sie war in letzter Zeit oft so still.«

»Ich werde auf jeden Fall mit Dr. Norden sprechen, aber das verraten wir ihr nicht. Und mit Jonas rede ich auch.«

»Mir gefällt das nicht, Mone. Dr. Norden würde nicht darauf dringen, wenn es nicht ernst wäre. Wer möchte schon wegen einer Lappalie vor Weihnachten ins Krankenhaus.«

»Es kann ja sein, daß es nur ein paar Tage dauert. Ich halte es aber auch für richtig, wenn es so bald wie nur möglich gemacht wird.«

Jasmin nickte. »Sie wird schon parieren, wenn wir uns einig sind. Natürlich wird sie sich Gedanken wegen des Weihnachtsgeschäftes machen.«

»Das braucht sie nicht. Jonas hat schon mit einer jungen Frau, die einspringen könnte, gesprochen, und ich werde auch mitmachen. Das sollte wirklich die kleinste Sorge sein.«

»Weiß Lutz schon Bescheid?«

»Nein, und Mami wollte gar nicht, daß ihr es erfahrt. Sie will noch eine Nacht darüber schlafen.«

Jasmin schüttelte den Kopf. »Du wirst morgen gleich mit Dr. Norden sprechen, und ich sage Franco, daß ich jetzt nicht proben kann. Er wird es schon verstehen.«

»So geht es nicht, Jasmin, dann geht Mami bestimmt nicht in die Klinik. Es muß für uns alles so weitergehen wie bisher. Sie verträgt keine Rücksichtnahme.«

»Aber du stellst deine Termine doch auch hintenan.«

»Das ist was anderes, bei mir ist vor dem Fest nicht mehr viel los.«

»Aber wenn Phil da ist, willst du doch auch Zeit für ihn haben.«

»Da wird auch schon noch welche bleiben.«

»Wird er Verständnis dafür haben?«

»Ich habe doch auch Verständnis für ihn. Wenn man sich darum streitet, taugt eine Bindung nichts.«

»Wirst du ihn heiraten?«

»Wir werden sehen«, lenkte Anemone ab, »man kann sich auch so verstehen.«

Lutz kam erst kurz vor Mitternacht, aber da Jasmin neugierig war, kam sie gleich aus ihrem Zimmer.

»Na, wie war es denn?« fragte sie anzüglich.

»Wir wollten euch abholen, aber ihr wart schon weg, da bin ich halt mit Felicia allein ausgegangen.«

»Sieh mal einer an, unser scheues Rehlein. Aber sie mag dich ja.«

»Was mein Glück ist.«

»Ich kann nur noch staunen, so kenne ich dich gar nicht.« Noch mehr staunte sie, als er ihr plötzlich einen Kuß auf die Stirn drückte.

»Ich habe es ja eigentlich dir zu verdanken, Jasmin. Deshalb sollst du es auch zuerst erfahren, daß ich unsterblich verliebt bin, und wir sind uns auch schon einig, daß wir heiraten werden.«

Jasmin war fassungslos, ihre Augen kugelrund, und der Mund blieb ihr offenstehen.

»Wann?« fragte sie.

»Wenn ich fertig bin mit dem Studium.«

»Vorausgesetzt, daß euch Franco keinen Strich durch die Rechnung macht«, meinte sie trübe.

»Du unterschätzt Felicia. Sie hat einen viel stärkeren Willen, als man denkt, wenn es darum geht, etwas zu verteidigen, was ihr viel bedeutet.«

Jasmin hatte plötzlich feuchte Augen. »Mein Gott, ich wünsche es euch ja so sehr«, sagte sie leise. »Felicia, daß sie dich bekommt, und du könntest sowieso keine Bessere finden.«

»Und das weiß ich, Jasmin.«

Sie brachte es nicht fertig, sein Glücksgefühl zu trüben, indem sie mit der Operation anfing, die Carola bevorstand. Wenigstens diese Nacht sollte er unbeschwert träumen können.

Beim morgendlichen Frühstück zeigte sich Carola ganz gelassen, als wäre nichts anders als sonst.

»Du bist ja auch schon auf, Jasmin«, sagte sie, als diese gleich nach Anemone erschien. »Gestern ist es doch ziemlich spät geworden. Wo wart ihr denn noch?«

Eine beiläufige Frage war das, wie man sie von ihr gewohnt war. »Franco hat uns zum Essen eingeladen«, erwiderte sie.

»Lutz auch?« fragte Carola erstaunt.

»Lutz war mit Felicia allein aus!«

»Mußt du gleich petzen?« sagte Lutz, der gerade eintrat, aber er lachte dabei.

Carola sah ihn forschend an. Sie war auch überrascht. »Es war sehr schön, Mami, Felicia ist ein außergewöhnliches Mädchen.«

Er hatte es so gesagt, daß niemand eine scherzhafte oder anzügliche Bemerkung gewagt hätte.

»Jedenfalls wird es mit ihr keine vergeudete Zeit sein, Lutz«, bemerkte Anemone nur.

»Du sagst es«, nickte er.

🍂 »Am Freitag sind wir ja alle auf ihrer Geburtstagsparty. Sie freut sich schon«, fuhr er nach einem kurzen Schweigen fort.

»Ich kann nicht kommen, leider«, sagte Carola ruhig. »Ich muß in die Klinik. Es ist ein kleiner Eingriff, und ich möchte Weihnachten wieder zu Hause sein.«

Drei Augenpaare, in denen sich vielfältige Empfindungen widerspiegelten, ruhten auf ihr. Lutz war sehr bestürzt.

»Hat sich das so plötzlich ergeben?« fragte er hastig.

»Es hätte wohl schon früher gemacht werden können, aber ich habe es einfach übersehen. Macht euch nur keine Gedanken, ich bin bald wieder okay.«

»Das wollen wir doch hoffen, Mami«, sagte Lutz. »Ich möchte aber gern Genaueres wissen.«

»Da gibt es nicht viel zu sagen. Es ist eine Zyste am Eierstock, die mir zu schaffen macht. Ich bin halt in den Wechseljahren«, fügte sie mit einem flüchtigen Lächeln hinzu. »Wahrscheinlich habe ich es erst durch den Vorweihnachtsstreß zur Kenntnis genommen. Nun hat mir Anemone erklärt, daß es im Geschäft auch ohne mich geht. Sie wird es mit Frau Köhler machen, die eine Klientin von Jonas ist und sich dafür eignet.«

»Jedenfalls ist alles schnell organisiert worden«, meinte Lutz.

»So sind wir nun mal«, warf Anemone beherzt ein. »Wozu habt ihr eine Managerin in der Familie.«

»Ich muß jetzt leider gehen«, sagte Lutz stockend. Er trat hinter Carola und legte seine Arme um sie. »Ich kenne dich ja, Mami, du machst das schon, aber du mußt nicht zuviel Rücksicht auf uns nehmen. Wir sind erwachsen. Denk nur an dich und deine Gesundheit.«

»Ich bin ja folgsam, wie du siehst. Und ihr werdet Felicias Geburtstag fröhlich feiern und für mich eine passable Ausrede finden.« Da waren jedoch alle drei der Meinung, daß es ihnen bestimmt nicht leichtfallen würde.

Jasmin wußte dann eine ganze Weile nichts mehr zu sagen, bis sie innerlich ruhiger geworden war.

»Ich kann ja auch im Geschäft helfen, Mami«, sagte sie.

»Kümmere du dich ein bißchen um die Besorgungen, damit Anemone sich nicht abhetzen muß.«

»Wir werden schon klarkommen, aber du mußt dich dann auch hinterher schonen, Mami«, sagte Jasmin bebend, und Tränen traten in ihre Augen.

»Kleines, du wirst doch nicht weinen umso eine Bagatelle«, sagte Carola, und sie vermochte es tatsächlich, ihrer Stimme einen festen Klang zu geben.«

»Du warst noch nie krank«, flüsterte Jasmin.

»Das hast du nur vergessen. Denk mal an die schwere Grippe, die mich erwischt hatte, als Jochen noch lebte, und dann nach seinem Tod war ich auch nicht gerade fit. Aber es gerät in Vergessenheit, wie auch diese Operation. Ich werde jetzt Dr. Norden anrufen, und wenn er mit Dr. Leitner gesprochen hat, begebe ich mich gleich in die Klinik. Je schneller, desto besser.«

Wenn es Anemone auch nicht gerade leicht ums Herz war, so atmete sie doch insgeheim auf. Die erste Hürde war genommen, und sie wollte gar nicht daran denken, daß etwas schiefgehen könnte.

Dr. Norden war überrascht, als Carola so entschlossen anrief. »Es freut mich, daß Sie sich entschlossen haben«, sagte er. »Ich werde gleich mit Dr. Leitner telefonieren und sage Ihnen dann Bescheid.«

»Na also«, erklärte Carola forsch. »Es wird schon klappen. Ich werde gleich ein paar Sachen zusammenpacken.«

»Und ich werde Jonas anrufen, daß er mit Frau Köhler spricht, oder sie mir schickt«, warf Anemone ein.

»Das tust du erst, wenn ich in der Klinik bin. Er hat sonst seine Gedanken nicht beisammen«, sagte Carola.

»Ich möchte dich aber hinbringen«, sagte Anemone.

»Ich kann auch mit dem Taxi fahren. Es ist wichtiger, daß der Laden pünktlich aufgemacht wird, sonst entstehen gleich Gerüchte.«

»Ich kann dich hinbringen, Mami«, sagte Jasmin bittend.

Und schon läutete das Telefon. Es war Dr. Norden, und er sagte Carola, daß Dr. Leitner sich sofort ihrer annehmen würde. Allerdings war es für sie ein weiterer Beweis, daß Dr. Norden es sehr ernst nahm.

»Unser guter Dr. Norden will auch, daß ich Weihnachten wieder daheim bin«, erklärte sie lächelnd.

»Auf ihn ist Verlaß«, sagte Anemone.

Sie fuhr ins Geschäft, nachdem sie Carola noch einmal liebevoll umarmt hatte, und gleich danach brachen Carola und Jasmin auf.

Sie wurden von Dr. Leitner empfangen. »Eine günstige Zeit, Frau Heidebrink, Sie brauchen nicht lange zu warten«, erklärte er. »Und ein Zimmer haben wir auch frei.«

Es war ein hübsches Zimmer mit Blick zum Park, und es wirkte auch nicht so steril und kühl.

»Wir können Ihnen auch einen Fernsehapparat hineinstellen, wenn Sie wollen, Frau Heidebrink«, sagte Dr. Leitner.

»Ist doch prima, Mami, dann langweilst du dich nicht«, sagte Jasmin.

»Ich möchte jetzt aber lieber meine Ruhe haben. Ich werde es als Kuraufenthalt betrachten.«

»Das ist die richtige Einstellung. Wir können dann auch gleich mit der gründlichen Untersuchung beginnen.«

»Und du kannst gehen, Jasmin. Ihr könnt euch absprechen, was ihr essen wollt und braucht. Geld liegt in meinem Schreibtisch. Anemone kann auch die Tageseinnahmen verwenden.«

»Wir werden schon nicht verhungern, Mami. Ruf bitte an, wann wir dich besuchen können.«

Ihr kamen schon wieder die Tränen, aber die wollte sie nicht zeigen, und so verabschiedete sie sich rasch.

»Nun denn, wir wollen keine Zeit verstreichen lassen, Herr Doktor«, sagte Carola. »Aber eins müssen Sie mir versprechen, was immer auch kommt, Weihnachten muß ich überleben.«

»Sie werden noch viel länger leben, Frau Heidebrink«, sagte er aufmunternd, »es könnte sein, daß wir die Gebärmutter auch entfernen müssen.«

Sie zuckte leicht zusammen, war aber gleich wieder beherrscht. »Nun, Kinder brauche ich ja nicht mehr zu bekommen«, sagte sie tapfer, »und man sagt ja immer, daß es auf die Einstellung ankommt, wie man damit fertig wird.«

»Ja, das ist die richtige Einstellung«, stimmte er ihr zu.

Daniel Norden fühlte sich unbehaglich, als Dr. Jonas Hamann in der Praxis erschien. Freilich kannte er ihn und wußte auch um die langjährige Freundschaft zwischen ihm und Carola. Aber da Anemone auch angedeutet hatte, daß mehr daraus geworden sei, hatte er die bange Ahnung, daß sich Jonas über Carolas Zustand informieren wollte.

Er konnte natürlich schweigen, er brauchte keine Auskunft zu geben, aber er mochte ihn auch nicht einfach wegschicken.

Jonas bewies auch gleich, daß er Jurist war. »Ich weiß, daß Sie der Schweigepflicht unterliegen wie auch ich«, begann er, »aber mein Anliegen ist sehr privater Natur und mit einer großen Bitte verbunden. Ich weiß, daß Carola sich nicht wegen einer Bagatellsache noch vor Weihnachten operieren lassen würde, und ihre Kinder nehmen ihr das auch nicht ganz ab, wenn sie sich auch gern in diesen Gedanken flüchten würden, aber mir geht es vor allem darum, daß Carola ihr Optimismus erhalten bleibt. Deshalb möchte ich Sie bitten, wie immer es auch aussieht, ihr nur dann die Wahrheit zu sagen, wenn wirklich keinerlei Bedenken für eine völlige Genesung bestehen. Ich will sie heiraten, und sie soll mir nicht mit Argumenten kommen, die dagegen sprechen würden. Ich will bei ihr sein und alles mit ihr teilen und ihr Mut und Kraft geben und das Wissen, daß sie geliebt und gebraucht wird.«

Daniel war tief beeindruckt. Das waren keine Sprüche, keine leeren Worte, es war der heiße Wunsch eines Mannes, die geliebte Frau aufzurichten.

»Frau Heidebrink will aber die ganze Wahrheit wissen«, sagte er beklommen.

»Man kann doch auch ein bißchen drumrumreden. Würden Sie mir aber nun doch bitte sagen, womit zu rechnen ist?«

»Es könnte möglich sein, daß eine Uterusamputation nicht zu vermeiden ist.«

»Wird man ihr das sagen?«

»Das muß man, weil sie ihre Einwilligung zu einer solchen Operation geben muß.«

»Die Hauptsache ist doch, daß sie Chancen für eine Genesung hat. Für mich würde das doch gar nichts ändern. Für Kinder sind wir doch schon ein bißchen zu alt, und außerdem haben wir drei und werden auch mal Enkel haben. Ich liebe Carola seit vielen Jahren, und werde alles für sie tun, und wir wären längst verheiratet, wenn sie nicht immer zuerst an die Kinder gedacht hätte und mir keine Verantwortung aufbürden wollte. Sie hat ihren Kopf für sich.«

»Wem sagen Sie das, aber ich bin froh, daß sie in die Operation eingewilligt hat.«

»Wann wird sie stattfinden?«

»Morgen, aber sie wird bestimmt wieder was aushecken, damit es niemand erfährt.«

»Und die Kinder zur Geburtstagsparty von Felicia Calderon gehen. Aber das sollen sie auch. Alles soll so gemacht werden, wie es Carola will.«

»Wer hat Sie informiert?«

»Anemone. Sie wird das Geschäft leiten, und ich konnte eine tüchtige Kraft besorgen. Es sind drei prachtvolle Kinder, Dr. Norden. Wir verstehen uns, und wir halten zusammen, und uns ist nichts so wichtig wie Carola.«

»Dann werden wir Frau Heidebrink aber nicht wissen lassen, daß wir in Verbindung sind.«

»Sie werden mich informieren?« fragte Jonas bittend.

»Sie haben mich überzeugt.«

»Dann kann ich mich nur herzlich bedanken und hoffen, daß die Operation ein voller Erfolg wird.«

»Ich werde Dr. Leitner assistieren. Sie dürfen versichert sein, daß wir größte Sorgfalt walten lassen.«

»Und wenn es Krebs ist?«

»Wird sie weiterbehandelt werden. Auf jeden Fall muß sie über wenigstens fünf Jahre ständig kontrolliert werden.«

»Dafür werde ich schon sorgen. Sie können sich darauf verlassen.«

»Es wird ihr bestimmt helfen, wenn sie sich jetzt auch noch so eigensinnig zeigt.«

»Sie sagen mir also morgen Bescheid? Wann darf ich Sie anrufen?«

»Ich werde Sie anrufen, wenn die Operation beendet ist.«

Er konnte sich vorstellen, daß Jonas diesem Anruf mit Zittern und Zagen entgegensehen würde.

Es war ein aufregender Tag für alle, natürlich auch für Carola, wenngleich sie sich nach außen hin ganz ruhig zeigte.

Anemone rief ihre Mutter mittags an und sagte, daß alles wie geschmiert laufen würde, da Frau Köhler sehr tüchtig sei und auch firm, aber natürlich würden alle fragen, wo Frau Heidebrink wäre.

»Und was sagst du, Mone?«

»Daß du die Grippe hast und im Bett bleiben mußt.«

»Gute Ausrede, die Grippe geht sowieso um, und deshalb möchte Dr. Leitner auch nicht, daß ich heute und morgen Besuch bekomme.« Flugs war sie mit dieser Ausrede zur Hand gewesen, geistesgegenwärtig wie immer, aber Anemone ahnte natürlich, was das zu bedeuten hatte.

»Wenn du meinst, Mami«, sagte sie, »aber anrufen darf ich doch?«

»Wenn ich nicht gerade schlafe. Es geht mir gut hier, macht euch keine Gedanken. Ich werde bemuttert von hinten bis vorn.«

»Von uns willst du dich ja nicht bemuttern lassen«, sagte Anemone.

»Ich werde es mir eine Zeit gefallen lassen, wenn ich wieder zu Hause bin, beruhigt?«

»Ja, wenn du es auch so hältst.«

Wie immer es auch ausgeht, ich kann mich auf die Kinder verlassen, dachte Carola, und sie werden zusammenhalten. Aber dann faltete sie die Hände.

»Bitte, laß mich noch einige Jahre leben, Herrgott«, flüsterte sie. »Ich möchte so gern erleben, daß sie liebe Partner bekommen und daß ich vielleicht auch noch Enkel in den Armen halten kann.« Sie konnte es nicht verhindern, daß ihr ein paar Tränen über die Wangen rollten und daß sie dachte, wie schön nun alles sein könnte, mit Jonas an allem teilnehmen zu können, was das Leben ihnen noch schenken konnte.

～

»Ich kann doch nicht zu der Party gehen, wenn Mami operiert wird«, flüsterte Jasmin, als sie am Abend darüber sprachen.

»Mami würde es nicht gefallen, wenn wir nicht gehen würden, und Felicia wäre traurig«, sagte Lutz.

»Aber wie sollen wir es ihr erklären, daß wir nicht fröhlich sind?« meinte Jasmin.

»Sie ist doch nicht so ein flatterhaftes Mädchen, das Trubel um sich haben muß«, erklärte Lutz. »Lassen wir es an uns herankommen. Sie hat schon gesagt, daß einige Leute wegen der Grippe abgesagt haben.«

»Du hast schon mit ihr gesprochen?« fragte Jasmin.

»Ich habe mich sogar heute mittag mit ihr getroffen. Ich mußte mir noch mal genau ihre Hände anschauen.«

»Willst du ihr etwa einen Ring schenken?« fragte Jasmin atemlos.

»Nein, ein Armband, und ich habe es schon, aber sie hat so dünne Gelenke. Es soll doch auch gleich passen.«

»Zeigst du es uns?« fragte Anemone.

»Weil ihr es seid.« Er holte es, und sie mußten feststellen, daß Lutz nicht nur einen ausgezeichneten Geschmack hatte, sondern auch tief in die Tasche gegriffen haben mußte.

»Sie wird sich freuen«, sagte Jasmin. »Ich möchte auch mal solchen Verehrer haben. Hast du eigentlich schon mal was von Phil bekommen, Mone?«

»Einiges, aber keinen Schmuck.«

»Was dann?«

»Bücher und Ledersachen. Ihr müßt ja nicht alles wissen.«

»Wird er morgen kommen?«

»Ich nehme es an. Er hat bisher immer Wort gehalten.«

Von Jasmin bekam Felicia einen schicken Gürtel, der ihr kürzlich besonders gut gefallen hatte, und Anemone hatte ein Parfüm für sie, das ihr besonders gut gefiel.

Aber nun warteten sie doch voller Spannung und Sorge auf den kommenden Tag.

Schon um sieben Uhr wurde Carola in den OP gefahren. Sie merkte schon gar nichts mehr davon und wußte auch nicht, daß Dr. Norden bereits zur Stelle war. Er hatte noch ein kurzes Gespräch mit Schorsch Leitner, dann kamen sie auch gleich zur Sache. Es war ein kleines Team versammelt, aber jeder wußte, was er zu tun hatte.

Präzise und mit aller Ruhe führte Dr. Leitner den Schnitt aus, der den Operationsherd freilegte, und unwillkürlich kam von beiden Ärzten schon das erste Aufatmen, als sie sahen, daß der Tumor scharf begrenzt war und gesunde Zellen anscheinend noch nicht in Mitleidenschaft gezogen hatte. Aber die Größe, die man mit einem kleinen Apfel vergleichen konnte, machte es erforderlich, die Gebärmutter herauszunehmen. Die Anästhesie, die Daniel durchgeführt hatte, reichte aus. Es brauchte keine Nachnarkose gegeben zu werden, was für den Kreislauf nur nützlich sein konnte. Und es klappte auch alles zur Beruhigung der Ärzte und auch der Schwestern wie am Schnürchen. Bereits um halb zehn Uhr war die nicht einfache Operation beendet, und man konnte Carolas Zustand als zufriedenstellend bezeichnen, da sie auch nicht zuviel Blut verloren hatte. Eine Blutkonserve wurde schon bereitgestellt, und ohne Verzögerung wurde die weitere Versorgung durchgeführt.

Eine Stunde später läutete bei Jonas das Telefon. Er schrak zusammen, aber es hatte an diesem Vormittag schon oft genug geläutet und mit Anemone hatte er auch schon telefoniert.

Nun aber vernahm er Dr. Nordens tiefe, ruhige Stimme, und was er hörte, ließ ihn auch tief aufatmen.

»Ich danke Ihnen und auch Dr. Leitner«, stammelte er bebend. »Ich will ja nur, daß sie lebt, daß sie uns erhalten bleibt.« Und Tränen klangen in diesen Worten mit. »Ich darf doch gegen Abend kommen? Ich will Carola nur sehen.«

»Aber die Kinder nicht, das will sie nicht«, erwiderte Daniel.

Nachdem Jonas sich halbwegs beruhigt hatte, rief er Anemone an.

»Es ist alles gutgegangen«, sagte er. »Nun braucht Carola nur Ruhe, und ihr könnt beruhigt zur Party gehen.«

»Gott sei es gedankt«, sagte Anemone aus tiefstem Herzen. Und dann fragte sie Frau Köhler, ob sie den Nachmittag allein bewältigen würde, ohne natürlich zu verraten, was an diesem Tag wirklich geschehen war.

»Ich komme gut zurecht«, sagte Margot Köhler. »Kümmern Sie sich nur um Frau Heidebrink. Bei einer Grippe soll man wirklich im Bett bleiben.«

Aber Anemone wollte nur heim, weil ihre Geschwister warteten, und sie wollte ihnen die Nachricht selbst bringen.

Die beiden saßen auch schon wie auf Kohlen. Appetit hatten sie keinen, aber mehrere Tassen Kaffee hatten sie schon getrunken. Sie fielen sich in die Arme, als Anemone ihnen sagte, daß die Operation gut verlaufen sei.

»Und was ist es nun wirklich gewesen?« fragte Lutz.

»Eine Zyste, ich weiß es nicht anders. Aber Mami will heute bestimmt ihre Ruhe haben, das hat sie nachdrücklich gesagt.«

»Können wir wirklich beruhigt sein?« fragte Jasmin.

»Und auch zur Party gehen ohne Gewissensbisse«, sagte Anemone.

Phil kam gegen vier Uhr. Er brachte eine gewaltige Erkältung mit. »Ich will euch nicht anstecken, also werde ich auch der Party fernbleiben müssen.«

»Dann bleibe ich aber auch zu Hause«, sagte Anemone sofort. »Bei der Grippewelle wird es uns auch Felicia nicht übelnehmen. Außerdem wird es ihr am wichtigsten sein, wenn Lutz kommt«, fügte sie neckend hinzu, worauf Phil leicht irritiert war.

»Tut sich was?« fragte er leise.

»Es scheint so.«

»Ihr könnt ruhig laut reden, ich habe nichts zu verheimlichen.«

»Wie geht es Carola?« lenkte Phil rasch ab.

»Die Operation ist gut verlaufen«, erwiderte Anemone, »Habt ihr sie schon besucht?«

»Sie will es nicht. Sie will ihre Ruhe haben.«

»Kann ich verstehen. Könnte ich einen Grog haben, Liebes?«

»Ich werde dich am besten gleich ins Bett stecken«, erwiderte Anemone.

»So schlimm ist es nun doch nicht. Aber wenn man dauernd angehustet und angeniest wird, bleibt man nicht verschont.«

»Deshalb sollen wir Mami auch nicht gleich besuchen. Manchmal trägt man nur Bazillen voraus«, sagte Jasmin.

Es wurde nun auch bald Zeit zum Aufbruch, denn die Party sollte ja schon um achtzehn Uhr beginnen. Anemone stellte fest, daß ihre Geschwister sich sehen lassen konnten. Lutz hatte sich schon lange nicht mehr so in Schale geworfen.

»Vergeßt mein Geschenk nicht«, sagte Anemone.

»Und ich habe noch Blumen im Auto. Ich gebe sie euch gleich.«

»Da soll noch einer sagen, es gäbe keine Kavaliere mehr«, meinte Jasmin, aber so aufgekratzt wie sonst war sie doch nicht.

Es sollte dann zu ihrer Überraschung gar nicht hoch hergehen bei den Calderons. Tatsächlich schienen die meisten von der Grippe erwischt worden zu sein, und auch Franco wirkte leicht lädiert, wenn er sich auch höllisch zusammenriß. Die Travens glänzten aber aus anderem Grund durch Abwesenheit. Sie hatten plötzlich zu einem Todesfall in der Familie reisen müssen.

Felicia war froh darüber. Sie freute sich kindisch über das wunderschöne Armband, und als Franco es betrachtet hatte, sah er Lutz aus leicht zusammengekniffenen Augen an.

»Sie wissen hoffentlich, was mir meine Tochter wert ist, Lutz«, sagte er.

»Dann sollten Sie aber nicht an Thomas Traven als Schwiegersohn denken«, erwiderte Lutz mit fester Stimme.

»Hört sich das einer an«, sagte Franco. »Ein mutiger Mann.

Aber Offenheit bin ich ja auch schon von Jasmin gewohnt, und wir werden uns bald noch besser kennenlernen. Hoffentlich werdet ihr nicht auch noch von der Grippe erwischt. Eure reizende Mama hätte ich zu gern kennengelernt.«

»Wie geht es ihr?« fragte Felicia hastig.

»Den Umständen entsprechend.« Erst später sagte es Lutz ihr, was wirklich geschehen war.

Ihre Augen füllten sich gleich mit Tränen. »Wenn nur alles gut wird. Ich wünsche mir so sehr eine Mami wie sie. Ich werde für sie beten, Lutz, jeden Tag.«

Da nahm er sie in die Arme und küßte sie. »Sie schafft es, Felicia, da bin ich ganz sicher.«

Zu dieser Zeit schlug Carola die Augen auf und blickte in Jonas' Gesicht. Ihr Blick kehrte zurück aus einer anderen Welt und wurde gleich klarer.

»Also lebe ich noch«, murmelte sie, »dann packen wir es.«

So war sie, und er küßte ihre Hände und streichelte ihr Gesicht. Schnell lag sie wieder in tiefem Schlummer, aber als Dr. Leitner kam, machte er ein zufriedenes Gesicht.

»Sie ist eine starke Persönlichkeit, Dr. Hamann. Sie überrascht uns sogar.«

Jonas erfuhr alles ganz genau, und die große Angst war gewichen. Carola würde es schaffen, und er würde mithelfen. Dankbar wollte er sein, daß ihnen diese Chance gegeben wurde, aber er wußte nun auch, wie gut es war, daß sie sich doch so schnell zu der Operation entschlossen hatte. Vielleicht hatte sie die Gefahr doch deutlich gespürt und sich endlich eingestanden, daß sie manche Schmerzen einfach nicht hatte wahrhaben wollen.

Er rief Anemone an, um ihr zu sagen, wie beruhigt er war und auch sie sein konnte. Sie hatte ihn schon benachrichtigt gehabt, daß sie nicht mit zur Party gehen würde, weil Phil so erkältet war.

Der war vom Grog schon ein bißchen benommen, denn bei einem war es nicht geblieben, aber er hatte auch aufbleiben wollen, solange Anemone auf den Anruf wartete. Aber sie hatte ihm das Gästezimmer schon hergerichtet, denn allein wollte sie ihn nicht lassen.

»Nun können wir uns doch auf Weihnachten freuen, mein Liebes«, sagte er heiser. »Ich habe auch schon Geschenke für Carola gekauft.«

»Du hast Geschenke gekauft?« staunte sie.

»Das gehört doch dazu. Du bekommst natürlich auch was Hübsches.«

»Ich müßte dir etwas sagen, Phil. Eigentlich wollte ich es nicht, aber vielleicht würde es Mami auch zur Genesung mit verhelfen.«

»Und warum willst du es dann nicht sagen?«

»Weil ich meine eigenen Ansichten habe. Aber es hat sich durch Mamis Erkrankung etwas geändert.«

»Du wirst mir doch nicht den Laufpaß geben wollen!« sagte er entsetzt.

»Etwas ganz anderes. Ich bekomme ein Baby, und das solltest du eigentlich nicht vor deiner Reise erfahren.«

»Ein Baby? Wir bekommen ein Baby? Und das wolltest du verschweigen? Was bist du nur für ein schreckliches Mädchen! Liebling, ich möchte dich so gern küssen, aber jetzt darf ich dich erst recht nicht anstecken.«

»Der gute Wille tut es auch«, sagte sie lächelnd. »Du freust dich?«

»Und wie. Ich blase natürlich alles ab und trete in die Firma ein. Ich denke gar nicht daran, mich von euch zu trennen. Und natürlich müssen wir auch schnellstens heiraten.«

»Das brauchen wir nun wirklich nicht zu überstürzen. Mami wird sich auch so auf das Baby freuen.«

»Und ich erst«, sagte er heiser. »Mein Liebstes, mein Allerliebstes, du weißt gar nicht, wie sehr ich dich liebe. Würdest du mir bitte mal meine Tasche holen?«

Das tat sie leicht verwirrt. »In welche Firma willst du eintreten?« fragte sie stockend.

»Das erfährst du schon noch. Alles der Reihe nach. Zuerst muß ich dir etwas geben.«

Er nahm aus seiner Tasche ein Etui. »Für dich«, sagte er. »Eigentlich solltest du ihn Weihnachten bekommen, weil ich Verlobungen unterm Tannenbaum romantisch finde.«

»Du findest es romantisch?« staunte sie. Und sie stieß ein »OOOOOhhh« heraus, als sie das Etui öffnete und ihr ein funkelnder Diamant entgegenstrahlte. »Das ist Wahnsinn, der kostet ja ein Vermögen.«

»Damit du weißt, was du mir wert bist«, sagte er, »findest du eine Verlobung unterm Tannenbaum etwa nicht romantisch?«

»Du bist immer für Überraschungen gut, aber ich liebe dich«, sagte sie zärtlich. Und weil er sie partout nicht anstecken wollte, hielten sie sich nur lange bei den Händen.

~

Die Tage bis zum Weihnachtsfest waren reich an Abwechslung und Überraschungen. Natürlich bekam Carola jeden Tag Besuch, und das Zimmer konnte all die Blumen gar nicht fassen, die ihr gebracht wurden. Es ging ihr bald erstaunlich gut, aber man spürte, wie sehr ein Patient dazu beitragen konnte, daß die Genesung fortschritt. Sie hatte sich von den Ärzten alles erklären lassen, und diese brauchten ihr nichts zu verheimlichen, da auch die Nachuntersuchungen keine Anzeichen für Metastasen ergaben. Aber sie wollte auch die Ermahnungen befolgen, regelmäßig zu den Untersuchungen zu kommen. Jonas hatte ihr schon eindringlich genug gesagt, daß er dafür sorgen würde.

»Willst du denn eine halbe Frau überhaupt noch haben?« fragte sie ihn.

»Ich sehe keine halbe Frau«, erwiderte er. »Du sollst nicht solchen Unsinn reden. Du bist für mich eine vollkommene Frau, und so wird es immer sein.«

Sie brauchte an seinen Worten nicht zu zweifeln, Sie konnte

sich geliebt fühlen, von ihm, von den Kindern und denen, die zu ihnen gehörten.

Einen Tag vor Weihnachten wurde Carola heimgeholt. Das Haus war festlich geschmückt, und auch eine große Tanne war schon aufgestellt, aber die wollten die Kinder erst in der Nacht schmücken, denn diesmal sollte sie eine Überraschung für Carola sein, da sonst sie immer diejenige gewesen war, die ihre Kinder überraschte.

Aber an diesem Abend saß Anemone noch am Bett ihrer geliebten Mami.

»Mein größtes Geschenk bekommst du erst in ein paar Monaten, Mami«, sagte sie zärtlich, »aber du sollst dich schon darauf freuen. Wir bekommen ein Baby.«

»Ein Baby!« schluchzte Carola glücklich auf. »Ich erlebe es, ich darf es erleben, wie glücklich ihr mich macht?«

»Du wirst noch mehr erleben, Mami. Im Januar heiraten wir. Phils Schwester Kathrin wird dann auch kommen, und Lutz wird sich wohl bald mit Felicia verloben.«

Carola faltete die Hände. »Und ich darf doch teilhaben an so viel Glück«, sagte sie, »Herrgott, ich danke dir.«

Am Heiligabend waren sie um die wunderschön geschmückte Tanne versammelt. Auch Felicia war bei ihnen. Eigentlich verlebte sie mit ihrem Vater jedes Jahr Weihnachten und Neujahr in Sankt Moritz, aber diesmal war er allein gefahren. Er hatte geschmollt, aber sie hatten ihren Willen durchgesetzt, ihm dann aber versprochen über Neujahr mit Lutz zu kommen.

Jonas hielt Carola im Arm, Phil seine Anemone, und Lutz Felicia, als Jasmin mit feierlicher Stimme die Weihnachtsgeschichte vortrug und damit bewies, welche Ausdruckskraft sie besaß.

»Sie wird wohl doch eine gute Schauspielerin werden«, sagte Carola leise. »Was wir wohl noch alles erleben werden, Jonas?«

»Sehr viel Schönes, denke ich«, erwiderte er. »Schau sie dir an, die Jungen, wie glücklich sie sind. Unsere Familie wird immer größer werden, meine liebste Roli, und dein Geschäft wirst du dann wohl kaum noch vermissen.«

»Nachdem sich Frau Köhler so gut macht, brauche ich ja keine Sorgen mehr zu haben«, erwiderte sie lächelnd. »Es kann mir schon gefallen, nur noch verwöhnte Frau und Mutter zu sein und dann mit meinen Enkeln spielen zu können.«

Und Anemone braucht sich um Phil auch nicht mehr zu ängstigen. »Hast du eigentlich eine Ahnung, welch gute Partie sie macht?«

»Sie hat nur gesagt, daß er Teilhaber von einer Firma ist.«

»Aber von einer Weltfirma. Er hat ein Drittel von der Firma Zellermayer geerbt, aber eigentlich wollte er das mit Mitverantwortung seiner Schwester Kathrin überlassen. Nun ändert sich manches auch für ihn. Liebe vollbringt eben Wunder.«

Von Kathrin war ein Telegramm gekommen.

Freue mich, bald bei Euch zu sein. Frohe Weihnachten und alles Liebe der ganzen Familie, Kathrin.

»Sie ist schwierig«, sagte Phil, »aber euch wird sie mögen und ihr sie auch. Sie hat es bisher nicht leichtgehabt in ihrem Leben und es sich auch nicht leichtgemacht, aber das werdet ihr alles noch erfahren, wenn sie hier ist. Ich bin jedenfalls sehr glücklich, in der Familie bereits aufgenommen worden zu sein.«

»Und ich darf mich gleich anschließen«, sagte Felicia leise. »Es ist mein schönstes Weihnachtsfest, und ich habe nur noch einen großen Wunsch.«

»Sag ihn«, drängte Lutz.

»Ich möchte Mami zu Carola sagen dürfen.«

Gerührt schloß Carola das Mädchen in die Arme. »Der Wunsch ist doch gleich erfüllt, Felicia.«

Und Jasmin saß schon wieder am Klavier und begann zu singen. »Alle Jahre wieder …«, und als sie bei der Stelle angelangt war: »Kehrt mit seinem Segen ein in jedes Haus«, sangen alle mit.

Auch im Hause Norden wurde gesungen, und während die Kinder spielten und jauchzten, nahm Daniel seine Fee in die Arme und sagte: »Und glücklich bin ich auch, daß bei den Heidebrinks auch fröhlich gefeiert werden kann.«

»Ich weiß, wie innig du es gewünscht hast, Liebster«, erwiderte sie.

»Leider gehen solche Wünsche nicht immer in Erfüllung«, sagte er leise, und dabei dachte er an Frau Wittich.

Aber die Kinder lenkten ihn ab. Sie waren rundherum froh, und glückliche Eltern genossen es, so fröhliche Kinder um sich zu haben.

Carola träumte auch schon davon, daß im nächsten Jahr ein Baby herumkrabbeln würde. Und daran dachten auch Phil und Anemone.

Und Jasmin, was dachte sie? Vielleicht war sie nächstes Jahr schon kein Starlet mehr, sondern hatte bereits einen Namen. Aber vielleicht traf auch sie einen Mann, der ihr wichtiger sein würde. Man konnte schon gespannt sein.

Ein böses Spiel um Kathrin

Weihnachten war vorbei, und für Dr. Norden war wieder mal die Zeit gekommen, sich um verdorbene Magen und strapazierte Nerven zu kümmern. Manchem Erwachsenen lagen Gänse- oder Entenbraten mit Knödeln und Blaukraut im Magen, den Kindern oft die zuviel genossenen Süßigkeiten.

Gestreßte Mütter neigten schneller zu Erkältungen als sonst, und das abscheuliche Wetter trug dazu bei, daß eine neue Grippewelle schnell um sich greifen konnte.

Es freute Daniel Norden, daß ihm Carola Heidebrink, die erst kurz vor Weihnachten operiert worden war, keine Sorgen bereitete. Sie wurde daheim in großer Fürsorge gehegt und gepflegt, und es war schon beschlossen, daß sie mit Jonas Hamann gleich zu Beginn des neuen Jahres einige Wochen zur Kur auf die Insel der Hoffnung fahren würden. Es sollte gleichzeitig ihre Hochzeitsreise sein, denn Jonas hatte es geschafft, für den vorletzten Tag des Jahres einen Heiratstermin auf dem Standesamt zu bekommen. Carola hatte keinen Widerspruch mehr erhoben, da sich Jonas mit ihren drei Kindern verbündet hatte.

Sie waren erwachsen und hatten nun auch eigene Interessen. Lutz, der Älteste, Jurastudent, wollte Silvester und den Jahresanfang mit seiner Freundin Felicia in Sankt Moritz verbringen, wo Franco Calderon, Felicias Vater, schon seit vor Weihnachten weilte. Felicia hatte es aber durchgesetzt, Weihnachten mit Lutz bei den Heidebrinks zu feiern.

Es war für Carola nach der Operation ein wunderschönes Weihnachtsfest im Kreise ihrer Lieben gewesen. Auch Phil Steiner, Anemones zukünftiger Mann, war bei ihnen, und Jasmin, die jüngste Heidebrink, hatte sich ohne Eifersucht über das Liebesglück der anderen Paare gefreut. Sie träumte von einer Karriere als Filmstar und der erste Schritt dazu war bereits getan. Ihr Freund Jens Winter spielte deshalb nur noch eine Nebenrolle in ihrem Leben, und er hatte sich auch gekränkt zurückgezogen. Sie bedauerte das dann doch ein bißchen, denn sie hatten sich immer gut verstanden.

Die Hochzeit von Jonas und Carola wollten sie nur im engsten Familienkreis feiern, insgeheim hatten Anemone und Phil jedoch gehofft, daß seine Schwester Kathrin auch dabeisein könnte. Sie war aber noch in Australien und hatte telegrafiert, daß sie erst im Januar kommen könne.

Es hatte sich bei den Heidebrinks viel getan in den letzten Wochen des Jahres. Dr. Norden hatte daran große Anteilnahme gezeigt, denn die Unterleibsoperation bei Carola war nicht so ganz harmlos gewesen. Jedoch war sie gut verlaufen, und alles sprach dafür, daß sich auch keine Spätfolgen zeigen würden.

Carola hatte es so auch früher, als Anemone es eigentlich wollte, erfahren, daß sie im kommenden Jahr mit einem Enkelkind rechnen konnte, und das half auch mit zur baldigen Genesung. Heiraten wollte Anemone allerdings erst, wenn Carola und Jonas von der Kur und gut erholt zurück waren.

Pläne für diese Hochzeit wurden allerdings auch schon geschmiedet, und Phil hatte für seine berufliche Zukunft auch große Veränderungen geplant, die von Anemone sehr begrüßt wurden. Sein abenteuerliches Leben als Testpilot hatte sie nicht teilen wollen und deshalb auch lange gezögert, um ihr Jawort zu geben.

Nun aber hatte er ihr eingestanden, daß er Mitinhaber der großen Firma Zellermayer war, für die auch seine Schwester Kathrin jetzt in Australien tätig war, und daß er sich nun auch aktiv in dieser Firma betätigen wollte. Als Ehemann und werdender Vater war er sich der Verantwortung bewußt, die er künftig zu tragen hatte.

Carola, die es immer gewohnt gewesen war, für alles zu sorgen, brauchte sich um ihre eigene Hochzeit überhaupt nicht zu kümmern.

Die Formalitäten hatte Jonas erledigt, und er verfügte auch über die nötigen Verbindungen, um einen so kurzfristigen Termin zu bekommen und was die Familienfeier anbetraf, waren die Kinder aktiv gewesen. Gefeiert werden sollte im Jagdschlößchen, wo das Kaminzimmer reserviert worden war. Es war auch schon beschlossen, daß sie sich den kirchlichen Segen anläßlich der Hochzeit von Phil und Anemone geben lassen wollten, die in großem Rahmen gefeiert werden sollte.

Die Zeit war schnell vergangen, und als nun die große Stunde für Jonas und Carola gekommen war, waren sie doch alle ziemlich aufgeregt.

Phil und Jasmin waren die Trauzeugen, und als Gäste hatten sich neben Jonas' Mitarbeitern noch Frau Köhler und Fee Norden eingefunden, die persönlich die Glückwünsche der vielbeschäftigten Ärzte überbringen wollte.

Der Standesbeamte fand bewegende und sehr persönliche Worte, so daß diese Eheschließung nicht nur zu einer Formalität wurde, sondern zu einem feierlichen Akt. Es war auch rührend anzusehen, wie Jonas Carola beide Hände küßte und sie dann innig umarmte. Sie kannten sich schon so lange, und aus einer treuen Freundschaft war Liebe geworden, die sich gerade in letzter Zeit bewährt hatte. Wegen ihrer Erkrankung hatte Carola nicht heiraten wollen, aber Jonas hatte nicht locker gelassen. Er war entschlossen, alles mit ihr zu teilen. Es gab keine Zweifel und keine Probleme, denn die Kinder hatten sich immer gemocht, und jetzt, da sie erwachsen waren, freuten sie sich doppelt, daß ihre Mami einen so zuverlässigen Lebensgefährten hatte.

Im Jagdschlößchen erwartete sie ein festlich gedeckter Tisch. Gern hätten sie auch die Nordens beim Essen dabei gehabt, aber Daniel war als Arzt und Fee als Mutter nicht so lange abkömmlich.

Carola war in träumerischer Stimmung. Ihr ging natürlich an diesem Tag viel durch den Sinn und sie dachte auch zurück an ihre erste Ehe, an den Vater ihrer Kinder, der ihr früh genommen worden war. Sie hatte eine gute Erinnerung an Jochen Heidebrink, aber diese liebevolle Fürsorge, wie sie ihr von Jonas bewiesen wurde, hatte sie nicht kennengelernt. Nun, sie waren auch noch jung gewesen, und Jochen war ein wirklich nüchterner Jurist gewesen.

Carola war glücklich, daß Lutz mehr Gefühl zeigte, obwohl man ihm dies früher nicht zugetraut hätte. Seit er Felicia kannte, war er wie verwandelt. Aber Felicia war auch ein ganz besonders reizendes und liebenswertes Mädchen, ohne alle Allüren und Arroganz. Sie sagte bereits »Mami« zu Carola, wie die anderen auch, und es gab für niemanden einen Zweifel, daß sie und Lutz einmal heiraten würden.

Jonas hielt eine launige Ansprache, in der er zum Ausdruck brachte, wie glücklich er sich schätzte, eine so große und fröhliche Familie zu haben.

»Ich bin euch dankbar, daß ihr mich akzeptiert«, sagte er. »Es ist wunderschön, wenn man im Herbst des Lebens noch so glücklich sein kann, und ihr tragt dazu bei, daß ich mit meiner Roli dieses Glück unbeschwert genießen kann. So kann ich euch nur von Herzen wünschen, daß euch eure Wünsche in Erfüllung gehen, daß ihr ein frohes, glückerfülltes Leben mit euren Partnern teilen könnt, daß für Jasmin in Erfüllung geht, was sie sich erträumt, und daß das neue Jahr uns allen Freude und auch eine gute Gesundheit beschert. Wir wissen ja, wie wichtig diese ist.«

Die Gläser klangen hell aneinander, Küsse wurden getauscht, und Carolas Augen konnten wieder strahlen.

~

Am nächsten Morgen starteten Lutz und Felicia nach Sankt Moritz.

Franco hatte noch angerufen und gesagt, daß auch Jasmin mitkommen solle, aber sie war fest entschlossen, die Jahreswende daheim zu verbringen, mit Carola, Jonas, Anemone und Phil. Jasmin war in wechselvoller Stimmung und in sich zerrissen, wenn sie es auch nicht zeigen wollte. Sie befand sich in einem tiefen Konflikt, weil sie wußte, daß sie vor eine schwere Entscheidung gestellt werden würde, wenn sie ihren ersten Film hinter sich hatte und abzusehen war, ob sie Erfolg haben würde. Einerseits hatte sie Angst vor einem Reinfall, andererseits wollte sie sich nicht so vermarkten lassen, daß ein Privatleben nur begrenzt möglich war. Sie hing zu sehr an ihrer Mutter, sie wollte nicht zu einem Außenseiter der Familie werden. Sie sprach nicht darüber. Sie wollte es mit sich selber ausmachen, aber Carola spürte, daß ihre Jüngste einen Reifeprozeß durchmachte.

Es wollte ihr nicht so recht gefallen, daß Jasmin allein sein würde wenn sie vier Wochen fern war, und das deutete sie dann auch an.

»Mach dir keine Gedanken, Mami, ich bin doch nicht allein. Die Proben werden bald wieder losgehen, Felicia wird auch wieder in München sein, und Anemone ist auch da, wenn ich ihr freilich auch nicht auf die Nerven gehen will.«

»Red nicht solchen Quatsch«, warf Anemone ein, »es wird so sein wie es immer war. Jetzt hat jeder seine eigenen Interessen, aber es ändert doch nichts daran, daß wir auch weiterhin zusammenhalten. Lutz wird auch nicht dauernd mit Felicia zusammenhocken.«

»Bestimmt jede freie Minute, wie es scheint«, meinte Jasmin lächelnd. »Wer hätte das von unserm Lutz gedacht.«

»Die Liebe ist halt eine Wundermacht«, sagte Jonas. »Aber schaffen wir nicht Probleme, wo keine vorhanden sein müssen.«

»Und jetzt wird erst mal richtig Abschied vom alten Jahr gefeiert«, meldete sich Phil zu Wort.

~

In Rom landete zu dieser Zeit das Flugzeug aus Sydney. Es wehte ein mildes Lüftchen, als ein dunkelhaariger hochgewachsener

Mann zur Auslandsankunft eilte. Fabian Rombach war außer Atem. Er kam auf die letzte Minute an, und schon kamen die Passagiere zum Ausgang.

Kathrin Steiner war nicht zu übersehen. Ihr kastanienbraunes Haar wurde durch einen Luftzug verweht und umspielte ihr schmales, blasses Gesicht. Sie sah müde aus, aber das nahm ihr nichts von der aparten Schönheit. In ihren violetten Augen leuchtete es auf, als Fabian auf sie zueilte.

Stumm, schwer atmend nahm er sie in seine Arme. »Du bist da«, sagte er mit erstickter Stimme, »dem Himmel sei Dank.«

»Du bist auch da«, sagte sie leise, »wie froh ich bin.«

»Ich habe es gerade so geschafft, es war irrsinniger Verkehr auf der ganzen Strecke. Warum wolltest du nicht gleich nach München kommen?«

»Weil ich mit dir allein sein wollte, und ich habe hier auch noch zu tun.«

»Es freut mich natürlich, daß du mit mir allein sein willst, aber warum bist du so geheimnisvoll, Kätzchen?«

»Das wirst du schon noch erfahren. Jedenfalls sollte Phil nicht wissen, daß ich Silvester in Rom verbringen will.«

Fabian Rombach war schon seit zwei Tagen verunsichert, nämlich seit Kathrin ihn angerufen hatte, um ihn zu fragen, ob er sich mit ihr in Rom treffen könnte. Natürlich wollte er sie sehen, und so war er von Genf nach Rom gefahren. Und er hatte nicht mit Phil gesprochen, wie es Kathrin gewünscht hatte.

»Es wird schwer sein, hier noch ein Zimmer zu bekommen«, sagte er nachdenklich.

»Keine Sorge, ich habe alles arrangiert. Wir können in Lucias Haus wohnen. Sie ist in Paris.«

Im Organisieren war Kathrin Meisterin, aber das brachte auch ihre Stellung in der Firma mit sich. Fabian bewunderte sie, aber manchmal war sie ihm unheimlich.

»Du bist sehr blaß und schmal«, stellte er fest, als sie in seinem Wagen saßen. »Fehlt dir etwas, Chérie?«

»Ich war in letzter Zeit nicht gut beisammen. Das Klima ist mir doch nicht so recht bekommen. Wir müssen über manches sprechen. Kennst du den Weg noch zur Villa Magnolia?«

»Ich denke schon.«

»Dieser Verkehr irritiert mich«, stellte sie fest.

Er spürte, daß sie nervös war, und das war er von ihr gar nicht gewohnt. Alles in allem war es ganz gewiß keine Silvesterstimmung, die sie beflügeln könnte. Ihm war nicht nach lauten Parties und viel Tamtam, aber einen stimmungsvollen Jahreswechsel erhoffte er, da er nun mit Kathrin zusammen war.

Er hatte ein gutes Orientierungsvermögen, und er fand auch zu Lucia Lamottas Villa. Sie bot im Schein der untergehenden Sonne einen romantischen Anblick.

»In München ist miserables Wetter«, stellte er beiläufig fest. »Geht Phil in diesem Jahr nicht zum Skifahren?«

»Er scheint fest verbandelt zu sein. Ganz blicke ich da noch nicht durch, aber anscheinend hat er tatsächlich Heiratspläne.«

»Hat es ihn tatsächlich auch erwischt?« staunte Fabian. »Das muß aber eine ganz besondere Frau sein.«

»Ich lasse mich überraschen, aber er sagte mir am Telefon, daß er seinen Job als Testpilot an den Nagel hängen und in die Firma eintreten will.«

»Das ist allerdings sehr überraschend .«

»Aber mir kann es nur lieb sein. Harry macht mehr Schwierigkeiten, als mir lieb sein kann. Und seine Affäre mit Tanja Dreiken macht alles noch schwieriger.«

»Inwiefern?«

»Wenn sie erfährt, wie gut wir uns kennen, Fabian, wird sie zur Furie. Sie vergißt nicht, daß du sie hast abblitzen lassen.«

»Nimm das doch nicht so ernst. Ich hatte nie Interesse für sie. Komm, mach ein anderes Gesicht, Liebes.«

Sie betraten das Haus, nachdem die alte Alma ihnen die Tür geöffnet hatte. Sie war schon fast taub und konnte auch nur noch am Stock gehen. aber sie grinste freundlich.

Es war ein wunderschönes, stilvolles Haus, in dem man sich wohl fühlen konnte, und es war auch alles vorhanden, was man für einen festlichen Abend brauchte, dafür hatte Juana gesorgt, die nun aber zu ihrer Familie gegangen war. Sie waren allein mit der schwerhörigen Alma.

»Weiß Lucia, daß ich hier sein werde?« fragte Fabian.

»Ich habe ihr gesagt, daß es möglich sein wird. Sie hat nichts dagegen.«

»Sie mag mich nicht.«

»Das bildest du dir nur ein. Sie hält alle gutaussehenden Männer für Casanovas. Und ich kann es verstehen, denn schließlich war sie zweimal mit gutaussehenden Männern verheiratet, die es mit der Treue nicht genau nahmen.«

»Ich nehme es damit aber sehr genau, mein Liebling.«

Kathrin lächelte hintergründig. »Wann sehen wir uns schon, und was weiß ich, was du sonst treibst«, sagte sie leichthin.

»Du kannst mich jederzeit überraschen«, konterte er, »ich habe nichts zu befürchten.«

Sie warf ihm einen schrägen Blick zu, und in ihren Augen blitzte es auf. »Was machen die Geschäfte?« lenkte sie ab.

Seine Augenbrauen schoben sich leicht zusammen. »Ich meine, daß du bestens informiert bist, und ich sehe nicht ein, daß wir heute von Geschäften sprechen müssen. Oder wolltest du mich deshalb treffen?«

Sie errötete leicht und machte eine abwehrende Handbewegung. »Machen wir uns frisch«, schlug sie vor.

»Willst du ausgehen?« fragte er.

»Nein, wir haben es hier gemütlich, oder bist du anderer Meinung?«

»Ich bin nach Rom gekommen, um mit dir zusammen zu sein«, erwiderte er betont, »und ich bin froh, daß wir uns nicht mit einem Hotelzimmer begnügen müssen. Ich habe mich sehr auf unser Wiedersehen gefreut, Kathrin.«

»Ich auch, Fabian.«

Sie hauchte ihm einen Kuß auf die Wange und eilte hinaus. Obgleich sie doch ziemlich groß war, bewegte sie sich so graziös, daß er immer wieder fasziniert war. Er kannte keine Frau, die ihr nur annähernd das Wasser reichen konnte, und er konnte sich auch vorstellen, daß Tanja Dreiken voller Neid und Mißgunst war, denn sie gehörte zu der Art Frauen, die immer die erste Geige spielen wollten, ohne jedoch das Format dazu zu haben.

Aber er hatte auch gespürt, daß Kathrin ernsten Ärger hatte, sonst hätte sie nicht gleich Tanja und Harry erwähnt. Außerdem sah sie aus, als wäre sie krank gewesen.

Nun, sie hatte einen langen Flug hinter sich und war sicher erschöpft. Ihm würde eine Dusche guttun, und dann konnten sie faulenzen, denn der Abend war noch jung.

Während er unter der Dusche stand, ruhte sich Kathrin schon auf dem breiten Bett aus. Sie war müde, aber sie wollte nicht schlafen. Endlich war sie wieder mit Fabian beisammen und konnte mit ihm sprechen. Sollte sie ihm aber auch alles sagen, was sie bedrückte, bewegte und sogar ängstigte? Würde er sie nicht für hysterisch halten, da er sie so bisher nicht kannte?

Sie schloß die Augen, und bleierne Müdigkeit überfiel sie. Sie konnte sich nicht dagegen wehren. Sie hörte nicht, als etwas später Fabian hereinkam, um nach ihr zu sehen, weil er sich Sorgen machte.

Er setzte sich neben sie und streichelte ihr Haar, küßte ihre Stirn und ihre Lippen, und als sie sich noch immer nicht rührte, legte er sich neben sie und schob seine Hand unter ihren Nacken. Dann fielen auch ihm die Augen zu.

Lutz und Felicia waren im Schneesturm mit Verspätung in Sankt Moritz angekommen. Sie trafen Franco schon in weinseliger Stimmung an. Er hatte seine melancholische Stunde.

»Ich dachte, ihr würdet mich hier allein sitzen lassen«, beschwerte er sich, nachdem er Felicia überschwenglich in die Arme geschlossen hatte.

»Da muß ich ja lachen, Dad, du und allein! Wo sind denn deine Verehrerinnen?«

»Ich bin allein und habe auf euch gewartet«, erwiderte er bockig, »und ich möchte wissen, warum Jasmin nicht mitgekommen ist.«

»Weil sie bei ihrer Mami bleiben wollte«, erklärte Felicia. »Carola wurde doch vor Weihnachten operiert, und das war nicht einfach für uns alle.«

Er sah sie irritiert an. »Du redest, als würdest du dazugehören, Felicia«, sagte er ironisch.

»Ich gehöre auch schon dazu, Dad.«

Francos Blick wanderte zu Lutz. »Du hast keine Zeit verstreichen lassen, mein Lieber«, sagte er anzüglich.

»Wir haben uns eben sofort verstanden«, erwiderte Lutz.

»Du wirst dich daran gewöhnen müssen, daß ich Lutz heiraten werde, Dad, und andere Pläne kannst du dir abschminken.«

Franco lächelte flüchtig. »Ich hatte keine anderen Pläne, das sah wohl nur so aus. Aber wir werden uns doch nicht den letzten Tag des Jahres mit Diskussionen vermiesen. Ruht euch ein bißchen aus, und dann wird gefeiert. Ich habe ein erfolgreiches Jahr hinter mir, und ich hoffe auf noch viele weitere erfolgreiche Jahre.«

Jedenfalls war Franco Calderon kein Mann der sich Probleme schuf. Er hatte nichts gegen Lutz, er war nur überrascht gewesen, daß seine sonst so scheue Tochter sich so rasch so fest engagiert hatte.

Lutz war auch gut untergebracht, und er konnte sich von der recht beschwerlichen Fahrt ausruhen, während Franco doch einiges von seiner Tochter erfahren wollte, nachdem sie ein Bad genommen hatte.

»Woran wurde Frau Heidebrink denn operiert?« erkundigte er sich beiläufig. Mit Krankheiten wollte er nichts zu tun haben, aber in diesem Fall interessierte es ihn doch.

»Es war ein Tumor, aber die Operation ist gut verlaufen, und jetzt heißt Carola Hamann.«

»Wieso das?« fragte er verblüfft.

»Weil sie gestern Dr. Jonas Hamann geheiratet hat.«

»Und das erfahre ich so nebenbei.«

»Wir wollten es dir persönlich erzählen. Es ging ja auch alles so schnell.«

Er runzelte die Stirn. »Du bist anscheinend in der Familie schon ganz integriert.«

»Ich genieße es. Wir verstehen uns alle sehr gut.«

»Dann brauchst du mich anscheinend gar nicht mehr«, sagte er gekränkt.

»Das ist doch Unsinn. Ich liebe dich, Dad, aber jetzt gibt es einen Mann in meinem Leben, den ich auf andere Weise und noch mehr liebe, und ich bin glücklich, daß ich in seiner Familie willkommen bin.«

»Du mußt verstehen, daß es für mich überraschend kam und eine gänzlich neue Situation ist, Kleines. Du kommst mir plötzlich so erwachsen vor.«

»Ich bin erwachsen, Dad. Ich bin schon lange nicht mehr das kleine Mädchen, das du in mir gesehen hast. Und ich hoffe, du wirst nicht wieder von den Travens anfangen.«

»Paola wird sehr enttäuscht sein«, sagte er düster.

»Mach dich nicht lächerlich, Dad, sie wollte dich und wird wohl nicht locker lassen, aber ich mochte Thomas nie, und ich bin überhaupt nicht sein Typ. Jasmin schon eher, aber leicht ist sie nicht zu erobern.«

»Sie soll sich nicht verzetteln. Ich mache sie zu einem Star«, erklärte er. »Hat sie eigentlich einen Freund?«

»Einen Schulfreund, aber ihm gefällt es anscheinend nicht, daß sie zum Film will.« Sie blickte auf die Uhr. »Lutz wird bestimmt schon fertig sein. Ich hole ihn.«

Franco seufzte. »Muß Liebe schön sein«, murmelte er.

»Na, du wirst auf diesem Gebiet doch genügend Erfahrungen

gesammelt haben«, stellte Felicia mit einem leisen Lachen fest.

~

In München war alles für den Silvesterabend vorbereitet. Carola hatte den Punsch angesetzt, denn das verstand sie am besten.

Sie stärkten sich mit einem leckeren Fondue und wurden auf den weiteren Verlauf des Abends eingestimmt.

Jens war überraschend erschienen und hatte Jasmin gefragt, ob sie mit ihm zu einer Party gehen würde. Das wollte sie nicht, aber sie sagte ihm, daß er bleiben könne, und da war er geblieben. Carola freute es, daß diese nette Freundschaft nun doch fortgesetzt wurde, und Jasmin machte es auch froh.

Phil hatte in Sydney angerufen und war sehr überrascht, als ihm gesagt wurde, daß Kathrin verreist sei. Wohin, das wurde ihm nicht gesagt. Kathrin hatte auch ein Geheimnis daraus gemacht.

»Sie ist wirklich unberechenbar«, sagte Phil zu Anemone.

»Sie wird dir sehr ähnlich sein«, meinte sie neckend.

»Mein Leben liegt wie ein offenes Buch vor dir«, erklärte er.

»Aber du und deine Schwester sind doch wohl recht eigenwillige Wege gegangen. Oder weiß sie etwa alles von dir?«

»Als ich neulich mit ihr telefonierte, hatte ich das Gefühl, daß etwas nicht in Ordnung ist, und das beschäftigt mich. Es wird wohl doch an der Zeit sein, daß ich mich mit um die Geschäfte kümmere, denn Harry ist so ganz wohl nicht zu trauen.«

»In welchem Verhältnis steht ihr eigentlich zueinander? Seid ihr verwandt?«

»Um vier Ecken, wie man so sagt. Unsere Mütter waren Kusinen und sie haben zwei Geschäftspartner geheiratet. Meine Mutter den Johannes Steiner, und seine Mutter den Hermann Zellermayer. Harry bekam seinen Anteil, wir den unseres Vaters.«

»Was bedeutet, daß er fünfzig Prozent besitzt und ihr zusammen fünfzig.«

»Nein, er vierzig und wir jeder dreißig, so war es von Anfang an, aber niemand kann aussteigen ohne Zustimmung des Andern.«

»Und die Firma ist gesund?«

»Bisher schon. Heute wird davon aber nicht geredet. Das hat Zeit, bis Kathrin kommt.«

»Hast du nicht wenigstens ein Foto von Kathrin?« fragte Anemone.

»Sicher habe ich ein paar in der Wohnung, aber lerne sie lieber persönlich kennen, sonst machst du dir eine falsche Vorstellung von ihr.«

So war er, dagegen kam auch Anemone nicht an. Menschen waren nun mal verschieden, und jeder hatte eine andere Einstellung zum Leben. Philipp vertrat den Standpunkt, daß man sich eine eigene Meinung über andere Menschen bilden mußte und nicht auf das schließen sollte, was über diese erzählt wurde.

An diesem Abend wurde nicht mehr über Kathrin gesprochen. In heiter-besinnlicher Stimmung wurde das neue Jahr begrüßt. Man wollte jetzt nicht zurückschauen, sondern nur voran und auch Carola wurde keine Zeit für melancholische Reminiszenzen gelassen.

Lutz und Felicia riefen an und so waren sie auch in Gedanken mit ihnen vereint. Franco wollte dann noch mit Jasmin sprechen, aber sie machte es kurz, was Carola zu denken gab.

Es war zu verstehen, daß sie um ihre Jüngste am meisten besorgt war. Jasmin war nicht mehr das unbeschwerte, fröhliche Mädchen, das war auch in der Gesellschaft mit Jens festzustellen. Er war ein wirklich sympathischer junger Mann, aber es war doch zu spüren, daß es zwischen den beiden nicht mehr so zuging wie früher.

Dennoch verlief das Beisammensein harmonisch. Allzu spät wurde es nicht. Nachdem Jens sich verabschiedet hatte, zogen sich Jonas und Carola zurück. Jasmin trank mit Anemone und

Phil noch den Rest Champagner, aber geredet wurde nicht mehr viel, dann hatten sie auch die nötige Bettschwere.

～

In der Villa Magnolia war Kathrin aus tiefstem Schlummer emporgeschreckt, als die ersten Knallkörper krachten. Früh wurde damit angefangen.

Kathrin schaute verwirrt um sich und war völlig irritiert, weil Fabian, noch immer schlafend, neben ihr lag. Momentan wußte sie gar nicht, wo sie war, und wieso Fabian im selben Bett lag. Dann kehrte sie aus tiefen Träumen in die Wirklichkeit zurück und blickte auf ihre Armbanduhr. Es war kurz nach zehn Uhr.

Silvester! Das wäre ja lustig, wenn sie den Jahresbeginn verschlafen hätten.

Sie rüttelte Fabian. »Aufwachen, Schlafmütze«, sagte sie, und wie ein Pfeil schoß er empor und schaute sie auch verwirrt an.

»Wir sind die Richtigen«, lachte sie leise, »bald ist Mitternacht. Eigentlich wollten wir doch ein bißchen feiern.«

»Dazu ist noch Zeit«, murmelte er und zog sie in seine Arme. »Du warst eingeschlafen, Liebes, und dann hat es mich auch erwischt. Aber nun sind wir ja wieder fit.«

»Noch nicht ganz«, lächelte sie. »Die Zeitverschiebung macht mir diesmal sehr zu schaffen.«

Er streichelte ihr Gesicht mit zärtlichen Küssen. »Aber wir sind zusammen, Kätzchen, ich bin glücklich.«

Sie gab ihm rasch einen Kuß und stand dann auf. »Ich muß noch ein bißchen was herrichten«, sagte sie, »die Zeit verrinnt so schnell.« Wieder krachte es draußen.

»Was da wieder in die Luft gepulvert wird«, stellte Fabian fest. »Und Abertausende müssen hungern.«

Und wir können uns das gar nicht vorstellen, wie es ist, nicht einmal das Notwendigste zum Leben zu haben, ging es Kathrin durch den Sinn.

Sie waren im Wohlstand aufgewachsen, sie konnten sich alles

kaufen, was ihnen gefiel. Sie konnte einen Tisch für zwei Personen reichlich decken, und es war alles vorhanden, um ihre Silvesterfeier festlich zu gestalten.

Wenig später rief Lucia aus Paris an. Sie wollte sich erkundigen, ob alles in Ordnung sei.

»Alles wunderbar, Lucia, wie soll ich dir nur danken?«

»Ihr werdet mich hoffentlich zu eurer Hochzeit einladen. Fabian wird doch bei dir sein, denke ich.«

»Ja, er ist hier und wir können zusammen das alte Jahr verabschieden. Bist du in netter Gesellschaft?«

»Recht lustig, genießt ihr nur die Tage. Ich komme erst Mitte Januar zurück.«

»Solange können wir nicht bleiben. Ich hoffe nur, daß wir uns in München sehen, Lucia.«

»Das wird zu machen sein. Denkt jetzt mal nicht an Geschäfte. Das Leben ist so kurz. Nach mir wird gerufen, Kathrin. Alles Gute für euch.«

»Für dich auch, Lucia.«

Kathrin legte den Hörer auf und wandte sich um. Fabian lehnte an der Tür.

»Es war Lucia«, sagte Kathrin. »Sie ist ein Schatz.«

»Du sagst es. Sie wartet darauf, daß wir heiraten.«

Er kam langsam auf sie zu und legte seine schmalen, aber kraftvollen Hände um ihre Schultern. »Und wann werden wir heiraten, Kathrin?« fragte er dicht an ihrem Ohr.

»Wenn wir Zeit haben, eine Ehe zu führen.«

»Es liegt doch nur an dir.«

»Nein, nicht nur an mir. Aber wir werden jetzt abschalten und uns seelisch auf den großen Augenblick vorbereiten, das neue Jahr gebührend zu begrüßen.«

Sie standen auf der Dachterrasse, als die Uhr zwölfmal schlug und dann ein vielfältiges Feuerwerk den Nachthimmel erhellte. Ihre Gläser klangen aneinander, ihre Lippen fanden sich in einem langen zärtlichen Kuß. Sie war jetzt die Kathrin, die nur wenige kannten und die meisten nie kennenlernten, eine liebende Frau voll leidenschaftlicher Hingabe.

»Es muß endlich anders werden«, sagte er, als es draußen still wurde und der Morgen schon graute. »Ich hasse diese Zwischenstationen, Kathrin. Ich möchte immer mit dir zusammen sein.«

»Wenn Phil die Mitverantwortung übernimmt, können wir uns arrangieren. Wir dürfen Harry nicht zu viele Rechte einräumen. Aber ich bin jetzt müde, Liebster.«

Und schon fielen ihr die Augen zu. Im matten Schein der Lampe sah er, wie erschöpft sie wirkte. Eine bange Ahnung war in ihm, daß das neue Jahr Probleme bringen würde.

Klirrender Frost und ein strahlendblauer Himmel beherrschten Sankt Moritz. Lutz und Felicia waren nach der durchtanzten Nacht ziemlich früh auf den Beinen, während Franco noch im tiefen Schlummer lag.

Der Schnee knirschte unter ihren Füßen, als sie eng umschlungen ihren Morgenspaziergang machten. Auf die Piste wollten sie erst später gehen, wenn die Sonne wärmer wurde. Felicia hatte Lutz schon eingestanden, daß sie keine besonderes gute Skiläuferin war.

»Es ist wichtiger, daß du heil herunterkommst«, meinte er. »Man soll nichts übertreiben.«

»Dad neigt dazu«, sagte sie gedankenvoll. »Es will mir nicht gefallen, daß er soviel trinkt.«

»Das war doch sicher eine Ausnahme, Feli«, sagte Lutz.

»Ich glaube nicht. Bisher habe ich es zwar noch nicht so mitbekommen aber er geht ja auch oft ohne mich aus. Diese Leute um ihn herum leben so leichtsinnig.«

»Sie haben wohl zuviel Geld, Feli.«

»Oder zuviel Schulden«, lachte sie auf. »Es ist nicht alles Gold, was glänzt. Sie leben munter drauflos, und es kümmert sie nicht, was danach kommt. Wer weiß, wie Dad mal dasteht, wenn es nicht mehr so läuft wie bisher. Vielleicht bin ich dann ein armes Mädchen.«

»Dann würde ich dich um so lieber nehmen.« Er küßte sie auf die Schläfe. »Du bekommst jedenfalls einen sehr soliden Mann, der mit dem Geld und den Gesetzen umzugehen weiß.«

»Du ahnst nicht, wie beruhigend das für mich ist, Lutz.«

»Ich hoffe nur, daß Jasmin nicht den Boden unter den Füßen verliert.«

»Ach, sie ist doch ganz realistisch. Und schließlich ist sie eine Heidebrink. Ihr habt alle starke Charaktere. Ich bin voller Bewunderung für Mami, wie sie sich gleich wieder nach der Operation zurechtgefunden hat.«

»Sie hat viel Selbstbeherrschung und es ist gut, daß Jonas an ihrer Seite ist. Wie es in ihrem Innern aussieht, wage ich noch nicht zu beurteilen.«

In Carola hineinschauen konnte allerdings auch Jonas nicht. Es war für sie nicht so einfach, die Gedanken, ob nicht doch etwas nachkommen könnte, abzuschütteln.

Sie hatte viel gelesen über Krebserkrankungen, und sie wußte auch, daß man erst nach fünf Jahren genau sagen konnte, ob die Gefahr restlos gebannt sei.

Sie wollte zuversichtlich sein, aber hin und wieder stieg doch die Angst in ihr empor.

Nun aber waren die Koffer gepackt, und die Reise zur Insel der Hoffnung konnte losgehen.

Sie hatten noch im Familienkreis gefrühstückt, und dann war Dr. Norden gekommen, um Carola noch einmal zu untersuchen. Er konnte ihr die Fahrt zumuten, da sie nicht lang und auch nicht beschwerlich war, denn sie konnten fast immer Autobahn fahren. Jonas hatte einen schweren, sehr bequemen Wagen. Carola wurde in eine warme Decke gehüllt, sie bekamen noch Abschiedsküsse von Anemone und Jasmin, und dann ging es los.

Phil hatte sich schon am vorhergehenden Abend verabschiedet, da er zu wichtigen Besprechungen nach Köln fliegen mußte. Anemone fuhr nach dem Abschied gleich in die Boutique, denn die Inventur stand ins Haus und damit konnte Margot Köhler allein nicht fertig werden, so sehr sie sich auch bemühte.

Der Alltag hatte sie wieder. Franco wurde auch zurückerwartet. Lutz und Felicia wollten noch bis zum nächsten Wochenende in Sankt Moritz bleiben.

Das Wetter hatte sich einigermaßen gehalten. Es war auch nicht zu kalt, aber als Jonas und Carola auf der Insel ankamen, empfing sie strahlender Sonnenschein und eine so milde Luft, daß Carola gleich ein paarmal tief aufatmete. Es war, als würde gleich eine Last von ihren Schultern fallen, so sehr nahm der Zauber der Insel sie gefangen.

»Insel der Hoffnung«, sagte sie andächtig, als sie von Dr. Johannes Cornelius und seiner Frau Anne herzlich willkommen geheißen wurden.

»Wir sollen herzlich von Dr. Norden und Familie grüßen«, sagte Carola. »Er hat mich heute morgen noch begutachtet.«

»Schön wäre es, wenn die Kinder auch mal wieder kommen würden«, sagte Anne, »aber nun geht ja schon bald wieder die Schule los. Die Tage fliegen nur so dahin.«

»Wem sagen Sie das«, nickte Jonas.

Es war Winterbetrieb, und während der Feiertage waren nur zwei Dutzend Stammgäste auf der Insel geblieben, aber nun würde der Betrieb bald wieder richtig losgehen.

Jonas und Carola konnten eines von den hübschen Häuschen allein bewohnen. Es war der besondere Reiz der Anlage, daß sie mehr wie eine Siedlung wirkte und nur die Verwaltungsgebäude groß waren. Carola war begeistert. So schön hatte sie es sich nicht vorgestellt.

»Hier kann man sich wirklich erholen«, sagte sie.

»Aber bei der Therapie sind wir streng«, erklärte Dr. Cornelius.

»Das hat mir Dr. Norden schon gesagt«, erwiderte Carola, »aber wir möchten doch auch gesund von hier fortgehen.«

Jonas kam um eine gründliche Untersuchung nicht herum, und wenn auch nichts Gravierendes festgestellt werden konnte, so einige Schäden wurden auch bei ihm festgestellt, vor allem was den Bewegungsapparat betraf.

Schon bald konnten sie merken, wie wirkungsvoll die Bewegungstherapie war.

Carola durfte noch nicht schwimmen, was sie sehr bedauerte, aber was immer mit ihr gemacht wurde, es zeigte schon bald Erfolge. Das Essen schmeckte beiden, und so konnten sie nach Hause berichten, daß sie rundherum zufrieden wären. Hannes und Anne Cornelius teilten Daniel und Fee mit, daß ihre Gäste sich wohl fühlten und keinerlei Sorgen bereiteten.

Sie verstanden sich gut, und abends spielten sie öfter zusammen Bridge, was für Anne und Hannes Cornelius auch eine nette Abwechslung war.

Freilich dachten Jonas und Carola auch an die Kinder, aber um sie brauchten sie sich wirklich keine Sorgen zu machen. Anemone hatte auch an diesem Tag wieder erklärt, daß alles in bester Ordnung sei, und auch die Inventur in Carolas Geschäft schon bald beendet wäre.

Es war seltsam und Carola nicht ganz begreiflich, aber das Geschäft war ihr schon ferngerückt. Hatte die Erkrankung und der damit verbundene Schock das bewirkt, daß sie jetzt das Leben genießen wollte, die Jahre, die für sie so kostbar geworden waren? Was nutzte es, daß Jonas immer wieder betonte, daß es noch viele Jahre des gemeinsamen Lebens werden würden, wenn doch dieser große schwarze Schatten immer wieder über sie fiel und sie mahnte, wie plötzlich und völlig unerwartet etwas geschehen konnte, das alles Glück zunichte machte.

Aber solche Gedanken schwanden wieder, und sie freute sich an den schönen Dingen in diesen Tagen, die ihr Freude bereiteten, und an der unendlichen Liebe, in die Jonas sie einhüllte.

~

Franco hatte Jasmin angerufen und sie zu sich bestellt.

»Jetzt geht es richtig los«, sagte sie frohgemut zu Anemone. »Bald beginnen die Dreharbeiten. Tut mir leid, daß ich dich allein lassen muß, Mone.

»Macht doch nichts, ich lasse es mir gutgehen.«

»Phil wird ja sicher anrufen. Ich hätte nie gedacht, daß so ein Typ so anhänglich sein kann.«

Anemone mußte lachen. »Das traut man ihm wohl nicht zu?«

»Na ja, aber du bist ja auch was Besonderes. Tschüs denn.«

Als das Telefon läutete, meinte Anemone natürlich, daß es Phil wäre, weil sie so intensiv an ihn dachte, aber es war eine dunkle Frauenstimme, die an ihr Ohr tönte.

»Ich bin Kathrin Steiner, mein Bruder teilte mir mit, daß er unter dieser Nummer möglicherweise zu erreichen sei, wenn er nicht in seiner Wohnung ist.«

»Phil ist in Köln, Sie sprechen mit Anemone Heidebrink.«

»Das freut mich, störe ich sehr?«

»Überhaupt nicht. Phil wird vielleicht noch anrufen.«

»Würden Sie ihm dann bitte sagen, daß ich jetzt noch in Rom bin und morgen nach München komme? Es wäre wichtig, daß ich ihn bald erreiche.«

»Ich bestelle es gern. Ich hoffe, daß wir uns dann kennenlernen, Kathrin.«

»Es würde mich freuen. Auf bald, Anemone.«

Die Stimme klang warm und dunkel, aber auch reserviert. Sie ist schwierig, hatte Phil gesagt, aber das war er ja auch. Anemone konnte es nicht leugnen, sie war sehr gespannt darauf, Kathrin Steiner kennenzulernen.

So erging es aber auch umgekehrt Kathrin. Sie konnte sich überhaupt nicht vorstellen, daß es in Phils Leben eine Frau gab, die eine Sonderstellung einnahm, und sie konnte sich nicht vorstellen, wie diese Frau beschaffen war.

»Warum bist du so nachdenklich, Kathrin?« fragte Fabian.

»Ich habe gerade mit Phils Freundin gesprochen. Ich versuche, sie mir vorzustellen.«

Er lächelte. »Du wirst sie doch hoffentlich kennenlernen.«

»Kannst du dir vorstellen, daß Phil mal heiratet und vielleicht auch Vater wird?«

»Warum nicht? Ich konnte mir ja auch nicht vorstellen, daß ich mal heiraten werde und Vater werden möchte.«

Ihre Augen verdunkelten sich. »Und wenn ich nun keine Kinder bekommen kann, Fabian?«

»Dann werden wir auch so glücklich werden. Es muß ja nicht sein.«

»Aber dann braucht man auch nicht zu heiraten. Es ist doch im Grunde nur eine Formsache. Lieben kann man sich auch ohne Trauschein.«

»Das ist sicher, aber ich muß sagen, daß ich diesbezüglich doch ein bißchen altmodisch bin. Ich möchte, daß meine Frau auch meinen Namen trägt, oder gefällt dir der Name Rombach nicht?«

»Es geht doch nicht um Namen, sondern allein um Gefühle und den Willen, das Leben mit einem anderen Menschen teilen zu wollen. Wir beide sind doch im Grunde genommen Einzelgänger.«

Er schüttelte verwundert den Kopf. »Manchmal verstehe ich dich wirklich nicht, Kathrin. Was hast du nur für Bedenken?«

Sie wandte sich ab. »Vielleicht lebe ich nicht lange«, sagte sie heiser.

Fabian war maßlos erschrocken und völlig fassungslos. »Wie kannst du nur so etwas sagen, Liebes?«

»Ich glaube, jemand versucht, mich umzubringen. Nun weißt du es.«

»Um Himmels willen, erkläre mir das bitte genauer! Du mußt doch dafür Beweise haben.«

»Nicht eigentlich Beweise, aber zweimal hat mir schon jemand etwas in Getränke geschüttet. Es war immer in einer größeren Gesellschaft, und ich kann unmöglich jemanden direkt beschuldigen. Beide Male war ich Stunden bewußtlos, aber der Arzt meinte, ich hätte verschiedene Tabletten geschluckt, die sich nicht miteinander vertragen. Einmal war bei mir eingebrochen worden, aber der Verwalter überraschte den Täter, der jedoch unerkannt entkommen konnte. Es wurde nichts gestohlen. Er muß etwas gesucht haben, wurde dann aber gestört. Und zuletzt waren meine Bremsen defekt. Ich hatte Glück, weil ich in einen Strohhaufen fahren konnte. Und nun denkst du, ich spinne.«

»Nein, um Gottes willen, ich bin entsetzt. Hast du die Polizei eingeschaltet?

»Die lachen mich ja aus. Ich habe wirklich keinen handfesten Beweis. Aber ich muß gestehen, daß meine Nerven strapaziert sind.«

»Einen Verdacht hast du auch nicht?«

»Ich habe einen, aber dann wird man mich erst recht für hysterisch ha]ten.«

»Ich wäre wohl der Letzte, der dich so einschätzen würde, Kathrin«, erwiderte er ernst. »Bitte, sag mir alles.«

»Tanja, Tanja Dreiken«, sagte Kathrin heiser. »Sie war immer anwesend, wenn so etwas passierte. Ich will nicht sagen, daß sie persönlich etwas getan hat, aber ich spüre es, daß die Gefahr von ihr ausgeht.«

»Du hast sicher einen Grund dafür, Kathrin.

»Er heißt Derek Morgan und ist schon eine ganze Zeit hinter mir her. Auf die sanfte, liebenswürdige Tour. Aber ich hatte dabei gleich ein ganz merkwürdiges Gefühl. Mit gefallen seine Augen und Ohren nicht, ansonsten sieht er blendend aus.«

Momentan war Fabian doch leicht konsterniert. »Seine Ohren?« wiederholte er verblüfft.

»Es sind häßliche Ohren mit ganz eingewachsenen Ohrläppchen. Ich habe so ein schlaues Buch, in dem Beispiele angegeben sind, was gewisse Formen bedeuten können. Psychologen und

Psychiater ziehen daraus Rückschlüsse auf die Charaktere. Solche Ohren lassen auf kriminelle und abartige Veranlagung schließen.«

»Lieber Gott, was habe ich für Ohren?« fragte er erschrocken.

»Ein bißchen abstehend, aber wunderschön«, erwiderte Kathrin, nun doch wieder zu einem Lächeln bereit.

»Und was stellst du sonst noch an mir fest?«

»Mein Schatz, ich habe dich schon genauestens betrachtet, und wir wären längst nicht mehr zusammen, wenn ich negative Erkenntnisse gesammelt hätte.«

Er nahm sie in die Arme und küßte sie. »Der Gedanke, daß dir jemand schaden will, macht mich verrückt, Kathrin. Ich werde dich nicht mehr aus den Augen lassen.«

Sie blickte schweigend zum Fenster hinaus. »Vielleicht will man mich nur erschrecken, mir Angst einjagen, damit ich mich aus der Firma zurückziehe.

Fabian runzelte die Stirn. »Und welche Rolle spielt dieser Morgan dabei?«

»Er macht mit Harry dubiose Geschäfte. Ich bin nur noch nicht dahintergekommen, um was es sich handelt. Ich habe immer einen engen Kontakt zu Harry gemieden, seit er unser Verhältnis etwas zu intim gestalten wollte.«

»Und das erfahre ich auch so nebenbei«, beschwerte sich Fabian.

»Warum sollte ich dich damit aufregen! Ich kenne dich doch. Ich kann mich gut meiner Haut wehren, wenn ich direkt belästigt werde. Aber es geht jetzt hintenrum, auch mit anonymen Briefen und Anrufen.«

»Zum Teufel, da gehört doch die Polizei eingeschaltet!«

»Diesbezüglich habe ich das auch getan, aber es wurde nichts aber auch gar nichts erreicht.«

»Jedenfalls wirst du nicht nach Australien zurückgehen.«

»Das habe ich auch nicht vor, aber in Frankfurt sitzt Harry, und München ist nicht weit. Wir können aber nicht zulassen, daß er unseren guten Namen ruiniert.«

»Du solltest es mir überlassen, da nachzuforschen.

»Damit du in Gefahr gerätst? Nein. Ich werde mit Phil sprechen. Er kennt sich aus, wie krumme Dinger gedreht werden. Er ist lange genug in der Forschung tätig. Und er hat beste Beziehungen. Und wenn er noch im Hintergrund bleibt, wird niemand von unseren Widersachern vermuten, daß er sich für die Firma interessiert.«

»Das hat er doch auch nicht.«

»Bisher nicht, aber er scheint jetzt anderer Meinung geworden zu sein. Er hat sich mit Harry nie verstanden.« Kathrins Blick schweifte wieder in die Ferne.

Fabian betrachtete sie besorgt. Es versetzte ihn in Angst, daß man Kathrin nach dem Leben trachten könnte. Daß Tanja gefährlich war, wußte er. Raffiniert war sie auch, aber doch nicht intelligent genug, um es diesbezüglich mit Kathrin aufnehmen zu können. Also mußte sie es aus dem Hinterhalt versuchen, wenn sie Kathrin schaden wollte. Es war allerdings ein beklemmender Gedanke.

»Laß uns von was anderem reden«, bat Kathrin, als sie seine düstere Miene bemerkte. »Ich packe jetzt den Koffer. Morgen müssen wir früh am Airport sein.«

»Ich werde in München bleiben«, erklärte er entschlossen.

»Aber du hast doch auch zutun, Fabian.«

»Das kann ich auch von München aus. Es gibt ja Telefon und Telex.«

Sie fühlte, wie besorgt er um sie war. Es gab ihr Kraft und Mut. Aber sie wollte nicht, daß er ihretwegen wichtige Verhandlungen verschob, und das sagte sie ihm auch.

»Ich will auch mit Phil sprechen. Wir müssen uns eine neue Strategie ausdenken, um Harry auf die Schliche zu kommen«, erklärte er. »Wenn es um illegale Geschäfte geht, kann es auch für uns unangenehm werden.«

Sie mußte ihm recht geben. Sie machte sich schon lange Gedanken, was Harry Zellermayer eigentlich im Schilde führte. Es mußte noch jemand da mit drinnen stecken, denn er war eigentlich nicht clever genug, um allein weitreichende Entschlüsse zu fassen, aber es mußte etwas sein, was das Licht der Öffentlichkeit zu scheuen hatte.

~

»Diese verdammte Drogenmafia«, stöhnte Daniel Norden, als er mit seiner Frau Fee eigentlich einen geruhsamen Abend genießen wollte. Sie hatten den Fernseher eingeschaltet, um Nachrichten zu hören und dann noch eine aktuelle Sendung anzuschauen, die sie interessierte, da es dabei auch um Ärzte und Medikamente ging.

»Was nutzt es, wenn wir uns aufregen«, meinte Fee, »drei werden geschnappt, dreißig andere sind da. Es ist unglaublich, wie viele Millionen da umgesetzt werden. Wir müssen mal wieder ein ernstes Gespräch mit den Kindern führen. Diese Gangster fangen ja jetzt schon Handel mit den Kleinen an. Benny Troeger haben sie neulich am Bahnhof aufgelesen.«

»Davon weiß ich ja noch gar nichts! Guter Gott, wohin soll das führen? Und da kann man doch wirklich nicht den Eltern Schuld zuweisen.«

»So was kann eine ganze Familie kaputtmachen«, sagte Fee. »Frau Merkel sagte, daß es schon einen riesigen Ehekrach bei den Troegers gegeben hat, weil er seiner Frau vorwirft, daß sie zu nachsichtig mit dem Jungen gewesen sei.«

Nun aber kam die Sendung, die sie interessierte, und da wurden sie ganz aufmerksam, denn sie hörten und sahen, wie viele süchtig machende Medikamente von Ärzten verschrieben worden waren. Da waren sogar Daniel und Fee fassungslos.

»Das darf doch nicht wahr sein«, sagte Daniel, als gezeigt wurde, was eine einzige Patientin an solchen Medikamenten auf ärztliches Rezept bekommen hatte. Einen Handel hätte sie damit aufmachen können, meinte Daniel.

»Vielleicht hat sie das auch«, sagte Fee nachdenklich. »Ich kann mir nicht vorstellen, daß sie das alles selbst geschluckt hat.«

»Es ist tatsächlich unvorstellbar, aber ebenso unvorstellbar ist es auch, daß Ärzte sich dazu bereitfinden, diese Sachen en masse zu verschreiben. Es ist gewissenlos. Solchen Ärzten gehört die Approbation entzogen.«

Natürlich war es für gewissenhafte Ärzte nicht einfach, daß es eben auch unter ihnen schwarze Schafe gab.

Nach einem kurzen Schweigen sagte Daniel: »Übrigens habe ich gehört, daß Schindler total heruntergekommen sein soll.«

»Wundert dich das?« fragte Fee. »Es ist doch auch nicht zu verstehen. Er war ein guter Arzt, bis er zu Drogen griff.«

»Eheprobleme und Arbeitsüberlastung …

»Ach was«, fiel ihm Fee ins Wort, »das schafft man nicht mit Drogen und Alkohol aus der Welt. Mir fehlt das Verständnis dafür, daß sich intelligente Menschen so schnell aufgeben. Die Probleme werden nicht geringer, wenn man sich betäubt. Und was ist nun? Schindler hat seine Praxis verloren, hat kein Geld mehr, keine Frau und macht andere verantwortlich anstatt sich selbst.«

»Bei ihm mag es ja zutreffen, Fee, aber manchmal gibt es wirklich ausweglose Situationen, an denen die Menschen zerbrechen. Gewiß kommt es immer auf die Mentalität des Einzelnen an, aber nicht alle sind stark genug, sich selbst am Kragen zu packen und wieder emporzuziehen. Es ist wie ein Strudel, der nur nach unten drückt.«

»Nun, vielleicht hat auch er zu jenen gehört, die leichtfertig Rezepte geschrieben haben«, meinte Fee.

Daniel warf ihr einen Seitenblick zu. »So kenne ich dich gar nicht, mein Schatz«, stellte er fest.

»Mich macht es narrisch. daß es solche Ärzte gibt. Man sollte weniger auf den Numerus clausus schauen und mehr auf die charakterliche Qualifikation.«

»Schätzchen, wie soll man diese denn anstellen? Wie soll man wissen, ob ein Mensch so bleibt, wie er war, Schindler ist doch ein Beweis. wie sehr sich ein Mensch verändern kann.«

»Hast ja recht, mir ist der Gaul durchgegangen. Diese Sendung hat mich sehr nachdenklich gemacht«

»Mich auch, Fee, aber was können wir schon ändern?«

»Das ist ja das Schlimme; daß wir erst aufhorchen, wenn sich etwas schon zum Skandal ausweitet.«

»Wir haben ja auch ein bißchen mehr zu denken«, meinte er begütigend.

»Allerdings. Am ersten Februar ziehen wir um.«

Er seufzte schwer. »Da haben wir allerdings genug zu tun.«

»Und du wirst am wenigsten davon merken«, lächelte Fee.

Es war schon elf Uhr vorbei, als Phil anrief. Anemone war vor dem Fernseher schon beinahe eingeschlafen. Verwirrt griff sie nach dem Hörer und meldete sich schläfrig.

»Tut mir so leid, daß es so spät geworden ist, Liebling«, sagte Phil, »aber ich habe eine interessante Bekanntschaft gemacht, und da verging die Zeit wie im Fluge.«

»Ist sie so hübsch?« fragte Anemone.

»Jetzt hör aber auf, als ob ich für eine andere Frau Interesse hätte. Es ist ein Japaner, der zufällig Harry kennt. Da habe ich etwas erfahren, was sehr wichtig für uns sein könnte.«

Anemone wußte noch zu wenig von den Geschäften der Firmengruppe Steiner und Zellermayer, als daß sie besonderes Interesse gezeigt hätte, und sie war auch müde.

»Deine Schwester hat angerufen, sie kommt morgen nach München und muß dich dringend sprechen.«

»Wie war sie denn so?« fragte er.

»Sachlich. Sie hat eine angenehme Stimme. Jedenfalls weiß sie, daß es mich gibt.«

»Ich komme morgen mit der ersten Maschine, Kätzchen. Kannst du mich abholen?«

»Mache ich.«

»Fein, von wo hat Kathrin angerufen? Hat sie es gesagt?«

»Ja, sie ist in Rom.«

»In Rom«, staunte er. »Aber sie ist ja immer für eine Überraschung gut. Bis morgen, mein Schatz, und schlaf schön.«

»Müde genug bin ich.«

»Ist sonst alles okay?«

»Keine Klagen.«

Anemone legte den Hörer auf, und da hörte sie, wie die Haustür aufgeschlossen wurde. Jasmin kam, das war für Anemone doch ein Grund, noch aufzubleiben, aber sie war erschrocken, als sie Jasmin sah. Sie war blaß und wirkte verstört.

»Hallo, was ist denn?« fragte Anemone bestürzt.

»Was soll sein, ich bin müde. Es war anstrengend.« Es klang gepreßt und auch ein bißchen aggressiv.

»Dann gute Nacht«, sagte Anemone, aber sie machte sich dann noch einige Zeit Gedanken über die Jüngere und konnte nicht gleich einschlafen, so müde sie auch war.

Am nächsten Morgen schlief Jasmin noch, als Anemone das Haus verließ. Sie legte einen Zettel auf den Küchentisch neben die Kaffeekanne.

Hole Phil von Riem ab. Hinterlaß bitte Nachricht, wenn Du abends zum Essen nach Hause kommst. Anemone.

Irgend etwas war Anemone aufgefallen, als sie fortfuhr, aber sie kam erst unterwegs darauf. Jasmin war am Morgen mit Carolas Wagen weggefahren, aber der stand jetzt nicht in der Garage oder auf der Straße, oder hatte sie sich getäuscht?

Sie war ja mit ihren Gedanken schon bei Phil gewesen, und nun mußte sie sich auf den Verkehr konzentrieren.

Vielleicht wurde sie heimgebracht und hat den Wagen beim Studio stehenlassen, ging es ihr aber doch durch den Sinn. Nun, Jasmin würde es schon erklären.

Sie war rechtzeitig am Flughafen, kaufte sich noch eine Zeitung und fand in der Klatschspalte ein Foto von Franco Calderon mit Lu Markoff. Sie konnte lesen, daß Markoff einen Vertrag in Amerika unterschrieben und sich von Calderon getrennt hätte, der seiner Neuentdeckung Jasmin Brink eine große Karriere voraussage. Dazu die anzügliche Bemerkung, daß er wohl auch sein Herz neu entdeckt hätte.

Anemones Augen wurden schmal. Sie gab sonst zwar gar nichts auf solchen Tratsch, aber diesmal ging es um ihre Schwester, und sie dachte auch daran, wie es wohl Carola auffassen würde, wenn sie das las.

Erschrocken fuhr sie zusammen, als die Passagiere schon in die Ankunftshalle strömten. Die Maschine aus Köln war gelandet. Als sie auf die Tafel blickte, sah sie, daß auch die Maschine aus Rom bereits in einer halben Stunde landen würde.

Nun sah sie schon Phil kommen, der die meisten überragte. Er war wieder da, und das wirkte unendlich beruhigend auf sie. Wie weggeblasen waren momentan alle trüben Gedanken. Sie umarmten und küßten sich.

»Wie habe ich dich vermißt«, sagte er.

»Ich dich auch. Die Maschine aus Rom kommt auch bald.«

»Ob Kathrin so früh kommt?« überlegte er.

»Wir könnten ja warten.«

»Wenn du meinst, aber da du bei mir bist, ist ja alles in Ordnung, und wir können uns auch hier unterhalten.«

Sie gingen ins Restaurant und bestellten Kaffee. Anemone legte die Zeitung auf den Tisch und tippte auf Calderons Foto.

»Sieht recht flott aus«, stellte Phil fest.

»Lies weiter!«

Er tat es und sah sie dann an. »Findest du was dabei? Ist doch alles nur Publicity.

»Als sie gestern abend heimkam, sah sie zum Fürchten aus«, erklärte Anemone.

»Denk doch nicht gleich was Schlimmes, Liebes. Ich möchte dir erzählen, was ich von Akito erfahren habe. Ich sagte doch, daß ich einen Japaner kennenlernte. Ein hochinteressanter Mann.

Bekannter Manager eines Automobilkonzerns. Harry genießt einen zwielichtigen Ruf. Man munkelt von Schwarzmarktgeschäften, vielleicht sogar Waffenschmuggel.«

»Liebe Güte, mit eurer Firma?«

»Nun, direkt werden wir damit nicht in Verbindung gebracht werden, aber es ist immerhin fatal, da er unser Teilhaber ist. Ich bin gespannt, ob Kathrin auch schon Hinweise bekommen hat. Was mag sie in Rom gemacht haben? Lucia ist doch in Paris.«

»Wer ist Lucia?« fragte Anemone eifersüchtig.

»Eine alte Freundin von uns. Sie besitzt ein dickes Aktienpaket und ist schwerreich.

Anemone sah ihn von unten herauf an. Er lachte leise. »Sie ist Mitte vierzig und nicht scharf auf jüngere Männer. Du wirst sie auch mal kennenlernen, eine geistreiche Frau, und sehr gebildet.«

Von Fabian Rombach hatte er noch nicht gesprochen, und er war mehr als überrascht, als er diesen dann gewahrte, als das Flugzeug aus Rom gelandet war. Kathrin sah es erst später.

»So eine Überraschung«, raunte Phil Anemone zu. »Kathrin kommt nicht allein.«

Die Überraschung war bei Kathrin aber noch größer, als ihr Bruder sie stürmisch umarmte.

»Wieso, woher wußtest du wann ich komme?« stammelte sie. »Ich dachte, du bist in Köln.«

»Bin auch gerade erst angekommen. Anemone sagte mir gestern abend, daß du mich dringend sprechen willst, und da bin ich natürlich gleich mit der Morgenmaschine gekommen. Und das ist Anemone.«

Sie sahen sich an, lächelten und gaben sich die Hände. »Es freut mich«, sagte Kathrin. »Und ich darf Fabian Rombach vorstellen.«

Phil hatte ihm schon gesagt, daß er mit ihm nicht gerechnet hätte. Fabian lächelte hintergründig und vielsagend.

»Es gibt tatsächlich viel zu besprechen«, erklärte er. »Wohin fahren wir?«

»Vielleicht zu uns«, schlug Anemone vor.

»Wenn Jasmin zu Hause ist, können wir bei mir ungestörter reden«, sagte Phil. »Es wird auch Zeit, daß ich mal nach meiner Wohnung sehe. Kathrin wird ja sicher einige Zeit bleiben.«

»Ich auch«, warf Fabian ein.

»Das ist ja wunderbar, dann lernen wir uns richtig kennen«, meinte Phil. »Ich meine, ihr euch, wir kennen uns ja schon.«

Auf der Fahrt zu seiner Wohnung erzählte er, wer alles zu Anemone gehörte, und sie erfuhr, daß Fabian Rombach der Werbemanager der Zellermayer-Steiner-Gruppe sei.

»Eigentlich nur der Steiner-Gruppe«, sagte Fabian. »Es scheint von Vorteil, daß die Produkte doch getrennt sind.«

»Wie meinst du das?« fragte Phil.

»Du wirst es genau erfahren. Hat Anemone eine Ahnung von unseren Waren?« Mit den Nachnamen hielten sie sich gar nicht erst auf. Es herrschte auch schon eine recht vertraute Atmosphäre, als sie dann in Phils Wohnung waren. Gelüftet war schnell, die Luft war kalt und klar, die hereinströmte. Getränke waren auch noch vorhanden, und Anemone erklärte sich bereit, etwas zum Essen zu holen. Sie kannte sich ja in der Gegend schon aus.

Während dieser Zeit hatte Phil Gelegenheit, Kathrin und Fabian kurz zu informieren, was sich in den letzten Wochen in seinem Privatleben getan hatte und er nun vorhatte.

»Es kann mir nur willkommen sein, wenn du endlich in der Firma mitmischst«, sagte Kathrin. »Du scheinst es ja ernst zu nehmen mit Anemone, aber da ich sie nun kennengelernt habe, kann ich dich verstehen.«

»Das freut mich, und wie seid ihr beide plötzlich zusammengekommen?«

»So plötzlich ist das nun auch wieder nicht«, erwiderte Fabian. »Wir haben uns in Rom getroffen, schon vor ein paar Tagen.«

»Hört, hört«, sagte Phil anzüglich. »Große Heimlichkeiten?«

»Ich mußte erst mit Fabian reden«, erklärte Kathrin. »Ich war ziemlich fertig. Du erfährst alle Einzelheiten, aber ich denke,

Anemone sollte auch gleich mithören, denn schließlich bilden wir ja jetzt ein Team.«

»Sie ist auch sehr geschäftstüchtig«, stellte Phil fest. Und Anemone sollte auch bald beweisen, wie clever sie war. Zuerst hatte sie nur zugehört, wie Kathrin von ihren Vermutungen und Befürchtungen erzählte und Phil dann von seinem Gespräch mit Akito.

»Wir müßten jemanden einschleusen können, dem Harry nicht mißtraut«, sagte Fabian nachdenklich, »ein unbekanntes Gesicht, aber eine Person, die geistesgegenwärtig ist, schnell schaltet und sich nicht täuschen läßt.«

»Am besten eine Frau. Harry wird da mitteilsamer.« Kathrin sagte es bedächtig.

»Wie wäre es mit mir?« sagte Anemone.

»Du?« Phil schüttelte den Kopf. »Nein, das kommt nicht in Frage. Außerdem hast du doch deinen Job.«

»Ich habe doch wegen Mami gekündigt, und im Geschäft werde ich nicht gebraucht, weil Frau Köhler den Laden auch allein macht. Ich will ja keine Dauerstellung und werde schon dafür sorgen, daß ich nur ein paar Wochen bleibe, aber in dieser Zeit kann man viel erfahren.«

»Ich werde dich doch nicht solchen Gefahren aussetzen«, widersprach Phil heftig.

»Von einer Sekretärin geht doch keine Gefahr aus. Ich mache auf ganz naiv, aber ich gebe bestimmt eine gute Sekretärin ab. Kathrin ist erkrankt, muß sich erholen, und hat mich vorher noch eingestellt. Versuchen können wir es doch mal. Dann können wir wenigstens herausfinden, ob auch in eurer Abteilung schwarze Schafe sitzen.«

»Wirklich ganz schön clever«, sagte Kathrin, aber es klang anerkennend. »Es kann dich doch niemand mit Phil in Zusammenhang bringen?«

»I wo niemand hat eine Ahnung von uns«, warf Phil ein. »Ich werde mich dann ein paar Tage später blicken lassen und ein bißchen mit Anemone herumstreiten, damit gar kein Mißtrauen aufkommen kann. Aber du müßtest dann nach Frankfurt, - Mone.«

»Solange es nicht Australien ist«, meinte sie verschmitzt.

»Nur ein paar Tage, dann würde ich dafür sorgen, daß du ins Münchner Büro versetzt wirst.«

»Und du willst in Frankfurt bleiben? Das kommt nicht in Frage.«

»Wir werden uns schon einig werden«, lenkte Kathrin ein. »Das muß alles genau durchdacht werden. Fabian wird das Gerücht in die Welt setzen, daß ich schwer erkrankt bin. Man soll zwar den Teufel nicht an die Wand malen, aber ich fühle mich wirklich nicht gut.«

»Man sieht es dir an«, stellte Phil fest.

»Dann wird sich Tanja wahrscheinlich gleich an Fabian heranmachen, und wir sind einen großen Schritt weiter, wenn er sich zugänglich zeigt.«

»Es wird mir nicht leichtfallen, aber um der Sache willen werde ich es versuchen.« Fabian starrte nachdenklich vor sich hin. »Es wird mich jedenfalls beruhigen, wenn du nicht mehr in Gefahr bist.« Er legte seinen Arm um Kathrin, und sie ließ es sich gefallen, obwohl sie sonst Vertraulichkeiten in Gegenwart anderer nicht mochte.

»Wann hat das eigentlich angefangen, Katharina?« fragte Phil.

»Im Oktober. Eigentlich wollte ich ja nicht so lange in Sydney bleiben, aber dann merkte ich, daß mit den Überseegeschäften und den Lieferungen nach Vorderasien manches nicht stimmte. Sie haben wohl Anstoß genommen, daß ich meine Nase in alles hineinsteckte. Harry war nur eine Woche da, aber dann erschien Tanja und dieser Derek Morgan, der mir dann ständig auf den Fersen war, persönliches Interesse vortäuschend.«

»Er muß es ja nicht nur vorgetäuscht haben«, meinte Phil.

»Mir war das alles suspekt«, erklärte Kathrin, »in mancher Hinsicht auch plump, und dann diese gesundheitsschädigenden

Zwischenfälle. Ich habe nie irgendwelche Tabletten genommen. Ich brauchte auch keine zu nehmen. Beim ersten Mal dachte ich an eine Lebensmittelvergiftung, beim zweiten Mal dachte ich schon anders. Dann der Einbruch und die versagenden Bremsen. Ein bißchen viel an dummen Zufällen.«

»Allerdings«, sagte Phil düster, »ich möchte wirklich nicht, daß Mone Ähnliches widerfährt.«

»Ach was, ich bin doch keine Firmeninhaberin, die gefährlich erscheint«, winkte Anemone ab. »Und nach mir kann man sich sogar bei meiner früheren Firma erkundigen. Da könnte man höchstens erbost sein, daß ich anderswo eine Stellung angenommen habe, aber wahrscheinlich wird man sich wegen einer kleinen Angestellten nicht viel Mühe machen.«

»Du darfst es nicht zu locker nehmen, Anemone«, sagte Kathrin. »Freilich es ist für uns gut, wenn das jemand übernimmt, der zu uns gehört, als ein Außenstehender, von dem man nicht weiß, ob er sich nicht bestechen läßt und überläuft, aber ich möchte auch nicht, daß du Schwierigkeiten bekommst.«

»Keine Sorge, ich kenne alle Tücken, auch wenn eure Firma nichts mit Kinderkleidung zu tun hat.«

»Aber diesen Job willst du nicht aufgeben?« fragte Kathrin.

»Keinesfalls. Kinderkleidung ist teuer, und schließlich wollen wir auch mal selber Kinder haben, da können wir dann manches sparen«, sagte Anemone mit einem vielsagenden Lächeln.

»Und wir könnten davon auch profitieren«, warf Fabian ein.

»Ich bin jedenfalls dafür, daß Phil und ich die Firma leiten, wenn alles geklärt ist, und die Damen sich dann mehr ihren Hobbies widmen.«

»Welches Hobby hast du, Kathrin?« fragte Anemone.

»Ich entwerfe Möbel, aber nur für den eigenen Gebrauch. Praktische Möbel, weil es mich ärgert, wenn man in den modernen Dingern nichts unterbringt.«

»Und ich muß sagen, daß sie gute Ideen hat«, stellte Fabian fest. »Man findet nur niemanden, der das auch herstellt.«

»Wie wäre es, wenn wir von Maschinen auf Möbel umsteigen?« fragte Phil.

»Ich bin gespannt, was für Ideen du daherbringst, wenn du erst mal in der Firma bist«, scherzte Kathrin, aber sie konnte jetzt wenigstens wieder lachen, und ihr Gesicht hatte etwas Farbe bekommen.

Dennoch hielt es Anemone für angebracht, daß sie sich einmal gründlich untersuchen lassen sollte.

»Ich habe eine Aversion gegen Ärzte«, erklärte Kathrin.

»Gegen unseren Dr. Norden wirst du bestimmt keine haben. Ich werde dich zu ihm bringen«, sagte Anemone.

Die beiden Männer staunten, wie gut es zwischen den beiden funktionierte. Zwei junge Frauen, die ihren eigenen Kopf hatten, die gar nicht leicht zu überzeugen waren und immer ein bißchen auf Distanz, verstanden sich auf Anhieb. Aber sie waren sich tatsächlich in mancherlei Hinsicht ähnlich, sie wollten auch in der Beziehung zu ihren Partnern ihre Unabhängigkeit bewahren, ohne die Emanze herauskehren zu wollen.

Sie hatten beide Glück, die richtigen Partner gefunden zu haben. »So schnell haben wir noch nie Freundschaft geschlossen«, sagte Fabian zu Anemone.

»Ich habe es mir auch schwieriger vorgestellt, nachdem, was Phil mir von Kathrin erzählte«, erklärte Anemone lächelnd.

»Hat er wieder mal recht gelästert?« fragte Kathrin spöttisch.

»Nein, er sagte nur, daß du schwierig bist, aber so schlimm ist es nicht.«

»Es kommt immer darauf an, mit wem man es zu tun hat. Ich bin sehr erfreut, daß mein Bruder einen so guten Geschmack bewiesen hat.«

»War das nicht immer so?« fragte Anemone sofort.

»Ich kann mich nicht erinnern, einmal eine Frau an seiner Seite gesehen zu haben, abgesehen von ein paar Festivitäten, wo er nicht umhin konnte. Er liebte nur seine Flugzeuge, und wahrscheinlich hatte er da so viel Erfolg, weil er sie so gut behandelt hat.« Kathrin warf Phil einen verschmitzten Blick zu, und er drohte ihr scherzhaft mit erhobenem Finger.

Dann wurde noch eine Flasche Sekt geleert, aber Anemone hielt sich zurück und erklärte es damit, daß sie noch ans Steuer müsse. Von dem Baby wurde nicht geredet, darüber waren sich Phil und Anemone einig.

Es war abgemacht, daß Kathrin und Fabian in Phils Wohnung bleiben würden, Phil hatte ja bereits sein Zimmer im Heidebrinkschen Haus.

Anemone wollte heimfahren, um nach Jasmin zu sehen, um die sie sich doch Sorgen machte. Phil wollte noch einiges mit Kathrin und Fabian besprechen und dann später nachkommen.

»Ihr könntet dann doch zum Abendessen zu uns kommen«, schlug Anemone vor.

»Wenn es dir nicht zuviel Mühe macht«, sagte Kathrin.

»I wo, ich bin zwar nicht so perfekt wie unsere Mami, aber gelernt habe ich diesbezüglich schon einiges.«

»Sie kocht phantastisch«, wurde sie von Phil gelobt.

»Da bist du mir weit voraus«, gab Kathrin zu. »Es ist schön, daß wir uns verstehen, Mone. Ich bin durch die Ereignisse sehr mißtrauisch geworden, und da wird man leicht ungerecht. Aber Aufrichtigkeit weiß ich zu schätzen.«

»Und ich melde dich gleich für morgen bei Dr. Norden an. Widerspruch wird nicht geduldet.«

»Recht hast du«, sagten Fabian und Phil gleichzeitig.

»Ja, dann bin ich überstimmt«, meinte Kathrin. »Ich bin nur froh, daß Phil eine energische Frau bekommt, er braucht sie nämlich. Er ist das eigensinnigste Mannsbild, das ich kenne.«

»Sagst du das auch, Mone?« fragte Phil.

»Es stimmt schon, aber ich kenne dich glücklicherweise auch anders«, erwiderte sie mit einem weichen Lächeln. »Also dann, bis später, meine Lieben.«

»Sie ist bezaubernd«, stellte Kathrin fest, als Anemone gegangen war.

»Sie hat Klasse«, sagte Fabian. »Ich dachte immer, Kathrin wäre einmalig, aber Anemone könnte mir auch gefallen.«

»Untersteh dich«, wurde er gleich von Phil verwarnt.

»Du kannst von Glück sagen, daß mein Herz längst vergeben ist«, fuhr Fabian fort.

»Und davon hatte ich auch keine Ahnung, ihr Heimlichtuer. Aber jetzt noch mal zur Sache. Ich wollte in Gegenwart von Mone nicht in allen Einzelheiten darauf zu sprechen kommen, damit sie nicht geängstigt wird. Du bist überzeugt, daß geplant wurde, dich auszuschalten, Kathrin?« Phil sah seine Schwester durchdringend an. Er war sehr besorgt, denn er sah die tiefen Schatten um Kathrins Augen, das Zucken ihrer Lippen.

»Ich bilde es mir nicht ein, Phil. Du kennst mich. Ich bin weder ängstlich, noch neige ich zu Übertreibungen. Ich habe mir auch nicht eingebildet, daß Harry mir nachstellte. Es wurde einmal sogar sehr massiv. Allerdings war er da angetrunken.«

»Trinkt er viel?«

»Anscheinend schon. Ich bin ihm tunlichst aus dem Wege gegangen nach dem Zwischenfall, und danach setzten dann die anderen Geschehnisse ein.«

»Hattest du denn Mißtrauen bekundet?« fragte Phil.

»Was heißt Mißtrauen! Ich habe Harry gefragt, was Morgan bei den Geschäften eigentlich für eine Rolle spielt. Er reagierte unbeherrscht, warf mir vor, ich würde alle Leute schlechtmachen, mit denen er arbeite.« Dann sprach Kathrin auch von dem, was sie an Derek Morgan störte, die Augen und die Ohren, aber Phil schien keineswegs erstaunt oder befremdet.

»Ich habe mich auch mit dem Studium von Physiognomien befaßt. Was du schilderst, sind allerdings negative Merkmale«, erklärte er. »Und was nimmt er für eine Position ein?«

»Werberepräsentant bezeichnet er sich, ich würde sagen Vertreter, sein Gerede ist auch typisch dafür. Du meinst zuerst, er wäre allwissend, bis man merkt, daß er nur Sprüche klopft. Aber er macht es überzeugend. Ich habe ihn mit Tanja gesehen, aber offiziell scheinen sie sich nicht zu kennen.«

»Es gibt also vieles zu beachten«, sagte Phil ruhig. »Du hältst dich vorerst ganz heraus, Kathrin. Mal sehen, wie weit Tanja sich dann vorwagt und ob dieser Morgan in Erscheinung tritt. Mit Harry werde ich reden, als hielte ich ihn für den größten Geschäftsmann aller Zeiten.«

»Jedenfalls hast du mehr auf dem Kasten als er«, sagte Fabian.

»Und das weiß ich«, lachte Phil. »Aber es wäre doch gelacht, wenn wir ihm nicht beikommen würden, und wenn er hinter diesen miesen Sachen steckt, um Kathrin zu schaden, wird er mich kennenlernen.«

»Und mich erst«, knurrte Fabian.

»Aber seid vorsichtig«, sagte Kathrin warnend. »Vielleicht gibt es Hintermänner. die mehr Macht haben als Harry und Derek Morgan.«

Phil runzelte die Stirn. »Denkst du an die Mafia?«

»Ich möchte wissen, wo die nicht die Hände drin haben, wenn es um viel Geld geht«, sagte sie düster, »und sie sind überall, sie haben mehr Macht als Regierungen. Die kleinen Kriminellen schnappt man doch gleich, aber die Mächtigen tarnen sich gut, und manchmal werden sie erst durchschaut, wenn es schon zu spät ist.«

Sie hatte recht, die Männer wußten es. Aber wie immer es auch in ihrem Fall sein mochte, mit Kathrin wurde ein böses Spiel getrieben, und sie mußte geschützt werden.

»Denk nach, Kathrin, vielleicht fällt dir noch was ein, und wenn es auch nur als nebensächlich erscheint, notiere alles«, sagte Phil eindringlich. »Aber jetzt ruhst du dich aus. Heute abend sehen wir uns bei Anemone. Ich hole euch ab. Sagen wir um sieben Uhr?«

Sie waren einverstanden. Ein paar Stunden blieben ihnen, um auszuruhen. Vor allem Kathrin brauchte es.

Es sah aus, als wäre niemand anwesend, als Anemone heimkam. Sie ging zuerst in die Garage. Sie war leer. Carolas Wagen war nirgendwo zu sehen. Aber Jasmin war doch da. Sie sah nicht viel besser aus als in der Nacht, obgleich sie anscheinend gerade geduscht hatte, denn ihr Haar war naß, und sie war im Bademantel.

»Bist du krank?« fragte Anemone.

»Ich fühle mich nicht wohl.« Jasmins Stimme klang heiser und ihr Ton war trotzig.

»Und wo ist Mamis Wagen?« fragte Anemone.

»Ich bin mit einem Taxi gekommen. Ich wollte in der Nacht nicht fahren. Außerdem hatten wir was getrunken .

»Das ist es also«, sagte Anemone ruhig. »Geht es mit dem Versumpfen schon los?«

»Du hast mir gar nichts zu sagen«, begehrte Jasmin auf. »Ich bin auch erwachsen.«

»Natürlich bist du das, und ich mache dir auch keine Vorschriften, aber bisher haben wir uns immer vertragen und konnten auch offen miteinander reden. Ich bin es eben nicht gewohnt, daß du so aggressiv bist.«

»Es tut mir leid«, sagte Jasmin kleinlaut. »Es war so, daß Franco sich nicht wohl fühlte. Er ist stark erkältet, schon seit er aus Sankt Moritz zurück ist. Ich habe ihn nach Hause gefahren und ein bißchen versorgt, Grog und so, du weißt schon, die Hausmittel.«

Sie sagte es hastig und so, daß Anemone erst recht stutzig wurde. »Und da es schon sehr spät war, wollte Franco, daß ich lieber mit dem Taxi heimfahre.«

Anemone betrachtete sie forschend. »Ist das alles?« fragte sie. Sie spürte, wie nervös Jasmin war. »Habt ihr heute wieder Aufnahmen?«

»Nein, Franco muß im Bett bleiben.«

»Hat er Fieber? Fährst du wieder hin?«

»Warum bist du so ironisch?« fragte Jasmin gereizt.

»Bin ich das? Das bildest du dir nur ein.«

Jasmin drehte sich um und ging zur Tür. »Franco hat eine Hausdame und einen Butler, die sich um ihn kümmern, und ich will mich nicht anstecken.«

»Wenn das nicht schon geschehen ist. Hast du schon was gegessen?«

»Nein.«

»Dann werde ich gleich etwas zubereiten. Phil kommt nachher, und heute abend kommen seine Schwestern und ein Freund.«

»Dann hast du ja genug zu tun. Ich kann mich selbst versorgen.«

»Sei nicht kindisch, Jasmin. Und was Mamis Wagen anbetrifft, wenn damit etwas sein sollte, sag es mir lieber gleich. Es muß in Ordnung gebracht werden.«

»Es ist nichts mit dem Wagen. Warum bist du bloß so mißtrauisch? Ich kann auch sehr gut auf mich allein aufpassen.«

»Wie du meinst.«

Jasmin ging hinauf in ihr Zimmer, und Anemone begab sich in die Küche. Dann dachte sie daran, daß sie eigentlich mal Frau Köhler anrufen müßte, um sich nach dem Geschäft zu erkundigen. Sie setzte aber erst Wasser für die Nudeln auf.

Margot Köhler konnte ihr nur sagen, daß es zwar ruhig zuging, aber nichts umgetauscht würde. Sie wollte wissen, ob sie die Preise jetzt schon heruntersetzen solle.

»Ich komme morgen, dann besprechen wir es«, erklärte Anemone. »Müssen wir nicht bis zum Schlußverkauf warten?«

»Die anderen Geschäfte setzen auch schon runter.«

»Ich werde erst mit meiner Mutter telefonieren«, erwiderte Anemone.

Sie legte den Hörer auf und vernahm gleich darauf ein Klick, was bedeutete, daß vom oberen Anschluß telefoniert wurde. Sie fühlte sich versucht zu lauschen, weil sie sich ernste Sorgen um Jasmin machte und immer noch fürchtete, sie könne einen Unfall gehabt haben. Und sie nahm den Hörer ans Ohr.

»Haben Sie schon den Arzt gerufen, Helena?« hörte sie Jasmin fragen. »Es wäre bestimmt besser. Es könnte sein, daß es doch was mit dem Herzen ist. Ich würde ja unseren Hausarzt schicken, aber für den ist es ein bißchen weit.«

»Ich rufe Dr. Hirsch an, auch auf die Gefahr hin, daß der Patient aus der Rolle fällt. Kommen Sie her, Jasmin?«

»Nein, ich kann leider nicht, wir haben Besuch.«

Anemone drückte langsam die Gabel herunter, bevor sie das Telefon auflegte. Sie war jetzt schon nachdenklicher. Sie hatte es im Gefühl, daß sich in der Nacht etwas abgespielt hatte, was Jasmin aus dem Gleichgewicht gebracht hatte, denn genauso sah sie aus. Anemone war ganz sicher, und es mußte mit Franco zusammenhängen. Nicht nur, weil er erkrankt war, denn deshalb brauchte Jasmin nicht nach Ausreden zu suchen, und sie hätte durchaus zu Calderon fahren können, wenn sie es wollte. Daß sie Besuch hätten, war auch eine Ausrede. Jedenfalls jetzt noch.

Ob sie doch in Franco verliebt ist, ging es Anemone durch den Sinn, oder war er zudringlich geworden? Solche Männer waren es doch gewohnt, daß ihnen die Frauenherzen zuflogen, und sie konnten es nicht verstehen wenn es Ausnahmen gab. Aber Calderon war Felicias Vater, und das würde er wohl doch nicht vergessen.

Anemone war noch bei ihren Vorbereitungen für das Abendessen und nebenbei hatte sie Kaffee gekocht, als Jasmin herunterkam. Sie war in Jeans und Pulli gekleidet.

»Soll ich was besorgen, Mone?« fragte sie leichthin.

»Bist du wieder okay?«

»Halbwegs. Sag, was du brauchst, ich muß frische Luft schnappen.«

Es gab schon einiges zu besorgen. Anemone zählte es auf, und Jasmin notierte es.

»Pressiert es sehr?« fragte sie, »ich würde dann noch den Wagen abholen.«

»Wenn du bis sieben Uhr zurück bist, reicht es.«

»Dicke«, erwiderte Jasmin lässig. »Und sollte ein Strobeck anrufen, sag bitte, ich bin nicht da und komme heute auch nicht mehr nach Hause.«

»Okay.« Anemone wollte jetzt nicht fragen, wer Strobeck sei, aber sie hoffte, es bald zu erfahren, denn er könnte etwas mit Jasmins verändertem Wesen zu tun haben. Nun schien sie aber wieder normal zu sein.

»Wie kommst du denn zu Calderon?« rief sie Jasmin noch nach.

»Mit einem Taxi natürlich.«

Warum ruft sie nicht eins her, überlegte Anemone. Jasmin benahm sich an diesem Tag schon recht seltsam.

Bald darauf kam Phil. Er gab ihr einen Kuß und fragte: »Kann es sein, daß ich Jasmin in ein Taxi steigen sah?«

»So wird es sein.«

»Sie hatte doch Carolas Wagen.«

»Sie holt ihn jetzt, er steht bei Calderon.« Anemone erzählte, worüber sie sich Gedanken machte.

»Nimm das nicht so ernst, Liebes. Sie hat halt auch Launen, wie es sich für eine angehende Diva gehört.«

»Sie ist dafür nicht geschaffen, Phil. Sie nimmt alles viel schwerer, als man meint. Und ich möchte auch nicht, daß Mami sich sorgt.«

»Sie ist weit weg und braucht es nicht zu erfahren. Außerdem braucht es keinerlei Bedeutung zu haben.«

Jasmin war schon gleich nach sechs Uhr zurück. Der Wagen war unbeschädigt, und sie hatte alles eingekauft. Sie hatte auch Blumen für Anemone mitgebracht.

»Weil ich so grantig war«, sagte sie. »Sei nicht mehr böse.«

»Ich bin doch nicht böse. Ist Franco ernsthaft erkrankt?«

»Wahrscheinlich hat er wieder zuviel getrunken. Er verträgt nichts mehr, sagt Helena. Er sollte sich mal untersuchen lassen. Er ist nicht zu ertragen, wenn er seine Launen hat.«

»Hat dieser Strobeck auch was mit dem Film zu tun?« fragte Anemone ganz harmlos.

»Er ist mein Partner, aber ich kann ihn nicht ausstehen. Reden wir nicht von ihm, sonst bin ich gleich wieder sauer.«

»Dafür lernst du heute abend zwei sehr nette Menschen kennen.«

»Störe ich auch nicht?«

»Wenn du so bist, wie ich es gewohnt bin, bestimmt nicht.«

Sie zeigte sich von ihrer nettesten Seite, als Phil mit Kathrin und Fabian kam. Der Tisch war hübsch gedeckt, es duftete verlockend im Haus, und Anemone legte mit ihrem Menü alle Ehre ein. Die Grießnockerln waren genau richtig, die Lendenschnitten zart und saftig, die Nudeln kein bißchen zu weich und die Salate einfach köstlich, wie allgemein gelobt wurde.

»Eine perfekte Frau in jeder Beziehung«, sagte Kathrin mit ehrlicher Bewunderung. »Ich werde bei dir kochen lernen müssen.«

»Das wäre nicht übel, ich bin das Wirtshausessen über«, sagte Fabian.

»Und zu Hause kann man sich so schön gehen lassen«, meinte Kathrin neckend, »ohne Krawatte und mit Pantoffeln.«

»Aber dann bestens gelaunt«, lächelte Fabian.

Jasmin ließ ihre Blicke hin und her wandern. »Warum können Schauspieler nicht so sein wie ihr«, meinte sie nachdenklich.

»Weil Schauspieler eben nie ganz sie selbst sind«, erwiderte Phil.

»Du meinst, man spielt immer Theater?«

»Das sicher nicht, aber man gibt sich wohl nie ganz unbefangen.«

»Es kann doch nicht so schwer sein, das eigene Ich und die Rolle, die man spielt, auseinanderzuhalten«, überlegte Jasmin. »Ich weiß nicht, ob ich mich daran gewöhnen könnte, eine Liebesszene mit einem zu spielen, den ich nicht ausstehen kann.«

Es mochte wie eine Bemerkung klingen, aber Anemone spürte, daß sie sich damit Luft verschafft hatte und das losgeworden war, was sie einengte.

»Du wirst es doch nicht nur mit Schauspielern zu tun haben, die du nicht ausstehen kannst«, meinte Phil neckend.

»Ich weiß nicht, ob ich überhaupt was mit der Filmerei zu tun haben will. Ich kann mich nicht verstellen. Aber reden wir doch nicht nur von mir.«

»Das ist aber für uns auch ganz interessant«, sagte Kathrin. »Es gibt Menschen, die keine Schauspieler sind, und sich so überzeugend verstellen können, daß man nicht weiß, was an ihnen echt ist und was nicht.«

»Die sollten eben Schauspieler werden«, erklärte Jasmin. »Ich kann es mir abschminken, daß ich mal Karriere mache.«

»Willst du die Flinte schon ins Korn werfen, Jasmin?« fragte Phil, »in unserer Firma würdest du übrigens ein breites Betätigungsfeld finden und sicher auch einen interessanten Posten.«

»Ich überlege es mir«, erklärte sie ganz ernst.

Von Geschäften wurde dann aber nicht mehr oder nur noch ganz beiläufig gesprochen. Kathrin erzählte von Australien, Fabian von der Schweiz und Frankreich, und Jasmin sagte mit verklärten Augen, daß sie gar zu gern mal längere Zeit in Frankreich sein würde.

»Auch das läßt sich einrichten«, sagte Fabian.

Anemone und Phil tauschten Blicke. Sie wunderten sich über Jasmin. Der anfängliche Enthusiasmus war etwas zu schnell verflogen, das mußte einen triftigen Grund haben. Aber diesen erfuhren sie zur Stunde nicht.

Dann fiel Anemone ein, daß sie vergessen hatte, Dr. Norden anzurufen, aber darüber schwindelte sie sich hinweg, denn sie wußte, daß er bereit sein würde, Kathrin auch kurzfristig einzuschieben.

»Morgen um elf Uhr sind wir dann bei Dr. Norden, Kathrin«, sagte sie beim Abschied. »Ich hole dich ab. Unsere Herren können dann einen Frühschoppen machen.«

»Da sind wir nicht abgeneigt, aber wir haben uns auch einiges vorgenommen«, erklärte Phil.

Fabian und Kathrin bestanden darauf, ein Taxi zu nehmen, damit Phil nicht noch mal aus dem Haus brauchte. Sie verabschiedeten sich gutgelaunt, und Phil atmete auch zufrieden auf, als er dann mit Anemone allein war.

»Ein gutes Gefühl, daß es keine Spannungen gibt«, meinte er.

»Ich weiß nicht, warum du Kathrin als gar so schwierig hinstellst.«

»Du hast sie wirklich von ihrer allernettesten Seite kennengelernt. Vielleicht hat sie sich durch die trüben Erfahrungen tatsächlich geändert, die sie gemacht hat.«

»Was für welche?«

»Es gab mal einen Mann, den sie sehr mochte, und sie muß bitter enttäuscht worden sein.«

»Kanntest du ihn?«

Er schüttelte den Kopf. »Nicht mal seinen Namen, sie hat nie über ihn gesprochen, sie hat nur zu mir gesagt, daß ihr alle Männer gestohlen bleiben könnten. Sie war da nicht viel älter als Jasmin. Ich hatte auch nicht die leiseste Ahnung, daß sie mit Fabian schon drei Jahre befreundet ist. Man konnte es auch als liiert bezeichnen, und anscheinend wollen sie auch heiraten.«

»Er ist sehr sympathisch.«

»Ein kluger Kopf, ich bin froh, daß ich mit ihm über alles reden kann. Leicht wird mir der Einstieg in die Firma nicht fallen und auch nicht gemacht werden, und wenn ich an Harry denke, kommt mir jetzt schon die Galle hoch, aber wir müssen ihn durchleuchten .

»Was ist er für ein Typ?«

»Aalglatt, zwielichtig, arrogant, ein Playboy, wie man ihn sich vorstellt, möchte ich sagen. Aber auch ein Spieler, der nicht aufhören kann und wohl auch kein Risiko scheut. Wir werden erst einmal die Bücher prüfen lassen, ganz überraschend, damit er nichts mehr manipulieren kann. Fabian wird das arrangieren.«

»Und wann soll ich einsteigen?«

»Möglichst gleich am Montag. Kathrin wird dich einführen

und dann vorerst von der Bildfläche verschwinden. Sie wird noch genau mit dir durchgehen, wie du dich verhalten sollst. Aber solltest du spüren, daß Gefahr in Verzug ist, verschwindest du sofort wieder.«

»Mach dir nur nicht jetzt schon Gedanken. Ich bin doch keine Anfängerin. Man mag es mir nicht zutrauen, aber ich habe schon mit harten Bandagen gekämpft.«

»Ich traue es dir zu mein Schatz. Ich brauche ja nur daran zu denken, wie du mich behandelt hast.«

»Liebe Güte, da solltest du mal andere hören!«

»Aber die Liebe verändert auch den Mann«, stellte Anemone fest, und dann küßte sie ihn.

~

Am nächsten Morgen war Jasmin sehr früh auf den Beinen und in der Küche. Anemone war überrascht, daß sogar der Kaffee schon fertig war.

»Brötchen habe ich auch schon geholt«, sagte sie. »Die Liesl hat mich ganz sprachlos angeschaut, weil ich die erste Kundin war.«

»Du bist lieb. Mußt du schon früh weg?«

»So früh nicht, aber ich habe mir allerhand vorgenommen.«

»Was zum Beispiel?«

»Ich werde mit Franco sprechen, daß es so nicht läuft.«

»Was nicht läuft?«

»Daß der Strobeck denkt, ich bin eine von denen, mit denen er gleich ins Bett gehen kann. Es hat mich schon geschockt. Jetzt kann ich es dir sagen.«

»Was Ähnliches habe ich mir gedacht. Allerdings habe ich gefürchtet, daß Franco zudringlich geworden ist.«

»Nein, das würde er nicht wagen, aber als ich mich bei ihm beschwert habe, hat er gesagt, ich solle mich nicht so anstellen und alles so tierisch ernst nehmen. Das hat mir auch gelangt, und dann noch seine Wehleidigkeit. Solche Männer sind mir ein

Greuel, die sich erst betrinken und dann herumjammern und bemitleidet werden wollen.«

»Fehlt ihm sonst nichts?«

»Nein, ich sollte Händchen halten, aber den Gefallen habe ich ihm nicht getan. Er schmeißt auch alle in einen Topf. Ich weiß schon, warum Felicia so an Lutz hängt, er ist wenigstens ein richtiger Mann.«

Anemone unterdrückte ein Lächeln, aber im Innern war sie heilfroh, daß Jasmin nun wieder redete. Sicher hatte sie das erst verarbeiten müssen, aber daraus konnte man auch schließen, daß ihre Erfahrungen mit Männern bisher auf Jens begrenzt waren.

»Willst du die Filmerei wieder an den Nagel hängen, Jasmin?« fragte sie.

»Eigentlich nicht, aber wenn mein Standpunkt nicht akzeptiert wird, muß ich Konsequenzen ziehen. Es fehlt noch, daß immer wieder in den Zeitungen steht, daß ich Francos liebstes Kind bin.«

»Es steht aber nicht drin, ich habe es gestern gelesen«, lachte Anemone. »Man nennt es Publicity.«

»Darauf pfeife ich. Ich bin keine Brink, ich bin eine Heidebrink.«

»Recht so, ich höre es gern.«

Jasmin küßte sie auf die Wange. »Ich bin froh, daß ich mit dir reden kann und du einen so tollen Mann kriegst.«

»Es freut mich, daß du mit ihm einverstanden bist.«

»Wird da über mich geredet?« fragte Phil, der sich nun bemerkbar machte.

»Du kannst es ruhig hören«, erwiderte Jasmin fröhlich. »Ich bin mit meinem Schwager sehr einverstanden.«

»Das ist sehr beruhigend. Wenn du einen Beschützer brauchst, laß es mich wissen.«

»Würdest du ihn mir mal für eine Stunde ausleihen, Mone?«

»Kommt darauf an, wozu du ihn brauchst.«

»Er soll mich nur mal zum Studio bringen, damit der Hampelmann Strobeck sieht, was ich für einen guten Geschmack habe.«

Phil und Anemone lachten. »Na, das könnte man ja mal machen«, sagte er.

»Würdest du das wirklich tun?«

»Warum nicht? Mone geht mit Kathrin zum Arzt, und ich treffe mich mit Fabian. Wann mußt du im Studio sein?«

»Um zehn Uhr.«

»Dann bringe ich dich hin.«

»Aber es wird kein Dauerzustand«, warf Anemone ein.

»Wir sind dann ja in Frankfurt.«

»Wieso?«fragte Jasmin verblüfft.

»Das kann dir Phil erklären.«

Aber nicht zu genau, sagte der Blick, den Anemone ihm zuwarf.

Als die beiden aus dem Haus waren, rief Anemone in der Praxis an. Dorthe sagte, daß zwar viel zu tun sei, aber sie könnten kommen, wenn es dringend sei.

Anemone konnte das beklemmende Gefühl nicht loswerden, daß um Kathrin eine große Gemeinheit im Gange war, aber was war der wirkliche Grund? Was hatte Harry Zellermayer und die Leute um ihn zu fürchten? Steckte er wirklich dahinter? Anemone dachte logisch. Sie konnte sich nicht vorstellen, daß sich Harry ins eigene Fleisch schneiden würde, was doch der Fall war, wenn die Firma in Schwierigkeiten geriet.

Im Geschäftsleben mußte man aber immer mit Schwierigkeiten rechnen, das wußte Anemone schon sehr gut, obwohl sie noch jung war und noch nicht lange im Berufsleben stand. Aber sie hatte ein ganz besonderes Gespür, weshalb sie sich auch so schnell behaupten konnte. Und der Gedanke, diesen Intrigen auf die Spur zu kommen, faszinierte sie.

Als sie Kathrin abholte, sprach sie davon aber nicht. Sie gab sich ganz optimistisch, als Kathrin gleich Bedenken gegen ihren Einsatz vorbrachte.

»Mach dir keine Gedanken, ich habe schon einige Erfahrungen mit hinterlistigen Leuten«, sagte sie. »Wir werden erst einmal sehen, wie die Beteiligten darauf reagieren, daß du dich wegen Krankheit zurückziehst.«

»Es gefällt mir aber nicht, daß du möglicherweise die neue Zielscheibe wirst.«

»Ich komme auf die ganz naive Tour, das kann ich auch. Wenn du mich einführst, sagst du nur, daß du aus persönlichen Gründen aus der Firmenleitung ausscheidest, alles andere überläßt du Phil. Dieser Heimlichtuer hat mir doch lange verschwiegen, was ihr mit dieser Firma wirklich zu tun habt.«

»Du hättest nur im Handelsregister nachschauen müssen«, sagte Kathrin lächelnd.

»Auf den Gedanken wäre ich nie gekommen. Für mich war Phil ein Mann mit einem verrückten Beruf, durch den ich in meinen Gefühlen verunsichert wurde.«

»Warum?«

»Es erschien mir zu abenteuerlich, und ich dachte, daß ein Mann mit diesem Beruf nicht beständig sein könnte. Wenn ich eine feste Bindung eingehe, möchte ich auch ein Familienleben haben. Diesbezüglich bin ich altmodisch, sogar romantisch. Es hat mich dann sehr überrascht, daß er mir zuliebe mit der Fliegerei aufhören wollte.«

»Er liebt dich sehr«, sagte Kathrin leise. »Ich habe ihm das auch nicht zugetraut, aber ich bin sehr froh. Warum hast du eine solche Aversion gegen die Fliegerei?«

»Meine Großeltern, Mamis Eltern, kamen ums Leben, als ein Flugzeug auf ihr Haus stürzte. Ich habe sie nicht kennengelernt, aber für Mami war es schrecklich.«

»Das glaube ich.«

»Mein Vater kam dann auch durch einen Unfall ums Leben«, fuhr Anemone fort. »Da denkt man doch unwillkürlich, daß man verfolgt wird von solchen Tragödien. Natürlich sage ich mir auch, daß so was immer wieder passieren kann, aber nicht passieren muß, wenn man einen Menschen liebt, möchte man doch auch nicht ständig denken, daß er in Gefahr schwebt. Und deshalb kann ich Fabian auch sehr gut verstehen, daß er dich nicht in Gefahr wissen will.«

»Mir ist es nur unheimlich, weil ich nicht weiß, worauf das eigentlich abzielt.«

»Wahrscheinlich hat man Grund, dich zu fürchten. Du bist klug, du hast Durchblick, vielleicht hast du mal eine Bemerkung gemacht, die so verstanden wurde, daß du in gewisser Beziehung etwas zu unternehmen gedenkst.«

»Guter Gott, da bringst du mich auf eine Idee! Ich habe tatsächlich einmal mit Harry über eine Handelsgesellschaft gesprochen, zu der er Verbindungen angeknüpft hat. Ich habe ihn gefragt, ob er sie hat überprüfen lassen, da sie mir nicht bekannt war. Er hat mir dann ohne Aufforderung einen umfassenden Bericht vorgelegt, der die Liquidität ausführlich beschrieb, und er sagte mir, daß Bedenken überflüssig wären. Sollte dieser Bericht etwa getürkt gewesen sein?«

»Ist schon möglich. Nun, Phil und Fabian werden das herausfinden, du mußt mit ihnen sprechen.«

»Ich habe gar nicht mehr daran gedacht. Du hast mich darauf gebracht. Du bist clever, Mone.«

»Das war ich schon immer«, erwiderte sie lachend. »Und man braucht es heutzutage, wenn man weiterkommen will.«

Wenig später betraten sie die Praxis von Dr. Norden. Dorthe führte sie gleich ins Untersuchungszimmer. Zwei Patienten wollte Dr. Norden noch behandeln, aber die bekamen nur Injektionen und danach Bestrahlungen.

Es erging Kathrin nicht anders als den meisten Menschen auch, die Dr. Norden kennenlernten. Sie war beeindruckt.

Anemone stellte Kathrin als ihre zukünftige Schwägerin vor, und sie zwinkerte ihm dabei ein bißchen zu. In seinen Augen blitzte es auf.

Dann befaßte er sich ganz konzentriert mit Kathrin, nahm Blut ab, maß Blutdruck und Puls, stellte ihr gezielte Fragen, und da sagte Anemone, sie müsse auch von den Zwischenfällen erzählen, die sich auf ihre Gesundheit ausgewirkt hätten.

Dr. Nordens Gesicht bekam einen nachdenklichen Ausdruck. »Wie lange waren Sie bewußtlos bei diesen Begebenheiten?« fragte er.

»Das kann ich nicht genau sagen, aber es dürften nicht weniger als sechs Stunden gewesen sein, da der Morgen schon dämmerte, als ich zu mir kam.«

»In einer Klinik?«

»O nein in meinem Hotelzimmer. Dorthin hatte man mich gebracht.«

»Aber es wurde doch ein Arzt gerufen?«

»Der Hotelarzt. Er meinte, ich hätte wohl irgendwelche Tabletten genommen und Alkohol getrunken. Er sah mich ungläubig an, als ich ihm sagte, daß ich keine Tabletten nehme. Er glaubte mir wohl nicht.«

»Manche leugnen es im Nachhinein, aber wie Sie es mir schildern, scheint Ihnen jemand sogenannte K.o.-Tropfen ins Getränk geschüttet zu haben. Es ist natürlich schwer, im Nachhinein festzustellen, wann das geschah, und wer es war.«

»Genauso wenig weiß ich, wer bei mir einbrach und wer an meinen Autobremsen manipuliert hat. Ich war so vorsichtig geworden, aber wie man sieht, kann man nicht an alles denken und die Augen nicht überall haben. Ich fühle mich seither wirklich nicht gut, aber vielleicht ist das nur nervlich oder psychisch bedingt.«

»Wir werden es sicher genau feststellen können, wenn wir die Befunde haben«, sagte Dr. Norden. »Ich werde Sie anrufen, wenn ich die habe, wahrscheinlich morgen im Laufe des Tages.«

»Das wäre mir sehr angenehm, wir wollen am Montag nach Frankfurt fahren.«

»Ich werde dort für einige Zeit arbeiten«, warf Anemone ein.

Daniel Norden war konsterniert. »Jetzt?« entfuhr es ihm.

»Es ist sehr wichtig. Wir wollen es besser für uns behalten, damit Mami sich keine Gedanken macht.«

»Anemone soll sich Einblick in unsere Firma verschaffen«, erklärte Kathrin.

Daniel konnte Fee wieder etwas erzählen, was sie interessierte. »Eine gute Partie scheint Anemone ja zu machen«, meinte sie, »aber hoffentlich bleibt sie von Angriffen verschont. Während der Schwangerschaft sollten Aufregungen eigentlich vermieden werden.«

»Sie hat ihren Kopf für sich, da nutzen keine Ermahnungen. Aber sie ist auch intelligent genug, um wachsam zu sein ,und vorgewarnt ist sie auch.«

Aber wenn sie eine Familie so lange kannten und die Kinder hatten heranwachsen sehen, nahmen sie auch Anteil an allem, was bei ihnen geschah, und weil sie erst kürzlich solche Sorgen um Carola gehabt hatten, waren sie natürlich auch darauf bedacht, von ihr alles fernzuhalten, was ihre Genesung gefährden konnte.

~

Kathrin und Anemone machten noch einen Einkaufsbummel, und dann trafen sie sich mit Phil und Fabian zum Essen im »Don Pedro«. Die beiden Männer hatten schon ein ernstes Gespräch geführt, aber nun erzählte Phil erst einmal amüsiert, wie eingehend man ihn unter die Lupe genommen hatte, als er Jasmin zum Studio brachte.

»War Franco denn anwesend?« fragte Anemone.

»Er kam, aber ich kann nicht sagen, daß er gutgelaunt gewesen wäre. Er ist nicht mein Fall. Felicia ist ganz anders. Und dieser Strobeck ist ein eingebildeter Heini und hat blöd geguckt. Jasmin war obenauf. Sie ist halt doch noch ein rechter Kindskopf.«

»Aber sie weiß schon, wie sie es anfangen muß, um die Männer zu irritieren«, sagte Anemone.

Am Abend berichtete Jasmin aufgekratzt, daß ihr Manöver durchschlagenden Erfolg gehabt hätte.

»Erst wollte Strobeck noch anzügliche Bemerkungen machen, aber dann habe ich ihm den Unterschied zwischen einem Gentleman und einem Flegel erklärt, und das hat dann doch gewirkt, weil ich die Lacher auf meiner Seite hatte. Auch Franco weiß jetzt, wie der Hase läuft und woran er bei mir ist. So wild bin ich nun auch nicht darauf, Karriere zu machen, daß ich mir alles gefallen lasse. Und wie die andern möchte ich schon gar nicht sein.«

»Das hast du auch nicht nötig«, sagte Phil.

Am Sonntag kamen Lutz und Felicia zurück. Gut erholt und sonnengebräunt und so verliebt, daß man gar keine Fragen zu stellen brauchte, wie es denn gewesen sei. Lutz brachte Felicia dann nach Hause und kam erst gegen Mitternacht zurück. Erst da sagten sie ihm, daß sie morgen nach Frankfurt fahren würden.

»Du auch, Mone?« fragte er verwirrt.

»Ja, ich auch, es geht um die Firma.

»Um welche Firma?«

»Steiner und Zellermayer«, sagte Phil.

»Gibt es Schwierigkeiten?«

»Wir wollen es herausfinden.«

»Wissen Mami und Jonas schon Bescheid?«

»Nein, und sie brauchen es vorerst auch nicht zu erfahren. Ich bin sonst ja auch beruflich unterwegs. Und ich werde sie anrufen. Sie sollen sich erholen und durch nichts gestört werden.«

»So denke ich auch«, erwiderte Lutz. »Kann ich irgendwie behilflich sein?«

Phil überlegte kurz. »Wenn du Zeit hast, schon. Wir haben hier ein Verkaufsbüro. Ich gebe dir eine Namensliste. Kannst du veranlassen, daß diese Leute diskret überprüft werden?«

»Nichts leichter als das. Weigelt ist eine ausgezeichnet Auskunftei. Jonas ist da bekannt.«

»Und der Name Steiner wird dabei gar nicht genannt?«

»Da kannst du ganz sicher sein. Diskretion Ehrensache. Aber es wird allerhand kosten.«

»Hast du ein Konto?«

»Na klar, aber da wird momentan nicht viel drauf sein.«

»Ich gebe dir einen Scheck, den zahlst du ein, und dann gibst du von dir eine Anzahlung für die Auskunftei.«

»Und wenn nichts dabei herauskommt?«

»Vorsicht ist immer besser. Wir bleiben in telefonischer Verbindung, Lutz. Und bitte, zu niemand ein Wort.«

»Ist doch selbstverständlich.«

»Und du kümmerst dich auch ein bißchen um Jasmin, Lutz«, bat Anemone.

»Du kannst unbesorgt sein, sie wird bestimmt viel mit Felicia zusammen sein. Es scheint Schwung ins Heidebrinksche Leben zu kommen.«

»Als ob es bisher langweilig gewesen wäre«, meinte Anemone mit nachsichtigem Spott.

∼

Beim Frühstück sagte Carola zu Jonas, daß ihr die Zeit viel zu schnell vergehe.

»Und es geht auch mal ohne die Kinder«, scherzte er.

»Ich konnte es mir nicht vorstellen, aber ich kann hier wirklich abschalten. Was für einen Tag haben wir heute?«

»Montag, und der Kalenderspruch lautet: Prüfet alles, und behaltet das Beste.«

Sie schenkte ihm ein Lächeln. »Den Besten müßte es für mich heißen.«

»Und wieviel hast du geprüft, Liebes?« scherzte er.

»Du weißt doch genau, daß es nach Jochen keinen andern als dich gab.«

»Wofür ich sehr dankbar bin. Wie sehr habe ich mir immer gewünscht, Tag und Nacht mit dir zusammen zu sein.«

»Ich hätte nie gedacht, daß ich nach dieser Operation wieder so unbeschwert das Leben genießen könnte, Jon. Aber du hast mir die Kraft dazu eingeflößt.«

»Ich habe dich nur ein bißchen aufgemuntert. Die Kraft kommt aus dir selbst, und außerdem habe ich das Gefühl, daß hier wirklich geheimnisvolle Kräfte walten.«

»Das Quellwasser trägt dazu bei, davon bin ich überzeugt. Die Quelle der Liebe bewirkt Wunder. Wie deine Liebe, Jon.«

Mit leuchtenden Augen blickte sie ihn an. Er nahm ihre Hand und drückte sie an seine Wange.

Es machte ihn glücklich, daß ihre Gedanken nicht mehr ständig zu Hause bei den Kindern weilten, daß sie sich so völlig entspannte und jeden Tag genoß. Es herrschte zwischen ihnen ein solcher Gleichklang, daß es beglückender gar nicht sein konnte.

Und als Jasmin gegen Mittag anrief, stellte sie auch gar keine drängenden Fragen, als Jasmin sagte, daß Phil und Anemone beruflich unterwegs wären.

Sie hörte nur zu, was Jasmin erzählte und meinte dann zu Jonas: »Die Kinder kommen glänzend ohne mich aus. Wozu habe ich mir eigentlich immer so viele Gedanken gemacht?«

»Weil du eine liebevolle Mutter bist, aber nun darfst du auch mal an dich denken, Roli. Das ändert nichts, daß der Zusammenhalt da ist und immer bleiben wird.«

»Es ist schön, daß sie dich auch so mögen.«

»Sonst hätte ich ja keine Chance gehabt«, lächelte er.

~

In Frankfurt angekommen, waren Phil und Anemone noch guter Stimmung, während Kathrin und Fabian schon voller Spannung waren. Phil wollte alles sowieso locker angehen, aber er hatte zu Harry immer eine sehr distanzierte und kritische Einstellung gehabt.

Sie hatten sich auf den Überraschungseffekt geeinigt. Zuerst sollte Kathrin mit Anemone dort in Erscheinung treten, und morgen erst Phil und Fabian.

Sie aßen noch gemeinsam zu Mittag, dann fuhren Kathrin und Anemone zum Verwaltungsgebäude der Firma. Es war ein großer moderner Neubau.

»Ich blicke immer noch nicht ganz durch, was ihr produziert, Kathrin«, sagte Anemone.

»Wir produzieren hier gar nicht, wir lassen produzieren. Es ist weltweiter Handel. Wir haben ein paar kleine Fabriken, die uns auch gehören und sind an anderen beteiligt, aber die Fäden werden hier zusammengehalten, in Genf, in Sydney und in München. Es ist ganz gut, wenn du anfangs nicht soviel weißt, dann brauchst du dich nicht zu verstellen, aber du wirst bald dahinterkommen, wie alles läuft.«

»Und Phil? Wird er sich zurechtfinden?«

»Er ist ein Fuchs, aber er kann ja andere für sich arbeiten lassen. Man darf ihn nicht unterschätzen. Er hat mich nur immer vorgeschoben, weil er andere Ambitionen hatte.«

Sie fuhren mit dem Lift zum fünften Stockwerk, und als sie dort ausstiegen, stand Harry Zellermayer vor ihnen. Intuitiv wußte Anemone, daß er es war, als sie in dieses fassungslose Gesicht blickte, das dann rot anlief. Eine ganze Skala von Empfindungen drückte dieses breite, verlebte Gesicht aus. Die kalten, wässrigblauen Augen waren weit aufgerissen.

»Kathrin, wo kommst du denn her?« fragte er mit klirrender Stimme.

»Aus Sydney.«

»Aber ich hörte, daß du schon vor Neujahr verreist bist. Ich war konsterniert, du hättest es mir mitteilen müssen.«

»Das wollte ich, aber ich konnte dich nicht erreichen. Ich war krank.«

»Oh, das tut mir leid, was fehlt dir?«

»Einiges, ich muß einige Zeit ausruhen.

»Möchtest du mich nicht deiner Begleiterin bekannt machen?«
fragte er hastig, wohl um Zeit zu gewinnen.

»Meine Sekretärin, Frau Heidebrink. Ich habe sie eingestellt,
weil ich sicher einige Wochen fern sein werde und sie mich über
alles Wichtige informieren soll.«

Harry war völlig aus dem Konzept gebracht. Man konnte auch
sagen, daß er die Fassung verloren hatte.

»Ich bin momentan sehr in Eile, vielleicht können wir uns
später noch unterhalten. Das sind ja unerfreuliche Neuigkeiten. Aber du wirst deine Sekretärin sicher noch einarbeiten wollen.«

»Ja, das habe ich vor. Laß dich nicht aufhalten. Ist meine
Abteilung vollzählig?«

»Wohl nicht ganz. Sprich mit Rowe. Bis nachher.«

»Ziemlich aufgeregt«, raunte Kathrin Anemone zu. »Er hat erst
mal einen Schock weg. Er hat hier nicht mit mir gerechnet.«

»Ich würde ihm nie trauen«, sagte Anemone.

»Mir ist es auch schleierhaft, wieso er Erfolg bei Frauen hat.«

»Geld zieht immer an.«

»Ja, wenn man es aus der Sicht betrachtet...« Sie schwieg abrupt, denn aus einer Tür trat ein älterer Mann, mittelgroß und
ziemlich korpulent.

Er blieb wie festgenagelt stehen und starrte Kathrin an.

»Frau Steiner«, sagte er staunend.

»Ich bin kein Geist, Herr Rowe. Zellermayer hat mich auch
schon so angestarrt. Aber ich bin es wirklich.«

»Hier ging das Gerücht, Sie wären verschollen, es wäre wohl
etwas passiert.«

»Vielleicht war der Wunsch der Vater des Gedankens«, sagte
Kathrin spöttisch. »Man weiß wohl nicht, wer dieses Gerücht in
die Welt setzte?«

»Herr Zellermayer hat wohl mit Australien telefoniert«, erwiderte Rowe stockend. »Es tut mir leid, Frau Steiner, ich war
sehr deprimiert. Heute fand so eine Art Krisensitzung statt. Der

Chef hat bestimmt, daß Herr Morgan Ihre Abteilung übernimmt.«

»Wie gut, daß ich zur rechten Zeit zurück bin. Ich bin hier der Chef, wenn das bisher noch nicht zur Kenntnis genommen wurde. Zumindest zu sechzig Prozent.« Ihre Stimme war eisig, und Anemone war richtig erschrocken. »Und morgen übernimmt mein Bruder diesen Posten, oder noch besser, ich rufe ihn gleich an. Inzwischen können Sie sich mit meiner Sekretärin, Frau Heidebrink, bekannt machen, Herr Rowe. Ist Herr Morgan schon im Hause?«

»Er wird wohl gerade mit Herrn Zellermayer sprechen«, erwiderte Rowe tonlos. »Ich habe damit doch eigentlich gar nichts zu tun.«

Anemone lernte Kathrin nun von jener Seite kennen, die Respekt, wohl auch manchem Furcht einflößte, und sie wußte nun auch, warum Phil sie als sehr schwierig bezeichnet hatte.

Phil geriet nun doch in Aufregung, als ihn Kathrins Anruf im Hotel erreichte. Und noch mehr regte sich dann natürlich Fabian auf. Sie fuhren sofort los.

In den Büros herrschte indessen fast ein Chaos. Niemand wußte was eigentlich los war, aber Kathrins Erscheinen brachte auch den meisten Erleichterung. Man wunderte sich nur, daß sie eine fremde Sekretärin mitgebracht hatte.

Kathrin berief sofort eine Konferenz ein. Es lief nun zwar alles anders wie geplant, aber sie ließ sich dadurch nicht aus der Fassung bringen. Aber es war allen ganz offensichtlich, daß Harry Zellermayer sich in seiner Haut nicht wohl fühlte. Derek Morgan trat nicht in Erscheinung. Harry kam mit der vagen Erklärung, daß er ja nur für den Notfall eingesetzt werden sollte.

Als dann Phil und Fabian erschienen, schien Harry zusammenzuschrumpfen. Phil betrachtete ihn von oben herab.

»Vielleicht hast du vergessen, daß ich auch Teilhaber bin«, sagte er scharf. »Von jetzt an werde ich meine Rechte und Pflichten wahrnehmen.«

Die meisten saßen mit betretenen Mienen am Tisch. Kathrin war die Ruhe selbst, als sie zu reden begann, aber ihre Miene verhieß nichts Gutes.

»Um es vorweg zu sagen, offiziell sollte ich ja erst am Fünfzehnten wieder in Frankfurt sein. Eine Besetzung meines Postens stand deshalb gar nicht zur Debatte, außerdem hätte Herr Zellermayer sich diesbezüglich erst mit meinem Bruder oder Herrn Dr. Rombach in Verbindung setzen müssen.«

»Du verstehst das alles ganz falsch, Kathrin«, warf Harry erregt ein.

»Ich verstehe das ganz richtig. Es scheint jemand Mitteilung gemacht zu haben, daß ich Opfer eines tragischen Autounfalls wurde, bei dem der Teufel im Spiele war. Aber ich hatte einen Schutzengel, wie schon einige Male vorher ...«

»Ich weiß nicht, wovon du redest.« Harrys Gesicht hatte eine blaurote Farbe angenommen, was Kathrin zu der sarkastischen Bemerkung veranlaßte, daß er sich vielleicht auch mal gründlich untersuchen lassen solle, um einen Schlaganfall zu vermeiden.

»Ich werde es dir noch genau erklären«, sagte sie verächtlich. »Es wird über manches geredet werden müssen. Ich muß jetzt an meine Gesundheit denken und werde mich in ein Sanatorium begeben. Ich kann das beruhigt tun, weil mein Bruder und Dr. Rombach sich mit dem derzeitigen Stand der Geschäfte befassen werden, und da du mit deinen vierzig Prozent in der Minderheit bist, Harry, wirst du dir auch gefallen lassen müssen, daß von jetzt an alles offengelegt wird.«

»Ich habe nichts zu verbergen«, sagte Harry, aber es klang kläglich.

»Dann wirst du wohl auch nichts dagegen haben, daß morgen die Buchprüfer kommen«, warf Phil ein. »Ich möchte nämlich ganz genau wissen, was hier abläuft, bevor ich meinen Namen unter einen Vertrag setze.«

»Du hast doch von Tuten und Blasen keine Ahnung«, brauste

Harry auf, aber die blanke Angst schien ihm im Nacken zu sitzen, denn Schweißtropfen bildeten sich auf seiner Stirn.

»Das wird sich herausstellen«, sagte Phil spöttisch. »Aber das steht auch noch nicht zur Diskussion. Wir haben Grund zu der Annahme, daß jemand großes Interesse hatte, Kathrin aus dem Weg zu räumen, auch das wird publik werden.«

»Du willst mir das doch nicht anhängen!« stieß Harry hervor. »Ich werde dich wegen Verleumdung verklagen!«

»Ich habe zwar nichts dergleichen gesagt, aber es steht dir frei, gegen mich vorzugehen, wie immer du willst. Ich meine, man braucht nicht so zu reagieren, wenn man ein reines Gewissen hat.«

»Ich weiß überhaupt nicht, was das alles soll«, sagte Harry nun nach einem tiefen Atemzug. »Wir sollten uns doch wahrhaftig freundschaftlich verhalten können. Schließlich sind wir verwandt.«

Phil lächelte anzüglich zu Kathrin herüber, die jetzt nichts mehr sagte. Sie war wieder sehr blaß. Fabian beugte sich besorgt zu ihr.

»Ich möchte jetzt gehen«, sagte sie leise. »Sonst passiert heute noch ein Unglück.«

Auch ihre Beherrschung hatte ihre Grenzen. Phil nickte ihr zu und richtete dann das Wort an Harry. »Unterhalten wir uns unter vier Augen«, schlug er vor.

»Nur unter Zeugen«, sagte Harry mit sich überschlagender Stimme.

»Wie du willst, wir können es auch auf Band aufnehmen, damit es später keine Unklarheiten gibt.«

Phil war eiskalt und völlig ruhig.

»Morgen!« zischte Harry.

»Heute und sofort«, erklärte Phil gelassen. »Wen bestimmst du?«

Harrys Blick irrte um den Tisch, aber er sah nur sechs abweisende Mienen.

»Ich werde Morgan rufen«, sagte er.

»Wie du willst. Dr. Rombach wird zugegen sein.« Die anderen Anwesenden atmeten hörbar auf, was die Stimmung verriet, die unter ihnen herrschte.

Kathrin war unterdessen mit Anemone in ihr Büro gegangen. Es war aufgeräumt, aber einiges verriet doch, daß jemand hier herumgesucht hatte.

»Ich habe das Gefühl, daß es heute noch einen großen Knall gibt«, sagte Kathrin, nachdem sie ein paar Schluck Wasser getrunken hatte. »Aber vielleicht ist es besser so. Man hat jedenfalls fest damit gerechnet, daß ich verschollen bleibe.«

»Aber wieso, Kathrin?«

»Ich bin ja sang- und klanglos aus Sydney verschwunden. Das Versagen der Bremsen war der Auslöser. Ich hatte tatsächlich einen Schock. Ich hätte tot sein können. Ein junger Mann hatte mir geholfen. Der Wagen war schwer beschädigt. Ich habe ihn stehen lassen und meinem Helfer gesagt, er könne damit machen, was er wolle, wenn er mir helfen würde zum Airport zu kommen. Ich habe davon noch nichts gesagt, damit Fabian sich nicht noch mehr aufregt. Er weiß nicht, daß das erst kurz vor meinem Abflug passierte.«

»Und niemand hat das bemerkt?« fragte Anemone.

»Du kennst unsere Straßen nicht. Es ist kein so dichter Verkehr außerhalb der Städte, und die meisten fahren sehr schnell, ohne rechts noch links zu schauen. Es war gut, daß ich an einer günstigen Stelle merkte, daß die Bremsen blockiert waren. Es war freies Feld zur Linken, und so gelang es mir, den Wagen solange unter Kontrolle zu halten, bis ich das Stroh vor mir sah. Ich glaube, ich habe gar nichts mehr gedacht. Ich hatte nur eine entsetzliche Wut in mir, und ich wollte nicht sterben. Ich habe vom Airport aus Fabian ein Telegramm geschickt, daß er mich in Rom treffen soll, und jetzt weiß ich, wie gut der impulsive Entschluß war, sonst niemandem Nachricht zu geben.«

»Phil hatte Silvester in Sydney angerufen. Man sagte, du wärest verreist.«

»Das nahm man auch an, aber diejenigen, die mir das einge-brockt haben, meinten wohl, daß ihr Plan gelungen sei. Du hast es ja bemerkt, daß Harry mich anstarrte, als wäre ich ein Geist.« Sie lachte auf. »Fabian nennt mich häufig Kätzchen, und ich glaube jetzt auch, daß ich sieben Leben habe, wie eine Katze.«

Anemone blieb ernst. »Es ist teuflisch, was da ausgeheckt wur-de. Sollen wir nicht doch die Polizei einschalten, Kathrin?«

»Was würde das jetzt nutzen? Hier ist mir noch nichts passiert. Mal sehen, was sie aus ihrer Trickkiste noch hervorzuzaubern. Aber daß Morgan hier ist, verrät doch schon einiges. Ich bin gespannt, wann Tanja Dreiken auftaucht. Sie wird natürlich mißtrauisch sein, denn sie wird erfahren, daß Fabian und ich gleichzeitig her-gekommen sind.«

»Vielleicht macht sie sich an Phil heran, den kennt sie doch auch, und sie kann nicht ahnen, daß wir verbandelt sind.«

»Sie ist ein gefährliches Weib, Mone. Man darf sie nicht unter-schätzen. Sie ist schlau genug, sich nicht erwischen zu lassen.«

»Aber du bist hier, und damit wurde nicht gerechnet, und es besteht Anlaß für diese Leute, dich zu fürchten. Wie heißt die Firma, über die du dich informieren ließest?«

»Abucon.« Kathrins Blick schweifte in die Ferne. »Damit könnte es zusammenhängen. Ich muß Phil verständigen, bevor das Gespräch mit Harry stattfindet.«

Sie griff zum Telefonhörer. Doch bevor sie eine Nummer wählen konnte, erschien Fabian.

»Der Krieg wird gleich beginnen«, sagte er. »Phil läuft zur Bestform auf, und Harry wird immer nervöser.«

»Ich muß dir noch ein paar Instruktionen geben«, sagte Kathrin hastig. »Ihr müßt unbedingt bei der Firma Abucon ein-haken.«

Sie erklärte es ihm, aber inzwischen läutete auch das Telefon. Kathrin gab Anemone einen Wink, daß sie sich melden solle, was sie auch tat.

»Büro Frau Steiner, Heidebrink«, sagte sie. »Ich bin die neue

Sekretärin. Frau Steiner ist momentan nicht zu sprechen. Ist es so dringend? Wie ist Ihr Name, bitte? Dreiken? Gut, ich werde versuchen, Frau Steiner zu finden. Bleiben Sie in der Leitung.« Ganz sachlich hatte Anemone gesprochen, obgleich das hastige Gerede der anderen Emotionen in ihr geweckt hatte.

Kathrin hatte zu ihr hinübergeblickt, als der Name Dreiken fiel. Dann nickte sie.

»Warten Sie bitte noch«, sagte Anemone nun wieder, »ich konnte Frau Steiner gerade noch erreichen. Sie wird sich gleich melden. Ich verbinde.«

»Gut gemacht«, sagte Fabian leise zu ihr.

»Ja, was wünschst du?« fragte Kathrin indessen. Sie hatte auf Mikrophon gestellt, damit Mone und Fabian gleich mithören konnten.

»Ich muß dich unbedingt sprechen, Kathrin. Es ist sehr wichtig und dringend. Ich kann dir einiges erzählen, was dich interessieren wird, aber ich muß dich um vollste Diskretion bitten.«

»Wann und wo?« fragte Kathrin.

»Bei Marcello, es ist ja nicht weit.«

»Ja, ich weiß Bescheid. In einer halben Stunde?«

»Geht es nicht gleich?« fragte Tanja.

»Ich muß der Neuen erst sagen, was sie zu tun hat. Ich brauche etwa zehn Minuten.«

Als sie den Hörer aufgelegt hatte, sagte sie: »Jetzt bin ich wirklich gespannt.«

»Sie startet die nächste Gemeinheit«, sagte Fabian warnend.

»Ich bin gespannt, aber jetzt weiß ich Bescheid und lasse sie nicht aus den Augen...«

»Ich bin skeptisch, Kathrin«, sagte Fabian besorgt.

»Nur keine Bange.«

»Sie wird bei Marcello wohl nicht versuchen, dir etwas ins Getränk zu schütten«, sagte er.

»Sie wird sich etwas anderes einfallen lassen. Vielleicht will sie sich nur bei mir einschmeicheln.«

Fabian sah nun Anemone eindringlich an. Sie nickte unmerklich. Sie hatte verstanden, was er sagen wollte, nämlich: Laß sie nicht allein.

Sie verließ dann auch kurz nach Kathrin das Büro. Da lief ihr Rowe in den Weg.

»Gehen Sie schon?« fragte er, und offensichtlich war er mißtrauisch.

»Ich muß etwas für Frau Steiner besorgen«, erwiderte sie. Ob wenigstens ihm zu trauen ist, fragte sie sich. Er war so ein Typ, den man nicht gleich durchschauen konnte. Er wirkte so bieder, aber das waren ja manchmal gerade die Schlimmsten.

Sonst wurde sie aber von niemandem aufgehalten, und erst als sie ganz außer Sichtweite war, fragte sie einen Passanten nach »Marcello«. Es waren nur fünfzig Meter bis dorthin. Es sah einladend aus von außen, nicht billig.

Anemone konnte durch ein Fenster sehen, wie Tanja auf Kathrin einredete. Sie standen noch. Anemone sah aber noch mehr. Tanja deutete auf einen Tisch und schien nach Kathrins Arm zu greifen, und dabei ließ sie blitzschnell etwas in deren Jackentasche gleiten.

Anemone hielt den Atem an. Litt sie schon an Halluzinationen, oder hatte sie sich getäuscht? Kathrin schien nichts bemerkt zu haben. Sie setzte sich, aber vorher hängte sie ihre Jacke über die Stuhllehne.

Anemone überlegte nur kurz, dann ging sie schnell auf den Eingang zu. Ihre Gedanken überstürzten sich, denn sie wußte nicht, was sie denken und was es bedeuten sollte, wenn Tanja wirklich etwas in Kathrins Tasche gesteckt hatte.

Tanja war eine Frau von exotischem Aussehen. Bestimmt ein Typ, der Männern gefiel. Sie wirkte aufreizend, das hatte Anemone mit einem Blick festgestellt. Als sie das Restaurant betrat, sah Kathrin auf. Sie schien verwundert.

Anemone schüttelte leicht den Kopf, um ihr zu verstehen zu geben, daß sie anonym bleiben wolle, und Kathrin schien es zu begreifen. Sie blieb auch gelassen, als Anemone dicht an ihrem Stuhl vorbeiging und dabei die Jacke herunterstreifte.

Tanja dagegen sagte: »Können Sie nicht aufpassen?«

»Ich bitte vielmals um Entschuldigung«, sagte Anemone, »es ist doch nichts weiter passiert.« Aber sie merkte, daß Tanja sichtlich erregt war.

Nach diesem kurzen Zwischenspiel, das für Anemone erfolgreich ausgegangen war, was aber kein Wimpernzucken verriet, setzte sie sich an einen weit entfernten Tisch, von dem aus sie Kathrin aber im Auge behalten konnte. Leider konnte sie nicht hören, was Tanja sagte.

Die hatte Kathrin schon bei der Begrüßung erklärt, daß sie nicht geahnt hätte, daß Kathrin erst seit heute zurück sei.

»Ich bin nämlich auch erst gestern abend angekommen«, erklärte sie, »und ich muß dir unbedingt einiges erzählen. Wo hast du denn überhaupt gesteckt? Wir haben uns alle schon Sorgen gemacht.«

»Ich hatte einen Unfall und habe es vorgezogen, mich in München behandeln zu lassen«, erwiderte Kathrin gleichmütig.

»In München? Aber warum hast du niemandem gesagt, wo du zu erreichen bist?«

»Wozu? Offiziell wollte ich doch erst Mitte des Monats zurück sein. Ich fühle mich schon seit Wochen nicht wohl und wollte feststellen, woher das kommt.«

»Und weißt du es jetzt?« Tanjas Augen flimmerten.

Kathrin überlegte, wie sie sich am besten verhalten sollte, aber dann dachte sie, daß Angriff eigentlich doch die beste Verteidigung sei.

»Ja, ich weiß es. Es ist ein langsam wirkendes Gift.«

Tanja wirkte überrascht und konsterniert. »Ein langsam wirkendes Gift«, wiederholte sie mit einem entsetzten Ausdruck. »Das ist ja schrecklich!«

»Ich habe es bisher überstanden und werde jetzt entsprechend behandelt, aber ich will mich erst einmal ins Privatleben zurückziehen, nachdem ich auch noch den Unfall hatte.«

»Was war denn damit?«

Noch nie hatte Tanja sich die Mühe gegeben, sich Kathrin gegenüber interessiert und mitfühlend zu zeigen. Allein schon dies mußte Kathrin aufmerksam machen, aber sie tat so, als hätte zwischen ihr und Tanja immer Harmonie geherrscht.

»Ich muß annehmen, daß man es auf mein Leben abgesehen hat«, erklärte sie, »wenn ich auch nicht weiß warum. Aber es wird schon einige Leute geben, denen ich im Weg bin.«

»Du denkst doch nicht etwa an den näheren Kreis«, stieß Tanja hervor. Sie wurde immer nervöser und blickte sich nun auch zur Tür um. Anemone hatte indessen hastig ihren Kaffee ausgetrunken und strebte nun dem Ausgang zu.

»Kommst du jetzt endlich zur Sache, Tanja?« sagte Kathrin ziemlich laut, als Anemone schon halb vorbei war.

Mehr konnte sie nicht hören, aber als sie draußen stand, stiegen gerade zwei Herren aus einem dunklen Wagen und gingen auf das Lokal zu. Anemone durchfuhr ein eisiger Schrecken. Ihre Finger, die das kleine Päckchen in ihrer Tasche umschlossen, wurden ganz steif. Sie wußte momentan nicht, was sie tun sollte, um Kathrin zu helfen, wenn von diesen beiden Männern Gefahr für sie nahte. Und was mochte in dem kleinen Päckchen sein, das Tanja in Kathrins Tasche geschoben hatte? Langsam ging sie zum Lokal zurück und blickte wieder durch das Fenster. Sie sah, daß die beiden Männer bei Kathrin und Tanja standen und mit ihnen sprachen. Dann forderten sie die beiden auf, mit ihnen zu gehen. So entnahm es Anemone den Handbewegungen.

Sie vergaß nun jede Vorsicht, und trat auf die vier zu, als sie aus dem Lokal kamen.

»Kathrin!« rief sie angstvoll.

»Keine Sorge, die Herren sind von der Polizei, Mone. Es handelt sich wohl um ein Mißverständnis.«

Tanja starrte Anemone an. Ihr Mienenspiel verriet Wut. »Diese Person hat sich vorhin an der Jacke zu schaffen gemacht. Sie hat da sicher was herausgenommen!« zischte sie.

Kathrin sah Anemone an.

Der eine der Beamten aber sagte jetzt zu Tanja: »Und woher wissen Sie, daß sich in Frau Steiners Jacke etwas befand?«

Es war ein Schlag ins Gesicht für Tanja, denn sie wußte, daß sie einen Fehler gemacht hatte.

Anemone sagte: »Sie mußte es wissen, weil sie es hineingesteckt hat. Ich habe es gesehen. Ja, ich habe es herausgenommen, weil ich geahnt habe, daß sie wieder etwas gegen Kathrin im Schilde führt. Hier ist das Päckchen.«

»Das sind doch infame Lügen. Sie wollen. nur den Spieß umdrehen!« stieß Tanja hervor.

»Darüber können wir uns auf dem Präsidium unterhalten«, sagte der Beamte, der sich als Inspektor Baumer auswies.

»Könnte ich erst in meiner Firma Bescheid sagen?« fragte Kathrin ruhig. »Es ist ganz in der Nähe, und dort können Sie auch klären wann ich den Anruf von Frau Dreiken bekam, für den ich noch einen Zeugen habe. Frau Heidebrink ist meine Sekretärin, aber auch meine Freundin. Sie hat zuerst mit Frau Dreiken gesprochen.«

»Ich leugne doch gar nicht, daß ich angerufen habe. Ich kenne Frau Steiner schon lange, aber ich weiß nicht, was jetzt gespielt wird. Ich habe ihr nichts in die Jackentasche gesteckt.«

»Aber Sie haben seltsamerweise gewußt, daß sich etwas darin befand«, sagte Inspektor Baumer. »Ist das nicht merkwürdig?«

»Ich sage gar nichts mehr. Das ist ein abgekartetes Spiel.«

»Das denke ich allerdings auch«, erklärte Kathrin eisig. »Und nun ist die Polizei eingeschaltet.«

Anemone zitterte immer noch am ganzen Körper. Sie spürte es, daß sie solchen Aufregungen doch nicht gewachsen war, und sie dachte nun auch an ihr Baby.

Anscheinend schreckte Tanja Dreiken vor nichts zurück. Und

die anderen, die hinter ihr standen? Oder war gar sie die Draht-zieherin? Das jedoch konnte Anemone jetzt nicht glauben, da sich Tanja so schnell selbst verraten hatte, aber man mußte auch in Betracht ziehen, daß sie mit einer solchen Überraschung nicht gerechnet hatte.

In der Firma war noch kein Gespräch zustande gekommen, da Harry Morgan angeblich nicht erreicht hatte. Er hatte es Phil ge-genüber mit der sanften Tour versucht und wieder auf die ver-wandtschaftliche Beziehung gepocht.

»Es mag sein, daß hier manches nicht so gelaufen ist, wie ich es mir vorgestellt habe und wie es für die Firma wünschenswert wäre«, sagte er salbungsvoll, »aber es rechtfertigt doch keine Feindseligkeiten.«

»Von mir gehen keine aus. Ich bin für Sachlichkeit«, konterte Phil. »Fest steht jedoch, daß Kathrin Anfeindungen ausgesetzt wurde, die ins Kriminelle gehen.«

»Würdest du mir das genauer erklären?«

»Aber gern. Es wurde ihr zweimal etwas in Getränke geschüt-tet. Sie war daraufhin stundenlang bewußtlos, aber es wurde nur der Hotelarzt bemüht. Es waren starke Betäubungsmittel.«

»Sie wird Tabletten genommen und Alkohol darauf getrunken haben. Sie wirkte ohnehin gestreßt, als ich sie zuletzt sah. Ich war übrigens bei diesen Zwischenfällen nicht anwesend.«

»Du wußtest aber davon. Dann wurde bei ihr eingebrochen, und zuletzt wurde an ihren Autobremsen manipuliert.«

»Aber sie steht gesund vor uns, und du glaubst ihr alles, wäh-rend du mich jetzt als Bösewicht hinstellst. Aber Schluß der Debatte, morgen geht es weiter.«

»Es geht heute weiter«, sagte Fabian, der eben wieder eintrat. »Es folgt eine Gegenüberstellung mit Tanja.«

Harrys Gesicht nahm eine grünliche Farbe an. »Wieso denn das? Sie ist doch gar nicht hier.«

»O doch, und es sind zwei Kriminalbeamte bei ihr. Ich denke, wir sollten sie alle hereinbitten.«

Tanja hatte ihre Selbstsicherheit verloren, als sie nun hereinge-
führt wurde.

»Du mußt mir helfen, Harry«, schluchzte Tanja sogleich. »Sie
wollen mir etwas anhängen, und ich weiß gar nicht, worum es
geht.«

»Wir wollen einen mysteriösen Sachverhalt aufklären«, sagte
Inspektor Baumer ruhig. »Zuerst bitte ich um Ihre Legitimation.«

Phil hatte einen besorgten Blick auf Kathrin und Anemone geworfen, die nun Platz nehmen konnten.

Dann forderte Insepktor Baumer Fabian auf, von Tanjas Anruf
zu erzählen und wann der stattgefunden hätte. Er sagte fast genau
das gleiche, wie vorher Anemone.

»Wir bekamen um die gleiche Zeit einen Anruf, daß bei Marcello Drogen gehandelt würden, und solchen Anrufen gehen wir
nach, auch wenn sie anonym sind.«

»War es eine Frau?« fragte Phil.

»Nein, es war ein Mann.«

»Und er gab einen Hinweis auf mich?« fragte Kathrin.

»Nein, er sagte es allgemein. Bis dahin war es wohl auch ganz
schlau eingefädelt. Es waren nur wenige Gäste im Lokal, und wir
befaßten uns zuerst mit den beiden Damen, wobei uns gleich das
nervöse Gebaren von Frau Dreiken auffiel, die bereitwillig ihre
Handtasche öffnete und auch sagte, man könne sie ruhig durch-
suchen, während Frau Steiner schockiert reagierte.«

»Ich wußte doch gar nicht, worum es ging«, sagte Kathrin.
»Aber ich sagte dann zu Tanja, ob sie sich wieder mal was ausgedacht hätte, und daraufhin wollte man uns mit auf das Präsidium
nehmen. Jetzt sind wir hier gelandet, weil dann Anemone einge-
griffen hat.«

»Das war abgekartet, ich habe es doch gesagt«, empörte sich
Tanja.

»Ich bin Kathrin nachgegangen, weil ich Angst hatte, daß man
ihr wieder etwas antun würde«, sagte Anemone leise. »Da habe
ich durchs Fenster ins Lokal gesehen und bemerkt, wie Frau

Dreiken Kathrin etwas in die Jackentasche schob. Es war ein kleines Päckchen. Das konnte ich zwar nicht sehen, aber ich bin dann hineingegangen und habe die Jacke im Vorbeigehen von der Stuhllehne gezogen und das Päckchen an mich genommen, als ich sie aufhob. Da hat sich Frau Dreiken schon aufgeführt.«

»Und ich hatte wirklich keine Ahnung«, sagte Kathrin. »Sie muß es sehr geschickt gemacht haben.«

»Es war wohl auch sehr geschickt gemacht, als man dir etwas ins Getränk geschüttet hat«, sagte Phil aggressiv. »Ich erstatte Anzeige gegen Frau Dreiken wegen Mordversuchs an meiner Schwester, zumindest aber Beihilfe, und gegen Herrn Zellermayer erstatte ich Anzeige wegen illegalen Handels mit einer Firma Abucon.«

Er ging wieder mit dem Kopf durch die Wand, aber er hatte durchschlagenden Erfolg. Harry rang nach Luft, faßte sich an die Kehle und sackte dann in seinem Sessel zusammen, und Tanja begann hysterisch zu schreien.

»Hätte es nicht ein bißchen ruhiger abgehen können?« fragte Inspektor Baumer. »Haben Sie Beweise?«

»Da werden wir nicht lange suchen müssen. Aber vielleicht sollte auch Derek Morgan gesucht werden. Und was ist nun in dem Päckchen, das meiner Schwester untergeschoben wurde?«

»Reines Heroin«, erwiderte der Inspektor.

»Vielleicht finden Sie es in größeren Mengen bei der Firma Abucon. Vielleicht auch was anderes. Ich bin ein ehrlicher Mann, ich lasse unseren guten Namen nicht kaputtmachen.«

»Aber ein Diplomat würdest du nie, Bruder«, sagte Kathrin leise.

Harry war inzwischen schon ins Krankenhaus gebracht worden. Er hatte einen Herzinfarkt erlitten.

»Sechsunddreißig Jahre alt und schön völlig kaputt«, sagte Phil, »und wir haben ein großes Reinemachen vor uns. Ein deprimierender Anfang für meine Tätigkeit als Boß.«

»Du bist ja nicht allein«, meinte Kathrin nachsichtig. »Aber mir ist übel, wenn ich über alles nachdenke.«

»Du wirst dich erst einmal auskurieren. Und wir werden eine Nacht darüber schlafen, bevor wir etwas in Angriff nehmen. Sollen sich doch erst die Hüter des Gesetzes mit diesem Schlamassel befassen.«

Man konnte diesen nicht nachsagen, daß sie sich Zeit ließen. Derek Morgan war in seinem Hotel verhaftet worden. Er war völlig überrascht und ahnungslos, was sich vorher schon abgespielt hatte, denn er hatte nur einen Anruf von Harry bekommen, daß er sich ruhig verhalten und sich nicht blicken lassen solle. Er wollte versuchen, sich mit Phil zu einigen.

Tanja war völlig durchgedreht, und weil sie nicht alles allein ausbaden wollte, hatte sie verraten, wo Derek Morgan wohnte. Sie konnte es noch nicht fassen, daß alles schiefgegangen war, was sie doch gemeinsam so schlau eingefädelt hatten, aber es war eine alte Weisheit, daß der Krug nur solange zum Brunnen geht, bis er bricht. Und wie war es mit der Habgier?

»Wir werden ganz schön zu tun haben, um einen Skandal zu vermeiden«, sagte Kathrin deprimiert.

»Wir werden uns von den Namen Zellermayer trennen und von seinen vierzig Prozent«, erklärte Phil. »Wir werden künftig Steiner und Rombach heißen.«

»Du stellst dir das so einfach vor«, sagte Kathrin.

»Wieso, dann fangen wir eben noch mal klein an, aber mit ehrlichen Geschäften.«

»Steiner kann man nichts nachsagen«, begehrte sie auf.

»Nur keine Panik«, warf Fabian ein, »wir werden alles durchrechnen, und die Prüfer werden morgen anrücken.«

»Und wozu haben wir zwei Juristen in der Familie«, sagte Anemone. »Jonas wird bestimmt größte Diskretion walten lassen und raten, wie ihr am besten aus der Misere mit Harry herauskommt.«

»Wenn er nun stirbt?« fragte Fabian. »Wer ist eigentlich sein Erbe?«

»Keine Ahnung, aber hoffentlich nicht die Firma Abucon«, stöhnte Phil.

»Dann fällt sein Anteil an die Teilhaber, so haben es einst Zellermayer und Steiner beschlossen, und das ist nicht geändert worden. Ich müßte es wissen.«

»Warten wir mal ab, was da zutage gefördert wird«, brummte Phil.

»Ich hatte ihm noch empfohlen, sich mal durch untersuchen zu lassen«, murmelte Kathrin, »direkt makaber. Aber möge Gott mir verzeihen, er tut mir nicht mal leid.«

»Dir ist doch wahrhaftig genug angetan worden«, sagte Anemone bebend, »ich hatte schreckliche Angst um dich.«

Kathrin legte ihren Arm um sie. »Danke, Mone. Wer weiß, wie es gelaufen wäre, wenn du das Päckchen nicht aus der Jacke genommen hättest. Die hatten sich bestimmt einen ganzen Roman ausgedacht, um mich hereinzulegen. Ich muß gestehen, daß meine Nerven auch gelitten haben.« Tränen rollten plötzlich über ihre Wangen, aber Fabian nahm sie gleich in die Arme und küßte die Tränen weg.

»Jetzt denkst du nur an dich und deine Gesundheit«, sagte er.

»Und du denkst auch an dich und an unser Baby«, sagte Phil zu Anemone, doch daraufhin herrschte erst einmal sprachloses Staunen, bis der Jubel ausbrach, der alle Sorgen vergessen ließ.

～

Obgleich nun keine direkte Gefahr für Kathrin mehr bestand, sollte sie sich schonen. Das hatte Dr. Norden auch Anemone eindringlich ans Herz gelegt. Die genauen Befunde lagen am Wochenende noch nicht vor, und als sie am Montag nach Frankfurt gestartet waren, hatten sie es vergessen, noch bei Dr. Norden anzurufen.

Nun war er doch verwundert, daß sie sich nicht meldeten, und er rief bei den Heidebrinks an. Jasmin war am Telefon, und sie war erschrocken, als sich Dr. Norden meldete.

»Ist etwas mit Mami?« fragte sie sogleich besorgt.

»Nein, ich hätte gern mit Anemone gesprochen oder besser noch mit Frau Steiner.«

»Sie sind in Frankfurt, und sie haben sich noch nicht bei mir gemeldet. Soll ich etwas ausrichten, wenn Anemone anruft?«

»Ja, sie möchte mich anrufen. Es ist nichts Ernstes«, fügte er hinzu, »aber ich habe Frau Steiners Befund vorliegen.«

»Fehlt ihr etwas?« erkundigte sich Jasmin besorgt.

»Sie sollte ein paar Medikamente nehmen.«

»Ich sage es, wenn sie sich melden. Sie haben anscheinend geschäftlich was zu regeln.«

Jasmin konnte es schon bald ausrichten, denn eine halbe Stunde später rief Anemone an, gleich noch rechtzeitig, bevor Jasmin das Haus verlassen wollte.

Es war kein langes Gespräch, denn am Telefon wollte Anemone nichts von der abenteuerlichen Entwicklung sagen. Aber sie war wegen Dr. Nordens Anruf nachdenklich geworden, und es war ihr auch bange. Sollte Kathrin ernsthaften Schaden davongetragen haben?

Es gelang ihr, Dr. Norden anzurufen, ohne daß Kathrin davon Wind bekam. Er sagte ihr nur, daß die Laborbefunde eine längere Behandlung mit Antibiotika notwendig erscheinen ließen, daß er aber gern persönlich mit Kathrin sprechen würde.

»Eigentlich wollten wir sie zur Insel der Hoffnung bringen, damit sie sich dort erholt. Das haben wir gestern abend besprochen. Sind Sie nicht einverstanden, Herr Doktor?«

»Doch, das ist eine gute Idee, dann setze ich mich mit meinem Schwiegervater in Verbindung. Es ist sogar besser so, weil sie sich dann nicht zu große Sorgen macht.«

»Ist es denn schlimm?«

»Es ist durchaus heilbar, aber sie muß gezielt behandelt werden, denn die Befunde sagen aus, daß ein Entzündungsherd im Körper ist. Eine gründliche Untersuchung wird diesen genauer feststellen lassen, aber das kann auch Dr. Cornelius feststellen. Sie sollte aber bald fahren.«

»Ich werde dafür sorgen, daß wir gleich morgen starten. Das wird dann wohl auch eine hübsche Überraschung für Mami und Jonas werden, und Kathrin hat dort gleich Gesellschaft. Sie hat wirklich viel mitgemacht. Hier war gestern allerhand los. Ich suche Sie auf, wenn ich wieder in München bin.«

Zuerst wollte sich Kathrin nicht zu einer so baldigen Abreise überreden lassen, aber auch Fabian und Phil waren dafür.

»Sei froh, wenn du von alldem Mist hier nichts mitbekommst, und du bist wieder frisch und munter, wenn alles andere geklärt ist.«

»Wir könnten doch vielleicht das Hauptbüro nach München verlegen und hier nur die Niederlassung beibehalten«, meinte sie.

»Daran haben wir auch schon gedacht, aber es wird nicht einfach sein, in München die notwendigen Räumlichkeiten zu finden. Wir behalten es aber im Auge.«

»Da habe ich vielleicht eine Idee«, sagte Anemone.

»Heraus damit«, drängte Phil.

»Nachher wird es nichts, und dann war die Freude vergeblich. Laßt mich nur machen. Ich bringe Kathrin zur Insel, dann fahre ich nach München und gebe euch Bescheid. Inzwischen könnt ihr hier mit dem Ausmisten weitermachen.«

»Was haben wir doch gescheite Frauen«, meinte Fabian schmunzelnd.

»Du sollst dich schonen, Mone«, sagte Phil energisch.

»Ich bin doch okay, und Kinderkriegen ist keine Krankheit. Wenn ich erst mal kugelrund bin, muß ich zwangsweise langsamer treten.«

»Und vergiß nicht, auch an unsere Hochzeit zu denken«, mahnte Phil, »die ist schließlich noch wichtiger als die Geschäfte.«

»Da möchte ich mich gleich anschließen«, sagte Fabian.

Es fiel Kathrin noch ein, daß sie Lucia anrufen mußte. »Sonst ist sie in München, und keiner ist da«, sagte sie. »Bei ihr muß man doch auch auf alles gefaßt sein.«

Das entsprach ganz der Wahrheit. Als Kathrin ihr sagte, daß

sie sich auf der Insel der Hoffnung erholen wollte, fragte Lucia sofort, wie sie denn darauf käme, sie könne doch auch nach Rom kommen.

»Das ist aber ein Sanatorium ganz besonderen Stils, und ich brauche eine Therapie.«

»Das könnte auch auf mich zutreffen«, erklärte Lucia. »Ich werde dich besuchen kommen und es mir ansehen.«

Es wäre sinnlos gewesen, ihr das ausreden zu wollen, denn was sie sich in den Kopf setzte, führte sie auch aus. Sie hatte ja Zeit, sie war reich und unabhängig, und Kathrin meinte, daß sie bestimmt auch einspringen würde, wenn die Firma einen finanziellen Engpaß überwinden müsse.

»Sie ist etwas exzentrisch, aber sehr nett«, erklärte Kathrin, als sie dann mit Anemone auf der Fahrt zur Insel über Lucia sprach. »Sie macht aus ihrem Herzen keine Mördergrube, sie sagt was sie denkt, und damit eckt sie auch oft an. Aber das macht ihr nichts aus.«

»Verheiratet ist sie nicht?« fragte Anemone.

»Sie war es, selber reich, mit einem noch reicheren Mann, der zwar ein Filou war, aber ihr sein ganzes Vermögen hinterließ, als er frühzeitig starb. Du brauchst keine eifersüchtigen Gedanken zu haben. Sie ist Mitte vierzig.«

»Sehe ich so aus, als würde ich eifersüchtig sein?« fragte Anemone.

Kathrin lachte leise. »Ein bißchen schon.«

Sie waren bald auf der Insel der Hoffnung angelangt, und die Überraschung war dort entsprechend groß. Dr. Cornelius und seine Frau Anne waren zwar von Daniel vorbereitet worden, aber sie hatten Carola und Jonas nichts gesagt, und die kamen gerade vom Therapietrakt, als die beiden aus dem Auto stiegen, das sie auf dem Parkplatz stehen lassen mußten, denn auf der Insel gab es keinen motorisierten Verkehr.

Carola kniff Jonas in den Arm. »Das ist Mone«, sagte sie atemlos. Und schon beschleunigte sie ihre Schritte, aber Jonas lief gleich mit. Und dann gab es eine jubelnde Begrüßung, in die natürlich auch Kathrin einbezogen wurde.

Johannes und Anne Cornelius hießen sie mit einem Begrüßungstrunk willkommen, und gleich war eine angeregte Unterhaltung im Gange. Zu erzählen gab es genug, aber Anemone wollte natürlich nur Positives berichten, und die Erlebnisse in Frankfurt wurden nicht erwähnt, wenn sie auch zugeben mußte, daß sie dort gewesen waren.

Hannes Cornelius hatte es Anemone diskret zu verstehen gegeben, daß er von Daniel schon eingehend informiert wurde, aber sie wußten noch immer nicht, worum es eigentlich ging.

Als Kathrin dann die erste Untersuchung hinter sich hatte, konnte Dr. Cornelius sagen, daß es sich um eine Nephropatie handelte, die zu einer Vermehrung der Leukozyten geführt hatte, und die nun entsprechend mit Antibiotika behandelt werden mußte.

Es war durchaus möglich, daß diese Entzündung durch die Zuführung von Giftstoffen ausgelöst worden war, denn mehrere chemische Verbindungen verursachten schwere Nebenwirkungen.

»Sie hätten mich damit umbringen können, wenn ich schon vorgeschädigt gewesen wäre«, sagte Kathrin tonlos. Dr. Cornelius horchte natürlich gleich auf, und so mußte Kathrin ihm erklären, was sie erlebt hatte. Anemone half nach, wenn sie ins Stocken geriet, denn nun, im Nachhinein betrachtet, kam ihnen die ganze Tragweite erst zu Bewußtsein.

»Das ist allerdings eine üble Geschichte, und Sie können tatsächlich von Glück sagen, daß Sie vorher so gesund und widerstandsfähig waren«, sagte Dr. Cornelius. »Aber mit einer gezielten Therapie werden Sie wieder gesund werden. Wir werden gleich morgen damit beginnen.«

»Mami hat sich auch blendend erholt«, sagte Anemone, »und bei ihr war es ein bösartiger Tumor. Also darfst du zuversichtlich sein, Kathrin.« Ein aufmunterndes Lächeln begleitete ihre Worte.

»Ich bin zuversichtlich. Ich lebe viel zu gern«, erklärte Kathrin, »und auf liebe Gesellschaft brauche ich auch nicht zu verzichten.«

Sie bereitete Dr. Cornelius darauf vor, daß ihre temperamentvolle Freundin Lucia möglicherweise auch wie ein Wirbelsturm hier hereinbrechen würde. Er lächelte vergnügt, und dann sagte er, daß bereits am Morgen ein Telegramm in italienischer Sprache angekommen sei und die Ankunft einer Contessa Lamotta angekündigt hatte.

»Das ist Lucia«, nickte Kathrin, »sie ist sehr spontan und hat gute Nerven. Aber sonst hat sie auch einige Wehwehchen, die ruhig mal auskuriert werden könnten!«

Anemone suchte nach einer Gelegenheit, um mit Jonas zu sprechen, und die ergab sich auch, denn Carola wollte Kathrin nun auch ein bißchen näher kennenlernen. Die Sympathie war da, Kathrin konnte sich der Familie zugehörig fühlen, und es gefiel ihr. Wie Phil spürte sie nun auch, wie sehr sie doch eine richtige Familie vermißt hatten.

Jonas sah es Anemone an, daß sie etwas von ihm wollte, und sie rückte auch gleich mit der Sprache heraus.

»Du hast doch diesen Fall von Erbauseinandersetzung vertreten, Jonas«, begann sie so direkt, daß er bestürzt war. »Ist der schon entschieden?«

»Er steht kurz vor der Entscheidung«, erwiderte er, »wieso interessiert es dich?«

»Wegen des Bürohauses.«

»Es ist ein Millionenprojekt, Mone, es dürfte auch bei der Versteigerung um die zehn Millionen bringen. Diese Lage ist gut, und es ist modern und bestens erhalten. Aber bei solchen Auseinandersetzungen geht nicht nur viel Familiensinn, sondern auch viel Geld den Bach hinunter.«

»Das ist ihr Bier, wenn sie so blöd sind, wir suchen ein Bürohaus in guter Lage.«

»Wir?«

»Die Firma Steiner und Rombach, die neu gegründet wird.«

»Zellermayer steigt aus?« staunte er.

»Du scheinst ja mächtig gut Bescheid zu wissen«, meinte sie.

»Man erkundigt sich halt ein bißchen, wenn es um Familie geht.«

»Zellermayer wird ausgebootet. Bei Gelegenheit erzähle ich mal, was sich da getan hat, was er für ein Schuft ist, aber Mami braucht es jetzt noch nicht zu wissen. Ich bin so froh, daß sie sich so gut erholt.«

»Wir passen auch sehr auf sie auf.«

»Könntest du etwas machen, bevor es zur Versteigerung kommt, Jonas?«

»Ich könnte es versuchen, wenn die Finanzierung stimmt.«

»Das kann ich mit den Beteiligten besprechen, aber ich sehe keinen Grund zu Befürchtungen. Wir wollen die Firma von Frankfurt nach München verlegen, wenigstens das Hauptbüro, und Frankfurt wird Niederlassung.«

»Was ist denn passiert, daß es eine neue Firma gibt?«

»Illegale Geschäfte von Zellermayer und Anhang. Es wird gerade noch ermittelt, aber Harry hat gleich einen Herzinfarkt bekommen, als er sich durchschaut fühlte. Und sie haben mit Kathrin ein mieses Spiel getrieben. Vielleicht erzählt sie es euch, wenn ihr hier zusammen seid. Ich bin froh, daß sie sich dazu entschlossen hat. Es ist sehr nötig.«

»Und wann wollt ihr heiraten?«

Sie zwinkerte ihm verschmitzt zu. »Wenn Kathrin gesund ist, dann gibt es eine Doppelhochzeit. Und wir werden einen Familienbetrieb gründen.«

»Habt ihr handfeste Beweise gegen Zellermayer?« erkundigte sich der Jurist Hamann vorsichtig.

»Da kannst du beruhigt sein, mehr als genug, aber er hat aus lauter Habgier dann doch Fehler gemacht und sich mit den falschen Leuten zusammengetan, sonst wäre es womöglich noch nicht herausgekommen. Vor allem diese gemeinen Versuche, Kathrin auszuschalten, haben das Faß zum Überlaufen gebracht. Wir hätten jedoch nicht gedacht, daß es so schnell gehen würde. Wir hatten uns eine andere Strategie ausgedacht.«

»Aber ihr scheint euch einig zu sein«, meinte Jonas zufrieden.

»Und wie, wir verstehen uns prima.«

»Und was macht Jasmin?«

»Sie befindet sich derzeit wohl in einem tiefen Zwiespalt. Ich glaube nicht, daß sie mit jeder Faser ihres Herzens an der Filmerei hängt. Sie ist zu eigenwillig, und wenn ihr jemand nicht sympathisch ist, geht sie gleich auf Tauchstation. Aber mir ist um sie jetzt nicht mehr bange. Sie läßt sich von dieser Glitzerwelt nicht einfangen.«

»Auch nicht von Calderon?«

»Nein.« Länger konnten sie sich nicht unterhalten, weil Carola und Kathrin kamen. Anemone startete nach dem Kaffee zur Fahrt nach München. Gern hätte Carola sie noch dabehalten, aber sie wußte inzwischen auch, daß es wichtige Dinge zu erledigen gab.

~

In München tat sich auch einiges. Zum zweiten Mal innerhalb kurzer Zeit hatte es Jasmin erlebt, daß Franco zusammengeklappt war, und diesmal war bestimmt nicht der Alkohol schuld. Er wollte sich auch nicht anmerken lassen, wie schlecht er sich fühlte, und deshalb bat er Jasmin, ihn heimzubringen. Sie brachte ihn aber zu Dr. Norden, und diesmal protestierte er nicht.

»Gegen euch Heidebrinks kommt man nicht an«, brummte er nur. Bei Dr. Norden war die Sprechstunde noch in vollem Gange, aber Franco Calderon war ein Notfall, und Dorthe machte erst einmal ein EKG. Das sagte aus, daß er einem Infarkt nahe gewesen war, und Daniel Norden lobte Jasmin, weil sie ihn gleich in die Praxis gebracht hatte. Hier wurde er soweit versorgt, daß keine unmittelbare Gefahr mehr bestand. Aber Dr. Norden ließ keinen Zweifel, daß Franco unbedingt eine längere Ruhepause einlegen müßte.

»Das geht jetzt nicht«, meinte er. »Wir wollten den Film abdrehen.«

»Und wenn du tot umfällst, was ist dann?« meinte Jasmin drastisch.

»So direkt brauchst du es nicht zu sagen«, meinte er vorwurfsvoll.

»Es ist die Wahrheit. Es bringt dir doch nichts, wenn du mit deiner Gesundheit so leichtsinnig umgehst.«

Daniel konnte nur staunen, wie sie mit ihm umsprang, aber er war dann doch ganz kleinlaut.

»Und was soll ich tun, Dr. Norden?« fragte er.

»Eine Kur machen. Richtig ausspannen.«

»Und wo?«

»Auf der Insel der Hoffnung«, warf Jasmin gleich ein. »Da sind auch Mami und Jonas, dann hast du gleich Gesellschaft.«

»Sehen Sie, wie diese junge Dame mit mir umspringt, Herr Doktor? Ich habe nicht geahnt, was ich mir da einhandele, und nun nimmt ihr Bruder mir auch noch meine Tochter weg.«

»Du kannst froh sein, daß du solchen Schwiegersohn bekommst. Ist es zu machen, daß er die Kur gleich antreten kann, Herr Doktor?«

»Das wäre schon zu machen.«

»Nun mal langsam«, murmelte Franco. »Ich muß schließlich disponieren.«

»Und ich stecke mich hinter Felicia«, sagte Jasmin energisch.

»Da werde ich dann wohl nichts mehr zu sagen haben«, seufzte Franco, aber es war ihm anzumerken, daß er sich auch gar nicht mehr auflehnen wollte. Und so war es beschlossen, daß auch Franco schon bald von Dr. Cornelius unter die Fittiche genommen werden sollte. Das war es auch, was Anemone zuerst erfuhr, als sie spätabends heimkehrte. Von ihren Geschwistern wurde sie überrascht begrüßt. Lutz war gerade von den Calderons gekommen und hatte mit ihnen besprochen, daß er und Felicia den Patienten gleich übermorgen zur Insel bringen wollten.

»Da wird es ja heiter zugehen«, meinte Anemone. »Kathrins Freundin Lucia wird auch kommen, da braucht Franco schöne Frauen nicht zu missen.

»Er soll sich auskurieren und nicht in neue Abenteuer begeben«, sagte Jasmin. »Er soll froh sein, daß er die Traven endlich abgeschüttelt hat, die ja glücklicherweise einen hochwohlgeborenen Grafen gefunden hat.«

»Und was macht der Playboy Thommy?« fragte Lutz.

»Der hält Umschau unter den Schönen und Reichen, wie man sagt. Er schwirrt irgendwo herum, in Marbella oder Paris. Ist doch egal. Um Felicia braucht es dir nicht bange zu sein.«

»Ich dachte eher an dich«, sagte Lutz.

Jasmin schnitt eine Grimasse. »Ich bin nicht so leicht zu beeindrucken. Ich tanze vorerst noch gern auf anderen Hochzeiten. Wann finden denn nun bei uns welche statt?«

»Es wird nicht mehr lange dauern«, versprach Anemone. »Aber dann brauchst du einen Brautführer«, fügte sie neckend hinzu.

»Ich greife gern auf Jens zurück. Er hat auch schon eingesehen, daß er sich kindisch benommen hat, und schließlich sind wir keine Kinder mehr.«

Das mußte sie schon ab und zu noch betonen. Aber sie bewies, daß sie sehr vernünftig war, als sie an diesem Abend noch lange miteinander sprachen und Anemone auch berichtete, was sie in Frankfurt erlebt hatten.

»Das ist wie beim Film«, sagte Jasmin, »Intrige und Hinterhältigkeiten sind an der Tagesordnung. Keiner gönnt dem andern die Butter aufs Brot, und in solcher Atmosphäre kann man wirklich nur leben wenn man dauernd schauspielert und sich selbst verleugnet. Es ist nicht meine Welt. Ich habe es mir anders vorgestellt.«

»Es zwingt dich doch auch niemand, etwas gegen deinen Willen zu tun, Jasmin«, sagte Anemone.

»Man muß es aber, wenn man nach oben will. Wenn Franco

wieder okay ist, werde ich mal vernünftig mit ihm sprechen. Ich lasse mich nicht manipulieren.«

Eigentlich könnten wir rundherum zufrieden sein, wie es jetzt läuft, dachte Anemone, als Lutz dann noch zu berichten wußte, daß der Detektiv Weigelt über das Münchner Büro und seine Angestellten keine negativen Auskünfte zusammengetragen hatte.

»Ich habe mich dort selbst umgeschaut, wie Phil es wünschte, und ich kann sagen, daß dort wohl auch Teamgeist herrscht. Man zeigt sich verbindlich, aber du wirst jetzt wohl selbst mitzureden haben, Mone. Doch was ist mit deinen eigenen Plänen? Gibst du sie auf?«

»Nein, wenn ich es auch allerdings dabei belassen werde, meine Entwürfe zu verkaufen. Sie in eigener Regie zu produzieren, erscheint mir jetzt zu aufwendig. Ich habe mal hineingeschnuppert, was alles an einem Unternehmen hängt und wenn man sich ganz auf fremde Mitarbeiter verlassen muß, gibt es leicht Ärger. Ich will ja auch ein Privatleben haben und unsere Kinder nicht Fremden überlassen.«

»Wo sich Mami doch schon so darauf freut, Großmama zu sein«, meinte Lutz neckend.

»Sie hat uns großgezogen und soll jetzt erst mal ihr Leben genießen, und in nicht allzu langer Zeit wird es hier wohl so von Kindern wimmeln, daß sie gar nicht weiß, wie sie allen gerecht werden soll.«

»Ihr scheint euch ja viel vorzunehmen«, warf Jasmin anzüglich ein.

»Doch nicht nur wir, Kathrin und Fabian werden dann ja auch in München leben, und wie ist es denn bei euch, Lutz? Wollt ihr etwa keine Kinder haben?«

»Darüber haben wir wirklich noch nicht geredet. Frühestens in zwei Jahren heiraten wir, das steht schon fest. Ich will meine Familie allein ernähren.«

»Ist doch altmodisch«, meinte Jasmin. »Wozu bereitet sich

Felicia denn auf einen Beruf vor? Und solange keine Kinder da sind, können Frauen auch ruhig zum Lebensunterhalt beitragen.«

»Keine Debatte darüber«, sagte Anemone. »Jeder soll es so machen, wie er es für richtig hält. Mami wird sich jedenfalls freuen, daß sie Franco auch richtig unter die Lupe nehmen kann.«

»Und hoffentlich auch einsehen, daß ich mein Herz nicht an ihn gehängt habe«, fügte Jasmin hinzu.

~

»Diese Heidebrink-Töchter sind sehr in Ordnung«, sagte Daniel Norden am Abend zu Fee. »Ganz die Mutter, kann man sagen. Da gibt es keine halben Sachen.«

Er erzählte, wie Jasmin mit Franco Calderon umgesprungen war, und Fee mußte lachen.

»Übermäßig beeindruckt scheint sie von ihm nicht zu sein«, sagte sie amüsiert. »Wie ist er denn menschlich?«

»Wie die meisten Männer, wenn ihnen etwas fehlt. Aber im Grunde nicht übel. Jedenfalls wird er von Jasmin nicht angebetet.«

»Und Anemone hat Kathrin Steiner schon zur Insel gebracht. Paps fängt gleich morgen mit der Therapie an.«

»Was auch nötig ist.«

»Aber es ist doch nichts Ernstes?« fragte Fee bestürzt.

»Immerhin ernst genug, um es in den Griff zu bekommen. Man könnte es als Mordversuche bezeichnen, was da getan wurde. Ich hoffe sehr, daß es auch entsprechend geahndet wird.«

»Und warum?« fragte Fee beklommen.

»Wahrscheinlich geht es mal wieder um Geld, um krumme Geschäfte oder so was. Diese Ganoven gehen doch jetzt wirklich über Leichen.«

»Und animiert werden sie noch durch entsprechende Filme«, sagte Fee. »Es ist schon deprimierend …«

»Und es wird leider immer schlimmer. Allein was man tagtäglich in den Zeitungen liest…«

»Du liest ja gar keine«, sagte Fee lächelnd.

»Was meinst du, was mir in der Praxis alles erzählt wird, da brauche ich keine Zeitung zu lesen, und was wirklich wichtig ist, erfahre ich ja von dir.«

Auf der Insel der Hoffnung wollte man nichts von Intrigen und Grausamkeiten wissen. Friedlich und fröhlich ging es zu. Lucia Lamotta kam tatsächlich wie ein Wirbelwind, aber sie hatte bei allem Temperament eine herzgewinnende Art. Sie hätte Seltenheitswert unter den reichen Leuten, war die allgemeine Ansicht, denn sie war großzügig, gutmütig und verbreitete immer gute Laune, von der dann auch Franco angesteckt wurde, der zuerst mit wahrer Leidensmiene herumschlich. Felicia hatte gefürchtet, daß er schon bald wieder in München erscheinen würde, aber so geschah es nicht. Er blieb auch noch, als Carola und Jonas zurückkamen, und sie wußten zu berichten, daß er mit Lucia ein Herz und eine Seele sei, und daß sie beide zur Hochzeit nach München kommen würden. Franco kümmerte es nicht, daß die Zeitungen Vermutungen anstellten, ob er so krank sei, daß er sich ganz ins Privatleben zurückziehen würde, oder an welcher schweren Krankheit er leiden würde. Ihm gefiel es, ganz Privatmann zu sein, aber natürlich spielte es auch eine Rolle, daß er in der charmanten Lucia ein weibliches Pendant gefunden hatte. Er schwärmte nur so von ihr, wenn er mit Felicia telefonierte, und wenn Fabian mit Kathrin telefonierte, hörte er auch, daß es bei beiden gefunkt zu haben schien. Felicia hatte dagegen nichts einzuwenden, ihr konnte es nur recht sein, aber bei Franco wußte man eigentlich nie, ob es nicht doch nur ein Flirt war.

Phil und Fabian hatten soviel zu tun, daß sie ständig im Streß waren, aber sie waren den unguten Dingen schon auf den Grund gekommen. Harry ging es immer noch nicht besser, aber es mochte auch sein, daß die Ängste seine Abwehrkräfte schwächten. Tanja und Derek Morgan verlegten sich jetzt aufs Leugnen, und was die Anschläge auf Kathrin betraf, konnten auch keine schlüssigen Beweise gegen sie erbracht werden. Ihre Verbindung zu Abucon und die Aufdeckung dieser obskuren Affäre ließen keinen Zweifel offen, daß sie wichtige Schlüsselrollen dabei gespielt hatten, aber in dieser Sache sollten sie vor ein australisches Gericht gestellt werden. Für Harry bedeutete es das wirtschaftliche Ende, daß die Trennung zwischen Steiner und Zellermayer schon publik war, denn die Hintergründe waren schnell bekannt geworden.

Jonas gelang es, das Bürohaus vor der Versteigerung zu bewahren. Für zehn Millionen konnte es die neue Firma Steiner und Rombach erwerben, und damit war auch die letzte Hürde zum Neubeginn beseitigt.

Anemone war glücklich, als Phil kam, um ihr alles persönlich zu berichten. Fabian war zur Insel gefahren, um sich davon zu überzeugen, daß es Kathrin tatsächlich wieder gutging.

Die Angst war vorbei, sie konnte wieder frei atmen. Die Befunde bestätigten, daß die Therapie erfolgreich gewesen war, und sie brauchte keine Bedenken mehr zu haben, daß Fabian eine kränkelnde Frau bekommen würde. Schließlich wollte auch sie Kinder haben. Nun aber ging es daran, daß sich jeder sein eigenes Nest schaffen sollte, Phil und Anemone, Kathrin und Fabian. Für Carola war es schon entschieden, daß sie bei Jonas wohnen würden. Vorerst blieben Phil und Anemone noch mit Lutz und Jasmin unter einem Dach, während Fabian und Kathrin solange Phils Wohnung nehmen würden, bis sie ein Haus gefunden hatten.

Sie wollten schon nicht zu weit voneinander entfernt wohnen, sich aber auch nicht zu nahe auf den Pelz rücken. Mit der Hochzeit sollte nun aber nicht mehr gewartet werden. Carola war in ihrem Element, als es nun daran ging, das große Fest vorzubereiten. Sie machte sich schon lange keine Gedanken mehr über sich selbst, so wohl fühlte sie sich, und sie war dankbar dafür, sich so mit den jungen Paaren mitfreuen zu können.

Sie hatte kaum Zeit, in ihrem Geschäft nach dem Rechten zu sehen, aber Margot Köhler war schon ganz vertraut mit der

Kundschaft. Sie machte ihre Sache so gut, daß Carola nun auch einsah, daß es ohne sie ging. Darüber freute sich Jonas am meisten.

Es hatte sich soviel geändert, daß alle meinten, es wären schon Jahre darüber vergangen, und dabei waren es nur Monate.

Franco kam mit Lucia, und nun hatten die Klatschblätter wieder allerhand zu schreiben. Er ließ durchblicken, daß er künftig in Rom filmen werde, und es blieb allen frei, sich Gedanken darüber zu machen.

Er nahm es auch gelassen hin, als Jasmin ihm ihre Einstellung zum Film erklärte, und daß sie mit Sascha Strobeck gar nicht klar kommen würde.

Nach wie vor meinte er jedoch, daß sie ein Naturtalent sei, vielleicht aber doch erst eine Schauspielschule besuchen solle. So viel Enthusiasmus brachte sie nicht auf.

»Ich weiß jetzt schon, wie es läuft«, meinte sie, »und ich weiß auch, daß ich dabei nicht glücklich sein würde. Es war ein Strohfeuer.«

Carola dachte daran, wie begeistert sie anfangs gewesen war, und wie bange ihr war, daß sich Jasmin in dieser Welt verlieren könnte. Aber sie hatte erkannt, daß sie nicht hineinpaßte, wenn Franco das auch nicht begreifen konnte. Dann aber meinte auch er, daß mit diesem geplanten Film von Anfang an alles schiefgelaufen sei und er wohl auch keine glückliche Hand bewiesen hätte.

Freilich wurde schon gelästert, daß Franco Calderon am Ende sei, aber er selbst sagte, daß er sich schon lange nicht mehr so wohl gefühlt hätte wie jetzt. Schließlich müsse er sich nun daran gewöhnen, bald Großvater zu werden, und diesen Gedanken fand Lucia himmlisch und aufregend zugleich, woraus man schließen konnte, daß sie mehr als geneigt war, ihren Platz an seiner Seite zu behaupten. Wenn auch niemand damit gerechnet hatte, es sollte so kommen.

Es wurde eine Hochzeit gefeiert, auf der man nur frohe Gesichter sah. Die kirchliche Trauung fand am Samstag statt, damit die Familie Norden auch mitfeiern konnte, und Anneka durfte wieder einmal Blumen streuen, die die Zwillinge dann allerdings wieder aufsammeln wollten. Nur mit Mühe waren sie zurückzuhalten, aber sie lauschten dann doch, als der Chor zu singen begann.

Wer von den beiden Bräuten die Schönere war, konnte niemand sagen, denn beide sahen sie zauberhaft aus. Mit fester Stimme sagten sie ihr Jawort so deutlich wie die beiden Männer.

Danach nahmen auch Carola und Jonas den kirchlichen Segen in Empfang, was Anlaß für Danny und Felix war, ihren Eltern dann deshalb Fragen zu stellen, ob man auch heiraten dürfe, wenn man schon erwachsene Kinder hätte.

»Ihr habt es doch schon öfter erlebt, daß auch ältere Leute geheiratet haben«, sagte Fee geduldig.

»Aber nicht in der Kirche, bloß auf dem Rathaus. Da wird nur so ein Schein ausgefüllt, aber sie brauchen nicht niederknien«, sagte Felix.

»Eigentlich finde ich es aber schon recht schön, wenn sie auch in der Kirche heiraten«, meinte Danny. »Sie sehen ja auch noch ziemlich jung aus. Findet ihr doch auch?«

Man sah es Carola wirklich nicht an, daß sie eine schwere Zeit hinter sich hatte. Liebe erhält jung, meinte Daniel.

Und Liebe veränderte auch das Wesen, gab den Gesichtern einen ganz besonderen Zauber. Auch Felicia war zu einer Schönheit erblüht, und Carola konnte sich von Herzen freuen, wie verliebt ihr Lutz sie anblickte, als sie tanzten. Aber Jasmin sah an der Seite von Jens auch nicht traurig aus, der jetzt wieder strahlen konnte.

Diesem Paar schenkte Franco seine besondere Aufmerksamkeit. »Da stünde diesem Mädchen die ganze Welt offen«, sagte er zu Lucia, »und sie ist zufrieden mit ihrem Jugendfreund. Verstehst du das?«

»Ganz so wird es nicht sein, aber sie hat wohl beizeiten begriffen, daß diese Welt für sie doch nicht so verlockend ist, wie es scheint. Mag es für dich deine Welt sein, Franco, aber es gibt auch andere Werte.«

»Ich muß zugeben, daß du es mir klar gemacht hast, Lucia. Aber ich bin nun ja auch schon in einem Alter, in dem man besinnlicher werden sollte.«

»Hoffentlich merkst du es dir«, sagte sie nachdenklich.

»Ich habe es dir versprochen.«

Ihr war schon manches versprochen worden, was nicht gehalten wurde, aber sie hatte auch Abstand gewonnen von dem rastlosen Leben, und sie fühlte doch, daß Franco ihr eine aufrichtige Zuneigung entgegenbrachte. Ob es ein beständiges Gefühl war, würde sich erst erweisen, wenn eine Zeit vergangen war. Aber an diesem Tag waren auch sie glücklich und unbeschwert.

Als Franco mit Jasmin tanzte, ruhten alle Augen auf ihnen. Leicht schwebte sie in seinem Arm dahin, ein Lächeln auf dem Gesicht. Sie dachte an den Tag, als sie ihn kennenlernte, für sie der tollste Mann der Welt. Und jetzt wußte sie, daß er auch nur ein Mensch mit Schwächen und Stärken war, aber ein liebenswerter Mensch.

»Wenn Felicia und Lutz heiraten, wirst du dann auch schon dein Herz verloren haben, Jasmin?« fragte er.

»Ich weiß nicht. Bei mir dauert alles lange. Zuerst bin ich begeistert, dann beginne ich nachzudenken und abzuwägen. Jetzt weiß ich, daß ich erst einmal als Auslandskorrespondentin bei Steiner und Rombach eintreten werde.«

»Ist dir das nicht zu nüchtern?«

»Wieso denn, ich kann mit aller Welt korrespondieren.«

»Und wirst du deinen Freund heiraten?«

»Liebe Güte, daran denke ich überhaupt noch nicht. Ich lasse anderen gern den Vortritt. Wirst du Lucia heiraten?«

»Kann schon sein.«

»Siehst du, wer hätte das gedacht. Aber da Felicia meine Schwägerin wird, werden wir uns ja öfter sehen. Ich wünsche dir noch viele Erfolge, Franco, und Schauspielerinnen, die sich den Partnern anpassen können.«

»Sieh dir dieses Mädchen an, Kathrin«, sagte Lucia. »Sie hat Charakter. Sie hat Franco die Zähne gezeigt.«

»Woher weißt du das?«

»Er hat es mir gesagt. Es hat ihn sehr beeindruckt.«

»Wirst du ihn heiraten?«

»Vielleicht. In unserem Alter ist das ja nicht mehr so wichtig. Für Kinder bin ich zu alt. Aber ich hätte gern welche gehabt, und ich wünsche euch einige. Aber vielleicht kann ich auch mal Großmama spielen.«

»Auf jeden Fall Tante«, erwiderte Kathrin. »Es ist schön, daß du bei uns bist.«

»Ich habe wahre Freunde gewonnen, Kathrin, wieviel ist das wert! Mein Haus in Rom steht euch allen offen, das sollt ihr wissen.«

»Ich kenne dein großes Herz, Lucia.«

»Ich bin froh, daß du glücklich bist, Kathrin.«

»Eine schöne Hochzeit war das«, sagte Anneka, als sie heimfuhren. »Laßt ihr euch auch noch mal trauen, wenn ich heirate?«

Momentan wußte Fee doch nicht, was sie sagen sollte, aber dann kam ihr eine Idee.

»Vielleicht feiern wir dann gerade unseren Hochzeitstag. Es wäre natürlich schön, wenn du gerade an diesem Tag heiraten würdest, Anneka.«

»Liebe Güte, denkt doch nicht schon so weit«, warf Daniel ein. »Die Zeit vergeht doch viel zu schnell, und vergeßt nicht, daß wir mit jedem Tag älter werden.«

»Ihr werdet nie alt«, sagte Danny. »Ihr seht genauso jung aus wie die Brautleute.«

»Na, wenn das kein Kompliment ist«, lachte Fee.

»Kriegen sie bald ein Baby?« fragte Anneka.

»Lange brauchen sie nicht zu warten«, erwiderte Daniel.

»Keine neun Monate?« fragte Danny: »Geht es bei denen schneller?«

»Man wird sehen«, bekam er zur Antwort.

Als an einem strahlendschönen Sommertag Anemone ihrem überglücklichen Mann einen Sohn schenkte, zählte keiner die Monate, da war die ganze Familie wieder versammelt, um Christopher Carol Steiner zu begutachten, nach Phils Worten das schönste Baby der Welt.

»Für mich wird unseres das schönste sein«, sagte Fabian zärtlich zu seiner Kathrin, »ich kann es kaum noch erwarten.«

Zwei Tage vor Weihnachten war es soweit. Fabians schönstes Weihnachtsgeschenk, sein Sohn Nicolas! Größer konnte das Glück nicht mehr sein, aber sie dachten auch zurück, was in diesem Jahr alles geschehen war.

»Vor einem Jahr dachte ich es wäre das letzte Weihnachtsfest, das ich erleben würde«, sagte Carola zu Jonas, als sie alle zusammen waren.

»Erinnere mich nicht daran, und denk auch nicht mehr zurück. Das Leben ist doch wundervoll, Roli.«

»Mit dir, mit den Kindern, den Babies.« Tränen der Freude rollten über ihre Wangen. »Daß wir uns alle lieben und so viel Freude haben dürfen! Nächstes Jahr heiraten Lutz und Felicia, und Jasmin wird sicher auch einmal eine glückliche Frau werden.«

»Schau sie dir doch an. Sie ist glücklich und zufrieden. Sie ist so tüchtig. Sie wird ihren Weg gehen.«

Und du wirst mir erhalten bleiben, dachte er mit heißen Wünschen, als sie den kleinen Christopher auf den Arm nahm und sich über Nicolaus beugte, der friedlich schlummerte.

»Schau, das ist dein kleiner Kusin«, sagte sie zärtlich, und er klatschte in die Hände, als hätte er es verstanden.

»Und ich bin deine Omi«, fuhr sie fort.

»Aber du kannst von ihm noch nicht verlangen, daß er es

schon sagen kann, Mami«, lachte Anemone. »Es ist kein Wunderkind.«

»Aber ich darf doch ein bißchen wunderlich sein«, sagte sie.

»Damit kannst du dir ruhig noch Zeit lassen«, meinte Phil lächelnd. »Du bist eine wunderhübsche junge Omi.«

Junges Glück auf Zeit

»O la la«, sagte Fee Norden, als sie die Post durchsah, »ist er also doch schon siebzig.«

»Wer?« fragte Daniel kurz von der Zeitung aufblickend.

»Konsul Vandevelde«, erwiderte Fee. »Wir sind zum Empfang eingeladen, und da er im Jagdschlössl stattfindet, könnten wir ja mal wieder ›große Welt‹ schnuppern. Was meinst du, mein Schatz?«

»Ungern«, brummte er. »Wann soll das sein?«

»Nächsten Freitag. Um Antwort wird gebeten. Ich möchte schon mal wieder sehen, was sich in diesen Kreisen so alles tut.«

»Von mindestens zwanzig Leuten werde ich dir die diversen Wehwehchen aufzählen können, Fee. Mir wird die Ehre zuteil, der Hausarzt des engen Bekanntenkreises zu sein, und ich höre auch allen möglichen Tratsch.«

»Aber davon erzählst du mir nichts.«

»Ich vergesse es auch gleich wieder. Sorgen haben die Leute! Wahrscheinlich erwartet man von uns, daß wir auch einen Empfang zur Einweihung unseres neuen Hauses geben.«

»Wirklich? Du liebe Güte, daran habe ich nicht gedacht. Aber das kann man schließlich von einer kinderreichen Familie auch nicht erwarten. Wir sind ja noch lange nicht mit dem Einräumen fertig.«

Er warf ihr einen schrägen Blick zu und lachte leise. »Ich finde alles perfekt, und es ist hübscher geworden, als ich dachte.«

»Vor allem geräumiger, aber von den Kleinigkeiten und Feinheiten bekommst du ja nichts mit.«

Seit vier Tagen wohnten sie in der Parkstraße und an den Tag des Umzugs wollte Fee schon gar nicht mehr denken. Obgleich es ja sozusagen nur um die Ecke und eine Straße weiterging, hatte ein solches Durcheinander geherrscht, wie sie es nicht für möglich gehalten hätte. Es schien auch an diesem Tag so, als hätte sich alles gegen sie verschworen.

Einen Tag vorher hatte es noch genieselt, dann fror es in der Nacht, und es war Glatteis, und seit den frühen Morgenstunden schneite es unaufhörlich. Daniel hatte die Praxis für zwei Tage geschlossen, aber er wurde doch zu zwei Unfällen gerufen, weil bei dem Wetter Not am Mann war.

Zum Glück waren die Kinderzimmer und die Küche bereits neu eingerichtet und schon seit Tagen fertig, und so konnte Lenni mit den Kindern schon drüben sein, während Fee den übrigen Auszug beaufsichtigte.

Es wurden teilweise Rutschpartien, aber die Möbelpacker zeigten sich bei Laune, da sie gut versorgt wurden. Lenni hatte sich mit der neuen Küche. in der es an nichts fehlte, bereits vertraut gemacht, der Kühlschrank war gefüllt, heißer Kaffee und Tee ging nicht aus, und auch warme Suppe war da, so wie lecker belegte Brote.

Die Kinder hatten ihre neuen Zimmer und fanden alles toll. Das Haus war warm, sie konnten spielen, und am Nachmittag war das Schlimmste schon vorbei gewesen. Das Wohnzimmer war bereits ganz gemütlich, im Bauernzimmer war der Tisch gedeckt, und der Garten sah im weißen Winterkleid romantisch aus.

Lenni hatte ein hübsches eigenes Reich, geräumiger als im alten Haus, in die nun die Praxis verlegt werden sollte, wenn alles renoviert war, und Daniel trug sich mit dem Gedanken, sich mit einem anderen Arzt zusammenzutun. Diesbezüglich wollten sie aber alles reiflich überlegen, damit es dann nicht zu Differenzen kommen konnte. Sie mußten schon harmonieren, sich gegenseitig vertreten können. Es war ja auch Fees größter Wunsch, daß Daniel mehr Familienleben genießen sollte. Die Kinder wuchsen so schnell heran, und er hatte viel zu wenig von ihnen. Sie wollten auch mal längere, gemeinsame Urlaube machen und öfter mit der übrigen Familie zusammenkommen.

Aber ihr neues Haus konnten sie nun schon genießen. Zwei große Räume waren im Keller.

In einem war die Tischtennisplatte aufgebaut und die Trimmgeräte untergebracht, der andere war ein Tummelplatz für die Kleinen mit Kaufladen, Kasperltheater, einer kleinen Kegelbahn und all den Spielsachen, die sich angesammelt hatten. Es ging schon lustig zu, während Fee und Daniel noch in aller Ruhe ihr Frühstück genossen und auf ein ruhiges Wochenende hofften.

Fee brachte dann wieder die Einladung bei Konsul Vandevelde ins Gespräch, als Daniel die Zeitung weggelegt hatte.

»Ich kann doch zusagen?« fragte sie.

»Wenn du so gern hingehen willst, zwänge ich mich halt mal wieder in den alten Smoking«, meinte er seufzend.

»Ich darf dich erinnern, daß es ein neuer Smoking ist, der dir noch sehr gut paßt«, lächelte sie.

»Tatsächlich? Wann hatte ich ihn denn zuletzt an?«

»Auf dem Nikolausball waren wir heuer nicht.«

»Glücklicherweise, da muß es ein ziemliches Theater gegeben haben.«

»Wieso?«

»Brückmann hat es mir erzählt.«

»Wann hast du ihn getroffen, und was hat er erzählt?« fragte Fee.

»Vorgestern habe ich ihn in der Behnisch-Klinik getroffen. Dautz, Reinold und Müller hatten wohl etwas zuviel getrunken und sind sich in die Wolle geraten. Es muß sehr peinlich gewesen sein. Bei Dautz steht die Scheidung ins Haus.«

»Du liebe Güte, warum denn das?«

»Sie soll eine Affäre mit einem gewissen Brent haben, Neuzuzug, und Müller hat es Dautz gesteckt. Ich finde diesen Tratsch widerlich, noch dazu, wenn solche Sachen in aller Öffentlichkeit breitgetreten werden. Aber es ist wohl ausgeartet. Siehst du, wie brav wir leben, so was erfahren wir gar nicht.«

»Jetzt haben wir es erfahren. Ist dieser Brent auch Arzt?«

»Nein, anscheinend so ein Finanzier oder Banker.«

»Und was hat Brückmann damit zu tun?«

»Seine Frau war mit Lore Dautz befreundet und er sollte bei dem Streit vermitteln. Aber vielleicht hat sich auch alles anders verhalten. Bei mir geht es zu einem Ohr rein, zum andern raus. Wieso sind wir eigentlich darauf gekommen?«

»Weil wir darüber sprachen, daß wir nicht zum Nikolausball waren.«

»Und am besten nie wieder hingehen und auch zu anderen Festen nicht.«

»Aber doch zum Empfang zu Konsul Vandevelde, da geht es bestimmt vornehm zu.«

»Hoffentlich nicht zu vornehm, sonst bin ich gleich wieder weg. Aber was tue ich nicht alles dir zuliebe…

Fee konnte sich wirklich nicht beklagen. Sie wußte, wie ungern Daniel zu solchen Veranstaltungen ging, aber sie meinte, daß sie sich hin und wieder doch mal sehen lassen müßten, und sie selbst war tatsächlich neugierig, ab und zu mal zu hören und zu sehen, was sich so tat, und als Hausmütterchen wollte sie auch nicht bespöttelt werden.

Sie konnten sich beide sehen lassen, ja, sie machten Furore, wo immer sie gemeinsam in Erscheinung traten, ein Ehepaar, das man immer noch als Traumpaar bezeichnen konnte.

»Wir können dann ja im Sommer mal eine Gartenparty geben«, meinte Fee beiläufig.

»Damit dann gleich der frische Rasen zertrampelt wird. Wir geben für unsere engsten Freunde eine Einweihungsparty und damit hat sich's, und wenn dann die neue Praxis fertig ist, gibt es für jeden, der kommen will, ein Glas Sekt.«

Sie widersprach ihm nicht. Wozu auch, denn bis dahin war es noch eine Weile hin.

Auch im Hause Bruggmann wurde über die Einladung gesprochen. Auch hier saß man am Frühstückstisch, Carlo Bruggmann und seine immer noch bildschöne Frau Caroline. Der Sohn Jochen, sechsundzwanzig Jahre und die neunzehnjährige Laura. Jochen stammte aus Carlo Bruggmanns erster Ehe. Seine Mutter war schon kurz nach der Geburt an Nierenversagen gestorben. Es war Carlo vor der Heirat verheimlicht worden, daß sie nicht gesund war. Sie selbst hatte es nicht wahrhaben wollen. Sie hatte Carlo abgöttisch geliebt und hätte schon deshalb nie auf ein Kind verzichtet, wie es die Ärzte geraten hatten.

Sie hatte dann auch ein gesundes Kind zur Welt gebracht, und heute war Jochen Bruggmann ein sportlicher, blendend aussehender junger Mann, seinem Vater sehr ähnlich.

Obwohl Caroline nur achtzehn Jahre älter war als er, hatte er sie von Anfang an akzeptiert, vielleicht nicht als Mutter, sondern eher als eine große Freundin, und so war es auch geblieben. Er hatte sich auch nicht zurückgesetzt fühlen müssen, als Laura geboren wurde. Da war er sieben Jahre alt gewesen, und nun konnte er sich als großer Bruder erweisen was er auch tat. Wehe, wenn der Kleinen auch nur ein Härchen gekrümmt wurde, er war immer da gewesen, und später oft als ihr Beschützer in Erscheinung getreten.

Caroline wurde von allen Carry gerufen. Da Laura nie etwas anderes gehört hatte, sagte sie auch nicht Mami, oder nur ganz selten, wenn sie zu anderen über ihre Mutter sprach.

Auch in diesem Haus herrschte vollste Harmonie, obwohl Jochen, ebenso wie Daniel Norden, keine Neigung zeigte, zu diesem Empfang zu gehen.

»Da erscheinen doch bestimmt nur die älteren Semester«, meinte er anzüglich.

»Und wie komme ich mir dann vor?« begehrte Laura auf. »Dann gehe ich auch nicht mit.«

»Ihr kommt beide mit«, erklärte Carlo Bruggmann kategorisch, »das sind wir Vandevelde schuldig. Schließlich habe ich es ihm zu verdanken, daß ich meine liebe Carry kennenlernte.

Und schnell griff er nach ihrer Hand und zog sie an seine Lippen, um es deutlich zu machen, wie glücklich er noch heute darüber war. Caroline schenkte ihm ein bezauberndes Lächeln.

»Na ja, wenn das kein Grund ist«, meinte Jochen nachgiebig.

»Ihr habt noch nie erzählt, wie das damals eigentlich war«, warf Laura ein. »Erzähl du doch mal, Daddy, Carry sagt, daß sie ein ganz dummes und schüchternes Ding und sehr beeindruckt von dir gewesen wäre. Und daß sie nie und nimmer geglaubt hätte, daß du sie heiraten würdest.«

Carlo sah seine Frau wieder an, und ein Lächeln umspielte seine Lippen. »Schüchtern war sie schon, aber dumm ganz bestimmt nicht. Immerhin war ich aber beträchtlich älter als sie und schon Vater eines fünfjährigen Sohnes. Caroline war zu Besuch bei den Vandeveldes, und Magnus meinte, daß sie sich ruhig ein bißchen um Jochen kümmern könnte, damit es ihr nicht zu langweilig würde. Er hat sie gar nicht erst gefragt.«

»Aber ich habe es sehr gern getan«, warf Caroline schnell ein, »und wir haben uns auch gleich gut verstanden, nicht wahr, Jochen?«

»So gut, daß er Zetermordio schrie, als Carry eine Stellung in einer anderen Stadt annehmen wollte. Da hab ich sie halt gefragt, ob sie nicht immer bei uns bleiben wolle, und schließlich hat sie ja gesagt.«

»Ich war ein armes Mädchen«, sagte Carry leise. »Meine Eltern lebten nicht mehr und hatten mir nicht viel hinterlassen.«

»Und sie wollte nicht, daß man dachte, sie würde mich nur heiraten, um sich ein angenehmes Leben zu verschaffen, war es nicht so, Carry?«

»Ja, so war es. Seid ihr nun zufrieden?«

»Und dabei war es die große Liebe«, sagte Laura träumerisch. »Man merkt es ja heute noch.«

Und Carry wollte es gar nicht mehr anders wissen, obwohl es damals doch ein bißchen anders gewesen war, denn sie hatte die erste herbe Enttäuschung ihres Lebens hinter sich, und wenn sie Carlo auch sehr zugetan gewesen war, an Liebe wollte sie damals nicht mehr glauben. Sie begriff aber bald, daß wahre Liebe etwas ganz anderes war, als jenes Strohfeuer, an dem sie sich die Flügel verbrannt hatte. Aber sie war noch heute froh, daß sie Carlo auch dies erzählt hatte. Nichts stand zwischen ihnen, es gab keine Geheimnisse und auch später keine Heimlichkeiten. Sie führten eine Bilderbuchehe, die auf einem festen Fundament aufgebaut und durch nichts zu erschüttern war.

»Ich bin froh, daß du bei uns geblieben bist, Carry, und daß wir dann noch unsere Laura bekommen haben.« Er blinzelte zu seiner hübschen Schwester hinüber, die ihm schräg gegenübersaß. »Kommst du mit zum Tennis, Laura?«

»Mir ist es zu kalt, und ich spiele auch nicht gern in der Halle.«

»Da ist es aber warm« meinte er.

»Ich laufe lieber ein Stück mit Baffy«, erklärte sie.

Der erhob sich gleich von seinem Platz am Kamin, gähnte laut und streckte sich. Er war ein hübscher Terriermischling und wurde von allen heißgeliebt. Er war treu und anhänglich, sehr gescheit und clever.

»Mit wem spielst du, Jochen?«

»Mit Theo und Florian. Hast du nicht doch Lust?«

»Nun erst recht nicht«, erwiderte sie mit einem spöttischen Unterton. »Diese Angeber.«

»Soll ich ihnen das sagen?« fragte Jochen neckend.

»Meinetwegen«, gab sie gleichmütig zurück.

Caroline und Carlo tauschten einen langen Blick. »Um Laura braucht uns nicht bange zu sein«, sagte Carlo lächelnd.

»Sie wird nicht den gleichen Fehler machen wie ich«, sagte sie leise.

»Ist doch längst vergessen, Liebes. Du hattest auch keinen großen Bruder als Beschützer.«

»Jochen ist rührend. Er ist dir so ähnlich, Carlo.«

»Wir lieben dich beide sehr, das ist das ganze Geheimnis.«

Und sie fühlte sich als die glücklichste Frau der Welt. Was einst gewesen war, hatte keine Bedeutung.

~

Draußen war es sehr kalt, aber den Unterschied merkte Jochen erst, als er die warme Tennishalle betrat. Er wurde mit großem Hallo begrüßt. Theo und Florian hatten sich schon mit einem Glas Punsch aufgewärmt.

»Unser Platz ist noch besetzt«, sagte Theo. »Erlauchte Gäste. Neuzugang aus England. Man will wohl erst testen, ob wir fein genug sind.«

»Red doch nicht solchen Schmarr'n«, warf Florian ein. »Brent ist doch schon länger in München und hat auch schon für den ersten Tratsch gesorgt.«

»Für den hat dein Vater gesorgt«, spöttelte Theo Müller.

Florian Reinold wurde verlegen. »Der war halt mal wieder blau.«

Jochen hörte gar nicht mehr zu, und nicht nur deshalb, weil er nichts von Klatsch hielt und auch gar nicht wußte, worum es ging. Ein graziles junges Mädchen kam jetzt nämlich vom Platz, während zwei Männer sich noch am Rande unterhielten. Es war ein bezauberndes blondes Mädchen, knapp mittelgroß, sehr schlank. Sie hatte die schönsten Beine, die Jochen je gesehen hatte, und dabei konnte seine Schwester Laura sich wahrhaftig auch sehen lassen. Aber Jochen war noch nie zuvor auf den ersten Blick von einem weiblichen Wesen so fasziniert gewesen.

Das Mädchen ging in etwa zwei Meter Entfernung an ihm vorbei, aber sie sah zu ihm herüber. Ihre Blicke trafen sich, und ihn durchzuckte ein elektrisierender Schlag, als ein staunender Ausdruck über ihr Gesicht huschte.

»Wenn du scharf auf eine reiche Erbin bist, das ist eine«, sagte Theo anzüglich.

»Quatschkopf«, konterte Jochen bissig, »wir haben selbst Geld genug.« Er kehrte es sonst nie heraus, aber die Bemerkung brachte ihn auf die Palme.

»Sei doch nicht gleich so empfindlich«, lenkte Florian ein. »Wollen wir ein Doppel spielen? Da kommt Patrick.«

Momentan war Jochen abgelenkt. Er hatte Patrick Vandevelde, den Enkel des Konsuls, schon einige Jahre nicht mehr gesehen, und nun erfuhr er, daß Patrick frisch aus den Staaten zurück war. Er hatte an der Havard Universität studiert und bereits seinen Doktor gemacht. In Philologie und Philosophie, wie Jochen nun auch hörte. Die Begrüßung war lässig. Patrick sah schon aus wie ein Intellektueller, aber bald sollten sie eine Kostprobe bekommen, daß er auch sehr gut Tennis spielen konnte.

Er redete nicht viel. Er wurde erst gesprächiger als Theo und Florian dann noch ein Einzel spielen wollten, und Patrick sich mit Jochen zu einem Drink an die Bar setzte.

»Ihr kommt doch sicher auch zu dem Empfang«, begann Patrick. »Es wäre nett, wenigstens ein paar bekannte Gesichter zu sehen.«

»Kommen Theo und Florian nicht?« fragte Jochen.

»Die Familien sind nicht eingeladen. Ich habe so was läuten hören, daß es da einen ziemlichen Knatsch gegeben haben soll. Dad hat das nicht so gern.«

Er hatte seinen Großvater immer Dad genannt, da er seinen Vater gar nicht kennengelernt hatte, da er bei einer Expedition auf tragische Weise ums Leben gekommen war, als Patrick noch keine drei Jahre alt gewesen war. Seine Mutter, die ihr zweites Kind erwartete, starb dann unter dem Schock stehend, an der Frühgeburt. Patrick wurde von seinen liebevollen Großeltern aufgezogen. Er entbehrte nichts, er vermißte nicht einmal Elternliebe, weil Magnus und Ingrid Vandevelde mit ihrem jugendlichen Aussehen und ihrer fortschrittlichen Weltanschauung für ihn die Eltern waren.

Jochen freute sich, daß zwischen ihm und Patrick gleich ein so gutes Einvernehmen herrschte. Befreundet waren sie eigentlich nie gewesen, weil sie gar so selten zusammenkamen, da Patrick ja nur immer kurzfristig in München weilte. Doch nun ließ er durchblicken, daß er bleiben würde.

»Bist du mit dem Studium fertig?« fragte Patrick.

»Soweit schon, ich sitze noch an der Doktorarbeit.«

»Du wirst wohl in die Firma eintreten.«

»So ist es geplant. Deshalb habe ich auch Technologie und Betriebswirtschaft studiert.«

»War es ein Muß?«

»Nein, ich konnte mich frei entscheiden. Ich gerate meinem Vater nach. Ich wollte es gar nicht anders.«

»Es wäre nett, wenn wir uns öfter treffen würden, vielleicht auch mal zu einem Einzel oder zum Skifahren.«

»Gern, wir können uns zusammen telefonieren.«

»Und wir sehen uns nächsten Freitag?«

»Zuerst wollte ich nicht, aber ich komme mit.«

»Okay, das ist fein. Bis dann.«

∽

Jochen hatte von Theo und Florian dann noch gehört, daß Patrick zwar überraschend gut Tennis spielte, sonst aber wohl zu hochgeistig für eine normale Unterhaltung denke.

»Wir haben uns sehr gut unterhalten«, erklärte Jochen.

»Du bist ja auch so ein Streber«, meinte Florian. Und da hatte er dann genug und ging.

Nun dachte er wieder an Nathalie Brent, an dieses bezaubernde blonde Mädchen. Er hatte sie zum ersten Mal gesehen, aber er war ungeheuer beeindruckt und wünschte nichts mehr, als sie bald wiederzusehen. Er wäre sehr glücklich gewesen, hätte er gewußt, daß sie auch an ihn dachte.

»Du bist so still«, sagte Hasso Brent auf der Heimfahrt, »hat es dich zu sehr angestrengt?«

»Aber nein«, wehrte sie ab. »Besuchen wir Mama?«

»Ich kann nicht, ich habe noch eine Verabredung«, erwiderte er.

»Mit Lore?« fragte sie spöttisch.

»Fang du nicht auch noch an. Lore ist Isabellas Kusine, und diese Gerüchte sind doch ganz bewußt in die Welt gesetzt worden, um mich ins Gerede zu bringen.«

»Sie ist eine sehr entfernte Kusine, Papa«, sagte Nathalie kühl, »und daß sie hinter dir her ist, merkt sogar deine naive Tochter.« Sie wollte eigentlich noch mehr sagen, aber sie unterdrückte es dann doch.

Sie wußte sehr gut, daß ihr Vater es mit der ehelichen Treue nicht sehr genau nahm. Sie entschuldigte sich auch damit, daß ihre Mutter nun schon Jahre dahinkränkelte und es immer schlimmer geworden war, aber es störte sie maßlos, wenn in der Öffentlichkeit darüber geredet wurde. Sie hatte gehofft, daß es hier anders werden würde, da sie ja nicht so bekannt waren wie in London. Dort habe man allerdings von seinen Amouren kaum Notiz genommen, weil es in ihren Kreisen diesbezüglich recht leger zuging und sie hatte lange überhaupt nichts erfahren, als sie auf dem College war. Hasso Brent war ein Frauentyp, und er besaß die nonchalante Art, über seine eigenen Schwächen hinwegzusehen.

Früher hatte es Nathalie gefallen, wenn ihre Mitschülerinnen von ihm schwärmten und sie um ihren attraktiven Vater beneidet wurde, jetzt störte sie mehr und mehr so manches an ihm, vor allem diese Art, alles zu bestimmen und nur sein Wort gelten zu lassen. Es hatte sich so entwickelt, seit Isabella immer kränker wurde und nicht mehr öffentlich in Erscheinung trat. Sie hatte es ehemals schon verstanden, allen und jedem klarzumachen, daß sie das Geld in die Ehe gebracht hatte. Sicher war das für ihn auch nicht gerade angenehm gewesen.

Nathalie war ein besonderes Mädchen. Sie hatte aus den Fehlern ihrer Eltern früh gelernt und einen ganz eigenen Stil entwickelt. Sie mochte es auch nicht, daß ihr Vater stets betonte, wie wichtig ihm seine Tochter sei und wie sehr er sie liebe. Im Grunde behagte es ihm gar nicht, Vater einer erwachsenen Tochter zu sein. Er zeigte sich gern mit ihr, und für ihn war das eine Art Alibi für seine sonstige Lebensweise.

Sie waren zu Hause angekommen. Der supermoderne Bungalow, den sie vor einem halben Jahr bezogen hatten, lag in einem parkähnlichen Grundstück. Nathalie hatte darin eine eigene Zweizimmerwohnung mit Bad, und sie hatte diese ganz nach ihrem eigenen Geschmack eingerichtet.

Das Büro hatte sich Hasso Brent in einem Anbau eingerichtet, der durch einen Innenhof mit dem übrigen Haus verbunden war, und alles war architektonisch sehr stilvoll gestaltet.

Personal war knapp, anders als in England, wo man genug bekam, aber sie hatten jetzt wenigstens eine Haushälterin und eine Köchin. Ansonsten wurden Stundenkräfte beschäftigt.

»Wann fährst du zu Mama?« fragte Hasso, als sie das Mittagessen einnahmen, das mehr ein Brunch war. Sie hatten andere Eßgewohnheiten aus England mitgebracht, an die die Köchin Selma sich noch nicht gewöhnen konnte.

»Bald«, erwiderte Nathalie kurz.

»Die Straßen sind glatt außerhalb der Stadt. Paß gut auf«, sagte er mahnend. »Ich habe es nicht gern, wenn du allein fährst.«

»Du könntest ja wenigstens einmal mitkommen«, sagte sie.

»Du weißt doch, wie das immer endet.« Sein Ton war unwillig.

»Ich möchte wissen, wie du in solcher Lage sein würdest. Du weißt ja nicht, was Kranksein heißt.«

»Deine Mutter war auch als Gesunde nicht leicht zu ertragen«, entfuhr es ihm.

»Meine Mutter ist die Frau, die du geheiratet hast, wenn ich das bemerken darf, und niemand hat dich dazu gezwungen.« Es mußte einfach mal gesagt werden. Sie war kein dummes Kind mehr. Sie war zweiundzwanzig Jahre und hatte nun auch schon einen Einblick, wie das in dieser Ehe gelaufen war.

Hassos Augenbrauen hatten sich zusammengeschoben, und ein zorniger Ausdruck veränderte sein Gesicht. Er konnte es nicht leiden, wenn man ihm Wahrheiten ins Gesicht sagte, und auch seiner Tochter verübelte er es. Aber er beherrschte sich, weil er besorgt war, sie könnte mit ihrer Mutter darüber sprechen, wenn er aggressiv reagierte.

»Darling, du solltest auch für mich etwas mehr Verständnis aufbringen«, sagte er einlenkend. »Es ist in meiner Position nicht einfach, immer so zu sein, wie es andere sich vorstellen, und alles, was man tut, wird viel kritischer betrachtet als bei Normalbürgern.

In Nathalies Augen blitzte es auf. »Sind wir denn keine Normalbürger? Sind wir etwas Besonderes? Spielt Geld eine größere Rolle als Charakter? Für mich jedenfalls nicht, um das einmal klarzustellen. Jetzt fahre ich zu Mama.«

»Du wirst ihr doch nichts von diesem dummen Klatsch erzählen, Nathalie?«

Wie würde sie wohl reagieren, ging es Nathalie durch den Sinn, aber sie spürte auch, wie nervös er war.

»Ich denke, du hast nichts zu verbergen? Lore ist doch eine Verwandte.

»Ich begreife nicht, warum du so anzüglich wirst. Ja, sie ist eine Verwandte, aber ich weiß auch, daß Isabella auf jeden Klatsch hört. Ich will doch auch nicht, daß sie sich aufregt.«

»Besuch sie öfter, und zeig dich mal als besorgter Ehemann«, sagte Nathalie, und dann ging sie. Er starrte auf die geschlossene Tür. So aggressiv war Nathalie eigentlich noch nie gewesen. Gewiß war es schon zu Spannungen zwischen ihnen gekommen, aber sie hatte an diesem Vormittag gleich eingewilligt, als er den Vorschlag gemacht hatte, wieder einmal Tennis zu spielen. Es war neben Golf der einzige Sport, den er betrieb, weil er sich da sehen lassen konnte. Er blamierte sich nicht gern. Er wollte bewundert werden und schätzte sich selbst sehr hoch ein. Zu hoch, wie Nathalie meinte. Sie sagte es nicht, aber sie zeigte es ihm manchmal, und das gefiel ihm gar nicht.

≈

Nathalie ging ähnliches durch den Sinn, als sie zum Sanatorium fuhr. Ja, sie dachte gründlich über ihren Vater nach, und sie fragte sich auch warum er ihr immer fremder wurde.

Sie begriff es ja selber nicht, daß sie plötzlich soviel entdeckte, was ihr mißfiel. Es war nicht so, daß sie mit besonders inniger Liebe an ihrer Mutter hing. Isabella war nie eine zärtliche Mutter gewesen. Ihr lag es nicht, Gefühle zu zeigen, wenn man auch nicht sagen konnte, daß sie gefühllos war.

Nathalie fuhr im mäßigen Tempo durch die Winterlandschaft, die einen so romantischen Anblick bot. Es war nicht viel Verkehr. Die Skifahrer waren alle schon längst in den Bergen. Die Tage waren kurz und mußten ausgenützt werden.

Sie sah einige Langläufer, Kinder, die auf ihren Schlitten die Hügel herunterfuhren, und sie fragte sich, ob sie je ein so unbeschwertes Kind hatte sein können.

Schneller als erwartet, sah sie nun das Sanatorium vor sich, auf einer leichten Anhöhe, umgeben von hohen schneebedeckten Tannen. Sie blickte auf die Uhr und konnte es gar nicht glauben, daß sie schon am Ziel war.

Sie konnte auch nicht ahnen, daß sie bald eine interessante Bekanntschaft machen würde. Dr. Norden war nämlich mit seiner Familie auch hierher gefahren, um eine liebe Patientin zu besuchen, die nach einem schweren Unfall hier therapiert wurde.

Mary Kersten hatte an diesem Tag ihren fünfundsiebzigsten Geburtstag. Sie war eine der ersten Patientinnen gewesen, die zu dem jungen Dr. Norden in die Praxis gekommen waren.

Sie hatte ihm geschrieben, daß sie sich einsam fühle und viel lieber von ihm betreut werden würde, und Dorthe hatte ihn daraufhin gleich erinnert, daß man ihr doch zum Geburtstag gratulieren sollte.

Da es ein so schöner Wintertag war, hatte er dann den Vorschlag gemacht hierher zu fahren. Fee war natürlich auch gleich damit einverstanden gewesen.

Die Kinder hatten den Schlitten mitgenommen, und Fee blieb mit ihnen an dem leichten Hang, wo sich noch mehr Kinder tummelten.

Daniel Norden kam fast gleichzeitig mit Nathalie Brent beim Sanatorium an, und es ergab sich, daß er ihr gleich helfen konnte, denn beim Aussteigen aus ihrem Wagen rutschte sie auf einer Eisplatte aus und fiel nach rückwärts an die Wagentür. Es war ein recht schmerzhafter Sturz, aber Dr. Norden war rasch bei ihr und hob sie auf. Benommen sah sie ihn an. Er fühlte ihren Kopf ab und stellte eine kleine Platzwunde fest. Er führte sie zu seinem Wagen und holte seinen Arztkoffer hervor.

»Ganz ruhig sein«, sagte er, als sie ihn nun ängstlich anblickte, »ich bin Arzt.«

»Hier im Sanatorium?« fragte sie stockend.

»Nein, hier will ich nur einen Besuch machen. Sie auch?«

»Ja, ich besuche meine Mutter.«

»Und ich eine Patientin.« Während er mit ihr sprach, tupfte er die Wunde ab. Sie blutete nur wenig.

»Es wird schon eine Beule geben, aber da eine kleine Öffnung da ist, wird es nicht gar so schlimm werden«, sagte er. »Ein Schmerzmittel möchte ich Ihnen nicht geben, falls Sie sich nachher wieder ans Steuer setzen.«

»Es tut nicht weh. Es war nur momentan der Schrecken. Da habe ich mich wohl schön dumm angestellt.«

»Das kann jedem passieren. Sie konnten nicht sehen, daß ausgerechnet da eine Eisplatte ist. Übrigens, mein Name ist Norden.«

»Nathalie Brent«, sagte sie, »ich danke Ihnen, Herr Dr. Norden.«

»Ich werde Sie jetzt hineingeleiten«, fuhr er fort. »Dann wissen wir auch gleich, ob Ihnen noch etwas weh tut. Und dann werde ich auch sagen, daß hier gestreut werden soll.«

Der Fußweg zum Haus war gestreut. Es war kein großer Bau, und es wirkte anheimelnd.

»Ihre Mutter ist schon länger hier?« fragte Dr. Norden beiläufig, denn der Name Brent hatte gleich eine Erinnerung geweckt.

»Seit zwei Monaten«, erwiderte Nathalie. »Sie hat schwere Gelenkerkrankungen. Sie kann sich nur im Rollstuhl fortbewegen.«

Da er Arzt war, fiel es ihr leichter, darüber zu reden. Daniel aber dachte an den Tratsch über Hasso Brent. Seine Tochter machte auf ihn einen sehr sympathischen und vernünftigen Eindruck, aber er wollte sich ohnehin gegen ein Vorurteil verwahren.

»Geht es?« fragte er, als sie nun in der Empfangshalle standen, in der es wohlig warm war.

»Ganz gut«, erwiderte sie, aber da kam schon ein Arzt mittleren Alters auf Daniel zugeeilt.

»Ist das die Möglichkeit, kann ich meinen Augen trauen? Norden, Kollege, was machen Sie denn hier?«

Dr. Hubert Engelke strahlte über das ganze breite Gesicht. Daniel hatte ihn freilich gleich erkannt. Älter waren sie beide geworden, aber viel verändert hatten sie sich nicht.

Zehn Jahre mochte es her sein, daß sie sich zum letzten Mal gesehen hatten, nachdem sie vorher auf der Uni zusammengewesen waren.

»Ich will einen Besuch bei Frau Kersten machen«, erklärte Daniel. »Und seit wann sind Sie hier?«

»Schon seit einem Jahr. Ich hätte mich eigentlich schon mal kümmern können, Sie anzurufen. Aber möchten Sie mich nicht mit Ihrer Begleiterin bekanntmachen?«

»Fräulein Brent lernte ich zufällig auf dem Parkplatz kennen. Damit es keine Mißverständnisse gibt, ich bin immer noch verheiratet und inzwischen Vater von fünf Kindern.«

»Fünf Kinder«, sagten Dr. Engelke und Nathalie fast gleichzeitig und grenzenlos staunend.

»Sie tummeln sich beim Schlittenfahren«, fuhr Daniel fort. »Allzu lange möchte ich sie nicht warten lassen.«

»Und ich möchte meine Mutter besuchen«, sagte Nathalie. »Herr Dr. Norden, ich bedanke mich herzlich für Ihre Hilfe. Ich werde mich in München bei Ihnen melden.«

»Würde mich freuen, und alles Gute für Ihre Mutter.«

»Die ein hoffnungsloser Fall ist«, sagte Dr. Engelke, als sich Nathalie schon entfernt hatte.

»Unheilbar?«

»Spondylomyelitis, dazu Asthma, und wir wissen, was das in einem solchen Fall bedeutet. Es kommen jetzt auch geistige Störungen hinzu. Die junge Dame kann einem leid tun.«

»Und der Ehemann?«

»Er ruft ab und zu an, und zweimal war er zehn Minuten hier, soweit ich informiert bin. Muß sich um die Geschäfte kümmern. Aber das geht uns ja nichts an.«

Sie verabschiedeten sich bis zum nächsten Wiedersehen, aber wann und ob das stattfinden würde, stand wohl in den Sternen, wenn gute Vorsätze auch vorhanden waren.

Mary Kersten hatte nun Grund, sich zu freuen. Sie hatte Tränen in den Augen, als ihr Daniel Norden mit den Glückwünschen ein Gedichtbändchen überreichte.

»Blumen wären wohl erfroren« sagte er. »Ganz schön kalt ist es geworden.«

»Und Sie kommen persönlich«, sagte sie gerührt. »Wie geht es der Familie und in der Praxis? Ich habe richtige Sehnsucht, aber ich kann ja nicht davonlaufen mit diesen klapprigen Beinen. Sind Sie schon umgezogen?«

Er mußte erzählen und meinte, daß sie bestimmt wieder wohlauf wäre, wenn auch die Praxis umgezogen sei.

»Und dann haben wir auch neue Geräte, mit denen Sie weiterbehandelt werden können, Frau Kersten.«

»Wenn es nur schon soweit wäre«, seufzte sie. »Die Ärzte geben sich ja auch Mühe, aber ich bin nun mal noch Besseres von Ihnen gewöhnt.«

»Sie machen mich ganz verlegen«, sagte er, »wir kennen uns halt schon so lange, da ist man vertrauter.«

»Sie waren gleich von Anfang an so lieb«, erklärte sie. »Wo ich doch so erschrocken war, bei einem so jungen Arzt zu landen, als ich mit dem Rad gestürzt war. Nun wird es auch mit dem Radfahren vorbei sein.«

»Sagen Sie das nicht, Sie werden schon wieder fit.«

»Nein, nein, so nicht, jetzt würde die Angst mitfahren. Diesmal war der Unfall zu schlimm. Ich kann ja froh sein, daß ich noch lebe. Und ist es nicht seltsam, ich freue mich, daß ich lebe, daß ich noch ein bißchen dabei bin. Klingt das nicht komisch aus dem Mund einer Frau, die keine Angehörigen hat?«

»Es ist eine sehr gesunde und mutige Einstellung, Frau Kersten. Bleiben Sie dabei.«

～

Nathalie fand ihre Mutter in einer desolaten Stimmung vor. »Er hat wohl wieder keine Zeit«, sagte Isabella mühsam, nachdem Nathalina sie mit aufmunternden Worten begrüßt hatte.

»Papa hat noch eine Besprechung«, erklärte Nathalie.

Isabella lachte blechern auf. »Mir kann man ja viel erzählen, aber er wird sich noch wundern.«

Ein Frösteln kroch durch Nathalies Körper. Beklommen sah sie ihre Mutter an. Isabella war fünfzig, sah aber aus wie siebzig, abgemagert und faltig und verkniffen. Eine Schönheit war sie nie gewesen, aber es gab Fotos, auf denen sie als eine kraftvolle Frau zu sehen war.

»Es wäre mir sehr recht, wenn du dich mehr ums Geschäft kümmern und Hasso auf die Finger sehen würdest«, sagte Isabella.

»Das wird er sich kaum gefallen lassen, Mama.«

»Und wenn ich es bestimme?«

Nathalie empfand Mitleid mit ihr. Sie meinte wohl immer noch, bestimmen zu können, aber widersprechen wollte sie ihrer

Mutter nicht, und sie ahnte auch nicht, welche Energien Isabella noch mobilisieren konnte, wenn sie von Haß beflügelt wurde.

Jetzt lehnte sie sich zurück. »Er war doch nur hinter meinem Geld her«, murmelte sie. »Ich habe es gewußt und ihn trotzdem geheiratet. Aber im Grunde waren sie ja alle gleich, die mich heiraten wollten. Ich war nur eine lästige Beigabe. Bei dir wird es anders sein.«

»Mama, du sollst nicht so reden«, sagte Nathalie.

»Es ist doch die Wahrheit. Ich wollte ihn ja, diesen Playboy, diesen Mitgiftjäger. Aber ich habe es ihm gezeigt, wer das Sagen hat«, kicherte sie. »Das hat ihm nicht gepaßt, aber nichts konnte er dagegen tun.«

Und was hat es ihr gebracht, ging es Nathalie durch den Sinn. Ist es das wert, ist das ein Leben?

»Du bist ein gutes Kind«, fuhr Isabella fort. »Du wirst alles bekommen, Nathalie, und du wirst ihm die Grenzen zuweisen. Er soll mein gutes Geld nicht mit anderen Weibern verjubeln. Wie viele hat er denn jetzt?«

Ihre Stimme sprühte buchstäblich Gift, und Nathalie wurde die Kehle eng und trocken.

»Ich war heute mit ihm Tennisspielen«, lenkte sie ab.

»Jetzt, im Winter?« Isabella riß die Augen auf.

»In der Halle, Mama. Es ist ein guter Ausgleichssport.«

»Und er kann sich produzieren. Oh, ich kenne ihn. Vielleicht soll man gar denken, daß du seine hübsche junge Freundin bist.«

»Mama, ich bitte dich, man weiß doch, daß ich seine Tochter bin.«

Sie ist krank, dachte Nathalie. Sie steigert sich in einen Verfolgungswahn hinein. Es wurde ihr Angst, als sie in die funkelnden Augen blickte. Aber sie griff nach der mageren Hand und streichelte sie, denn sie war sich bewußt, daß viel Wahrheit in diesen Anschuldigungen war.

»Ich habe vorgesorgt«, fuhr Isabella monoton fort. »Soll er mich doch verfluchen, wenn ich nicht mehr bin, so wird der

Fluch auf ihn zurückfallen. Ich wünsche nur für dich, daß du echte Freunde findest und einen Mann, der dich verdient. Ich war keine gute Mutter, ich weiß es…«, ihre Stimme versagte, und sie sank in sich zusammen. Nathalie bekam einen fürchterlichen Schrecken und drückte gleich auf die Klingel. Dr. Engelke kam auch sofort und bemühte sich um die Kranke.

»Ihre Mutter ist sehr schwach«, sagte er mit ruhiger Stimme. »Sie wird eine Infusion bekommen und dann schlafen. Hat sie sich aufgeregt?«

»Nicht direkt, sie hat sich in gewisse Vorstellungen hineingesteigert.«

»Das gehört zu dem jetzigen Krankheitsverlauf. Es ist ihr selbst nicht bewußt, Fräulein Brent. Wir tun alles, was uns möglich ist, ihre Schmerzen zu lindern, aber gegen den geistigen Verfall können wir nichts tun.«

Nathalie preßte die Lippen aufeinander. »Sie war eine so kluge Frau«, sagte sie tonlos, »sie wußte auf allen Gebieten Bescheid. Ich möchte sagen, daß sie genial war.«

Genie und Wahnsinn liegen so dicht beisammen, dachte Dr. Engelke, aber er sprach es nicht aus.

»Genießen sie lieber den schönen Wintertag, und tun Sie etwas für Ihre Gesundheit, Fräulein Brent«, sagte er. »Hier können Sie nicht helfen.«

In Gedanken versunken verließ Nathalie die Klinik. Sie dachte über ihren Vater nach. Das Drama dieser Ehe wurde ihr erst jetzt richtig bewußt, denn früher hatte sich ihre Mutter gut zu beherrschen verstanden, und er hatte stets eine selbstzufriedene Miene gezeigt.

Weil sie so tief in Gedanken versunken war, wäre sie beinahe wieder ausgerutscht, als sie zu ihrem Wagen gelangte. Es war noch nicht gestreut. Dr. Nordens Wagen stand aber nicht mehr da.

Ihre Finger waren eiskalt, als sie den Motor anließ, aber er sprang gleich an, und sie fuhr los.

Bei dem Gasthof ›Zur Eiche‹ machte sie Halt. Sie hatte hier schon einmal gegessen, und sie hatte nicht die geringste Lust, jetzt schon heimzufahren.

An einem großen runden Tisch saßen die Nordens. Nathalie konnte gar nicht darüber hinwegsehen, und jäh wurde ihr bewußt, wie einsam sie sich als Kind gefühlt hatte.

Aber auch Daniel Norden hatte sie gleich gesehen. »Das ist Nathalie Brent, Fee«, raunte er seiner Frau zu.

»Bitte sie doch an unseren Tisch, es ist ja fast alles besetzt«, sagte sie.

»Wenn sie mag...«, er stand schon auf. Nathalie errötete, als er auf sie zutrat und sie fragte, ob sie sich zu ihnen setzen wolle.

»Sehr gern«, erwiderte sie leise. »Es ist sehr nett von Ihnen.«

Fee hatte eine ganz besondere Art, keine Hemmungen aufkommen zu lassen, und die Kinder betrachteten sie nur ein bißchen neugierig, wie jeden, den sie nicht kannten.

»Das ist Fräulein Brent«, stellte Daniel vor und dann nannte er ihr die Namen der Kinder.

»Ich heiße Nathalie«, sagte sie, »und ich freue mich sehr, daß ich euch kennenlerne. Ich hatte leider keine Geschwister.«

»Dann ist es wirklich langweilig«, sagte Danny. »Bei uns ist immer was los.«

»Is was los«, echote Jan, der kleine Zwilling, und sein Schwesterchen Désirée klopfte gleich mit dem Löffel auf den Tisch.

Anneka betrachtete Nathalie andächtig. »Gehst du noch zur Schule?« fragte sie.

»Nein, ich studiere.«

»Muß ich dann Sie sagen?«

»I wo«, erwiderte Nathalie lächelnd.

»Jetzt laßt Nathalie erst mal aussuchen, was sie essen möchte«, warf Fee ein.

»Wir essen Schnitzel«, sagte Anneka.

»Dann esse ich auch eins. Ich esse Schnitzel nämlich sehr gern, und sie sind hier sehr gut.«

»Ißt du öfter hier?« fragte Danny interessiert.

»Meistens, wenn ich meine Mutter im Sanatorium besuche.«

»Muß sie lange hierbleiben?« fragte Anneka mitfühlend. Für die Norden-Kinder waren Krankheiten an der Tagesordnung, und die Insel der Hoffnung war auch ein Sanatorium. Dort wußten sie ja bestens Bescheid.

Für Nathalie sollte der Tag zu einem wundervollen Erlebnis werden, denn die trüben Gedanken, die sie nach dem Besuch bei ihrer Mutter bewegt hatten, wurden in dieser heiteren Gesellschaft schnell vertrieben. Sie machten anschließend noch einen Spaziergang, aber dann wurden die Zwillinge müde.

»Du kannst doch noch mit zu uns kommen«, sagte Anneka. »Wir sind gerade in ein neues Haus umgezogen, das kannst du dir mal anschauen. Es ist ganz toll geworden.«

»Das geht doch nicht«, erwiderte Nathalie.

»Warum denn nicht?« meinte Fee. »Wenn Sie nichts Besseres vorhaben, sind Sie herzlich willkommen.«

»Unsere Lenni hat bestimmt Waffeln gebacken«, sagte Danny.

»Und die schmecken vielleicht«, warf nun auch Felix ein, der sonst noch nicht viel gesagt hatte.

So lernte Nathalie auch das neue Heim der Nordens kennen, und ihr gefiel es sehr. Es war eine ganz andere Atmosphäre als bei ihnen. Man konnte sich gleich wohlfühlen.

Ein solches Familienleben kannte Nathalie überhaupt nicht. Da wurden Sehnsüchte geweckt und Wünsche wach, daß sie auch einmal solch ein Leben mit einem geliebten Mann und Kindern genießen könnte. Sie hatte auch ihre eigenen Gedanken dabei. Den Nordens ging es finanziell bestimmt auch gut, aber hier regierte nicht das Geld, sondern Liebe und Wärme.

Die Kinder verstanden, daß ihre Eltern sich mal mit Nathalie allein unterhalten wollten. Man brauchte es ihnen nicht erst zu sagen.

Daniel fragte Nathalie, ob sie von dem Sturz noch Schmerzen hätte. Sie schüttelte den Kopf.

»Das ist schon vergessen«, erwiderte sie, »Sie haben mir ja so gut geholfen. Aber ich mache mir Sorgen um meine Mutter, sie verfällt zusehends.«

»Es besteht kaum Hoffnung bei solchen Erkrankungen«, erklärte Daniel. »Seit wann zeigten sich die Beschwerden?«

»Ich weiß es nicht genau. Ich war auf dem College. Wir haben in England gelebt. Meine Mutter war immer ein Muster an Selbstbeherrschung. Wenn ich zu Hause war, ließ sie sich nie etwas anmerken, und so kam es für mich ganz plötzlich, daß sie in die Klinik kam.«

»Ich will nicht neugierig sein, aber kamen Sie deshalb hierher?« fragte Daniel.

»O nein, Mama ist gebürtige Münchnerin, eine geborene Vandevelde, wenn Ihnen der Name etwas sagt!«

Daniel und Fee waren konsterniert. »Verwandt mit Konsul Vandevelde?« fragte Daniel, »wir kennen ihn nämlich recht gut. Wir sind auch am Freitag zum Empfang eingeladen.«

»Oh, das freut mich, dann werden wir uns ja dort sehen?«

»Wir werden sicher kommen«, sagte Fee. »Jetzt wissen wir ja, daß wir nette Gesellschaft haben werden.«

»Ich bin so froh, Sie kennengelernt zu haben«, sagte Nathalie. »Es ist gar nicht so, als wären wir uns fremd. Ich tue mich da nämlich ein bißchen schwer. Um auf Mama zurückzukommen, sie ist eine Nichte vom Konsul. Sie hatten zwar kaum Kontakt, aber mein Vater hat diesen wieder angeknüpft. Er leitet ja jetzt die Firma. Die Vandeveldes waren drei Brüder, mein Großvater war der Älteste. Ich habe ihn gar nicht kennengelernt, überhaupt keine Großeltern gehabt. Es wurde bei uns auch nicht über die Verwandtschaft geredet. Ich weiß nur, daß mein Großvater wohl ein sehr guter Geschäftsmann war und viel Geld gemacht hat. Mama hatte seinen Geschäftssinn geerbt.« Ihr Blick schweifte in die Ferne. Sie sah irgendwie verloren aus. »Mama ist sehr krank, sie wird nicht mehr gesund«, sagte sie leise.

»Sie werden nun aber in München leben?« fragte Fee behutsam.

»Ich weiß nicht, was Papa einfällt, aber ich habe mich entschlossen, hier zu bleiben.«

»Ihr Vater ist Engländer?« fragte nun wieder Daniel.

»Sein Vater war Engländer, seine Mutter ebenfalls Deutsche. Ich bin in London geboren, und dort bin ich auch aufgewachsen.«

»Man merkt es aber nicht an der Sprache«, sagte Fee.

»Wir haben immer viel deutsch gesprochen. Mama wollte ja auch lieber hier leben, aber Papa leitete das Londoner Büro.«

Nun hatten sie schon sehr viel von den Brents erfahren, aber von Nathalie waren sie sehr angetan. Als sie sich nun verabschieden wollte war es schon beschlossen, daß dieser neu geknüpfte Kontakt nicht abreißen sollte.

Auch die Kinder sagten, sie solle bald wiederkommen. »Dann müßt ihr mich aber auch mal besuchen«, meinte sie.

»Papi hat ja so selten Zeit«, sagte Anneka. »Aber mit Mami könnten wir ja mal nachmittags kommen.« Neugierig waren sie schon, wie Nathalie leben mochte, da sie ihr flottes Auto schon bewundert hatten. Sie winkten ihr nach.

Für Nathalie war es der schönste Tag gewesen, seit sie in München wohnte, und sie konnte sich auch nicht erinnern, früher schon mal mit anderen Leuten, die sie gerade erst kennengelernt hatte, gleich so vertraut gewesen zu sein.

Ihr Vater war nicht zu Hause. Selma sagte, daß er schon lange weg sei und was sie zu essen wünsche.

»Gar nichts, ich war beim Essen und zum Kaffee eingeladen. Ich habe wundervolle Waffeln gegessen. Das Rezept muß ich mir einmal geben lassen, Selma.«

»Ich kann auch Waffeln backen, aber es hat ja noch niemand welche verlangt«, sagte sie beleidigt.

»Dann backst du uns bei Gelegenheit auch mal welche, selbst wenn mein Vater sie nicht mag. Er ist ja sowieso selten da.«

Aber mit Lore schien er nicht zusammen zu sein, denn sie rief an und fragte gar nicht nach ihm. Sie wollte Nathalie sprechen.

»Wir müssen uns unbedingt bald einmal treffen«, sagte sie. »Es ist da ein so dummes Gerede im Gange, das ich geklärt wissen möchte. Ich kann es nicht auf mir sitzen lassen, was da verbreitet wird.«

»Ich habe damit doch nichts zu tun, Lore«, erwiderte Nathalie kühn. »Klär das doch bitte mit Papa. Ich weiß gar nicht, worum es eigentlich geht.«

»Aber ich möchte mit dir darüber sprechen.«

»Dann komm doch her.«

»Ich möchte Hasso nicht treffen. Spielst du morgen Tennis?«

»Ich hatte es eigentlich nicht vor.«

»Aber vielleicht könnten wir uns in der Halle treffen?«

Seufzend gab Nathalie nach. »Wann?« fragte sie kurz.

»Elf Uhr? Oder besuchst du Isabella? Ich war heute dort.«

»Und wie geht es ihr?«

»Schlecht.« Mehr wollte sie aber wirklich nicht sagen, und so verabschiedete sie sich kurz und legte den Hörer auf.

Ob sie jetzt Angst hat, daß ihre Ehe in Gefahr ist, überlegte Nathalie. Anscheinend hatte ihr Hasso doch keine Hoffnung gemacht für die Zukunft. Ob da eine andere Frau im Spiel war? Oder wollte er sich auf eine längere Bindung nicht mehr einlassen, nachdem er in London schon das Fiasko mit Mabel gehabt hatte?

Es war das erste Mal gewesen, daß Nathalie etwas von seinen Affären mitbekommen hatte. Und die Affäre mit Mabel war auch der Auslöser gewesen, daß Isabella fort wollte. Sicher war sie da auch schon krank gewesen, aber doch nicht so hilflos wie jetzt. Sie hatte getobt, sie hatte Hasso gedroht, und es war auch das erste Mal gewesen, daß Nathalie ihren Vater unsicher erlebt hatte. Sie hatte begriffen, daß er Angst davor hatte, Isabella könnte die Scheidung wollen.

An diesem Abend ging ihr noch vieles durch den Kopf, und

dann dachte sie auch an jenen jungen Mann, den sie in der Tennishalle gesehen hatte. Ob er morgen vielleicht wieder dort war?

Jochen Bruggmann dachte das gleiche, und er hatte schon beschlossen, daß er auf jeden Fall morgen mal hinfahren wollte.

Beim gemeinsamen Abendessen erzählte er, daß er Patrick Vandevelde getroffen hätte.

»Er ist also auch wieder hier«, sagte Carlo.

»Er wird auch bleiben. Er hat bereits seinen Doktor gemacht. Anscheinend strebt er eine Professur an.«

»Doch nicht in so jungen Jahren«, sagte Carlo.

»Was hat er denn studiert?« fragte Caroline.

Zu aller Verwunderung antwortete Laura. »Philologie und Philosophie.«

»Woher weißt du denn das?« fragte Jochen verwundert.

»Man spricht auf der Uni über ihn. Er scheint ja ein Genie zu sein. Er hält am Dienstag einen Vortrag über amerikanische Literatur.«

»Das hat er mir gar nicht gesagt.«

»Und du bist mal wieder nicht informiert«, sagte Laura neckend. »Ich werde hingehen, kommst du mit?«

»Dienstag spiele ich doch Schach.«

»Mich würde es interessieren, ich komme gern mit«, sagte Caroline. »Carlo ist eh in Stuttgart.«

»Fein, Carry«, sagte Laura. »Allein gehe ich ja nicht gern.«

»Auf jeden Fall treffen wir Patrick am Freitag«, warf Jochen ein. »Und wenn er auch ein Intellektueller ist, Tennis spielt er auch Klasse.«

Im Hause Vandevelde wurden oft hochgeistige Gespräche geführt, doch an diesem Abend redete man auch über die weitere Familie.

»Warum hast du Brent eigentlich eingeladen, Magnus?« fragte Ingrid beiläufig. »Isabella ist doch immer noch im Sanatorium, wie ich heute hörte, als ich anrief. Nathalie war zu ihr gefahren, Brent war nicht zu Hause. Wenn das Gerede stimmt, führt er ein undurchsichtiges Leben.«

»Beachten wir mal das Gerede nicht«, erklärte Magnus, »mir geht es um Nathalie. Wir sollten uns etwas mehr um sie kümmern. Wie es scheint, leidet Isabella an einer unheilbaren Krankheit, und so wird sich über kurz oder lang entscheiden, wie weit Brent das Sagen hat. Es geht schließlich um unseren guten ehrbaren Namen.«

»Immerhin hat die Ehe über zwanzig Jahre gehalten«, betonte Ingrid, »und er scheint doch auch recht clever zu sein.«

»Ich genieße ihn mit Vorsicht. Nun, ich meine, Patrick und Nathalie sollten sich auch kennenlernen.«

»Das werden wir ja wohl am Freitag«, stellte Patrick mit einem flüchtigen Lächeln fest. »Übrigens habe ich heute Jochen Bruggmann getroffen. Er hat sich gut gemacht. Hat auch keine Allüren.«

»Eine sehr honorige Familie« erklärte Magnus. »Heben sich wohltuend von den Neureichen ab.«

Bei aller fortschrittlichen Einstellung legte man in diesem Haus doch noch Wert auf gute Umgangsformen und seriösen Lebenswandel. Patrick wußte das. Er setzte auch Maßstäbe und war in seinem Umgang sehr wählerisch. Es war nicht nur so, weil er so erzogen worden war. Er betrachtete die Mitmenschen objektiv und bildete sich seine Meinung.

»Aus welchen Gründen werden eigentlich verschiedene Leute nicht eingeladen, Dad?« fragte er ruhig.

»Wir schätzen es nicht, wenn es zu Streitereien kommt, wenn wir Gastgeber sind.«

»Und wenn manche übermäßig trinken«, warf Ingrid ein. »Zum Glück waren wir auf dem Nikolausball nicht anwesend. Aber da auch Lore Dautz eine entfernte Verwandte von uns ist, wird man informiert.«

»Es ist peinlich«, sagte Magnus. »Und das ist auch ein Grund, warum wir uns mehr um Nathalie kümmern sollten. Schließlich geht es dabei auch um ihren Vater.«

»Kann es nicht sein, daß es auch aufgebauscht wird?« fragte Patrick.

»Aus der Luft wird das nicht gegriffen. Und wir wollen damit nichts zu tun haben«, betonte Magnus. »Ich hoffe, du wirst mit Nathalie ins Gespräch kommen. Sie ist ein reizendes Mädchen.«

»Ich werde mir Mühe geben, Dad«, erwiderte Patrick lächelnd. »Ihr habt nichts dagegen, wenn ich mich zurückziehe? Ich möchte mir die Sportschau ansehen.«

»Und was hast du morgen vor?«

»Ich werde zum Skifahren starten. Jetzt braucht man ja nicht weit zu fahren.«

Er wünschte eine gute Nacht, und als er die Tür hinter sich geschlossen hatte, sagte Ingrid: »Er ist so vielseitig interessiert. Es ist doch selten, daß sich Intellekt auch mit sportlichen Ambitionen paart.«

»Er ist zum Glück kein Stubenhocker«, sagte Magnus. »Er hat Mark in den Knochen.«

»Er ist so ganz nach deinen Vorstellungen«, stellte Ingrid fest.

»Ich bin dankbar, daß wir ihn haben, daß er uns soviel Freude machte nach all dem Schmerz, Ingrid.« Sie nickte stumm und unterdrückte ein paar aufsteigende Tränen.

Nathalie traf ihren Vater erst, als sie sich anschickte, das Haus zu verlassen. Am Frühstückstisch war er nicht erschienen. Er war sehr blaß.

»Ist dir nicht gut?« fragte sie.

»Migräne«, erwiderte er. »Es war gestern zu anstrengend.«

Eine spöttische Bemerkung lag ihr auf der Zunge, aber sie wollte sich nicht in eine Debatte einlassen. Sie nahm es nur zur Kenntnis, daß er sich nicht einmal nach Isabellas Befinden erkundigte.

»Willst du wegfahren?« fragte er, als sie schon an der Tür war.

»Ja, ein bißchen raus, das schöne Wetter ausnützen.«

»Willst du nicht Urlaub in den Bergen machen?«

Sie war überrascht, und nun erwachten wieder Aggressionen. »Und wer besucht Mama?« stieß sie hervor.

»Nimmt sie überhaupt noch etwas wahr?«

»Fahr doch hin und stell es selber fest.« Dann warf sie die Tür hinter sich zu. Er zuckte zusammen. So heftig reagierte sie nur ganz selten. Aber er hatte jetzt andere Sorgen, er wollte sich darüber nicht den Kopf zerbrechen.

Nathalie hatte sich immer noch nicht ganz beruhigt, als sie zur Tennishalle kam. Es war nicht so warm darin wie gestern, und es war niemand auf dem Platz.

»Die Heizung ist heute nacht ausgefallen«, erklärte der Wärter gerade ein paar Leuten, da kam Lore Dautz.

»Gehen wir lieber rüber ins Café«, schlug Nathalie vor.

»Meinetwegen«, erwiderte Lore mürrisch. Sie war eine attraktive Frau mit herzförmigem Gesicht, schwarzen Haaren und graugrünen Augen.

Nathalie bemerkte Jochen Bruggmann nicht, der eben aus seinem Wagen stieg. Aber er sah, daß die beiden zu dem Café gingen, und kurz entschlossen schlug er dann auch diesen Weg ein.

Es war nicht viel Betrieb an diesem Sonntagmorgen, nur ein paar Tische waren besetzt. Sicher waren viele bei dem schönen Wetter hinausgefahren, und zum Tennisspielen gingen wohl nur die Clubmitglieder, weil es anderen meist doch zu teuer wurde. Nathalie wußte, daß sich ihr Vater und Lore öfter im Club getroffen hatten, und jetzt bezweifelte sie, daß dies zufällig geschah.

Jochen setzte sich so, daß Nathalie ihn nicht sehen konnte, aber er konnte Lore Dautz beobachten. Sie waren sich nie vorgestellt worden, aber er kannte sie vom Sehen, da er sie auch öfter im Club gesehen hatte. Sie war eine gute Tennisspielerin, und es war bekannt, daß sie gern flirtete.

»Was gibt es so Wichtiges?« fragte Nathalie, als Lore vor sich hin starrte.

»Ich habe einen jungen Mann entdeckt, den ich schon öfter im Club gesehen habe.«

»Das ist ja wohl nicht wichtig«, sagte Nathalie kühl. »Schließlich bist du nicht mit einem Mann hier.«

»Ich leide durch diesen Klatsch schon langsam an Verfolgungswahn. Kannst du nicht mal mit Heiner sprechen, daß zwischen mir und Hasso nichts ist?«

»Was habe ich damit zu tun?« fragte Nathalie abweisend. »Ich weiß zudem nicht, ob etwas zwischen euch ist, und es interessiert mich auch nicht.«

»Dich stört es nicht, wenn man über deinen Vater redet?«

»Mich stört an ihm, daß er sich nicht um Mama kümmert.«

Lore kniff die Augen zusammen. »Er kann da doch nichts machen. Es ist schließlich auch nicht einfach zu sehen, wie sie verfällt. Männer sind da nun mal eigenartig. Wärest du denn einverstanden, wenn er wieder heiraten würde?«

Wilder Zorn schoß in Nathalie empor. Es war nicht nur taktlos, es klang brutal.

»Meine Mutter lebt noch«, sagte sie hart, »und es könnte sein, daß sich manches zu seinem Nachteil verändert, wenn sie stirbt.«

Lore zuckte zusammen. »Hat sie diesbezüglich ein Testament gemacht?« fragte sie überstürzt.

Ob sie mich aushorchen soll, ging es Nathalie durch den Sinn. Was wird da eigentlich gespielt?

»Wir sprechen nicht über so was. Ich bin diesbezüglich nicht interessiert, und ich weiß immer noch nicht, warum du dich so dringend mit mir treffen wolltest.«

Lore hatte Nathalie unterschätzt. Sie war immer sehr zurückhaltend gewesen und sie hatte die Jüngere als schüchtern und leicht beeinflußbar eingeschätzt. Jetzt fühlte sie sich verunsichert und an die Wand gedrängt.

»Heiner spielt verrückt, weil ich ein paar Mal mit Hasso Tennis gespielt habe und daraus eine Mordsaffäre gemacht wurde. Die lieben Kollegen, die es nicht leiden können, daß er das Röntgeninstitut übernehmen konnte. Jetzt müssen sie hetzen, vor allem die, die sich mit ihren spießigen Frauen herumärgern müssen. Und leider hört Heiner ja auf diese Gerüchte. Er vergißt, daß ich mit euch verwandt bin.«

Nathalie lächelte spöttisch. »So verwandt doch auch nicht, daß es nicht zu einem Techtelmechtel mit Papa kommen könnte. Er nimmt es doch nicht so genau mit den Flirts.«

Lore wurde nervös. »Hat er noch andere Beziehungen?« fragte sie, ohne sich bewußt zu werden, daß sie sich verriet.

»Kann schon sein. Ich habe mich nicht darum gekümmert. In London war es auch nicht anders.«

»Aber du hast doch ein gutes Verhältnis zu Hasso. Er liebt dich.«

»Tatsächlich? Habt ihr über mich gesprochen?«

Es machte Nathalie Spaß, die Ältere immer mehr in die Enge zu treiben. Es kam jetzt soweit, daß Lore sogar ihren Kaffee verschüttete, so stark zitterte ihre Hand, und hastig zündete sie sich eine Zigarette an.

»Rauchen ist ungesund, es schadet auch der Haut«, stellte Nathalie ironisch fest.

Lore warf ihr einen giftigen Blick zu. »Ich sehe schon, mit dir kann man nicht vernünftig reden.«

»Was ist bei solchem Gerede vernünftig? Wenn du in mir eine Verbündete gesucht hast, war das ein Irrtum. Ich mische mich grundsätzlich nicht in die privaten Angelegenheiten anderer Leute, und ich vertrete auch den Standpunkt, daß man für alles, was man tut, die Verantwortung tragen muß.«

»Ich bin mir keiner Schuld bewußt«, stieß Lore hervor.

»Dann wirst du deinen Mann doch davon überzeugen können.«

Abrupt sprang Lore auf. »Es ist besser, wenn ich gehe«, sagte sie gereizt. »Es bringt nichts, wenn wir noch weiter hier sitzen.«

Sie legte einen Geldschein auf den Tisch. »Erledige das«, und dann ging sie mit einem kurzen, kühlen Gruß.

Jochen hatte beobachtet, daß da ein Gespräch im Gange gewesen war, daß man als unfreundlich bezeichnen konnte. Dicke Luft, dachte er, aber ihm konnte es nur recht sein, daß Nathalie noch sitzenblieb. Er hatte vorsichtshalber schon bezahlt, um sie ja nicht aus den Augen zu verlieren, und als sie nach zehn Minuten zahlte, ging er schon hinaus. Hier im Café wollte er sie nicht ansprechen. Er wartete vor dem Blumengeschäft, das neben dem Café lag.

Als Nathalie auf die Straße trat, blieb sie noch einen Augenblick gedankenversunken stehen, und da trat Jochen auf sie zu.

»Hallo«, sagte er leise, und sie sah ihn maßlos überrascht an. »Sind wir uns nicht gestern schon mal begegnet?« fuhr er entschlossen fort, um sich die Situation zunutze zu machen. »Drüben im Club«, fügte er noch hinzu. »Spielen Sie heute wieder?«

Inzwischen hatte sich Nathalie halbwegs gefangen. »Nein, heute nicht.« Verwirrt blickte sie ihn an, und momentan wußte sie auch nicht, wie sie sich verhalten sollte, aber dann stellte sich Jochen vor und sie lächelte flüchtig, »ich heiße Nathalie Brent«, erwiderte sie.

»Darf ich Sie zu einem Frühschoppen einladen, oder zum Brunch ins Berner Stübli? Waren Sie schon mal dort?«

»Nein, ich kenne mich hier wenig aus«, erwiderte sie verlegen.

»Es ist sehr nett dort, und jetzt bekommen wir sicher noch Plätze.«

Der Übermut packte sie plötzlich, und sie wollte auch nicht mehr über Lore und ihren Vater nachdenken.

»Wenn Sie meinen«, sagte sie, »ich habe nichts anderes vor.«

Jochen war jetzt doppelt froh, daß er zu Hause gesagt hatte, er würde nicht zum Mittagessen da sein, obwohl er nicht zu hoffen gewagt hatte, daß es sich so entwickeln würde. Er war jetzt in bester Stimmung, und als sie im Berner Stübli einen ruhigen Platz gefunden hatten, war er restlos zufrieden.

»Ich freue mich, daß ich Sie so bald wiedersehen durfte«, sagte er mit einem Lächeln, das ihr das Herz erwärmte. Sie errötete.

»Ich freue mich auch«, erwiderte sie aber ehrlich.

Jochen bestellte einen Tischwein. »Es gibt hier sehr leckere Sachen« erklärte er, »echte Schweizer Küche. Kennen Sie die Schweiz?«

»Nicht viel, ich war in Genf und Zürich, aber nur ein paar Tage.«

»Sie wohnen noch nicht lange in München?«

»Sie können gut raten«, meinte sie schelmisch.

»Sonst hätte ich Sie doch bestimmt schon früher im Club gesehen.«

»Ich war schon ein paar Mal da, aber Sie anscheinend nicht.«

»Ich spiele sonst abends.«

»Heute ist die Heizung ausgefallen, da ist es ungemütlich.«

»Im Winter sollte man eigentlich auch mehr Skilaufen.«

»Ich kann es nicht, aber ich möchte es lernen.«

»Ich bin ein guter Lehrer, wenn ich mich anbieten darf.«

»Wir können es ja mal versuchen, aber ich muß mich erst einkleiden. Wir haben in London gelebt, da hatte ich keine Gelegenheit, Wintersport zu treiben.«

»Werden Sie jetzt längere Zeit hierbleiben?«

»Ja. Ich möchte immer hier wohnen, es gefällt mir gut.«

Jochen atmete hörbar auf, und da lachte sie leise. »Haben Sie es so schwer?« fragte sie.

»Ich hatte nur Angst, daß Sie gleich wieder aus meinem Leben verschwinden könnten«, gab er zu. »Seit unserer gestrigen Begegnung habe ich mir nichts anderes gewünscht, als Sie wiederzusehen, Nathalie.«

Er sprach ihren Namen so zärtlich aus, daß ihr das Blut heiß durch die Adern strömte. Plötzlich war alles vergessen, was sie bedrückte. Jochen hatte eine Saite in ihr zum Klingen gebracht, von der sie bisher nichts gewußt hatte.

~

Hasso Brent war indessen nach langem Überlegen zu dem Entschluß gekommen, Isabella zu besuchen. Momentan schien ihm das die einzige Möglichkeit, seine derzeitige Situation zu entspannen.

Er hatte das Haus verlassen, als Lore anrief. Gleich, nachdem sie das Café verlassen hatte, war sie zur nächsten Telefonzelle gefahren. Es trug zu ihrer weiteren Mißstimmung bei, daß sie Hasso nicht erreichte, und sie steigerte sich nun auch in einen heftigen Zorn auf ihn hinein.

Sie wußte erst recht nicht wie sie sich aus dem Dilemma herauslavieren konnte. Sollte sie heimfahren und versuchen, Heiner versöhnlich zu stimmen. Sie fürchtete, daß das wenig Sinn haben würde. Er hatte ihr deutlich zu verstehen gegeben, daß er ihr nicht mehr vertraute.

Sollte sie Isabelle besuchen? Sie konnte doch wohl kaum etwas von den Gerüchten erfahren haben. Nathalie würde jede Aufregung sicher von ihr fernhalten. Aber vielleicht freute sich Isabella über ihren Besuch und wurde mitteilsam. Die Andeutung, die Nathalie gemacht hatte, ging Lore nicht mehr aus dem Sinn. Wenn Hasso nicht der Haupterbe sein würde, bedeutete das für ihn bestimmt einen gewaltigen Verlust, aber er war dann auch nicht interessanter als Heiner, der zwar nicht so zu leben verstand wie Hasso, aber doch sein gutes Geld verdiente.

Immer auf eigenen Vorteil bedacht, stellte Lore sehr nüchterne Überlegungen an, was für sie wohl das Beste sein würde. Ohne nun noch lange zu überlegen, fuhr sie zum Sanatorium.

Dort war man schon sehr überrascht gewesen, als Hasso Brent ohne Voranmeldung erschien. Wenn er sich ab und zu telefonisch nach dem Befinden seiner Frau erkundigt hatte, fragte er jedes Mal, ob es überhaupt etwas bringe, sie zu besuchen. Nun erschien er sogar mit Blumen.

Isabella sah ihn ungläubig an, als er eintrat. Tatsächlich meinte sie an Halluzinationen zu leiden.

»Es ist ja nicht zu glauben, mein Herr Gemahl gibt mir die

Ehre seines Besuches«. sagte sie sarkastisch. Er war erstaunt, wie sicher sie sprach.

Für sie war sein Erscheinen wie ein Aufputschmittel. Alle Energien wurden mobilisiert, alle Aggressionen sofort geweckt.

»Du hast eben einen sehr beschäftigten Mann, der dich in keiner Weise enttäuschen möchte«, erklärte er.

Ein schiefes Lächeln gab ihrem Gesicht einen boshaften Ausdruck. »In keiner Beziehung ist wohl stark übertrieben«, meinte sie spöttisch, »aber was die Geschäfte anbetrifft, lasse ich mich gern wieder einmal aus berufenem Munde informieren.«

Seine Augen wurden schmal. »Ziehst du es nicht vor, dich von Loecken informieren zu lassen?« fragte er betont gleichmütig, aber ihre Augen begannen gleich zu funkeln.

»Also das ist es, was dich beunruhigt«, sagte sie mit einem blechernen Lachen. »Da du keine Zeit hast, mich zu besuchen, muß ich mich an alte Vertraute halten. Meine Gehirnzellen funktionieren noch, auch wenn du das nicht gern wahrhaben willst.«

»Du sollst dich nicht immer so törichten Vermutungen hingeben, Isa. Damit machst du dir doch nur das Leben schwer.«

»Irrtum, das pulvert mich auf. Das Geschäft bedeutet mir viel, und ich möchte dich erinnern, daß es meine Gesellschaft ist.«

»Für die ich verantwortlicher Geschäftsführer sein darf«, konterte er gereizt, »und das nach so langer Ehe, in der ich doch hundertfach bewiesen habe, daß ich keinen Vorbeter brauche.«

»Aber diplomatisches Geschick hast du nie bewiesen«, stellte sie fest. »Du willst, daß dein Wort gilt. Ich bin doch immer dezent im Hintergrund geblieben.«

»Um dann zu beweisen, daß du das letzte Wort hast.«

»Es hat der Firma nie geschadet, und es wurde sicher manches Unheil dadurch vermieden. Deshalb habe ich Loecken auch die Anweisung gegeben, vorerst keine Gelder für Transaktionen freizugeben, bevor nicht alte Verbindlichkeiten reguliert sind.«

Kalte Wut packte ihn, weil sie noch immer nicht zur Aufgabe zu bringen war. Er konnte sich nur mühsam beherrschen.

»Du solltest lieber an deine Gesundheit denken«, sagte er betont. »Wenn du dir ständig den Kopf zerbrichst, daß im Geschäft manches nicht so läuft, wie du es willst, stellst du doch die Gesundung in Frage.«

Sie legte den Kopf zurück. »Als ob du nicht genau wüßtest, daß ich nicht mehr gesund werde. Du wartest doch auf meinen Tod, und mir bereitet es ein höllisches Vergnügen, dich noch zu ärgern, dich für all deine Gemeinheiten zappeln zu lassen.«

»Du bist schon wieder ungerecht, Isabella. Ich gebe ja zu, daß ich nicht der ideale Ehemann bin, aber sonst kannst du mir nichts vorwerfen, oder hat sich Nathalie über mich beklagt?« Er sah sie lauernd an.

»Nathalie ist ein gutes Kind. Ich weiß nicht, wieso sie so ganz anders ist, aber ein Erbteil von uns sind ihre positiven Eigenschaften gewiß nicht. Du siehst, daß ich auch in meiner Selbsteinschätzung ehrlich bin. Da du nun mal hier bist, kann ich dir ja gleich persönlich sagen, daß Nathalie im Geschäft eingearbeitet wird. Es ist mein Wunsch.«

»Sie studiert doch noch«, wandte er ein.

»Was nicht ausschließt, daß sie nicht auch praktische Erkenntnisse sammeln kann. Schließlich ist Volkswirtschaftslehre die beste Grundlage für unser Unternehmen.«

»Hast du schon mit ihr gesprochen?«

»Ich habe es ihr angedeutet.«

»Sie ist jung und hübsch, sollte sie ihre Jugend nicht erst noch genießen?«

»Es kommt darauf an, was man darunter versteht. Sie soll ihr Blickfeld und ihre Menschenkenntnis erweitern. Sie hat alles Zeug zu einer Karrierefrau.«

»Fragt sich nur, ob sie das sein will.«

»Hat sie einen Freund?«

»Nicht daß ich wüßte. Am Freitag sind wir auf dem Empfang anläßlich des siebzigsten Geburtstages von Magnus, da wird sie vielleicht ein paar junge Männer kennenlernen.«

Isabella versank in Gedanken. Sie war auch müde geworden, denn die Konzentration hatte sie viel Kraft gekostet.

»Magnus wird siebzig«, murmelte sie. »Und ihm geht es anscheinend gut. Ich möchte wissen, warum ich so leiden muß«, brach es dann aus ihr heraus.

»Dafür wirst du mich wohl kaum verantwortlich machen können«, sagte er zynisch. Es traf sie wie Keulenschläge.

»Geh«, zischte sie, »ich kann dich nicht mehr ertragen.«

»Und du wunderst dich, daß ich dich nicht öfter brauche?«

»Ich wundere mich nicht. Du wolltest ja nur wissen, was ich mit Loecken besprochen habe. Ich bin noch nicht verkalkt.«

Es wurmte ihn gewaltig, daß sie wieder einmal das letzte Wort behielt. Er hatte sehr viel schlucken müssen in all den Jahren, aber er dachte auch nicht daran, welch ein angenehmes, sorgenfreies Leben er sich mit dieser Heirat geschaffen hatte. Er hatte ja gar nicht überlegt, was sie für eine Frau war, welchen Charakter sie hatte, er hatte nur die Millionen gesehen, die hinter ihr standen, die ihm, dem unbedeutenden Bankkaufmann die Chance seines Lebens boten. Rücksichtslos hatte er sofort alle Brücken hinter sich abgebrochen, ohne nur einen Augenblick darüber nachzudenken, wie sehr man andere Menschen verletzen konnte.

Jeder ist sich selbst der Nächste, war sein Wahlspruch. Seine Miene war grimmig, so daß Lore noch mehr erschrak als er, als sie sich plötzlich gegenüberstanden.

»Was machst du hier?« fauchte er sie an. »Wie kannst du dich unterstehen, hierher zu kommen?«

Sie brachte kein Wort über ihre Lippen, so sehr fürchtete sie sich momentan vor ihm.

Er packte sie am Arm und schob sie vor sich her nach draußen. »Wer hat dir gesagt, daß ich hier bin?« fuhr er sie an.

»Niemand. Ich kam auf den Gedanken, Isabella mal zu besuchen«, stammelte sie. »Schließlich bin ich ihre Kusine.«

»Fang doch nicht wieder mit dieser Verwandtschaft um acht

Ecken an. Ich habe dir gesagt, daß zwischen uns nichts mehr läuft, und das gilt.«

»Dann sprich mit Heiner und sag ihm, daß nie etwas zwischen uns gewesen ist.«

Er starrte sie an. »Das fehlte mir noch! Wozu soll ich mich rechtfertigen? Du bist mir doch nachgelaufen. Du hast dir sonst was eingebildet.«

»Mein Gott, wie kannst du nur so reden«, sagte sie tonlos. »Es will mir nicht in den Kopf.«

»Dann gib dir Mühe, daß du begreifst, daß ich verheiratet bin und bestimmt keine feste Bindung mehr eingehen werde.«

»Es sei denn, du findest wieder eine Reiche«, warf sie ihm vor.

»Beherrsch dich, da kommt der Arzt, der Isabella betreut. Was soll er denken?«

Dr. Engelke war neugierig. Er wollte doch zu gern wissen, was das für eine Frau war, mit der Brent ein anscheinend erregtes Gespräch führte. So mußte Hasso ihn notgedrungen mit Lore bekanntmachen.

»Eine Verwandte meiner Frau« erklärte er. »Wir haben uns eben zufällig hier getroffen, aber ich habe ihr schon gesagt, daß Isabella sehr ermüdet ist und schon mein Besuch anstrengend für sie war. Aber ich muß sagen, daß sie heute recht lebhaft war.«

»Sie hat immer wieder gute Stunden«, erklärte Dr. Engelke. »Sie müssen aber auch bedenken, wie schmerzhaft diese Krankheit ist.«

»Und wie kommt man eigentlich zu solch einer Krankheit?« fragte nun Lore.

»Wenn wir die genauen Ursachen kennen würden, wäre die Behandlung wohl leichter«, erklärte der Arzt. »Es handelt sich um eine Entzündung der Wirbel und des Rückenmarks, aber mit dem fortschreitenden Stadium kommen auch noch zusätzliche Beschwerden hinzu, und mit der Zeit leiden auch die Organe.«

»Leidet auch das Gehirn?« fragte Lore.

»Das läßt sich pauschal nicht sagen. Die Menschen sind verschieden. Frau Brent ist eine sehr starke Persönlichkeit, zumindest war sie es.«

»Nun, sie behauptet sich immer noch«, erklärte Hasso mit einem erzwungenem Lächeln. »Ich muß mich jetzt verabschieden, ich werde zu Hause erwartet. Vielleicht schaust du doch mal bei Isabella hinein, sie freut sich sicher.«

Das kam für Lore nun auch wieder plötzlich, aber sie begriff, daß er nicht mit ihr gleichzeitig gehen wollte.

Dr. Engelke fragte Lore, ob er sie zu Isabella begleiten solle. »Wenn Sie so freundlich wären«, erwiderte sie. »Anscheinend hat sich Hasso mal wieder mit Isabella gestritten.« Wenigstens so wollte sie ihm jetzt eins auswischen. Sie war sehr erbost, wie er sie abgefertigt hatte.

»Hat es öfter Streit gegeben bei dem Ehepaar?« fragte Dr. Engelke. »Dann wäre auch verständlich, daß er so selten kommt.«

»Sie sind beide schwierig, und es gefällt natürlich keinem Mann, wenn ihm ständig vorgehalten wird, daß die Frau das Vermögen besitzt.«

»Besteht denn da Gütertrennung?«

»Aber selbstverständlich. Aber ich sollte wirklich nicht soviel reden.«

»Und ich keine Fragen stellen, aber für die Therapie ist es natürlich wichtig, die Ursache für manche unerklärlichen Vorgänge zu erfahren. Man hat als Arzt dann ganz andere Voraussetzungen.«

»Und bewahren auch Schweigen?«

»Das ist doch selbstverständlich und sogar Pflicht.«

Nun standen sie vor der Türe des Krankenzimmers. »Bitte, bleiben Sie noch einen Augenblick«, sagte Lore, »vielleicht will sie mich nicht sehen. Ich will keinesfalls, daß sie sich aufregt.«

Aber Isabella regte sich nicht auf. Sie lag matt in den Kissen und schien Lore zuerst gar nicht zu erkennen.

»Isa. ich bin es, Lore. Ich wollte dir doch einmal einen Besuch machen.«

Isabella blinzelte. »Bist du mit Hasso gekommen?« fragte sie.

»Nein, ich war überrascht, ihn zu sehen. Ich habe heute vormittag Nathalie getroffen, und sie sagte mir, daß es dir besser geht.«

»Jetzt bin ich aber müde. Danke, daß du dir die Zeit genommen hast.«

»Ich würde gern öfter kommen, wenn es dir recht ist.«

»Wenn du Zeit hast? Wie läuft die Praxis?«

»Sehr gut. Heiner hat doch ein Röntgeninstitut übernommen. Er hat sehr viel zu tun.«

Isabella blinzelte wieder. »Gut siehst du aus, sehr gut.«

Sie hob leicht die Hand, aber sie sank gleich wieder matt zurück, und schon schlief Isabella ein.

Lore ging leise hinaus. »Es ist ein Jammer, wie sie aussieht«, sagte Lore zu Dr. Engelke. »Eine Schönheit war sie ja nie, aber ein Energiebündel. Sie wirkte immer überzeugend.«

»Diese Erfahrung haben wir mit ihr auch schon gemacht. Ich darf mich jetzt verabschieden, gnädige Frau. Ich habe noch einiges zu tun, auch am Samstag reißt die Arbeit nicht ab.«

Und wieder stand sie da und wußte nicht recht, was sie nun anfangen sollte. Sie ging langsam zu ihrem Wagen. Das Beste wird doch sein, wenn ich mich mit Heiner versöhne, und wenn ich es richtig anfange, schaffe ich es auch, dachte sie. Sie hatte schon genug riskiert, und endlich begriff sie, daß sie von Hasso Brent nicht viel zu erwarten hatte.

Ihren Versöhnungsversuch mußte sie aber aufschieben, denn sie traf ihren Mann nicht zu Hause an, wie sie es erwartet hatte. Das mißfiel ihr auch gründlich, und sie fragte sich, wo er wohl sein mochte.

Dann aber kam ihr doch der Gedanke, wie oft er sich wohl das gleiche gefragt haben mochte, wenn sie nicht zu Hause war.

~

Jochen und Nathalie hatten noch den ganzen Nachmittag bis zum hereinbrechenden Abend zusammen verbracht, und es konnte kein Zweifel darin bestehen, daß sie ineinander verliebt waren. Aber dieses Geheimnis ihrer ersten Liebe, denn bei beiden war es die erste, wollten sie noch für sich behalten. Sie wußten nun, daß sie sich am Freitagabend wiedersehen würden.

Bei dieser Gelegenheit wollte Jochen Nathalie mit seinen Eltern bekanntmachen und Nathalie ihn ihrem Vater vorstellen.

Sie hatten sich sehr viel erzählt, und Nathalie hatte auch nicht verschwiegen, daß ihre Mutter schwerkrank war.

Mit dem Wiedersehen wollten sie aber nicht bis zum Freitag warten. Und so erlebte es Caroline, daß ihr Sohn in dieser Woche höchst selten zu Hause war und auch an zwei Abenden erst nach zehn Uhr heimkam. Mit mütterlichem Instinkt ahnte sie, daß da ein Mädchen dahinterstecken mochte, aber sie fragte nicht.

Am Dienstag besuchte sie mit Laura den Vortrag von Patrick Vandervelde, und sie waren beide begeistert von seiner faszinierenden Ausdrucksweise. Er wurde danach so umlagert, daß an ein Herankommen gar nicht zu denken war.

»Nun, wir haben den Vorteil, ihn am Freitag zu sehen und sicher auch mit ihm sprechen zu können«, sagte Caroline. »Ein wirklich interessanter junger Mann.«

Sie freute sich auf den Abend. Sie ahnte nicht, welche Überraschung er ihr bringen sollte.

~

Daniel Norden brauchte nun auch nicht mehr überredet zu werden. Durch Nathalies Bekanntschaft war er wohlwollend gestimmt worden, und er wollte auch gern ihren Vater kennenlernen.

Nathalie war am Dienstagvormittag in der Sprechstunde gewesen, und Fee hatte sie Blumen geschickt.

Die kleine Kopfwunde war gut verheilt, wie sich Daniel überzeugen konnte.

»Es sollte wohl so sein«, sagte sie mit strahlenden Augen. »Sie haben mir Glück gebracht.«

»Wieso?« fragte er verwundert.

»Weil ich plötzlich das Gefühl haben konnte, daß jemand da ist, mit dem ich reden kann und der mich versteht. Und ich fühlte mich viel freier.«

Er sah sie forschend an. »Sie können gern zu uns kommen, wenn Sie etwas bedrückt, Nathalie«, sagte er.

»Es gibt schon manches, was mir noch zu schaffen macht, aber ich habe noch jemand kennengelernt, der mich versteht. Sie kennen ihn auch. Er heißt Jochen Bruggmann. Wir stellten fest, daß Sie die Familie auch kennen.«

»Sehr gut sogar, und ich muß sagen, daß Jochen ein sehr netter und gescheiter junger Mann ist.«

»Das habe ich inzwischen auch feststellen können. Es erschien mir wie ein gutes Omen, als er sagte, daß er Sie auch als Arzt bewundert. Ich hatte ihm von Mama erzählt und wie ich Sie kennengelernt habe und wie schön es für mich war, Ihre Familie kennenzulernen.«

»Die Bruggmanns sind auch eine sehr nette Familie, Nathalie. Das werden Sie ja sicher auch feststellen können.«

»Wir sehen uns am Freitag. Ich habe mich noch nie so auf ein Fest gefreut.«

Sie hat sich verliebt, dachte Daniel, als sie gegangen war. So schnell kann es gehen, aber immerhin ist sie an einen anständigen Burschen geraten.

Der Abend würde sicher nicht langweilig werden, aber freilich konnte er nicht ahnen, was sich da alles ereignen würde.

Fee hatte sich indessen für ihr smaragdgrünes Chiffonkleid entschieden, das ihr so gut zu Gesicht stand. Es paßte ihr auch wieder. Die paar Pfunde, die sie nach der Geburt der Zwillinge noch mehr gehabt hatte waren wieder geschwunden.

Natürlich hatten auch die anderen Damen, die zu dem Fest geladen waren, ihre Kleidersorgen, Caroline hatte keine.

»Du ziehst dein blaues Kleid an, das du im Herbst gekauft hast«, sagte Carlo, »das mag ich am liebsten.«

Sie tat ihm gern den Gefallen. Sie wußte selbst, daß es zu ihr paßte, und sie wollte ja vor allem ihm gefallen.

Im Jagdschlössl wurden schon auf Hochtouren für das große Fest Vorbereitungen getroffen, als Hasso Brent abgehetzt nach Hause kam. Nathalie war für den Abend angekleidet, nur mit ihrer Frisur war sie noch nicht zufrieden, und sie wollte doch an diesem Abend ganz besonders hübsch aussehen.

»Warum kommst du so spät?« fragte sie, als Hasso an ihr vorbei ins Bad lief.

»Geschäfte sind wichtiger«, erwiderte er barsch.

Na, das kann ja was werden, dachte sie. Hoffentlich ist er besserer Laune, wenn ich ihm Jochen vorstelle.

Es entging ihr nicht, daß Hasso ein Glas Cognac auf einen Zug leerte. Das gefiel ihr auch nicht, aber sie wollte ihn nicht reizen.

Als er umgekleidet war, schien er wieder ruhiger zu sein. »Ausgerechnet heute muß ich soviel Ärger haben«, murmelte er. »Entschuldige, ich will ihn nicht an dir auslassen. Hast du schon gehört, daß Lore einen Unfall hatte?«

»Nein, ist es schlimm?« fragte Nathalie.

»Ich weiß es nicht. Sie liegt in Garmisch in der Klinik.«

»In Garmisch?«

»Ja, dort in der Nähe ist es passiert.«

Nathalie hatte ein ganz eigenartiges Gefühl, aber sie verdrängte es. Sollte er dabei gewesen sein, war er deshalb so hektisch? Sie wußte nicht, was sie von ihrem Vater halten sollte. Er wurde ihr von Tag zu Tag fremder.

»Warum schaust du mich so an?« fragte er gereizt.

»Es ist schon spät, wir sollten fahren. Und es ist wohl besser, wenn ich fahre. Du hast etwas getrunken.«

»Fängst du jetzt auch schon an, an mir herumzunörgeln?«

»Es war nur ein wohlgemeinter Vorschlag, sonst fahren wir eben mit zwei Wagen.«

»Wegen einem Cognac brauchst du nicht gleich so ein Theater zu machen.«

Nathalie ging nicht darauf ein. Sie ging zu ihrem Wagen. Er folgte ihr.

»Stell dich nicht so an«, sagte er beleidigt, »ich bin ja ein folgsamer Vater. Mein Wagen ist sowieso nicht ganz in Ordnung. Er muß in die Werkstatt.«

»Warst du heute außerhalb?« fragte Nathalie, als sie unterwegs waren.

»Ja«, erwiderte er wortkarg, »und ich war bei Isabella.«

»Schon wieder«, staunte sie.

»Ich hatte etwas Geschäftliches mit ihr zu besprechen, aber sie machte heute einen desolaten Eindruck.«

»Mama ist sehr vom Wetter abhängig.

»Lore hat sie neulich übrigens auch besucht. Sie hat sich sehr darüber gefreut. Sag ihr bitte nichts von dem Unfall, wenn du sie morgen besuchst.«

»Weißt du, wie es passiert ist?«

»Nein, Heiner rief mich an. Die Mißverständnisse sind übrigens ausgeräumt, falls es dich interessiert.«

»Das ist ja erfreulich«, sagte Nathalie kühl.

Danach wurde nichts mehr geredet, bis sie am Ziel waren.

»Mein Kompliment, Nathalie, du fährst gut«, stellte er fest. »Ich muß mich wohl daran gewöhnen, daß du erwachsen bist.«

»Das bin ich schon eine ganze Zeit.«

Es standen schon viele Autos auf dem Parkplatz. Anscheinend gehörten sie zu den letzten Gästen. So war es auch, und Jochen hatte sich schon die Augen nach ihr ausgeschaut.

Caroline und Carlo Bruggmann unterhielten sich mit dem Ehepaar Vandevelde, und Laura hatte schon einen schüchternen Versuch unternommen mit Patrick ins Gespräch zu kommen, nachdem Jochen sie mit ihm bekanntgemacht hatte.

Patrick musterte sie staunend. »Ich kann mich nur an ein kleines Mädchen mit einem Wuschelkopf erinnern«, sagte er. »Bist du das wirklich, Laura?«

Sie war wie beflügelt, weil er gleich du sagte und sich auch noch an sie erinnerte, und dabei waren sie sich doch nur ganz selten begegnet und in großen Abständen.

»Das muß ich wohl gewesen sein«, sagte sie errötend.

»Damals dachte ich, du wärest ein Junge«, sagte er lächelnd, »aber jetzt bist du unverkennbar eine junge Dame.«

Sein Charme verursachte ihr Herzklopfen. Er war so anders, als sie nach seinem Vortrag angenommen hatte. Und auf den kam sie nun zu sprechen.

Er scheint sehr erstaunt zu sein. »Du hast dich dafür wirklich interessiert?« fragte er.

»Ich war mit Mami da. Es hat uns sehr gut gefallen.«

Ihr Blick folgte jetzt Jochen, der auf Nathalie zuging, aber da sah sie auch, wie Caroline plötzlich wie versteinert zur Tür blickte und mitten im Gespräch verstummte.

Was sie da in Sekundenschnelle wahrnahm, hatte sie später gar nicht wiedergeben können. Jochen begrüßte dieses bildhübsche Mädchen, das Laura nicht mal dem Namen nach kannte, der ältere Herr hinter ihr starrte dorthin, wo ihre Eltern mit den Vandeveldes standen, und sein Mienenspiel verriet maßlose Verblüffung.

Dann drehte sich die junge Dame zu ihm um und sagte etwas. Jochen machte eine leichte Verbeugung.

»Jochen Bruggmann, mein Vater«, stellte Nathalie vor, aber sie war momentan erschrocken, als sie Hassos fahle, verstörte Miene sah, und er blickte sie völlig geistesabwesend an und schien Jochen gar nicht wahrzunehmen.

»Was hast du plötzlich?« fragte indessen Patrick die nachdenkliche Laura.

»Ich kenne das Mädchen nicht, das Jochen gerade begrüßt«, sagte sie stockend.

»Das ist Nathalie Brent mit ihrem Vater«, erklärte er. »Ihre Mutter ist eine geborene Vandevelde, eine Kusine von Dad.«

»Sie ist sehr hübsch«, sagte Laura leise. »Ich wußte nicht, daß Jochen sie kennt. Jetzt scheint er sie zu meinen Eltern zu bringen. Da möchte ich dabei sein.«

»Dem steht nichts im Wege«, sagte Patrick. »Ich muß sie auch begrüßen.«

❧

»Ist dir nicht gut, Carry?« fragte Carlo besorgt.

»Das ist Brent«, murmelte sie. Carlo zuckte leicht zusammen. »Jener Brent?« fragte er leise zurück.

Sie nickte.

Und schon nahten Jochen und Nathalie. »Darf ich euch Nathalie Brent vorstellen?« sagte er mit strahlender Miene. »Meine Eltern und meine Schwester Laura, Nathalie.«

»Es freut mich sehr«, sagte Nathalie und als sie Carry anblickte, wurde deren Gesicht wieder belebt.

Patrick spürte, daß da eine Spannung war, und geistesgegenwärtig sagte er: »Hallo, Nathalie, ich wußte gar nicht, daß du Jochen kennst.«

»Wir haben uns auch erst kürzlich kennengelernt.«

»Und ich habe es noch für mich behalten um euch zu überraschen«, sagte Jochen.

Besser wäre es, wir wären vorbereitet gewesen, dachte Carlo, aber er hatte sich schnell gefangen. Dieses reizende Mädchen hatte ganz gewiß keine Ahnung, was da heraufbeschworen wurde. Niemand konnte es wissen, außer Brent, Carry und ihm.

Hasso Brent aber war so völlig konsterniert, daß er für eine Weile verschwand.

»Anscheinend fehlt meinem Vater heute etwas«, stellte Nathalie fest, nachdem sie von Magnus und Ingrid herzlich begrüßt worden war.

Es war eine seltsame Situation, wenn dies den beiden jungen Leuten in ihrer Verliebtheit auch nicht bewußt wurde, aber auch Laura machte sich ihre Gedanken.

Hasso Brent war noch einmal hinausgegangen und rauchte eine Zigarette, um seine Nervosität zu bewältigen. Er konnte es nicht fassen, Caroline hier zu sehen, noch dazu als strahlend schöne Frau, vertraut mit Magnus und Ingrid Vandevelde. Aber er hatte sie sofort erkannt. Und nun wußte er nicht, wie er sich benehmen sollte, er, der doch sonst eigentlich mit jeder noch so schwierigen Situation fertig wurde. Er konnte sich jetzt nicht drücken, er hätte es ja Nathalie erklären müssen. Er konnte nur hoffen, daß Caroline ihn nicht beachten würde.

Nun, sie hatte wahrhaftig kein Interesse, ihm besondere Beachtung zu widmen sie war nur wieder einmal heilfroh, daß Carlo auch über ihn Bescheid wußte und sie ihm so keine Erklärung geben mußte für die Zurückhaltung, die sie auch Nathalie gegenüber an den Tag legte, und das fiel vor allem Laura auf, die darüber befremdet war. Ihr war Nathalie sofort sympathisch, und Patrick, der ein Gespür für diffizile Situationen hatte, sorgte dafür, daß sie sich zu viert absonderten.

Der offizielle Teil mit der Gratulationscour verschaffte auch Caroline Luft, und es war ihr dann nichts mehr anzumerken von dem Schock, der sie gelähmt hatte.

»Das Mädchen kann doch nichts dafür«, sagte Carlo leise, »sei nicht so abweisend, Carry.

»Ausgerechnet das«, murmelte sie, »mußte das sein?«

Vielleicht mußte es sein weil uns die Vergangenheit irgendwann doch einholt, dachte Carlo. Er wich nicht von Carrys Seite. Er wußte, wie nötig sie ihn jetzt brauchte. Es ging ja nicht um den Mann, es ging um Jochen und Nathalie. Und auch Carlo fragte sich, warum Jochen sich ausgerechnet in dieses Mädchen verlieben mußte, da es ihm doch noch nie ernst gewesen war. Über einen kurzen Flirt waren seine Beziehungen zum weiblichen Geschlecht nicht hinausgegangen, und hier brauchte man wirklich nicht zweimal hinzuschauen, um zu sehen, wie es zwischen den beiden gefunkt hatte.

Der offizielle Teil war beendet. Magnus schaute sich um. »Was ist denn eigentlich mit Hasso los?« fragte er. »Ich sehe ihn gar nicht mehr.«

Aber inzwischen hatte der sich doch aufgerafft und nahte nun um Magnus noch persönlich zu gratulieren. Das war unvermeidlich, so schwer es ihm auch in dieser Situation fiel. Er hatte den Augenblick abgepaßt, wo Caroline sich entfernt hatte, aber er hatte bemerkt, daß der Mann an ihrer Seite blieb.

Ihr Mann? Das hatte er sich gefragt, doch nun nahm er sich zusammen. Ingrid erkundigte sich sofort nach Isabellas Befinden, und es gelang Hasso, eine besorgte Miene zu zeigen.

»Es geht ihr heute leider gar nicht gut«, erzählte er. »Ich war noch bei ihr, und demzufolge bin ich heute auch sehr deprimiert. Ihr habt bitte Verständnis, wenn ich mich bald verabschiede.«

»Aber Nathalie wird doch bleiben«, sagte Ingrid. »Wir freuen uns ja so sehr, daß sie sich mit dem jungen Bruggmann angefreundet hat. Beste Familie, der Name ist dir ja sicher bekannt. Wo sind eigentlich Carlo und Caroline? Eben waren sie doch noch hier!«

Sie sah Hasso an. »Ich spreche von Jochen Bruggmanns Eltern, und die junge Dame, die sich mit Patrick unterhält, ist die Tochter Laura. Nathalie hat einen guten Instinkt, und du kannst unbesorgt sein. In dieser Familie stimmt alles.«

»Wie beruhigend«, sagte Hasso mit belegter Stimme. »Nathalie ist noch sehr unerfahren, und da möchte man schon wissen, mit wem sie die Zeit verbringt.«

»Nun, wie schon gesagt, eine bessere Wahl hätte sie gar nicht treffen können«, warf nun auch Magnus ein. »Jochen wird bald der Junior-Chef sein. Er ist mit dem Studium fertig und macht seinen Doktor.«

Hasso rechnete blitzschnell zurück, aber er kam zu dem Ergebnis, daß Caroline nicht Jochens Mutter sein konnte. Aber nun erschienen Daniel und Fee Norden, wie meist mit Verspätung, aber es hatte in letzter Minute mal wieder einen Notfall gegeben, und so sehr Magnus und Ingrid das bedauerten, sie hatten doch Verständnis für den geplagten Arzt.

Gleich kam Nathalie herbeigeeilt, gefolgt von Jochen. Ein glückliches, junges Paar, man konnte es sehen. Es wurde eine herzliche Begrüßung.

»Ich dachte schon, Sie würden doch nicht kommen und machte mir Gedanken, ob etwas mit den Kindern wäre«, sagte Nathalie.

»Die sind wohlauf. Daniel mußte mal wieder ein verstauchtes Bein verarzten«, erklärte Fee. »Aber nun sind wir hier.«

»Und ich darf Sie mit meinem Vater bekannt machen«, sagte Nathalie.

Hasso war mehr als überrascht, wen Nathalie schon alles kannte, aber seine Gedanken umkreisten Caroline. Sie schien ja eine glänzende Partie gemacht zu haben. Hier in München hätte er sie gewiß nicht vermutet, und schon gar nicht in diesen Kreisen. Er fühlte sich unsicher wie auf Eis, das jeden Augenblick brechen konnte.

Und seine Tochter schien ihr Herz an Jochen Bruggmann verloren zu haben. Ihm wurde heiß und kalt bei dem Gedanken, daß es zu einer festen Bindung kommen könnte.

»Die Nordens sind gekommen«, sagte Carlo zu Caroline. »Wir können uns nicht fernhalten, Liebes. Packen wir also den Stier bei den Hörnern. Du bist ihm doch nichts schuldig.«

»Ich möchte nur vermeiden, daß er anzüglich wird. Mich würde nicht wundern, wenn er sagen würde, daß wir uns von früher kennen, und dann wird über uns auch getratscht.«

»Nur keine Bange, du hast ja mich«, sagte er. »Ich mache das schon.«

Ja, er war ihr großer Halt. Es war die Sternstunde in ihrem Leben gewesen, als sie in sein Haus kam, um Jochen zu betreuen. Ihr Leben hatte eine so wunderbare Wende genommen, daß sie immer noch für jeden Tag dankbar war, den sie mit ihm erleben durfte. Nein, Hasso Brent hatte keine Bedeutung mehr für sie, nicht die geringste, aber es machte ihr doch zu schaffen, daß Jochen sich in seine Tochter verliebt hatte.

Carlos Nähe gab Caroline auch die Kraft, die nächsten Minuten lächelnd zu überstehen. Sie schenkte vorerst nur Daniel und Fee ihre Aufmerksamkeit, erkundigte sich nach den Kindern und fragte, ob mit dem Umzug alles geklappt hätte.

Dann aber übernahm es Magnus, sie mit Hasso Brent bekannt zu machen. Hasso konnte seine Nervosität nicht verbergen, aber man beließ es bei kleinen Verbeugungen und Caroline bei einem leichten Neigen des Kopfes.

Aber eigentlich machten sich nur Fee und Daniel Gedanken darüber, denn es war nicht mehr üblich, daß Hände geschüttelt wurden, und auch andere wahrten Distanz beim ersten Kennenlernen.

Zudem wußte Jochen bereits, daß Nathalie zu ihrem Vater auch ein distanziertes Verhältnis hatte.

Auch diese Situation wurde gemeistert. Die Stimmung war allgemein lockerer geworden, die jungen Leute fanden sich zusammen. Eine Band spielte, und im Nebenraum konnte getanzt werden. Natürlich verlockte nun auch das köstlich hergerichtete Büfett, und was an Getränken gereicht wurde, trug auch dazu bei, eine gelockerte Atmosphäre zu schaffen.

Es fiel allgemein nicht auf, daß Hasso Brent verschwand, aber Caroline und Carlo war es aufgefallen. Sie blickten sich tief in die Augen, atmeten auf und lächelten.

Fee und Daniel unterhielten sich schon mit den jungen Leuten, und nun gesellten sich auch Carlo und Caroline hinzu.

Patrick und Laura neckten sich, und Caroline mußte staunen, wie fröhlich dieser sonst so ernst wirkende junge Mann sein konnte. Ja, darüber würde sie sich freuen können, wenn sie sich näher kommen würden, da würde es keinen inneren Widerstand geben.

Sie sah Nathalie an. Sie war bezaubernd, dem konnte sich auch Caroline nicht verschließen. Sie hatte keine Ähnlichkeit mit Hasso. Glich sie ihrer Mutter? Sie hatte nur gehört, daß sie in einem Sanatorium sei. Ingrid hatte es gesagt.

»Mein Vater scheint bereits gegangen zu sein«, sagte Nathalie plötzlich. »Ich sehe ihn schon lange nicht mehr. Es ging ihm heute anscheinend nicht besonders.«

Aber dann lachte sie gleich wieder mit den anderen, da Laura

wieder mal eine lustige Bemerkung gemacht hatte. Bei ihr spru-
delten solche nur so von den Lippen, und darüber schien sich
auch Patrick köstlich zu amüsieren.

Es waren auch noch einige andere junge Leute da, aber Fee wie
auch Caroline konnten keinen Arztsohn entdecken, und außer
Dr. Brückmann und seiner Frau Renate war auch kein Arzt
anwesend, der ihnen bekannt war.

So ganz konnte es sich Renate Brückmann nicht verkneifen,
eine Bemerkung darüber zu machen.

»Sie haben ja wohl von dem Fiasko mit dem Nikolausball gehört, Frau Norden«, sagte sie. »Es scheint Kreise zu ziehen.
Außerdem hatte Frau Dautz heute einen schweren Unfall. Sie
wurde nach Garmisch gebracht.«

Lore Dautz und Hasso Brent, jetzt bekam es auch Caroline
mit, was da so geredet wurde. Anscheinend hat er sich nicht
geändert, ging es ihr durch den Sinn, und wie steht Nathalie zu
ihrem Vater? Es war ihr beklommen ums Herz, wenn sie daran
dachte, wie es weitergehen sollte, wenn Jochen in Nathalie die
Frau fürs Leben sah.

～

Jochen bestand darauf, Nathalie heimzubringen. Er könne sich
für die Heimfahrt ein Taxi nehmen, meinte er.

Als Nathalie sich von seinen Eltern verabschiedete, sah sie
Caroline bittend an, als wolle sie sagen: Hab mich bitte auch lieb.

Carlo sagte, was Caroline nicht über die Lippen brachte: »Wir
werden Sie ja sicher bald bei uns sehen, Nathalie.«

Sie saß dann still neben Jochen. »Warum nennst du deine
Mutter Carry?« fragte sie stockend.

»Sie ist nicht meine richtige Mutter. Wir reden sonst nicht darüber, aber du wirst es ja doch erfahren. Meine Mutter starb gleich
nach meiner Geburt. Ich bin sehr froh, daß Dad Carry geheiratet
hat. Sie ist eine wundervolle Frau.«

»Ob sie mich mögen wird? Sie ist sehr reserviert.«

»Ach was, sie war nur wahnsinnig überrascht. Sie sind es ja von mir nicht gewohnt, daß es eine Herzdame gibt. Aber es war sowieso alles ein bißchen hektisch. Dein Vater war auch seltsam.«

»Er kam schon abgehetzt nach Hause. Ich muß dir sagen, daß unser Verhältnis gespannt ist, Jochen. Seit ich Durchblick habe, sehe ich ihn mit kritischen Augen. Die Ehe meiner Eltern war auch nicht glücklich und nun, da Mama an dieser unheilbaren Krankheit leidet, mache ich mir noch mehr Gedanken. Weißt du, sie hatte das Vermögen in die Ehe gebracht. Sie hat es ihn wohl zu sehr spüren lassen, aber ich glaube, er hat sie auch nur deswegen geheiratet. Sie sagt es auch. Ich will ganz offen zu dir sein. Ich hoffe, daß es zwischen uns nichts ändert.«

»Was sollte es ändern, Nathalie? Ich liebe dich, und ich möchte dich heiraten. Ich brauche kein Geld, und ich brauche auch nicht den Segen deines Vaters, sofern dies für dich auch nicht wichtig ist.«

»Aber du möchtest doch sicher, daß deine Eltern mit mir einverstanden sind?«

»Warum sollten sie nicht mit dir einverstanden sein? Sie können sich freuen, wenn sie eine so bezaubernde und liebenswerte Schwiegertochter bekommen. Und mit Laura verstehst du dich doch auch schon blendend.«

»Sie ist reizend. Man kann so herzlich mit ihr lachen.«

»Ja, sie ist ein richtiger Kobold. Ich liebe meine kleine Schwester sehr.«

»Es ist schön, wenn man eine solche Familie hat. Als ich neulich bei den Nordens war, habe ich es mir gewünscht, auch einmal solche Familie zu haben, soviel Glück genießen zu können. Ich habe es nicht kennengelernt. Bei uns dreht sich alles um Geld und Besitz. Diesbezüglich ist Mama leider auch so.«

»Und für dich wird es anders werden. Du sollst nicht traurig sein, Nathalie. Ich werde alles tun, damit du glücklich bist.«

»Ich kann dir gar nicht sagen, wie glücklich mich das macht »Jochen. Für mich ist es ein Wunder.«

Er hielt an, nahm sie in den Arm und küßte sie. »Ein einziger Blick genügte, und ich wußte, daß ich dich nie mehr verlieren will.«

~

Jochen war mit dem Taxi heimgefahren. Seine Eltern hatten sich schon zurückgezogen. Aber Laura war noch auf. Sie hatte sich ein Glas Milch geholt.

»Na, ob dir das bekommt auf den Sekt?« meinte er nachsichtig.

»Ich habe ja nicht viel getrunken, und ich habe eine ganze Menge gefuttert. Jetzt mußt du mir aber erzählen, wo du Nathalie kennengelernt hast. Sie ist einfach süß. Ich bin ganz weg.«

Jochen erzählte es ihr, wo er sie zum ersten Mal gesehen und wie oft er sie dann schon getroffen hatte.

»Es war also Liebe auf den ersten Blick«, sagte Laura träumerisch. »Das hätte ich dir nie zugetraut. Aber ich hätte Patrick ja auch nicht zugetraut, daß er so lustig sein kann. Er ist ein toller Typ.«

Jochen warf ihr einen schrägen Blick zu. »Ein hochgeistiger Typ, Schwesterchen!«

»Weiß ich doch. Man kann viel von ihm lernen, aber er ist nicht so überheblich und schulmeisterlich und er kann alles wundervoll erklären. Wenn ich solchen Lehrer gehabt hätte, wäre ich in Deutsch eine glatte Einserschülerin gewesen.«

»Na, schlecht warst du doch auch nicht gerade.«

»Aber ich würde gern mit ihm Schritt halten.«

»Vielleicht würde er dich dann langweilig finden. So ein gescheiter Mensch braucht doch einen gesunden Ausgleich.«

»Du meinst, er mag meine Art?«

»Sonst hätte er sich wohl doch nicht so lange mit dir unterhalten, oder hast du etwas festgestellt, daß er nach anderen geschaut hätte?«

»Die waren ja auch ein bißchen blöd.«

Jochen lachte. »Bleib so, wie du bist. Für Nathalie ist das auch gut, sie hatte keine fröhliche Kindheit.«

»Ihr Vater ist auch ein blasierter Typ, finde ich. Nimm's mir nicht übel.«

»Was geht mich ihr Vater an. Ihre Mutter ist unheilbar krank. Ich fahre morgen mit Nathalie zum Sanatorium.«

»Jetzt ist schon heute, schon mehr als eine Stunde.«

»Gut. dann fahren wir heute. Hat sich Carry über Nathalie geäußert?«

»Ich glaube, sie war sehr überrascht, als du sie vorgestellt hast. Ich war ja auch baff.«

»Ich hatte mir die Reaktion ein bißchen anders vorgestellt, aber es waren halt auch zuviel Leute drumherum. Jetzt gehen wir zu Bett. Hast du am Wochenende etwas vor?«

»Ich weiß noch nicht. Patrick hat gesagt, er ruft mal an.«

»So so«, murmelte Jochen. »Träum was Schönes.«

~

»Findest du nicht, daß Frau Bruggmann sehr still war, Daniel?« fragte Fee, als sie schon im Bett lagen. Sie dehnte sich wohlig.

»Dafür hat Frau Brückmann um so mehr geredet«, spöttelte er. »Ohne Klatsch geht es da wirklich nicht. Natürlich macht sich Frau Bruggmann Gedanken, wenn sie erfährt, daß Nathalies Vater fremd geht.«

»Ich finde es nicht gut, daß sie es auch an diesem Abend anbringen mußte. Man hat das Gefühl, daß sie Schadenfreude empfinden. Sympathisch ist mir Brent allerdings auch nicht. Diese untreuen Männer haben doch alle eine gewisse Ähnlichkeit miteinander.«

»Er ist ein Snob, mein Schatz, sehr von sich überzeugt, aber es muß ihm heute eine Laus über die Leber gelaufen sein. Er war mächtig nervös. Doch bevor wir uns weiter psychologischen Betrachtungen hingeben, sollte uns der Schlaf lieber sein. Du bist jedenfalls mal wieder auf deine Kosten gekommen.«

»Und habe für die nächste Zeit genug, obgleich ich die Vandeveldes wirklich mag.«

»Patrick gefällt mir. Er ist doch kein so verbissener Karrieremann, wie ich gefürchtet habe. Er war richtig nett, wie er mit Laura geflirtet hat.«

»Flirt kann man dazu nicht so direkt sagen«, murmelte Fee, »aber sie ist wirklich unwiderstehlich, wenn sie so fröhlich ist.«

Aber dann wurde nicht mehr geredet, müde genug waren sie.

Caroline konnte nicht einschlafen. Sie hatte noch lange mit Carlo geredet und er, tolerant wie immer, hatte mahnend gesagt, daß sie sich hüten sollte, ihre Antipathie gegen Hasso Brent auf Nathalie zu übertragen. Sie müsse objektiv bleiben, denn Jochen würde sich nicht beeinflussen lassen.

So, wie es aussah, mußte sie Carlo rechtgeben, und sie selbst wollte auch nicht ungerecht sein. Aber würde nicht auch Hasso querschießen?

Sie hatte gemerkt, daß er konsterniert gewesen war, sie in diesem Kreis wiederzusehen. Er hatte wohl keine Ahnung gehabt, daß sie in München lebte, daß sie Carlo Bruggmanns Frau geworden war. Nun, wie sollte er auch, hatte er doch in ihr nichts anderes als eine kleine Bankangestellte gesehen, die sich so wunderbar ausnützen ließ, seine Wäsche in Ordnung hielt, ihm Essen kochte und ihren letzten Pfennig für ihn geopfert hätte.

Caroline konnte und wollte das nicht leugnen. Sie war in ihn verliebt gewesen, und sie hatte fest damit gerechnet, daß sie heiraten würden. Dann hatte sich ihm die Chance geboten, an eine Londoner Bank zu wechseln. Er hatte immer nach England gewollt. Sein Vater war als englischer Soldat nach Deutschland gekommen, hatte seine Mutter kennengelernt, und sie hatten geheiratet, als er unterwegs war. Nach zwei Jahren kam schon die Scheidung, als James Brent nach England zurückging und der kleine Hasso bei seiner Mutter blieb. James Brent kam seinen Unterhaltszahlungen nach, aber sonst kümmerte er sich nicht um seinen Sohn. Und obgleich dies so war, geriet Hasso nach seinem Vater.

Caroline wußte das alles. Er hatte immer wieder davon geredet, daß er in England leben wolle. Und als er nach London ging, hatte er Caroline versprochen, sie nachzuholen, sobald er eine Wohnung gefunden hätte und fest im Sattel säße.

Zwei kurze Briefe hatte sie von ihm bekommen, die schon nicht mehr sagten. Von Liebe und gemeinsamer Zukunft kein Wort. Ihre Briefe blieben dann unbeantwortet, und eines Tages wurde es ihr auf der Bank, in der sie noch immer arbeitete, diskret und mitfühlend gesagt, daß Hasso geheiratet hätte. Genaues wußte niemand, nur daß es sich um eine anscheinend sehr reiche Frau handelte.

Caroline hatte nur einen Wunsch gehabt, weit, weit weg ein neues Leben zu beginnen, aber zuerst wollte sie von dem Geld, das sie für eine Wohnungseinrichtung gespart hatte, einen richtigen Urlaub machen. Sie wollte sich nicht unterkriegen lassen, aber sie konnte auch nicht einfach alles abschütteln.

Eine Kollegin hatte ihr erzählt, daß sie am Schliersee einen wunderschönen und auch preiswerten Urlaub verlebt hätte, und dorthin fuhr sie auch. Es sollte tatsächlich der Anfang eines ganz neuen Lebens werden. Unweit der hübschen Pension, in der sie ein Zimmer bekommen hatte, besaß Carlo Bruggmann ein idyllisches Haus. Der kleine Jochen, damals drei Jahre jung, kam öfter zu der Pensionswirtin, die Mirl gerufen wurde, und so lernte auch Caroline den Kleinen kennen und freundete sich mit ihm an. Sie erfuhr auch, daß er keine Mutter mehr hatte, und es war die Rede davon, daß Carlo Bruggmann dringend eine zuverlässige Betreuerin für seinen Sohn suchte, da er diesbezüglich bisher keine so glückliche Hand bewiesen hatte wie im Geschäftsleben.

Es war für einen noch jungen, gutaussehenden und erfolgreichen Industriellen nicht einfach, eine Betreuerin für den kleinen Jochen zu finden, die keine persönlichen Interessen damit verband. Dreimal hatte Carlo es bereits erlebt, daß die Aufmerksamkeit mehr ihm galt als dem Kleinen, und darauf legte er keinen Wert. Nun hatte Jochen sein Herz an diese junge Frau in der Pension gehängt, und die wollte Carlo dann wenigstens kennenlernen, um herauszufinden, ob sie nicht auch darauf spekulierte, ihm zu gefallen. Aber Caroline saß noch immer der Schock ihrer ersten bitteren Erfahrung in den Knochen, und sie hätte auch nie und nimmer daran gedacht, sich eine Chance bei diesem reichen Fabrikanten auszurechnen. Auch dann nicht, als er sie nach ihrem Beruf fragte. Sie war zwar verwundert, hatte aber nicht das Gefühl, daß er sie aushorchen wollte, so diplomatisch fing er es an. Und sie dachte doch, daß er ihr vielleicht eine Stellung vermitteln könnte, als sie andeutete, daß sie gern in Bayern bleiben würde.

Allerdings hätte sie nicht gedacht, daß er sie fragen würde, ob sie als Betreuerin von Jochen zu ihm kommen wolle.

Noch heute wußte Caroline genau, was sie darauf gesagt hatte, nachdem sie sich von der Überraschung erholt hatte.

»Ich habe das nicht gelernt, ich glaube nicht, daß ich Ihren Ansprüchen genügen könnte. Ich mag Kinder und beschäftige mich gern mit Jochen, aber ...«, da hatte sie nicht mehr weiter gewußt, weil er sie so zwingend anblickte.

»Aber Sie sind intelligent, und Jochen hängt an Ihnen, weit mehr, als ich es bisher erlebte. Er hat gesagt, daß Sie zu uns kommen sollen eine andere will er nicht. Ich würde Ihnen selbstverständlich das gleiche Gehalt zahlen, das sie als Bankangestellte bekommen würden oder in einer vergleichbaren Bürostellung, und dazu hätten Sie dann auch noch freie Wohnung und Verpflegung.«

Das hatte schon sehr verlockend geklungen, aber sie hatte es gar nicht glauben wollen. Carlo hatte gesagt, daß er für eine Woche nach Japan fliegen müsse und doppelt froh wäre, wenn sie sich dann um Jochen kümmern würde, und sie könne ja während dieser Zeit entscheiden, ob sie bleiben wolle.

Sie war mit dem Jungen am Schliersee geblieben. Die schon recht betagte Alma hatte es ihr leicht gemacht, sich einzugewöhnen und ihr von Jochens Mutter erzählt und auch wie Carlo aufgewachsen war.

Caroline war geblieben und dann auch mit nach München gegangen. Ein paar Monate hatte es gedauert, bis Carlo sie mal in ein persönliches Gespräch zog und wissen wollte, ob sie zufrieden sei. Sie hatte ihm dann erzählt, warum sie ihre Stellung aufgegeben hatte. Es war ihr gar nicht schwergefallen, ihm die Wahrheit zu sagen, es hatte sie sogar befreit.

Von dem Tage an kamen sie sich näher. Wie gern erinnerte sich Caroline daran zurück. Es waren andere Gefühle, die da wuchsen, als die, die sie für Hasso empfunden hatte. Sie war nicht mehr das naive Mädchen. das Luftschlösser baute, und Carlo war nicht der Mann, der heucheln konnte oder sie täuschen wollte. Er hatte aus Liebe geheiratet und war doch nicht glücklich geworden. Gewiß hatte es da eine Rolle gespielt, daß Stella krank war, und daß sie es nicht wahrhaben wollte, daß sie um jeden Preis ein Kind wollte, um es ihm zu beweisen, daß die Ärzte sich täuschten.

Er hatte auch darüber gesprochen, und weil sie einander all dies sagen konnten, weil sie sich verstanden, wuchs die Zuneigung und wurde Liebe. Jochen hatte das Seine dazu beigetragen. Mehr konnte ein Kind an seiner richtigen Mutter auch nicht hängen, wie Jochen an seiner Carry hing. Unentwegt kreisten diese Gedanken in Carolines Kopf, bis die Müdigkeit erdrückend wurde und sie in einen unruhigen Schlaf fiel.

Auch Hasso konnte nicht einschlafen. Daß Caroline mit Carlo Bruggmann verheiratet war, ließ ihn nicht zur Ruhe kommen. Daß sie nicht Jochens Mutter sein konnte, war ihm klar, aber daß seine Tochter sich ausgerechnet in ihn verliebt hatte, brachte ihn völlig aus dem Gleichgewicht.

Hatte er in den letzten Tagen schon genug Sorgen, so kam nun auch noch diese hinzu. Und in ihrem desolaten Zustand hatte ihm Isabella klargemacht, daß ihm gewaltig auf die Finger geschaut würde und er ja nicht annehmen solle, daß sie grünes Licht für seine Transaktionen geben würde.

Dann auch noch Lores Unfall. Er wußte, warum sie in Garmisch gewesen war. Als sie ihn angerufen hatte und ihn dringend sprechen wollte, hatte er als Ausrede gebracht, daß er nach Garmisch fahren müsse, und sie hatte bestimmt angenommen, daß er auch ins Casino gehen würde.

Warum gab sie keine Ruhe, anstatt alles zu tun, um Heiner versöhnlich zu stimmen?

Aber es gab anderes, was wichtiger für ihn war und was er zurechtbiegen mußte.

Nach dieser unruhigen Nacht stand er wie gerädert auf, aber auch eine Wechseldusche konnte ihn nicht richtig munter machen. Er fühlte sich down, und am liebsten wäre er Nathalie ausgewichen, aber sie saß schon fertig angekleidet am Frühstückstisch.

Sie blickte kurz auf und wünschte ihm einen guten Morgen. »Geht es dir besser?« fragte sie, als er den Gruß erwidert hatte. »Du warst so schnell verschwunden.«

»Mir war nicht gut.« Das war nicht mal gelogen. »Hast du dich gut amüsiert?«

»Ja, sehr.«

»Wo hast du diesen jungen Mann kennengelernt?«

Nathalie beantwortete die Frage kurz, aber wahrheitsgemäß. »Warum hast du mir nichts davon erzählt?«

»Wir hatten es uns beide als nette Überraschung für den gestrigen Abend ausgedacht, aber es hatte wohl nicht den erwarteten Erfolg.«

»Es ist in solchem Fall immer besser, wenn man vorbereitet ist. Er scheint ja recht nett zu sein.« Das rang er sich ab.

»Das ist er.«

»Und seine Eltern?«

»Wir konnten uns noch nicht viel unterhalten, aber seine Schwester ist reizend. Zu deiner Beruhigung möchte ich sagen, daß die Bruggmanns sehr vermögend sind, du es also nicht mit einem Mitgiftjäger zu tun hast.«

Sie sagte es in einem Ton, der ihn kränkte. So ehrlich war er nie mit sich selbst, daß er dieses Wort auf sich bezogen sehen wollte.

»Du bist ja auch nicht gerade arm«, spöttelte er.

»Jochen interessiert Geld nicht.«

»Nun, du hast ja auch andere Vorzüge. Du triffst dich wieder mit ihm?«

»Ja, wir wollen Mama besuchen. Ich möchte ihr Jochen vorstellen.«

Hasso runzelte die Stirn. »Hoffentlich bekommt er nicht einen Schock.«

Sie warf ihm einen unwilligen Blick zu. »Er denkt wohl anders als du. Er ist mitfühlend.«

»Das kann man ja auch sein, wenn man nur mal einen Besuch macht. Aber findest du es nicht übertrieben, ihn jetzt schon vorzustellen?«

»Mama wird sich freuen, denke ich. Dann weiß sie wenigstens, daß ich eine gute Wahl getroffen habe.«

Seine Augenbrauen schoben sich zusammen. Er sah finster aus. »So ernst wird es ja wohl nicht sein«, meinte er.

»Doch, es ist uns ernst.«

»Was weißt du denn von seiner Familie?«

»Was Jochen mir erzählt hat. Seine richtige Mutter ist kurz nach seiner Geburt gestorben, später hat sein Vater dann Carry geheiratet, und sie bekam dann noch Laura. Sie sind eine sehr glückliche Familie.«

»Und sie akzeptieren dich?«

»Wir müssen uns erst noch kennenlernen. Mit Laura verstehe ich mich schon sehr gut. Jochen meint aber auch, daß es vor allem wichtig ist, daß wir uns lieben.«

»Und wenn ich dir nun abraten würde?«

Sie sah ihn offen an. »Das hätte keine Bedeutung für mich. Eine Ehe, wie ihr sie geführt habt, kommt für mich nicht in Frage. Für Jochen spielt Geld auch keine Rolle. Ich weiß, daß es nicht glücklich macht.«

❂ »Du warst noch nie arm«, entfuhr es ihm.

Sie maß ihn mit einem langen Blick. »Mir ist erst jetzt klargeworden, warum es bei euch nicht gutgehen konnte. Für dich steht Geld an erster Stelle, und Mama hat begriffen, daß man Liebe damit nicht kaufen kann. Wir brauchen uns nichts vorzumachen.«

»Du meinst wohl. daß ich es ohne diese Heirat zu nichts gebracht hätte«, erregte er sich.

»Ich kann es nicht beurteilen.«

»Ich habe mich schließlich nicht auf die faule Haut gelegt.«

»Wir wollen darüber nicht streiten. Jeder Mensch muß nach seiner Fasson leben. Ich will dir nur sagen, daß deine Meinung keine Rolle für mich spielt.«

»Und wer sagt dir, daß diese zweite Frau Bruggmann diesen Mann nicht wegen des Geldes geheiratet hat?« stieß er hervor.

Nathalie sah ihn mit einem seltsamen Ausdruck an. »Sie führen eine sehr glückliche Ehe. Sie lieben sich. Dir ist so was vielleicht unbegreiflich, aber es gibt wahre Liebe.«

Er stand auf. »Ich weiß nur, daß wir bisher ein sehr gutes Verhältnis hatten, Nathalie, und daß sich das anscheinend geändert hat.«

»Das hat mit Jochen nichts zu tun, sondern mit deinem Benehmen Mama gegenüber. Ich wagte jetzt nur, dir das deutlich zu sagen, bisher fehlte mir der Mut, weil ich einfach nicht wahrhaben wollte, daß dir an Mama überhaupt nichts liegt, wie ich auch nicht wahrhaben wollte, daß du Affären mit anderen Frauen hast. Ich wäre sehr froh, wenn es anders wäre.«

Er wußte darauf nichts mehr zu sagen. Es hatte keinen Sinn, etwas zu leugnen oder wegreden zu wollen. Nathalie war nicht zu täuschen. Er mußte sogar äußerst vorsichtig sein in Bezug auf Caroline, denn er glaubte nicht, daß sie irgend jemandem erzählt hatte, was zwischen ihnen einmal gewesen war, auch ihrem Mann nicht. Und er war überzeugt, daß sie Bruggmann nur seines Geldes wegen geheiratet hatte. Aber wie war sie überhaupt an ihn herangekommen, so gehemmt wie sie doch gewesen war? Allerdings war davon nichts mehr zu spüren. Sie war eine attraktive, selbstbewußte Frau geworden. Und Nathalie wollte Jochen Bruggmann heiraten. Er konnte es nicht verhindern. Wozu sollte er das auch. Es war eine glänzende Partie, und Nathalie würde ihr Erbe eigentlich nicht brauchen. Er mußte jetzt sehr diplomatisch vorgehen, um sie nicht zu verärgern.

Als sie das Haus verlassen wollte, sprach er sie doch noch an. »Du wirst doch verstehen, daß ich dein Glück will, Nathalie. Du bist mein einziges Kind, und selbstverständlich möchte ich mich auch mit dem Mann verstehen, dem du dein Jawort gibst. Ich schlage vor, daß du ihn bald einmal zum besseren Kennenlernen einlädtst.

»Ich werde mit ihm sprechen.«

Caroline hatte es fertiggebracht, mit lächelnder Miene zu sagen, daß ihr Nathalie sehr gut gefalle, als Jochen unverblümt danach fragte.

»Es war natürlich eine gewaltige Überraschung für uns«, erklärte sie. »Man ist das von dir ja nicht gewöhnt.«

»Bisher war es mir ja auch nie ernst«, erwiderte er.

»Jedenfalls hast du guten Geschmack bewiesen«, warf Carlo ein.

»Das finde ich auch«, sagte Laura. »Nathalie ist goldig. Ihr Vater ist zwar nicht mein Fall, aber das besagt ja nichts.« Sie war immer geradeheraus. Jochen nahm es ihr auch nicht übel.

»Nathalie hat auch manches an ihm auszusetzen«, meinte er. »Die Ehe ihrer Eltern war anscheinend nicht gerade harmonisch, und nun ist ihre Mutter schon ziemlich lange krank. Wir werden sie heute im Sanatorium besuchen.«

»Was fehlt ihr?« fragte Caroline beiläufig.

»Eine Knochen- und Rückenmarkskrankheit, jedenfalls im fortgeschrittenem Stadium.«

»Das ist schlimm«, sagte Caroline leise. »Sie ist ein Einzelkind?«

»Ja. Sie ist in England geboren und aufgewachsen. Ihre Mutter ist eine geborene Vandevelde.«

»Das habe ich gestern von Ingrid erfahren«, sagte Caroline. »Es ist keine familiäre Bindung vorhanden, aber sie haben Nathalie gern und wollen sie mehr unter ihre Fittiche nehmen.

»Das übernehme ich«, sagte Jochen. »Wir kennen uns zwar noch nicht lange, aber wir werden zusammenbleiben.«

Carlo blickte Caroline an, aber sie sah zu Boden. »Du wirst Nathalie ja sicher zu uns einladen«, sagte er.

»Wann ist es euch recht?« fragte er sofort.

»Wie wäre es morgen? Es ist dir doch recht, Carry?«

»Ja, selbstverständlich«, erwiderte sie hastig. »Wenn sie nichts anderes vorhat? Du kannst ja erst mit ihr sprechen und sagst uns dann Bescheid.«

Gleich danach ging Jochen, und Laura wurde ans Telefon gerufen.

»Müssen wir es denn gleich forcieren, Carlo?« fragte Caroline stockend.

»Wozu es vor uns her schieben, Liebes? Soll ich mit Jochen reden und deine Bedenken erklären?«

»Nein, nein, das soll besser vergangen sein. Ich bin nur froh, daß ich dir davon erzählt habe. Es wäre schlimm, wenn ich jetzt in solche Bedrängnis käme. Ich weiß ja nicht, wie er reagiert.«

»Er wird hübsch den Mund halten, meine ich.« Er schwieg abrupt, denn Laura kam hereingewirbelt. Ihre Wangen glühten, und ihre Augen strahlten.

»Patrick holt mich zum Frühschoppen ab. Wie findet ihr das?«

»Sehr nett«, sagte Carlo.

»Und du sagst gar nichts, Carry?«

»Ich falle von einem Staunen ins andere.«

»Es ist doch eine große Auszeichnung, ihn zum Freund zu haben«, sagte Laura andächtig. »Er kann nämlich ein echter Freund sein.«

Caroline betrachtete sie gerührt. Die kleine, fröhliche Laura wurde nicht übermütig in erster Verliebtheit. Sie wollte wohl ihre Gefühle auch gar nicht als Verliebtheit verstanden wissen. Patrick war ein Idol für sie so vollkommen, daß sie ihn auf ein Podest stellte und wohl für unerreichbar gehalten hatte. Und nun wollte er sie abholen.

»Ich finde, daß er etwas Besonderes ist. Daddy«, sagte Laura leise.

~

Hasso ließ sich nicht blicken, als Jochen Nathalie abholte, aber ihr war das nur recht. Sie wollte sich die Stimmung nicht verderben lassen. Sie war glücklich, daß Jochen sie begleiten wollte und daß er es von sich aus vorgeschlagen hatte.

»Meine Eltern würden sich freuen, wenn du morgen zu uns kommst, Nathalie, oder hast du schon etwas anderes vor?«

»Geht es von deinen Eltern aus?« fragte sie stockend.

»Das habe ich doch gesagt. Warum zweifelst du?«

»Ich zweifle nicht, ich habe nur so ein eigenartiges Gefühl.«

»Sie waren gestern nur überrascht, weil ich zum ersten Mal mit einem Mädchen erschien. Sie wußten ja nicht, wer du bist und mit den Vandeveldes verwandt bist. Sie dachten wohl, ich hätte dich einfach mitgebracht.«

»Das konnten sie doch gar nicht denken, da du mit deinen Eltern gekommen bist und ich mit meinem Vater. Aber er war auch irgendwie komisch. Heute morgen hat er mich ausgefragt.«

»Ich kann mir vorstellen, daß es ihn auch interessiert, mit wem seine Tochter sich trifft.«

»Aber er weiß, daß ich nicht beeinflußbar bin. Ich glaube, daß er zur Zeit andere Sorgen hat.«

»Geschäftlich?«

»Solche vielleicht auch. Aber lassen wir das. Er wirkt jedenfalls sehr nervös.«

»Er wird sich wohl doch Sorgen um deine Mutter machen.«

»Das wohl zuletzt, aber Lore Dautz hatte einen Unfall, und das beschäftigt ihn sicher.« Sie sagte es mit einem spöttischen Unterton und er sah sie daraufhin irritiert an.

»Die Frau von Dr. Dautz?« fragte er.

»Ja, du kennst sie?«

»Flüchtig. Sie waren früher auch bei Vandeveldes eingeladen. Wir haben uns schon gewundert, daß außer Dr. Nordens keine Ärzte da waren.«

»Doch, Dr. Brückmann und Frau, aber mit den andern scheint es was gegeben zu haben. Wart ihr nicht zum Nikolausball?

»Nein, wir haben mit Ärzten nichts zu tun, außer mit Dr. Norden. Meine Eltern besuchen überhaupt selten Feste, und ich habe gar nichts dafür übrig.«

»Ich auch nicht. Aber wenn du es noch nicht gehört hast, sollst du es lieber von mir erfahren. Es wurde darüber geredet, daß mein Vater und Lore eine Affäre haben. Und Dautz scheint die Scheidung zu wollen. Lore bestreitet alles. Sie ist auch eine Verwandte von Mama, wenn auch eine sehr entfernte, aber manchmal scheint das für Seitensprünge ein Alibi zu sein. Ich habe meinem Vater darüber klipp und klar meine Meinung gesagt und Lore auch. Du hast uns ja zusammen in dem Café gesehen. So, nun weißt du eigentlich alles, was es noch zu sagen gab. Von mir habe ich nichts zu berichten. Es gab noch keinen Mann in meinem Leben, Freundinnen habe ich auch nicht, die intrigieren könnten, und wenn man über uns klatscht, wäre das pure Bosheit.«

»Wir lassen uns davon nicht tangieren. Und sonst, es tut mir natürlich leid, wenn das Verhältnis zwischen dir und deinem Vater gespannt ist, aber man wird sich ja wohl arrangieren können.«

»Wenn du es so siehst, bin ich beruhigt.«

Isabella saß in ihrem Rollstuhl am Fenster, als Nathalie eintrat. Sie kam allein, um ihre Mutter erst auf Jochen vorzubereiten.

»Schön, daß du kommst«, sagte sie. »Hat er dir erzählt, daß er gestern schon wieder bei mir war?«

»Er sagte es.«

Isabella kicherte. »Er gerät langsam in Panik. Er fängt damit an, daß ich dir doch nicht schon Verantwortung aufbürden solle, aber im Grunde hat er nur Angst, daß du hinter seine krummen Geschäfte kommen könntest.«

»Du meinst, er macht welche, Mama?

»Aber sicher. Wir haben auch früher schon Geschäfte gemacht, die mit einem Risiko verbunden waren, aber doch immer noch legal, und wenn er mit anderen Plänen kam, habe ich gebremst. Das wirst du auch tun. Aber vielleicht schafft er auch nur beiseite, was noch möglich ist, weil ihm die Angst im Nacken sitzt, daß ich ihn enterbt haben könnte, was ja auch der Fall ist.«

»Das hast du wirklich getan, Mama?« fragte Nathalie atemlos.

»Ja, das habe ich getan. Er hat lange genug mit meinem Geld ein sorgloses Leben geführt, und wieviel er davon mit anderen Weibern verpraßt hat, weiß ich nicht, aber mein Tod soll ihm nicht noch mehr bringen. Er ahnt es. Er fing gestern damit an. Ich habe ihm natürlich nichts gesagt, nur betont, daß ich auch nicht viel älter war als du, als ich mich geschäftlich schon sehr engagieren mußte. Ich verlange ja nicht von dir, daß du die Verantwortung übernimmst, ich erwarte nur, daß ihm die Flügel beschnitten werden. Sollte ich mich täuschen, kannst du ihm später immer noch ein Teilerbe zubilligen.«

Irgendwie konnte Nathalie ihre Mutter schon verstehen, wenn sie auch nicht geglaubt hätte, daß sie so hart sein könnte dem Mann gegenüber, den sie doch tatsächlich geliebt, oder zumindest aus Liebe geheiratet hatte.

»Ich werde tun, was du erwartest, Mama, aber heute bin ich eigentlich gekommen, um dir einen jungen Mann vorzustellen, den ich kürzlich kennenlernte und den ich sehr gern habe.

Ganz weit wurden Isabellas müde Augen. »Du bist verliebt?« fragte sie leise.

»Ja, sehr. Er heißt Jochen Bruggmann, und er liebt mich auch, Mama.

»Und er ist mir hierher gekommen, um mich zu besuchen?« staunte Isabella.

»Ja, um dich kennenzulernen, oder besser gesagt, daß du ihn kennenlernst.«

»Erstaunlich, so was habe ich noch nicht gehört, daß ein junger Mann die kranke Mutter des Mädchens besucht, daß er gerade erst kennengelernt hat.«

Es war erstaunlich, wie Isabellas Gesicht dadurch belebt wurde. Sie erschien wieder hellwach.

»Ich darf ihn holen, Mama?« fragte Isabella.

»Erzähl mir noch ein bißchen von ihm.«

Das tat Nathalie, jedenfalls das Wichtigste erfuhr Isabella. Ihre Lider senkten sich. »Eine intakte Familie also. Wie sehr wünsche ich es dir, Nathalie. Es würde mich so sehr beruhigen. Ich bin voller Schuldgefühle dir gegenüber, aber es läßt sich ja nicht mehr nachholen, was ich versäumt habe. So wäre ich dem Himmel dankbar, wenn es dir vergönnt ist, in einer harmonischen Ehe glücklich zu werden. Du verdienst es, du gerätst in die Vandevelde-Linie. Erzähl mir auch von gestern Abend.«

»Das können Jochen und ich gemeinsam tun. Die Bruggmanns waren doch auch da. Darf ich ihn jetzt holen, Mama?«

Isabella strich das Haar zurück. »Sehe ich wengistens manierlich aus?« fragte sie leise.

»Selbstverständlich, Mama.«

Schnell streichelte Nathalie ihr die Wangen, die ein wenig Farbe bekommen hatten. Dann eilte sie hinaus, um Jochen zu holen.

Isabella lehnte sich zurück. Ein Lächeln erhellte ihr Gesicht, als sie dachte, daß es ihr nun doch noch vergönnt sein sollte, Nathalies zukünftigen Mann kennenzulernen. Sie war sicher, daß sie heiraten würden, denn Nathalie hätte ihn sonst nicht zu ihr gebracht. Isabella hatte mit dem Leben schon abgeschlossen. Was sie jetzt noch unternahm, um Hasso zu beweisen, daß sie geistig immer noch auf der Höhe war, tat sie nicht aus purer Rachsucht, sondern aus der Erkenntnis, daß er sie nur benutzt hatte, um seine Ziele zu verfolgen. Und nun war es ihr eine Genugtuung, daß Nathalie einen Mann bekommen würde, der nicht auf eine reiche Mitgift schauen mußte. Sie konnte ihm ohne alle Vorurteile die Hand entgegenstrecken, denn sie hatte nicht die leiseste Ahnung, daß Hasso einmal in Carolines Leben eine Rolle gespielt hatte.

Ihr Lächeln vertiefte sich, als Jochen sich vor ihr verbeugte. Gerade lugte die Sonne durchs Fenster und setzte goldene Flämmchen in sein dunkles Haar.

»Es freut mich sehr, daß ich Sie kennenlernen darf«, sagte Isabella mit so weicher Stimme, daß Nathalie staunend lauschte, denn so hatte sie ihre Mutter schon lange nicht mehr sprechen hören.

»Und ich möchte mich bedanken, daß Sie mich empfangen, gnädige Frau«, erwiderte Jochen.

Ein bißchen gehemmt war er schon, denn er hatte ein mitfühlendes Herz und spürte, daß diese Frau dem Leben schon entrückte und dem Tode näher war als der Gegenwart. Aber dann erzählten er und Nathalie abwechselnd vom gestrigen Abend, von Laura und Patrick und was ihnen sonst noch einfiel, und Isabella hörte interessiert zu. Sie wurde nicht müde, und manchmal lachte sie leise.

Als Dr. Engelke seinen Rundgang machte, war er völlig überrascht, ein vergnügtes Trio anzutreffen, und Isabella hatte er noch nie so lebhaft gesehen. Aber er war ein erfahrener Arzt, und er wußte, daß eine große Freude die Lebensgeister noch einmal aufflackern ließ, wenn sie schon am Ersterben waren.

Als Isabella dann doch müde wurde, sagte sie, daß die Jugend noch den schönen Tag nützen solle und nicht so lange bei ihr sitzen müsse. Jochen und Nathalie sahen, daß sie erschöpft war.

»Wir kommen bald wieder, Mama«, sagte Nathalie.

»Ich würde mich sehr freuen. Viel Glück für euch beide. Es war ein geschenkter Tag, ein wundervoller Tag für mich.«

Diese Worten sollte eine ganz besondere Bedeutung bekommen. »Mama hat sich so sehr gefreut«, sagte Nathalie gedankenvoll, als sie zu dem Gasthof fuhren, in dem sie vor einer Woche die Familie Norden getroffen hatte. Sie konnten allein an einem Tisch sitzen. Es war nicht ganz so voll wie an jenem Tag. Sie waren in besinnlicher Stimmung.

»Es ist schlimm, daß es Krankheiten gibt, die man nicht heilen kann«, sagte Jochen nachdenklich. »Ich bin zum ersten Mal so direkt damit konfrontiert worden.«

»Ich konnte es anfangs auch nicht glauben. Ich dachte, die Ärzte hätten versagt, aber Dr. Norden hat mir dann alles sehr genau erklärt. Nur die eigentliche Ursache kennt niemand. Es macht mir schon ein bißchen Angst, daß man nie voraussagen kann, was einem beschieden ist. Du hättest Mama kennenlernen müssen, als sie mitten im Leben stand, ein Energiebündel ohnegleichen.«

Jochen legte seine Hand auf ihre. »Man muß dankbar sein, wenn man gesund ist«, sagte er. »Als ich draußen gewartet habe, sah ich viele Patienten, und da beginnt man nachzudenken, wie wenig Geld bedeutet und wieviel wert die Gesundheit ist.«

Nathalie nickte. »Es war so lieb von dir, mitzukommen. Mama hat sich darüber unendlich gefreut«, sagte sie leise.

»Und sie wird nun wissen, daß du bei mir gut aufgehoben bist, Liebes.«

～

Der Frühschoppen, zu dem Patrick Laura abgeholt hatte, stellte sich als Ausflug an den Staffelsee heraus. Patrick wollte einen Studienfreund besuchen, der in Murnau in der Klinik lag.

»Du bist doch nicht böse, daß ich das nicht gleich gesagt habe, Laura? Ich dachte, du würdest dann vielleicht nicht mitkommen, und ich hatte keine Lust, allein zu fahren.« Er sah sie so bittend an, daß sie auch nicht hätte böse sein können, wenn ihr der Frühschoppen lieber gewesen wäre.

»Ist doch viel schöner, als in einem rauchigen Lokal zu sitzen, wo es beim Frühschoppen laut zugeht«, erwiderte sie.

»Fein, aber zum Frühschoppen kommen wir jetzt doch, allerdings in einem sehr hübschen und ruhigen Gasthaus.«

»Du kennst dich schon so gut aus«, staunte sie. »Du bist doch noch gar nicht lange aus Amerika zurück.«

»Ich kenne die Wirtsleute. Ein gutes Essen gibt es da auch.«

Laura war einfach nur glücklich, daß er sie mitgenommen hatte. In ihren kühnsten Träumen hätte sie es nicht zu hoffen gewagt, daß er sie schon so bald zu einem Treffen auffordern würde.

»Wir könnten doch auch mal zusammen zum Skifahren gehen«, schlug er vor, »vorausgesetzt, daß du Ski fährst.«

»Na hör mal, das gehört doch bei uns dazu. Bisher war bei uns ja noch viel los, und aufs Zugspitzblatt gehe ich nicht. Da ist mir zuviel Betrieb.«

»So hätte Jeff auch denken sollen, dann müßte er nicht schon seit Wochen in der Klinik liegen. Er ist da droben nämlich über den Haufen gefahren worden.«

»Jeff? Das klingt nach Amerika?«

»So ist es. Wir lernten uns dort kennen. Er ist Lehrer geworden und wollte hier seinen Urlaub verbringen. Nun müssen zwei komplizierte Brüche verheilen. Du wirst noch mehr erfahren. Wir sind gleich beim ›Weißen Raben‹.« So hieß das Gasthaus, und die Besitzer hießen Raabe.

Aber als Patrick und Laura die Gaststube betraten, stieß ein bildhübsches blondes Mädchen einen Juchzer aus, kam auf sie zu und fiel Patrick um den Hals.

Zum ersten Mal in ihrem jungen Leben lernte Laura Eifersucht kennen, denn Patrick küßte das Mädchen auf beide Wangen.

»Fein, daß du da bist, Terry«, sagte er. »Jeff wird sich gefreut haben.«

»Und wie. Willst du uns nicht bekannt machen, Pat?«

»Natürlich will ich das. Laura Bruggmann, Terry Raabe, das Wirtstöchterlein, zur Zeit jedenfalls.«

»Auf längere Zeit«, erklärte Terry. »Bis Jeff wieder auf den Beinen ist.«

Lauras banges Herzklopfen legte sich, denn Jeff schien für Terry auch eine Rolle zu spielen. Und nun kamen auch Terrys Eltern, Annerl und Hias Raabe, freundliche Wirtsleute, deren kapriziöse Tochter ein bißchen aus dem Rahmen fiel, was aber dem guten Einvernehmen anscheinend keinen Abbruch tat.

Sie wurden bestens bewirtet. Terry setzte sich zu ihnen an den Tisch, und Laura erfuhr, daß sie eigentlich Teresa hieß, daß sie in Amerika als Aupair-Mädchen war und dort Jeff Gardener kennenlernte und durch ihn dann auch Patrick.

»Und dann wollten wir hier unseren Weihnachtsurlaub verleben«, erzählte sie, »aber Jeff wollte unbedingt mal auf das berühmte Zugspitzblatt, und da hat es ihn dann erwischt. Da haben wir ihn halt nach Murnau bringen lassen. Ich mußte noch mal rüberfliegen und meine Sachen holen. Eigentlich wollte ich ja noch ein Jahr bleiben, aber man hat schon Verständnis für mich gehabt. Ich kann Jeff doch nicht so lange allein lassen.«

Sie schwieg dann und ließ ihre Blicke zwischen Patrick und Laura hin und herwandern.

»Du hast nie gesagt, daß du eine Freundin hast, Pat?« bemerkte sie.

»Bis gestern hatte ich ja auch keine«, erwiderte er lachend. Er zwinkerte Laura zu, und sie errötete.

»Mich freut es«, sagte Terry, »vielleicht taut er nun auch ein bisserl auf. Gehst du noch zur Schule, Laura?«

»Liebe Güte, sehe ich so jung aus?« entfuhr es Laura.

»Ich meine schon, aber das ist doch eher ein Kompliment!«

»Na ja, lange ist es ja auch noch nicht her«, räumte Laura ein.

»Studierst du? Ich bin schrecklich neugierig«, lächelte Terry, »aber ich habe mich immer gefragt, was das Mädchen, für das Pat sich mal interessieren könnte, im Kasten haben muß.«

Laura wurde verlegen. Sie wagte nicht, Patrick anzusehen. Er lachte leise auf. »Darüber habe ich mir eigentlich nie Gedanken gemacht«, stellte er fest. »Mir gefällt es, daß Laura so unkompliziert und fröhlich ist.«

»Wodurch wieder mal bewiesen ist, daß Gegensätze sich anziehen«, meinte Terry.

»Na also«, meinte Patrick schmunzelnd. »Kommst du gleich mit in die Klinik, Terry?«

»Ich komme lieber später nach, dann verteilt es sich. Ich helfe jetzt noch ein bißchen in der Küche. Heute abend haben wir eine Familienfeier auszurichten. Aber ihr könnt Jeff schon Kuchen mitnehmen. Das Essen schmeckt ihm nicht immer. Ich bringe ihm nachher noch Braten mit.« Sie lächelte Laura zu. »Fein, daß du mitgekommen bist.«

Die Eifersucht war vergessen, und Laura konnte auch wieder fröhlich lächeln.

»Ein nettes Mädchen«, sagte sie draußen zu Patrick.

Er lächelte hintergründig. »Zuerst warst du aber nicht ganz dieser Meinung.

»Wie kommst du darauf?«

»Ich konnte es dir vom Gesicht ablesen. Sie ist halt spontan, aber sie hat auch Charakter. Anfangs hätte ich nicht gedacht, daß es zwischen Jeff und ihr ernst wird. Sie hatte drüben viele Chancen, auch bei Männern, die ihr mehr bieten könnten als Jeff, aber sie ist kein bißchen berechnend.«

»Dann ist es ja auch keine Liebe«, sagte Laura. »Ich finde es gräßlich, wenn bei einer Bindung finanzielle Erwägungen im Spiel sind. Im Tennisclub laufen aber von diesen Typen genug herum.«

»Bist du schon enttäuscht worden?« fragte er beiläufig.

»Ich? Liebe Güte, ich falle doch auf solchen Heini nicht rein. Außerdem habe ich einen großen Bruder, der immer sehr auf mich aufgepaßt hat.«

»Der jetzt aber anderweitig sehr engagiert ist, und ich werde in nächster Zeit noch viel unterwegs sein und kann auch nicht auf dich aufpassen.«

»Ich kann schon auf mich selber aufpassen«, sagte sie hastig.

»Kann ich mich darauf verlassen?«

Ein Kribbeln lief durch ihren Körper bei dem Klang seiner Stimme.

»Ich gehe doch nie allein aus«, erwiderte sie gepreßt. »Abends schon gar nicht.«

»Nicht in eine Disco?«

»Dafür hatte ich noch nie etwas übrig. In die Oper oder ins Konzert gehen wir stets gemeinsam.«

»Das ist beruhigend.«

Laura wußte nicht, was sie sagen sollte. Es war so verwirrend für sie, wie Patrick mit ihr umging, aber sie wagte nicht zu denken, daß ihm schon soviel an ihr liegen könnte, daß er ehrlich besorgt war. Vielleicht wollte er sich als großer Freund erweisen, der noch das kleine Mädchen in ihr sah.

Als sie aber die Klinik betraten, legte er lässig den Arm um ihre Schultern, als ein junger Mann, der gerade herauskam, Laura mit einem heißen Blick bedachte. Sie hatte das gar nicht gemerkt, sie war nur auf Patrick konzentriert.

»Dich sollte man wirklich nicht allein gehen lassen«, sagte er brummig.

»Wieso, wie meinst du das?« fragte sie verwirrt.

»Weil sie dich sogar anglotzen, wenn du in Begleitung bist.«

»Ich habe nichts bemerkt.«

»Aber ich. Und hier gibt es anscheinend nur Männer.«

»Da muß sich Terry aber auch vorsehen«, versuchte Laura zu scherzen.

»Und der arme Jeff kann ihr nicht mal beispringen.«

Ja, der mußte immer noch im Bett liegen mit einem Bein und einem Arm in Gips. Blaß sah er aus, aber nun lächelte er, als er Patrick sah. Es war ein großer Raum, aber es standen drei Betten darin. Eins war nicht belegt.

Jeff freute sich über Patricks Kommen, aber er schien gar nicht wahrzunehmen, daß Laura mit ihm gekommen war. Er dachte wohl, sie wolle seinen Bettnachbarn besuchen, und er schaute recht töricht drein, als Patrick ihm dann Laura vorstellte.

Er sprach englisch und recht schnell, aber Laura konnte ihm folgen. In Englisch war sie immer gut gewesen. Es amüsierte sie, daß Jeff sagte, er hätte es Patrick gar nicht zugetraut, einen so guten Geschmack zu beweisen.

Patrick konterte aber gleich, daß Terry sich wohl auch sehen lassen könne und Jeff auch nicht gerade ein Playboy sei. Sie bewiesen beide Humor, und Laura hörte ihnen gern zu, bis sie sich dann ebenfalls in englischer Sprache einmischte und beide Männer erst einmal in Schweigen verharrten. Dann entschuldigte sich Jeff. Es sei unhöflich von ihm gewesen, nicht deutsch zu sprechen.

»Oh, wir können uns auch ruhig englisch unterhalten«, sagte Laura mit einem bezaubernden Lächeln. Aber Jeff bewies dann auch, daß er sehr gut deutsch konnte. Die Zeit verging schnell. Der andere Patient bekam auch Besuch, und dann kam Terry. Laura konnte sich überzeugen, daß sie Jeff weitaus zärtlicher begrüßte, als sie es bei Patrick getan hatte.

Dann sagte sie, daß sie nun wohl bald wieder zu dritt sein würden, denn der Unfallwagen sei gerade wieder gekommen.

»Hier geht es zu wie im Bienenschwarm«, meinte Terry zu Laura, »natürlich besonders im Winter. Man ist ja auf den Pisten nicht mehr sicher, mir vergeht da die Lust.«

Laura sah Patrick an. »Wir gehen auf keine Piste«, sagte er.

»Es bleibt einem doch gar nichts anderes übrig«, sagte Terry. »Mit diesen Skistiefeln kann man doch nicht bergan steigen.«

»Es wird hier doch noch Hänge geben, an denen nicht soviel los ist«, sagte Patrick.

»Man darf eben nicht am Wochenende fahren«, warf Laura ein.

»Aber wer hat an anderen Tagen schon Zeit«, gab Terry zurück.

»Man wird sehen«, sagte Patrick, und dann verabschiedeten sie sich.

»Wie lange wird Jeff noch in der Klinik bleiben müssen?« fragte Laura.

»Sicher noch zwei bis drei Wochen, und wenn er einen Gehgips bekommt, holen sie ihn nach Hause. Ich möchte nicht ewig im Krankenhaus liegen.«

»Ich auch nicht, aber im Sanatorium ist es auch nicht besser. Frau Brent ist auch schon Wochen dort. Jochen ist heute mit Nathalie hingefahren.«

»Das ist lobenswert. Also haben wir alle Krankenhausbesuche gemacht. Im Februar bin ich zwei Wochen in der Schweiz. Könntest du nicht Urlaub machen?«

Sie sah ihn sprachlos an. So schnell fand sie darauf keine Antwort.

»Bist du etwa schockiert?« fragte Patrick.

»Nein, das nicht. Du meinst, ich soll dich besuchen?«

»Wir könnten Skifahren in herrlicher Umgebung. Oder würden es deine Eltern nicht erlauben?«

»Du meinst das wirklich ernst?«

»Natürlich, sonst würde ich es doch nicht sagen! Schau mich nicht so ungläubig an. Hast du immer noch nicht begriffen, wie gern ich mit dir zusammen bin?«

Sie hätte weinen können vor Freude, und so was war ihr auch noch nicht passiert. Ihre Augen wurden tatsächlich feucht. Er blieb stehen und legte seine Hände auf ihre Schultern. »Du bist ein seltsames Mädchen, Laura«, sagte er weich. »Deine Augen sagen doch, daß du mich auch gern hast, warum willst du nicht wahrhaben, daß ich dich genauso mag?«

»Ich bin doch ein dummes Ding im Vergleich zu dir«, stammelte sie.

»Das bist du gewiß nicht. Ich habe auf der Uni einige kennengelernt, die sich unheimlich intelligent vorkamen und soviel Schmarr'n zusammenredeten, daß es nicht auszuhalten war, bloß, weil sie mir imponieren wollten. Du bist so wohltuend natürlich und außerdem ein ganz kluges Mädchen. Und wenn du mich nicht langweilig findest, werden wir ein gutes Gespann abgeben.«

»Du und langweilig«, sagte sie verhalten, »ich könnte dir ewig zuhören und ich kann noch soviel lernen.«

»Ich von dir auch, und wir werden hoffentlich noch viel Zeit dafür haben.«

Ein tiefes Leuchten war in ihren Augen, als sie zu ihm aufblickte. »Ich war noch nie so glücklich, Patrick«, flüsterte sie.

Er beugte sich zu ihr herab und küßte sie schnell auf die bebenden Lippen. »Ich bin es auch, Laura, sehr glücklich.«

So gab es an diesem Tag zwei glückliche Paare, trotz mancher Sorgen, die sie bewegten. Allerdings machte Laura diesbezüglich eine Ausnahme, denn sie hatte keine Sorgen, sie schwebte im siebten Himmel.

Patrick machte sich Sorgen, was sein würde, wenn er doch wieder ins Ausland gehen würde. Privatleben oder Karriere, vor diese Entscheidung würde er wohl gestellt werden, und bisher hatte das Privatleben für ihn eine höchst untergeordnete Rolle gespielt.

Jochen machte sich Sorgen um Nathalie, und Nathalie dachte mit großer Beklemmung darüber nach, wie sich das Verhältnis zwischen ihr und ihrem Vater gestalten würde, wenn sie ihm tatsächlich auf die Finger schaute. Aber es war auch ein sehr unbequemer Gedanke für sie, daß sich tatsächlich herausstellen könnte, daß er krumme Geschäfte machte.

Es ging ja dabei nicht nur darum, wie sie damit fertigwerden würde. Was würden Jochens Eltern in einem solchen Fall denken, und wie würden sie sich verhalten, wenn ihr Vater sich und die Firma in Verruf brachte? Aber sah das Isabella nicht nur als zutiefst enttäuschte Frau, deren Vertrauen mißbraucht worden war? Hasso könnte doch gar kein Interesse daran haben, der Firma Schaden zufügen zu wollen.

Doch das Unbehagen blieb, wenn sie über ihn nachdachte, über sein Benehmen zu Isabella, über seine Affären und seine maßlose Selbstüberschätzung. Nathalie blickte auch mit Beklemmung dem Sonntag entgegen, an dem sie ihren ersten Besuch im Hause Bruggmann machen sollte.

Caroline befand sich diesbezüglich allerdings auch in einem innerlich zerrissenen Zustand, in einem Zwiespalt, für den sie noch keinen Ausweg gefunden hatte. Einerseits wehrte sie sich gegen ungerechte Vorurteile, andererseits wollte sie für ihre Kinder ein vollkommenes Glück, und sie fragte sich, ob Hasso Brents Tochter tatsächlich einer aufrichtigen Liebe fähig sein konnte. Diese madonnenhafte Sanftmut konnte täuschen.

Er hatte auch über seine Fehler hinwegtäuschen können. Jeder hatte von ihm nur die beste Meinung gehabt.

Würden nicht schwere Konflikte entstehen, wenn sie Nathalie nicht so aufnahm, wie Jochen es sich vorstellte, würde nicht die bisherige Harmonie in der Familie gefährdet werden?

Laura schwebte durchs Haus. Sie sprach nicht über Patrick, aber Caroline ahnte, daß sich da auch etwas angesponnen hatte. Diesen Gedanken widmete sie jedoch nicht soviel Zeit wie anderen, die sich um Nathalie drehten.

Jochen verließ um elf das Haus um Nathalie abzuholen. Sie wollten erst noch einen ausgedehnten Spaziergang machen. Laura half in der Küche und erzählte dabei von dem Besuch bei Jeff und im Gasthof zum ›Weißen Raben‹.

»Hättet ihr eigentlich etwas dagegen, wenn ich mal acht Tage in die Schweiz fahren würde?« fragte sie dann so ganz nebenbei.

»Zum Skifahren?« fragte Caroline geistesabwesend. »Mit wem willst du denn fahren?«

»Es ist so eine Idee von Patrick«, erklärte Laura. »Er hat in der Schweiz zu tun.«

Caroline sah Laura staunend an. »Er hat das vorgeschlagen?«

»Ja. Er würde natürlich vorher mit euch sprechen. Aber ich sehe keinen Grund, es mir zu verbieten.«

»Davon kann doch gar nicht die Rede sein, Laura. Wir könnten es dir gar nicht verbieten, du bist ja volljährig. Wir könnten höchstens diskutieren, aber wenn wir wissen, mit wem du zusammen bist, und noch dazu wenn es sich um Patrick handelt, steht ein Nein doch gar nicht zur Debatte.«

Laura atmete erleichtert auf. »Danke, daß du so denkst, Carry«, sagte sie freudig bewegt. »Wird Dad auch so denken?«

»Aber gewiß. Es freut uns, daß ihr euch gut versteht. Auf Patrick ist Verlaß, da können wir unbesorgt sein. Ich bin sehr froh.«

»Nathalie ist doch auch ein Schatz«, fuhr Laura fort. »Sie paßt auch zu uns, der Meinung bist du doch ebenfalls?«

»Wir werden uns heute besser kennenlernen«, erklärte Caroline ausweichend. Laura warf ihr einen schrägen Blick zu.

»Du hast doch nichts gegen sie? Sie ist wirklich ganz besonders lieb, Mami.« Unwillkürlich sagte sie nun Mami, wie immer, wenn sie unsicher war.

»Die Vandeveldes kennen wir eben schon sehr lange«, erklärte Caroline stockend. »Und wer hätte denn gedacht, daß Jochen sich mal Hals über Kopf verliebt? Daran müssen wir uns auch erst gewöhnen.«

»Er ist doch wahrhaftig alt genug. Du bist doch nicht etwa eifersüchtig, Mami?«

»Ach was, ich mache mir nur Gedanken um eure Zukunft. Ich will, daß ihr glücklich werdet.«

»Das wollen wir selber auch, aber es liegt doch nicht allein bei uns, und du kannst es noch so wollen. Das Schicksal spielt manchmal nicht mit, und da kann man reden, was man will, wir alle sind schicksalshaften Einflüssen unterworfen. Ich denke, Jochen weiß, was er will, und ich weiß es auch. Es ist für mich ein wunderbares Erlebnis, daß Patrick mich mag. Von einem solchen Mann konnte ich doch nicht mal träumen.«

»Und ich habe offengestanden nicht gedacht, daß du dein Herz an ein Genie verlieren würdest.«

»Er empfindet sich nicht als Genie, das spielen nur andere hoch, weil ihm alles zufällt, wofür andere wahnsinnig lernen müssen, daß er auch reden kann, um andere zu überzeugen. Es gibt sehr viele, die sicher mehr wissen als er, die sich nur nicht so ausdrücken können, das sagte er selbst. Aber im Innern ist er ein

Mensch mit allen Wünschen und Träumen, die auch ein kleines Mädchen hat.«

»Tage voller Überraschungen«, sagte Caroline mehr zu sich selbst. »Es kommt ein bißchen viel zusammen.«

»Du nimmst das alles zu ernst«, sagte Laura.

»Aber es ist doch ernst, das sagt jeder von euch, da kann ich es doch nicht leichtnehmen.«

»Aber auch nicht so schwer. Es ist doch Grund zur Freude da. Man braucht nichts zu komplizieren.«

Jochen hatte Nathalie abgeholt. Hasso ließ sich wieder nicht blicken. Das betrachtete Nathalie mit gemischten Gefühlen. Jochen sagte nichts, und sie sagte auch nichts dazu.

Sie fuhren zum Nymphenburgerpark und machten einen Spaziergang durch die zauberhaft wirkenden schneebedeckten Anlagen. Jochen hatte seinen Arm um Nathalie gelegt. Es war kalt, aber die Luft war herrlich.

»Wir werden den richtigen Appetit bekommen«, sagte er. »Carry wird uns was Gutes auftischen«

»Sie wird doch nicht selber kochen«, sagte Nathalie erschrocken.

»Doch, das tut sie gern.«

»Das ist mir aber nicht recht.«

»Uns schon«, lachte er, »und auf eine Person mehr kommt es doch nicht an. Wir essen auch oft außerhalb. Es ist nicht so, daß Carry sich für uns abarbeiten muß, aber sie würde sich überflüssig vorkommen, wenn wir für alles Hilfen hätten.«

Nathalie hatte Hemmungen, als sie dann die Villa betraten. »Hoffentlich sind die Blumen nicht erfroren«, sagte sie beklommen. Aber die wunderschönen Orchideen waren in einem Karton bestens geschützt worden.

»Ich weiß nicht, ob Sie Orchideen mögen«, sagte Nathalie unsicher, »aber es gab heute nicht viel Auswahl, und mir wurde gesagt, daß diese auch am besten halten würden.«

»Sie hätten doch keine Blumen mitzubringen brauchen«, sagte Caroline weich gestimmt, als sie in diese bittenden Augen blickte. »Aber diese sind wunderschön.«

Carlo atmete insgeheim auf. Er hatte schon Bedenken gehegt, ob Caroline ihren Zwiespalt beherrschen würde. Er sorgte dann auch dafür, daß keine Spannung aufkommen konnte.

Es wurde auf den Tisch gebracht, was vor allem die Männer ihre Leibspeisen nannten. Grießnockerlsuppe, Burgunderbraten mit Champignons und Prinzeßbohnen, und als Dessert Mousse au chocolat.

Während des Essens wurde nicht viel gesprochen, aber das war ohnehin bei den Bruggmanns nicht üblich, und auch Nathalie war es nicht anders gewöhnt.

Beim Mokka wurde es dann lebhafter. Immer wieder beobachtete Caroline verstohlen das anmutige junge Mädchen, und sie wünschte von Herzen, ihm ohne Vorbehalt begegnen zu können, ohne dabei auch an Hasso Brent denken zu müssen. Aber weil Nathalie es vermied, von ihrem Vater zu sprechen, fragte sie sich, ob er ihr vielleicht doch etwas erzählt hätte. Nein, sie wollte es nicht glauben. Ganz sicher hatte er zu niemandem von der törichten Caroline gesprochen und wollte es jetzt erst recht nicht. Nun, es fiel nicht besonders auf, daß sie sich wenig am Gespräch beteiligte, denn die anderen waren lebhaft genug, und auch Nathalie war aufgetaut und erzählte ein bißchen von ihrer Collegezeit.

Als Nathalie sich verabschieden wollte, fragte Caroline, ob sie denn schon gehen müsse, es sei doch gerade so nett, und sie blieb noch. Wenig später rief Patrick an und sagte, daß er vier Karten für ein Konzert im Deutschen Museum bekommen hätte, und ob jemand Lust hätte, mitzugehen.

Natürlich war Laura gleich dabei, und sie meinte, daß Nathalie und Jochen doch auch mitkommen könnten.

»Wir werden uns ja öfter sehen«, sagte Caroline, als sich die jungen Leute entschieden hatten. »Besuchen Sie uns bald wieder,

Nathalie.« Zu mehr konnte sie sich nicht durchringen, aber sie hatte es ehrlich gemeint, weil sie spürte, daß es Nathalie auch ehrlich mit Jochen meinte.

»Siehst du, es geht doch«, meinte Carlo mit einem nachsichtigen Lächeln, als die jungen Leute gegangen waren.

»Man kann sie schon gern haben«, erwiderte sie, »solange der Vater nicht in Erscheinung tritt.«

»Man kann sie auch dann gern haben, Carry. Du mußt das trennen. Er gehört der Vergangenheit an, ihr gehört die Zukunft, in der sie wohl mit einiger Sicherheit zu uns gehören wird. Wir wollen doch Jochen nicht verlieren.«

»O nein, versteh das nicht so, Carlo. Sie ist ja auch nicht wie er. Sie wird sich nicht über mich beklagen müssen.«

»Sie hat dich ein paar Mal ganz tiefsinnig angeschaut. Sie spürt, daß da etwas ist, was sie wohl nicht erklären kann, was sie aber traurig macht.«

Erschrocken blickte ihn Caroline an. »Nein, das soll nicht sein. Ich werde meinen Schatten überspringen.«

»Seinen Schatten«, wurde sie von Carlo berichtigt.

Als Nathalie an diesem Abend nach Hause kam, wurde sie informiert, daß ihr Vater plötzlich verreisen mußte und einige Tage abwesend wäre. Er würde anrufen und Bescheid geben, wo er in dringenden Fällen zu erreichen sei.

Da war wieder das Gefühl in ihr, daß etwas nicht stimmte, mit ihm nicht und überhaupt nicht. Sie hatte keine Erklärung, warum es sie so quälte, im Dunkeln zu tappen, denn früher hatte sie es nie gekümmert, wenn er plötzlich wegfuhr. Aber es bewegte sich soviel in ihrem Leben. Es war in einer großen Umwälzung begriffen. Sie nahm sich vor, anderntags ins Büro zu fahren und sich dort umzusehen. Irgendwie mußte sie den Anfang machen, wenn sie ihre Mutter nicht enttäuschen wollte, und ihr gegenüber verspürte sie jetzt eine Verpflichtung.

Als der Morgen graute, tat Isabella Brent ihren letzten Atemzug. Dr. Engelke hatte schon am Sonntag bemerkt, daß sich ihr Zustand zusehends verschlechterte, und deshalb hatte er Hasso Brent angerufen. Aber obgleich er es dringend gemacht hatte, war der nicht gekommen. Er hatte allerdings der Haushälterin auch nichts gesagt, und so traf es Nathalie völlig überraschend, als Dr. Engelke sie nun anrief und ihr sagte, daß ihre Mutter gestorben sei. Momentan war sie wie versteinert. Gewiß war damit zu rechnen gewesen, daß Isabella nicht mehr lange zu leben hatte, aber jetzt traf sie diese Nachricht doch unerwartet.

Sie kleidete sich an und sagte den Angestellten Bescheid. Dann benachrichtigte sie den Anwalt ihrer Mutter, und nachdem sie wenigstens eine Tasse Kaffee getrunken hatte, fuhr sie ins Büro, um die Angestellten zu unterrichten. Es herrschte Betroffenheit, aber mehr deshalb, weil niemand wußte, wo Hasso zu erreichen war. Sie rief zu Hause an, aber dort hatte er sich auch noch nicht gemeldet. Jedoch hatte Jochen angerufen und um ihren Rückruf gebeten.

Es war neun Uhr, und gerade verließ Caroline das Haus, als Nathalie Jochen anrief. Er war sehr bestürzt und bot ihr sofort seine Hilfe an. Natürlich war das für ihn selbstverständlich. Was man bei einem Todesfall tun mußte, wußte er zwar auch noch nicht genau, aber er informierte sich gleich bei seinem Vater, der auch bestürzt war.

Caroline hatte nicht gesagt, wohin sie fahren wollte, aber das war nicht ungewöhnlich. Sie hätte auch nicht gesagt, daß sie Dr. Norden aufsuchen wollte. In ihrer zwiespältigen Stimmung wußte sie sonst niemanden, der ihr einen objektiven Rat geben konnte.

Obgleich sie unangemeldet kam, brauchte sie nicht lange zu warten. Die eiligsten Patienten, die zur Arbeit mußten, waren schon abgefertigt worden. Dr. Norden konnte sie zwischendurch hereinnehmen.

»Ich bin nicht krank, um es gleich vorweg zu sagen«, begann sie.

»Aber sehr nervös, und das ist man von Ihnen nicht gewöhnt«, stellte er fest.

»Ich brauche Ihren Rat, einen ehrlichen Rat, Dr. Norden.«

»Ich bemühe mich, immer ehrlich zu sein, wenn ich darum gebeten werde.

»Ich werde mich ganz kurz fassen, aber ich fühle mich tatsächlich nicht in der Lage, mein Problem selbst zu lösen.« Sie begann zu sprechen, und ein staunender Ausdruck kam in seine Augen. Er kannte Caroline Bruggmann schon lange als eine Frau, die weder labil noch exzentrisch war, er kannte sie als glückliche Ehefrau und vorbildliche Mutter.

»Und diese längst zurückliegende Episode beschäftigt Sie immer noch so, daß Sie Angst vor einer Begegnung mit Brent haben?«fragte er konsterniert.

»Nein, ich habe keine Angst, und was damals war, ist bedeutungslos für mich. Aber es ist mir unmöglich, diesem Mann die Hand zu reichen, ihn als Jochens Schwiegervater zu akzeptieren.«

»Sie brauchen ihn doch nicht zu akzeptieren. Sie reichen doch sicher ab und zu auch anderen Leuten die Hand, die Sie nicht mögen. Es ist nun mal so eine Sitte, die keine Bedeutung zu haben braucht. Ich würde Ihnen raten, zu vergessen, daß dieser Mann mal eine Rolle in Ihrem Leben gespielt hat, und sollte Jochen oder jemand anders Sie fragen, warum Sie ihm gegenüber so reserviert sind, sagen Sie einfach ehrlich, daß er Ihnen nicht sympathisch ist. Aber das brauchen Sie doch nicht auf Nathalie zu übertragen, die wir als ein sehr liebes Geschöpf kennenlernten, und sie hat gewiß keine frohe Kindheit und Jugend gehabt. Sie sehnt sich nach einer intakten Familie. Wollen Sie die Tür für sie nur einen Spalt aufmachen, Frau Bruggmann?«

Caroline wurde verlegen. »Nein, so ist es nicht, und jetzt kann ich auch schon klarer denken. Ich glaube, es war immer noch dieser Stachel in mir, so gedemütigt worden zu sein.«

»Sie haben viel Gefühl investiert und sind hintergangen worden. Es ist verständlich, daß Sie verletzt waren. Aber hätten Sie denn sonst Ihren Mann gefunden und ein so erfülltes Leben, Frau Bruggmann? Ist es dieser Mann wert, sich seinetwegen das Leben jetzt schwer zu machen und anderen dadurch auch? Es müßte Ihren Mann treffen, wenn er sich sagen muß, daß seine Liebe es nicht vermochte, das in Vergessenheit geraten zu lassen.«

Beschämt senkte Caroline den Kopf. »Sie haben recht. Ich habe mich zu wichtig genommen, ich habe Rachegedanken aufkommen lassen. Ich wollte ihn damit verletzen, daß ich seine Tochter nicht akzeptiere. Ich schäme mich, Dr. Norden. Danke, daß Sie mir so die Meinung gesagt haben.

»Ich glaube, daß Sie auch so nicht fähig gewesen wäre, Nathalie so weh zu tun. Übrigens habe ich vorhin von einem Kollegen erfahren, daß Frau Brent heute in den Morgenstunden verstorben ist.«

»O Gott, da müssen wir uns ja gleich um Nathalie kümmern, denn an ihrem Vater wird sie keine große Stütze haben.«

»So gefallen Sie mir«, sagte er. »Die andere Einstellung entsprach doch gar nicht Ihrem Wesen.«

»Das genau mußte mir mal sehr deutlich gesagt werden!«

Hasso Brent erfuhr von Isabellas Tod in Zürich. Er wollte gerade zur Bank fahren, um sein Nummernkonto aufzulösen. Er hatte im Büro angerufen, um Bescheid zu sagen, daß er zwei Wochen fernbleiben würde, aber dazu war es dann gar nicht gekommen, weil ihm sofort gesagt wurde, was geschehen war. Ich bin frei, das war sein erster und einziger Gedanke. Ich bin frei, und Nathalie wird es bleiben lassen, sich in meine Sachen einzumischen. Sie soll sich um ihren Jochen kümmern. Und Caroline werde ich zu verstehen geben, daß sie keine Bedeutung für mich hatte und mir ihre Anhänglichkeit nicht paßte. Dieses Vergnügen werde ich mir gönnen. Sie soll ja nicht denken, daß es mir etwas ausmacht, daß sie mit Bruggmann verheiratet ist.

Um nichts in der Welt hätte er sich eingestanden, wie sehr es ihn wurmte, daß sie einen angesehenen, attraktiven und dazu auch noch reichen Mann bekommen hatte und ihn mit deutlicher Nichtachtung strafte.

Das Nummernkonto konnte also noch ruhen. Er startete gleich zur Rückfahrt.

Währenddessen hatte Nathalie mit Jochens Hilfe schon die wichtigsten Formalitäten erledigt. Vandeveldes hatten auch gleich ihre Hilfe angeboten, aber Jochen hatte Nathalie dann erst mit heimgenommen, damit sie wenigstens etwas ausruhen und auch essen konnte. Und er konnte es nun erleben, daß Caroline Nathalie mit mütterlicher Herzlichkeit in die Arme schloß. Nicht die geringste Spannung war da noch zu spüren. Es bedurfte keiner Worte.

Nach dem Essen brachte Jochen Nathalie nach Hause. Er wollte auch bei ihr bleiben, bis ihr Vater zurück war. Sie hatten inzwischen erfahren, daß er vom Büro aus benachrichtigt worden war.

Caroline war plötzlich ganz ruhig geworden. Dr. Nordens Worte waren auf fruchtbaren Boden gefallen. Und sie wußte jetzt, wie nötig Nathalie liebevolle Zuwendung brauchte. Was immer Hasso tun würde, es sollte auf ihr Leben keinen Einfluß mehr haben. Er war auch heute noch der Egoist, der nur an sein eigenes Wohl dachte. Nathalie brauchte ihn nicht.

Gegen siebzehn Uhr nachmittags erreichte sie die Nachricht, daß Hasso Brent bei einem schweren Autounfall ums Leben gekommen war.

Nathalie reagierte ganz seltsam. Blicklos starrte sie zum Fenster hinaus. »Mama hat ihn zum Teufel gewünscht«, sagte sie tonlos.

Jochen erschrak, aber er spürte auch, daß Nathalie keinen Schmerz empfand. Gewiß war sie bestürzt, aber sie war auch sehr nachdenklich. Das wurden andere allerdings auch, die über die schicksalshafte Verstrickung dieser beiden Todesfälle nachdachten. Als dann bekannt wurde, daß Hasso Brent den Unfall durch ein sehr riskantes Überholmanöver selbst verschuldet hatte, dabei aber glücklicherweise kein anderer verletzt oder getötet wurde, hatte Nathalie eine Vision, die Jochen sehr zu denken gab.

»Er war in Zürich, und sicher ging es um Geld. Wahrscheinlich hatte er einiges zur Seite gebracht, wie Mama vermutet hat, und dann erfuhr er, daß Mama gestorben ist. Er konnte sich plötzlich frei fühlen, meinte, daß ihm nun keine Steine mehr in den Weg gelegt würden. Er hat ganz sicher nicht gewußt, daß Mama ein Testament zu meinen Gunsten gemacht hat. Er dachte an nichts anderes, als nun so leben zu können, wie er es wünschte. Mama hat ihn genau gekannt. Es ist gut, daß sie so offen mit mir gesprochen hat und ich weiß, daß es keine Hirngespinste von ihr waren, daß sie ihm üble Geschäfte zutraute. Ich muß es dir sagen, Jochen. Ich hatte große Angst, wie du und deine Eltern reagieren würden, wenn das einmal herausgekommen wäre. Und ich glaube, daß Mama ganz intensiv gewünscht hat, daß er mir keine Schwierigkeiten bereiten dürfe.« Sie schöpfte Atem. »Erst verunglückt Lore, dann stirbt Mama, und nun auch er, alles innerhalb weniger Tage. Das kann nicht Zufall sein.«

Jochen nahm sie in die Arme. »Aber du sollst nicht zuviel grübeln, Nathalie. Der Tod löscht jede Schuld.«

»Bist du davon überzeugt?«

»Jedenfalls wird kein irdischer Richter urteilen.«

Ähnlich dachte auch Caroline. Sie konnte einen endgültigen Schlußstrich unter die Vergangenheit ziehen, denn nun brauchten Nathalie und Jochen niemals zu erfahren, in welch tiefen Konflikt sie gestürzt worden war. Es würde zu keiner Begegnung mit Hasso mehr kommen. Sie brauchte nicht zu fürchten, daß er ihre Kreise stören würde, und es würde ihr erspart bleiben, das düstere Kapitel ihres Lebens auch vor ihren Kindern offenbaren zu müssen.

»Wie Gott doch alles fügt«, sagte Carlo, als er abends heimkam, und mehr sagte er nicht dazu.

~

Fünf Tage später fand die Beerdigung statt, und da wurde auch nicht darüber geredet, das zwei Menschen, die sich im Leben kaum noch etwas zu sagen hatten, nun im Grabe vereint waren. Vielleicht dachte es so manch einer, aber es wurde Nathalie von Herzen vergönnt, daß sie nun zu einer großen Familie gehörte, in der sich die Bruggmanns und die Vandeveldes zusammengefunden hatten. Fee Norden war zur Beerdigung gekommen, und unter den vielen Kränzen befand sich auch einer von Heiner und Lore Dautz. Vielleicht fanden sie nun wieder zueinander, denn Lore mochte durch ihr eigenes Unglück auch geläutert worden sein. Nathalie und Jochen, Laura und Patrick, Caroline und Carlo, Ingrid und Magnus, dicht standen sie beieinander vor dem großen Grab, aber in ihren Herzen waren sie sich einig, daß die Trauer bald wieder der Freude weichen sollte.

Nathalie wollte auch nichts mehr davon wissen, was Hasso für Geschäfte gemacht hatte. Daß große Summen fehlten, konnte der Buchprüfer zwar nachweisen, aber in Hassos Unterlagen, die bei dem Unfall sichergestellt worden waren, fand man auch den Hinweis auf ein Nummernkonto. Wie das Testament von Isabella bestätigte, war Nathalie Alleinerbin, Hasso hatte keins gemacht. Wenn er auch an alles sonst gedacht hatte, ans Sterben wollte er nie denken, aber nun konnte er auch nicht mehr in den Genuß der hohen Lebensversicherung kommen, die auf Gegenseitigkeit abgeschlossen worden war und die nun auch noch Nathalie zufiel. Bange brauchte es ihr trotzdem nicht zu sein, daß Jochen sie wegen des Geldes heiraten würde, und sie hatte auch kein Interesse mehr, die Firma weiter zu behalten. Auch Magnus redete ihr zu, sie zu verkaufen. Interessenten waren genug vorhanden, und wie die dann die Geschäfte zu führen gedachten, konnte ihr gleichgültig sein.

Die vier jungen Leute verlebten einen herrlichen Skiurlaub in den Schweizer Bergen, und danach hatte sich Patrick auch entschieden, in München zu bleiben. Er wollte nicht von Laura getrennt sein, und sie war nun überglücklich.

Nathalie vermißte nichts. Noch nie im Leben hatte sie sich so geliebt und geborgen fühlen können, und ihr brauchte wahrlich nicht mehr bange zu sein, daß sie Caroline nicht willkommen wäre.

Carlo war froh, daß alles so gekommen war, und daß seine Carry den Schatten endgültig übersprungen hatte. Sie konnte sich in Gedanken schon darauf freuen, ihren Enkeln eine liebevolle Omi zu werden.

Jochen und Nathalie wollten mit der Hochzeit nicht lange warten, und sie sollte auch nur im engsten Familienkreis gefeiert werden, draußen am Schliersee, wo Carlo und Caroline sich kennengelernt hatten. Diese Geschichte erfuhr Nathalie, mehr aber nicht.

Bezaubernd sah Nathalie aus in ihrem Brautdirndl, mit dem Kranz aus weißen Röschen im blonden Haar. Es war Mai, und die Sonne lachte vom Himmel, und doch fielen ein paar Regentropfen aus einer weißen Wolke auf sie herab, als sie aus der Kirche traten, in der sie sich andächtig ihr Jawort gegeben hatten.

Zärtlich wurde Nathalie von Caroline in die Arme geschlossen. »Nun gehörst du ganz zu uns, mein Liebling«, sagte sie weich.

»Nun heiße ich Bruggmann«, sagte Nathalie. Freudig und stolz klang es.

»Und du wirst nun bald Vandevelde heißen, Laura«, raunte Patrick seinem Mädchen ins Ohr.

Mit strahlenden Augen blickte sie zu ihm empor. »Und das hätte ich mir wirklich nicht träumen lassen«, flüsterte sie.

Wer hätte daran wohl gedacht! So schnell konnte es gehen, soviel konnte passieren in wenigen Monaten, aber wenn letztlich soviel Glück daraus entstand, konnten alle nur zufrieden und dankbar sein.